KB053663

은유로서의 똥

연암에서 퀴어, SF까지 한국문학의 분변학

은유로서의 똥　연암에서 퀴어, SF까지 한국문학의 분변학

초판인쇄 2023년 11월 1일　**초판발행** 2023년 11월 10일
엮은이 한만수 **지은이** 김건형·김용선·김철·박수밀·오성호·이경훈·이지용·정규식·정기석·한만수·황호덕
펴낸이 박성모 **펴낸곳** 소명출판 **출판등록** 제1998-000017호
주소 서울시 서초구 사임당로14길 15 서광빌딩 2층
전화 02-585-7840 **팩스** 02-585-7848
전자우편 somyungbooks@daum.net **홈페이지** www.somyong.co.kr
값 37,000원　ⓒ소명출판, 2023
ISBN 979-11-5905-827-1　93810

은유로서의 똥

연암에서 퀴어, SF까지 한국문학의 분변학

한만수 엮고 지음

Feces as a Metaphor :
From Yeon-am Park Ji-won to Queer and SF, Scatology of Korean Literature

김건형　김용선　김철　박수밀　오성호
이경훈　이지용　정규식　정기석　한만수　황호덕

1. '밥-똥 순환'에서 똥의 비천화로

인류는 약 1만 년 전쯤 농경을 시작한 이후 광범위한 지역에서 똥거름 농법을 활용해왔다. 특히 동아시아에서는 중국 송宋나라 때부터 본격화된 인분농법이 발달했으며 서구에 비해 꽤 늦게까지 남아 있었다. 중국과 일본에서는 도시의 똥을 농촌에 팔아 이윤을 취하는 똥장수가 제법 큰 기업으로 운영되었으며 한국에서도 그보다는 적은 규모였지만 도시민들은 똥을 농민들에게 팔아 살림에 보태기도 했다. 한국에서 똥거름 활용이 사라지는 것은 대체로 88올림픽 시기였으니, 50대 이상의 농촌 출신이라면 밖에 있다가도 똥이 마려우면 급히 집으로 돌아와야 했던 기억이 있을 것이다. 인간의 똥은 다른 생명주로 식물과 미생물의 밥이 되었으며, 그렇게 자란 동식물을 인간은 다시 섭취하면서 살아간 것이다. 이를 '밥-똥 순환'이라 부를 수 있다.

물론 똥은 생명의 근원이기만 한 것은 아니다. 인간의 똥 1그램에는 대략 1천만 개의 바이러스, 1백만 개의 박테리아, 1,000마리의 기생충이 있으며 콜레라 등 각종 수인성 질환의 원천물질이기도 하다. 이런 과학적 사실이 발견되기 전부터도 인류는 오랜 경험지知를 통해서 똥의 위험성을 알고 있었다. 똥을 함부로 만지면 똥독이 오르게 마련이고 원인모를 질병에 시달리게 되고 심지어 죽기도 했으니까.

똥은 밥이면서 위험, 생명이면서 죽음이었다. 대상 자체의 양가성은 곧

바로 인식 차원의 양가성으로 이어졌다. 똥을 대체로 비루한 사물로 간주하면서 그 가치에 대해서도 긍정하는 양가적 문화 역시 존재했던 것이다. 예컨대 '뒷간의 신'을 섬기는 측신厠神 신앙 역시, 생명의 원천이면서 죽음의 공포를 함께 부여하는 똥의 양가성에서 비롯되었을 터이다. 자연스럽게 기氣철학의 인식론과도 관련된다. 동아시아의 순환적 세계관, 특히 기철학에서 똥을 포함한 만물은 기가 모였다가 흩어지는 것이고, 인간도 그 순환 체계의 일부로서 생멸하는 존재에 불과하다.[1] 이처럼 전근대에, 특히 동아시아에서 밥-똥 순환은 생존의 가장 근본적인 운동이었으며, 똥에 대한 인식 역시 양가적이었다. 똥을 주물러 농사지을 일 없는 엘리트들이 공자 맹자만을 숭상할 때 농민들은 뒷간의 신도 섬겼다. 밥-똥 순환의 인식은, 인간 역시 다른 많은 동물들과 마찬가지로 '먹고 싸는' 생명체임을 나날이 확인하는 일이며, 이는 서구 근대적 문명과 야만의 이분법이나 인간중심주의와는 매우 대조적이다. 그러나 근대 이후 모든 것이 변화했다.

근대 들어 인구 집중이 가속되면서 도시는 넘쳐나는 똥 때문에 몸살을 앓았다. 거름으로 쓸 수도 없고 고약한 냄새를 풍기는 도시의 똥을 어떻게 처리할 것인가. 서구에서 찾아낸 방법은 강물에 버리는 것이었으니,[2] 점차 하수관과 분뇨 처리시설이 건설되었다. 똥은 이제 아주 잠시 동안만 보일 뿐 곧바로 시각에서 멀어지는 차폐의 대상이 되었다. 오늘날 수세식 변기에서처럼. 그러나 눈에 보이지 않게 치워버리면 모든 게 해결되는 것일까.

식민화 과정에서 서구인들은 비서구 지역의 똥더미들을 야만의 상징으

---

1   김교빈, 「기철학에서 본 똥의 가치와 의미」, 『종교교육학연구』 67, 한국종교교육학회, 2021.
2   이와는 대조적으로 조선은 다른 방법이 없는지를 꽤 오랫동안 진지하게 고민하였다. 실학파는 효율적으로 모아 비료로 사용할 방책을 고민했으며, 위생담론에 강력하게 포박되었던 개화파 김옥균 역시 비료 활용을 완전히 외면하지는 않았었다.

로 여기게 되었으니, 이 시기 동아시아를 방문했던 서구인들의 기록은 야만화와 타자화로 넘쳐난다. 식민화와 근대화를 거치면서 동아시아에서도 똥에 대한 양가적 인식이 점차 사라지고 오로지 '더러운 것'이라고만 치부하게 되었다. 이를 '똥의 비천화'라고 할 수 있을 것이다. 똥은 오랫동안 광범위한 지역에서 인류를 먹여 살렸지만 이제 오로지 비천한 것이 되어 버렸다. 특히 동아시아는 인분농법이 가장 활발하고 최근까지 남아있던 지역이었지만, 근대서구가 고안해낸 문명과 야만의 이분법적 인식을 통해 자신을 바라보게 된 것이다.

물질로서의 똥이 비천화되자, 곧장 비천한 것의 대명사처럼 되었다. 일정한 중심성에 미달하는 자들을 똥 같은 존재로 비천시되며은유적 유사성, 똥을 가까이 하는 사람도 더럽다고 여긴다환유적 인접성. '똥=더러움'이라는 인식은 은유와 환유에 의해 무수한 비천함을 재생산하고 강화하는 것이다. 똥거름을 주물러 농사짓는 농부는 똥 냄새와 땀 냄새를 통해 비천한 존재로 인식되고, 반면에 물질적 생산에서 면제되어 그런 냄새를 풍기지 않아도 좋은 계급은 고귀한 인간인 것처럼 여긴다. 이제 똥은 거름이 아니라 쓰레기가 되었으므로, 차별을 합리화하고 자연화하는 은유적 자산으로 더욱 효율적이었다. 결국 똥에 대한 혐오란, 누군가 맡아주어야 할 위험하고 힘든 노동을 떠맡게 된 소수자들을 혐오하는 모순인 셈이다.[3]

---

3 이 챕터의 서술은 다음 글의 일부를 요약 보완한 것이다. 한만수, 「'밥-똥 순환'의 차단과 두엄화학비료의 숨바꼭질—1926~1939년 소설의 똥 재현 양상을 중심으로」, 『상허학보』 60집(2020) 참조.

2. 말하는 자, 먹는 자, 싸는 자

인간은 오랫동안 동물로서의 자신을 부정하면서, 동물과 구분 짓고자 했다. 특히 근대 서구에서 이를 본격화했으니 문명과 야만의 이분법이 대표적이다. 그 이분법은 인간을 문명으로, 동물을 야만으로 구분했다. 그 이분법은 인간들을 구분하는데도 물론 적용되었으니, 백인종/유색인종, 남성/여성, 정신/육체, 이성/감정, 성/속, 청결/더러움, 문명/자연 등 다양한 방식이 존재했다. 주된 기준은 이성의 소유 여부였다. 이성이 결핍된 존재는 동물이거나, 인간의 외양을 갖고 있다고 하더라도 동물에 가까운, 동물과 인간의 중간 어디쯤 위치한 존재라는 식이다.[4] 이 문명과 야만의 이분법은 식민화와 인종차별 노예제도 홀로코스트 등 온갖 차별과 학살, 수탈을 정당화하는 데 기여했다.

인간은 물질대사를 통해서만 생존할 수 있음은 엄연한 과학적 사실이지만, 인간과 동물의 공통점이므로 외면되어야 했다. 물질대사 중에서도 호흡은 부정되지 않거나 신성시되기까지 했지만, '먹고 싸는' 행위는 강력하게 부정되었다. 예컨대 아감벤은 그리스시대에서부터 이미 '조에'와 '비오스', 즉 '먹는 입'과 '말하는 입'의 구분이 있었음을 지적하면서 자신의 논의를 전개한다. 물론 '먹는 입'은 노예적 존재들의 몫으로, '말하는 입'은 정치행위를 할 수 있는 시민들의 몫으로 할당되었다. 인간다움이란 먹지도 싸지도 않는 어떤 것, 생물학적으로는 불가능한 어떤 것에 있는 듯

---

4   하지만 아이러니컬하게도 이 이분법에는 비이성적이고 비과학적인 대목이 적지 않다. 예컨대 인간과 침팬지(및 보노보)의 차이는, 침팬지와 강아지·새우··고래 사이의 차이보다 결코 크지 않다는 점만 보더라도 그렇다.

이 상상하는 셈이다. '배부른 돼지'와 '배고픈 소크라테스' 식의 구분이라 거나 '밥통', '밥버러지' 같은 관용구 역시 비슷한 맥락이다.

아감벤의 지적은 물론 정당하지만, '입 구멍'을 둘로 구분할 뿐 '싸는 구멍'은 아예 배제된다는 점도 덧붙여 기억해야 한다. '밥이 곧 하늘'이라 가르쳤던 수운 최제우 선생 역시 아쉽게도 똥에 대해서는 거의 언급하지 않는다. 결국 먹고 싸는 행위란 인간이 외면하고 싶었던 동물적 행위라는 점에서는 공통적이지만, 그 안에서도 층위가 있어 싸는 행위에 대해서는 더욱 철저하게 주변화했던 셈이다. 말하는 자, 먹는 자, 싸는 자라는 삼분 법의 위계질서라 할 수 있다.

먹지 않으면 생존할 수 없다는 점, 식량 부족은 혁명으로 이어지기 십 상이라는 점 등 때문에, 먹는 일 자체를 아예 무시하기는 어려웠을 터이 다. 그러니 농학, 경제학, 축산학, 식품영양학 등 제법 많은 연구가 있어왔 고 식도락 역시 중요한 귀족문화를 이뤄왔다. 그러나 똥은 강력한 악취를 풍기고 잘못 다루면 똥독이 오르며 각종 괴질의 원인이 되기도 했으니 밥 과는 층위가 꽤 달랐다. 동물적 영역 중에서도 먹는 일과는 구분하고 더 주변화시킬 만한 조건이었으니 더욱 철저히 외면하고자 했다.

그래도 서구의 경우 소위 분변학scatology이라는 이름으로 주목할 만한 성취들이 없지 않지만예컨대 죠르쥬 바따이유는 자신의 철학을 분변학이라고 부르기도 했다. 금 기와 위반의 철학자답다, 특히 한국의 경우는 매우 부족했다. 아마도 오랫동안 성 리학의 '소중화'였던 데다가, 19세기 말부터 압축적 근대화에 급급해온 역사 때문이리라. 고상하고 근엄한 것과 규율적 삶에 몰두하여도 시간이 부족할 판에 어느 겨를에 쓰레기와 주변적 존재들에 관심을 두겠는가.

그나마 그 결여를 채워주는 것은 예술, 그중에서도 문학의 영역이었다.

문학특히 민중문학에서는 똥을 풍요의 상징으로 삼거나 밥-똥 순환의 생태적 중요성을 강조하는 인식들, '너희들 권력자야말로 똥 같은 존재'라고 일갈하면서 농민 등 소수자에 대한 부당한 비천화를 적극적으로 비판하는 작품들이 적지 않다. 또 동서양을 막론하고 똥이란 귀족적 장르인 비극에서는 철저히 외면당했지만, 희극에서는 매우 애용되는 단골소재 중 하나이기도 했다.[5] 오늘날 우리가 똥을 대표적인 비천체abject로 인식하는 것은 근대서구적 문명과 야만의 이분법을 그대로 수용한 결과이지만, 문학은 제법 다른 층위에서 접근하였던 것이다. 똥을 주물러 밥으로 만들어내는 농민을 비천화하고 생명의 근원을 스스로 부정하는 기괴한 문명에 대한 도저한 비판이다. 물론 문학이라고 지배적 비천화의 흐름에서 자유롭지 않지만 이를 그대로 수용하지도 않았던 것이다. 이 책은 이런 맥락에서 한국문학에 대한 분변학적 접근을 시도한다.

3. 한국문학에서 나타난 똥

이 책에는 한국문학에서 똥의 재현을 다룬 글 중 일부를 골라 묶었다. 비교적 최근에 얻어진 성과들을, 그리고 가능한대로 이미 단행본으로 묶이지 않은 글들을 모아 시대순으로 배치했다. 이런 배치를 통해서 똥에 대한 한국문학의 재현이 어떻게 변화해왔는지에 대해 대체적 흐름만은 짐

---

5   대표적으로 바흐친을 떠올릴 수 있을 텐데, 이에 대해서는 최진석, 「배설의 신화와 문화—르네상스 민중문화에 나타난 똥과 오줌의 이미지」, 한만수·오영진 편, 『똥의 인문학』, 역사비평사, 2021 참조.

작할 수 있기를 기대한다. 개별 글들의 개요를 제시하면 다음과 같다.

김용선의 「분뇨서사에 굴절된 대도시 한양의 팽창」는 '분양糞壤'과 조선의 수도 '한양漢陽'의 관계를 '팽창'의 관점에서 분석한다. 둘 사이의 함수 관계는 똥·오줌 소재 서사를 통해 확인된다. 한양 도시민들의 인분뇨人糞尿를 개와 개천만으로 감당하던 시기는 조선 초로 한정된다. 기록과 구전의 분뇨서사들은 모두 한양의 팽창 정도와 더불어 내용의 변이를 제시한다는 점에서 가치가 있다. 나아가 이들은 모두 분糞의 경제적 가치를 함의하고 있음을 문맥 분석으로 확인하였는데 이 역시 한양의 '팽창'과 연관된 증거로 제시한다.

박수밀의 「차등과 숭고미의 전복, 똥의 기호 – 연암 박시원의 '똥'을 중심으로」는 연암의 똥에 대한 담론을 살펴 금기에 도전하는 인간의 정신과 연암이 똥을 통해 말하고자 한 바를 분석한다. 모든 존재는 미적 대상이 될 수 있다는 연암의 생각은 이항 대립을 해체하고 기존의 규범을 파괴했다. 연암에게 똥은 건강한 인간을 표상하기도 하고, 부조리한 인간을 풍자하기도 하며 주변/중심을 해체하는 기호이기도 했다. 똥은 숭고/비천, 중심/주변, 고귀함/천박함의 이항 대립을 해체하고 차등과 차별을 해체하는 상징이었다. 연암은 똥을 통해 가장 비천한 사물에서 가장 신성한 것을 찾아내는 차원 높은 상상력을 보여주었다는 해석이다.

정규식의 「분뇨서사로 읽는 연암 박지원의 개혁사상」은 연암의 작품에 등장하는 똥 이야기를 대상으로 그가 꿈꾸었던 부유한 백성과 풍요로운 조선에 대한 갈망을 고찰하였다. 연암 문학에서 똥은 그의 개혁사상이 담겨있는 매개물이다. 그가 상상한 '분뇨경제'의 활성화는 조선 사회의 풍요와 백성들의 부유함을 견인할 수 있는 하나의 대안이었다. 이런 점에서 연암 문학에서 똥은 그의 개혁사상이 응축된 일종의 문화적 코프롤라이트coprolite, 糞石라 할 수 있다는 것이다.

한만수의 「감옥 속의 똥—비천'화'된 자들은 어떻게 응수하는가」는 식민지 감옥에서 죄수들은 똥과 거의 분리되지 않은 채 감금되었음에 주목하여, 투옥 경험을 가진 작가들의 감옥 소재 소설들을 점검한다. 수감자들은 은유와 환유에 의해 똥과 동일시되고 인간과 동물의 중간적 존재'대리 혐오집단'로 전락했는데, 소설들은 '억울한 죽음'의 모티프를 도입하고 분노와 죄책감을 산출함으로써 이런 인식을 반전시킨다. 대표적인 비천체인 똥과 시체를 결합하여 비천성을 극대화한 뒤에, 이를 전복시켜 '비천화된 것들의 공동체'를 구성하는 상징자본을 만들어낸다는 해석이다.

이경훈의 「냄새 맡는 인간, 냄새 나는 텍스트—한국 근대문학과 냄새」는 후각이라는 신선한 키워드를 통해 식민지시기 소설들을 살핀다. 자연, 빈곤층, 조선인 등은 후각적으로도 타자화되었고 이를 통해서 과학, 부유층, 일본인 등은 주체화되었음을 확인한다. 특히 이광수는 과학사이비의 힘을 빌려 냄새를 재구성하고 선과 악의 관념이나 종교와 직결시키기도 했다는 점, 이상 등의 작품에서는 새 상품의 냄새가 주는 황홀이란 자본과 시장의 역능에 대한 육체적 확인으로 이어진다는 점 등에 대해서도 설득력 있게 분석해냈다.

황호덕의 「변비와 설사, 전향의 생정치生政治」는 이광수의 전향소설인 「무명」을 집중 분석한다. 필자는 소설의 한 가지 신비, 즉 모든 동료 수형자들이 먹고 배설하는 인간으로 묘사됨에도 불구하고 화자는 결코 싸지 않는다는 내용상의 특이성으로부터 이 소설에 혹 조선 민중과 지식인 화자를 분할하는 메커니즘이 배설이라는 문제와 관련해 암유暗喩된 것이 아닌가

하는 가설을 증명하고자 했다. 소설에서 제국 부르주아지라는 공공심은 "싸지 않는 작가"— 즉 변비의 형태로 증상화되었으며, 반면 조선 민중의 형상은 말하는 동시에 먹고 또 싸는 인간으로서 설사라는 증상으로 외화되어 나타났다. 이광수의 전향은 그런 의미에서 (먹는) '입=항문=조선어'에서 (말하는) '입=법=명령=위생=국어'로의 전향으로도 설명될 수 있다는 것이다.

김철의 「똥 같은 괴물, 괴물 같은 똥」은 '적敵/아我'의 멜로드라마적 이분법이 한국문학에서 어떻게 나타나는지를 탐구한다. 똥과 오물 및 여성 신체의 역겨운 대상화를 통해 미제국주의에 대한 일차원적 적개심을 표현하는 「분지」는 식민자에 대한 증오와 선망으로 뒤엉킨 피식민자의 정신적 분열을 드러낸다. 「똥바다」는 바흐찐의 그로테스크 리얼리즘의 해방적 기능을 부분적으로 구현하지만, 동시에 또 다른 폭력과 억압의 질서를 강화한다. '만들어낸 적'을 통해 집단적 주체를 형성함으로써 허구적 사회통합을 시도하는 현대 한국의 자화상으로 「분지」와 「똥바다」를 독해하는 이 글의 궁극적 목적은 푸코가 말한 "인간의 종말"을 사유하는 것이라고 주장한다.

오성호의 「똥과 한국시의 상상력」은 정호승과 최승호의 시를 중심으로 1980년대 이후 한국시에서의 똥을 살폈다. 정호승은 똥을 어떤 도덕적 의미를 지닌 것, 즉 자신을 새로운 세계로 이끄는 개안의 계기로 받아들인다. 육체를 정화시키고 영혼을 비상시키는 똥의 정화 작용에 대한 그의 성찰은 문명과 자연이 넘나드는 경계, 혹은 성과 속의 교차점, 똥이 낙엽과 함께 썩어서 거름으로 새롭게 태어나는 공간인 해우소의 상상력으로 수렴된다. 반면에 최승호는 똥을 인간의 탐욕이 농축된 것, 더럽고 혐오스러운 것으로 그린다. 흰색 도기 변기는 흔히 문명의 세련됨과 위생을 상징하는 것이지만, 최승호는 이를 문명의 매혹과 공포를 동시에 상징하는 것으로 그린다. 이처럼 상이한 방식으로 똥을 그리고 있지만 이들의 상상력은 가장 낮은 곳에서 가장 더러운 대상을 처리하고 세상을 정화하는 '똥막대기'의 형상으로 수렴된다는 해석이다.

정기석의 「최승호 시에 나타나는 분변성에 대한 저급유물론적 접근」은 최승호의 1980년대 시에 반복해서 나타나는 배설물, 오물, 사체 등에 주목함으로써, 그것들이 '근대적 인간'을 형성하는 과정에서 폐기되고 억압된 것들이라는 관점으로 접근한다. 최승호 시에서 배설물 등의 아브젝트abject는 '근대적 인간'과 문명화에 대한 이데올로기적 환상, 인간/비인간, 생명/죽음의 이분법적 위계, 상품 생산과 동시에 쓰레기를 양산하는 자본주의 구조 등을 해체한다. '인간'에 대한 정의와 위계 설정이 배제해온 저변에 대한 최승호의 시적 사유는 인간 및 생명에 대한 개념을 새롭게 설정하게 한다는 것이다.

김건형의 「역사의 천사는 똥구멍 사원에서 온다―김현론」은 김현의 시에 반복적으로 등장하는 항문과 항문섹스 및 똥의 이미지를 중심으로, 이성애 정상 가족 이데올로기 속 가부장을 위해 형성되어 왔던 기존의 문학사와 역사철학을 비판적으로 해체하는 양상을 독해한다. 김현 특유의 '항문의 서정'은 기존 한국 서정시 및 문학의 정치성을 심문하고, 서구적 퀴어 문화사를 변용해 한국적 퀴어 인식론을 재구성하는 아카이빙으로 나아간다. 이는 혐오 발화와 재생산 미래주의를 극복하는 퀴어 서정시를 제안한다는 점에서 한국문학의 새로운 지평으로 평가할 수 있다고 해석한다.

이지용의 「한국 SF에서 똥/쓰레기가 가지는 의미」는 한국 SF 작품들에

서 나타난 똥과 쓰레기들에 대해 자연문화적 인식들로 재해석하는 작업
이다. 특히 김동인의 「K박사의 연구」부터 김초엽의 「지구 끝의 온실」까
지 지난 100여 년 동안 발표된 SF들을 분석하여, 근대 과학에 대한 인식
으로부터 인류세 시대의 자연문화적 감각까지 능동적으로 형상화하고 있
음을 밝힌다. 한국 SF가 현대의 다양한 문제의식들에 대한 사고실험을 능
동적으로 수행할 수 있는 내재적인 요인들을 갖추고 있다는 것을 확인함
으로써 SF가 가지는 가치를 재평가한 셈이다.

고전문학 글 세 편은 연암 박지원을 주목한다. 농업사회임에도 농부와
똥거름에 대한 인식이 평가절하되는 모순에 대해 비판하며, 똥의 사회경
제적 가치란 조선 후기 도시의 확장 속에서도 포기할 수 없다는 믿음이 강
력함을 밝힌다. 나아가 미추의 이분법과 연계되어 강력해지는 인간차별
의 합리화에 대해 연암은 신랄하게 비판하고 전도시키고자 했다는 분석
이다. 똥이 풍요의 상징으로 재현되는 『삼국유사』의 서술을 통해 밥-똥
순환의 뿌리를 확인할 수도 있다. 똥에 주목한 고전문학 글은 매우 부족한
데, 아마도 한문학 작품에서 똥을 거의 다루지 않았기 때문일 터이다. 앞
으로 속담을 비롯한 구비문학으로 연구대상이 넓어질 가능성은 충분하지
않을까 한다.

근현대문학에서는 '똥=더러움'의 인식이 압도적이다.[6] 화학비료와 위
생관념이 정착하고 농업사회에서 벗어나면서 똥의 양가성이 사라지는 사
회경제적 변화와 유사한 셈이다. 하지만 몇 가지 중요한 차이가 발견된다.

---

6 물론 권정생의 「강아지 똥」처럼 획기적 의의를 지닌 작품도 있지만 매우 예외적이다.
   이 작품에 대한 괄목할 만한 저서로 정혜영, 『똥 속의 하늘─권정생의 똥 이야기로 풀어
   가는 문학과 신학의 대화』, 한울아카데미, 2015 참조.

첫째, 똥의 비천성을 어떤 부류의 인간과 동일화하는가에서 차이를 보인다. 일상적 인식은 대체로 주변적 인간들과 똥을 연계시키지만, 문학작품들은 매우 대조적이다. 특정한 인간집단농민, 노동자, 조선인, 수감자, 퀴어 등을 똥처럼 취급하는 인식의 부당함을 비판하는 문학들이 주류를 이룬다고 수록 글들은 지적한다. 단지 김철은 '권력자들이야말로 똥'이라고 되받아치는 민중문학의 경향에서 적과 나의 구분을 통해 자신을 구축하는 양상을 지적한다는 점에서 다소 이색적이다.

둘째, 비천화된 똥을 주목하면서 문명비판으로 나아가는 작품들도 적지 않다. 도시·자본·시장 중심적 문명에 대해 비판할 때 생명활동의 근간인 똥이란 제법 적절한 소재가 아닐 수 없을 터, 똥을 통해 사회의 모순을 지적하고 낮은 곳에서 새로 싹트는 가능성을 짚어내고 있다는 것이다.

셋째, SF는 좀 더 적극적이어서 똥을 비롯한 쓰레기에 대해 인류세적 관점에서 재인식할 필요성을 제기한다고 분석했다. 역사적 의미를 좀 더 부여하자면 연암을 비롯한 실학파들이 강조했던 '밥-똥 순환'이, 기후위기라는 문명사적 과제 속에서 변형된 형태로 재발견되는 셈이다. 그 변형이란 물론 과학기술을 경유하는 것이겠는데, 자본과 국가에 점령당한 과학기술을 세계시민을 위한 것으로, 나아가 비인간존재non-human까지를 포함한 지구의 뭇 생명을 위한 것으로, 되돌려 놓아야 할 필요성을 시사하는 것이리라. 문학 속의 똥에 대한 재현은 이렇게 전근대에서 근대로, 그리고 탈근대로의 기획으로 이어지는 큰 시대적 흐름과 호응하면서 변화해왔다. 또한 일상적 인식과는 적지 않은 차이를 보이면서 변화의 필요성과 가능성을 예민하게 포착해왔음을 이 글들을 통해 확인할 수 있다.

4. 사이언스 월든, 미완의 기획

근대 들어서 서구는 점차 수세식 변기와 하수처리 시스템을 발전시켰다. 콜레라 등 수인성 질환의 상당수가 줄어들었고 똥거름 대신에 화학비료를 사용하면서 식량증산도 가능해졌다. 물론 서구 근대과학의 큰 기여이다. 하지만 '밥-똥 순환'이 끊어진 탓에 똥은 폐기해야 할 쓰레기로 전락했다. 똥이 자원이었던 전근대에는 똥값을 받을 수 있었지만, 이제는 오히려 내 돈을 주고상하수도 요금 전기요금 등의 명목으로 눈앞에서 치워버려야 하는 골칫거리가 되었다. 하얀 수세식 변기를 통해 매일 우리의 똥과 돈은 빠져나간다. 우리의 똥은 온갖 화학약품과 버무려져 바다에 버려지며, 우리의 돈은 하수처리장, 화학비료 공장, 발전시설 등을 건설하고 운용하는 자본의 이윤으로 돌아간다. 결국 근대적 똥처리 방식은 위생을 향상시키긴 했지만 생태위기와 빈부격차라는 인류적 위기를 재촉하게 된 셈이다.

'사이언스 월든'은 대안을 제시하고자 했다. 똥을 과학에 의해 위생적으로 재처리하여 퇴비 가스 전기 등의 자원으로 순환시키고, 그렇게 얻은 자원의 가치를 똥을 눈 사람들에게 되돌려주자는 기획이다.[7] 만일 이렇게 된다면 생태위기와 빈부격차라는 쌍둥이 위기의 극복에 일정 부분 도움이 될 것이다. 물질적 순환의 차원에만 머무는 것은 아니어서 근대적 인식체계의 전환을 제안하는 것이기도 하다. 인간의 생명을 담보하는 물질대사란 무수한 존재들 사이의 순환이다. 쇠똥구리, 말똥구리는 남의 똥을 먹

---

[7] 사이언스 월든 연구책임자인 유니스트 조재원 교수는 이를 위해 '똥본위화폐'라는 개념과 '비비변기'를 제안한 바 있다. 불교닷컴 연재칼럼 「똥본위화폐」, 『이것은 변기가 아닙니다』(개마고원, 2021); 『서울신문』 연재칼럼 「조재원의 에코사이언스」 참조.

고 살며, 파리는 똥의 영양분으로 알을 키운다(그들에게는 똥냄새가 구수할 것이다). 물론 식물을 경유하는 경우가 훨씬 많으니, 동물의 배설물은 식물을 살찌우고, 그 식물은 다시 동물의 입으로 들어온다. 결국 똥이란 내 생명을 이어주는 존재가 아닐 수 없다. 물론 여기서의 똥이란 상징적인 의미일 뿐이다. 모든 동물은 식물의 배설물인 산소를 호흡하며, 반대로 식물들은 동물이 배출하는 이산화탄소로 생명을 유지한다. 모든 생명은 자신의 외부에 있는 존재들에 의존하면서 살아가고 있는 것이다. 다시 한번 똥은 곧 밥이다. 나의 입 구멍은 우주의 똥구멍과 맞닿아 있고, 우주의 입 구멍은 나의 똥구멍과 맞닿아 있다. 이에 비해 근대적 욕망들과 사회체제는 얼마나 왜소한가. 내 삶이 고작 타자와의 경쟁에서 살아남기에 불과하다면, 내가 살아가는 과정에서 만들어내는 것이 고작 쓰레기에 불과하다면, 우리의 삶은 얼마나 비천하고 황량할 것인가.

사이언스 월든은 우주적 대순환을 회복하려는 원대한 기획이다. 물론 단순한 복고는 아니고 과학기술의 힘을 빌려 '오래된 미래'를 재구성하자는 것이다. 똥을 한낱 쓰레기로 전락시키는 근대적 동력이 위생학 화학비료 하수처리 시스템 등 과학기술의 힘에 결정적으로 의존하였다면, 그 결과 위생의 증진을 얻는 대신 생태위기와 빈부격차의 심화도 초래되었다면, 사이언스 월든은 세계시민과 뭇 생명의 평등과 호혜에 기여할 수 있는 과학기술을 지향한다. 위생도 잃지 않으면서 생태위기 및 빈부격차의 해소에 기여하는, 이윤만을 목표로 삼지 않는 과학 기술 말이다. 근대 인류의 가장 강력한 권능인 과학과 기술을 국가와 자본에만 맡겨두지 않고 시민사회의 통제 안으로 끌어들이면 매우 많은 일이 가능해질 것이다. 사이언스 월든이 과학기술과 인문, 예술, 사회과학의 융합 프로젝트로 진행된 것 역시 이런 맥락에서였다.

물론 현실의 장벽은 강고하였다. 새로운 똥처리시스템을 사회 속에서 실험하기 위해서는 막대한 예산이 요구되는데, 그 힘을 가진 국가와 자본을 설득해내려는 노력은 성공하지 못했다. 열렬하게 호응했던 것은 오히려 무명씨들이었다. 유니스트 캠퍼스에 설치된 새로운 변기에서 '똥값'으로 커피쿠폰을 주는 실험은 흥미진진한 반응을 일으켰으며, 주변의 상인들은 똥본위화폐를 받고 김밥 값이나 커피 값을 할인해주기도 했다. 그분들의 반응은 대체로 "쉽지 않겠지만 꼭 성공하기를 바란다"는 것이었다. 그 무명씨들은 이윤과 생계 말고도 좀 더 의미 있는 일의 주체가 될 가능성을 확인했으리라. 한편 연구자들은 내 연구란 과연 이 사회와 시대 속에서 어떤 의미가 있는 것인가를 되새겨볼 기회를 얻었다. 실험과 글 말고도 사회와 소통하는 귀중한 방식을 체험한 것이다.

김밥가게 속의 자영업자들과 연구실 속의 학자들. 비좁은 자신의 공간에만 머물며 도통 그 외부와 소통할 기회가 없는 사람들이, 사이언스 월든을 통해서 전지구적 생태와 화폐시스템을 논의하고 변화의 가능성을 탐색했다. 국가와 자본을 관장하는 사람들은 물론 설득되지 않았지만, 대중과 학자들의 이런 공감대가 계속 확산된다면 적지 않은 추동력을 얻게 되지 않겠는가. 결국 사이언스 월든이 사회 속에 실현되지 못한 것은, 대중과 연구자의 호응과 열정을 실질적 변화로 추동해내는 작업에는 5년 남짓의 기간이 충분치 못했을 따름이리라. 이런 뜻에서 사이언스 월든은 폐기될 것이 아니라 수정보완을 거쳐 실현되어야 할 '미완의 기획'이라 생각한다.

많은 신화에서 똥은 풍요를 상징한다. 설화 전설 등에 넘쳐나는 똥 이야기를 통해서 민중들은, 우리 모두 똥 싸는 존재라는 점을, 젠체하는 양반들도 예외가 아님을 확인했다. 밥-똥 순환의 우주적 질서 앞에 뭇 생명은 평등함을 되새겼다. 오늘도 어린이들은 똥과 방귀 이야기에 열광한다. 프로이트에 따르면 그들에게 똥이란 부모에 대한 선물이다. 어린이들이 만들어낼 수 있는 유일한 것, 게다가 얼마나 따스하고 부드러운가.

그 똥은 어떻게 해서 비천화되었는가, 그 과정에서 어떤 일이 있었으며 그 이후 뭇 생명에게 어떤 차별과 배제가 일어나고 있는가. 똥의 '오래된 미래'를 과학을 통해 회복하려는 이 '미완의 기획'을 위해서는 이런 물음에 답변할 필요가 있었다. 사이언스 월든의 인문사회팀한만수·유병선·오영진·김선화·이명진은 이를 위해 4년간 제법 열정적으로 작업했으며, 그 성과는 이 책의 중요한 씨앗이 되었다.[8] 또한 인문사회팀 작업의 일부를 따로 정리해 『똥의 인문학』한만수·오영진 편, 역사비평사, 2021을 펴내기도 했다. 또한 사이언스 월든 사업의 일환으로 여러 종교(가톨릭, 기독교, 불교, 기철학, 이슬람교 등)의 교리와 문화에서 똥을 어떻게 인식하는지를 검토하는 작업도 진행되어 단행본을 최근 펴냈다.[9] 처음 시도되는 이 주제의 가치를 인정하고 기꺼이 귀한 글을 써주신 박병기, 김남희, 손원영, 김교빈, 박현도 교수께 감사드린다.

귀한 글의 수록을 허락하고 수정 보완해주신 열 분의 필자들께 고개 숙여 감사드린다. 특히 김철 선생은 이 책의 기획에 동의하여 글 2편을 새로 쓰는 노익장을 과시하셨고, 이경훈 선생은 투병 중에도 글 수록을 수락해

---

8   김철·오성호·이지용·한만수의 글은 사이언스 월든이 기획한 학술대회 및 학술지 특집을 통해 발표된 것들 중에서 문학 논문을 선별한 것이다.
9   박병기 편, 『종교와 똥, 뒷간의 미학』, 씨아이알, 2023.

주셨다. 이 선생이 조속히 쾌유하시길 바라는 마음 간절하다. 20년이 넘도록 학술출판에 큰 기여를 해온 소명출판의 박성모 사장과 편집자 박건형 님에게, 그리고 자료 수집부터 원고수합까지 자기 일처럼 도와주신 김선화^{동국대 박사 수료} 씨에게 깊이 감사드린다.

올해로 정년을 맞는다. 약 30년 동안 필자가 모자란 대로 관심을 가져왔던 주제는 크게 세 가지였다. 문학과 권력검열, 문학과 자본, 그리고 '문학과 생명'이라 말할 수 있을 사이언스 월든. 문학검열에 대해서는 개인 단행본과 공저 2권을, 똥과 문학에 대해서는 공저 2권을 펴낼 수 있었지만, 문학과 자본에 대해서는 글 너덧 편을 발표했을 뿐 중동무이 되고 말았다. 검열의 주체가 1990년대쯤 이후에는 국가에서 자본검열로 넘어갔다는 점을 감안하여 주제를 이동하였는데, 곧바로 사이언스 월든을 만나게 되어 이도저도 아닌 형국으로 정년을 맞게 된 것이다. 물론 재주도 열심도 모자란 사람이 거창한 주제를 여럿 손대었으니 성과가 초라함은 당연한 노릇, 이도저도 아닌 형국으로 정년을 맞게 되고 말았다. 뭇 생명과 이를 억압하는 힘들에 관심을 두다보니 자연스레 그리된 셈이라고, 성취는 보잘것없더라도 사이언스 월든에의 동참이 마지막 연구주제였음은 개인적으로는 적지 않은 보람이라고, 애써 자위해본다.

2023년 10월 남산 기슭에서
엮은이 한만수

차례

'분뇨서사'에 굴절된 대도시 한양의 팽창

김용선

이 글은 '분양^{糞壤}'과 조선의 수도 '한양^{漢陽}'의 관계를 '팽창'의 관점에서 분석한다. 둘 사이의 함수관계는 똥·오줌 소재 서사를 통해 확인된다. 한양 도시민들의 인분뇨^{人糞尿}를 개와 개천만으로 감당하던 시기는 조선 초로 한정된다. 기록과 구전의 분뇨서사들은 모두 한양의 팽창 정도와 더불어 내용의 변이를 제시한다는 점에서 가치가 있다. 나아가 이들은 모두 분^糞의 경제적 가치를 함의하고 있음을 문맥 분석으로 확인하였는데 이 역시 한양의 '팽창'과 연관된 증거로 제시한다.

● 이 글은 2016년 6월 10일 '한국어문교육연구회 제206회 전국 학술대회'에서 발표하고 다듬어 『溫知論叢』 제50집(2017)에 수록한 내용을 다시 수정·보완한 것이다. 발표 당시 토론을 맡아준 한신대 유형동 교수에게 지면을 빌려 깊은 감사를 전한다. 이 연구는 저자의 첫 '분뇨서사' 연구가 되었으며 국내 학계에 '분뇨서사'라는 용어를 사용한 첫 사례가 되었다. '방분담'을 다룬 이 글을 토대로 '방귀담'(김용선, 「〈방귀쟁이 며느리〉 민담의 '이인성(異人性)'에 관한 소고(小考) - '분뇨서사'의 맥락에서 본 '방귀담'의 신성성(神聖性)」, 『한국문학과 예술』 34, 숭실대 한국문학과예술연구소, 2021)과 '방뇨담'(김용선, 「구전설화 속 '방뇨담(放尿譚)'의 양상과 의미 - 분뇨서사에 투영된 소피(所避) 행위의 아브젝시옹과 그로테스크」, 『한국문학연구』 66, 동국대 한국문학연구소, 2021)을 통해 '분뇨서사'라는 개념어의 후속 연구를 연속·확장시킬 수 있었다.

1. 들어가는 말

시대와 국가 그리고 성별과 인종을 불문하고 빠뜨리지 않는 활동의 하나가 배변排便·배뇨排尿와 같은 배설활동이다. 사람뿐 아니라 작은 곤충에서부터 날아다니는 새에 이르기까지 식물을 제외한 생물체에게 배설이란 일반적이고 보편적인 생리현상이기도 하다. 심지어 곤충 중에는 쇠똥구리처럼 배설물에 남다른 애착을 보이는 종류도 있다.[1] 사람은 대체로 자신이 쏟아놓은 배설물에 대해 쇠똥구리와 같은 관심을 보이지는 않는다. 그럼에도 우리 고대신화 중에는 분糞[2]을 통해 왕이 배필을 얻는 서사가 있다. 신라 제22대 왕 지철로왕智哲老王의 이야기가 그것으로『삼국유사三國遺事』에 수록되어 있는데 그 일부를 보면 다음과 같다.

> 왕은 영원永元 2년 경진년500년에 즉위했다. 왕은 음경의 길이가 한 자 다섯 치여서 좋은 짝을 찾기가 어려웠으므로 사신을 삼도三道로 보내 구했다. 사신이 모량부牟梁部 동로수冬老樹 아래에 이르렀을 때 개 두 마리가 북만큼 커다란 똥 덩어리의 양쪽 끝을 다투어 먹고 있는 것을 보았다. 그래서 마을 사람들에게 묻자 한 소녀가 이렇게 말했다. "모량부 상공相公의 딸이 그곳에서 빨래를 하다 숲 속에서 숨어서 눈 것입니다." 그 집을 찾아가 살펴보니 상공 딸의 키가 일곱 자 다섯 치나 되었다. 이런 사실을 왕에게 보고했다. 이에 왕이 수레를 보내 그녀를 궁궐로 맞아들여 황후로 봉하니 신하들이 모두 축하했다.[3]

---

1   날지 못하는 딱정벌레로서 이 곤충은 일종의 분변애호가[Coprophagist]라 할 수 있다. 캐롤라인 홈스, 박웅희 역, 『똥』, 황금나침반, 2007, 13쪽.
2   똥이라고 표기할 수도 있다. 그러나 '똥'이라는 단어가 가질 수 있는 '편견(偏見)'에 경도(傾倒)되지 않기 위해 이 글에서는 특별하지 않은 이상 앞으로 똥을 분(糞)으로 나타내겠다.

'북[鼓치]'만한 분糞을 배설한 덕분에 황후가 되었다면 배설과 분糞은 평범한 일상행위와 '더러운 것'에 지나는 것이 아니라 '특별한 것'이라고 할 만할 것이다. 그 동안 한국의 사학계는 잇단 발굴을 통해 이 '특별한 물체' 즉 분糞을 통해 조선시대 위생에 대한 상당한 조사결과를 거두었으며[4] 이를 토대로 당대當代 조선의 '감염지도'[5]를 그려낼 수 있는 단계에 이르게 되었다.[6] 조선시대 당대인들의 식습관과 배설, 그리고 화장실 문화는 화석화된 '회충알'의 발견을 통해 역추적이 가능해지게 된 것이다.[7] 이와 같이 선행연구들은 분糞이 조선시대 시비법施肥法과 깊은 연관이 있음을 밝히고 있음에도[8] 이것만으로는 조선 후기 대도시 '한양'의 위생지도를 전부 그렸다고 할 수 없다.

한양의 도시사都市史가 흘려보낸 분뇨사糞尿史[9]의 흔적을 어디에서 찾을 것

---

3 여기서의 번역은 다음을 참조하였다. 일연, 김원중 역, 『삼국유사』, 민음사, 2009, 105쪽; 〈智哲老王〉 王以永元二年庚長卽位. 王陰長一尺五寸, 難於嘉耦, 發使三道求之, 使之牟梁部, 冬老樹下, 見二狗嚙一屎塊如鼓大, 爭嚙其兩端, 訪於里人, 有一小女告云, "此部相公之女子, 洗澣干此隱林而所遺也." 尋其家檢之, 身長七尺五寸, 具事奏聞, 王遣車邀入宮中, 封爲皇后, 群臣皆賀. 원문은 다음을 참조하였다. 일연, 김원중 역, 같은 책, 2009, 659쪽.

4 "여기서 학자들이 활용한 것은 출토된 '분석(糞石)[Corpolite]'이다. 일반적으로 인간뿐 아니라 모든 동물의 배설물 화석에 대해서 이 용어를 사용한다." 장보웅, 『동서 고금의 화장실 문화 이야기』, 보진재, 2001, 223쪽.

5 감염지도, 여기서 '감염지도'라는 개념은 스티븐 존슨, 김명남 역, 『감염지도』, 김영사, 2008. 즉 원제(原題)인 "Ghost Map"의 번역 명칭을 참조한 것이다.

6 이와 관련해서는 다음의 선행 연구들이 있다. 기호철·배재훈·신동훈, 「조선후기 한양도성 내 토양매개성 기생충 감염 원인에 대한 역사 문헌학적 고찰」, 『의사학(醫史學)』 Vol.22 No.1, 대한의사학회, 2013; 김유미, 「조선시대 무덤의 미라와 분변석에서 발견된 기생충알에 관한 연구」, 전북대 박사논문, 2009.

7 "고기생충학(Paleoparasitology)은 오래된 유적의 분변에서 얻은 기생충을 연구하는 학문으로, 인간과 기생충의 관계, 기생충의 전파와 인류의 이동에 관한 중요한 정보를 제공할 수 있다." 김유미, 위의 글.

8 최덕경, 「조선(朝鮮)시대 분뇨시비(糞尿施肥)와 인분(人糞)-고대중국(古代中國)의 분뇨이용(糞尿利用)과 관련하여」, 『역사학연구』 Vol.40, 호남사학회, 2010.

인가? 이 질문은 조선의 수도 한양의 '팽창'[10]과 관련된 뒷모습을 알 수 있게 해주는 중요한 단서가 되어주지 않을까? 본장은 이러한 물음에서 출발하게 되었다. 본격적인 고찰에 앞서 이에 대한 역추적이 가능한 영역을 탐색하는 것이 작업의 최우선이 될 것이다. 연구자는 역사 자체보다는 분뇨를 소재로 한 문학서사들 즉 '분뇨서사糞尿敍事'[11] 안에서 한양의 팽창과 관련한 근거를 더욱 효과적으로 발견할 수 있다고 판단했다. 먼저 일종의 외사外史라고 할 수 있는 박제가朴齊家, 1750~1805의 『북학의北學議』에 등장한 분糞을 보겠다.

「똥거름[糞]」 중국에서는 똥거름을 황금인양 아낀다. 길에는 버려진 재가 없다. (…중략…) 똥을 거름으로 사용할 때에는 누구나 차진 진흙처럼 물에 타 바가지로 퍼서 거름한다. 거름을 골고루 뿌리기 위해서다. ㉮우리나라는 마른 똥을 거름으로 사용하므로 힘이 분산되어 효과가 온전하지 못하다. 성안의 똥을 완전하게 거둬들이지 않기 때문에 악취와 더러운 것이 길에 가득하다. 하천의 다리와 석축에는 사람 똥 덩어리가 군데군데 쌓여 있어 장맛비가 크게 내리지 않으면 씻겨 내려가지 않는다. 개똥이나 말똥이 사람들의 발에 늘 밟힌다. 논밭을 제대로 결장하지 않는 실상을 이런 현실로 미루어 짐작할 수 있다. 똥을 남겨 두는 것은 말할 나위 없고, 재마저도 모조리 길거리에 버린다. 그래서 바람이 조금이라도 불면

---

9 여기에서는 분뇨(糞尿)를 중심으로 서술된 역사기록을 총칭하여 별도로 '분뇨사(糞尿史)'라 호칭하고자 한다. 주로 '사람의 똥오줌'을 토대로 기록된 역사서술을 말한다.

10 확장(擴張) 대신 팽창(膨脹)이라고 한 것은 한양의 물리적 크기가 조선후기까지도 사대문(四大門) 안으로 한정되어 있었던 것을 강조하고자 한 까닭이다.

11 이 글은 분뇨(糞尿)를 소재(素材)로 한 서사(敍事)를 이렇게 호칭하기로 한다. '분뇨담(糞尿談)' 혹은 '똥 이야기'라고도 할 수 있겠으나, 서사마다의 고유 형식을 넘어서는 용어를 만들어보기 위해 분뇨서사(糞尿敍事)라 붙인 것이다.

눈을 아예 뜨지 못한다. 이리저리 구르다가 바람에 날리는 재는 집집마다 술과 음식의 불결을 초래한다. 사람들은 음식이 불결하다고 탓하기나 할 뿐 불결의 원인이 실제로는 버려진 재에 있는 줄을 모른다. 시골에서는 주민이 적어서 재를 구하고자 해도 많이 얻지 못한다. 지금 한양 성안에서 한 해에 나오는 재가 몇 만 섬이 될지 모를 만큼 많다. 그런 재를 엉뚱하게 내버리고 이용하지 않는다. 이것은 수만 섬의 곡식을 버리는 짓과 똑같다.[12]

위 내용은 『진상본 북학의進上本 北學議』에서 조금 더 확장된 모습을 보인다.[13] 박제가가 30대 초반에 완성한 것으로 추정[14]되는 18세기 후반의 글을 통해 우리는 분糞과 관련하여 저자가 생존하던 당시의 몇 가지 정보를 획득할 수 있다. 글의 ㉮ 부분을 통해서 당시 조선은 거름으로 마른 똥[乾糞]을 사용하고 있었으며, 분뇨수거에 많은 문제를 안고 있어 한양의 위생상태가 엉망이었다는 점 등을 알 수 있다. 그렇다면 박제가의 글은 한양과 분糞에 관한 모든 정보를 담고 있는 것인가? 박제가의 글에서 한양의 도시사都市史를 일부 발견할 수 있었지만 이 글만으로는 충분하다고 할 수 없다. 하여, 이외의 몇 가지 서사 작품들을 제시해가며 논의를 확장해가고자 한다.

---

12 朴齊家, 「貞蕤集 附 北學議外編」 糞 "中國, 惜糞如金, 道無遺灰, (…중략…) 用糞皆和水如濃泥, 以瓢舀用, 蓋欲均其力也. 我國用乾糞, 力散而不全. 城中之糞, 收之不盡, 臭穢滿路, 川橋石築之邊, 入乾累累, 非大霖雨則不洗. 犬馬之矢, 恒被人踏, 田疇之不易, 此可推矣. 糞既有餘, 灰則全棄於道, 風稍起, 目不敢開, 轉輾飄搖, 以至萬家之酒食不潔. 人徒咎其不潔, 而不知實起於棄灰. 夫鄕村人少, 故欲求灰而不可多, 今城中一歲之灰, 不知其幾萬斛, 反棄之不用, 是與棄幾萬斛穀同也."

13 안대회는 이 조항의 내용이 '외편' 「똥거름」에서 논의된 것을 대폭으로 증보하여 확대한 것으로, 일부 중복되는 내용이 있어 문제의식은 비슷하나 내용이 훨씬 풍부해졌고 새로운 사실이 첨가되었으므로 거의 새로운 내용으로 보아야 한다고 했다. 박제가, 안대회 역, 『완역정본 북학의』, 돌베개, 2013.

14 위의 책, 486쪽.

2. 한양의 도시사都市史가 흘려보낸 '분뇨사糞尿史'

1) 한양 도시민들의 배설과 분糞먹는 개

앞서 박제가는 한양의 분糞을 완전히 거둬들이지 못하고 있을 뿐 아니라 쌓이도록 내버려둔다고까지 하였다. 한양이라는 공간적 범주를 포함하여 옛 조선 사람들은 대체 분糞을 어떻게 처리하였는지부터 알아보아야겠다. 무엇보다 일상생활에서의 처리법을 살펴야겠는데 다음에 소개할 성대중成大中. 1732~1812의 글은 이에 대한 기초적인 정보를 제공해준다.

『청성잡기靑城雜記』 권지오卷之五 「사람이 개보다 낫다고 말할 수 있나」 ㉯개는 사람이 뒷간에 올라가는 것을 보면 곧바로 몰려들어 사람이 대변보기를 기다렸다가 재빠른 놈은 먼저 달려들고 약한 놈은 움츠린다. 화가 나면 서로 물어뜯고 즐거우면 서로 핥아 대기도 하는데 다투는 것은 오직 먹이 때문이다.[15]

㉯의 부분은 다름 아닌 개가 사람의 분糞을 처리해주고 있음을 알 수 있다. 앞 장에서 제시했던 지철로왕의 대목에서도 똥을 두고 두 마리의 개가 다투었다. 신라 시대를 묘사한 서사에서 발견될 정도로 개를 통한 용변처리는 대단히 오래된 것으로 보인다. 분糞먹는 개의 존재는 한양뿐 아니라 지방에서도 확인된다. 조선 전기의 문신 서거정徐居正. 1420~1488의 아래 글을 보자.

---

15 「醒言」 ○狗見人登溷, 輒集而伺其便, 捷者先, 懦者蹙, 怒則相齧, 喜則相舐, 所爭惟其食也. 見其狀者, 孰不醜笑之哉. 然人之求食, 與狗異者幾希, 使嚴子陵邵節康而在, 其視之, 亦猶人之視狗也. 朝返自溷, 爲之一笑而識之. 然人之不及狗者實多, 交必以時, 人能之乎. 警盜如神, 人能之乎. 食則知恩, 報則以義, 人人而能之乎. 又爲之一嘆. 원문과 번역은 '한국고전번역원'을 참조하였다.

세속에서 인색한 사람을 흔히 고폐라고 한다. 청주淸州의 자린고비가 충주忠州의 자린고비에게 고폐를 배우고자 하여, 소 한 마리, 개 한 마리, 닭 한 마리를 몰고 충주 자린고비의 집에 가서, 명함을 들여보내어 비밀리에 만나기를 청했다. (…중략…) 충주 자린고비가 말하기를, "그대가 오면서 소 한 마리, ㉠개 한 마리, 닭 한 마리를 몰고 온 것은 무슨 까닭인가?"라고 했다. 청주 자린고비가 말하기를, "소는 물건을 실으려 함이오, ㉡개는 남은 똥을 먹게 하려 함이오, 닭은 남은 낟알을 쪼아 먹이려 함이다"라고 했다. 충주 자린고비가 말하기를, "자린고비의 도道를 그대는 이미 다 얻었다. 내가 그대의 자린고비를 배워야지, 그대가 어찌 나를 배우겠는가?"라고 했다.[16]

자린고비를 소재로 한 소화笑話지만 여기에서도 ㉠과 ㉡을 통해 개를 통한 용변처리가 확인된다. 이 글은 성대중의 인용문보다 앞선 시기의 것이다. 두 글을 통해 조선 전기에서 후기에 이르기까지 일상에서 개를 통해 분糞을 처리하는 것이 일반적인 분糞처리의 한 방법임을 확인케 된다. 이때의 개는 흔히 불리는 '똥개'라 할 것이다.[17] 그렇다면 개만이 인분人糞을 처리하는 전부라고 할 수 있는가? 한양이 수도로서 배출한 민가의 인분뇨를

---

16 번역문은 다음의 것을 참조하였다. 서거정, 박경신 역, 『대교역주 태평한화골계전(對校譯註 太平閑話滑稽傳)』, 국학자료원, 1998, 51~52쪽.

17 "우리말에서 동물 이름 앞에 '똥'을 넣어 부르는 것은 개·돼지·파리밖에 없다. 물론 쇠똥구리나 개똥벌레 같은 것이 있기는 하지만 이때의 똥은 인간의 똥이 아니다. 파리와 함께 개·돼지의 또 한 가지 기능상 유사성은 바로 '똥을 처리하는 것'이었다. **개는 집집마다 길렀다.** 조선 초기 왕실과 궁가에서는 매와 함께 사냥용으로 길렀고, 경비견으로 기르기도 했다. 많은 경우 10여 마리를 한꺼번에 기르는 옹주가(翁主家)도 있었다. 그러나 **민가에서 기르는 개는 엽견(獵犬)도 경비견도 아니었다.** 물론 부작용도 있었다. 속설에 '사내아이가 마당에서 똥 누다가 개에게 불알 따먹히면 그 아이를 내시로 들인다'라는 말이 있는데, 이런 속설이 전해오는 것을 보면 그런 사고는 종종 있었던 모양이다. 토종개는 말 그대로 '똥개'였다." 전우용, 『서울은 깊다』, 돌베개, 2016, 59~65쪽.

모두 이와 같은 방식으로 해결하였다고 보기는 어렵다. 더구나 한양이 대도시의 형태로 '팽창'하면서는 소위 '똥개'를 활용한 처리만으로는 곤란하였을 것이다. 따라서 개와 더불어 가장 '흔한' 인분 처리 방식을 다음 장에서 보고자 한다.

2) 한양의 배설기관, 개천에 흐르는 분양糞壤

시간의 흐름에 따라 점차 한양은 일종의 상품 화폐 경제가 발아發芽하는 단계를 보인다. 이에 따라 대도시화되어가는 한양은 공간 변화는 물론 인구 증가로 인해 인분뇨 처리 역시 골칫거리로 대두된다. 이때 주목할 점은 도성 안의 거주자와 도성 밖의 거주자 간에 차별이 크지 않았다는 것이다.[18] 곧 대도시 한양의 인분뇨 처리는 도시 구성원 모두가 감당해야 할 '큰일'이 되었다. 수도 한양이 대도시로 팽창하면서 늘어나는 인구와 더불어 증가하는 인분뇨의 처리는 조선 초기부터 활용해온 개천開川[19]을 그대로 사용한 것으로 보인다. 아래의 외사外史는 이미 세종 시절부터 '똥물'

---

18 "조선 후기 서울은 인구증가, 상업발달로 인해 도시공간이 도성 외부로 확대되고, 상업기능이 활성화되면서 상가가 대폭 확대되는 등, 매우 역동적인 변화를 보이고 있었다. 이와 같은 역동적 변화 속에서 서울의 도시공간도 다양한 방식과 원리에 의해 구분되고 인식되고 있었다. 도성이라는 물리적 시설을 기준으로 하여 도성인과 도성 밖의 성저십리를 구분하는 방식이다. 이와 같은 도성안과 도성 밖을 구분하는 기준은 동아시아 도읍에서 일반적으로 보이는 구분으로서, 도성 안 주민과 도성 밖 주민 사이에 차별을 내포하는 것이었다. 그러나 조선왕조의 한양의 경우 이러한 차별은 16세기를 전후하여 사라지고, 도성 밖 주민들도 도성 안 주민과 동일하게 취급되었다. 둘째, 오부(五部)-방(坊)이라는 한성부의 행정편제에 따라 구분하는 방식이다. 도성을 동, 서, 남, 북, 중부로 나누고, 각 부안에 도로와 하천을 기준으로 방을 구획하였다." 고동환, 「조선 후기 서울의 공간구성과 공간인식」, 『서울학연구』Vol.-No.26, 서울시립대 서울학연구소, 2006.
19 "이때 한양의 '개천'은 인왕산과 북악산에서 발원한 두 물줄기가 만나 성안을 가로질러 서에서 동으로 흘러 한강과 만나는 하천으로 일제강점기 때 붙여진 '청풍계천(淸風溪川)' 곧 '청계천(淸溪川)'을 말한다." 소래섭, 『불온한경성은 명랑하라』, 웅진지식하우스, 2011, 50~51쪽.

로 전락한 개천의 상황을 적나라하게 담고 있다.

갑자년甲子年[20] 무렵에 이현로李賢老가 상소해서 말하기를, "명당明堂의 물이 맑으면 나라에 이롭고, 맑지 못하면 이롭지 못합니다. 지금 개천開川은 바로 한양 도읍의 명당수明堂水이니, 그것을 맑게 하기를 청합니다"라고 했다. 승정원承政院에 명해서 이현로에게 그것을 맑게 할 방법을 묻게 했더니, 현로가 말하기를, "서울의 집집마다 사람 수의 많고 적음을 헤아려서 나무통을 만들게 하여, 사람마다 각각 불결한 것을 거기에다 버리게 해서 그 통들을 성城 밖으로 메고 가서 버리게 하고, 말똥이나 소똥도 또한 이와 같이 한다면, 개천이 가히 맑아질 수 있을 것입니다"라고 했다. 승지承旨인 박이창朴以昌이 말하기를, "그대의 말이 약간 일리一理가 있다. 그러나 ㉯ 서울의 백만 가호百萬 家戶를 누구로 하여금 관장하게 하여 그것을 금禁하게 할 수 있다는 말인가?"라고 했다. 이李가 말하기를, "방坊과 리里에 관령管領들이 있습니다"라고 했다. 박朴이 말하기를, "밤이 어둡고 달이 깜깜하여 아무도 없는 때에 어른과 아이들이 개천에 똥을 누고는, 나는 듯이 돌아가 문을 닫고 자물쇠를 내리고는 깊이 잠이 든 것처럼 코를 드르렁드르렁 골게 되면, 이때를 당해서는 비록 상앙商鞅으로 하여금 관장하게 하더라도 어찌 모든 사람을 묶어 형부刑部에 내릴 수 있겠는가?"라고 했다. 이李가 대답하지 못했는데, 박朴이 손가락을 꼽아 이李에게 보이면서 말하기를, "집주인 영감이 한 통, 할멈이 한 통, 아들이 한 통, 며느리가 한 통, 딸이 한 통, 사위가 한 통, 자손들이 각 한 통, 옆에서 모시는 첩이 각 한 통, 종과 계집종 부부가 각 한 통이면, 수십 명數十名이 사는 집에 통이 수십 개에

---

20 세종 26년(1444)을 말한다. 『실록』에는 이 기사가 없으나 『신증동국여지승람』 제3권, 한성부 조에 의하면 이현로가 이 상소를 한 것이 세종 26년이었다고 되어 있다. 서거정 , 박경신 역, 앞의 책, 56쪽의 각주를 따랐다.

서 내려가지를 않는데, 그것을 성城 밖으로 지고 나갈 사람은 누구란 말인가? 우리 집에는 단지 수염이 길다란 하인 한 사람만 있는데, 그가 힘이 부족하다면 나도 그 것을 져야 하고, 내가 또한 그것을 지면 그대도 또한 때때로 지겠구만"이라고 했다. 이李는 아무 말도 하지 못했다.[21]

　　내용이 다소 우스꽝스러운 풍자를 담고 있다고 할 수 있겠는데, 당시 공 공 위생에 무지하고 무능할 수밖에 없던 조정을 대화의 형태로 비판하고 있다. ㉯에서 알 수 있듯 여기에는 아직 '파악되지 않는 존재'가 있음을 주 시할 필요가 있다. 그 존재에 대하여서는 다음 장에서 소개하고자 한다.

3. 한양의 분뇨서사

1) 기록 속 '분뇨서사'를 통해 본 한양의 분뇨 수거인

　　후대로 가면서 한양의 구성원이 증폭함에 따라 개나 개천만으로는 더 이 상 거주자들의 분뇨를 처리할 수 없게 되었다. 이 시기의 풍경을 포착하여 서사화한 인물이 바로 연암 박지원燕巖 朴趾源, 1737~1805이다. 그가 지은 『예덕

21　甲子年間, 李賢老上疏曰: "明堂水淸, 則利國家, 不淸不利, 今開川, 乃漢都明堂水, 請澄 之, 命政院問賢老, 澄之之術." 賢老曰: "京城烟戶量人口多少, 作木桶, 人各遺不潔於其 中, 擔置之城外, 馬矢牛, 糞亦如是, 開川可澄." 朴承旨以昌曰: "子之言頗或有理, 然長安 百萬家, 誰使掌禁者." 李曰: "坊里管領存焉." 朴曰: "夜暗月黑, 人跡頓絶, 人無大小, 列 坐開川放屎, 如飛閉戶下鑰, 熟睡駒駒, 當此時, 誰使商鞅爲管領, 安得人人而錮甕下部乎." 李未及對, 朴屈指示李曰: "家翁一桶, 家母一桶, 子一桶, 婦一桶, 女一桶, 壻一桶, 子孫各 一桶, 侍妾各一桶, 奴婢夫妻各一桶, 數十人之家, 不下數十桶, 擔負出城者何人耶, 吾家只 一長鬚 鬚力不足, 則吾亦擔, 吾亦擔, 則子亦有時擔矣." 李默然. 원문과 번역문은 다음의 글을 참조하였다. 서거정, 박경신 역, 같은 책, 56~60쪽.

선생전穢德先生傳』에는 앞서의 분뇨사糞尿史에 등장하지 않은 존재가 등장한다.
조선 후기 활동한 분뇨수거인糞尿收去人의 정체가 묘사된 것이다. 그의 해당
전傳이 어떤 인물을 입전立傳하고 있는지[22] 아래 글을 통해 살펴본다.

『예덕선생전穢德先生傳』 선귤자蟬橘子에게 예덕선생이라 부르는 벗이 한 사람 있
다. ㉰ 그는 종본탑宗本塔 동쪽에 살면서 날마다 마을 안의 똥을 치는 일을 생업으로
삼고 지냈는데 마을사람들은 모두들 그를 엄행수嚴 行首라 불렀다. '행수'란 막일꾼
가운데 나이가 많은 사람에 대한 칭호요, '엄'은 그의 姓이다. 자목子牧이 선귤자에
게 따져 묻기를, "(…중략…) ㉱ 저 엄행수라는 자는 마을에서 가장 비천한 막일꾼
으로서 열악한 곳에 살면서 남들이 치욕으로 여기는 일을 하고 있는 사람인데, 선생
님께서는 자주 그의 덕德을 칭송하여 선생이라 부르는 동시에 장차 그와 교분을 맺
고 벗하기를 청할 것같이 하시니 제자로서 심히 부끄럽습니다. 그러하오니 문하에
서 떠나기를 원하옵니다." (…중략…) 저 엄행수란 사람은 일찍이 나에게 알아 달
라고 요구하지 않았는데도 나는 항상 그를 예찬하고 싶어 못 견뎌했지. (…중략…)
흙벽을 쌓아 풀로 덮은 움막에 조그마한 구멍을 내고 들어갈 때는 새우등을 하
고 들어가고 잘 때는 개처럼 몸을 웅크리고 잠을 자지만 아침이면 개운하게 일
어나 삼태기를 지고 마을로 들어와 뒷간을 청소하지. ㉲ 9월에 서리가 내리고
10월에 엷은 얼음이 얼 때쯤이면 뒷간에 말라붙은 사람똥, 마구간의 말똥, 외양간

22 "전의 입전 대상은 '은덕(隱德)'이나 '가법(可法)'과 같은 기본조건이 필요하다. 숨겨진
   덕성이나 본보기가 될 만한 인간자세와 덕성을 갖춘 인물이 전의 입전 대상으로 선택되
   었던 것이다. 입전 대상 선정에는 덕성이 드러나지 못했거나, 신분·지위가 한미한 인물
   이라는 점도 주요한 요소로 작용하였다. 전은 평범하거나 미천하지만 현양할 가치가 있
   는 인물을 입전 대상으로 선호했다. 이 점에서 전은 단순한 인물 전기가 아니며 인간에
   대한 애정과 관심이 강한 문체라고 하겠다." 신상필, 「전(傳)의 특성과 전개 양상」, 동방
   한문학회 편, 『한국한문학의 이론 산문』, 보고사, 2007, 299~303쪽.

의 소똥, 홰 위의 닭똥, 개똥, 거위똥, 돼지똥, 비둘기똥, 토끼똥, 참새똥을 주옥인 양 긁어 가도 염치에 손상이 가지 않고, 그 이익을 독차지하여도 의로움에는 해가 되지 않으며, 욕심을 부려 많은 것을 차지하려고 해도 남들이 양보심 없다고 비난하지 않는다네. 그는 손바닥에 침을 발라 삽을 잡고는 새가 모이를 쪼아 먹듯 꾸부정히 허리를 구부려 일에만 열중할 뿐, 아무리 화려한 미관이라도 마음에 두지 않고 아무리 좋은 풍악이라도 관심을 두는 법이 없지. 부귀란 사람이라면 누구나 원하는 것이지만 바란다고 해서 얻을 수 있는 것이 아니기에 부러워하지 않는 것이지. 따라서 그에 대해 예찬을 한다고 해서 더 영예로울 것도 없으며 헐뜯는다 해서 욕될 것도 없다네. (사)왕십리枉十里의 무와 살곶이[箭串]의 순무, 석교石郊의 가지·오이·수박·호박이며 연희궁延禧宮의 고추·마늘·부추·파·염교며 청파靑坡의 미나리와 이태인利泰仁의 토란들은 상상전上上田에 심는데, 모두 엄씨의 똥을 가져다 써야 땅이 비옥해지고 많은 수확을 올릴 수 있으며, 그 수입이 1년에 6,000전錢 600냥이나 된다네.[23]

선귤자蟬橘子가 예덕선생穢德先生이라 부르는 이는 엄행수嚴行首라는 인물이

23 『燕巖集』卷之八○別集 潘南朴趾源美齋著〈穢德先生傳〉蟬橘子有友曰穢德先生. 在宗本塔東, 日負里中糞, 以爲業, 里中皆稱嚴行首. 行首者, 役夫老者之稱也, 嚴其姓也. 子牧問乎蟬橘子曰: "昔者, 吾聞'友於夫子曰, 不室而妻, 匪氣之弟', 友如此其重也. 世之名士大夫, 願從足下遊於下風者多矣, 夫子無所取焉. 夫嚴行首者, 里中之賤人役夫, 下流之處而恥辱之行也, 夫子亟稱其德曰先生, 若將納交而請友焉, 弟子甚羞之. 請辭於門", (…중략…) "彼嚴行首者, 未嘗求知於吾, 吾常欲譽之而不厭也. 其飯也頓頓, 其行也仡仡, 其睡也昏昏, 其笑也訶訶, 其居也若愚. 築土覆藁而圭其竇, 入則蝦脊, 眠則狗喙, 朝日熙熙然起, 荷畚入里中除溷. 歲九月天雨霜, 十月薄氷, 圊人餘乾, 皂馬通, 閑牛下, 塒落鷄, 狗鵝矢, 笘豨苓, 左盤龍, 翫月砂, 白丁香, 取之如珠玉, 不傷於廉, 獨專其利, 而不害於義, 貪多而務得, 人不謂其不讓. 唾掌揮鍬, 磬腰傴傴, 若禽鳥之啄也, 雖文章之觀, 非其志也, 雖鍾皷之樂, 不顧也. 夫富貴者, 人之所同願也, 非慕而可得, 故不羨也. 譽之而不加榮, 毁之而不加辱. 枉十里蘿蔔, 箭串菁, 石郊茄瓝水瓠胡瓠, 延禧宮苦椒蒜韭蔥薤, 靑坡水芹, 利泰仁土卵, 田用上上, 皆取嚴氏糞, 膏沃衍饒, 歲致錢六千.

다. 작품에는 ㉣에서 보듯 그의 거주지역과 분뇨수거인으로서의 활동지역이 기술되어 있다. 이어 ㉤를 통해 당시 분뇨수거인의 사회적 위치를 알 수 있게 해주는 언급이 등장한다. ㉥에는 그가 주로 활동하는 시기와 수거하는 분糞의 종류가 열거되어 있다. 특히 해당 대목에서 그가 '이익을 독차지한다는' 부분이나 '욕심을 부려 많은 것을 차지하려고' 한다는 부분['獨專其利', '貪多而務得']은 역시 주목할 필요가 있다.[24] ㉦에는 그가 수거한 분들이 비료[25]로 활용되고 있음을 파악할 수 있을 뿐 아니라 비료가 활용되고 있는 농업지가 구체적으로 소개되고 있다는 점에서 중요한 정보를 제공해준다. 그가 비료로 쓰일 분을 수요자들에게 판매하면서 상당한 부를 축적하고 있음을 알 수 있다. 분뇨수거인으로서 엄 씨의 한해 수입이 수치로 제시되고 있기 때문이다.

---

24 이에 대한 논의는 제3장에서 펼치고자 한다.
25 "비료(肥料)는 토양을 배양하는 재료로서 농작물을 재배하는 데 필요불가결한 요소이다. 조선 농서에는 당시 지력회복을 위해 이용된 다양한 비료들이 제시되어 있다. 당시 비료에는 주로 糞(똥)과 결부되어 등장하는데, 화분(火糞);소토초목회(燒土草木灰), 초분(草糞), 묘분(苗糞), 분회(糞灰), 뇨회(尿灰), 숙분(熟糞), 구분(廐糞), 갈잎거름(柞葉糞), 인분(人糞), 축분(畜糞), 잠사(蠶沙), 지종법(漬種法)과 객토(客土) 등이 그것이다. 이들 중에는 풀이나 흙, 인분(人糞)과 우마분(牛馬糞)처럼 가공하지 않은 비료가 있는가 하면, 초목회(草木灰), 숙분(熟糞), 뇨회(尿灰), 분회(糞灰), 구분(廐糞), 묘분(苗糞), 작물비(作物肥)처럼 인공적인 것도 있다. 이들 비료의 대부분은 수집하는데 적지 않은 노력이 들고, 장기적, 지속적으로 쉽게 구할 수 있는 것들은 아니다." 최덕경, 「조선시대 분뇨시비와 인분-고대중국의 분뇨이용과 관련하여」, 『역사학연구』 Vol.40, 호남사학회, 2010.

조선(朝鮮), 분청(粉靑)사기귀
얄문장군, 국립청주박물관, 제
공처 : 국립중앙박물관
사진출처 : 박물관포털e뮤지엄
(http://www.emuseum.g
o.kr/index.do)

조선(朝鮮), 토제(土製) 똥장군, 안
동민속박물관소장, 제공처 : 국립
중앙박물관
사진출처 : 박물관포털e뮤지엄
(http://www.emuseum.go.
kr/index.do)

광복이후(光復以後), 목제(木製) 똥장군, 국립민
속박물관, 제공처 : 국립중앙박물관
사진출처 : 박물관포털e뮤지엄
(http://www.emuseum.go.kr/index.do
)

위의 사진들은 조선시대부터 광복 이후까지 분뇨수거인들이 사용한
'똥장군'의 변천을 보여준다. 앞의 서사에서 드러난 예덕선생의 활동정보
를 토대로 파악해볼 때 그 역시 '똥장군'을 사용했을 것으로 추정된다. 다
만 '똥장군'이 정확히 어느 시기부터 분뇨수거인들의 도구가 되었던 것인
지 분뇨서사만으로는 정확한 파악이 어렵다. 뿐만 아니라 분뇨를 보관하
는 분청糞廠과 분뇨채취구역인 분도糞道를 소유한 분벌糞閥로 위세를 떨친 중
국의 '똥장수'들처럼 외부성[26]을 철저히 배격하는 이익집단[27]으로서 조선

---

26 "외부성, 그것은 고향의 편안함과 친숙함을 사랑하기에 순수성을 고수하고 보호하려는
공동체주의의 적이다. 공동체주의는 친숙함과 편안함을 뜻하는 '안에 있음' In-Sein을
본질로 하는 만큼 그에 반하는 모든 외부성에 대해 적대적이다. 이런 점에서 하나의 공동
체가 내부성을 본질로 한다는 생각은, 그것이 역사적이든 이론적이든, 혹은 사실적이든
문학적이든 모든 종류의 공동체가 외부에 대해 적대하고 폐쇄적이 되며, 내부에서 자신
들만의 동질적인 세계를 건설하려는 꿈과 직접 결부되어 있다." 이진경, 『외부, 사유의
정치학』, 그린비, 2010, 18~19쪽.
27 중국의 분뇨수거인 역사와 활동에 대해서는 신규환, 『북경똥장수』, 푸른역사, 2015를
참조하였다.

후기 분뇨수거인들이 집단적 활동력을 과시하였는지도 파악하기 힘들다. 그럼에도 연암이 기록으로 남겨둔 덕분에 그나마 존재감이 미미했던 조선의 분뇨수거인들의 존재를 파악할 수 있다.

(가) 「대변을 보고 셋돈을 내다」. 옛날에 이달李達, 1561~1618이 길 가운데서 급히 대변이 마려워 좌우를 돌아다 본즉 그것을 볼 변소가 없는지라. 손으로 항문을 움켜쥐고 배회하며 당황할 즈음에 마음으로 하나의 꾀를 내서 급히 물어 말하기를, 이곳에 만약 셋돈을 받는 뒷간이 있으면, 마땅히 셋돈을 주리라. 이웃 동리 어린 종이 대답해 말하기를, 셋돈을 얼마오. 이 말하기를, 주머니 속에 다만 삼십 푼이 있으나, 족히 셋돈은 낼 수 있네. 한 종이 셋돈을 얻고자 주인집으로 인도해 돌아가서 몰래 안 뒷간에 놓았더니, 자못 오래되었으나 나오지 않기에, 종이 괴이하게 여겨 가서 보니, 달이 뒷간에 있으면서 종내 나올 뜻이 없는 지라. 종이 말하기를, 주인이 이를 알면 반드시 큰 죄의 꾸지람이 있을 것이니 빨리 빨리 나가시오. 이달이 가로대, 대변을 마친지 오래이나, 종내 셋돈을 전할 사람이 없는 까닭에 이곳에 있을 따름이네. 종이 크게 두려워하며 말하기를, 본전을 돌려 줄 터이니 빨리 나가서 가시오. 들은 사람들이 배를 두드리더라.[28]

(나) 백문선이가 한번은 종로거리에서 똥이 급한데 똥 쌀 곳이 없자, 방석 장사에게 이렇게 말했다.

---

28 「放糞貰錢」古李達於路中 急爲放糞, 左右顧視則 無放之厠也, 手搯肛門 徘徊蒼黃之際 心生一計, 急問曰 此處若有貰厠則 當給貰錢, 隣里童僕答曰 貰錢幾何, 達曰 囊中只有三十錢 足可出貰也, 一僕欲得貰錢 率歸主人家而 暗置內厠, 良久不出, 僕怪而往視則 達在厠 終無出意, 僕曰 主人知之 必有大罪責矣 速速出去, 達曰 放糞已久 終無傳貰之人故 在此耳, 僕大懼曰 本錢還給 速出去, 聞者鼓腹. 車相步 撰註, 『웃으며 배우는 漢文 古今笑叢』IV, 나남출판, 1996, 118~119쪽.

"방석자리 넓은 것 있소?", "있소.", "이 자리를 둘둘 말아서 땅에다 세우고 병풍처럼 서로 모아가지고, 내가 그 안에 들어가 앉아 있으면 내 삿갓 모자가 밖에서 안 보일 수 있겠수?", "그렇소이다."

문선이가 그 속에 들어가 앉아 짐짓 시험해보는 척하면서 다시 말했다.

"내게 몇 치 막대기를 갖다 주면 견양見樣을 내보겠소."

장사꾼이 그 말대로 갖다 주었더니 문선이가 받아가지고 한참 있다가 일어서더니, 방석 장사에게 말했다.

"여기가 중부자中部字 안인가, 서부자西部字 안인가."

장사꾼이 그게 무슨 말이냐고 물었더니, 문선이가 이렇게 말했다.

"지금 방석 사고파는 일이 급한 일이 아니오. 그대는 어서 빨리 부리部吏를 불러다가 이 물건부터 치우도록 하시오."

그 안을 들여다보았더니 몇 치 막대를 뒷씻개로 사용해놓았는지라, 그 속은 것을 절통해 하였다.[29]

(다) 옛날 어떤 사람이 길을 가다가 용변이 급하였다. 길가에 화장실이 있는 걸 보고 반가운 마음으로 달려가 보니 누군가 먼저 올라가서 용변을 보고 있었다. 할 수 없이 한쪽에 비켜 서 있다가 참을 수가 없어 다시 가서 보았더니 또 다른 사

---

29 「文先放糞」白文先이 嘗於種路街上에 糞急호되 無放處러니 謂茵席商賈曰 茵席廣闊者가 有之否아 賈曰 有之니라 文先曰 此席을 捲而立地에 如屛相斂하야 吾坐其中則 吾之笠帽子가 可不觀於外耶아 賈曰 然하다 文先이 坐入其中에 佯若試之狀而 又言曰 取數寸杖與我則 當作見樣矣리라 賈가 如其言而得給則文先이 受之에 良久起立타가 謂茵賈曰 此是中部字內耶아 西部字內耶아 賈曰 是何言耶오 文先曰 茵席賣買가 猶不可及이니 君은 須速招部吏而 除去此物也하라 俯見其中하니 以數寸杖으로 爲浴木放糞이라 其見欺를 切痛也더라 (浴木은 뒷씻개라) 번역과 원문은 다음을 참조하였다. 김영준 역, 『완역(完譯) 어수신화』, 보고사, 2010, 136~137쪽.

람이 용변을 보고 있는 것이었다. 그 사람이 내심 분한 마음이 들어 혼잣말로 말하였다.

"언제쯤이나 똥 맛을 좀 볼꼬?"

곁에 있던 사람이 큰 소리로 웃어댔다. 이르는데, 용변이 급한데 나올 줄 모르는 걸 분개한 것이다. ○비록 무심결에 나온 망발이기는 하지만 폭소를 금치 못하게 한다.[30]

위의 단편삽화들은 『고금소총古今笑叢』에 수록된 문헌설화로서 해당 분뇨서사는 등장인물의 생몰연대로 보아 연암의 글보다 앞선 시기에 만들어진 것들로 보인다.[31] 다시 사가정四佳亭[32]의 서사로 회귀해 보면, 조선 전기부터 연암의 '전傳'에 엄행수가 입전立傳되는 시기에 이르기까지 분糞에 대한 사람들의 인식은 대체로 불결과 연결되어 있는데, 해당 이야기들에는 대도시로서 한양의 공간 구획은 물론 무엇보다 당시에 일정 사용료를 지불해야 하는 뒷간이 설치되었음을 알게 해준다는 데 의의가 있다.

---

30 「放糞」古一人이 路中에 糞急이러니 見路邊에 適有厠하야 喜往見之則 一人이 先登放糞故로 其人이 不得已避去하야 以待出去之後에 將欲放糞矣리라하고 更往見之則 又有一人하야 亦爲放糞이어늘 其人이 心忿하야 自言曰 何以得見糞味乎아하니 傍人이 大笑더라 言已之急이요 糞人之緩이라 此人而妄言은 出於無心之中이나 然而豈不大笑哉아. 번역과 원문은 다음을 참조하였다. 김영준 역,『完譯 파수록/진담록』, 보고사, 2010, 341~342쪽.

31 해당 서사는 뒤에 이어질 구비문학에서도 유사한 이야기가 발견된다. 제3장의 2절에서 논하겠다.

32 서거정의 호.

2) 구전 속 '분뇨서사'를 통해 본 한양의 배설 문화

분뇨를 소재로 한 서사는 문자를 바탕으로 한 기록만이 독점하고 있는 것이 아니다. 입말 즉 구전으로도 다양한 분뇨서사들이 전승되고 있기 때문이다. 구비문학으로 전승되고 있는 분뇨서사들은 기록문학 못지않은 정보들을 제공해주고 있어 주목할 만하다.[33] 여기서는 두 가지 이야기[34]를 대상으로 살피고자 한다.

【이야기 1】「똥 싸러 서울 간 사람」[35]

　서울을, 서울루 똥을 싸러 올라갔는디 ㉮제일 츰이 들어가서 크은 상점이 가붕깨 여어러 가지 있어. 돈은 십원두 육구, 자기 옷자락을 붙작구서, "이게 뭣이요?"했단 말여. 췬보구? "아 그 당신 옷 아니요? 오시오." "오라디 들어가야지." 들어갔어어? 그래, "이것 뭣이요오 — 잣 있잖아? 잣. 나무에서 나오는 잣. 잣을 보구 이 게 윗이요오?" 허닝깨, "자시오." "그래 자시라면 먹으야지." 그래 사과니 배니 익거든? "이거 귀 먹능 기요?" "그거 거저 먹능 기요." "거저 먹으라니 먹으야지." 그래 실컷 먹었는디, 올 수가 있나? 갓을 쓰구 갓더라. 갓. 예전 갓 갓을 발 갈키며 "이건 뭐싱요오" 허닝깨. "가시오." "가시라면 가야지. 잘 먹구 갑니다." "여보쇼?" 저마안치 가닝깨 불러. "왜 그러느냐."구 "물건 값 내구 가라."구, "잣이라구 해서 여보 자셨지이, 거저 먹으라구 해서 거저 먹었지. 갓

33　말하기(speech)는 우리의 의식에서 분리해낼 수 없다. 본시 쓰기가 행해지기 훨씬 이전의 의식 단계 처음부터 말하기는 사람들의 마음을 이끌었고 진지한 고찰의 대상이 되어 왔다. 월터 J. 옹, 이기우·임명진 공역, 『구술문화와 문자문화』, 문예출판사, 2012, 19쪽.
34　구비문학의 특성상 해당 서사 형식을 '이야기'로 명기(明記)한다.
35　제보자 : 최영종, 채록지 : 보령군 주포면, 채록일 : 1981.7.23; 한국학중앙연구원, 『한국구비문학대계』 Mobile Application service, 한국학중앙연구원·Digiquitous Inc., 2011.

이라고 해서 가시는디 웬 말이 많으냐"구, 질을 나섰어? 그래 인자 (노래 하듯) 얼마-앙큼 가다 인저 그눔 먹었이닝깨 뭐, 배탈이 났던지, 서울 이 워디 뭐 변소가 있나? 아무집이나 쑥 들어 가서, "변소 좀 보자."구. "변소 몹 본다."구. "아이, 좀 보자."구. ㉮ 여기는 돈 내구 변소 푸기 때미 못 낸다구. 못 헌다."구. "아이 그러면 돈 디리면 될 거 아니냐."구. "월마나 줄라너냐."구. "나 한 댓 돈 디리께 좀 누자."구. ㉯ 닷 돈이면 똥 두 번은 퍼내게 생겼담 말여어. "그러라."구. 아 첳일 들어 앉았었네? 아 몇 시간을 들어 앉았어. 아이 쿈네 참, 지금 말루 퇴근할 때는 되구 둘어올 때는 되구 양반에 집혔던지. "아이 인제 나오슈?" "여보, 저 닷 돈 어치 못 눴시다." 참 기맥혀. "아 닷 돈 도루 저 디리께 가쇼."헌단 말여. "(당당하게) 닷 돈 박구는 앙 가. 앙 가겠시다." 그 무진 앉았어어? 참 키, 큰일 났어. 야중이, "일곱 돈 주께 가쇼. "일곱 돈 박구 안 갑니다." "한 량 주께 가쇼." "그럼 한 량 내쇼." 변소간이 낭어서 한 량 받어 각구 나왔더랴아?

【이야기 2】「방학중의 똥치기」[36]

방학주이가 말이야 제일 우수운 기 ㉮ 신작로를 가다가, 서울 가가주다가 말이여. 변소는 어딘동 모르고 가다가 대변 노야 되는데, 어디 숨을 자리도 없그던. 그래가 주골랑 인제 그 머식이, 옛날 왜 저 초석자리 그 파(팥)그던. 그거 파는 거 가가 주골랑? 날 잠깐 숨게 돌라? 캤그던. 숨케조났디깨네(숨겨주었더니) 거다가 초석자리 마뚜루루(자리르 말아서 세우는 시늉을 하며) 말어놓고, 거 복판에 나두이께네, 거다가 대변 마 실컨 눗부렸어. 누골라여(누고나서)

---

36   제보자: 강취근, 채록지: 경북 영덕군 강구면 강구2동, 채록일: 1980.2.8, 임재해 조사;
      한국학중앙연구원, 『한국구비문학대계』 Mobile Application service, 한국학중앙연구
      원·Digiquitous Inc., 2011.

청중 : 초석자리 서와놓고?

응. 서와놓골랑 그 안에 드가 누고 마 나왔끄덩. 그래 이 장날이, 장날이라 말 따(말이다). 그 나와가줄라여 그래 보이께네, 그 초석자리 임재(임자)가 보이 께내 똥을 얼매나 노났는지 말이여, 마 형편없어. 그래가주 마마 그 자리임재가 마 마 막 싱개이 나가주골라,(방학중이와 자리 장수가 싱갱이를 벌렸다는 말이 다.) 언넘이 와가주고 숨게돌라 캤디 숨게 조났디 똥을 노났다? 이러이께네. 방 학주이가 와가주골라여, 그 머 에러울 게 있노? 똥마 치마 될 께 애이가? 이래 이(이러면서) (큰소리로 빠르게) 딱대기(막대기)를 가주고 집어때렸부이, 마 (웃으면서) 또이(똥이) 마(일동 웃음) 양 사바아(양 사방에) 전부 시시, 시시 마끔(제각기) 자아(장에) 장보던 사람이 전부 인자 똥칠이를 했부맀는기라. 〈청중 : 웃음〉 그르이(그러니), 그 방학주이가 그만침(그만큼) 잡보라 그드라.

위에 소개된 【이야기】 1, 2는 『한국구비문학대계』[37]에 채록採錄·전사轉寫 된 분뇨서사들의 일부이다.[38] 【이야기】 1에서 ㉮와 ㉯를 통해 역시 상품경 제가 어느 정도 발달한 시기에 만들어진 한양의 분뇨서사임을 확인할 수 있다. 더구나 이야기가 만들어질 시점은 ㉯에서 나와 있듯이 직업전문인 으로서 '분뇨수거인'의 존재가 파악되는 때이다. 이 이야기에서 주목할 부분은 ㉰인데, 분뇨수거비용에 대한 사례가 언급되고 있기 때문이다. 또 한 해당 구전설화는 앞서 기록서사에서 본 「대변을 보고 셋돈을 내다放糞責 錢」와 유사성을 견줄만한 것이다.

---

37 이후 『대계』라 표기한다.
38 분뇨와 관련된 구비문학은 속담에서부터 판소리에 이르기까지 다양한 장르에서 발견된 다. 그러나 여기에서는 조선시대 분뇨처리와 관련된 이야기만을 선별하여 제한적으로 소개하는 것을 목적으로 한다.

【이야기】2는 역시 기록서사에서도 발견되는 이야기이다.[39] 조선 후기를 배경으로 한 소화笑話나 골계담滑稽譚에 등장할 뿐 문헌으로는 확인할 수 없는 전설적인 인물인 방학중[40]을 주인공으로 하고 있으나 문헌설화에서는 앞서 보았듯 백문선白文先의 이야기로 되어 있었다. 주인공이 서로 치환置換되어 있을 뿐. 구조는 거의 동일한 것으로 파악된다.

4. '분뇨서사'에 굴절된 대도시 한양의 팽창

천도 이후 수축과 팽창을 거듭해온 조선의 수도 한양은 특히 17세기 말부터 19세기 전반에 이르기까지 인구 면에서 수축 없이 꾸준한 '팽창'만을 거듭했다.[41] 늘어난 인구는 곧 늘어난 배설량의 증가를 의미한다고 추정할 수 있다. 초정楚亭의 비판적인 글에서 출발한 문제의식은 한양의 팽창과 분糞의 함수관계를 문학의 마당[場]에서 탐구하게 만든 단초가 되었다. 이 글에서 '분뇨서사'라 명명한 서사 혹은 이야기들이 '배설'하고자 하는 것은 사실을 확인하기 어려운 서사적 허구라는 한계를 갖는다. 사실을 있

---

39 1811~1914년 중으로 추정되는 『진담록(陳談錄)』에 수록되어 있는 문선의 대변보기[文先放糞]와 유사한 구조를 갖고 있다. 백문선을 주인공으로 한 기록서사에는 막대기로 된 '밑씻개[뒷나무, 厠木]'가 언급되어 당시의 '변소문화'를 알 수 있기도 하다. 다만 문헌설화와 비교할 경우 발생되는 문제는 비교 대상이 구전설화인 경우 형식의 특성상 이야기가 생성된 시대를 정확히 알 수 없다는 것이다.

40 『한국민족문화대백과』, 한국학중앙연구원.

41 조선의 수도 한양은 고동환의 연구에 따르면 17세기 후반에는 인구 감소기, 17세기 말에서 18세기 초반까지는 급격한 인구 증가기, 18세기 전반은 완만한 인구 증가기, 18세기 후반은 지속적인 인구 증가기, 18세기 말에서 19세기 전반까지 인구 정체 속의 매우 느린 인구 증가기가 있었다고 한다. 고동환, 『조선시대 서울 도시사』, 태학사, 2008, 118~124쪽.

는 그대로 기록하는 것과 달리 문학서사는 벌어진 사건에 대해 작가 나름의 '굴절'이 작용되기 때문이다. 이로 인해 연암의 작품에서는 소외되고 더러운 일을 하는 사람에 대한 깊은 애정이 발생되었고, 『고금소총』이나 『대계』의 이야기들은 '분뇨'와 '뒷간'과 같은 것을 어디까지나 소화笑話의 소재로만 삼으며 지저분한 대상에 대한 친근감을 표현했던 것이다.

그럼에도 이들 분뇨서사의 굴절 사이에는 정사正史와 같은 역사가 담지 못한 한양의 분뇨를 처리하는 구성원 혹은 공간과 제도가 스며들어 있었다. 조선시대 사회에서 분뇨수거인은 어디까지나 사회의 관심밖에 있는 소외된 존재들이었을 것이다. 때문에 연암이 「예덕선생전」을 만들기 이전에는 이들의 세부적인 정보를 확인할 길이 없었다. 연암이 분뇨수거인을 서사화한 덕분에 우리는 당시 조선의 분뇨수거인의 일과와 활동, 그리고 평가까지도 알 수 있었던 것이다.[42] 뿐만 아니라 연암의 글에서는 추가적인 정보도 추정해낼 수 있다. 가령 조선의 분뇨수거인들이 중국 근대의 북경 똥장수[糞夫]와 비슷한 '힘'[43]을 가졌는지 여부도 확실하지는 않으나 역시 연암의 글에서 일정 정도 확인이 가능하다.

---

42 그러나 지금까지 「예덕선생전(穢德先生傳)」에 관한 연구에서 분뇨수거인의 정보를 중심에 둔 경우는 드물었다. 대체로는 연암의 사상이나 문학적 구조에 관한 연구들이 대다수였기 때문이다.

43 "베이징 똥장수는 산둥성 황허 이북의 서북 지역 출신이 대다수를 이룬다. 황허의 범람, 각종 자연재해, 전쟁과 토비 등의 잔악행위 등을 피해 베이징으로 이주했다. 산둥인들은 베이징 사회에서 가난하고 무식하고 신뢰성이 없다는 이유로 배척당했다. 산둥인은 상대적으로 동향조직도 강고하지 않아 사회적 출로 역시 상대적으로 좁을 수 밖에 없었다. 그런 중에도 산둥인들이 배타적인 동업집단을 구성한 곳이 똥장수 사회였다. 똥장수 사회는 자본가인 분창주, 분도를 소유한 분도주, 임대 분도에서 일하는 똥장수 노동자 등으로 구분되었다. 뿐만 아니라 신규환의 연구를 통해 베이징 똥장수들은 '분벌(糞閥)'로서 막강한 경제력을 바탕으로 시민들에게 폭력을 행사할 정도의 힘을 갖고 있었음이 확인되었다." 신규환, 『북경똥장수-어느 중국인 노동자의 일상과 혁명』, 푸른역사, 2014.

작품에 언급된 분뇨수거인의 독점욕 부분'獨專其利', '貪多而務得'은 곧 그들의 '고객'이라 할 사람들에게 분뇨수거인이 일종의 '횡포'를 부린 것을 문학적으로 언급한 맥락이라 할 수 있기 때문이다.[44] 이와 같은 분뇨수거인들의 모습은 곧 당대 한양의 '팽창'이 단순히 인구구조나 공간구조의 변형뿐 아니라 경제적 구조에서도 이전과는 '다른' 변화를 불러왔음을 의미한다. 기록서사뿐 아니라 구전서사에서 보이는 분뇨서사들이 모두 분이 지닌 경제적 가치를 함의하고 있음을 문맥의 분석을 통해 확인하였는데 이 역시 한양의 경제적 '팽창'과 연관된 증거로 제시될 수 있겠다. 굳이 '위생'이라는 용어가 언급되지 않더라도 조선중기부터 후기에 이르기까지 분뇨는 곧 환경문제·위생문제와 직결된 것이었음을 앞서의 기록들을 통해 파악했다.

사실 유럽이나 아시아의 분뇨수거인혹은 똥장수들이 처한 작업 환경은 쉽게 질병에 감염될 수 있을 만큼 대체로 열악한 상황이었다.[45] 그럼에도 세계적으로 분뇨수거인들의 경제적 수입은 위생적인 위협으로 인한 고위험군 직업인만큼 '상당한' 고수익을 보장하는 것이기도 했다. 고위험과 고수익은 영국·중국·조선의 분뇨수거인들에게서 모두 발견되는 공통분모

---

[44] 대체로 조선의 민간 분뇨수거인들은 자유영업을 해왔던 것으로 보인다. 박제가의 기록과 연암의 기록이 대조를 이루는 것도 이들이 전문직으로써 일정 이상의 집단을 형성하지 않았기 때문인 것으로 이해된다. 서호철의 연구에 의하면 "1898년 한성부는 쓰레기와 똥오줌을 쳐 가는 데 필요한 도구를 마련했으나 그럼에도 집집에서 쳐낸 똥을 갖다 버릴 곳이 마땅치 않았다고" 한다. 1904년 도입된 청결법이나 1907에 설립된 한성위생회는 모두 일제에 의한 것이었다. 한양(漢陽)의 분뇨(糞尿) 수거체계가 공영화된 것인데, 이는 20세기 초의 일이므로 이 글의 범주를 벗어난 것이기에 논의의 대상으로 삼지 않는다. 서호철, 「서울의 똥오줌 수거체계의 형성과 변화―1890년대 후반부터 1930년대 전반까지」, 『서울과 역사』 93, 서울역사편찬원, 2016, 186~196쪽.

[45] Steven Johnson, 『THE GHOST MAP』, Riverhead Books(Penguin Group), 2006, pp.1~2.

다. 다만 중국이나 영국의 분뇨수거인들은 직무가 분할된 데 반하여[46] 조선의 옛 분뇨수거인들 역시 분업작업을 했는지는 분뇨서사만 보아서는 알 수 없다. 앞서 살핀 일련의 분뇨서사들은 모두 한양 도성민들의 위생에 대한 관심과, 도시 팽창으로 발생된 사회문제와 깊은 연관이 있는 것이라 할 것이다. 다만 더욱 세부적인 부분은 분뇨서사 뿐 아니라 역사적, 사료적 정보를 대조하였을 때라야 가능할 것으로 보인다.

5. 나가는 말

본장은 '분양糞壤'과 옛 조선의 수도 '한양' 사이에 어떠한 관계가 있는지를 대도시 한양의 '팽창'이라는 관점에서 생각해 보았다. 둘 사이의 함수관계는 어디까지나 문학 서사들을 통해서만 확인될 수 있다고 판단하였다. 때문에 한양 거리에 넘치는 '분양糞壤'을 비판한 박제가의 글로 출발한 논의는 그 '분양糞壤'으로 골머리를 앓던 '한양'의 속사정을 파악하고자 문학 서사들로 범위를 옮기게 되었고, 이때의 서사들을 '분뇨서사'라 명명해 보았다.

한양 도성민들의 인분뇨를 개와 개천만으로 감당할 수 있는 시기는 조선 초기에서도 극히 일부에 지나지 않았음을 관련 정보들을 통해 파악할 수 있었다. 나아가 서거정과 박지원의 작품 등을 통해 분뇨서사들이 모두 한양의 팽창 정도와 더불어 내용의 변이를 제시하고 있음을 확인했다. 사

---

46 Steven Johnson, Ibid., pp.8~9.

회적으로 천대받고 소외된 존재들이었던 '분뇨수거인'이 확인되는 분뇨
서사들이 의미하는 바도 논의해보았다.

본 연구를 통해 분의 문화사가 결코 그 정체만큼 홀대할 것이 아님을
발견하게 되었다. 지속적인 관심과 연구를 통해 부족한 지점을 보완해나
가고자 한다.

차등과 숭고미의 전복, 똥의 기호

연암 박지원의 '똥'을 중심으로

박수밀

이 글은 연암 박지원의 똥에 대한 인식을 살펴 금기에 도전하는 인간의 정신과 연암이 똥을 통해 말하고자 한 바를 분석한 것이다. 모든 존재는 미적 대상이 될 수 있다는 연암의 생각은 이항 대립을 해체하고 기존의 규범을 파괴했다. 연암에게 똥은 건강한 인간을 표상하기도 하고, 부조리한 인간을 풍자하기도 하며 주변/중심을 해체하는 기호이기도 했다. 똥은 숭고/비천, 중심/주변, 고귀함/천박함의 이항 대립을 해체하고 차등과 차별을 해체하는 상징이었다. 연암은 똥을 통해 가장 비천한 사물에서 가장 신성한 것을 찾아내는 차원 높은 상상력을 보여주었다.

---

*   이 글은 『기호학 연구』 51집(2017)에 실렸던 필자의 논문 「차등과 숭고미의 전복 똥의 기호－연암 박지원의 똥을 중심으로」를 수정 보완한 것이다.

1 문제제기

이탈리아의 화가인 피에르 만초니Piero Manzoni, 1933~1963는 자신의 똥을 90개의 깡통에 담아 일련번호를 매긴 후 다음과 같이 적었다. "예술가의 똥. 정량 30g. 원상태로 보존됨. 1961년 5월 생산되어 깡통에 넣어짐." 그는 금의 무게와 똑같은 가격에 똥 통조림을 판매하여 자본주의 사회의 예술품은 사회의 배설물에 불과할 뿐이라는 생각을 표현했다. 만초니는 똥을 통해 기존의 질서와 예술을 전복하려는 행위를 보여주었다.

똥은 사람이나 동물이 먹은 음식물을 소화하여 항문으로 내보내는 찌꺼기이다. 한자로는 분糞으로 쓴다. 쌀 미米와 다를 이異로 이루어져, 쌀의 다른 모습이란 뜻을 갖는다. 똥과 쌀은 형태는 다르지만 본질은 같다. 밥이 똥이 되고 똥은 다시 논밭의 거름이 되어 쌀을 만들어낸다. 그러나 근대의 위생 관념과 맞물려 오늘날 똥은 하나의 아브젝시옹Abjection이 되었다. 아브젝시옹은 정체성, 체계, 질서를 어지럽히는 것, 경계, 위치, 규칙을 무시하는 것을 말한다.[1] 똥은 멀리 내버려야 할 폐기물이자 혐오의 대상이며 질서를 어지럽히는 것이다. 가장 비천한 사물이므로, 똥을 입에 올리는 것은 더러운 일이다.

그러므로 더럽고 냄새나는 똥을 표현하는 행위는 문제적이다. 똥은 단순한 이미지를 넘어 강력한 기호를 만들어낸다. 작가는 숭고미와 우아미의 대척에 선 똥을 통해 기존의 관습과 질서를 저항하거나 파괴하기도 한다. 따라서 똥의 전복성을 살펴봄으로써 금기와 질서에 도전하는 문학과

---

1   줄리아 크리스테바, 서민원 역, 『공포의 권력』, 동문선, 2001, 21~28쪽.

인간의 저항 정신을 이해할 수 있다.

이에 전근대 시대의 인물인 연암 박지원의 똥에 대해 살펴보려 한다. 연암의 작품에는 작가의 사상을 드러내는 중요한 지점에서 똥이 등장한다. 전근대 시대에 똥은 어떤 의미를 지니며 작가는 똥을 통해 무엇을 이야기하려 한 것일까? 똥을 하나의 기호로 바라보고 접근하는 방법은 작가론과 주제론 중심의 기존 연구 관행에서 미처 발견하지 못한 새로운 논의거리를 제공할 것으로 기대한다. 이항 대립의 구조에 주목하면서 풀어가 똥의 의미를 새겨보고자 한다.

2. 연암 박지원의 문학에 나타난 똥

고전문학을 통틀어 사대부에서 똥을 문학의 중심 소재로 끌어들인 이는 연암 외에는 달리 찾아볼 길이 없다. 연암의 문학에는 작가의 생각을 드러내는 주요한 지점에서 똥이 중심 제제로 등장하곤 한다. 『열하일기』의 '장관론壯觀論'을 비롯해, 「예덕선생전穢德先生傳」, 「낭환집서蜋丸集序」 「호질虎叱」 등에 모두 똥이 나오는데, 단순한 소재로 쓰이지 않고 작가의 의도를 담은 중요한 상징으로 쓰이고 있다. 연암에게 똥은 은폐된 사회의 모순을 드러내게 하는 핵심 도구이자 중심과 주변, 숭고와 비천, 쓸모 있음과 쓸모없음의 이항 대립을 해체하는 상징적인 기호이다. 각각의 글에 나타난 똥은 기존 질서의 허위를 폭로하고 전복시키는 공통의 기능을 하면서도 제각기 다른 지점에서 이야기되고 있다. 이에 연암의 작품에 나타난 똥의 의미를 다음과 같이 세 층위에서 접근해 보았다.

1) 똥의 자원학 – 문명의 본질 제시

『열하일기熱河日記』, 「일신수필馹汛隨筆」 7월 15일 자 기사에는 이른바 '장관론壯觀論'이라는 글이 있다. 중국을 다녀온 사람들은 제일 멋진 장관을 꼽을 때, 만리장성이나 궁궐과 같이 거대한 건물이나 화려한 풍경을 이야기한다. 그때 일류 선비는 '볼 만한 장관이 아무 것도 없다'고 정색을 한다. 중국은 온 천하가 머리를 깎은 오랑캐일 뿐이고, 오랑캐는 개나 돼지와 같으므로 개와 돼지에겐 볼만한 것이 없다는 것이다. 이에 연암은 스스로를 삼류 선비라고 낮추면서 장관은 기와조각과 똥거름에 있다고 주장한다.

나는 삼류 선비다. 장관은 기왓조각에 있고 장관은 똥 덩어리에 있다고 말하겠다. 저 깨진 기왓조각은 천하가 버리는 물건이다. 그러나 민간에서 어깨 높이 이상으로 담을 쌓을 때 깨진 기왓조각을 두 장씩 마주 놓아 물결무늬를 만들거나 넷을 모아 동그라미 무늬를 만들거나 네 조각을 등지게 하여 옛 엽전 모양을 만들 수 있다. 그러면 구멍이 영롱하게 뚫려 안팎이 마주 비치게 된다. 깨진 기왓조각을 버리지 않자 천하의 무늬가 여기에 있게 된 것이다. 동네 집들 문 앞의 뜰에 가난하여 벽돌을 깔 수 없으면 여러 빛깔의 유리 기왓조각과 냇가의 둥근 조약돌을 주워 얼기설기 서로 맞추어 꽃·나무·새·짐승 무늬를 새겨 깔아 놓는다. 그러면 비가 오더라도 땅이 진창이 될 걱정이 없게 된다. 기왓조각과 조약돌을 내버리지 않자 천하의 훌륭한 그림이 모두 여기에 있게 되었다. 똥은 아주 더러운 물건이지만 밭의 거름으로 쓰일 때는 금인 양 아끼게 된다. 길에는 버린 덩어리가 없고 말똥을 줍는 자는 삼태기를 둘러메고 말 꼬리를 따라다니기도 한다. 똥을 모아서는 네모반듯하게 쌓거나 혹은 여덟 모로 혹은 여섯 모로 혹은 누각 모양으로 쌓아 올린다. 똥 덩어리를 관찰하니 천하의 제도가 여기에 갖추어진 것이다. 그러므로 나는 말한다. 기왓조각과 똥 덩어리가 모두 장관이다. 굳이 성곽과 연못, 궁실과 누대, 점포와 사찰, 목축과 광활한 벌판, 기묘하고 환상적인 안개 숲만이 장관은 아닐 것이다.[2]

장관은 그 규모가 굉장하고 웅장하여 구경거리가 될 만한 볼거리를 말한다. 성곽과 궁실, 광활한 벌판 등 으리으리하거나 환상적인 풍경이 장관으로 불리기에 적합하다. 그런데 작가는 생뚱맞게 기왓조각과 똥오줌이 진정한 장관이라고 말한다. 기왓조각은 쓸모가 없어 천하가 버리는 물건이고 똥오줌은 세상에서 가장 더럽고 냄새나는 사물이다. 둘은 장관의 이미지와는 가장 거리가 먼, 이른바 폐기물이다. 성곽, 광활한 벌판과 대립을 이룬다.

왜 작가는 웅장한 성곽이나 궁궐에서 거대한 문명을 보려 했던 여느 인사들과는 달리 가장 혐오하는 똥거름을 거론하는 것일까? 이유인즉, 기왓조각은 사람들이 버리는 사물이지만 담장에 배치하면 멋진 무늬를 만들고, 뜰에 깔아두면 비가 내렸을 때 진창이 되지 않도록 한다. 똥오줌은 거름으로 쓰면 이보다 훌륭한 자원이 없다는 것이다. 곧 사물을 잘 활용하여 삶에 도움을 주자는 실용 정신을 말한 것으로 볼 수 있겠는데, 이와 같은

---

2 박지원, 『열하일기』, 「일신수필(馹汛隨筆)」 7월 15일 : "余下士也, 曰壯觀在瓦礫, 曰壯觀在糞壤. 夫斷瓦, 天下之棄物也. 然而民舍繚垣肩以上, 更以斷瓦兩兩相配, 爲波濤之紋, 四合而成連環之形, 四背而成古魯錢, 嵌空玲瓏, 外內交映. 不棄斷瓦, 而天下之文章斯在矣. 民家門庭, 貧不能鋪甎, 則聚諸色琉璃碎瓦, 及水邊小礫之磨圓者, 錯成花樹鳥獸之形, 以禦泥淖. 不棄碎礫而天下之畫圖斯在矣. 糞溷至穢之物也, 爲其糞田也, 則惜之如金. 道無遺灰, 拾馬矢者, 奉畚而尾隨. 積庤方正, 或八角, 或六楞, 或爲樓臺之形. 觀乎糞壤, 而天下之制度斯立矣. 故曰, 瓦礫糞壤, 都是壯觀. 不必城池, 宮室, 樓臺, 市鋪, 寺觀, 牧畜, 原野之曠漠, 烟樹之奇幻, 然後爲壯觀也."

관점에서 장관론은 연암의 이용후생利用厚生 정신을 가장 집약적으로 보여 주는 글로 이해한다.

그런데 왜 무수한 사물 가운데 하필 가장 더러운 똥을 든 것인지 의문이 들지 않을 수 없다. 먼저는 작가가 말한 장관壯觀의 의미를 다시 점검해 보겠다. 「일신수필서馹迅隨筆序」에서 작가는 한갓 구이지학口耳之學, 곧 귀로 들은 것을 깊이 따져보지도 않고 남에게 전하기만 하는 사람들을 비판하며 "이제 나는 누구와 더불어 천지간의 큰 볼거리[大觀]를 이야기하랴?"라고 탄식했다.

한갓 입과 귀에만 의지하는 자들과는 함께 학문을 이야기할 것이 못 된다. 하물며 평생토록 뜻을 기울여도 도달할 수 없는 학문임에랴? 누군가 공자께서 태산에 올라 천하를 작게 여겼다고 말한다면 속으로는 그렇지 않다고 생각하면서도 입으로는 그렇다고 할 것이다. 그러나 부처가 사방 세계를 보았다고 말하면 헛되고 황당하다며 물리칠 것이다. 서양 사람들이 큰 배를 타고 지구 밖을 돌아다녔다고 하면 허무맹랑한 말이라고 꾸짖을 것이다. 나는 누구와 함께 하늘과 땅 사이의 큰 볼거리를 이야기하랴?[3]

조선시대 선비들은 나고 죽을 때까지 유학의 테두리 안에서 살다 갔다. 그리하여 공자의 말이라면 설사 속으론 수긍이 되지 않더라도 무조건 옳다고 말하며, 유학 이외의 세계는 무조건 허무맹랑한 말이라며 배척해 왔

---

3 박지원, 『열하일기』, 「일신수필서(馹迅隨筆序)」: "徒憑口耳者, 不足與語學問也. 況平生情量之所未到乎? 言聖人登泰山而小天下, 則心不然而口應之, 言佛視十方世界, 則斥爲幻妄, 言泰西人乘巨舶, 遂出地球之外, 叱爲怪誕. 吾誰與語天地之大觀哉?"

다. 인용문은 그러한 실상을 말하는 것이다. 글의 흐름을 따라갔을 때 큰 볼거리大觀는 단순히 웅장한 건물을 일컫는 것이 아니다. '갇힌 지식, 좁은 경험의 틀을 깨뜨리는 새로운 그 무엇'이라는 의미망을 갖고 있다. 그리고 작가가 중국에서 확인한 천지간의 큰 볼거리大觀의 실체는 기왓조각과 똥이었다. 작가는 중국인들이 똥을 활용하는 모습에서 중국 문명의 실체, '새로운 그 무엇'을 직접 목도한 것이다.

조선 사회에서는 똥오줌, 즉 분뇨糞尿의 처리 문제는 큰 골칫거리였다. 특히 조선 후기에 이르러 한양의 인구가 급속히 증가하게 되면서 도시에서 분뇨 처리는 사회적으로 큰 문제를 일으켰다.[4] 도성 안에서는 농사를 짓지 못하도록 법으로 금지했기에 분뇨를 마땅히 사용할 데가 없었다. 길엔 각종 똥이 널려 있어 악취가 넘쳐났고 함부로 버린 각종 똥물이 하천으로 흘러들어 심각한 수질 오염 문제를 불러일으켰다.

그런데 중국은 전혀 달랐다. 오히려 똥을 소중한 자원으로 활용하고 있었다. 이와 관련된 사정은 박제가의 글을 통해서도 확인된다.

중국에서는 똥거름을 황금인 양 아낀다. 길에는 버려진 재가 없다. 말이 지나가면 삼태기를 들고 꽁무니를 따라가 말똥을 거둬들인다. 길가에 사는 사람들은 날마다 광주리를 들고 가래를 끌고 다니면서 모래 틈에서 말똥을 가려 줍는다. 똥 더미는 정방형으로 반듯하게 세모꼴로 쌓거나 여섯모꼴로 쌓는다. (…중략…) 우리나라는 마른 똥을 거름으로 사용하므로 힘이 분산되어 효과가 온전하지 못하다. 성안의 똥을 완전하게 거둬들이지 않기 때문에 악취와 더러운

---

4   김용선, 「분뇨서사에 굴절된 대도시 한양의 팽창」, 『온지논총』 50권, 2017, 203~228쪽.

것이 길에 가득하다. 하천의 다리와 석축에는 사람 똥 덩어리가 군데군데 쌓여 있어 장맛비가 크게 내리지 않으면 씻겨 내려가지 않는다. 개똥이나 말똥이 사람들의 발에 늘 밟힌다.[5]

중국은 똥을 황금처럼 아끼고 있었다. 실제로 중국은 일찍부터 분뇨 기술이 발달해왔다. 동아시아에서는 선진시대부터 배설물은 다시 자연으로 환원되어야 한다는 생태관을 갖고 있었으며, 그리하여 땅의 지력을 높일 수 있는 분뇨에 눈을 돌렸다. 이미 춘추전국시대부터 분전糞田이 널리 행해졌으며 분뇨를 이용한 다양한 시비법이 발전해 왔다. 분뇨糞尿를 농업 자원으로 활용하여 농산물을 생산하고, 지력을 유지하는 중요한 수단으로 삼았다. 청나라 말기에 이르면 북경에는 분상糞商이 상당한 규모로 발전하여 분변을 수집하는 도호상道戶商과 분창糞廠을 개설해 대량으로 분변을 사고팔았던 창호상廠戶商이 활발하게 활동했다고 한다.[6]

똥 때문에 사회적인 골칫거리가 된 조선 사회와 똥을 소중한 자원으로 잘 활용하는 중국, 작가는 그 차이에서 문명의 향방向方을 목도한 것이다. 가장 쓸모없는 똥이 가장 쓸모 있게 되는 역설, 이는 니체의 '가장 높은 단계의 삶은 가장 낮은 단계의 삶에서 나와 그 절정에 도달한다'는[7] 말에 부합하는 것이다.

기왓조각과 똥은 가장 쓸모없는 존재를 상징한다는 점에서 기표는 다르지만 같은 기의를 갖는다. 작가의 표현대로 하자면 '천하가 버리는 물

5   박제가, 안대회 교감 역주, 『북학의(北學議)』, 돌베개, 2013, 86쪽.
6   최덕경, 「東아시아 糞尿시비의 전통과 生態農業의 屈折」, 『역사 민속학』 35, 2011, 259~260쪽.
7   이승훈, 「똥, 대변 배설물」, 『문학으로 읽는 문화 상징사전』, 푸른 사상, 2009, 170쪽.

건', '아주 더러운 물건'이다. 이 같은 무용無用한 존재가 진정한 장관이 된다는 사고방식은 장자의 발상과 잇닿는다. 이와 관련한 작가의 생각을 더 보기로 한다.

> 말이란 꼭 거창할 필요가 없다. 도道는 터럭만한 차이로도 나뉘니, 도에 부합한다면 기와 조각과 벽돌인들 왜 버리겠는가? 그러므로 도올檮杌은 흉악한 짐승이었지만 초나라의 역사책에서는 그 이름을 사용했고, 몽둥이로 사람을 때려죽여 매장하는 자는 아주 악한 도둑이지만 사마천과 반고는 그에 대해 썼던 것이다. 글을 쓰는 것은 오직 참되면 된다.[8]

흥미롭게도 인용문의 "기왓조각과 벽돌瓦礫인들 왜 버리겠는가?[瓦礫何棄]"라는 구절은 다른 이본인 『종북소선』의 「공작관집서孔雀館集序」에서는 "똥 덩어리糞壤인들 왜 버리겠는가?[糞壤何棄]"로 되어 있다.[9] 작가는 기왓조각과 똥 덩어리를 같은 의미로 쓰고 있다. 곧 기왓조각, 도올, 몽둥이로 사람을 때려죽여 매장한 자는 동일한 기호이다. 모두 쓸모없는 것, 무가치한 존재라는 상징을 지닌다.

윗글은 거창하고 고상한 언어에만 도가 존재하는 것이 아니라 하찮은 언어에도 존재하니 고상한 언어, 저급한 언어를 따지지 말고 오직 진실하게 쓰라는 주제 의식을 말하고 있다. 여기서도 똥기와조각은 거창하고 고상한 것과 대비되는 하찮고 쓸모없는 것을 의미한다. 글쓰기에 대한 비유에

---

8 박지원, 「공작관문고자서」: "語不必大. 道分毫釐. 所可道也, 瓦礫何棄? 故檮杌惡獸, 楚史取名, 椎埋劇盜, 遷固是敍. 爲文者惟其眞而已矣."
9 이덕무 평선, 박희병 외역주, 『종북소선』, 돌베개, 2010, 87쪽.

서 나온 말이니 저속하고 비천한 어휘를 의미한다고 보면 될 것이다.

벽돌, 똥의 메타포는 장자의 「지북유知北遊」에서 확인된다.

> 동곽자東郭子가 장자莊子에게 물었다.
>
> "이른바 도道란 어디에 있습니까?"
>
> 장자가 대답했다. "없는 곳이 없소"
>
> 동곽자가 다시 물었다. "분명히 가르쳐 주십시오"
>
> 장자가 대답했다. "땅강아지나 개미에게 있소"
>
> "어째서 그렇게 낮은 것에 있습니까?"
>
> 장자가 대답했다. "돌피나 피에 있소"
>
> "어째서 그렇게 점점 더 낮아집니까?"
>
> "기와나 벽돌에도 있소"
>
> "어째서 그렇게 차츰 더 심하게 내려갑니까?"
>
> "똥이나 오줌에도 있소"[10]

도道가 초월적이고 높은 곳에만 존재하는 것이 아니라 어느 곳이나 두루 있다는 뜻을, 가장 비천하고 낮은 똥을 끌어와 이야기하고 있다. 『장자』에서는 똥이 기와나 벽돌보다 더 낮은 단계로 나타나지만, 연암에겐 동일한 의미이다. 곧 기왓조각과 벽돌, 똥은 각기 다른 사물이지만 작가의 의식 속에선 동일한 기호로 작용한다.

그렇다면 이제 「장관론」의 똥이 갖는 의미를 생각해 보겠다. 먼저는 기

---

10 안동림 역주, 『장자』, 현암사, 1993, 546~547쪽.

존 미의식의 전복이다. 기존의 세계관에서 미적 가치를 지닌 사물은 고상한 것, 거대한 것, 운치 있는 것, 향기로운 것, 웅장한 것이었다. 이른바, 성곽이나 궁궐과 같이 숭고미와 우아미를 갖는 것이었다. 그와는 이항 대립을 갖는 무용無用한 것은 비천한 것, 왜소한 것, 쓸모없는 것, 냄새나는 것, 볼품없는 것, 쓸모없는 것이었다. 기와조각, 벽돌, 똥 따위이다. 유용한 것과 무용한 것은 서로 교환될 수 없었다. 무용한 것은 배척되고 무시되고 업신여김을 당했다. 그런데 작가는 가장 쓸모없고 더럽고 냄새나는 똥이 진짜 장관이라고 주장했다. 문명의 지표를 가장 천한 똥에서 찾은 것이다. 발칙한 상상력이자 기존의 미에 대한 관념을 완전히 뒤집는 발상이다. 모든 존재는 미적 가치의 대상이 될 수 있다는 생각은 숭고/비천, 미/추, 쓸모 있음/쓸모없음의 이항 대립을 해체하여 기존의 이항대립의 논리가 얼마나 모순인가를 드러내게 한다.

둘째는 지극히 일상적이고 흔한 사물에 대한 관찰의 중요성이다. 똥은 너무 하찮고 더러운 사물이라서 사람들은 거들떠보려 하지 않는다. 사람들은 보잘 없는 것, 소외된 존재엔 눈길조차 주지 않는다. 그러나 연암은 '똥 덩어리를 관찰하고서[觀乎糞壤]' 천하의 제도가 여기에 갖추어져 있음을 발견했다. 도道는 사물의 겉모습에 이미 존재하는 것이 아니라, 일상적이고 평범한 사물에서 새로운 그 무엇을 '발견'해내는 것이다. 대충 보는 피상적인 눈으로는 진짜 장관을 발견할 수 없다. 지극히 작고 쓸모없는 똥을 자세히 관찰하자 거기엔 위대한 문명의 징표가 있었다. 연암에게 똥은 단순한 똥이 아니라, 금의 가치를 지닌 훌륭한 자원이었고, 문명의 표상이었다.

2) 똥의 인간학 – 새로운 인간관 조명

「예덕선생전穢德先生傳」에는 엄행수嚴行首라는 인물이 주인공으로 나오는데, 직업이 똥을 푸는 사람이다. 전傳은 훌륭한 업적을 쌓은 인물의 일생을 서술하는 양식인데, 똥 푸는 자를 입전하는 데서 이미 문제성을 드러낸다. 선귤자가 그를 예덕 선생이라 부르며 친구로 삼자, 제자인 자목이 왜 천박한 사람과 친구가 되느냐며 따진다.

선귤자에겐 예덕선생이라 부르는 벗이 있다. 그는 종본탑 동쪽에 살며 날마다 마을의 똥거름을 쳐내는 일을 하며 먹고 살았다. 마을 사람들은 모두 그를 엄행수라고 불렀다. 행수란 막일을 하는 늙은이를 부르는 말이고 엄은 그의 성이다.

자목이 선귤자에게 따졌다. "예전에 스승님께서 제게 말씀하시기를, 벗은 함께 살지 않는 아내요, 같은 부모 아래 태어나지 않은 형제라 하셨습니다. 벗이 이처럼 소중하다 하신 것이지요. 세상에 내로라하는 사대부들 가운데 스승님을 좇아 그 덕 아래에서 배우며 머무르고 싶어 하는 사람들이 많았으나, 스승님은 아무도 받아들이지 않으셨습니다. 저 엄행수란 자는 마을에서 제일 천한 사람으로 하류下流에서 살면서 남들이 치욕으로 여기는 일을 하고 있는 사람입니다. 그런데도 스승님께서는 그의 덕을 자주 칭찬해 선생이라 부르고, 장차 사귀어 벗이 되려고 하십니다. 제자로써 굉장히 부끄러워 스승님 문하에서 떠나기를 청합니다." 이에 선귤자가 웃으며 말했다. "(…중략…) 왕십리의 무, 살곶이 다리의 순무, 석교의 가지·오이·수박·호박, 연희궁의 고추·마늘·부추·파·염교, 청파동의 미나리, 이태원의 토란 같은 것들은 가장 좋은 밭에서 가꾸고 있는데 모두 엄행수의 똥거름을 사용한 덕분이란다. 땅이 기름지고 살쪄 1년에

6,000냥을 벌어들이지. 하지만 엄행수는 아침이면 밥 한 그릇을 해치우고는 기분 좋아하다가 저녁이 되면 또 밥 한 그릇을 먹을 뿐이지. 사람들이 고기를 권하면 사양하며 말하길, "목구멍을 내려가면 채소나 고기나 배부르기는 매한가지인데, 맛을 따져 무엇합니까?" 한단다. 옷을 권하면 "소매가 넓은 옷을 입으면 몸에 거추장스럽고, 새 옷은 똥을 짊어질 수가 없습니다" 하지 (…중략…) 엄행수와 같은 이는 '자신의 덕을 더러움으로 감추고 세속에 숨어 사는 대은大隱'이라 할 수 있지 (…중략…) 저 엄행수는 똥을 지고 거름을 메어 먹고사니, 지극히 더럽다고 할 수 있으나 그 밥벌이하는 것을 보면 지극히 향기롭단다. 그가 처한 곳은 더럽기 짝이 없지만 그 의로움을 지킴은 지극히 고상하단다. 그의 뜻을 미루어 보자면 비록 엄청난 녹봉도 그를 움직이지 못할 것임을 알 수 있지. 이로써 보건대 깨끗한 것도 깨끗하지 못한 것이 있고, 더러운 것도 더럽지 않단다. (…중략…) 선비로서 곤궁하게 산다고 하여 얼굴에까지 그 티를 나타내는 것도 부끄러운 일이요, 출세했다 하여 몸짓에까지 나타내는 것도 부끄러운 일이니, 엄행수와 비교하여 부끄러워하지 않을 자는 거의 드물 거네. 그래서 나는 엄행수에 대하여 스승으로 모신다고 한 것이야. 어찌 감히 벗하겠다고 말할 수 있겠는가. 이러한 이유에서 나는 엄행수의 이름을 감히 부르지 못하고 예덕선생이라 부르는 것이네."

글에서 엄행수와 대립을 이루는 인물은 자목이다. 자목은 그 시대 사대부들의 일반적인 신분관을 갖고 있는 인물이다. 조선조는 신분제 사회이다. 선조 이후 당파가 생기고 나서는 같은 신분끼리, 같은 당파끼리만 어울렸다. 고귀한 신분의 스승이 가장 천한 직업의 사람을 가까이 두려는 행동을 제자인 자목은 도저히 납득할 수 없었던 것이다. "엄행수란 자는 마을에서 제일 천한 사람으로 하류下流에서 살면서 남들이 치욕으로 여기는 일을 하고 있는 사람"이라는 발언은 사대부들의 일반적인 직업 관념이라고 보면 된다.

윗글은 똥 푸는 직업, 곧 전업 똥 장수의 존재에 대해 말해준다. 조선 후기에 한양 근교에서는 원예 작물을 길러 도시민에게 공급해주는 원예업이 성행하였다. 제한된 토지에서 작물의 생산성을 높이기 위한 방법으로 분뇨를 덧거름으로 이용하는 방법이 인기를 끌었다.[11] 그리하여 엄행수와 같이 한양의 똥을 퍼서 서울 근교의 원예업자들에게 공급해주는 일명 똥 장수가 생겨났다. 똥 장수들은 도시의 인분을 수거하여 지게와 망태 등으로 날라다가 인근 농가에 팔았다. 당시 한양의 똥을 근교의 농가에 팔아 부를 축적했다는 기사가 있는 것을 보면 똥 장수의 임금은 적지 않았던 것으로 보인다.

똥은 가장 더럽고 냄새나는 사물이라는 이미지를 갖고 있다. 똥을 푸는 사람은 가장 천한 직업이고, 이는 다시 가장 천한 존재성으로 연결된다. 곧 엄행수는 가장 최하층에 있는 천인 역부이다. 입전 대상으로 삼기엔 적절치 않은 인물이다. 왜 작가는 똥 푸는 사람을 입전 대상으로 삼은 걸까?

작가는 엄행수에 대해 똥으로 먹고 사는 것은 지극히 더럽지만 먹고 사는 방법은 지극히 향기롭다고 했다. 엄행수가 가져다준 똥은 왕십리의 작물이 많은 수확을 할 수 있도록 돕는다. 엄행수는 좋은 음식이나 좋은 옷을 탐내지도 않는다. 그저 자신의 직분에 충실하게 일하고 정당하게 돈을 벌어 살아간다. 그런 그에게 작가는 '자신의 덕을 더러움으로 감추고 숨

---

11 최덕경, 「조선시대 분뇨시비와 인분」, 『역사학 연구』 40집, 2010, 51~112쪽.

어사는 대은大隱'이라는 평가를 내린다. 작가는 똥 장수의 건강한 생산성을 예찬함으로써 궁핍을 자랑으로 여기고 출세를 으스대는 선비들의 무능과 위선을 비판하려는 것이다. 선비들이 가장 천하게 여기는 똥 장수를 스승의 지위로 끌어올림으로써 당시의 신분에 대한 태도를 비판하고 선비들의 무능을 부정한다. 그리하여 비천함이라는 기호를 갖는 똥은 고귀함으로 바뀐다. 작품 제목의 '예덕穢德'에서 예穢가 더럽다는 뜻이니 예덕이란 덕德을 더러운 똥으로 감추고 있다는 뜻이다. 똥은 표면적으로는 가장 더럽지만, 이면엔 가장 고귀함을 감추고 있다는 의미이다. 똥 장수 엄행수에게 '선생'이란 호칭까지 붙임으로써 좋은 친구란 누구인가?, 참다운 인간이란 누구인가, 좋은 스승이란 누구인가에 대한 물음을 던진다. 「예덕선생전」은 똥을 통해 새로운 인간관을 조명하는 글이라 하겠다.

「예덕선생전」의 똥이 건강한 인간을 표상하는 기호로 쓰인다면 「호질虎叱」에 나오는 똥은 부조리한 인간을 풍자하는 기호로 작용한다.

이에 다섯 아들은 안방을 둘러싸고 들이닥쳤다. 북곽 선생은 소스라치게 놀라 허둥지둥 도망치면서도 사람들이 자신을 알아볼까 봐 두려워 다리 하나를 들어 목에 걸고 귀신처럼 춤추고 웃으며 문을 뛰쳐나갔다. 달아나다가 들판의 구덩이에 빠지고 말았는데 그 속에는 똥이 가득했다. 아등바등 더위잡고 올라가 머리를 내놓고 바라보니 범이 길을 막고 있었다. 범은 이맛살을 찡그리고 구역질을 하며 코를 막은 채 머리를 왼쪽으로 돌리며 숨을 내쉬었다. "그 선비, 역겹구나."

「호질」 가운데 똥이 나오는 장면이다. 작품의 북곽 선생은 명리名利에 연연하지 않는 유학의 이상적인 독서 군자이다. 그러나 실제로는 성이 다른 다섯 아들을 둔 과부 동리자와 몰래 밀회를 즐긴다. 그런 그가 동리자의 아들들에게 밀회 장면을 들켜 허둥지둥 도망을 친다. 다리 하나를 들어 목에 걸고 귀신처럼 춤추며 문을 뛰어나가는 장면에서 유학자의 체통은 완전히 구겨진다. 이어 북곽 선생은 똥이 가득한 똥구덩이에 빠진다. 가장 고상한 군자가 가장 더러운 똥구덩이에 빠짐으로써 유학자의 고고한 위상은 가장 낮은 바닥으로 떨어진다. 유학자의 처신과 행동은 똥 구덩이에 들어갈 한심한 수준이 되어 버렸다.

여기서 똥은 독서 군자를 풍자하고 조롱하는 극적 장치이다. 유학에서 가장 이상적인 인간형인 독서 군자가 가장 더럽고 냄새나는 똥구덩이에 빠짐으로써 독서 군자의 자존심과 긍지는 여지없이 더럽혀졌다. 「예덕선생전」의 똥이 가장 비천한 인간을 가장 고귀한 존재로 끌어올리는 역할을 했다면 「호질」의 똥은 가장 고상한 인간을 가장 비천한 존재로 끌어내리는 역할을 한다. 똥을 통해 기존의 질서와 인간관을 깨부수고 비천/고귀의 관계를 역전시킨다.

3) 똥의 차이학 – 중심과 주변의 해체

연암의 똥은 중심/주변의 관계를 무너뜨리고 차이와 다양성을 말하는 기호로 쓰이기도 한다.

그러므로 참되고 바른 견해는 진실로 옳다 그르다 하는 시비의 가운데[中]에 있다. 땀에서 이가 생기는 것은 지극히 미묘해서 살펴보기 어렵다. 옷과 살갗의 사이에는 본래 빈틈이 있는데 떨어진 것도 아니고 붙어 있는 것도 아니며, 오른

쪽도 아니고 왼쪽도 아니니 누가 그 가운데中를 얻겠는가? 쇠똥구리는 자신의 소똥을 좋아하기에 여룡驪龍의 여의주를 부러워하지 않는다. 여룡 역시 자신에게 여의주가 있다고 해서 저 쇠똥구리의 소똥을 비웃지 않는다.[12]

소똥과 여의주 비유가 나오게 된 배경은 중中과 관련된다. 앞의 글에 따르면 가운데中는 옳다 그르다 하는 '사이'를 말한다. 신발을 짝짝이로 신고 말을 타더라도, 사람들은 한편에서 본 경험에 근거해 나머지 보이지 않는 편도 똑같을 거라 판단하기에 실체를 제대로 알기가 어렵다. 이는 옷과 살의 지극히 미세한 '틈'에서 생기므로, 이가 어디에서 생기는지를 제대로 살피기란 참 어렵다. 그 사이中는 떨어진 것도 붙어 있는 것도 아니며, 오른쪽도 아니고 왼쪽도 아닌, 미묘한 지점이다. 이편과 저편을 쉽게 편가르고 한쪽을 배척하는 것은 인간의 방편일 뿐, 저것으로 인해 이것이 있고, 이것으로 인해 저것이 있다. 곧 존재는 다른 것을 통해 자신을 드러내며 서로를 비춰줌으로써 의미가 생성된다. 이항대립이 동시에 부정되고 긍정됨으로써 가치의 위계화가 무너지는 자리가 '사이'이다.[13] 천함과 귀함, 중심과 주변을 구분 짓는 것이 아니라, 서로를 비춰줌으로써 의미를 드러내며 모든 존재가 제각기 가치를 드러내는 것이다.

소똥과 여의주 비유는 이와 같은 논의를 수렴하고 있다. 소똥과 여의주

12　박지원, 『연암집』, 「낭환집서(蜋丸集序)」: "故眞正之見, 固在於是非之中. 如汗之化蝨, 至微而難審. 衣膚之間, 自有其空, 不離不襯, 不右不左, 孰得其中? 蜣蜋自愛滾丸, 不羨驪龍之珠, 驪龍亦不以其珠, 笑彼蜋丸."

13　인용문의 불리불친(不離不襯), 불우부좌(不右不左)는 불가에서 진리를 드러내는 어법이다. 연암은 불교의 어법을 빌려와 자신의 주장을 펴는 방편으로 활용하고 있다. 불교의 이 어법이 갖는 의미는 이도흠, 『화쟁기호학 이론과 실제』, 한양대 출판부, 1999, 131~134쪽 참조.

는 서로 이항대립을 이룬다. 용의 턱 밑에는 여의주如意珠가 있다. 여의如意란 '뜻대로 된다'는 뜻이니 여의주는 마음대로 할 수 있는 구슬이다. 사람이 이 구슬을 얻으면 원하는 바를 모두 이룰 수 있다고 한다. 모든 사람이 귀하게 여기는 구슬이다. 반면 쇠똥구리에게는 소똥이 있다. 소똥은 소의 똥으로 만들었기 때문에 냄새도 고약하고 더럽다. 소똥에 미끄러지면 정말 재수 없다고 말한다. 그렇지만 쇠똥구리는 소똥을 잘 보관했다가 식량으로 삼기도 하고 알을 낳기도 한다. 쇠똥구리에게 소똥은 아주 소중한 존재다. 여기서 여의주는 아주 귀한 물건을, 소똥은 쓸모없는 물건을 의미한다. 그렇지만 그건 용의 입장에서 바라본 생각에 불과하다. 쇠똥구리의 입장에 서면 여의주는 아무 쓸모가 없다. 쇠똥구리에겐 오직 소똥만이 꼭 필요하다. 용도 쇠똥구리에겐 소똥이 필요한 걸 잘 알기에 자신의 여의주로 쇠똥구리를 비웃지 않는다. 곧 이것이 더 낫다, 저것이 더 낫다고 말해서는 안 되며 각자 상황에 적합한 쓸모가 있을 뿐이다. 여의주와 소똥은 하나의 상징적 기호이다. 여의주가 중심에 놓인 가치를 나타낸다면 소똥은 주변적인 가치를 의미한다. 이쪽과 저쪽의 사이에 서면 중심과 주변은 동등한 가치를 갖는다. 무엇이 귀하다거나 천하다는 생각은 이분법적 이데올로기가 만들어낸 차별일 뿐이다.

작가는 소똥과 여의주를 통해 중심과 주변, 귀함과 천함의 이항 대립을 무너뜨리고, 존재의 평등성을 말하려 한다. 하지만 궁극적으로 작가가 의도하는 바는 쓸모없는 것의 가치를 환기해 주변적인 가치를 중심으로 만들려는 전략이다.

중심적인 가치가 권력을 얻게 되면 주변적인 가치, 중심에서 벗어난 것은 보려고 하지 않는다. 인간은 보이는 것, 보고 싶은 것만 보려 하므로 그 반대의 것, 주변적인 것은 항상 가리어 있고 소외당한다. 작가는 소똥과 여의주를 내세워 주변 가치, 소외된 존재의 소중함을 말하려 한다.

윗글은 얼핏 양쪽의 대립되는 사상이나 가치를 두루 인정하자고 말하는 것처럼 들린다. 그러나 작가가 말하려는 것은 중심과 주변 간의 획일적이고 기계적인 균형이 아니다. 중심적인 가치가 확연하게 권력을 획득한 상황에서 기계적인 균형은 중심의 허위성을 은폐하는 논리로 귀결될 확률이 높다. 윗글의 제목은 「낭환집서蜋丸集序」인데, '소똥경단蜋丸'이라는 천한 사물을 문집의 제목으로 삼게 된 저간의 경위를 설명하는 글이다. 곧 연암이 관심을 둔 것은 소똥이었고 빈틈이었다. 작가는 사회 권력을 획득한 것에 가려 있는 것, 중심 가치에 소외당한 것, 곧 소똥을 유심히 보자는 것이다. 소똥에 힘을 실어줌으로써 비천하고 하찮게 여기는 존재들의 아름다움과 소중함을 살피자고 한다. 이는 존재의 위계화를 무너뜨리고 중심과 주변, 천함과 귀함을 구분 짓는 이항 대립을 해체하는 것이기도 하다.

3. 연암의 똥이 갖는 의미

전근대 시대에 똥이 훌륭한 자원의 역할을 했다면, 근대에 이르러 똥은 미개와 야만의 상징이 되었다. 20세기에 이르러 근대화 과정을 겪으면서 서울의 도시 인구는 급속도로 증가한 반면 하수처리 시설이 제대로 갖추어지지 못한 탓에 분뇨는 아무 데나 버려졌다. 지하수와 하천은 분뇨로 오염되었고 길은 온통 똥 천지가 되어 냄새가 진동했다.

내가 들으니 외국 사람이 우리나라에 왔다 가면 반드시 사람들에게 말하기를 "조선은 산천이 비록 아름다우나 사람이 적어서 부강해지기는 어려울 것이다. 그보다도 사람과 짐승의 똥, 오줌이 길에 가득하니 이것이 더 두려운 일이다"라고 한다 하니 어찌 차마 들을 수 있단 말인가?[14]

김옥균의 말과 같이 서양 사람들의 눈에 비친 서울은 똥으로 가득한 미개한 공간이었다. "서울 시내를 꿰뚫는 작은 내에서 빨래하는 아낙네를 주위에는 똥 무더기가 쌓여 있다. 위생 관념이 이 정도인 서울 시민이 생존해 있다는 사실은 놀라울 정도이다.",[15] "성 안에서 가장 더러운 이 골목에는 오물과 쓰레기들을 씻어 내려갈 하천들이 없기 때문에 온갖 더러운 오물들이 항상 집 앞에 잔뜩 쌓여 있다. 공지空地라는 것은 거리를 빼고는 없고 온갖 오물과 쓰레기 등 잡동사니가 이런 길가에 수북하게 쌓였다. 골목의 쓰레기는 치우는 사람이 없어 마냥 돌 더미와 함께 수북이 쌓여 있고 흙탕물까지 괴어 있어서 피해가기도 힘들다"[16] 등과 같이 서양인들은 우리나라를 비위생적이고 더러운 미개한 곳으로 바라보았다.

그리하여 근대의 척도로 위생과 청결이 전면으로 등장했다. 똥은 위생과 청결이라는 명목 아래 문명의 적이 되었으며 악취 나는 혐오의 대상이 되었다. 게다가 똥으로 인한 기생충 감염의 문제도 나타났다. 화학 비료가 분뇨를 대신하기 시작했고 재래식 화장실은 수세식 화장실로 바뀌어갔다. 똥은 문명/야만, 청결/불결, 건강/질병, 순수/오염이라는 이항 대립 가운

14 김옥균, 「치도약론(治道略論)」, 『한성순보』, 1884년 7월 3일 자.
15 G.W 길모어, 신복룡 역, 『서울풍물지』, 집문당, 1999, 41쪽.
16 김영자 편, 『100년 전 유럽인이 유럽에 전한 조선왕국 이야기』, 서문당, 1997, 220쪽.

데 후자를 표상하게 되었고 더럽고 냄새나며 버려야 할 폐기물이 되었다. 근대의 똥은 금기였고, 이른바, 줄리아 크리스테바가 말한 아브젝시옹이었다.

그러나 연암에게 똥은 훌륭한 자원이었고 생명이었다. 사람들이 똥의 가치를 제대로 인식하지 못하고 있을 때, 연암은 똥에서 무한한 가능성을 발견했다. 똥을 기존의 제도와 금기를 전복하고 새로운 질서를 여는 기호로 사용했다.

『장관론』에서는 똥이 문명의 본질이었다. 똥은 쓸모없는 폐기물이 아니라 금의 가치를 지니는 귀한 자원이었다. 작가는 좋은 제도란 무엇인가, 훌륭한 문명이란 무엇인가에 대한 물음에 대해, 똥을 통해 문명사의 시각을 제시했다. 가장 무가치한 것을 가장 값어치 있게 만드는 것이 연암이 생각한 문명의 조건이었다. 연암은 크고 웅장한 것만을 멋지다고 여기는 편견을 깨뜨리고 외관이 아닌 본질을 볼 것을 요청했다.

「예덕선생전」의 똥은 신성한 존재였다. 똥은 혐오스런 오염물이 아니라 농작물을 잘 자라게 하여 생산성을 높여주는 중요한 거름이었다. 똥은 농작물의 거름이 되어 생명이 잘 자라게 하여 풍성한 수확을 거두게 해주는 존재로, 부와도 연결되었다. 따라서 똥 푸는 이야말로 비천한 인간이 아니라 가장 고귀하고 신성한 존재였다. 표면적으로는 더러워 보이나 실제로는 덕을 품고 있는 사람이었다. 가장 천한 존재가 가장 고귀한 일을 하고 있는 사람이라는 역설을 제시하여 전통적인 인간관에 대한 전복을 꾀했다. 반면 「호질」에선 가장 고귀한 존재를 가장 더러운 똥에 빠뜨림으로써 똥은 위선적인 유학자의 정체를 폭로하는 역할을 했다. 이상적인 선비의 품성이 똥구덩이에 들어갈 행위에 불과하다는 주제를 전달함으로써 고귀함과 비천함이 역전되도록 했다.

「낭환집서」에서의 소똥과 여의주는 주변/중심을 해체하는 기호였다. 똥을 통해 다양함의 가치를 조명하고 주변적인 가치가 중심이 될 수 있음을 말했다. 쇠똥구리는 자신의 소똥을 스스로 좋아할 뿐, 용의 여의주를 부러워하지 않는다는 구절을 통해 주변과 중심이 각자의 가치를 인정하고 공존해야 할 것을 나타냈다. 표면적으로는 소똥과 여의주의 균형 감각을 이야기하는 것 같았지만 소외된 소똥을 중심으로 끌어들여 소똥의 가치를 재조명하고자 했다.

곧 연암에게 똥은 숭고/비천, 중심/주변, 우아미/추의 미, 고귀함/천박함, 쓸모 있음/쓸모 없음, 청결/오염의 이항 대립을 해체하고 차등과 차별을 전복시키는 핵심적인 기호였다.

4. 마무리

주지했다시피 근대에 이르러 똥은 위생과 청결에 밀려 야만과 더러움의 상징이 되었다. 똥은 더 이상 거름의 지위를 얻지 못하고 폐기되어야 할 오염물질이 되었다. 똥은 가장 더럽고 냄새나는 악취물이 되었으며, 사람들은 똥을 보면 코를 막고 피했다. 권정생의 『강아지 똥』에서, 강아지 똥에 쏟아진 "너는 우리에게 아무 필요도 없어. 모두 찌꺼기뿐인 걸"이라는 힐난은 오늘날 똥을 대하는 일반적인 생각이 되었다.

하지만 전근대 사회에서 똥은 소중한 자원이었다. 농작물을 잘 자라게 하는데 분뇨만한 거름이 없었다. '재를 버리는 자는 곤장 삼십 대[棄灰者 杖三

╂이고, 똥을 버리는 자는 곧장 50대[棄糞者 杖五╂]'라는 말과 같이 사람들은 똥을 귀하게 여겼다.

그렇다고 해서 똥을 인식론의 층위에서, 혹은 미학적 차원에서 바라본 이는 없었다. 특히 생산 활동을 금기시했던 선비들에게 똥은 그저 더럽고 냄새나고 혐오스런, 가장 쓸모없고 비천한 사물에 불과했다. 그러나 연암은 똥에서 문명의 가능성을 발견했고 신성함과 고귀함을 찾았다. 근대와 고전 시대 선비들이 똥을 야만의 징표로 본 만면 연암은 똥에게서 문명의 징표를 읽었다. 똥을 통해 기존의 규범과 관습을 전복시키고 새로운 질서를 이야기하고자 했다. 가장 비천한 사물에서 가장 신성한 것을 찾아내는 차원 높은 상상력을 보여주었다.

연암이 똥이라는 기호를 통해 궁극적으로 도달한 지점이 중심과 주변, 숭고와 비천, 쓸모없음과 쓸모 있음의 이항 대립을 완전히 부정한 데까지 나아간 것인지, 아니면 중심과 주변의 위계질서를 뒤바꾸려는 것인지에 대해서는 보다 면밀한 검토가 필요하다. 본문의 논리상으로는 이항 대립을 해체하여 중심과 주변을 가르는 태도를 부정한 것으로 보이지만, 중세 시대에 정말로 그러한 사유까지 도달했었는지는 조심스럽다. 이러한 논의는 연암의 기존 질서에 대한 저항과 풍자 정신이 어디까지 나아갔는지에 대해 새로운 관심을 환기한다. 한 가지 분명한 것은 비천에서 숭고함으로, 주변에서 중심으로, 천박함에서 고귀함으로, 죽음에서 생명으로 나아간 연암의 똥에 대한 전복적 상상력이 우리 시대에도 여전히 유의미한 시사점을 던져준다는 것이다.

참고문헌

G.W 길모어, 신복룡 역, 『서울 풍물지』, 집문당, 1999.

김영자 편, 『100년 전 유럽인이 유럽에 전한 조선왕국 이야기』, 서문당, 1997.

김옥균, 「치도약론(治道略論)」, 『한성순보』.

김용선, 「분뇨서사에 굴절된 대도시 한양의 팽창」, 『온지논총』 50집, 2017.

김치수 외, 『현대 기호학의 발전』, 서울대 출판부, 1996.

박수밀, 「연암 박지원의 生態 美意識」, 『동방한문학』 49집, 동방한문학회, 2011.

_____, 『연암 박지원의 글 짓는 법』, 돌베개, 2013.

박제가, 안대회 교감 역주, 『북학의(北學議)』, 돌베개, 2013.

박지원, 김혈조 역, 『열하일기』 1·2·3, 돌베개, 2009.

_____, 신호열·김명호 역, 『연암집』 상·중·하, 돌베개, 2007.

송효섭, 『인문학, 기호학을 말하다』, 이숲, 2013.

안동림 역주, 『장자』, 현암사, 1993.

이덕무 평선, 박희병 외역주, 『종북소선』, 돌베개, 2010.

이도흠, 『화쟁기호학 이론과 실제』, 한양대출판부, 1999.

_____, 「현대기호학의 흐름과 새로운 전망」, 『한국학연구』 19, 고려대 한국학연구소, 2003.

이승훈, 「똥, 대변 배설물」, 『문학으로 읽는 문화 상징사전』, 푸른 사상, 2009.

이현식, 「열하일기의 제일장관, 청나라 중화론과 청나라 문화 수용론」, 『동방학지』 144, 연세대 국학
　　　연구원, 2008.

줄리아 크리스테바, 서민원 역, 『공포의 권력』, 동문선, 2001.

진달예, 「현대미술에서 신체-오브제(Body-Objet)의 상징성에 관한 연구」, 경기대 석사논문, 2011.

최덕경, 「東아시아 糞尿시비의 전통과 生態農業의 屈折」, 『역사 민속학』 35, 2011.

_____, 「조선시대 분뇨시비와 인분」, 『역사학 연구』 40집, 2010.

분뇨糞尿 서사로 읽는 연암燕巖 박지원朴趾源의 개혁사상

정규식

이 글은 연암의 작품에 등장하는 똥 이야기를 대상으로 그가 꿈꾸었던 부유한 백성과 풍요로운 조선에 대한 갈망을 고찰하였다. 연암 문학에서 똥은 그의 개혁사상이 담겨 있는 매개물이다. 그가 상상한 '분뇨경제'의 활성화는 조선 사회의 풍요와 백성들의 부유함을 견인할 수 있는 하나의 대안이었다. 이런 점에서 연암 문학에서 똥은 그의 개혁사상이 응축된 일종의 문화적 코프롤라이트coprolite, 糞石라 할 수 있다.

1. 들어가며

인간은 먹지 않으면 살 수 없다. 인간에게 식食은 생존과 맞닿아 있다. 그래서 식욕은 인간의 대표적인 욕구 중 하나이다. 인간은 이 욕구의 만족도를 높이기 위해 끊임없는 도전과 변화를 시도해 왔다. 인간뿐만 아니라 거의 모든 생명체는 배설을 한다. 식욕이 생존과 번식을 위한 본능적 욕구이기 때문에 그것의 결과인 배설 또한 필연적이다. 먹는 것과 배설하는 것은 생명체의 고유한 생존 방식이다. 그래서 배설은 먹는 것 못지않게 중요하다.

하지만 인간의 사회문화적 차원에서 먹는 음식과 배설하는 똥오줌에 대한 인식 차이는 너무 다르다. 한 쪽은 숭배와 섬김의 대상이지만 반대쪽은 혐오와 경멸의 대상에 가깝다. 이런 차원에서 똥에 대한 인간의 인식은 식과는 비교할 수 없다. 식은 의衣, 주住와 더불어 인간 문화의 핵심 요소로 인식되었지만 똥은 늘 변방에 머물러 있었다. 서양에서는 간혹 하이힐high heel,[1] 뒤샹Marcel Duchamp의 '샘'[2] 등과 연관하여 대중들에게 잠시 환기되는 호사를 누렸으나 우리나라의 역사와 문화에서는 똥에 특별히 주목한 사례를 찾기는 쉽지가 않다. 『삼국유사三國遺事』 신라 22대 지철로왕智哲老王 부분에 커다란 똥 덩어리 이야기가 나오지만 똥을 담론의 대상으로 삼거나 나아가 사상적 매개로 삼은 경우를 찾기는 어렵다.

---

1   중세의 유럽 사람들이 거리에 만연한 오물을 피해 다니기 위해 하이힐을 신기 시작했다는 점은 잘 알려진 바이다.
2   20세기 초반 프랑스 예술가 마르셀 뒤샹(Marcel Duchamp)은 미술 전시회장에 남성용 소변기를 전시함으로써 예술계를 충격에 빠뜨렸다. 이를 통해 그는 미에 대한 기존 인식을 전복하고자 하였다.

이런 면에서 조선 후기 지식인 연암燕巖 박지원朴趾源, 1737~1805을 비롯한 이른바 북학파北學派 지식인들이 창작한 똥 관련 담론은 상당히 이채롭다. 진지하고 흥미롭기까지 하다. 연암을 비롯한 홍대용洪大容, 1731~1783, 박제가朴齊家, 1750~1805, 이덕무李德懋, 1741~1793 등은 똥에 대한 흥미로운 기록을 남겼는데 거기에 담긴 의미가 상당히 심오하여 그간 몇몇 연구자들이 이에 대해 논의해 왔다. 기존 논의에서는 이를 분변糞便서사 또는 분뇨糞尿서사 등으로 범주화하여 논의하였는데 이 글에서는 기존 관점을 부분적으로 이어 받아 연암 박지원의 분뇨서사[3]에 형상화되어 있는 그의 개혁사상을 고찰하고자 한다.

이를 위해 먼저 기존 논의를 개략하면 다음과 같다. 조선 후기 서울 한양의 거대 도시화를 통해 형성된 다양한 인물들허생, 광문, 송욱, 엄행수 등의 삶의 양상들과 특징을 살핀 논의[4]와 『열하일기熱河日記』의 「일신수필馹迅隨筆」, 『연암집燕巖集』 소재 「예덕선생전穢德先生傳」과 「낭환집서蜋丸集序」 등을 통해 똥을 자원, 인간, 차이 등의 기호학적 의미로 해석한 논의도 있었다.[5] 또한 똥 관련 문헌뿐만 아니라 구비설화의 내용을 통해 한양 서울의 도시사都市史 및 도시 팽창에 대해 고찰한 논의도 있었다.[6]

그리고 1890년대 후반부터 1930년대 전반까지의 역사적 자료를 통해

---

3   이 글 역시 인간의 배설물인 똥오줌과 연관되는 서사물을 지칭하는 말로 '분뇨서사'라는 용어를 사용하고자 한다. 기존 논의에서 '똥' 관련 담론을 분변서사 혹은 분뇨서사 등으로 사용하고 있다. 둘의 의미론적 차이는 크지 않지만 '분뇨'가 우리가 흔히 말하는 '똥오줌'을 동시에 의미하는 용어이고 『조선왕조실록』 등의 문헌에 자주 등장하는 말이기 때문에 이 글에서는 '분뇨서사'라는 용어를 사용하고자 한다.
4   김진영, 「도시의 발달과 고전소설의 인물다변화 양상-연암소설을 중심으로」, 『어문연구』 76집, 어문연구학회, 2013.
5   박수밀, 「차등과 숭고미의 전복, 똥의 기호」, 『기호학연구』 51집, 한국기호학회, 2017.
6   김용선, 「분뇨서사에 굴절된 대도시 한양의 팽창」, 『온지논총』 50집, 온지학회, 2017.

조선 후기의 자유영업자 똥장수와 개화기 이후 일본식 분뇨 수거 체계의 도입, 분뇨 수거 사업에 대한 논의[7]와 동아시아에서의 '糞'의 의미와 분뇨시비糞尿施肥의 전통, 농업과의 관계 등을 지속적으로 논의한 성과도 산출되었다.[8] 또한 역사문헌적 관점에서 조선 후기 한양 내 기생충 감염 원인에 대해 논한 연구도 있었다.[9]

이상에서 살핀 기존 논의의 흐름은 대체로 유사한데, 그 핵심은 조선 후기 한양 거리에는 똥오줌의 오물이 가득했으며 이로 인해 그것을 수거하고 거름으로 처리하여 상당한 부를 축적한 전문처리업자가 생길 정도였다는 점이다.[10] 그러나 이러한 주장은 보다 면밀한 검토가 필요하다. 특히 연암이 「예덕선생전」을 창작할 당시의 조선 사회에 부유한 분뇨처리업자가 실제로 존재했는지[11]에 대한 어떠한 근거 자료도 확인되지 않는다는 점에서 연암 및 북학파의 분뇨서사를 다시 읽어야 할 필요가 있는 것이다.

이런 점에서 연암이 분뇨서사를 창작할 당시의 조선 사회를 이해하는 데에 도움을 주는 다음의 논의들에 주목할 필요가 있다. 조선의 시비기술

---

7 서호철, 「서울의 똥오줌 수거체계의 형성과 변화」, 『서울과 역사』 93집, 서울역사편찬원, 2016.

8 최덕경, 「동아시아 분뇨시비의 전통과 생태농업의 굴절 – 분뇨의 위생과 기생충을 중심으로」, 『역사민속학』 35집, 한국역사민속학회, 2011; 최덕경, 「조선시대 분뇨시비와 인분(人糞) – 고대중국의 분뇨이용과 관련하여」, 『역사학연구』 40집, 호남사학회, 2010; 최덕경, 「동아시아에서의 糞의 의미와 人糞의 실효성」, 『중국사연구』 68집, 중국사학회, 2010.

9 기호철·배재훈·신동훈, 「조선후기 한양 도성 내 토양매개성 기생충 감염 원인에 대한 역사 문헌학적 고찰」, 『醫史學』 제22권 제1호(통권 제43호), 대한의사학회, 2013.

10 조선 후기의 분뇨 및 분뇨서사에 주목한 기존 논의들은 위생, 도시사, 한양의 팽창 등을 다루면서 연암 및 북학파의 분뇨서사를 다소 진보적으로 해석하는 경향이 있다. 구체적으로, 연암의 「예덕선생전」과 박제가의 『북학의』 외편 「분(糞)」에 대한 해석이 그러한데 이에 대해서는 후술하고자 한다.

11 「예덕선생전」의 엄행수가 실존 인물인가에 대한 논의는 이 글의 제2절에서 고찰할 것이다.

施肥技術과 분뇨방법을 논의한 연구에서는 15세기부터 19세기까지의 조선시대 분뇨 처리 방법을 통한 시비기술의 발달 과정을 밝혔는데 특히 주목을 요하는 것은 조선에서는 19세기에 이르러서야 비로소 똥과 오줌을 분리하여 보관하고 관리하는 분리저류分離貯溜 방식을 사용했다는 점이다.[12] 또한 중국 북경의 똥장수 사회를 다양한 자료를 통해 조명한 논의에서는 중국과 일본의 똥장수 및 똥장수 집단에 대한 다면적 접근을 시도[13]하였는데 여기에는 조선과는 다른 중국과 일본의 상황이 잘 드러나 있다. 이러한 논의들은, 연암의 문학과 직접적인 관련은 적지만, 분뇨서사를 통한 연암의 개혁사상을 논의하는 데 논거가 될 수 있다는 점에서 중요한 자료들이라 할 수 있다.

본장은 기존 논의들을 비판적으로 수용하면서 「예덕선생전」, 「일신수필」, 「호질虎叱」 등에 등장하는 이른바 분뇨서사를 통해 읽을 수 있는 연암의 개혁사상을 새로운 관점으로 고찰하고자 한다. 이를 위해 연암과 교유했던 홍대용, 박제가, 이덕무 등의 분뇨서사를 방계자료로 활용할 것이다. 본장은 이 과정에서, 연암 박지원은 자신의 문학을 통해 똥을 매개로 조선사회의 변화와 개혁의 방향성을 너무나 구체적이면서도 선명하게 제시했다는 점을 밝히고자 한다. 이는 「예덕선생전」 등을 주로 최하층 인물이나 소박하고 사소한 대상들을 등장시켜 그들의 벗 사귐과 신의를 통해 당시의 양반 혹은 양반 집단을 비판[14]하고자 했다는 기존 논의들과 차별화되

---

12 김영진·김이교, 「조선시대의 시비기술(施肥技術)과 분뇨(糞尿)이용」, 『농업사연구』 제7권 1호, 한국농업사학회, 2008.
13 신규환, 『북경의 똥장수』, 푸른역사, 2014.
14 기존 논의들은 대부분 당시 양반 혹은 양반 집단을 비판하기 위해 광문, 송욱, 엄행수, 민옹 등과 같은 특정 인물들을 매개했다고 해석하는 경향이 강하다. 하지만 이러한 논의는 연암 문학의 해석이 양반 사회의 비판과 같은 특정 맥락으로만 이해될 수 있다는 점과

는 것으로 연암 문학의 풍부한 사상적 함의를 확인하는 과정이 될 것이다. 나아가 연암과 북학파 지식인들에게 똥은 그들의 개혁사상이 응축된 일종의 문화적 코프롤라이트coprolite, 糞石[15]임을 확인할 수 있을 것이다.

2. 가상의 존재와 상상의 세계

1) 가상의 존재 – 엄행수

연암 박지원의 문학에서 분뇨서사가 가장 구체화된 작품은 바로 「예덕선생전」[16]이다. 이 작품에는 '엄행수'라는 인물이 등장하는데 그는 서울 한양의 분뇨처리업자이다. 작품에서는 그를 이렇게 설명하고 있다.

> 그는 종본탑 동쪽에 살면서 날마다 마을 안의 똥을 치는 일을 생업으로 삼고 지냈는데 마을 사람들은 모두 그를 엄행수라 불렀다.[17]

종본탑은 원각사10층석탑을 말한다. 지금의 탑골공원에 있는 탑이다.

---

15 매개항을 주변화시켜 연암 문학을 단순화할 수 있다는 점에서 재고의 여지가 있다.
코프롤라이트는 화석화된 대변을 이르는 말로서, '거름'을 의미하는 'kopros'와 '돌'을 의미하는 'lithos'에서 파생한 용어이다. 고생물학에서는 코프롤라이트를 당시의 생태계를 이해하는 데 필요한 중요한 지표로 삼고 있다. (https://en.wikipedia.org/wiki/Coprolite)

16 본장에서 인용하는 「예덕선생전」의 번역문과 원문은 『연암집』 하(박지원, 신호열·김명호 역, 돌베개, 2007)에서 인용하였음 밝힌다. 번역문 및 원문의 출처 제시 방식은 '번역문 쪽·원문 쪽'으로 하며, 번역문은 필요한 경우 필자가 부분적으로 수정·보완하였다.

17 『燕巖集』 8卷, 〈穢德先生傳〉, '在宗本塔東 日負里中糞 以爲業 里中皆稱嚴行首 行首者 役夫老者之稱也'(158쪽·439쪽)

현재 주소로는 서울 종로구 종로 2가에 해당한다. 그 동쪽이라 했으니 지금의 종로2가에서 종로3가 어디쯤에 엄행수의 집이 있었다는 말이다. 주지하듯, 연암과 북학파들은 탑골공원을 서양의 '아고라agora' 같은 공론장으로 활용했으므로 위 인용문에 등장하는 엄행수는 연암이 아주 잘 아는 사람이거나 자주 접했던 존재임을 암시한다.

하지만 엄행수는 「광문자전」의 광문, 「마장전」의 송욱 등과 같은 실존인물이라 단정하기 어려운 존재이다. 선귤자蟬橘子가 그를 스승으로 삼았다는 설정도 그의 실존성에 대한 의문을 가중시킨다. 선귤자는 이덕무의 호인데 연암이 「예덕선생전」을 창작할 당시 이덕무의 나이가 대략 13세 정도이므로 이 나이에 '자목子牧'이라는 제자를 두기는 어렵다. 따라서 선귤자를 실존인물 이덕무로 보기는 어렵다. 이런 점에서 엄행수 역시 가상의 인물일 가능성이 높다.[18]

이덕무가 선귤자라는 호를 가지게 된 것은 연암과 이덕무가 본격적으로 교유하기 시작한 이후일 가능성이 높다. 두 사람은 원래 친척 사이였다. 이덕무의 어머니가 박지원과 족친남매간[19]이었으므로 두 사람의 교제는 상당이 이른 시기부터였을 것이라 추측할 수 있다. 그러나 여러 정황으로 볼 때, 사상적 학문적 공동체를 위한 교유는 대체로 이덕무의 나이 28

---

18 선귤자가 누구인가에 대한 기존 논의들이 있었다. 이가원(『연암소설연구』, 을유문화사, 1965, 159~165쪽)은 선귤자를 실존인물 이덕무라 단정하였다. 반면 박기석(『박지원 문학 연구』, 삼지원, 1984, 110~111쪽)은 이덕무의 호가 선귤자이긴 하나 그 자의(字意)가 갖는 매력으로 당시 많은 선비들이 즐겨 사용하였고 그가 실제로 이덕무라면 「예덕선생전」의 내용이 그의 나이 13세 안팎의 상황이므로 선귤자를 이덕무라 단정하기 어렵다고 하였다.

19 이가원, 『연암소설연구』, 을유문화사, 1965, 110쪽(김영동, 『박지원소설연구』, 태학사, 1988, 117쪽 재인용).

세1768년 즈음부터였다고 할 수 있다. 이덕무는 26세가 되던 1766년경에 백탑원각사10층석탑 부근으로 이사를 왔는데, 박지원이 2년 뒤인 1768년에 이곳으로 이사 오면서 두 사람의 교유는 본격화되었을 것이다.[20] 이후에 연암은 자신이 약관 시절1757경에 지은 「예덕선생전」에 등장하는 선귤자를 이덕무의 호로 지어주었을 가능성이 높다. 따라서 「예덕선생전」 창작 당시의 선귤자는 실존 인물이 아닌 가상의 인물일 것이다. 이런 점에서 엄행수도 마찬가지라 생각한다.

또 다른 등장인물 자목도 사정이 비슷하다. 자목을 이서구李書九, 1754~1825의 사촌 동생 이정구李鼎九, 1756~1783로 지목한 논의도 있었지만[21] 이 역시 이정구의 출생 시기가 「예덕선생전」의 창작시기와 비슷하다는 점에서 설득력이 떨어진다. 그럼에도 연암은 다음과 같이 묘사하고 있다.

왕십리枉十里의 무와 살곶이[箭串]의 순무, 석교石郊의 가지, 오이, 수박, 호박이며 연희궁延禧宮의 고추, 마늘, 부추, 파, 염교며 청파青坡의 미나리와 이태인利泰仁의 토란들은 상상전上上田에 심는데, 모두 엄씨의 똥을 가져다 써야 땅이 비옥해지고 많은 수확을 올릴 수 있으며, 그 수입이 1년에 6천 전錢이나 된다네.[22]

---

20 남재철, 「백탑시사 일고」, 『한국한문학연구』 49집, 한국한문학회, 2012, 369쪽; 김명호, 『박지원 문학 연구』, 성균관대 대동문화연구원, 2001, 275쪽.

21 김명호(박지원, 신호열·김명호 역, 『연암집』 하, 돌베개, 2007, 158쪽의 각주 3번)는 김윤조의 논의(「강산전서(薑山全書) 해제」, 『강산전서』, 성균관대 대동문화연구원, 2005)를 참고하여 이정구의 호가 중목(仲牧)이었음에 주목하여 자목을 이정구로 지목하였다.

22 『燕巖集』 8卷, 〈穢德先生傳〉, '枉十里蘿蔔 箭串菁 石郊茄葴水瓠胡瓠 延禧宮苦椒蒜韭葱薤 靑坡水芹 利泰仁土卵 田用上上 皆取嚴氏黃 膏沃衍饒 歲致錢六千', 161쪽·439~440쪽.

앞에서 살핀 기존 논의들이 자주 인용하는 부분이다. 당시 한양의 구체적인 지명과 한양 사람들의 주요 먹을거리, 그리고 엄행수의 수입까지 구체적으로 제시되어 있다. 또한 엄행수의 집과 그의 똥이 사용되는 지역의 지리적 구도를 살펴보면, 위에서 언급한 지명들은, 궁궐을 뒤로 하고 자리 잡은 엄행수의 집을 중심으로 한강 쪽으로 부챗살처럼 펼쳐져 있음을 알 수 있는데 이는 당시 한양의 지리적 실상을 너무나 사실적으로 묘사한 것이라 할 수 있다.

이런 점에서 많은 연구자들이 위의 내용을 소설적 허구가 아닌 역사적 사실로 쉽게 받아들이게 된다. 하지만 필자가 확인한 현재까지의 어떤 자료들에서도, 연암이 「예덕선생전」을 창작했던 1757년경에 저렇게 막대한 수입을 올린 분뇨수거업자가 있었다는 기록은 없었다. 따라서 「예덕선생전」에 등장하는 엄행수는 허구적 인물이면서 가상의 존재라 할 수 있다. 그럼에도 연암은 엄행수가 실제로 존재하는 인물인 것처럼 보이기 위해 이태원, 석교, 청파, 살곶이 등과 같은 구체적인 지명을 거론하여 서울 시정의 풍경을 사실적으로 형상화함으로써 독자들로 하여금 엄행수가 가상의 인물이라는 것을 인지하지 못하게 장치했다고 할 수 있다.

사실 연암의 구전 가운데 신의信義 3편이라 할 수 있는 「예덕선생전」, 「광문자전」, 「마장전」 등의 인물 중 엄행수가 지나치게 완벽한 인간상으로 구현되어 있다는 사실로도 그의 실존성은 충분히 짐작할 수 있다. 주지하듯, 「광문자전」과 「마장전」에 등장하는 광문과 송욱 등의 인물상은 당시 사회에서 실제로 떠돌던 풍문들과 일정하게 연관되어 있다. 이런 면에서 두 작품의 인물들은 상당히 현실적이면서 인간적이다. 반면 엄행수는 현실 속에서 쉽게 찾기 어려운 이상적인 인물 유형이다.[23]

이런 측면에서 연암 자신도 「예덕선생전」에서 "엄행수 같은 이는 아마도 자신의 덕을 더러움으로 감추고 숨어 사는 대은大隱이라 할 수 있겠지"[24]라고 했는지 모른다. 즉, 엄행수 같은 사람은 현실에서는 보기 어렵다는 말이다.[25] 결국 필자는 「예덕선생전」에 등장하는 엄행수는 연암이 창조해낸 소설 속의 허구적 인물, 즉 가상의 존재일 가능성이 높다고 생각한다.

2) 상상의 세계 – 똥장수 집단

엄행수가 가상의 존재라면 엄행수 및 똥과 관련되는 상황들도 가상이라 할 수 있다. 그런데도 연암은 당시 서울 한양에 마치 똥으로 먹고 사는 부유한 분뇨처리업자가 있었던 것처럼 이야기한다. 특히 그를 '행수行首'라고 칭하면서 그가 어떤 조직의 일원인 듯한 착각을 일으키게 한다. 연암은 '행수란 막일꾼 가운데 나이가 많은 사람에 대한 칭호'[26]라고 했지만 행수는 원래 고려시대 무관武官의 보직[27]에서 유래하여 조선시대에는 일반적으로 특정 집단의 우두머리를 칭하는 의미로 사용되어 왔다. 따라서 연암이

---

23 그의 구전(九傳) 전체와 비교하더라도 엄행수 같은 인물이 등장하지 않는다. 다만 「봉산학자전(鳳山學者傳)」에는 참된 농부가 등장한다고 할 수 있는데 현재 작품이 존재하지 않기 때문에 그 실상을 알기는 어렵다.

24 『燕巖集』 8卷, 「穢德先生傳」, '如嚴行首者。豈非所謂穢其德而大隱於世者耶', 162쪽·440쪽.

25 흥미 있는 것은 연암의 이 말이 형암 이덕무의 글과 연관된다는 점이다. 이덕무는 「선귤당농소」에서 "분수를 지켜 편안히 여기고 처해진 형편대로 즐기고 모욕을 참고 관대함을 지니면, 이것이 대완(大完)이다."(『청장관전서』 63권, 「선귤당농소」, '守分而安 遇境而歡 耐辱而寬 是謂大完')라고 하였다. 「예덕선생전」의 '대은'을 비슷한 맥락에서 '대완'으로 변형한 것인데 이는 이런 존재를 벗으로 삼았던 '선귤자'를 자신의 호로 삼았지 않았을까? 라는 추측을 가능케 한다.(「선귤당농소」의 번역과 원문은 '한국고전번역원'의 웹사이트(http://www.itkc.or.kr/) '한국고전종합DB-고전번역서'에서 인용하였음을 밝힌다.)

26 『燕巖集』 8卷, 「穢德先生傳」, '行首者 役夫老者之稱也', 158쪽·439쪽.

27 '한국민족문화대백과사전' 웹사이트 참조, 검색어: '행수', 검색일 : 2020.5.13.
(https://terms.naver.com/entry.nhn?docId=527240&cid=46621&categoryId=46621)

그를 '엄 노인'이나 '엄 영감' 대신 '엄행수'로 칭함으로써 엄행수가 특정 집단에 소속된 인물임을 넌지시 언표하고 있다. 하지만 당시의 실상은 조금 다르다.

> 19세기 전반까지 중국과 일본에서는 도시의 똥오줌과 근교 농촌의 작물이 교환되는 구조가 정착 (…중략…) 놀라운 것은 중국과 일본의 똥장수가 대개 변소 주인에게 돈을 내고 똥오줌을 사 갔다는 사실이다. 그 말은, 똥장수는 거기에 약간의 이익을 얹어서 똥오줌을 수요자 즉 농민에게 팔았다는 뜻이고, 또 그것은 도시 근교에 그만한 거름의 수요가 있었으며 그렇게 투자를 해서 농사를 지을 만큼 작물의 상품화가 이루어졌다는 뜻이다.[28]

인용문은 중국과 일본의 상황을 설명한 것인데, 중요한 것은 분뇨수거업자들이 일반인들에게 돈을 주고 똥오줌을 수거해갔다는 점이다. 더불어 웃돈을 얹어 농민들에게 팔아서 이익을 남겼다는 것인데 이는 상업적 유통 구조의 전형이다. 중국과 일본은 이미 19세기 전반에 이 구조가 형성되어 있었다. 그러니 그 이전 18세기부터 분뇨처리업과 관련되는 구조적 시스템이 이미 구축되어 있었을 가능성이 높다. 아래의 논의는 이러한 상황을 더욱 잘 드러낸다.

> 똥장수 사회는 자본가인 분창주糞廠主, 분도주糞道主, 똥장수 노동자 등으로 나눌 수 있다. 분창주는 똥장수 사회에서 최대 자본가이자 상인으로 똥장수 사회의 상층

---

28 서호철, 앞의 글, 180~181쪽.

부에 자리하고 있다. 흔히 분상糞商으로 분류되기도 한다. (···중략···) 분창은 분뇨를 보관하는 곳으로 단순히 보관만 하는 곳이 아니라 분뇨를 말려서 농촌에 다시 팔 수 있도록 상품화하는 곳이다."강조-필자[29]

중국 북경의 똥장수 사회에 대한 내용이다. 인용문은 '똥'을 업으로 삼는 똥장수 사회, '분창주-분도주-똥장수'의 구조적 체계와 특징에 대해 기술하고 있다. 중국의 똥장수 집단은 이미 청나라 시절부터 활성화되어 있었다. 똥장수는 수매업과 마찬가지로 분뇨채취 지역에서 자신들의 영업권을 설정했다. 이른바 분도糞道라는 이름으로 분뇨채취 구역을 나누었는데 분도는 청 건륭제[1735~1795] 이래로 분뇨처리업자들에 의해 임의로 획정되어 자신들끼리 임대, 양도, 매매 관행을 확립해 나갔다.[30]

이런 차원에서 많은 연구자들이 우리 조선도 비슷한 상황이었을 것이라고 추론하지만 다양한 자료를 살펴보면 실상은 조금 다르다고 할 수 있다. 우리에게 중국과 일본만큼 전문화된 수거체계가 존재했다거나, 돈을 내고 집집의 똥을 구입해 갔다거나, 똥 수거사업이 이권이 되어 똥장수끼리 조합을 만들거나 관할구역을 정했다는 기록을 찾기는 어렵다. 똥장수의 존재를 입증할 기록은 「예덕선생전」 정도이다.[31]

또 다른 논의에서는, 역사 기록을 보면 인분 외에도 도성 길거리의 개똥과 말똥까지도 수집하여 상업적으로 거래되었던 흔적도 있어 중국 거리에서 보는 바와 같이 우리나라 도성 내에서도 사람 똥, 동물 똥을 적극

29 신규환, 앞의 책, 54~55쪽.
30 신규환, 앞의 책, 52쪽.
31 서호철, 앞의 글, 181쪽.

거둬들여 이를 거름의 재료로 농지에 공급하는 물류의 흐름이 활발히 지속적으로 이루어졌을 것[32]이라고 했으나 이를 뒷받침할 만한 명확한 근거는 없다. 주지하듯, 개똥은 오래전부터 약재로 주로 사용되었고 말똥은 연료로 사용되었던 것이 일반적이므로 이 정도의 기록을 통해 조직적 단체의 존재를 추론하는 것은 무리이다.

기실 「예덕선생전」을 면밀히 검토해보면, 똥장수와 관련한 당시 조선의 사정이 중국 등과는 다소 다른 점이 있음을 알 수 있다.

아침이면 개운하게 일어나 삼태기를 지고 마을로 들어와 뒷간을 청소하지. 9월에 서리가 내리고 10월에 엷은 얼음이 얼 때쯤이면 뒷간에 말라붙은 사람 똥, 마구간의 말똥, 외양간의 소똥, 홰 아래에 떨어진 닭똥이며 개똥과 거위똥, 그리고 돼지똥, 비둘기똥, 토끼똥, 참새똥 따위를 주옥인 양 긁어 가도.[33]

인용문에는 두 가지의 중요한 점이 드러난다. 첫째는 분뇨를 수거하는 도구이며, 둘째는 분뇨의 형태이다. 중국과 일본의 경우, 똥과 오줌이 혼합된 분뇨를 수거했는데 그렇게 하기 위해서는 백성들이 대소변을 보는 시설부터 그것을 저장하는 방식이 일정해야 한다. 하지만 인용문의 엄행수는 삼태기로 말라붙은 똥을 긁어모은다고 했다. 이는 '분'과 '뇨' 가운데 '분', 그것도 마른 분만을 모았다는 의미이다. 그렇기 때문에 액체류를 담을 수 있는 도구 대신 삼태기로도 충분했던 것이다. 이는 결국 분뇨를

---

32 기호철 외, 앞의 글, 110쪽.
33 『燕巖集』8卷, 「穢德先生傳」, '朝日熙熙然起 荷畚入里中除溷 歲九月天雨霜 十月薄氷 園人餘乾 皁馬通 閑牛下 塒落鷄 狗鵝矢 笠豨苓 左盤龍 翫月砂 白丁香 取之如珠玉', 160~161쪽·439쪽.

통한 거름의 형태가 아직 발달하지 않았음을 의미하는 것이고 이로 인해 분뇨를 수거하고 보관하고 처리하는 과정이나 유통 등의 단계가 체계적이지 못 했음을 방증하는 것이다. 따라서 중국이나 일본처럼 조직적인 똥장수 집단이 존재하지 않았음을 강하게 시사한다.

뒤에서 살피겠지만, 박제가의『북학의』에는 서울 시정이 똥오줌으로 오염되었다는 기록이 등장하는데 이것만 보아도 당시 똥장수 집단의 존재성을 추측할 수 있다. 똥장수가 조직적이면서 집단적으로 분뇨를 수거했다면 그런 상황은 연출되지 않았을 가능성이 높기 때문이다. 주지하듯, 『북학의』는 「예덕선생전」보다 훨씬 뒤에 지어진 것이므로 「예덕선생전」에 구현된 엄행수와 똥장수 집단은 가상의 존재이면서 상상된 세계일 것이다.[34]

3. 분뇨서사의 창작과 연암의 개혁사상

1) 분뇨서사의 창작 배경

지금까지의 논의를 통해 우리는 두 가지의 중요한 의문을 품을 수 있다. 연암이 실제 존재하지도 않은 엄행수와 똥장수 사회를 어떻게 구현할 수

---

[34] 1750년경 조선 한양에 똥장수 집단과 엄행수 같은 존재의 실존 여부는 분뇨 및 분뇨처리(업)에 관한 이 당시의 객관적인 자료와 연관되는 것으로 현시점에서는 어떠한 단언을 하기는 어렵다. 특히 똥장수 같은 천대 받던 사람에 관한 기록은 남아있기 어렵다는 점, 당시 떠돌던 허생 이야기를 바탕으로 「허생전」을 지은 연암의 글쓰기 방식 등을 고려할 때, 엄행수의 실제 모델이 있었을 가능성을 완전히 배제할 수는 없다. 다만 필자는 사료 및 기존 논의들을 검토한 결과를 바탕으로, 연암이 「예덕선생전」을 창작할 당시 조선 사회에는 작품의 내용과 일치하는 엄행수나 똥장수 집단이 존재하지 않았을 가능성이 높다고 생각한다.

있었을까? 그리고 그 이유는 무엇일까? 「예덕선생전」의 엄행수와 똥장수 사회를 연암의 완벽한 창작의 세계로 보기는 어렵다. 어떤 형태로든 계기가 있었을 것이다. 「예덕선생전」보다 앞선 시기의 문헌 가운데 조선 사회의 똥장수와 그 집단에 관한 자료가 있으면 좋겠으나 필자가 과문한 탓인지 아직 발견하지 못했다.

그렇다면 여기서 우리는 하나의 가정을 할 수 있다. 연암이 10대 시절에 중국의 똥장수 이야기를 어떤 경로를 통해서든지 접했을 수 있었다는 점이다. 연암은 10대 후반 즈음에 불면증을 앓았다. 그래서 칼이나 골동품, 노래 등에 취미를 붙였다. 이때 많은 손님들을 집으로 불러 우스갯소리나 옛이야기를 들으면서 마음을 가라앉히려 했다. 그의 불면증과 치료 과정에 대해서는 『연암집』의 「민옹전」과 『과정록』에 잘 나와 있다. 아마 이 시절 연암은 북경의 똥장수와 관련되는 이야기를 어떤 형태로든 들었을 가능성이 있다.

주지하듯, 조선 사람들의 북경 연행은 1644년 청나라의 수도가 북경으로 옮겨지면서부터 시작하였다. 기존 논의에 의하면 중국을 여행하고 기록한 연행록은 17세기에는 대략 131종, 18세기 전반에만 대략 57종 정도 있었다[35]고 하니, 글 읽기를 좋아했던 약관의 연암에게 중국 연행록은 중요한 독서물이었을 것이다. 김창업金昌業, 1658~1721의 『연행일기』1712~1713를 비롯하여 이기지李器之, 1690~1722의 『일암연기』1720~1721, 이의현李宜顯, 1669~1745의 『임자연행잡지』1732 등이 이 시기의 대표적인 연행록들이다. 또한 연암은 젊은 시기에 과거 시험에는 별 관심이 없어 과장科場에 가서

35 신익철, 「연행록을 통해본 18세기 전반 한중 서적교류의 양상」, 『태동고전연구』 25집, 한림대학교 태동고전연구소, 2009, 231~232쪽.

시험지에 고송古松이나 괴석怪石을 그리고 나왔으며 금강산에 유람1756년을 다닐 정도였으니[36] 새로운 문물에 대한 호기심을 자극하는 연행록 등을 읽었거나 들었을 가능성이 아주 높다.

이러한 가능성을 간접적으로 뒷받침하는 자료가 바로 연암과 친밀하게 교류했던 홍대용의 『연기』에 등장한다.

변소 주인은 돈을 받아 쓸 뿐만 아니라, 또한 똥을 모아 전답에 거름을 하는 이익도 있었다. 중국 사람들이 하는 일의 교묘하고 치밀함이 모두 이런 식이다. 길을 가다가 보면 더러 **조그만 교자 위에 네모난 통을 설치하고 분뇨를 가득 채워 어깨로 메어 끌고 가는 사람**이 있었다. 그들의 부지런하고 알뜰함을 알 수 있다. 우리나라 하졸배下卒輩가 혹 옆에 따라가면서 장난을 치는데, 심한 사람은 **그 똥을 찍어 그 사람의 입에 바르기까지 했다. 그러나 그 사람이 가마가 뒤집힐까 해서 감히 보복하려 하지 않고 그저 웃기만 할 뿐이었다.**[37] 강조-필자

인용문은 홍대용의 『연기』 중 「경성기략」의 내용이다. 똥장수가 네모난 통을 어깨로 메고 분뇨를 가득 채워서 부지런히 다니는 모습이 생생하게 그려져 있다. 특히 삼태기가 아니라 통을 사용하고 있다는 점이 눈에 띤다. 그리고 조선 사람들이 그를 희롱하고자 똥을 찍어서 입에 발라도 아

---

36 연암의 약관 시절 모습에 관해서는『과정록』(박종채, 박희병 역, 『나의 아버지, 박지원』, 돌베개, 1998, 20~27쪽)에 잘 나타나 있다.

37 『湛軒書』外集 8卷, 『燕記』, 〈京城記略〉, '主其廁者 旣收銅錢之用 又有糞田之利 華人作事之巧密 皆此類也 路上或見人肩挑獨輀小車 上置方箱 滿載糞穢而行 其勤苦纖嗇可知也 我國下卒輩或從傍侵戲之 甚者挑其糞而抹其嘴 其人恐翻車不敢報 只嬉笑而已'(〈경성기략〉의 번역과 원문은 '한국고전번역원'의 웹사이트(http://www.itkc.or.kr/) '한국고전종합DB-고전번역서'에서 인용하였음을 밝힌다.)

무런 저항도 없이 그저 웃기만 한다고 기록하고 있다. 이를 통해 우리는 두 가지의 이면적 사실을 알 수 있다. 그들은 이미 분뇨가 혼합된 거름을 수거하기 위해 통을 사용할 정도로 분뇨수거업이 발달했다는 점과 자신을 희롱하는 사람에게조차 아무런 저항을 하지 못할 정도로 노동자의 처지가 절박했다는 점이다. 특히 후자는 그 노동자가 단순히 개인이 아닌 어떤 조직에 몸담고 있으며 이로 인해 함부로 거름을 훼손하는 행위를 하지 못하는 상황임을 넉넉히 짐작하게 한다.

필자는 홍대용의 이 글을 읽을 때, 「예덕선생전」 엄행수가 떠올랐다.

그는 손바닥에 침을 발라 삽을 잡고는 새가 모이를 쪼아 먹듯 꾸부정히 허리를 구부려 일에만 열중할 뿐, 아무리 화려한 미관이라도 마음에 끌리는 법이 없고 아무리 좋은 풍악이라도 관심을 두는 법이 없지.[38]

창작시기의 선후가 달랐다면 엄행수의 실제 모델이 북경의 이 똥장수가 될 수도 있겠다고 생각하기도 했다. 하지만 「예덕선생전」은 『연기』보다 8~9년이나 먼저 지어졌다. 주지하듯, 홍대용은 1765년 11월 29일 압록강을 건너서 중국 땅을 밟았고, 1766년 4월 11일 다시 압록강을 건너 조선으로 돌아왔다.[39] 『연기』는 이때의 여행 기록이다. 따라서 위 인용문에 등장하는 똥장수가 엄행수의 모델이 될 수 없다.

하지만 홍대용이 중국을 여행할 때는 이미 중국의 똥장수 및 똥장수 집

---

38 『燕巖集』 8卷, 「穢德先生傳」, '唾掌揮鍬 磬腰傴僂 若禽鳥之啄也 雖文章之觀 非其志也 雖鍾鼓之樂 不顧也', 161쪽·439쪽.
39 강명관, 『홍대용과 1766년』, 한국고전번역원, 2014.

단이 상당히 발달되어 있음은 앞서 살핀 인용문을 통해서도 알 수 있다. 건륭1735~1795 시절부터 상당히 발전된 똥장수 집단의 존재를 확인할 수 있으므로 연암은 약관 시절 독서물이나 청담을 통해 이에 관한 정보를 얼마든지 읽거나 들었을 수 있는 것이다. 이것이 바로 연암이 「예덕선생전」을 창작할 수 있었던 배경이 아닐까 한다.

2) 연암의 개혁사상

그렇다면 연암은 「예덕선생전」의 작품 세계를 왜 이렇게 형상화했을까? 이를 위해 먼저 박제가의 분뇨서사를 살펴보자.

'한성의 1만 가구에 있는 뒷간은 수레가 없는 연고로 **인분을 밖으로 운반해낼** **방법이 없다.** (…중략…) 서울에서는 날마다 뜰 한 귀퉁이나 길거리에 쏟아버린다. 그렇다 보니 우물이 모두 짜다. 시내의 다리나 돌로 쌓은 제방 가에는 인분이 여기 저기 붙어 있어 큰 장맛비라도 내리지 않으면 씻겨가지 않는다.'[40]강조-필자

이 인용문은 박제가는 『북학의』 외편 「분糞」조에 등장하는 내용이다. 분뇨서사를 다룬 기존 논의에서 자주 인용하는 부분이다. 인용문은 당시의 서울 중심가가 분뇨로 얼마나 오염되고 지저분했었는지를 잘 보여준다. 「예덕선생전」과 『북학의』는 대략 20년의 간극을 두고 집필된 글이다. 박제가는 『북학의』 「자서」에 '금상 2년 무술년 가을 9월 그믐 전날, 위항도인은 비 내리는 통진의 농가에서 쓴다'[41]라고 기록했다. 무술년은 바로 1778년

---

40 박제가, 안대회 역, 앞의 책, 231쪽.
41 위의 책, 19쪽.

이다. 그런데도 이 시기의 서울 한양의 실정이 이러하였다. 연암의 통찰이 놀랍다. 반면 국정과 시정市政을 맡는 자들은 엄행수 같은 존재를 망각했던 것이고 똥장수 집단의 가치를 몰각했던 것이다. 이런 측면에서 초정의 글은, 연암이 오래전에 「예덕선생전」을 통해, 똥과 서울 한양의 관계가 어떻게 설정되는 것이 바람직한가를 이미 제시했는데도 20여 년이 지난 지금도 여전히 서울의 시정이 이러하다는 것을 비판하는 메시지로 독해할 수 있다. 아래의 인용문에는 흥미 있는 지점이 등장한다.

> 이 책의 내용을 남에게 말하는 것은 결코 좋지 못하다. 남들이 이 책의 내용을 믿지 않을 테니 말이다. 자신들이 믿을 수 없는 내용이라면 저들은 우리에게 화를 낼 것이다.[42]강조 인용자

『북학의』「서문」에서 연암이 한 말이다. 연암은 초정의 부탁으로 1781년에 서문을 작성해주었다.[43] 주목을 요하는 부분은 '저들'과 '우리'의 구분이다. 저들은 우리의 말을 믿으려 하지 않을 것이라는 의미이다. 「예덕선생전」을 통해서 경고를 했는데 20년이 지나도 변화하지 않는 저들의 행태를 연암은 직시하고 있었던 것이다.

연암은 1780년 5월에서 10월까지 중국을 다녀왔다. 그의 『열하일기』는 150여 일의 긴 중국 여행을 생생하게 기록한 여행기이자 견문록이다. 그가 무엇을 보고 무엇을 보지 않았는지 정확히 알 수 없다. 약 150일의 긴 여정

---

42 위의 책, 15쪽.
43 연암의 서문 끝에는 '신축년(1781년) 중양일에 박지원 연암이 쓴다'라고 밝혔다.(박제가, 안대회 역, 앞의 책, 15쪽)

동안 중국 청나라의 수많은 문물을 보았을 것인데 『열하일기』에는 그 가운데 일부를 선택적으로 기록하고 있다. 『열하일기』에도 분뇨서사라고 할 수 있는 장면이 등장한다.

> 나는 삼류 선비다. 나는 중국의 장관을 이렇게 말하리라. '정말 장관은 깨진 기와 조각에 있었고 정말 장관은 냄새나는 똥거름에 있었다고' (…중략…) 똥오줌이란 세상에서 가장 더러운 물건이다. 그러나 이것이 밭에 거름으로 쓰일 때는 금싸라기처럼 아끼게 된다. 길에는 버린 재가 없고, 말똥을 줍는 자는 오쟁이를 둘러메고 말꼬리를 따라다닌다. 이렇게 모은 똥을 거름창고에다 쌓아 두는데 혹은 네모 반듯하게 혹은 여덟 혹은 여섯 모가 나게 혹은 누각 모양으로 만든다. 똥거름을 쌓아 올린 맵시를 보아 천하의 문물제도는 벌써 여기에 있음을 볼 수 있다. 그래서 나는 말한다. '기와 조각, 조약돌이 장관이라고, 똥거름이 장관이라고.'[44]강조 인용자

박제가의 『북학의』와 더불어 분뇨서사에 대한 기존 논의에서 자주 인용하는 부분이다. 『열하일기』 「일신수필」의 7월 15일의 내용으로 흔히 '장관론'이라 칭하는 부분이다. 북학파들이 북경을 연행할 때마다 중국의 똥거름에 대해 칭찬했었는데 박제가나 이덕무보다 2년 늦은 1780년에 연암 자신이 직접 중국을 여행하면서 이렇게 기록한 것이다. 중국의 화려한 문물을 직접 눈으로 경험한 연암이 왜 똥거름을 장관으로 꼽았을까?

북학파의 글을 읽다 보면 똥 관련 내용이 자주 등장한다. 홍대용, 이덕무, 박제가 등이 하나 같이 북경의 똥이나 똥거름을 말하는데 이는 20여

---

44 『熱河日記』, 〈馹汛隨筆〉. (박지원, 김혈조 역, 『열하일기』 1, 돌베개, 2009, 253~254쪽)

년 전 「예덕선생전」을 통해 말했던 장면을 눈으로 직접 확인했기 때문이라 할 수 있다. 그래서 연암은 화려한 성곽이나 연못, 유리창 같은 번화가가 아니라 깨진 기와나 똥거름이 중국의 가장 중요한 장관이라고 한 것이다. 지극히 사적이고 주관적인 관점이다. 그렇기 때문에 그의 생각과 사상이 깊이 침잠되어 있는 것이다. 어찌 보면 감회가 남달랐을 것이다. 약관 시절 「예덕선생전」을 통해 조선의 미래를 구상해 보았으나 현실은 전혀 다른 방향으로 흘러왔고 23~24년이 지난 지금, 자신이 꿈꾸었던 조선의 미래가 청나라에서는 너무나 잘 실현되고 있는 것을 자신의 눈으로 직접 본 연암의 심정이 절절하게 드러난다.

그렇다면 똥거름이 왜 그렇게 중요한 것일까? 연암이 똥거름을 통해 말하고자 한 것이 무엇일까? 기실 장관론의 핵심은 여기에 있다.

> 우리나라 인사들은 북경에 다녀온 사람들을 처음 만나면 반드시 이번에 본 것 중에 제일 장관이 무엇이냐고 묻고는 차례대로 꼽아서 말해 보라고 한다. 그러면 사람들은 제각기 자신이 본 것 중에서 가장 장관이었던 것을 주워섬긴다. (…중략…) 천하를 통치하는 사람은 진실로 인민에게 이롭고 국가를 두텁게 할 수 있는 것이라면 비록 그 법이 오랑캐에게서 나왔다 하더라도 이를 본받아야 한다. (…중략…) 밭 갈고 누에 치고 질그릇 굽고 쇠 녹이는 풀무질에서부터 공업을 고루 보급하고 장사의 혜택을 넓게 하는 데 이르기까지 그들에게 배우지 못할 것이 없다. 다른 사람이 열 가지를 배우면 우리는 백 가지를 배워 먼저 우리 인민들을 이롭게 해야 한다. 우리 인민들이 몽둥이를 쥐고서도 저들의 굳은 갑옷과 날카로운 병장기와 대적할만한 뒤라야 비로소 중국에는 볼만한 것이 없다고 해야 옳을 것이리라.[45]강조-필자

이 인용문은 앞의 인용문보다 먼저 등장하는 내용으로 「일신수필」 '장관론'의 앞부분이다. 이 부분의 핵심은 '백성들의 삶을 이롭게 하는 것은 누구에게서든 무엇이든 배워야 한다'라는 말이다. 백성을 위한 배움에는 귀천이 따로 없다. 고풍스러운 지식만을 추구할 것이 아니라 백성을 이롭게 할 수만 있다면 생활 밀착형 똥오줌 같은 것을 다루는 것도 배워야 한다는 말이다. 결국 똥오줌의 중요성은 물론 똥오줌을 통해 백성을 이롭게 하는 방식을 문제 삼은 것이다. 백성들을 위한 것이라면 똥오줌을 다루고 관리하고 그것을 통해 삶을 이롭게 하는 것이 소중하다는 인식이다. 하찮고 쓸모없다고 여겨지는 일상 속 존재조차도 백성들을 위해 활용할 수 있어야 하고 그렇게 해서 백성들이 배부르고 힘이 생겨 상대와 겨룰 만하도록 만든 후에 상대를 평가해야 한다는 말이다.

이는 조금 더 분석할 필요가 있다. 연암의 지향성이 담겨 있기 때문이다. 그의 지향은 청을 단순히 모방하는 데 있지 않다. 청의 발전된 문물을 인정하고 있는 그대로를 받아들이는 것에는 동의한다. 사실 당대의 조선에는 이것조차 힘들었다. 당시의 한양 선비들은 청을 비하하고 폄하했으며 그들을 인정하고 싶어 하지 않았다. 인용문은 이를 잘 대변한다. 이처럼 연암에게는 조선 지식인들이 청을 있는 그대로 받아들이게 하는 것이 중요했다. 그렇다고 연암이 청을, 조선이 지향해야할 궁극이라고 주장하지는 않았다. 연암은 청을 구경하면서 자신이 그렸던 조선의 미래상을 목도했다. 조선은 이러한 청을 넘어서야 한다는 것이다. 청을 모방하는 데 머무는 것이 아니라 청도 이루지 못한 새로운 국가의 면모를 이뤄야 한다

---

45 『熱河日記』, 〈馹迅隨筆〉(박지원, 김혈조 역, 앞의 책, 249~253쪽).

는 것을 주장하는 것이다. 다시 말해 명을 통한 존주尊周 이념과 청을 통한 북학北學 이념을 결합한 이상적 국가인 조선을 꿈꾸었던 것이다. '장관론' 의 핵심은 여기에 있다. 역시 똥오줌으로 먹고 살지만 대의를 지키는 엄행수를 연상시킨다.

연암은 산해관을 통과하여 북경에 이르는 여정을 『관내정사』라는 편명으로 묶었다. 7월 28일 옥전현에 있는 심유붕沈由朋의 가게에서 「호질」을 보고 깜작 놀란다. 「호질」에는 분뇨와 관련된 짧은 장면이 등장한다.

> "선비, 아이구 지독한 냄새로다" 하였다.
> 북곽선생은 머리를 조아리고 엉금엉금 기어서 앞으로 나가 세 번 절하고 꿇어앉았다.[46]

동리자와 정분을 나누던 북곽선생이 동리자의 아들들을 피해 급히 도망치다가 그만 똥통에 빠진 것이다. 연암은 「호질」에서 왜 북곽선생을 다른 곳도 아닌 똥통에 빠진 것으로 형상화했을까? 이는 당시의 서울 한양 거리를 사실적으로 묘사한 것이라 해석할 수도 있다. 북곽선생이 동리자의 집을 나서자마자 똥통에 빠진 것으로 되어 있는데 민가 부근에 사람이 빠질 정도의 똥구덩이가 있는 것으로 그렸다는 것이 흥미롭다. 박제가가 『북학의』에서 말한 당시 서울 한양의 풍경과 연관시킨다면 충분히 가능한 이야기이다.

결국, 이 장면은 당시 서울 한양이 똥과 오줌으로 오염되고 구린내 나

---

46 『熱河日記』, 〈虎叱〉(박지원, 김혈조 역, 앞의 책, 396쪽).

는 공간이며, 그런 공간에 기거하는 무능한 양반들의 추악한 모습을 풍자적으로 묘사했다고 할 수 있다. 똥으로 오염된 서울이라는 공간과 무능하고 위선적인 양반을 결합시켜 분뇨를 아직도 제대로 처리하지 못하는, 조선의 수도에 있는 권력자들의 현 상황을 적나라하게 표출하고자 한 것이 아닐까 생각한다.

따라서 연암은 '장관론'을 통해 중국의 똥거름을 칭찬함과 동시에 조선의 지향을 제시하였고, 「호질」을 통해 조선의 현실을 신랄하게 비판했던 것이다. 그리고 이는 자신이 오래전에 지었던 「예덕선생전」을 통해 상상했던 풍경이 중국에서 실현되고 있는 반면, 조선에서는 여전히 요원해 보임을 지적한 것이라 할 수 있다.

「예덕선생전」과 '장관론', 그리고 「호질」을 분뇨서사적 관점에서 정리하자면, 10대 후반 지독한 불면증에 시달리던 연암이 다양한 독서와 청담을 통해 앞으로 서울 한양에 분뇨 문제가 중요하게 대두될 것이므로 이것을 해결하기 위해서는 체계적인 똥장수 집단이 조직되어 부유한 똥장수들이 등장하여 자유롭게 살아가는 사회가 되기를 염원했으나 조선은 전혀 다른 방향으로 진행되고 있음을 한탄했던 것이라 할 수 있다.

놀라운 것은 연암의 말년과 사후를 기점으로 여러 문헌 기록들에는 조선 사회가 분뇨를 체계적으로 관리하고 활용했다는 내용들이 확인된다는 점이다. 연암이 죽은 후 비로소 그의 주장과 예언이 어느 정도 실현되었다고 할 수 있다.

편찬시기가 대략 1804년경으로 추중되는 『천일록千一錄』에는 "사람의 오줌은 반드시 항아리에 모아 오래 썩혀야 걸어진다. 큰 항아리 수 삼개를 땅에 묻어 (…중략…) 오줌을 모아 (…중략…) 첫겨울에서 정월보름까지는 가을보리 밭에 시용하고 (…중략…) 정월보름 이후에 거둔 것은 재에 섞어 논밭거름으로 한다"[47] 라고 하였다. 또한『천일록千一錄』보다 더 구체적인 기록도 있다. 대략 1827년부터 1845년 사이에 편찬된 것으로 전해지는 서유구徐有榘, 1764~1845의『임원경제지林園經濟志』에는 "똥은 썩혀야 하고 오줌은 오래 묵혀야 하느니 혹 물과 섞어 써도 꺼릴 것이 없다. 모래질의 백강토는 인분이 아니면 걸어질 수 없고 대소맥 밭은 소변이 아니면 좋지 않다. 다른 거름은 3배를 주어도 대소변 1을 준 것만 같지 못하다"[48]라고 기록하고 있다.

이 기록들은 아주 중요한 내용을 함의한다. 19세기 전반에 이르게 되면 똥오줌에 대한 다양한 활용법, 저장법, 그리고 거름 제조법 등이 활발하게 연구되었다는 점이다. 또한 삼태기 류가 아닌 항아리를 이용한다든지 생분生糞이나 생뇨生尿가 아닌 후숙後熟의 방법을 사용했음도 드러난다.[49] 이는 19세기 전반에 와서는 농업 생산효과의 증대를 위해 똥오줌에 대한 연구를 활발하게 진행했고 그것이 현장에서 일정한 성과로 나타났음을 의미한다. 그렇지만 분뇨의 수거, 저장, 거름 제작, 유통 등을 통한 활발한 경제활동 및 부유한 백성의 등장까지는 이어지지 않았다는 것이다.

이로 볼 때, 연암의 분뇨서사가 품은 개혁사상이 얼마나 선도적인 것이었는지 충분히 짐작할 수 있다. 기실 그것은 연암이 생존했던 시기에는 불

---

47 禹夏永,『千一錄』『農家總覽』〈取糞灰條〉, "人之溲便必盛甕久腐 然後方沃 宜以大甕數三 埋之地中…收聚溲便…自初冬正月望前 則注于秋牟田 自正月望後 則皆和灰釀曝 以爲水 旱田加糞之具"(김영진·김이교, 앞의 글, 43쪽에서 재인용).

48 徐有榘,『林園經濟志』,『本利志』卷4〈糞壤條〉, "按大糞蒸熟小便停久 或水和皆用之無忌 沙白强土非糞不化 大小麥田 非小便不佳 他糞三不當一也"(김영진·김이교, 앞의 글, 43 쪽에서 재인용).

49 김영진·김이교, 앞의 글, 43~44쪽.

가능했던 것일지 모른다. 그는 어릴 적부터 경제를 통해 후생을 실현하고
자 했고 누추한 것을 검소한 것으로 착각하지 말아야 한다고도 했다. 이를
통해 더욱 발전된 조선의 미래를 지향했다. 하지만 그의 꿈은 요원했다.
이런 점에서 똥오줌을 매개로 부유한 백성과 풍요롭고 청결한 조선을 만
들고자 한 개혁사상이 담긴 연암 및 북학파의 분뇨서사는 재해석되어야
할 것이다.

4. 나가며

지금까지의 논의를 정리하면 이러하다. 「예덕선생전」은 일종의 똥을
매개로 한 조선 사회의 변화와 개혁의 지침서와 같은 것이고 북학파들은
연암의 이러한 사상을 이어받아 다양한 형태의 분뇨서사를 창작하였던
것이다. 이를 통해 그들은 서울 한양이 청결하고 깨끗한 공간으로 변화하
기를 바랐으며 나아가 검소를 넘어선 풍요로운 조선을 꿈꾸었던 것이다.
다행히 연암 사후에 분뇨처리의 발달은 어느 정도 이뤄졌으나 분뇨수거
집단의 형성이나 분뇨를 통한 부의 축적 등과 관련된 문제는 개화기에 이
르러서야 어느 정도 가능했다.[50]

필자는 북학파의 분뇨서사를 읽으면서 「예덕선생전」의 창작시기를 끊임
없이 의심했다. 부유한 똥장수와 똥장수 집단의 형성에 관한 어떠한 근거도

---

50 1890년대까지도 서울에는 똥장수 집단이 존재하지 않았다. 개항 이후, 1904년의 일본
의 제안으로 분뇨 수거 도구를 망태에서 들통으로 교체하였고 1907년 비로소 '한성위생
회'가 설립되면서 조직적인 공영 수거 방식을 채택하게 되었다.(서호철, 앞의 글,
185~193쪽)

없는 상황에서 그의 나이 20세 전후1756~1757에 어떻게 이런 작품을 지었을까? 연암은 무엇을 매개로 이 작품을 창작했을까? 이 시기는 홍대용의 중국 여행1765~1766이나 이덕무와 박제가의 연행1778 이전이다. 그럼에도 어떻게 이러한 작품 세계를 구현해 낼 수 있었을까? 적어도 자신이 직접 중국을 여행한 1780년 혹은 박제가의 『북학의』를 접한 1781년 이후 창작되었어야 할 내용인데 말이다. 하지만 『연암집』과 『과정록』 등에 「예덕선생전」의 창작시기가 너무나 명확하게 제시되어 있기 때문에 창작시기를 고민하는 것은 무의미했다. 그렇다면 남는 것은 결국 연암의 놀라운 통찰력과 개혁사상이다. 이전에 존재했던 여러 자료들과 이야기들을 통해 앞으로 다가올 조선 한양의 바람직한 모습을 놀랍도록 예리하게 상상한 것이다. 그것도 똥이라는 대상으로 말이다. 연암은 이용후생利用厚生의 방향성을 구체적으로 제시했다고 할 수 있는 『북학의』 서문에서 '누추한 것을 검소한 것으로 착각'[51] 하고 있는 조선의 현실을 비판했다. 그렇다면 결국 그는 검소를 넘어 풍요를 지향하는 조선의 개혁을 꿈꾸었던 것이다. 「예덕선생전」을 통해 엄행수 같은 사람이 모인 집단을 조직하여 조선 사회의 풍요를 꿈꾸었던 것이다. 이를 통해 그는 '후생厚生'의 가치를 강력하게 주장한 것이며 이것이 분뇨서사에 담긴 연암의 개혁사상이라 할 수 있다.

「예덕선생전」을 비롯한 분뇨서사에 담긴 그의 개혁사상은 아들 종채의 기록을 통해서도 확인된다. 연암은 15~16세경에 마을 아이들의 공부를 위해 집을 지었는데 이에 대해 아들 종채는 『과정록』에 '아버지가 어릴 적부터 이미 경제에 뜻을 두셨음經濟之志을 알 수 있다'[52]라고 하였다. 종채

51 박제가, 안대회 역, 앞의 책, 13쪽.
52 박종채, 박희병 역, 『나의 아버지, 박지원』, 돌베개, 1998, 17쪽.

의 기록이 짤막하기 때문에 어떤 측면에서 그러한지 잘 드러나지는 않는다. 연암은 글공부를 하고자 하는 동네 아이들을 위해 눈대중으로 집을 지었다고 했다. 축자적 의미를 따른다면 연암의 건축술에 대한 기록이라 할수 있다. 하지만 종채가 분명하게 '경제지지'라고 적고 있으므로 집을 지은 것보다 그 공간을 아이들을 위한 글방으로 운영하는 경제적인 것과 연관되는 것으로 이해할 수 있다. 글공부를 하기 위해서는 배우고 가르치는 스승과 제자, 안정적으로 공부할 수 있는 공간, 이외에도 학비, 교재 등이 있어야 하며 식비도 필요하다. 종채의 기록은 공간에 대한 것뿐이지만 아마 연암은 그 공간을 통해 나머지 부분도 효율적으로 해결했기 때문에 그렇게 기록했다고 할 수 있다.

그렇다면 19~20세의 연암이 엄행수를 통해 지향하고자 했던 조선의 미래가 무엇인지 그리고 44세에 북경을 여행하면서 조선의 밖에서 조선을 떠올렸던 그의 마음은 어떠했을지 조금은 분명해진다. 그는 조선이 더 부유해지고 풍요롭게 변화하고 청결하고 발전된 모습을 갖춘 사회가 되기를 갈망했다. 그러면서 그는 똥오줌이라는 너무나 일상적인 대상을 매개로 하는 분뇨서사를 통해 그의 개혁사상을 문학적으로 형상화했던 것이다.

본장의 이런 논의는 연암 문학이 지닌 풍부한 해석적 다양성을 다시 한 번 확인하는 작업일 수 있다. 스무 살에 지은 작품이 자신의 생애 전반과, 자신과 교유하는 무리들에게 평생의 화두가 되었다는 것은 놀라운 사실이 아닐 수 없다. 이런 점에서 연암의 분뇨서사들은 새롭게 읽히고 해석되어야만 하는 것이다.

참고문헌

1. 자료

『연암집』, 『열하일기』, 『청장관전서』, 『담헌서』, 『과정록』

2. 논저

강면관, 『홍대용과 1766년』, 한국고전번역원, 2014.

기호철·배재훈·신동훈, 「조선후기 한양 도성 내 토양매개성 기생충 감염 원인에 대한 역사 문헌학적 고찰」, 『醫史學』 제22권 제1호(통권 제43호), 대한의사학회, 2013.

김명호, 『박지원 문학 연구』, 성균관대 대동문화연구원, 2001.

김영동, 『박지원소설연구』, 태학사, 1988.

김영진·김이교, 「조선시대의 시비기술(施肥技術)과 분뇨(糞尿)이용」, 『농업사연구』 제7권 1호, 한국농업사학회, 2008.

김용선, 「분뇨서사에 굴절된 대도시 한양의 팽창」, 『온지논총』 50집, 온지학회, 2017.

김진영, 「도시의 발달과 고전소설의 인물다변화 양상 – 연암소설을 중심으로」, 『어문연구』 76집, 어문연구학회, 2013.

남재철, 「백탑시사 일고」, 『한국한문학연구』 49집, 한국한문학회, 2012.

박기석, 『박지원 문학 연구』, 삼지원, 1984.

박수밀, 「차등과 숭고미의 전복, 똥의 기호」, 『기호학연구』 51집, 한국기호학회, 2017.

박제가, 안대회 역, 『북학의』, 돌베개, 2003.

박종채, 박희병 역, 『나의 아버지, 박지원』, 돌베개, 1998.

박지원, 신호열·김명호 역, 『연암집』, 돌베개, 2007.

_____, 김혈조 역, 『열하일기』, 돌베개, 2009.

서호철, 「서울의 똥오줌 수거체계의 형성과 변화」, 『서울과 역사』 93집, 서울역사편찬원, 2016.

신규환, 『북경의 똥장수』, 푸른역사, 2014.

신익철, 「연행록을 통해본 18세기 전반 한중 서적교류의 양상」, 『태동고전연구』 25집, 한림대학교 태동고전연구소, 2009.

이가원, 『연암소설연구』, 을유문화사, 1965.

최덕경, 「동아시아 분뇨시비의 전통과 생태농업의 굴절 – 분뇨의 위생과 기생충을 중심으로」, 『역사민속학』 35집, 한국역사민속학회, 2011.

_____, 「동아시아에서의 糞의 의미와 人糞의 실효성」, 『중국사연구』 68집, 중국사학회, 2010.

_____, 「조선시대 분뇨시비와 인분(人糞) – 고대중국의 분뇨이용과 관련하여」, 『역사학연구』 40집, 호남사학회, 2010.

3. 웹 사이트

위키피디아(https://en.wikipedia.org/wiki/Coprolite)
한국고전번역원 웹사이트(http://www.itkc.or.kr/)
한국민족문화대백과사전 웹사이트
(https://terms.naver.com/entry.nhn?docId=527240&cid=46621&categoryId=46621)

감옥 속의 똥 - 비천화된 자들은 어떻게 응수하는가

김동인의 「태형」을 중심으로

한만수

이 글은 식민지 감옥에서 죄수들은 똥과 거의 분리되지 않은 채 감금되었음에 주목하여, 투옥 경험을 가진 작가들의 감옥 소재 소설들, 즉 김동인의 「태형」, 김남천의 「물!」, 심훈의 「찬미가에 싸인 원혼」, 이광수의 「무명」 등을 점검한다. 식민권력은 3·1운동 관련 수감자들을 은유와 환유에 의해 똥과 동일시하면서 인간과 동물의 중간적 존재'대리 형오집단'로 전락시키고자 했다. 하지만 소설들은 '억울한 죽음'의 모티프를 도입하고 분노와 죄책감을 산출함으로써 이런 지배적 인식을 반전시키고자 한다. 대표적인 비천체adject인 똥과 시체를 결합하여 비천성을 극대화한 뒤에 이를 전복시켜 '비천화된 것들의 공동체'를 구성하는 상징자본을 만들어내는 것이다. 물론 훨씬 후기에 쓰인 이광수의 「무명」은 이와는 대조적으로 식민권력의 '똥 같은 인간에 대한 비천화'를 수용하면서 자신을 조선의 소주체로 자임하고자 했다. 이 글은 특히 김동인의 「태형」에 대해서는 지금까지의 해석에 이의를 제기하면서 공감장의 형성을 통해 비천함을 부정자본으로 승화시키려했던 대표적 작품으로 평가하고자 했다.

1. 들어가며

인류는 농경생활을 시작하면서 똥을 비료로 활용하였지만, 똥은 각종 질병의 전염원이 될 수 있음을 경험하면서 점차 이를 경계해오기도 했다. 현실 속에서 쓸모와 위험성의 공존은 똥에 대한 양가적 인식을 만들었다. 특히 동아시아에서 이 '밥-똥순환'의 전통은 비교적 강력했고 더 늦게까지 유지되었지만, 식민지시기 한국에서 똥비료는 위생담론과 화학비료의 보급에 의해 점차 쇠퇴했고, 똥에 대한 양가적 인식 또한 오로지 비천하기만 한 것으로 바뀌었다. 이런 똥의 비천화라는 큰 흐름을 포착하기 위해 필자는 똥을 단편적 소재로 다룬 작품들 및 신문기사들을 다룬 바 있다.[1]

똥에 대한 비천화는 곧이어 은유와 환유를 통해 특정한 부류의 인간에 대한 비천화로 이어졌으니, 이 글은 바로 이 대목에 주목한다. 앞의 글이 우리 문학에서 '똥은 어떻게 더럽기만 한 것으로 되었는가'였다면, 이 글은 같은 시기를 대상으로 삼되 '똥=비천한 인간'이라는 은유가 고착되는 과정을 살피고자 하는 것이다. 특히 강조해두고 싶은 것은, 특정 부류의 인간에 대해 비천하다고 느끼는 감각은 자연스러운 것이 아니라 특정 시기에 특정한 힘이 만들어낸 감각이라는, 즉 비천'화'되었을 따름이라는 점이다.[2] 비천화를 비천함으로 간주하는 잘못, 즉 비천함의 자연화 때문에 많은 인간적 차별은 정당화되거나 아예 이의제기의 대상조차 되지 못하는 경우가 대부분이다. 다소 앞질러 말해둔다면, 식민지시기의 비천화는 식민권력이 주

---

1 한만수, 「'밥-똥 순환'의 차단과 '두엄-화학비료'의 숨바꼭질―1926~1939년 소설의 똥 재현 양상을 중심으로」, 『상허학보』 60, 상허학회, 2020 참조.
2 줄리아 끄리스떼바의 '애부젝시옹', 아감벤의 '호모 사케르' 개념 역시 이와 유사한 맥락에 있다.

도했으며, 문학은 이 비천화에 대해 다양한 이의를 제기했다.

인간에 대한 은유적 확장은 아무래도 똥을 좀 더 중심적 소재로 삼은 작품들에서 확인된다. 이런 작품 중에서 문학사적 중요성을 감안한다면, 김동인의 「태형」[3], 「K박사의 연구」1929, 염상섭의 「똥파리와 그의 안해」1929, 김남천의 「물!」[4], 이광수의 「무명」[5], 박태원의 「골목안」1939 등을 손꼽을 수 있다. 장소성을 기준으로 특히 주목되는 것은 감옥「태형」,「물!」, 「무명」과 실험실「K박사의 연구」이라는, 일상적 삶과는 거리가 먼 곳이다. 감옥에서는 똥과 인간 사이에 적절한 거리가 유지되지 않으므로 똥과 수감자들의 비천함을 극대화하는 유력한 수단이 된다. 이와는 대조적으로 실험실에서는 과학을 통해 똥의 냄새 외양 등 비천함의 요인을 완전히 제거하고자 하는 바, 전통적 '밥-똥 순환'을 과학적 방식으로 부활시키려는 시도라고도 할 수 있겠다. 한편 「똥파리와 그의 안해」는 소도시를, 「골목안」은 대도시 빈민촌을 각각 배경으로 삼고 있는데, 앞선 장에서 다루었던 농촌과 도시라는 장소성과 유사하다.

이 글에서는 작가의 투옥 경험이 모티프가 되었고 감옥을 주된 무대로 삼은 작품들을 대상으로 비천화와 그에 대한 응수를 살피기로 한다. 식민지 감옥은 국가상실과 은유적으로 동일시하는 경향이 강력했던 바, 상징이었던 감옥을 몸소 체험하게 되었을 때 작가들은 그곳에서 만난 비천화된 존재들을 어떻게 인식하고 재현했는가를 검토해보고자 하는 것이다. 심훈의 「찬미가에 싸인 원혼」[6]에는 똥이 거의 나타나지 않지만 이런 기준

---

3 『김동인전집』 1, 조선일보사, 1987(초출은 『동명』, 1922.12~1923.1).
4 『대중』 3, 대중과학연구소, 1933.6.
5 『문장』, 문장사, 1939.1.
6 심대섭, 「찬미가에 싸인 원혼」, 『신청년』 3, 1920.8 이하 「찬미가」로 약칭.

에 따라서 포함시키며,[7] 김동인의 「태형」에 대한 지금까지의 해석에 동의하기 어려운 점이 제법 있으므로 이 작품을 중심으로 다루면서 다른 것들과 비교해 보기로 한다.

감옥은 배변공간과 생활공간이 분리되지 않은데다 환기시설도 열악하며 인구밀집도가 비정상적으로 높다. 수세식 화장실 역시 뒤늦게야 보급되었다.[8] 따라서 전통적 밥-똥 순환 방식의 장점도, 근대적 화장실의 위생성도 기대할 수 없었다. 전근대와 근대의 똥 처리 시스템에서 장점은 없어지고 단점만 모아 놓은 형국이다. 특히 3·1운동 직후에는 대량 검거에 따라 감옥의 밀집도가 극에 달했고 마침 무더위까지 겹쳤으니 똥 처리방식의 부정성 역시 극대화되었다. 악취가 극심했음은 물론 각종 전염병의 근원이 되기도 했다. 이렇게 혐오의 대상물로부터 인간이 분리되지 않고 뒤엉켜 있을 때, 그 인간으로 혐오가 전이되는 최적의 조건이 된다. "특정 집단을 격하시키는 한 가지 확실한 방법은 그들을 완전한 인간과 단순한 동물 사이의 지위에 위치시키는 것"[9]이라면, 식민지 감옥의 참혹한 환경은 이에 적실한 조건이었다.

마사 너스바움은 혐오를 '원초적/투사적'으로 구분한다. 원초적 혐오는 '배설물, 혈액, 정액, 소변, 코의 분비물, 생리혈, 시체, 부패한 고기, 진액이 흘러나오거나 끈적거리거나 냄새가 나는 곤충 등 원초적 대상'에 대한 혐오이다. 특히 "인간의 동물성과 유한성을 일깨워주는 존재들"에 집중되

---

7   조명희의 「R군에게」는 감옥과 그 외부가 교직되는데 감옥 밖의 무대가 훨씬 더 크다는 점에서 일단 제외한다.

8   감옥의 재래식 화장실을 수세식으로 바꾸는 작업은 1998년에야 시작돼 2003년 완료됐다(연합뉴스 2015.10.25).

9   마사 너스바움, 조계원 역, 『혐오와 수치심』, 민음사, 2015, 206쪽.

는데, 인간은 자신이 동물과 유사함을 입증하는 대상배설물, 혈액등, 그리고 자신의 소멸노화와 죽음을 확인하게 해주는 대상들시체, 혈액, 고름 등을 혐오하게 마련이기 때문이라는 것이다.[10]

투사적 혐오는 원초적 혐오가 "이성적 검토를 거의 거치지 않고 한 대상에서 다른 대상으로 확장"[11]되어 생겨난다. "역사 속에서 혐오가 특정 집단과 사람들을 배척하기 위한 사회적 노력의 강력한 무기로 이용"되어 왔는데, "유사 이래 특정한 혐오의 속성들점액성, 악취, 점착성, 부패, 불결함은 반복적이고 변함없이 일정한 집단들과 결부되어 왔으며, 실제로 그들에게 투영되어 왔다. 특권을 지닌 집단들은 이들을 통해 자신들의 보다 우월한 인간적 지위를 명백히 하려고 한 것이다".[12]

원초적 혐오는 '공감적 주술의 법칙'에 의해 다른 대상으로 확장되어 투사적 혐오로 이어지는 바, 그 법칙은 '전염의 법칙'과 '유사성의 법칙'으로 나눠 볼 수 있다.[13] 문학적 용어로 바꿔보자면 결국 환유적 인접성과 은유적 유사성이라 하겠다. 전염의 법칙 즉 똥과 인접한 사람에 대한 혐오는 환유에, 똥과 특정 인간을 유사성에 의해 동일시하는 혐오는 은유에 각각 해당한다. '식민지=감옥'이라는 당대적 은유는, 실제로 똥 덩어리 속에서 뒹굴어야 했던 감옥의 환유와 결합할 때 더욱 강력해진다. 이런 맥락에서 너스바움의 이론은 식민지 소설에서 비천화된 똥이 특정 부류의 인간과 어떻게 연계되는가를 살피는 작업에 적절하다.[14]

---

10 마사 너스바움, 강동혁 역, 『혐오에서 인류애로』, 뿌리와 이파리, 2016, 52~57쪽.
11 위의 책, 54쪽.
12 마사 너스바움, 조계원 역, 앞의 책, 2015, 200~201쪽. 이 구분에 따르자면, 필자의 앞선 논문은 '원초적 혐오'를, 이 글은 '투사적 혐오'를 각각 다루는 셈이다.
13 위의 책, 176~178쪽.
14 수잔 손택 역시 『은유로서의 질병』(이재원 역, 이후, 2002)에서 비슷한 문제의식을 보이

너스바움은 이런 분류에 기초하여 혐오대상들과 특정 부류의 인간을 동일화하는 각종 제도주로 법률와 그 부당성에 대해 예리하게 지적한다. 철학과 법학에 주된 관심을 기울이지만, 학제적이고 전지구적인 시야를 갖추고 있기도 하다. 그러나 똥처럼 취급당한 인간들이 그들 자신을 어떻게 인식하고 행동했던가에 대해서는 충분한 주의를 기울이지 않았다. 물론 똥, 식민지, 감옥 등에 대해서도 별 관심을 보이지 않았다.[15] 결국 비천한 존재들을 외부적 하향적으로 바라보는 시선이 강력한 셈이니, '식민지라는 감옥'의 역사 속에서 산출된 한국의 문학작품을 논의할 때는 일정한 한계가 있다. 이를 보완하기 위해 부정자본negative capital, 공감장sympathetic-field 이론을 적절하게 활용한다.

2. 살아남기에서 죄책감으로-「태형」의 경우

1) 선행연구가 놓친 것들

널리 알려져 있듯이 「태형」에서 작중 화자 '나'는 태형 90대를 선고받은 70대의 '영감'에게 항소控訴를 포기하라고 강압한다. 감옥을 조금이라도 넓게 쓸 수 있도록, 그냥 태형을 맞고 출옥하라는 것이다. '영감'은 죽을 게 뻔하다고 항변해보지만 '나'는 아랑곳하지 않는다. 충격적 잔인함이다. 그런 만큼 이 작품에 대한 해석들은 대체로 극한상황 속에서 인간들

고 있다.
15 게다가 똥을 혐오의 대상으로만 인식하면서 '밥-똥 순환'의 전통은 염두에 두지 않는다. 물론 이런 문제들에 주목하지 않은 것은 너스바움의 주된 연구방향이나 의도와는 거리가 먼 주제이기 때문이겠지만, 서구 지식인으로서의 위상과 관련되는 것이기도 하겠다.

의 즉자적 반응만을 면밀하게 묘사했다면서 김동인의 객관주의적 특성과 관련짓고 있다.[16] 일리 있는 해석이지만 동의하기 어려운 대목들도 없지 않다. 지금까지 주목되지 않은 몇 가지를 지적하면서 논의를 시작해보자.

첫째, 제목이기도 하고 결말의 주된 서사인 태형에 대한 서사에서 당대의 법규정과 어긋나는 대목이 있다는 점. '조선태형령'에 의하면 태형은 '16세 이상 60세 이하 남자'에게만 부과할 수 있었으니 '제5조' 70대 노인은 태형의 대상이 아니다.[17] 공식 재판에서 법령에 어긋나는 판결을 내렸을 가능성은 거의 없으므로, 김동인의 과장 또는 착오일 것이다.[18]

이는 단 하나의 예외이며, 당시 상황에 대한 다른 묘사들은 역사적 사실과 정확하게 일치한다는 점에서 더욱 주목된다. 권보드래에 따르면 작품 속 맹산과 영원 출신 수감자가 전하는 학살사건은 날짜와 피살된 사람 수까지 실제로 일어난 사건과 거의 정확하게 일치한다.[19] 태형에 대한 다

---

16 김동인에 대해서는 자연주의, 리얼리즘, 자연주의와 리얼리즘의 혼재 등으로 논자에 따라 다양하게 규정되고 있으며, 자연주의라는 통설에 대하여서도 프랑스의 그것과는 구분되는 일본적 자연주의로 인식해야 한다는 강인숙의 주장이 설득력 있다(『김동인과 자연주의-불·일·한 3국 비교 연구』, 박이정, 2020). 이런 사정을 감안하여, 문예사조적 명칭 대신에 일단 객관주의라는 정도로 부르기로 한다.

17 '조선태형령'(조선총독부 제령 제13호)은 국가법령정보센터(https://www.law.go.kr)에서 검색할 수 있다. 또한 공훈전자자료관(https://e-gonghun.mpva.go.kr)에서 검색한 결과, 3·1운동과 관련하여 90대의 태형을 언도받은 독립유공자는 204명이지만, 60세를 넘은 사람은 단 한 사람도 없었다.

18 강헌국은, 칠순노인에게 태형 90대를 맞도록 동료 수감자들이 강압하고 '영감'이 이에 순응해 죽음이 예고되어 있는 태형을 선택한다는 것은 '억지스럽'고 '설득력이 떨어진다'고 정당하게 지적하지만, 감옥의 비참에 대한 묘사가 핍진하기 때문에 이 작품은 설득력을 얻어낸다고 해석하는 데 머문다(「김동인의 창작방법론과 그 실천」, 『국어국문학』 177, 국어국문학회, 2016.12, 297~298쪽). 하지만 이는 단순한 개연성 부족에 그치는 게 아니라 명백하게 당대 사실과 다른 서술이다.

19 권보드래, 『3월 1일의 밤』, 돌베개, 2019, 525~526쪽. 3·1운동 시기 감옥서사에 대한 해석 중에서 주목할 만한 최근의 성과로 꼽을 수 있다. 기존의 성과를 종합하고 있다는 점, 3·1운동 시기의 다양한 역사자료 및 후일담소설들과 비교하면서, 문학과 역사, 조선과

른 묘사들도 마찬가지이다. 역시 조선태형령에 의하면 1일 1회에 30회 이상을 집행할 수 없다제7조. 그러니 90회를 선고받은 자는 3일에 걸쳐 맞게 되며, "이제 사흘 뒤에는 담배두 먹구 바람도 쐬이구"222쪽라는 묘사도, 또 다른 수감자의 태형이 30대에서 일단 그치는 결말부분의 묘사도 역시 이 규정과 일치한다.

태형이나 학살에 관한 다른 정보들은 모두 정확한데, 단지 칠순 노인에게 태형이 선고되고 시행된다는 점만은 부정확하고 과장되어있다. 김동인이 관찰한 사실을 말한 것이라면 나이를 과장 또는 착각한 것이고, 허구였다고 해도 3·1운동 단순 참가자에게 실질적인 사형 선고인 셈이니 과장이다. 확증하기는 물론 어렵지만 과장일 가능성이 높으리라 생각한다. 수감인원이 너무 많아 세 그룹으로 나눠서 잠을 자야 하는 상황이고 보면, 한 사람이라도 줄어들었으면 하는 마음이야 수감자들에게 절실했을 것이다. 김동인은 그 심리적 충동을 현실적 서사로 언표했을 가능성이 높다. 또 강력한 심리적 충동이 있을 경우 인간의 기억은 변조될 수도 있다는 점을 고려한다면, 착오이건 과장이건 강력한 심리적 충동의 존재만은 분명하다고 하겠다. 칠순노인을 죽음에 이르게 한 것은 다름 아닌 바로 '나'라는 죄책감은 이렇게 만들어졌다. 칠순 노인에 대한 태형 90대 선고도, 또 항소를 포기하고 죽음의 태형을 맞기로 하는 '영감'의 결정도 개연성도 약하고 사실과 거리가 먼 데다 과장이 많이 섞여 있다. 객관주의는커녕 신

세계정세를 동시에 감안한 해석이라는 점 등에서 그러하다. 단지 「태형」을 검토한 결과로서 "김동인이 불신과 환멸을 기조로 하는 소설세계를 구축하게 되었다면 그 복판에는 3·1운동이 작용하고 있을 가능성이 크다"(권보드래, 위의 책, 530쪽)고 평가한 대목에는 동의하기 어렵다. 또한 손유경은 김동인의 도덕적 차원과 미적 차원은 배타적이기보다는 상보적 혹은 경쟁적 국면을 형성하고 있었다고 주장하고 있어 주목할 만하다.(「1920년대 문학과 동정(同情)」, 『한국현대문학연구』16, 한국현대문학회, 2004.12)

파조의 냄새까지 없지 않다.[20] 물론 그는 눈물을 끝내 억누르는 것으로 묘사함으로써 아예 신파에 빠져버리는 것에는 저항했지만.

둘째, 일본어를 모르기 때문에 겪는 수난의 묘사에도 일부 과장이 있다는 점. 영감은 '나나하꾸나나주용 고'774호라는 간수의 일본어를 못 알아들었기 때문에 채찍질을 당하는 것으로 되어 있다. 하지만 과연 그럴까. 인원점검은 매일 있는 일이고 수형번호는 차례대로 부르는 것이니[21] '영감'이 그 일본어 명령에 어떤 반응을 해야 할 것인지는 그리 어렵지 않게 습득할 수 있는 경험지知에 속할 터이다. 물론 이 시기 감옥에서 가혹하고 부당한 처벌을 통해 복종을 강제하는 것은 다반사였지만, 이 대목의 묘사는 '영감'의 대응능력이 과소평가되고 일본어의 폭압성은 과대평가된 것이라 판단한다.

셋째, 「태형」은 매우 예외적 작품임에 대한 고려 부족. 감옥체험을 면밀히 묘사한 김동인의 유일한 작품이니, 그의 다른 작품들과 결이 다를 가능성도 충분하다. 예컨대 곧 독립된다는 비밀통신에 아무 반응 없이 수감의 고통만을 묘사하고 있음을 즉자적 인간 이해라고 평가하는 통설적 이해에도 반론의 여지가 있다. 비밀통신에 대해 동료 수감자들은 '좋은 소식이 있소', '보구려 내 말이 옳지 않나'217쪽 등의 반응을 보이지만, '나'는 아무런 대꾸를 하지 않는다. 대신에 빨리 판결이 내려질 것을 기다린다는 서술이 이어진다. 물론 두 화소 사이에는 큰 거리가 있으며 예심판결

---

20 이승희는 1920년대 신파에서 감정과잉은 3·1운동과 식민지 검열 때문에 초래된 것이라고 설명하고 있다. 「'신파'와 '막장'의 시간성」, 『민족문학사연구』 67, 민족문학사학회·민족문학사연구소, 2018, 102~105쪽 참조.
21 '칠백칠십사호 뒤의 번호들이 불리운 뒤에'(210쪽)라는 구절만 봐도 순서대로 불렀음은 분명하다. 이하 식민지시기 소설을 인용할 때는 괄호 속에 그 쪽수만 밝힌다. 또한 독서의 편의를 위해 현대맞춤법과 한글 전용으로 바꾸었다.

묘사를 비밀통신에 대한 반응으로 해석하기는 쉽지 않다. 하지만 이 소설은 '1, 2,~7, 8' 등의 숫자에 의해 명확하게 8개의 서사단위로 나뉘어 있는 바, 이 두 화소는 제4번 서사단위 안에 함께 묶여 있다. 내용적으로는 관련이 없어 보이지만, 작가가 베풀어놓은 문학적 형식은 이 두 화소를 관련지어 해석해달라고 강력하게 요구하고 있지 않은가.

작품 외부의 맥락을 고려하면서 해석해보자. 김동인이 투옥되었던 시점1919.3~6과 이 소설을 발표한 시점1922.12~1923.1은 2년 반 정도의 시차가 있었다. 2년 남짓이란 물론 길지 않은 시간이지만 그 때의 2년은 권보드래가 잘 정리한대로 꽤 긴박했다. 발표시점인 1922년 말이면 3·1운동의 열기는 제법 수그러든 때였다. 특히 큰 충격이었던 것은, 제1차 세계대전 종전 이후 '평화와 (세계)개조'라는 새로운 세계질서를 논의하기 위한 강대국들의 워싱턴회담1921.11.12~2022.2.6에서 조선 독립에 대한 논의가 없었다는 점이었다. 이 회담 결과가 발표된 날 춘원이 『민족개조론』을 집필하기 시작한 것도 상징적이다.[22] 그러니 감옥 속에서 '체험하는 나'와 2년여 뒤에 '기록하는 나'를 구분할 필요가 강력하다. 「태형」은 민족개조론보다 7개월쯤 뒤에 발표되었으니 그 비밀통신에 직접적 반응을 보인다면 '나'는 워싱턴회담 민족개조론 등 1922년의 상황에 대한 입장을 드러낼 수밖에 없었다. 비밀통신과 예심판결 서술이라는, 엉뚱해 보이는 두 화소의 병치는 이런 맥락 속에서 이해해야 할 것이다.

수감생활의 고통과 비밀통신을 묘사하는 대목이 1919년의 '체험하는 나'에 집중되었다면, 비밀통신에 대한 반응을 묘사할 때는 1922년의 '기

---

22 권보드래, 앞의 책, 530~534쪽.

록하는 나'로 이동해야 할 필요가 생겨난다. '독립은 다 되었소' '한 열흘 안에'라는 비밀통신의 정보는 작품 발표 당시에는 이미 잘못된 전망임이 확실해진 상태였다. 그렇다면 '십년을 기다려두 그뿐, 이십 년을 기다려 두 그뿐', '나 죽은 뒤에 말이오?'217쪽 같은 대사는 독립에 대한 중의적 어법으로 해석할 수 있다. 아무리 당대의 예심 대기 기간이 비정상적으로 길었다 하더라도, 10년, 20년은 터무니없는 과장이니, 이 대사는 예심판결보다는 오히려 독립의 전망을 가리키는 것에 가깝다. 이 시기 김동인은 3·1운동과 독립 가능성에 대해 엉거주춤한 입장이 아니었을까. 필생의 경쟁상대였던 이광수의 민족개조론에 동의하기도, 객관적 정세를 아예 외면하기도 어렵지 않았을까. 부당한 현실에 대한 분노와 냉엄한 국제질서 사이에서의 곤혹스러움. 결국 '아무 말 없음'이란 냉담이라기보다는 판단 유보였을 터이며, 직접적 언급을 회피한 결과가 예심판결을 기다리는 묘사로 대체되었을 가능성이 충분하다.[23] 기다림에 지친 자들은 설혹 최악의 결정이라도 빨리 결판이 나길 바라게 된다. 당시 문학에서 감옥이 조선의 암유적 성격이었다면 판결을 기다리는 마음은 왜 암유가 아니겠는가.

너무 우호적인 해석이라는 비판도 있을 수 있겠다. 하지만 독립에 관한 비밀통신이라는 중요한 정보를 제시한 뒤에 시치미 떼는 작품을 대할 때, 그저 아무 반응도 없었다는 식의 축자적 해석만이 타당할 수는 없다. 있음직한 화소가 결락되었을 때, 그 결락의 대리보충물은 무엇인지를 고민해볼 필요가 있다. 이런 가능성을 배제했던 것은 김동인에 대한 고정관념 때

---

23 이런 병치는 결국 몽타주적이라고 할 수 있다. 물론 「전함 포템킨」(1925)이 나오기도 전이니 김동인이 몽타주기법에 대해 알고 있을 가능성은 거의 없지만, 꼭 외국이론을 빌려야만 창작기법이 구사되는 것은 아니리라.

문이 아닐까 하며, 「태형」은 그에게 매우 예외적인 작품이라는 점을 충분히 고려해야 할 것이다.

넷째, 극적 반전을 이루는 결말에 대한 과소평가. 「태형」의 특징은 작품의 전반적 흐름이 결말에서 급격하게 반전된다는 점에 있다. 그러나 선행연구들은 결말에 대해서는 과소평가하고 그 직전까지 만을 주목했다. 결말이란 한 작품에서 핵심적인 기능을 한다는 원론을 너무 쉽게 무시하는 셈이다. 특히 1인칭 소설이면서 '기미츠 옥중기의 일절'이라는 부제가 붙어서 작가 자신을 강력하게 연상시키는 작품에서 '나'를 '살인의 공범'으로 만드는 것, 그것도 개연성의 약화와 사실관계의 과장 및 왜곡을 무릅쓰고 그리하는 것. 이런 결말의 무게란 결코 가볍지 않다. 이 작품의 결말은 이처럼 객관주의적 냉담에서 죄책감으로의 커다란 반전이지만, 서사적 현실적 무리를 무릅쓴 뒤에야 얻어진 것이었다. 그렇다면 논의의 초점은, 결말과 그 직전까지의 흐름 사이 괴리를 어찌 해석해야 할 것인가에 있는 게 마땅하다. 둘 중 하나를 버리거나 과소평가할 것이 아니라, 두 상반되는 요소들을 종합해야 균형 잡힌 해석이 되지 않겠는가.[24]

---

24 이 작품에 대한 지금까지의 해석들은 대체로, 일제의 폭력에 대한 묘사보다는 수감자들의 동물적 반응이 훨씬 강력하며 김동인의 자연주의적 한계를 보여준다는 식이다. 특히 임명선의 주장은 대표적 사례이다. "좁은 감옥 안에서 그들의 신체는 얽혀 있고 그래서 함께 떨림에도 불구하고, 감정적으로 연결되지는 않는다는 점. 그리하여 약한 인물의 자리를 박탈하는 데 큰 죄책감을 보이지 않는다는 점이 「태형」이 보여주는 특이점이자 김동인 문학의 일관된 특성"이라는 것이다(「김동인 소설과 '자리'의 문제, 식민지 시기 단편 소설을 중심으로」, 동인문학상 비판 세미나, 2020.11.5). 권보드래도 비슷한데, 특히 작품의 결말 부분에 대해서 "자신과 타인에 대한 때늦은 연민에 불과할 눈물 (…중략…), 한 오라기 감상으로 벌충하기엔 그 낙인이 너무나 선명하다"는 정도로만 해석한다(권보드래, 앞의 책, 528~530쪽). 이행미는 결말 해석에 대한 통설에 이의를 제기했다는 점에서 주목되지만(「3·1운동과 영어(囹圄)의 시간」, 『춘원연구학보』 16, 춘원연구학회, 2019.12), '참자아'의 각성이라는 논점에 집중하고 있어 이 글과는 초점을 달리한다.

지금까지 「태형」에 대한 새로운 해석의 필요성과 가능성을 네 가지로 제시했다. 태형과 '고쿠고'의 폭력성은 물론 명백하지만 일부 과장이 있음에 주목하지 않았고, '체험하는 나'와 '말하는 나' 사이의 시간적 사회적 거리도 충분히 고려되지 않았으며, 김동인의 것으로는 매우 예외적 작품이라는 점도 별로 고려하지 않았다.[25] 이는 결국, 뒤에 자세히 보겠지만, 결말과 그 직전까지의 서사의 충돌에 대한 새로운 해석의 필요성으로 집중된다. 지배적 견해에 일정한 균열이 생긴 셈이다. 이제 작품을 꼼꼼히 읽어보기로 하자.

2) 비천화의 두 주체 - 총독부와 수인들

널리 지적되는 대로 「태형」은 같은 비참한 운명에 놓인 인간들끼리 아무런 공감을 보이지 않는다는 특징을 지니는데, 이는 결말 직전까지는 강력하게 유지된다. 먼저 수감자들이 보여주는 매우 유사한 운명과 대응방식을 추출하고, 그 유사성이 지속적으로 강화된다는 점을 확인한 뒤, 결말의 반전에 대해서 논의하기로 한다. 먼저 수감자들의 공통점이란 다음의 다섯 가지로 요약할 수 있다.

첫째, 태형이라는 차별적 제도의 대상이라는 공통점. 태형제도는 일본에서는 폐지되었지만 조선에서만 유지된1912~1920년 야만적이고 차별적인 신체형이다.[26] 이 작품은 태형제도를 전경화한 매우 보기 드문 사례이며

---

25 칠순 노인을 긍정적 인물로 상정하고 '나'의 죄책감을 만들어내는 구성이란 세대론적으로도 김동인의 다른 작품들과는 대조적이다. 널리 알려진 대로 김동인은, 당시의 다른 유학파 신지식인들이 그랬듯이, 유학과 한문학에 물든 기성세대를 강력하게 비판해왔다. 그가 강조하는 '참자기' '참예술' '참인생' 등에서의 '참'이란 기성세대를 '거짓'으로 간주하는 강력한 대타적 의식이기도 했다.

26 이철우에 따르면, 일제는 조선인에게 경제적 합리성의 결핍되어 있기 때문에 태형을 실시

태형을 받는 조선인이라는 동질감은 자연스럽게 형성된다.

둘째, 이름이 사라진 인물이라는 공통점. 이 작품에는 이름을 지닌 인물이 단 하나도 없다. 감옥 소설의 인물이 대체로 익명적이지만, 「태형」은 심지어 친동생마저도 그냥 '아우'로 부를 뿐이다.[27] 이런 강력한 익명성은 화자가 다른 수감자들에 대해 무관심하고, 수감자들 역시 서로 무관한 존재로 인식함을 강조한다. 특히 수감자들은 모두 개성적 개인이 아니라 개성과 개인사가 없는 익명적 다중, 사물이나 다를 바 없는 존재가 된다. 수감자들이 '무리지어 있는 비천함'으로 동질화되는 결과는 물론 권력의 배치에 따른 것이지만, 수감자들도 화자도 이에 아무런 이의를 제기하지 않는다.

셋째, 똥무더기 속의 비천화된 존재라는 공통점. 「태형」에는 도처에 똥이 묘사되는데 그것은 냄새와 피부병으로 나타난다.

> 똥오줌 무르녹은 냄새와 살 썩은 냄새와 옴약 내에 매일 수없이 흐르는 땀 썩은 냄새를 합하여, 일종의 독가스를 이룬 무거운 기체는 방에 가라앉아서 환기까지 되지 않았다.218쪽

하는 것이 효과적이라고 판단했었다(부수적으로 태형을 실시하는 데 드는 비용이 징역형보다 40% 정도 덜 들기도 했다). 감금이 지배적인 처벌 형태로 일반화하려면 측정 가능한 경제적 가치형태로서의 시간에 대한 관념이 존재해야 하는데, 조선인에게는 그런 규율이 아직 없는, '자연=야만'의 상태에 놓인 존재들이라는 것이다(「일제하 한국의 근대성, 법치, 권력」, 신기욱 외편, 도면회 역, 『한국의 식민지 근대성』, 삼인, 2006, 80~82쪽). '호모 이코노미쿠스'라는 자본주의적 인간으로 주조되지 않은 조선인은 동물에 가깝다는 인식인 셈이며, 근대화와 자본주의화는 동전의 양면임을 재확인하게 한다.

27 간수는 이 작품의 수감자들을 그저 번호로, 그것도 일본어로 호명한다. 더 주목할 것은 서술자 '나'가 동료 수감자들을 언급하는 방식이다. '곁엣 사람', '영감(774호 죄수)', '이를 잡으면서 곁에 서있는 사람', '이 편의 젊은 사람', '한 사내 격하여 있는 마흔 아문난 사람', '곁에 있는 다른 사람' '아까 사람'하는 식이다. 물론 매우 번거로운 호명 방식이며, 언어적 경제성에 어긋난다.

가득 차고 일변 증발하는 변기 위에 올라앉아서 뒤를 볼 때마다 역정 나는 독한 습기가 엉덩이에 묻어서 거기서 생긴 종기를 이와 빈대가 온몸에 퍼져서 종기투성이 아닌 사람이 없었다.218쪽

지식인 화자 '나' 역시 똥 누는 인간들과 구분되지 않는다. 감옥에 갇힌 인간들은 모두 똥을 누고 빈대와 이와 종기를 지니고 있는 육체로 재현된다. 김동인의 1인칭 소설의 화자는 거의 모두가 지식인이며 관찰대상인 하층계급에 대한 하향적 시선을 보이지만 「태형」에서 '나'는 관찰대상인 수감자들과 거의 차이가 없이 비천함을 공유한다.

넷째, 죽음과 친연성이 강한 존재라는 공통점. 「태형」의 수감자들은 3 · 1운동에 동참했고 총칼 앞에서 죽어간 가족을 목도했다.[28] 감옥에 갇힌 자들 역시 시체와 별 다를 바 없는 상황으로 묘사된다.[29] 살아남은 자들은 똥무더기 속에서 매를 맞으며 시체처럼 존재하는데, 영감의 죽음을 강력하게 예고함으로써 또다시 인물들과 죽음의 친연성을 강화하는 것이다.

다섯째, 공감하지 못한다는 공통점. 빈번하게 지적되듯이, 수감자들은 동료들의 고통에 대해서 공감하지 않는다. "한 사람이 벌을 받으면 방안의 전체가 떨린다(공분이라든가 동정이라든가는 결코 아니다)"211쪽라고 아예 직

---

28 이와 관련하여 이지훈의 주장은 주목된다. 수감자들은 감옥 밖에서 오히려 죽음에 직면했고 투옥된 이후에야 비로소 법적 주체가 되어 적어도 "죽음의 위협에 시달리지 않"게 되었다는 것이다. 즉 법적 보호 속에 놓이되 산송장의 상황에 내팽겨쳐진 존재였다고 지적하면서, 이를 아감벤을 빌어 '살아남게 하는 것'이라고 평가한다(「김동인 소설에 나타난 식민지 법의 의미 연구」, 『한국현대문학연구』 42, 한국현대문학회, 2014, 353~368쪽 참조).
29 "다리 진열장이었다. 머리와 몸집은 어디 갔는지 방안에 하나도 안 보이고 다리만 몇 겹씩 포개이고 포개이고 하여 있다. (…중략…) 그것도 송장의 것과 같은 시퍼런 다리를"(215쪽).

설하고 있기도 하며, 감옥 밖에서 학살당한 가족의 이야기를 나눌 때조차 그저 독백에 가깝다. 수감자들은 '타인의 고통'에 대해 아무 반응도 보이지 않는 것으로 묘사되는 바, 이런 반응 역시 개연성이 의심스럽긴 하지만 김동인은 아랑곳하지 않는다. '영감'이 항소하려 할 때 역시 "방 안 사람들도 영감을 용서치 않았다. 노망하였다, 바보로다, 제 몸만 생각한다, 내어 쫓아라"223쪽 하는 반응만을 보였다고 전할 뿐이다.

너스바움의 주장대로 원초적 혐오란 "인간의 동물성과 유한성을 일깨워주는 존재들"에 집중된다면, 위에서 살핀 다섯 가지 공통점들은 결국 강력한 혐오를 불러일으킨다. 채찍질당하고 이름조차 없으며 똥냄새 속에 뒹굴어야 하는동물적, 가족의 죽음을 경험했으며 그들 자신도 시체와 별 다를 게 없는소멸적 존재, 더구나 수감자들은 타인에 대한 공감이 전혀 없다는 점에서도 '인간다움'에 미달하는 동물적 존재이다. 동물적 속성과 소멸적 속성이 겹쳤으니 매우 강력한 혐오의 대상이다. 게다가 원초적 혐오냐 투사적혐오냐를 구분하기가 어렵도록 매우 근접하고환유적 뒤섞여 있으며은유적, 그런 만큼 더욱 강력하기도 하다. 이처럼 강력한 혐오의 대상으로 전락한 것은 대부분 총독부에 의해 강요된 것이지만, '공감하지 않음'으로써 동물적속성을 띠게 됨은 꼭 강요라고만 하기 어렵다.

3) 비천에서 숭고로 - 결말의 대반전

선행연구들은 대체로 위의 공통점들, 특히 비천화된 존재들끼리 공감하지 않는다는 공통점에 주목하였는데, 결말 직전까지만 본다면 이는 사실에 부합한다. 하지만 이 공통점들이 서사의 진행에 따라 어떻게 변화하다가 결말에서 반전되는지에 대해 주목한다면 해석은 상당히 달라지게 된다. 「태형」은 '①, ②~⑦, ⑧' 등 숫자에 의해 8개 서사단위로 나뉘어 있는데, 그 구분에 따라서 서사를 요약하자면 다음과 같다.

① 감옥의 인원점검에서 일본어를 모르는 영감이 채찍질을 당한다.
② 무더위 속에서 열병과 피부병 환자가 속출하며, 수감자들은 동물적 존재로 전락한다.
③ 수감자들은 감옥 밖에서 학살당한 가족에 대해 이야기하지만 타인의 고통에 공감하지 않는다.
④ '한 열흘 있으면' 독립이 된다는 비밀통신이 전달되자 수감자들은 동요한다. 그러나 '나'는 오직 빨리 판결을 받을 수 있기만 고대한다.
⑤ 수감자들의 처참한 환경과 육체적 고통이 좀 더 구체적으로 묘사되며 '나'는 자유를 잃은 자신을 날아다니는 파리만도 못한 존재로 인식한다.
⑥ '나'는 진료소에서 '아우'를 만나 가족들이 죽었을 가능성이 높다는 대화를 주고받으며, '아우'는 간수에게 채찍질 당하고 눈물을 보인다.
⑦ 태형 90대를 선고받은 '영감'에게 '나'는 항소를 포기하라고 종용한다.
⑧ 수감자들은 목욕을 끝내고 돌아오다가 태형을 맞는 '영감'의 신음소리를 듣게 되고, '나'는 눈물을 애써 감춘다.

채찍질은 ①에서는 (일본어를 모르는) '영감'만 당하는 것이었지만, ⑥에서는 '아우'가 맞는 것으로 설정되어 '나'를 향해 접근해온다. ①, ⑥은 간수에 의한 탈법적인 채찍질이며 목숨을 위협하지는 않지만, ⑧은 정식 판결을 통한 것이며 목숨을 앗아갈 가능성이 매우 높다. ①에서 채찍질 당하고 분개하던 '영감'은 ⑧에서는 죽음을 각오하고 태형을 맞는다.

그 채찍질은 열병, 피부병, 똥, 시체 등으로 연결되면서 비천함이 점점 강화된다. ①에서는 한 사람만 채찍질 당하는 장면이 전경화되어 있다면, ②에서는 모든 수감자가 열병과 피부병을 앓으며 동물적 존재로 묘사된다. ③에 이르면 수감자들은 시체와 별 다를 바 없다. 똥의 재현 역시, ④에서는 변기에 걸터앉아 있는 장면만 묘사되지만 "변기 위 내 곁에 앉았던 사람도 끄덕끄덕 졸다가 툭 변기에서 떨어졌다", 215쪽, ⑤에서는 매우 구체적인 냄새로 묘사된다. ③에서는 수감자 가족의 학살 정보가 제공되지만, ⑥에서는 '나'의 가족들 역시 죽거나 갇혔다는 정보로 역시 '나'에 근접한다.

결국 ①~⑦에서 감옥 속 수감자들의 비천함은 지속적으로 구체화되면서 실감을 강화하고 있으며, 채찍질도 감옥 밖의 학살도 '나'를 향해 근접하고 있는 흐름이다. 앞서 살핀 수감자들의 공통성은 작품 전반에 깔려 있고 지속적으로 강화되며, 작중화자 '나'에게 근접해오고 있다. ①~⑦까지는 이 작품에 대한 지배적 해석의 주된 근거가 된다. 그렇지만 수감자들의 공통성의 확장 및 강화, 그리고 '나'로의 근접이라는 변화가 있음에도 주목할 필요가 있다. 이렇게 축적되어온 변화는 ⑧에서의 반전을 뒷받침하는 힘이 되는 것이다.

「칠십 줄에 든 늙은이가 태 맞고 살길 바라갔소? 난 이무케 되든 노형들이나 ……」

그는 이 말을 채 맺지 못하고 간수에게 끄을려 나갔다. 그리고 그를 내어쫓은 장본인은 이 나였었다.

나의 머리는 더욱 숙여졌다. 멀거니 뜬 눈에서는 눈물이 나오려 하였다. 나는 그것을 막으려고 눈을 힘껏 감았다. 힘 있게 닫힌 눈은 떨렸다.225쪽

이 반전은 돌연한 것인 듯 보이지만, 앞서 살핀 대로 ①~⑦에서의 변화에 의해 일정부분 예고된 것이기도 하다. 인물들 사이의 공감에 대해서만 잠깐 돌이켜 보자면 '나'가 끝내 참아내는 눈물은 이미 채찍질 당하던 동생에게서 한번 예고되었다. "피와 열이 한꺼번에 솟아올라 나는 눈이 아득하여졌다. (…중략…) 무엇이 어리고 순결한 그의 눈에 눈물을 고이게 하였나"221쪽. 물론 이 눈물은 '나'에게도 전염되었음직하지만, 끝까지 동생의 눈물일 뿐이라고 시치미를 뗀다. 이 작품을 통틀어 냉정을 유지하던 '나'가 ⑧에서는 유일하게 강력한 감정적 동요를 보이는 바, 이는 ⑥에서 유보되었던 눈물의 현실화라 할 수 있다. 이 예고된 눈물이 나에게 전이될 수 있는 서사적 동력은, 결말 이전의 ①~⑦에서 보여준 바 참혹함이 일자에서 다자로 확대되고 특히 '나'의 육친에게도 적용되는 것으로 근접해오는 흐름이라 할 수 있을 것이다.[30]

그런데 ⑧은 남'영감'의 일이고 ⑥은 육친'아우'에 관련된 채찍질이라는 점은 이런 접근의 흐름을 거스른다.[31] 작중화자가 가장 강력한 정서적 반응을 보임직한 것은 ⑥에서 제시되는 가족의 죽음 또는 아우에 대한 채찍질이지만, 막상 '나'는 ⑧에 이르러서야 눈물의 기미을 보이는 것이다. 줄곧 냉담하던 화자가 눈물을 보이는 계기는 왜 하필 혈육의 고통이 아니라 영감의 고통으로 설정되는 걸까. '영감'의 죽음은 감옥 밖에서의 죽음과는 다르다. 감옥 밖의 학살이 이민족 권력에 의한, 총칼에 의한, 일방적인 학살

---

30 ⑧에서 지금까지의 흐름이 뒤집히는 것은 또 있다. 목욕이라는 감옥 속에서 거의 유일한 쾌의 경험이 제시되는 것이다. 강력한 '쾌'의 경험을 제시한 직후에 영감의 죽음을 예고함으로써 대조효과가 강력해지는 것은 물론이다.

31 ③은 감옥 밖의 타자의 죽음, ⑥은 가족의 죽음 가능성, ⑧은 영감의 예고된 죽음이다. ①은 타자가 당하는 채찍질이고 ⑥은 아우가 당하는 채찍질이며, ⑧은 다시 타자의 채찍질이다.

이었다면, 감옥 안 '영감'의 (예고된) 죽음은 동족에 의한, 다중의 겁박에 의한, 자의반 타의반의 것이었다. 무엇보다도 '나'의 강요에 따른 죽음이었다. 인류의 도덕감정이 허용하지 못하는 최후의 금기 '살인하지 말라'를 어기는 것이다. 화자를 비롯한 수감자들은 똥처럼 취급을 받고 툭하면 채찍질 당해왔지만 국가폭력의 희생자 또는 피해자로 줄곧 묘사된다. 하지만 ⑧에 이르러 이제 '나'와 수감자들은 칠순 노인을 죽음에 이르게 하는 '가해자', 살인자에 준하는 존재로 전락해 버린다. 감옥에 가둔 자들의 의도가 수감자들을 인간과 동물 사이의 어름에 있는 존재, 혐오의 대상으로 만들어 버렸다면, 「태형」에서 수감자들은 특히 '나'는 동물 이하의 존재임을 자인하는 것이 결말의 핵심이다. '나'의 눈물은 그 죄책감의 표현이며, 이제 그는 타자의 고통에 대한 강력한 공감에 이르게 되었음을 말한다. 냉담이 강력했던 만큼 첫 공감을 위해서는 영감의 죽음이라는 강력한 계기가 필요했다. 영감은 죽어야 했다. 서사적 개연성을 해치더라도, 또 당대 법 제도와 어긋나게 과장하더라도.

이처럼 「태형」에는 각자도생에 급급한 냉담만 있는 게 아니며, 오히려 결말에서는 '나'의 죄책감이 강력하다. 이 죄책감은 그 이전의 서사적 축적을 뒤집음으로써 강력해지며, 약간의 과장은 불가피했다. 독자들이 그동안 축적해온 학살자에 대한 적대감, 공감하지 않는 수감자들에 대한 안타까움과 비판의식은 이 결말을 통해 종합된다. 그것을 '살아남은 자들의 죄책감'이라고 말해도 좋을 것이다. 결국 강력한 혐오의 대상물인 똥과 죽음이, 냉담과 죄책감이, 결말까지와 결말이 충격적으로 결합되어 있다는 점이야말로 이 작품의 핵심이다.

결말 이전까지 쌓여왔던 것들— 참혹한 감금상황, 일본인 간수 및 '고쿠고' 등에 대한 대타적 인식 등—은 결말에서 '나'에게도 강력하게 전이 된다. 이렇게 강력해진 대타성은 역으로 '우리'의 동질감을 강화한다. '똥 무더기 속에 감금되어 채찍질 당하는, 그러면서도 각자도생에 골몰해온 조선인'이라는 동질감 말이다. 한편 결말은 그 동질감을 반전시키면서 뭔 가 다른 성격의 '우리'로 나아가야 할 필요성을 가리킨다. 여기서의 '우리' 란 과연 무엇일까.

영감의 예고된 죽음에서 그 실마리를 찾을 수 있겠다. '나'를 죄인으로 만드는 결말은, 그 반대급부로 영감을 가장 긍정적 인물로 만들기도 한다. 동료들을 위해 자신의 목숨을 내놓겠다는 것 아닌가. 믿음직한 화자로서 '나'에 동일시하던 독자는 이 화자에 대해 실망하게 되며, 반대로 그저 그런 수감자였던 영감은 강력한 긍정성을 부여받는다. 무릇 모든 공동체의 탄생에는 강력한 공통의 경험이 요구된다면, 예고된 죽음을 감수하는 영 감은 그 희생물로서의 성격을 지니는 것은 아닐까. 혈연공동체가 민족으 로, 수난의 공동체로 확장될 가능성을 보이는 강력한 공통의 경험으로서 의 죽음이 아닐까. 이런 공동체로의 지향성[32]에 대해서는, 심훈, 김남천, 그리고 이광수의 감옥 소재 소설과 비교하면서 논의를 이어가기로 하자.

---

32 전근대적 '공동체'와 근대적 '사회'를 엄밀하게 구분하는 퇴니스와는 달리, 막스 베버와 게오르그 짐멜은 이 두 범주를 '과정'으로 이해하고자 했다는 점에 유의하여 '공동체로의 지향성'이라는 용어를 채택한다. 즉 베버와 짐멜은 "공동체는 오히려 오로지 공동체화, 하나의 과정으로서의 항구적 수행 속에 존재한다"고 주장한다. 하르트무트로자 외, 곽노 완 외역, 『공동체의 이론들』, 라움, 2010, 46~51쪽 참조.

3. 숭고와 비천, 공동체와 공감장-「찬미가」, 「물!」, 「무명」과의 비교

감옥 서사들은 대체로 참혹한 상황 속의 고통을 절절하게 묘사하게 마련이지만, 심훈의 「찬미가에 싸인 원혼」은 매우 대조적이다. "견딜 수 없는 고통과 갑갑한 마음" 정도의 추상적 묘사에 그칠 뿐, 참혹함에 대한 묘사는 거의 생략한다.[33] 3·1운동 직후에 「태형」보다 1년여 일찍 발표된 것이니, 학살의 기억도 더 생생할 것이고 감옥 속의 상황 역시 매우 열악했을 터임에도 그러하다. 수감자들은 역시 익명적이지만 '천도교 서울대교구장' 'K소년' '학생들' 등으로 표기되어 개략적 성격은 짐작할 수 있는데, 모두 3·1운동 관련자로 추정되며 강렬한 저항의지를 지니고 있다. 「태형」에서의 익명성이 수감자들을 인간과 동물 사이의 존재로 재현하는 것과는 대조적이다.

수감자들의 행동 역시 그렇다. 「태형」에서는 간수의 권력에 굴종할 뿐이지만, 「찬미가」에서는 간수에게 항의도 서슴지 않는다.[34] 옛날이야기 나누기, 망향가, 성경읽기, 찬미가찬송가 등 함께 하는 활동들로 가득하다. 「태형」에서 희망을 찾아볼 수 없다면, 「찬미가」의 수감자들은 독립에의

---

33 심훈이 옥중에서 어머니에게 보낸 편지(1919. 8. 29)라는 「시-감옥에서 어머님께 올린 글월」, (『심훈문학전집』 1, 탐구당, 1967)는 「찬미가」와 같은 모티프를 지니고 있으며, 서사적 특징도 매우 유사하다. 단지 감옥 속의 비참에 대해서는 빈대, 벼룩, 무더위, 그리고 "똥통이 끓습니다"(19~20쪽) 등의 묘사가 있어 「찬미가」보다는 구체적이지만, 다른 작가들에 비하자면 훨씬 간략하고 담담하다.

34 심훈의 「시-감옥에서 어머님께 올린 글월」(위의 글)에는 여러 수감자들이 목소리를 모아 찬미가를 부르면 "극성맞은 간수도 칼자루 소리를 내지 못하며 감히 들여다보지도 못하고"로 묘사하고 있기도 하다.

희망도 강력하게 유지한다. 가장 대조적인 것은 죽음에 대한 자세이다. 「태형」의 수감자들은 타인의 고통에 공감하지 않으면서 70대 영감을 죽음으로 내몰지만, 「찬미가」에서는 병든 70대 노인천도교 서울 대교구장을 "가족이라도 더할 수 없을 만큼"4쪽 극진하게 간호한다. 힘을 합해서 감옥권력에 대항하는 모습, 강력한 유대감, 독립에의 강력한 의지와 낙관적 전망 등을 종합해보자면, 이 감옥이 '공동체적 공간'35이라는 판단은 적실하다. 그 작은 공동체는 수난 속에서도혹은 수난에 힘입어 미래를 지향하며 강력한 숭고를 유지한다.

특히 주목할 대목은 노인과 16세 K소년의 관계이다. 가장 긍정적 인물로서 정신적 지주인 노인은 "처음 보건만 내 막내손자 같아서 귀엽다"4쪽고 말하며, 결말에서 그의 마지막 유언 역시 K소년과의 대화로 설정되어 있다.

> K소년을 쳐다보며
>
> "공부를" 하고 말을 맺지 못하여 눈이 감겼다. 이 말을 알아들은 K소년은 노인의 가슴에 두 손을 얹으며 괴로운 소리로
>
> "오오— 할아버지 안녕히 가십시오." 이 말이 노인의 귀에 들렸는지 아니들렸는지. 이때에 다른 사람이 댁에 유언하실 것이 없습니까 하고 물었다. 그러나 노인은 머리를 조금 흔들 뿐이었다."6쪽

죽어가는 노인의 유언은 피붙이에게가 아니라 생면부지의 소년과 동료

---

35 권보드래, 앞의 책, 528쪽.

수감자들에게 남겨진다. 이처럼 혈연에서 벗어나는 강력한 지향성을 감안하면 「찬미가」의 숭고는 민족을 지향하는 것이겠다.[36] 수감자들은 비록 수난을 겪고 있지만 그들 스스로 비천하다고 느끼지 않는다. 그 대신에 권력의 부당성과 폭력성에 분노하고 미래를 위해 힘을 모으려는 의지는 매우 강력하다. 단지 그 숭고가 감옥의 비참을 그리지 않으면서 얻어진다는 점에서 다소 관념적이기는 하다.

1933년 발표된 김남천의 「물!」은 「태형」과 「찬미가」의 중간 어름에 위치한다. 수감생활의 고통이 제법 묘사된다는 점에서 「찬미가」와 다르면서 「태형」에 가깝지만, 행동양식에서는 「찬미가」에 근접하면서 「태형」과 대조적이다. 무더위 속에 물까지 부족하며 "똥통과 이불 새에 허리를 펴고" 지내야 하는 등 수감생활의 고통은 제법 표현되지만 「태형」만큼 절절하지는 않다.[37] 인물의 익명성도 비슷하면서 조금 달라서, '다무시' '삼백만원' '하이칼라' '독서회 사건의 서울친구' 등으로 불린다.[38] '나'와 '독서회 사건'으로 불리는 인물 정도는 사상범으로 추정되지만, '삼백만원'으로 불리는 잡범도 있다. 사상범과 잡범이 혼재해있으니, 3·1운동 관련 수감자 일색이던 1920년대 초의 감옥과는 대조적이다.

이 작품에 대한 평가는 그다지 호의적이지 않으며, 카프 내에서의 소위

---

36 심훈의 「시─감옥에서 어머님께 올린 글월」에서는 더 강력하고 직접적인 지향성이 발견된다. "어머님께서는 조금도 저를 위하여 근심치 마습시오. 지금 조선에는 우리 어머님 같으신 어머니가 몇천 분이요 또 몇만 분이나 계시지 않습니까? (…중략…) 저는 어머님보다도 더 크신 어머님을 위하여 한 몸을 바치려는 영광스러운 이 땅의 사나이외다."(앞의 글, 20~21쪽)

37 아마도 김남천이 투옥된 1931년의 감옥 상황이 3·1운동 직후만큼은 열악하지 않았음과도 관계될 터이다.

38 「태형」과는 대조적인데, 실제로 감옥에서는 이런 호칭을 사용했을 개연성이 높다.

'물 논쟁'과 관련하여 검토하는 경향이 강하다.[39] 이 글의 목적을 위해서 필자는 '물 논쟁'과는 거리를 두면서 작품 자체를 살피고자 한다. 첫째, 수 감자들이 합심하여 간수에게 더 많은 물을 요구하고 얻어내는데, 그것도 사상범과 잡범이 힘을 합쳐 성공한다는 설정이다. 「찬미가」에서도 다중 의 힘을 모아 여러 활동을 하고 간수에게 의사의 왕진을 요구하지만, 거절 당할 뿐이다. 모두가 사상범뿐이니 물론 잡범과 힘을 모으는 장면도 없다. 「태형」은 모든 수감자들이 3·1운동 관련자이면서 가족이 학살당했다는 공통점이 강력함에도 불구하고, 일방적으로 간수의 권력에 굴종할 뿐이 다.[40] 무더위 속에 물이 부족하자 수감자들은 그 물을 언제 마실 것인지를 토의하고 합의한다. 수감자들 나름대로 거버넌스를 거의 확립하는 셈이 다. 「태형」에는 토의도 합의도 없고 요구 또한 없다. 「찬미가」에는 합의는 있으되 토의는 없이 70대 노인을 정점으로 단일한 중심만 강조될 뿐이다. 요약하자면 「태형」과 「찬미가」의 수감자는 죄목도 행동양식도 단일하지 만 거버넌스는 없고, 「물!」은 잡거의 형태임에도 거버넌스가 두드러진다.

둘째, 이 거버넌스는 결말에서 육체성을 통한 인상적인 공감으로 더욱 강화되어 연대로 나아간다.[41] 추가로 얻어낸 물을 마시는 장면부터 보자.

---

39 특히 임화는 인물들의 구체적 계급성이 보이지 않는다면서 "체계적으로 비판받아야 하고 끊임없는 투쟁의 포화가 이곳에도 집중되어야 한다"(「6월 중의 창작―(5) 김남천작 「물」」, 『조선일보』, 1933.7.18)고 신랄하게 비판하여 소위 '물 논쟁'을 촉발했다.

40 수감자들 사이의 합의라고는 3개 그룹으로 나누어 자고 서고 앉고 하는 장면 뿐이다. 이 역시 합의에 이르는 과정은 전혀 소개되지 않으므로 거버넌스와는 거리가 멀다. 영감에게 공소포기를 강압하는 대목은 다수의 폭력일 뿐이다.

41 김지형은 이 작품에 대해 "갈증은 육체를 매개로 감옥이라는 억압을 강렬하게 환기시키는 것"이라고 정당하게 해석했지만, 곧이어 육체를 통한 현실의 인식은 현실적이지만, "육체를 매개로 하기 때문에 개인적 범위를 넘어서기가 어렵다"고 비판한다.(「'물논쟁'에 나타난 김남천의 자기반성적 실천 고찰」, 『민족문학사연구』 47, 민족문학사연구소, 2011, 179~180쪽) 뒤에 보겠지만, 필자는 이런 비판에 동의하기 어렵데.

목구멍에서부터 똥집까지 싸늘한 물이 한줄기로 줄을 그으면서 내려가는 것을 똑똑히 알리었다.

식도를 지낸다. 위에 들어갔다.58쪽

'목구멍, 식도, 위'를 거쳐 똥집까지 흘러내려가는 물. 육체를 투시하듯 면밀하게 묘사함으로써 '나'의 동물적 속성을 절절하게 드러낸다. 그런데 '나'는 밤에 찬 물을 먹으면 설사하는 자신의 몸을 깜빡 잊었던 것이니 한밤중에 깨어난다. 어렵게 얻어낸 성과가 오히려 자신을 괴롭히는 것. 정당한 욕구의 관철을 위해 노력하고 성공하더라도 그것이 되레 괴로움으로 반전되는 것. 인생에서 제법 맞닥뜨리게 되는 아이러니를 상징적으로 보여주는 대목이거니와[42] 그 이후, 즉 결말대목이 더 중요하다.

똥통 위를 보았을 때 벌써 그 위에 올라앉은 '다무시'가 웃는 얼굴로 나를 보고 있는 것에 부딪쳤다.

"배가 아퍼?"

그는 나에게 물었다.

"웅! 설살세!"

나는 종이를 들고 똥통 옆에 가서 '다무시'가 내려오기를 기다리고 있었다.59쪽

매우 개인적이고 내밀한 생리현상으로 간주되는 배변과정을 남에게 목

---

42 이 아이러니에 직면한 인물들은 좌절하기보다는 연대감정을 느낀다는 점도 주목할만하다. 이를 1930년대 카프의 위상과 관련하여 해석해 볼 수도 있겠지만, 이 글의 범위를 벗어난다.

격당하고도 싱긋 웃는다. 너도 같은 몸을 가지고 있구나, 너도 똥 누는 자로구나, 깨닫는다. 육체끼리의 동병상련으로 이어지는 것이다. 「태형」의 결말이 죄책감이라면 「물!」의 결말은 연대감정이다. 그 감정은 목구멍에서 똥구멍으로 이어지는 육체 그 자체에서 확인되며, 스스로를 비천하게 여기도록 강요당한 존재들끼리 서로를 비천시하지 않는 힘이 된다.

더구나 '나'는 '다무시'백선 : 피부병의 일종를 부정적으로 묘사해왔다. "똥통과 타구가 놓여있는 앞에 앉아있는 간도친구는 『속수국어독본』을 엎어놓고 불알과 사타구니에 「다무시」약을 바르고 있었다. 기름기도는 누런 약을 손가락 끝에 발라서는 연방 사타구니 속으로 가져갔다"56쪽라고 소개된 인물. 똥, 가래, 피부병 등의 환유적 부정성이 겹쳐 있는 데다가, 이름조차 '다무시'이니 아마도 수감자들 중에서도 가장 비천화된 자일 터이다. 감옥에서 일본어에 입문하고 있는 자로서 지식의 위계에서도 일본 유학파 김남천에 현저히 미달하며 사상적 동지도 아닐 가능성까지 높다.

혐오감정의 기제가 육체의 동물적 속성과 유한성을 부정하고 육체성을 '대리 동물집단'에 투사함으로써 주체의 중심성을 확인하려 하는[43] 것과는 대조적으로 「물!」의 결말은 자신도 타자도 동물적 육체를 지니고 있음을 확인한다. 게다가 '다무시'와 '나' 사이의 위계질서의 역전까지 보여준다. 똥 싸는 자로서의 공감, '비천화된 것들의 공동체'를 향한 지향이라고 말해도 좋을 것이다.

너스바움은 자신이 원하는 사회를 "자신의 인간성혐오를 만들어내는 동물적 속성과 소멸적 속성-인용자을 인정하고 인간성을 감추거나 회피하지 않는 사회"라고

---

43   마사 너스바움, 『혐오와 수치심』, 227쪽.

말한다. 그러나 이런 사회가 완전히 성취될 수 있을 것으로 기대하지는 않는데, 그 까닭은 "인간은 자신의 유한성과 연약한 동물적 육체를 항상적으로 인식하면서 살아가는 것을 견딜 수 없기 때문"이라는 것이다.[44] 그렇다면 「물!」이 그려낸 감옥 속의 작은 공동체는, 너스바움이 현실적으로 성취되기 어렵다고 판단했던 이상적 사회와 상당히 근접한 셈이다. 사상범과 잡범의 잡거감옥에서 대화와 토론을 통해 거버넌스를 만들어내고, 힘을 모아 추가로 물을 얻어내는데 성공한다는 서사. 특히 결말에서 부정적 인물 '다무시'가 웃음을 건네고, '나'는 이를 받아들이는 장면. 설사하는 자와 설사하려는 자 사이에 교환되는 웃음.

식민지 수감자들이 자신의 육체성을 비천한 것이 아니라 자연스러운 것으로, 평등성으로 받아들이는 인식적 전회 속에서 우애와 연대를 확인하는 이 장면은 매우 의미 있는 것으로 평가해 마땅하다. 너스바움이 매우 어려운 일이라고 생각했던 이상적 사회는, 아이러니컬하게도 식민지 감옥이라는 가장 비천화된 장소에서 가장 비천화된 존재들 사이에서 매우 근접한 모습으로 실현된 것이다. 물론 얼마나 지속될지도, 감옥 밖으로 확장될 가능성은 얼마나 될지도 확신하기는 어렵지만.[45]

새로운 공동체로의 충동이란 「찬미가」에서도 강조된 확인한 바 있지만 양상은 사뭇 다르다. 「찬미가」는 천도교 서울교구장 노인의 중심성이 강력하며 그가 남긴 유지遺志를 이어받는 양상이므로 일자一者적이지만, 「물!」에

---

44 위의 책, 42~43쪽.
45 물과 똥을 매개로 연대에 이르는 일이란 감옥 안에서는 실현가능성이 충분하지만, 감옥 밖에서는 만만치 않을 것이다. 물보다 더 가치 있는 재화들이 감옥 밖에는 얼마든지 있는 데다가, 배변장면을 남과 공유하는 경험 역시 매우 드문 일이 될 것이다. 이에 비해 「태형」에서 보여주는 '살아남은 자의 죄책감'은 감옥 안이건 밖이건 상당한 공감을 획득할 수 있는 집합감정이라 할 수 있다.

서는 다자적이며 중심적 인물조차 보이지 않는다. '설사하는 육체의 공감'조차 '나'가 아니라 '다무시'가 주도한다.[46] 「찬미가」는 참혹 없이 숭고로 일관하지만, 「물!」은 참혹 속에서도 비천'화'된 육체의 공통성을 확인함으로써 연대감정을 길어 올린다. 이런 차이는 아마도 수난을 극복해내는 주체를 어떻게 설정하느냐와 관련될 것인 바, 심훈이 유교와 기독교의 영향권 안에 있었고 김남천은 계급적 세계관을 지니고 있었음과 유관하지 않을까 한다.

「태형」의 '나'는 결말의 죄책감을 통해 냉담에서 공감으로 회심하는 계기를 보여주긴 했지만, 「물!」이나 「찬미가」와는 많이 다르다. 물론 앞서 살핀 대로 「태형」에서도 혈연공동체가 점차 확대되는 기미가 없지는 않지만 아직 '기미'에 머물 뿐이다. 무엇보다도 '나'는 다른 수감자들과 제법 명백하게 구분된다. 첫째, '나'는 매질당하지 않는다. 70대 '영감'과는 달리 일본어도 알고 '아우'와는 달리 눈치도 빠른 인물이기 때문이다. 둘째, 밥알을 남겨서 유희를 즐기고, 독립 비밀통신에 대해서도 사뭇 다른 반응을 보인다는 점에서도 다른 수감자들과는 구분된다. 셋째, 무엇보다도 영감의 죽음에 대한 회한은 '나'에게서만 발견될 뿐 아직 다른 수감자들에게 전이되지 않는다는 점을 주목해야 한다. 이런 점들을 감안할 때, 1인칭 지식인 화자 '나'는, 관찰대상 인물과 매우 근접해가고 있다는 점에서 김동인에게 이례적 작품이지만, 여전히 일정한 거리는 유지되는 셈이며, 공동체의 확대는 아직 '기미' 정도에 머문다 할 것이다.

마지막으로 다룰 것은 이광수의 「무명」으로 다른 감옥소설들과는 큰 차

---

46 다른 감옥소재 소설들과 마찬가지로 '나'는 작가 자신과 거의 동일시된다. 결국 카프 소장파의 맹장으로 제1차 검거 때 유일하게 투옥된 김남천이 무명의 청년에게 주도권을 내어준다는 설정인 셈이다.

이를 보인다. 이 작품에 대해서는 황호덕의 분석[47]에 주로 기대면서 다른 작품들과 간략하게 비교하기로 한다. 그는 아감벤과 김항의 논의에 힘입어 '먹는 입'과 '말하는 입'을 구분한 뒤에, 이 작품에서 '먹는 입'이란 곧 '싸는 구멍'과 다르지 않다고 덧붙인다. 결국 「무명」의 화자는 '먹고 싸기'에만 골몰하는 조선인 수감자들을 동물에 가까운 존재로 치부함으로써 자신을 차별화하고 구제한다는 것. 화자가 똥을 싸는 장면은 아예 없으며, "조선의 '민중'은 먹고 싸는 것이 전부인 '입=항문'형의 '인간-동물'로 나타난다. 반면, 고등교육을 받은 국어 화자일본어 구사자들은 '법=명령=위생=(말하는) 입'을 내면화한 '인간'들로 묘사된다."[48] 「무명」을 통해 이광수는 똥 싸기 뿐 아니라 밥 먹기까지 비천화해 버리는 셈이다. 전통적으로 밥이란 똥보다는 훨씬 비천함이 덜했다는 점이나, '밥은 곧 하늘'이라는 최제우의 가르침 등은 이광수에게 일고의 가치도 없었던 것이다.

죽음에 대한 재현 역시 매우 대조적이다. 다른 작품들에서의 죽음은 억울한 것으로 설정되어 '원초적 혐오'에서 벗어난다. 「찬미가」의 노인은 3·1운동 주동자로서 고문을 당한데다가 의사 왕진 요청조차 간수에게 거부당해 죽음에 이르렀으며, 「태형」의 노인은 단지 독립만세를 불렀을 뿐인데 태형 90대라는 야만적이고도 사형에 준하는 처벌을 받는다. 따라서 이 억울한 죽음은 분노「찬미가」나 분노와 죄책감의 결합「태형」으로 이어진다. 문명을 자임하는 식민권력은 아이러니컬하게도 반문명적이고 억울한 죽음을 생산하는 주체로 재현된다. 하지만 「무명」에서 '윤'은 인감위조 사기꾼일 따름

47   황호덕, 「변비와 설사, 전향의 생정치(生政治)―『無明』의 이광수, 식민지(감옥)의 구멍들」, 『상허학보』 16, 상허학회, 2006. 이 책의 제6장에 재수록.
48   위의 글, 321쪽.

이.며 죽음 역시 자신의 어리석음 탓일 뿐이다. 설사에도 불구하고 '마치 자기가 의사보다 더 잘 자기의 병증세를 아는 것같이'3쪽 게걸스럽게 먹기 때문에 병세가 악화되어 죽는다는 것이니 연민이나 공감이 끼일 틈은 도무지 없다. 이 비천한 존재는 문명에 미달한 자이며, 작중화자의 과학적 계몽조차 받아들이지 않았기 때문에 죽었을 따름이다. 이런 '무명' 속의 존재들에게 '계몽의 빛'을 전달하려는 시도는 무망할 뿐이니, 이광수는 이제 그들을 계몽의 대상으로조차 인정하기를 포기한다. 그가 상상하는 새로운 공동체, 황국신민에 '입=항문'의 동물을 위한 자리는 없다.

이광수는 자신의 육체성을 부정함으로써만, 그 동물적 속성을 타자잡범이라는 이름의 동료 수감자에게 투사해버림으로써만, 자신을 피식민인의 처지에서 구원할 수 있었다. 하지만 먹고 싸는 대사작용을 부정한다면 그는 무엇인가. 자신의 생존조건인 물질대사 자체를 부정함으로써만 자신을 '문명'으로 정위시킬 수 있다면 그 존재란 과연 무엇이란 말인가. '어리석음'이란 '윤'의 몫이 아니라 오히려 춘원 자신의 몫이 아니었을까.[49]

「무명」이 황국신민이라는 새로운 공동체를 상정한다면, 다른 작품들은 일제에 대한 대타적 인식을 토대로 새로운 공동체를 지향한다. 「찬미가」는 비천을 소거한 숭고를 통해, 「물!」은 비천화된 존재들의 공감과 연대를 통해, 새로운 공동체로의 이행성을 강력하게 표출한다. 「태형」에 대해서는 아무리 결말부분을 적극적으로 해석하더라도 그렇게 말하기 어렵다. 그러나 그 기미가 아예 없지는 않으니, 이 '기미'를 공감장이라 부르면

---

49 이런 비판은 일제에 대한 비판이라는 점에서 손쉽다. 하지만, 오늘날 우리는 이광수가 상정했던 '문명'으로부터 얼마나 멀리 있는 것인지 의문도 품게 된다. 먹고 싸는 일, 특히 똥(및 하층민)에 대한 비천화란 오늘 우리에게도 변주 및 강화되어 있지는 않은가.

어떨까.

"공감+장은 공감의 발생적 조건이자, 상이한 공감들이 마주치고 투쟁하는 관계의 망"으로서 감성의 형성, 구조, 발현의 양상을 동시에 포괄한다.[50] 이 개념의 제안자들은 "개인적인 것으로 또는 인간의 본능적인 것으로서 귀속되고 포착될 때조차 감정은 언제나 사회적 감성이며 공감이다. (…중략…) 이때 사회성이란 끊임없는 갈등과 투쟁의 변증법을 통해 움직이는 역동적 사회성이다. (…중략…) 신체들의 마주침과 변용을 공감이라고 규정하고, 그러한 마주침과 변용의 발생적 바탕이나 조건을 공감장이라"고 부르자고 말한다.[51] 참혹한 감옥 속에서 다른 수감자들과 뒹굴어본 육체적 체험은 '갑부집 막내아들' 김동인을 제법 동요시켰을 터이다. 작품 내내 견고했던 김동인의 냉담과 객관이 결말 대목에서 제법 크게 동요되는 것은, 바로 감옥체험에서 만들어진 사회적 감성, 즉 공감장의 형성과 관련되는 것이 아닐까. 김동인을 흔들어 「태형」이라는 이례적 작품을 만든 힘은 석 달 동안의 고난이었을 것이다. 결말에서 과장을 통해 죄책감을 만들어낸 힘, 사위어 버린 독립에의 전망에 대해 차마 직설하지 못하도록 만든 힘이 가장 비천화된 존재들과 육체를 통해 뒤섞여본 3개월의 투옥경험에서 비롯된다면, 「태형」을 만든 것은 절반쯤은 그 비천화된 존재들의

---

50   한순미, 「공감장, 그 고요한 소용돌이」, 『감성연구』 16, 전남대 호남학연구원, 2018, 15쪽. 공감장은 전남대학교 감성인문학연구단이 제안한 개념이지만(『공감장이란 무엇인가—감성인문학 서론』, 길, 2017), 공감장 정의가 너무 번잡하므로 편의를 위해 한순미의 것을 빌려온다.

51   『공감장이란 무엇인가—감성인문학 서론』, 14~15쪽. 제안자들이 드는 보기 중 하나만 소개하자면 2016년의 촛불집회 역시 공감장과 관련된다. "기존 장들의 경계가 허물어지고 나와 너의 구별이 일시적으로나마 무화되는 충일한 감성들이 폭발하는 장"(55쪽)이었다는 것이다.

몫이라 해도 좋겠다.[52]

공감장이란 적절한 계기가 주어지면 새로운 공동체로, 강력한 민족주의적 열정이나 계급적 의식으로, 발전할 수 있는 강력한 동력이 되겠지만, 그 자체로는 단지 가능성에 머물 수밖에 없다. 심훈이나 김남천에게는 식민상황을 극복하고 만들어내야 할 새로운 공동체에 대한 뚜렷한 역사의식이 있었다면, 김동인에게는 그런 것이 미약했으며 「태형」 역시 미래에 대해 유보적일 따름이다.

4. 승인이냐 전복이냐-두 가지 부정자본

1) 비천한 것도 때로는 자본이 된다

특정한 사물들을 비천화하고 이를 특정 부류의 인간과 결합시킴으로써, 혐오를 통해 인간차별을 자연화하는 것은 매우 오래된 지배전략이며, 조선총독부의 식민정책 또한 그리했다. 그렇게 비천'화'된 존재들은 과연 어떻게 응수하는가를 물으면서 이 글은 시작했다. 김동인의 「태형」을 중심으로 주요한 식민지시기 감옥 소재 소설들을 살피면서, 똥처럼 취급당한 수감자들의 반응을 점검하여 그 답변의 실마리를 찾고자 했다. 조선 작가들은 비천'화'를 만들어낸 권력의 기대와는 사뭇 다른 방식으로 반응했음을 확인할 수 있었다. 식민지에서 감금당한 자들은 자신에게 강제된 비천을 그대로 승인하지 않고 비틀거나 전복시켰으며, 오히려 새로운 공동

---

52 김동인은 투옥 체험에도 불구하고 이에 대한 언급을 최소화했던 것 역시 비천화된 존재로부터 자신이 영향을 받았다는 불편함과 유관할 수도 있겠다.

체로의 동력을 만들어내고자 했다고 작품들은 말한다.

이 글에서 다룬 4편의 작품에는 강력한 원초적 혐오대상으로 똥과 죽음시체이 강조된다. 「물!」에서는 똥이, 「태형」과 「무명」에서는 똥과 죽음이, 그리고 「찬미가」에서는 죽음이 각각 주된 혐오대상이다. 이 작품들에서 똥과 죽음은, 「무명」만 제외한다면, 강제된 비천함을 그대로 승인하지 않았다. 똥을 오히려 '너도 나도 똥 누는 인간'이라는 육체성을 통한 동질감을 확인하는 연대의 계기로 설정했던 경우는 그 단적인 사례이다「물!」. 또 다른 강력한 혐오의 대상인 시체또는죽음 역시 '억울한 죽음'이라는 설정을 통해서, 연대로 나아가는 숭고를 만들거나「찬미가」 냉담하던 화자 '나'에게 죄의식을 발생시켜 회심의 기미로 작동되기도 했다.「태형」. 가장 대조적인 것은 「무명」이니, 화자 '나'는 똥은 물론 밥까지, 그리고 죽음까지 비천화했다.

감옥은 투옥 이전의 신분 나이 권력 재산 등에 따른 인간 사이의 위계질서가 크게 약화되는 장소이며, 따라서 새로운 인간관계가 만들어지기 십상이다. 「물!」은 평등으로 이행하면서도 오히려 자신보다 열위에 있던 존재에게 갸우뚱한 중심을 인정했는데 이를 통해 계급공동체로의 이행을 추동했다. 「찬미가」는 천도교 서울교구장 노인의 죽음을 통해 그의 위계를 오히려 강화했고, 이를 통해 만들어진 숭고는 민족 공동체로의 이행을 강조하는 동력이 되었다. 「태형」 역시 '영감'의 죽음에 대한 책임을 화자 '나'에게 지움으로써 그의 위계를 약화시켰는데, 그 위계의 급변과 죄책감은 공감장을 만들어냈다.[53] 어떤 공동체도 숭고하기만 하거나 계급적

---

53 「찬미가」, 「물!」, 「태형」 등에서 시사한 새로운 공동체에의 지향 및 공감장은, 물론 당대 대중들의 집합감정과 얼마나 근접한 것이었는지도, 얼마나 지속되었는지도 아직 불분명하다. 특히 1930년대 조선사회의 사사화(私事化; 박진우, 「1930년대 전반기의 한국 사회와 근대성의 형성―커뮤니케이션 구조의 사사화 과정에 대한 역사적 연구」, 서울대

연대로만 일관할 수는 없음을 감안한다면, 「태형」이 오히려 다양성을 제시했고 그런 의미에서 더 리얼한 것일 수도 있겠다.[54] 이 세 작품과는 대조적으로 「무명」은 비천화된 것을 그대로 승인하면서 감옥 속에서도 자신의 위계를 지키고자 했으며 새로운 공동체로서 황국신민을 제시했다. 이처럼 비천화에 대응하는 수감자들의 다양한 응수들에 대해서 김홍중의 부정자본론을 원용하여 정리해보기로 하자.

부르디외에 의하면 취향은 선호가 아니라 도리어 혐오의 능력, 즉 무언가를 부정적으로 배제할 수 있는 능력이다. 또한 예술자본은 사회적으로 부정적 가치들(가난, 고통, 질병, 광기, 죽음)이 예술적 성취와 함께 축성되어 만들어지는 경우가 있다. 양자를 총칭하여 나는 부정자본이라 부르기를 제안한다. (…중략…) 특히 부정자본에 대한 논의를 통해 우리는 사회적인 것의 독특한 역동과 역설에 주목했다. 고통이나 아픔, 약점이나 불행이 자원으로 탈바꿈되어, 도리어 그것을 갖지 못한 '유복한' 자들을 초라한 빈자로 만들어 내는 사회적 역동이 그것이다. 만일 사회적인 것의 핵심에 이런 전복적 프로세스가 가동되고 있다면, 우리는 사회적 삶을 부정성의 부단한 준동이자 느리고 지속적인 창조과정으로 이해해야 한다.[55]

석사논문, 1998.8) 현상은 「찬미가」와 「물!」의 지향성이 현실에서 크게 약화되었음을 보여준다. 반면 「태형」에서 묘사한 타인의 고통에 대한 냉담과 각자도생의 태도가 감옥 밖에서도 점차 확인된 결과일 수 있으며, 「무명」은 이사사화 현상을 감옥 안에서 강력한 밀도로 재현한 것일 수도 있다. 하지만 이것들은 잊히는 듯 되살아나는 공동의 기억이기도 했다. 해방 이후 뜨거웠던 3·1운동에 대한 소환은 그 대표적인 사례가 될 것이다.

54 유승환은 김동인 문학을, 지배적 해석과는 달리, 공론의 리얼리티와 문학적 리얼리티 사이의 관계로 설명하면서 이를 세 갈래의 변주로 분류하기도 했다. 「김동인 문학의 리얼리티 재고」, 『한국현대문학연구』 22, 한국현대문학회, 2007.8 참조.

55 김홍중, 「부정자본론-사회적인 것과 상징적인 것」, 『한국사회학』 51-3, 한국사회학회,

경제적인 것의 코드가 '이득/손실'의 이항대립이고, 정치적인 것의 코드는 '강/약'의 대립인 바, 이 두 영역에서는 안정성인정된 것이 재인정되거나, 부정된 것이 재부정됨을 특징으로 한다고 김홍중은 지적한다. 그러나 사회적인 것의 코드는 상징적 변형을 지배하는 '인정/부정'의 이항대립이며, 사회의 창조성이란 기왕의 지배적인 것을 부정하고 새로운 것을 만들어 차이를 가져올 수 있는 부정성의 작용이라고 덧붙인다. 식민지시기 작가들은 권력도 돈도 없는 존재였지만 예술과 상징만은 관할할 수 있었다. 그들의 감옥 서사가 지배적인 혐오를 거부하거나 변형하거나 심지어는 새로운 동력으로 만들어냈던 것은 바로 이런 역동성이라 설명할 수 있겠다.

이 부정자본은 지배적인 것부정적으로 배제할 수 있는 능력과 전복적인 것부정적인 가치들을 전복시키고 오히려 자원화하는 예술의 능력으로 나눠볼 수 있다.[56] 예컨대 예수에게 죽음이, 법정에게 무소유가 상징자본이었다면 이를 전복적 부정자본이라 부를 수 있다. 농부에게 똥과 땀내음은 지배적 부정자본일 수도 전복적 부정자본이 될 수도 있다. 이 구분에 따른다면 「찬미가」, 「물!」, 「태형」은 감옥 속의 똥과 죽음, 즉 지배적 부정자본에 의해 비천화된 것을 전복적 부정자본으로 역전시키고자 했던 셈이다. 감옥 서사들은, 피식민인들을 비천한 존재로 낙인찍으려는 식민권력의 시도에 함몰되지 않으면서,

2017, 1쪽.

56 김홍중은 '통사론적 부정자본', '의미론적 부정자본'이라는 용어를 사용했지만(위의 글, 21쪽), 좀 더 전달이 쉽다고 판단되는 용어로 바꿔 보았다. 또한 김홍중은 최근(2023.4.12) 필자와의 메일을 통해서, 논문발표 이후에 '부정자본'보다는 '부정적 정동'이라는 용어가 적절하지 않을까 생각하게 되었다고 말한다. 필자 역시 대체로 동의하지만, 부정자본이라는 용어만큼 명료하고 전복적인 인식을 주지는 못하는 용어가 아닌가 싶기도 하다. 게다가 김홍중이 이런 의견을 아직 공식적 문건으로 발표하지 않았으므로 일단 부정자본이라는 용어를 그대로 사용한다.

오히려 비천화된 것들에서 숭고와 연대, 죄책감 등의 집합감정을 발견하였다. 지배적 혐오를 부정하고 오히려 그것을 전복적 가치로 인정하려 했으니, 이 전복적 부정자본은 민족연대나 계급연대, 또는 공감장의 형성 등을 통해, 봉건적 신분사회를 벗어나 새로운 공동체로 이행할 수 있는 동력으로서도 의미 있을 것이다.

단지 「무명」만은 지배적 부정자본을 그대로 승인하면서, 그 혐오의 대상에서 홀로 탈출하고자 했다. 이는 물론 자신보다 위계가 낮은 수감자들을 '대리 비천집단'으로 명명함으로써 가능해지는 것이었으니, 식민권력의 전략을 반복하는 것이었다. 근대 이행기에 조선에 온 선교사들이 코를 찌르는 똥냄새를 통해 조선의 후진성과 야만성을 확인했던 감각적 배치는, 일본이라는 신생 제국의 차원에서 반복되었고, 춘원은 이를 다시 조선의 내부에서 수행해냈던 셈이다.

지금까지 식민지시기의 감옥 소재 소설 4편을 살피면서 비천화된 존재들의 응수를 점검했다. 「무명」을 제외한 나머지 3개 작품은 비천화라는 지배담론과 지배적 감정을 그대로 승인하지 않았으며 오히려 이를 전복하려는 움직임을 보였음을 확인했다.[57] 「태형」을 중심으로 기존의 해석에 이의를 제기하기도 했다. 부수적으로는 너스바움이 소홀했던 대목에 대해 일정 부분 보완할 수 있으리라 기대하는 바, 한국에서 최근 제안된 새로운 개념들공감장, 부정자본론은 이 작업을 위해 적지 않은 도움이 되기도 했다.

---

57 미셸 페쉐의 담론이론에 따르자면, 「찬미가」와 「태형」은 반담론에, 「물!」은 역담론에 해당할 것이며, 「무명」은 지배담론에 그대로 포섭된 경우라고 말할 수 있겠다(다이안 맥도넬, 임상훈 역, 『담론이란 무엇인가』, 한울, 2010 참조).

2) 감옥 밖 조선인들의 집합감정에 비춰보면

식민지시기 감옥에서 비천화란 크게 3겹의 층위에서 발생한다. 일본/조선, 감옥 밖/감옥 안, 그리고 지식인 수감자확자/일반 수감자. 감옥이 조선의 상징으로서 기능했다면 감옥 속의 '나'는 조선 내에서의 지식인을 대표하며, 이 작품들은 비록 감옥 안을 다루고 있지만 주된 발화대상은 감옥 밖의 조선인들이다. 특히 지식인들의 투옥 경험이란 '식민지=감옥'이라는 상징적 차원이 아니라 자신의 육체 자체가 비천화되는 것이니, 그들에게 적지 않은 충격을 주기도 했을 것이다. 가장 비천화된 일반 수감자들이 비천화된 육체성을 통해 행사하는 이 '역방향의 계몽' 역시 주목해야 마땅하겠다. 이렇게 복잡하게 얽힌 문제들 중에서 일부만을 이 글은 다룰 수 있었을 따름이다. 특히 수감자들의 육성이 아니라 문학작품을 분석했다는 점에서 주로 지식인의 발화에 집중했다는 한계를 지닌다. 이를 조금이라도 보충하는 의미에서, 가설적으로라도 몇 마디 덧붙여둔다.

수감자조선인들을 가장 강력하게 비천화하는 것은 물론 「무명」이며, 이와 가장 대조적인 것은 「물!」이다. 육체적 동질성을 인정하고 이를 통해 연대로 나아간다는 점, 동질성 확인의 웃음을 먼저 건네는 것은 작가보다 위계가 낮은 '다무시'였다는 점, 또 사상범과 잡범의 혼거감옥에서 일종의 거버넌스를 보여준다는 점 등을 감안할 때 그러하다. 이와는 다른 맥락에서 「찬미가」는, 좀 뜻밖이겠지만 「무정」과 유사성이 없지 않다. 「찬미가」에는 민족공동체로의 이행을 요구하는 지식인의 시선이 강력하다. 감옥 속의 고통을 매우 간략하게만 다루면서 숭고를 만들어냈으니, 대중을 동원의 대상으로 인식했다는 비판에서 자유롭지 않다. 당대 수감자및조선인들의 육성이라면 적어도 이처럼 단일하지는 않으리라. 「물!」의 매우 주목할만한 성취들 역시, 이 시기 조선인들에게 토론과 합의 또는 상향적 깨우침 같은 것은 그리 친숙하지 않았을 것이니, 비천화된 존재 중 매우 소수의 대응일 터이다. 물론 "문학작품에서 만날 수 있는 공동체의 형상들은 지금 여기의 현실에서 무엇이 문제적인 것인지를 탐문하면서 미래의 공동체를 구상할 수 있는 가능성을 동시에 보여"[58]줄 수 있겠지만, 아무래도 복잡한 층위들을 충분히 재현하지 못했음을 부정하기는 어렵다.

　발표 당시 조선인들의 집합감정과 가장 근접한 것은, 다음 세 가지 근거로 보자면, 「태형」이라 판단한다. 첫째, 3·1운동 진압과정에서 식민권력은 물론 매우 폭압적이었지만, 대중들의 유언비어를 통해 일부의 과장이란 얼마든지 나타날 수 있었다. 물론 이는 사실과 괴리가 있다 해서 무시되어도 좋은 게 아니라 오히려 대중들의 집합감정을 드러내는 중요한 지표이다. 「태형」에서 보이는 부분적 과장이란 비슷한 맥락에서 이해할 수 있다. 둘째, 3·1운동의 열기가 식어버린 상태에서 '살아남은 자의 죄책감'을 강조하고 있다. 워싱턴회담에 대한 실망이야 일부 지식계층만의 것이었겠지만, 이 죄책감만은 상당한 폭넓은 것이었을 터이다. '십년을 기다려두 그뿐, 이십 년을 기다려두 그뿐' '나 죽은 뒤에 말이오?'217쪽라는 대사는 1922년 말 많은 조선인들의 집합감정의 핵심적 표현이라 할 수 있겠다. 셋째, 결말에서 '나'에게 죄책감을 갖게 하는 계기가 태형을 맞는 '영감'의 신음소리였다는 점이다. 언어가 주로 논리와 이성의 담지체라면, 신음이란 언어와는 달리 분절적이지도 않으며 모든 고통 받는 동물이 내지르게 마련이다. 신음의 신체성動物性을 통해서 지식인 화자의 자각

58　한순미, 앞의 글, 30쪽.

과 구원이 가능해진다는 설정인 것이다. 더구나 그 태형은 '히도쯔 후다쯔'하는 일본어와 병치된다. 일본어를 모르는 영감은 몇 대를 맞았고 몇 대가 남았는지조차 알지 못하면서, 자신의 운명에 대한 어떤 전망도 불가능한 상태에서 죽음으로 내몰리고 있다. 미래에 대한 전망이 없는 상태에서 신음하던 3·1운동 직후 조선인들 대다수의 집단적 심리와 매우 유사하다.

비천화된 존재들의 집합감정과 근접해있다는 점 말고도, 이 작품을 주목해야 할 이유는 또 있다. 첫째, 신음소리가 지니는 '역방향의 계몽'. 논리적 강압을 통해 '영감'을 죽음의 태형으로 내몰았던 '나'가, 자신의 이성성의 원천이라 할 일본어[59] 구령 밑에서 죽어가는 '영감'의 신음을 듣는 설정에 주목해야 마땅하다. 가장 비천화된 존재가 가장 비천화된 동물적 방식으로 내지르는 그 신음의 충격에 의하여 지식인 화자는 인간다움을 회복할 수 있게 된다.[60] 이 역설적 설정은 물론 근대 계몽주의가 지식인으로부터 발화된다는 점과 대조적이다. 둘째, 외부에 대한 배타성이 비교적 약하다는 점. 모든 공동체는 그 외부를 상정하며 그 외부에 대한 배타성이나 공격성을 지니기 십상이다. 심훈이 목표했던 민족공동체이건 김남천이 겨냥했던 계급공동체이건 마찬가지이다. 이와는 대조적으로 「태형」에서의 공감장은, 물론 공동체로의 추동력은 미약하지만 그 외부에 대한 배척성 역시 크게 줄어들게 되며, 그리하여 비인간Non-human 존재까지를 포

---

59 김동인이 일본 유학생 출신이라는 점, '구상은 일본어로' 했다는 점, 잡지 『창조』는 시라카바 파를 모델로 삼고 있었다는 점 등을 감안할 때 더욱 그렇다.
60 김동인은 투옥기간에 실제로 태형 맞는 신음소리를 들었을 가능성이 높다. 비천화된 존재들의 신음소리에서 시작된 이 공감장은 이성성에 의해 작동되는 '공론장'과는 명확하게 구분된다는 점에서 주목된다.

괄할 가능성도 생겨난다. 셋째, 공감장의 역사적 연속 가능성. 비천화된 존재들이 3·1운동 과정에서 만들어낸 공감장은 다양한 방식에 의해 후대세대로 전승되었을 것인 바,[61] 이 작품은 그 공감장을 예민하게 포착한 핵심적 기원 중 하나로서도 의미 있을 터였다.

지금까지 살폈듯이 김동인의 「태형」은 3·1운동이 빚어낸 비천화된 존재들의 공감장에 상당히 근접해있으며, 역방향의 계몽을 시사하는 데다가, 외부에 대한 배타성도 비교적 적은 편이다. 물론 이 작품에는 결함도 적지 않다. 군데군데 과장과 서사적 무리가 섞여있는 것이다. 과장은 당대 대중들의 공감장을 전달하는 기능이라 이해할 수 있겠지만, 영월노인이 스스로 죽음을 택한다는 서사적 무리까지 겹쳤을 때 작품에 대한 오독을 만들어내게 된다. 결국 지금까지의 많은 해석이 일면적으로 되어왔던 책임은, 김동인에 대한 고정관념뿐만 아니라 이 작품 자체에도 있을 터이다. 단지 이 작품을 재평가해야 할 필요성만은 확인된 셈이 아닐까 한다.[62] 일본어를 몰라 매를 맞고 남의 불행에 공감할 줄도 모르던, 수감자 중에서도 가장 비천화된 존재였던 영감이 오히려 지식인 화자에게 도덕적 열패감

---

61 공감장은 아직 미완의 개념이며, 더 검증하고 발전시켜 나갈 필요가 있다. 특히 공통경험에 의해 형성된 공감장이 역사적으로 어떻게 단속성 또는 연속성을 지니게 되는가 하는 물음에 답변할 수 있게 되기를 기대한다. 예컨대 동학혁명이 3·1운동으로, 또 4·19와 1980년 광주항쟁, 1987년 대항쟁, 2016년 촛불 등으로 끊어질 듯 이어지는 한국 근현대사의 독특한 역동성을 해명하는 데에도 도움이 될 수 있지 않을까한다. 공동의 경험은 공동의 기억을 만들고, 그 기억은 대문자 역사로만 전승되는 게 아니라 공감장의 문화적 산물들에 의해서도 전승될 터이다. '종족적 기억의 선택적 복원'으로서 대문자 역사가 상당부분 권력의 주도 아래 이뤄진다면, 공감장의 전승에는 비천화된 존재들과 예술의 힘이 비교적 더 많이 작동한다는 점에서도 주목할 만하다.

62 누구의 삶도 문학도 단일하지 않다. 김동인처럼 오랫동안 많은 작품을 남긴 작가의 경우는 더욱 그렇다. 그런 뜻에서 김동인 문학의 전반적 평가와 「태형」에 대한 해석을 일단 구분해서 판단할 필요가 있다. 그리해야만 한 인간과 문학이 어떤 힘에 의해 어떻게 변모해나갔는지를 이해할 수 있지 않겠는가.

을 안겨준다는 설정은 김동인의 작품에서 매우 예외적인 것이다. 이런 의미에서 그가 필생의 적수로 삼았던 이광수를 압도할 수 있었던 지점은 바로 이 감옥서사의 영역이라고도 할 수 있겠다.[63]

서두에 말했듯이 이 글은 똥을 주목한 필자의 두 번째 글이다. 첫 번째 글은 똥은 어떻게 더러운 것이 되었는가를 다루었다. '밥-똥 순환'이 이뤄지고 있던 시기의 농민에게 똥은 부정자본의 성격이 강력하며 실제로 식민시기 농촌소설에서는 이런 인식을 흔하게 찾아볼 수 있었다. 이는 어찌 보면 당연하기까지 하겠다. 그렇다면 식민지 조선의 수감자는 어땠던가를 묻는 것이 이 글의 출발이었다. 그들도 부정자본을 획득할 수 있는가. 부당하게 투옥된 경우라면 얼마든지 가능하니, 간디 만델라 김대중 데이비드 소로우 등 그 이름의 목록은 매우 길다.

그러나 양심수란 주로 사후적으로 승인될 뿐, 당대에는 그다지 만만치 않다. 검열과 선전 등 국가권력의 작동도 그렇지만, 감옥 밖의 대중들의 문제도 얽혀있다. 감옥이란 오히려 '감옥 밖의 인간들의 마음을 감금'하고자 하는 것이라면, 감옥 밖의 조선인들이 과연 특정한 수감자들을 무고한 존재로 인식하는지, 또 감옥에 대한 대중의 공포감정을 어떻게 처리할 것인지 등 집합감정의 문제가 감옥서사의 핵심일 수 있는 것이다. 식민지시기 감옥 서사에서 수감자들의 응수는 대체로 부정성을 적나라하게 재현한 뒤에 서사적 역전을 시도하는 방식이었다. 감옥에 넘쳐나는 대표적 비천체인 똥과 죽음시체에 억울함이라는 서사를 덧입힘으로써 전복적 인

---

63 물론 이 성취는 오로지 김동인의 것이라기보다는, 3·1운동 직후와 일제말기에 변화된 대중들의 공감장과 관련되는 것일 터이며, 일제 말기에 이르면 김동인 역시 이광수와 큰 차이가 없어지기는 한다.

식을 유도하고자 한 것이다. 이를 통해 수감자들을 무고한 희생자로 재현하고 부정자본을 부여하고자 했다. 이는 물론 작가의 세계관과 직결되는 것이긴 하지만, 3·1운동 직후 강력했던 '살아남은 자의 부끄러움'이라는 집합감정과도 유관한 것이리라 판단한다.[64]

'밥-똥 순환'의 차단이 자본과 총독부에 의해 추동되었고 똥의 비천화를 불러왔다면, 농촌소설들은 똥을 부정자본으로 인식하고자 했다. '수감자=똥'의 비천화는 주로 총독부가 주도했으며 감옥서사는 이를 역전시켜 부정자본을 산출하고자 했다. 부정자본 역시 대중의 집합감정과 연계되어야 실효성을 획득할 수 있는 것이라면, 이 시기 식민권력이 주도했던 똥과 수감자에 대한 비천화 시도에 대해, 대중적 저항이 상당히 강력했음을 말해주는 한 증거라고 판단한다. 그 저항의 근저에 뭇 생명의 평화로운 공존의 당위성 승인이 깔려 있었다면, 오늘날은 어떠한가. 거의 모든 개인이 스스로를 경쟁적 주체로 자임하고 모든 타자에 대한 수탈적 지배를 자연화하면서 빈부격차와 기후위기를 심화시켜 가고 있는 이 시대에 대중의 집합감정은 어떤 것일까, 문학은 어떻게 대응하고 있는가.

---

64 집합감정은 지속적으로 변화하게 마련이다. 이런 맥락에서 이광수의 「무명」(1939)이 김동인 심훈 김남천 등의 감옥서사와 매우 대조적이라는 점은, 물론 작가의 세계관과 직결되는 문제이겠지만, 3·1운동과의 거리가 가장 먼 시기에 창작되어 대중의 집합감정이 사뭇 달라졌다는 점과도 관련될 것이다.

참고문헌

1. 자료

김남천, 「물!」, 『문장』, 문장사, 1939.1~2.

김동인, 「태형」, 『동명』, 1922.12.~1.

_____, 권영민 편, 「태형」, 『김동인전집』 1, 조선일보사, 1987.

심대섭, 「찬미가에 싸인 원혼」, 『신청년』 3, 1920.8.

심　훈, 「시−감옥에서 어머님께 올린 글월」, 『심훈문학전집』 1, 탐구당, 1967.

이광수, 「무명」, 『대중』 3, 대중과학연구소, 1933. 6.

임　화, 「6월 중의 창작−(5) 김남천 작 「물」」, 『조선일보』, 1933.7.18.

공훈전자자료관(https://e-gonghun.mpva.go.kr)

국가법령정보센터(https://www.law.go.kr), 『연합뉴스』, 2015.10.25.

2. 논문

강헌국, 「김동인의 창작방법론과 그 실천」, 『국어국문학』 177, 국어국문학회, 2016.

김주언, 「식민지 감옥을 견디는 글쓰기의 영도−〈태형〉, 〈물〉 그리고 〈무명〉을 대상으로」, 『현대소설연구』 44, 한국현대소설학회, 2010.

김지형, 「'물논쟁'에 나타난 김남천의 자기반성적 실천 고찰」, 『민족문학사연구』 47, 민족문학사연구소, 2011.

김홍중, 「부정자본론−사회적인 것과 상징적인 것」, 『한국사회학』 51-3, 한국사회학회, 2017.

박진우, 「1930년대 전반기의 한국 사회와 근대성의 형성−커뮤니케이션 구조의 사사화과정에 대한 역사적 연구」, 서울대 석사논문, 1998.

손유경, 「1920년대 문학과 동정(同情)(sympathy)−김동인의 단편을 중심으로」, 『한국현대문학연구』 16, 한국현대문학회, 2004.

유승환, 「김동인 문학의 리얼리티 재고−비평과 1930년대 초반까지의 단편 소설을 중심으로」, 『한국현대문학연구』 22, 한국현대문학회, 2007.

이승희, 「'신파'와 '막장'의 시간성」, 『민족문학사연구』 67, 민족문학사학회·민족문학사연구소, 2018.

이지훈, 「김동인 소설에 나타난 식민지 법의 의미 연구」, 『한국현대문학연구』 42, 한국현대문학회, 2014.

이철우, 「일제하 한국의 근대성, 법치, 권력」, 신기욱 외편저, 『한국의 식민지 근대성』, 삼인, 2006.

이행미, 「3·1운동과 영어(囹圄)의 시간−1920년대 소설에 나타난 자아와 정치」, 『춘원연구학보』 16, 푸른사상사, 2019.

임명선, 「동인문학상 비판 세미나 ③ 김동인 소설과 '자리'의 문제, 식민지 시기 단편 소설을 중심으로」, 『뉴스페이퍼』, 2020.11.5.

(http://www.news-paper.co.kr/news/articleView.html?idxno=75669)

한만수, 「'밥-똥 순환'의 차단과 '두엄-화학비료'의 숨바꼭질-1926~1939년 소설의 똥 재현양상을 중심으로」, 『상허학보』 60, 상허학회, 2020.

한순미, 「공감장, 그 고요한 소용돌이」, 『감성연구』 16권, 전남대 호남학연구원, 2018.

황호덕, 「변비와 설사, 전향의 생정치(生政治)—『無明』의 이광수, 식민지(감옥)의 구멍들」, 『상허학보』 16, 상허학회, 2006.

3. 단행본

강인숙, 『김동인과 자연주의-불·일·한 3국 비교 연구』, 박이정, 2020.

권보드래, 『3월 1일의 밤』, 돌베개, 2019.

다이안 맥도넬, 임상훈 역, 『담론이란 무엇인가』, 한울, 2010.

마사 너스바움, 조계원 역, 『혐오와 수치심』, 민음사, 2015.

_____, 강동혁 역, 『혐오에서 인류애로』, 뿌리와 이파리, 2016.

문학사와 비평학회, 『김동인문학의 재조명』, 새미, 2001.

수전 손택, 이재원 역, 『은유로서의 질병』, 이후, 2002.

전남대 호남학연구원 감성인문학연구단, 『공감장이란 무엇인가-감성인문학 서론』, 도서출판길, 2017.

하르트무트 로자 외, 곽노완 외역, 『공동체의 이론들』, 라움, 2010.

냄새 맡는 인간, 냄새 나는 텍스트

한국 근대문학과 냄새

이경훈

이 글은 후각이라는 신선한 키워드를 통해 식민지시기 소설들을 살핀다. 자연, 빈곤층, 조선인 등은 후각적으로도 타자화되었고 이를 통해서 과학, 부유층, 일본인 등은 주체화되었음을 확인한다. 특히 이광수는 (사이비)과학의 힘을 빌려 냄새를 재구성하고 선과 악의 관념이나 종교와 직결시키기도 했다는 점, 이상 등의 작품에서는 새 상품의 냄새가 주는 황홀이란 자본과 시장의 역능에 대한 육체적 확인으로 이어진다는 점 등에 대해서도 설득력 있게 분석해냈다.

1. 들어가며

이 글은 냄새에 대한 탐구가 문학 텍스트를 심도 있게 고찰하는 한 가지 방법이 될 수 있다는 전제에서 출발한다. 일차적으로 냄새는 감각의 영역에 속한다. 그러나 냄새는 거기 머물지 않는다. 그것은 인간, 생활, 사회, 역사, 문화, 인식 등과 같은 온갖 영역으로 퍼져 나가며, 그 구성 원리와 운용 현실 및 갈등 양상을 깨닫게 한다. 또한 냄새 및 냄새에 대한 반응, 처리, 상상, 비유는 선악이나 미추의 판단을 성립시키고 육체적으로 설득하는 형식, 제도, 관념으로 작용할 뿐 아니라, 세계의 다양한 맥락과 연계된 주체와 타자의 문제를 암시적으로 드러내기도 한다.

따라서 헬렌 켈러가 냄새를 일러 "강력한 마법사potent wizard"[1] 라고 했던 것은 흥미롭게 읽힌다. 냄새는 시각 중심적인 이성의 작용과는 어느 정도 거리를 둠으로써 오히려 이성이 제출하고 야기한 문제들을 깊이 통찰하고 반성하게 하는 능력을 발휘하기 때문이다. 그리고 한국 근대문학은 냄새의 이 마법사적인 활동을 끊임없이 포착해 냈다. 이때 냄새는 일종의 문학적 장치로 기능하면서 사회를 재현하고 이념을 함축하는 텍스트의 복잡하고 미시적인 결을 만들어 내었다.

이러한 관점에서 이 글은 이제까지 별로 주목되지 않았던 한국 근대문학의 후각적 시도와 성취를 적극적으로 논의함으로써 이러한 읽기 방식에 대한 관심을 촉구함과 함께 그 유효성을 시험하고자 한다. 아울러 이 글은 한국 근대문학의 텍스트들을 과거의 텍스트들 및 외국의 텍스트들

---

1   "Smell is a potent wizard that transports you across thousands of miles and all the years you have lived", http://www.helenkelleronline.com에서 인용함.

과 폭넓게 연결시켜 관찰하면서, 냄새 및 후각이 과학, 자연, 문명, 위생, 도시, 사회, 가난, 욕망, 인종, 민족, 식민지, 도덕, 기억, 시장, 소외 등의 테마를 구현하는 양상들을 전반적으로 보이려 한다. 그리고 냄새에 대한 묘사와 더불어 자연과 문명, 사회와 욕망, 시장과 소외의 문제를 종합, 지양하려 한 이상李箱 텍스트의 독특한 모습을 일별하는 것으로써 결론을 대신하고자 한다.

2. 똥과 과학

김동인의 「K박사의 연구」는 흥미로운 작품이다. K박사는 "사람은 기하학 급으로 늘어나고 먹을 것은 수학 급으로밖에는 늘지 못한다"는 맬더스의 말에 자극받아 똥으로 음식을 만들려고 한다. 그는 "똥을 떠 가지고 현미경으로 시험관에 넣어서 끓이며 세척하며 전기로 분해하며 별별 짓을 다"[2] 해 본 끝에 "○○병餠"을 만들어낸다. 이를테면 그는 "똥과 거름을 져 날라서 스스로 먹을 것을 장만負糞擔溷以自食"[3]했던 예덕선생穢德先生의 "지극히 향기至馨香"[4]로운 노력에서 한 걸음 더 나아간 셈이다. 다음은 그렇게 만들어진 "○○병"을 K박사의 조수 C군이 먹은 후에 일어난 일이다.

"먹은 것? 응 그것 말인가? 그것 때문에 토했나? 난 또 차멀미로 알았군. 그

---

2   김동인, 「K박사의 연구」, 『김동인전집』 2, 조선일보사, 1987, 72쪽.
3   박지원, 리가원·허경진 역, 「예덕선생전」, 『연암 박지원 소설집』, 한양출판, 1999, 32쪽.
4   위의 책, 33쪽.

건 순전한 자양분일세. 하하하하하. (…중략…) 건락, 전분, 지방 등 순전한 양소화물良消化物로 만든 최신최량원식품最新最良原食品."

"원료는― 그―."

"그렇지 자네도 알다시피 그―."

나는 그 말을 채 듣지도 않고 다시 일어서면서 토했지. 좀 메스껍기도하고, 성도 나는 김에 박사의 얼굴을 향하여 토했네그려.[5]

C군은 "고기 국물을 조금 넣고 만든 밥" 같다고 느꼈던 이 음식의 원료가 똥임을 알게 되자 먹은 "○○병"을 토한다. C군은 자기가 맡은 냄새가 "방 안의 공기 탓"이 아님을 깨달은 것이다. 이러한 사태는 납득이 간다. C군은 "아무리 전기 환기 장치를 했다 해도 그 냄새는 참 죽겠데"라고 하소연할 정도로 그 동안 똥냄새에 시달렸던 한편, 그 냄새에 익숙해지기도 했던 것이다. 즉 "○○병"의 "똥내"를 맡지 못할 만큼 K박사의 집에는 똥냄새로 가득 차 있었다. 시식회 전날에 다음과 같은 소동을 벌인 것은 그 때문이다.

크리스마스 전날 밤은 밤까지 세워가면서 모두 만들어 놓은 뒤에 당일 아침에는 집을 씻느라고 또 야단이지. 글쎄 이 방 저 방 할 것 없이 모두 똥내가 배어든 것을 어찌하나. 아닌 게 아니라 독한 놈의 냄새가 배어든 다음에는 빠지질 않아. 약품으로 씻다 못해서 마지막에는 향수를 막 뿌려서 냄새를 감추도록 해 버렸다네.[6]

---

5   김동인, 앞의 책, 74쪽.
6   위의 책, 78쪽.

물론 K박사는 "○○병"에서 "똥내"를 없애기 위해 "조미調味에 대한 연구"도 진행했으며, 따라서 마지막에는 C군도 "스끼야끼 비슷하고도 더 침이 도는" "꽤 좋은 냄새"를 맡을 수 있게 되었다. 더 나아가 "자양분만 뽑아서 정제한" 이 음식은 박사의 말처럼 "과학의 힘으로써 가장 정밀히 만든 것"이므로 "웬만한 음식점의 음식들보다는 훨씬 깨끗할"[7]지도 모른다. 사실 "○○병"은 똥과는 다른 사물이 되었을 터이다. 그러나 맛있게 먹은 이 음식이 똥을 원료로 만들어졌다는 사실을 알게 되었을 때, 시식회에 온 "사회의 명사 숙녀들" 역시 C군과 동일한 반응을 보인다.

> 달아는 났지만 그래도 마음이 놓이지 않아서 귀를 기울이고 있노라니간 무엇이 윅윅 하며 쾅당쾅당 해, 뛰어가 보았지. 하니깐 부인 손님 두 사람과 신사 한 사람이 입에 손수건을 대고 게워내는데, 그리고 몇 사람은 저편으로 변소, 변소 하면서 달아나고, 다른 사람들은 영문을 모르고 중독되었다고 의사를 청하라고 야단인 가운데 박사는 방 한편 모퉁이에 눈만 멀찐멀찐 하면서 서 있데 그려.[8]

이때 주목되는 것은 K박사의 태도다. C군은 "똥 먹구 구역 안 나는 사람이 어디 있어요!"라고 항의하며 위와 같은 일이 일어난 것을 당연시한다. 그러나 이에 대해 K박사는 "과학의 힘으로 부정한 놈은 죄 없애버린 게 왜 똥이야"[9]라며 "역증"을 내는 것이다. 그는 자신이 사람들에게 똥을

---

7   위의 책, 75쪽.
8   위의 책, 79쪽.
9   위의 책, 81쪽.

먹었다고 인정하지 않는다. 그 대신 그는 자기가 똥의 "스캇톨skatole 반응"을 완전히 없애지 못한 까닭에 사람들이 구역질을 하게 되었다고 생각한다. 즉 문제는 어디까지나 화학적이고 기술적인 데에 있으며, 따라서 똥에 대한 사람들의 통상적인 관념 때문에 과학적으로 가공된 "○○병"을 게우는 것은 큰 "오해"에 불과하다고 K박사는 믿어 의심치 않는다. K박사는 이 소동에 대한 C군의 다음과 같은 설명을 받아들이지 않는다.

> "선생님, 그렇지 않아요. 분석해 보면 아무리 정한 게라두 똥으로 만든 것을 먹고야 왜 구역을 안 해요? 세상사는 그렇게 공식대로 되는 것이 아니니깐요."
> "공식? 아무리 생각해두 자네 오해야. 그렇진 않으리."
> "그럼 왜들 게웠어요?"
> "글쎄 반응은 없었는데, 혹은 있었던가……."[10]

C군이 평가하는 것처럼, K박사는 "공식"에 사로잡힌 채 "세상사"를 도외시한다. 하지만 시식회의 소동을 알린 신문 잡보 란의 기사에는 "○○병"의 원료와 가공의 기술적 과정에 대해서는 전혀 기술되지 않는다. 사회는 이 연구에 대한 과학적 관심을 보이는 대신 시식회를 "사건"으로 규정하며 이에 대해 "창피"하다는 도덕적인 판단을 내린다. 이는 "세상사"가 어떻게 돌아가는지를 알려준다.

그리고 C군 역시 그러한 세상에 속해 있다. 즉 C군은 단지 똥의 메스꺼움 때문만이 아니라 "성도 나는 김에" "박사의 얼굴을 향하여" 먹은 것을

---

10 위의 책, 81쪽.

토했던 것이다. 그도 그럴 것이 K박사에게 C군은 똥을 더러워하는 한 명의 인간이기보다는 "공식"에 근거한 연구의 성공을 증명해 줄 실험 대상이었기 때문이다. 따라서 C군이 일부러 K박사의 얼굴에 구토를 한 것은 무시된 그의 주체성을 주장하는 일종의 인정투쟁recognition struggle이었던 셈이다. 하지만 K박사가 C군만을 실험 대상으로 삼은 것은 아니었다. K박사 자신이 C군보다 먼저 "○○병"을 먹었다는 점에서, C군과 K박사는 공히 과학의 노예였다.

그런데 "공식"은 과학이 전제하는 합리적 이성에서 기원한 것인 동시에, 미신, 편견, 감정, 관념, 습관 등과 거리를 둔 이성 자체를 상징하기도 한다. 또한 "공식"의 언어는 극도로 추상된 것으로서 인간의 감정과 무관하며 실재하는 사물의 형태 등과도 닮지 않았다. 그것은 현실 세계의 정서, 감각, 윤리적 판단 등에서 벗어나 있다. 「K박사의 연구」와 관련해 비유하면, "공식" 또는 과학이성, 계몽은 무취無臭를 지향하면서, 무취로서 존재하고 무취로써 기능하려 한다. 이는 위생, 청결, 공공보건 등을 통해 일상생활에서도 관철될 터이다. 그리고 이 "탈취의 전략the tactics of deodor-ization"[11]은 근대 사회의 한 특징을 보여준다. 실제로 "20세기 서구 문화에서, 이상적인 사회는 냄새가 제거된 사회"[12]로 상상되었다. 한편 알렉산더 마틴이 예를 든 것처럼, 소련 작가 길리야로프스키Vladimir Alekseevich Giliarovskii는 "소비에트가 인민에게 계몽과 존엄을 선사했으므로, 모스크바는 질서 잡히고 깨끗했으며 냄새가 나지 않았다"[13]고 썼다. 즉 근대 문

11 Alain Corbin, *The Foul and the Fragrant*, Harvard University Press, 1986, p.89.
12 Constance Classen·David Howes·Anthony Synnott, 김진옥 역, 『아로마-냄새의 문화사』, 현실문화연구, 2002, 232쪽.
13 Alexander M. Martin, "Sewage and the City : Filth, Smell, and Representations

명과 근대 사회는 깨끗하고 냄새도 나지 않는 것이어야 한다.

따라서 "똥내"로 가득한 K박사의 실험, 그리고 "똥내"를 없애고자 노력한 그의 이론적이고 기술적인 탐구는 애초부터 아무 냄새도 없이 시작된 것이었으며, 끝내 아무 냄새도 없어야 하는 것이다. 똥은 여러 화학 물질로 분석, 분해될 터이며, 똥 냄새는 "스캣톨 반응"이라는 무취의 과학 용어 속에 포집捕執될 것이기 때문이다. 그렇다면 우리는 왜 K박사가 다음과 같은 장면을 연출할 수밖에 없었는지 이해할 수 있다.

"선생님 개고기올시다."

"개?"

"아까 그 짖던 개요. 돌아올 때는 안 보이지 않습디까?"

"아까 그, 그? 똥 먹던?"

"그럼요."

박사는 덜컥 젓가락을 놓데그려. 그러더니 얼굴이 차차 하얘지더니 히끈 저편으로 돌아앉겠지.

그리고 획획 두어 번 숨을 들이쉬더니 확 하고 모두 토해버리데그려.[14]

of Urban Life in Moscow, 1770~1880," *The Russian Review*, April 2008, p.274. "To evoke old Moscow's unstable identities, harsh social relations, oppressive and archaic power structures, and general colorful diversity, Giliarovskii's vignettes about city locales and their history rely heavily on sensory images, especially odor. However, at the conclusion of certain vignettes, he wished to pay homage to the new regime, so he observed that the Soviets had succeeded at last where every tsar had failed: they had brought enlightenment and dignity to the people, so their Moscow was orderly and clean and did not smell."

14 김동인, 「K박사의 연구」, 앞의 책, 84쪽.

똥으로 음식을 만들었을 뿐 아니라 아무 주저 없이 그것을 먹었던 K박사는 아이러니하게도 자기가 먹은 것이 똥개의 고기라는 이유로 얼굴조차 창백해지며 구토를 시작한다. 이때 중요한 것은 K박사가 입에 똥이 묻은 그 개를 보고 "에, 더러워! C군, 실험실과는 다르네"라고 말했다는 사실이다. 이는 K박사가 앞서 말한바 자연으로부터 추상된 공식과 이론, 기술과 인공의 세계에 살고 있음을 웅변한다. 좀 과장해 말하면, 아무리 대변을 주무른다고 할지라도 그것이 실험실에서 행해지는 일인 한, 그 똥은 더럽지 않으며 냄새도 나지 않는 것이다. 비유컨대 과학은 "소리도 없고 냄새도 없는" "상천上天의 일"인 셈이다.[15] 그리고 그 점에서 K박사는 지극히 위생적인 문명인이다. 즉 "○○병"을 먹은 그는 실험대상이거나 과학의 노예가 아니다. 과학과 자신을 동일화한다는 점에서 그는 오로지 주체다. 그에 반해 K박사 자신이 과학적으로 도달하고자 했던 똥의 영양분 섭취에 본능적으로 성공한 개는 악취가 풍기는 불결함 자체이다. 그것은 과학이나 문명이 아니라 자연이거나 야만이기 때문이다. 그것은 실험과 개발, 위생과 청결의 대상일 뿐이다. 물론 이렇게 과학에 권력을 부여하는 일이야말로 오히려 "과학 썩은 냄새"[16]를 풍길 수도 있을 것이다.

---

15 "上天之載, 無聲無臭." 「세종실록 86권」, 세종 21년 8월 20일. http://sillok.history.go.kr 참조.
16 이효석, 「겨울 숲」, 『이효석전집』 6, 창미사, 1990(2쇄), 12쪽.

3. 자연이라는 악취

한편 K박사의 똥개 이야기는 보들레르의 다음 말을 상기시킨다.

"나의 사랑스런 강아지야, 착한 강아지야, 내 귀여운 뚜뚜, 이리 와서 이 멋
있는 향수 냄새를 맡아 보렴. 시내의 가장 좋은 향수 가게에서 산 것이란다."
    그러자 개는 꼬리를 흔들며 — 꼬리를 흔드는 것이, 내 생각이지만, 이 보잘
것 없는 것들에게는 웃음과 미소에 해당하는 몸짓인 것이다 — 다가와서 마개
를 연 병에 그의 축축한 코를 조심스럽게 내민다. 그러더니 갑자기 공포에 질려
뒷걸음질 치며 나를 향해 비난의 몸짓으로 짖어댄다.
    " – 아! 별 수 없는 개라니, 만일 내가 너에게 배설물 한 상자를 주었다면 기
분 좋게 그 냄새를 맡고 어쩌면 그것을 다 먹어치웠을지도 모른다. 그러니 나의
슬픈 생애의 동반자로는 자격이 없는 너 역시 대중을 닮은 거로군. 대중에게는
절대로 품위 있는 향수를 제공해서는 안 된다. 그것은 그들을 짜증나게 할 뿐이
지. 조심스럽게 선택한 오물이나 주면 되는 것이다."[17]

우리는 시식회 전날에 K박사가 향수와 약품을 뿌려서 똥냄새를 감추려
한 것을 알고 있거니와, 이때 똥냄새라는 자연적 현상에 대항한다는 점에
서 향수와 약품 뿌리기는 "스캇톨 반응"이 나타나지 않는 "○○병"을 만
들려는 K박사의 연구와 일맥상통한다. 아니, 향수 연구로부터 새로운 독
가스를 발견[18]한 일이 웅변하듯이, 그 자체가 화학적인 탐구, 실험, 기술

---

17 Charles Baudelaire, 윤영애 역, 「개와 향수병」, 『파리의 우울』, 민음사, 1993, 50쪽.
18 「신 독와사를 발견 – 파리에서 향수의 연구로부터」, 『동아일보』, 1933.11.14.

의 결과물이라는 점에서 약품은 물론이려니와 향수 역시 자연과 대립한
다. 보들레르의 개가 "향수 냄새"에 "공포"를 느끼는 것은 그 때문이다. K
박사가 똥개의 고기를 거부하는 과학과 문명의 위치에 있다면, "뚜뚜"는
향수 냄새를 즐기기는커녕, 그것으로부터 "뒷걸음질" 칠 수밖에 없는 야
만으로서 자연에 결박되어 있다. 개는 향수를 향해 "비난의 몸짓으로" 짖
어댐으로써 자신이 과학과 인공, 문명과 문화의 반대편에 있음을 본능적
이고 무자각적으로 공표한다.[19] 따라서 보들레르는 변소에서 똥을 먹고
있던" K박사의 개처럼 "뚜뚜" 역시 "배설물"의 냄새를 "기분 좋게" 맡으며
그 "오물"을 다 먹어치울 것이라고 예상한다. 아무리 후각이 발달했을지
언정 "뚜뚜"는 "문명의 냄새"[20]는 맡지 못할 것이다. 더 나아가 다음과 같
이 가솔린의 인공적인 냄새에 매혹되거나 장미에서 "구라파의 냄새"를 맡
으며 서양을 근대 문명의 기원으로서 동경하는 역사적인 경험도 할 수 없
을 것이다.

    "난 이 '파—슬레이'라는 게 언제든지 조트라!" 하며 또 한 줄기를 뜨더 섭는다.

---

19 이러한 관점으로 보았을 때, 홍사용의 「저승길」(『백조』, 1923.9, 86쪽)에 등장하는 "향
    수로 티 없이" 씻은 "하늘"은 이 텍스트의 제목인 "저승길"과 오히려 대립하는 듯하다.
    향수로 씻거나 악취를 제거하는 일은 "삶이 지나감을 부정"하고, "끝없이 반복되는 죽음
    의 고통을 견디도록"(Alain Corbin, op.cit., p.90. "Absent of odor not only stripped
    miasma of its terrors; it denied the passing of life and the succession of gen-
    erations; it was an aid to enduring the endlessly repeated agony of death")하는
    일, 즉 자연에서 벗어나려는 노력과 연관되기 때문이다. 김동인을 인용해 말하면, 향수로
    씻은 하늘은 "인공적이라 하여도 좋도록 예쁜 높은 하늘"(김동인, 「눈을 겨우 뜰 때」,
    『개벽』, 1923.8, 133쪽)에 가깝다.
20 이효석, 「벽공무한」, 『이효석전집』 5, 창미사, 1990, 105쪽. "추림 백화점은 외국인 경영
    의 할빈서도 으뜸 가는 가게였다. (…중략…) 구라파 문명의 조그만 진열장인 셈이었다.
    사람들이 웅성거리는 속으로 단영들은 특이한 냄새와 공기를 느꼈다. 늘 맡는 문명의
    냄새를 진짬으로 맡을 수 있었던 것이다."

"어듸 뭐길네?" 하며 순택이도 집어서 두세 닙 썹어보더니,

"원 별소리두 다 하는군. 그게 무에 조탐! 비릿하구 쌉쌀한 듯두 하구…… 이상한 향기는 잇지만……."

"그러킬래 조탄 말이지요." 영희는 방긋 웃으며 고기를 끼인 삼지창폭을 입에 너엇다.

"자동차의 깨솔린 냄새가 구수하단 사람두 잇드구만은……."

"구수하진 안치만 그건 나두 실친 안은데요."[21]

누렇게 익은 서양배의 냄새— 그것은 동양의 냄새는 아니다. 장미의 냄새는 바로 구라파의 냄새인 것이다. 동양의 아무 냄새도 그 같은 것은 없다.[22]

그렇다면 보들레르가 "뚜뚜"에 대해 "생애의 동반자로는 자격이 없"다고 판단하는 것은 당연하다. "뚜뚜"는 "보잘 것 없는" "자연"인 것이다. 한편 보들레르는 "대중에게는 절대로 품위 있는 향수를 제공해서는 안 된다"고 말하면서 "대중"과 "뚜뚜"를 동일시하기도 한다. 그는 향료가 자유민과 노예 사이의 후각적 차이를 은폐한다는 이유로 향료 사용에 반대했던 소크라테스[23]처럼, 자신과 대중을 후각적으로 구분한다. 그리고 대중 안에는 "여인la femme"도 포함된다. 즐겨 향수를 사용할 것임에도 불구하고 "여인" 역시 "단디의 반대le contraire du dandy", 즉 "야비vulgaire"한 "자연"이기 때문이다. 보들레르는 다음과 같이 말한다.

---

21 염상섭, 「해바라기」, 『염상섭전집』 1, 민음사, 1987, 140~141쪽.
22 이효석, 「녹음(綠蔭)의 향기」, 『이효석전집』 7, 창미사, 1990, 282쪽.
23 Constance Classen · David Howes · Anthony Synnott, 김진옥 역, 앞의 책, 51~53쪽 참조.

여인은 자연 그대로의 것, -다시 말하면 증오스럽기 한없는 것
그러기에 항상 아비하다. -즉 단디의 반대.[24]

즉 향수에 대한 "뚜뚜"의 공포는 자연 상태에 매몰되는 것에 대한 보들레르의 공포와 혐오를 역으로 표현하는 것이며, 그런 의미에서 이상李箱이 말하는 "공포의 초록색"을 마주 보고 있다. "뚜뚜"가 인공의 향수를 무서워한다면, 이상의 화자는 "온종일" "아무 짓도 하지 않는" 자연을 두려워한다. 보들레르가 향수 냄새에 빠져들듯이, 이상은 "향기로운 MJB의 미각"과 "'리그레 추잉검' 냄새"「산촌여정」를 그리워하며 "나의 살갗에 발라진 향기 높은 향수"「작품 제3번」에 탐닉한다. 그는 "세수 비누에 한 겹씩 한 겹씩 해소되는 내 도회의 육향肉香"「산촌여정」을 안타까워하면서, "푸른 것에 백치와 같이 만족"하고 있는 자연의 "몰취미"와 "조잡성"을 규탄한다. 그리고 그러한 환경에서도 "자살, 민절悶絶하지 않는 농민들"을 "거대한 천치"[25]로 규정한다. 그들은 "축음기 앞에서 고개를 갸웃거리는 북극 펭귄"[26]과 별로 다르지 않다.

따라서 보들레르가 "뚜뚜"에 대해 "별 수 없는 개"라고 판단하는 것은, "개는 개다. 나는 인간으로 태어나서 행복하다"「어리석은 석반」고 한 이상의 말도 상기시킨다. 이상은 개들을 향해 "아무것도 없는 땅바닥을 열심히 몇 번씩이나 냄새를 맡는 것은 얼마나 우열愚劣한 일이뇨"라고 탄식한다.

---

24 Charles Baudelaire, 이환 역, 『나심(*Mon Coeur Mis à Nu*)』, 서문문고, 1977(3쇄), 37쪽. "La femme est naturelle, c'est-à-dire abominable./Aussi est-elle toujours vulgaire, c'est-à-dire le contraire du dandy."(https://fr.wikisource.org에서 인용함.)

25 이상, 「권태 2」, 『조선일보』, 1937.5.5.

26 이상, 「산촌여정」, 『정본이상문학전집』 3, 소명출판, 2009, 57쪽.

그리고 다음과 같이 관찰한다.

순백한 털은, 격렬한 탐욕 때문에 약간 더럽혀졌으므로, 오래된 솜을 생각게
하였다. 그리고 방순芳醇한 체취를 코에서 발산하고 있었다. 코 가장자리의 유연
한 얄팍한 근육은 끊임없이 씰룩씰룩 신경질로 씰룩거렸다. 그리고 보조는 더
욱더욱 졸린 듯이, 돌멩이 냄새를 맡기도 하며, 나무 조각 냄새를 맡기도 하며,
복숭아 씨 냄새를 맡기도 하며, 마침내 아무것도 없는 지면地面 냄새를 맡기도
하면서, 연신 체중의 토출구吐出口를 찾는 것 같다.

음문陰門은 사향麝香처럼 살집 좋게 무거이 드리워져 농후한 습기로 몹시 더럽
혀져 있었다. 그리고 때로는 목을 비틀고서 제 음문을 냄새 맡기까지도 하였다.
그러나 불만과 기대의 무료함이 그 악혈惡血에 충만한 체중을 더욱 더욱 무겁게
할 뿐이었다.

마침내 취기臭氣는 먼 곳을 불렀다. 한 마리의 순흑색 개가 또 어디선지 모르
게 나타나 괴상한 이 고혹적인 음문의 주위를 걸음마저 어지러이 늘어붙는다.
암캐는 꼬리를 약간 높이 들어 올리면서 천천히 정든 표정으로 돌아본다.

생 비린내 나는 공기가 유동하면서, 넋을 녹여 낼 듯한 잔물결의 바람이 가
벼운 비단 바람을 흔들어 일으켰다.[27]

위의 장면은 "한없는 성욕의 백주白晝"에 펼쳐진 암캐와 수캐의 만남을
묘사한다. 이때 개는 "돌멩이 냄새", "나무 조각 냄새", "복숭아 씨 냄새",
"지면 냄새"와 더불어 "제 음문을 냄새 맡기까지도" 하는 후각의 주인인

---

27 이상, 「어리석은 석반」, 『이상문학전집』 3, 문학사상사, 1993, 130~131쪽.

동시에, 스스로 "방순한 체취"와 "취기"를 발산하는 후각의 대상이기도 하다. 개는 무엇보다도 후각적으로 존재하며, "넋을 녹여 낼 듯한" "생 비린내"에 매몰되어 있다는 점에서 냄새 자체다. 따라서 "음문"이 "농후한 습기로 몹시 더럽혀져" 있음을 시각적으로 관찰, 평가하는 화자와 달리, "순흑색 개"는 "음문의 주위"에 "어지러이 늘어붙는다." 즉 "격렬한 탐욕"이라는 본능의 세계에 사로잡힌 개들은 자신 및 다른 개의 더러움과 거리를 두지 않는다. 오히려 개들은 그것과 혼연일체가 되려 하며, 이미 그렇게 되어 있다. 바로 그것이 개들의 "교미"이다. 이는 보들레르가 말하는 "멋있는 향수 냄새"와 아무 상관이 없으며, K박사의 개가 똥을 먹는 것과 다르지 않다. 이상이 "인공의 기교가 없는 축류畜類의 교미交尾는 풍경이 권태 그것인 것 같이 권태 그것"이며, "흥미의 대상이 되지 않는다"[28]고 말한 것은 그 때문이다. 이와 관련해 우리는 다음과 같은 논의를 참고할 수 있다.

'더러움'들에 대해 우리가 느끼는 혐오감의 본질적 요소가 어떤 것인지는 정확하지 않다. 게다가 우리는 배설물의 악취 때문에 그것을 불쾌하게 느끼는 것인지, 아니면 그것을 불쾌하게 느끼기 때문에 거기서 악취를 맡는 것인지 잘 분간하지 못한다. 냄새에 관한 한, 동물들은 혐오감을 드러내지 않는다. 인간만이, 자신이 나온 곳, 결코 벗어날 수 없는 곳, 그 자연을 '부끄러워' 한다. 그것은 우리에게 아주 예민하게 느껴진다. 인간화된 세계, 우리는 그 세계를, 자연의 흔적마저 지워 없앤 채 우리 식으로 배치했다. 특히 우리는 우리가 태어난 과거를 상기시킬 수 있는 모든 것을 멀리 떼어놓았다. 인간은 모두가 자신들의 기원

28 이상, 「권태 4」, 『조선일보』, 1937.5.8.

을 부끄러워하는 벼락부자를 닮았다. 그들은 기원을 생각나게 하는 것은 멀리한다. 위대한 가족, 훌륭한 가족이라는 말도 우리의 더러운 태생을 교묘하게 숨긴 것 외에 달리 무엇일 수 있겠는가? 성 아우구스티누스는 우리의 기원이되 익명으로 있는 육신을, 그래서 말로 표현하기 어려운 그것을, "우리는 오물들 사이에서 태어난다.inter faeces et urinam nascimur"고 표현한 바 있다.[29]

이상이 "축류의 교미"와 "풍경"을 "권태"로 느끼는 일은 "자연을 부끄러워"하는 한 가지 양상이다. 따라서 이는 그가 "인공의 날개"「날개」를 소망하는 일과도 무관하지 않을 것이다. 실로 그는 "서를 보아도 벌판, 남을 보아도 벌판, 북을 보아도 벌판, 아― 이 벌판은 어쩌자고 이렇게 한이 없이 늘어 놓였을꼬?"[30]라고 한탄하거니와, 이는 그가 도시를 설계하는 건축가였다는 사실과 잘 어울린다. 그리고 이렇게 자연의 "권태"에 몸부림치는 것은 아래의 인용문들이 자연의 "영기"나 "신비"를 말하는 것과 대비된다.

그렇지만, 그 가운데도, 그는 한 영기靈氣가 차 있는 것을 안 감感할 수가 없었다. 어떻게―ㄴ지 어디인지는 모르되, 그 근처의 공기에는, 산소, 탄소 밖에 한 영기라고 부를 만한 기운이 포함되어 있다. 그는, 장전 가는 큰길에서 이 신계사로 오는 곁길로 들어서서 한참 들어와서, 길 바로 곁의 밑에 기와집이 두어 개 있는 것을 볼 때― 그 순간부터, 이 영기를 깨달았다. 세계가 넓다 하여도 금강산이 아니면 못 감할 영기이다―.[31]

29 Georges Bataille, 조한경 역, 『에로티즘의 역사』, 민음사, 1998, 79~80쪽.
30 이상, 「권태 1」, 『조선일보』, 1937.5.4.
31 김동인, 「마음이 옅은 자여」, 『김동인전집』 1, 조선일보사, 1987, 127쪽.

모래언덕에 섰을 때 어두운 바다는 한없이 멀고 깊고 장하게 눈앞에 가로누웠다. 조수 냄새와 해초 냄새가 전신을 녹진하게 채워 주는 듯도 하다. 그는 바닷바람을 몇 번이고 한껏 마셔 보았다. 그럴수록에 그 무슨 한없는 큰 신비가 그 속에 숨어 있는 듯이 느껴졌다.[32]

요컨대 "권태"는 근대적 존재의 한 양상, 자연으로부터 "영기"와 "신비"를 느끼지 않는 입장을 요약한다. 이광수를 인용해 말하면, "오늘날의 과학시대"[33]에 "하늘이란 푸른 광선이 먼지와 물방울에 반사하는"[34] "물렁물렁한 기체"에 불과하며, 따라서 "하나님이 발붙일 하늘"[35]은 없다. 즉 "영기"와 "신비"는 "권태"로 대체되었으며, 이로부터 자연은 "남루襤褸를 갈기갈기 찢은 것과 다름없는"[36] 추하고 무서운 것이 되었다. 이상이 장난감 없는 시골 아이들의 똥 누기 놀이에 경악하는 일로 암시되듯이, 인간은 자연에 "인간에서는 맡지 못할 향내"[37] 대신 "시골의 불건강함the unhealthiness of countryside"[38]과 "흙의 독한 냄새"[39]를 부여했다. "흙냄새가 약"[40]인 것은 족제비에 물린 닭에게만 해당된다. 극단적으로 말하면 인간은 꽃에서도 악취를 맡기 시작했다. 자연은 인간의 타자이기 때문이다. 앞의 인용을 빌려 말하면, "장미의 냄새"는 자연의 냄새가 아니라 "구라파의 냄새"라는

32 이효석, 「영라」, 『이효석전집』 2, 창미사, 1990(2쇄), 257~258쪽.
33 이광수, 「그 여자의 일생」, 『이광수전집』 7, 삼중당, 1962, 262쪽.
34 위의 책, 263쪽.
35 위의 책, 262쪽.
36 이상, 「권태 2」, 『조선일보』, 1937.5.5.
37 김동인, 「마음이 옅은 자여」, 앞의 책, 131쪽.
38 Alain Corbin, op.cit., p.23.
39 임화, 「나는 못 믿겠노라」, 『현해탄』, 동광당서점, 1939, 46쪽.
40 한설야, 「이녕」, 『문장』, 1939.5, 31쪽.

점에서 향기롭다. 문명의 냄새이므로 가솔린 냄새도 구수할 수 있다. 백화점의 "오존발생기"가 만들어내는 "오존 냄새"야말로 "영기"와 "신비"를 대체하는 진정한 "산이나 바다 냄새"[41]일지도 모른다. 자연에 대한 이러한 타자화를 전제할 때에만, 즉 자연을 "인공도 자연과 똑같이 현상"되도록 하는 "현미경"[42] 아래에 놓을 때에만 자연은 아름다운 것으로 복권될 것이며, "'사람에게서도 풀 내가 나야 한다.' 한 철인 소로의 말"[43]은 의미를 지니게 될 것이다. 다시 말해 오로지 산 아래 "마을"에 살 때에만 인간은 "나무 향기, 흙냄새, 하늘 향기"를 "마을에서는 찾아볼 수 없는 향기"라고 판단하거나 "피부에는 산 냄새가 배었다"[44]고 말할 수 있다. 인간이 "더러운 태생"이게 된 것은 인간이 자연에서 출발했기 때문이 아니라 이러한 방식으로 자연기원에서 멀어졌기 때문이다. 더 이상 다음과 같은 일을 상상할 수 없다는 점에서 인간은 오히려 구린내를 풍긴다.

범이 이맛살을 찌푸리며 구역질하다가, 코를 막고 머리를 왼쪽으로 돌리며 "에이쿠, 그 선비가 구리구나"

하고 혀를 찼다. 북곽 선생이 머리를 조아리며 앞으로 엉금엉금 기어 나와 세 번 절하고 꿇어 앉았다.[45]

그러므로 이상이 "공포의 초록색"과 함께 "악취에 싸여 있는 육친의 한

41 이효석, 「성화」, 『이효석전집』 3, 창미사, 1990, 267쪽.
42 이상, 「異常ナ可逆反應」, 『朝鮮と建築』, 1931.7, 15쪽.
43 이태준, 「가마귀」, 『돌다리』, 깊은샘, 1995, 28쪽.
44 이효석, 「산」, 『이효석전집』 1, 창미사, 1990, 344쪽.
45 박지원, 「호질」, 리가원·허경진 역, 앞의 책, 105쪽.

뭉치」「공포의 기록」(서장)를 언급한 것은 상징적이다. 비유컨대 그는 "향기로운 MJB" 커피에서 발산되는 "쥐 오줌 내"「실화」를 맡았다. 즉 "곤봉을 내어 미는" "숙명적 발광發狂"「且8氏의 출발」과 더불어 그는 "익명으로 있는 육신"을 소환했으며, "꽃이 또 香기롭다"「절벽」는 도착倒錯된 감각 속에서 "맨발이 값비싼 향수에 질컥질컥 젖었"「공포의 기록」다. 그는 "하고 많은 세균"「파첩」에 침범되었으며, 따라서 "기원"에서 멀어지기는커녕 오히려 "아버지의 아버지"「오감도 시 제 2호」가 되는 "원후류에의 진화猿猴類へ의 進化"「출판법」를 수행하지 않을 수 없었다. 이렇게 그는 자연을 구축驅逐하는 건축가의 조감도로부터 룸펜과 환자로서 도시의 밑바닥을 뒹구는 "오감도"로 나아갔다. "개는 개다. 나는 인간으로 태어나서 행복하다"고 했던 이상은 "즐거운 오예汚穢 속에 흐느적거리고 있는 돼지"처럼 "지독한 악취"「첫 번째 방랑」를 풍겼다. 그리고 K박사와는 달리, "책임의사"이자 "실험동물"로서 "개"와 "아주 친한 친구"가 되었다.

꽃이 매춘부의 거리를 이루고 있다.
…… 안심을 하고 ……
나는 피스톨을 꺼내보였다. 개는 백발노인처럼 웃었다…… 수염을 단 채 떨어져나간 턱. (…중략…)
내 일과의 중복과 함께 개는 나에게 따랐다. 돌과 같은 비가 내려도 나는 개와 만나고 싶었다. ……개는 나를 기다리고 있을 것이다…… 개와 나는 어느새 아주 친한 친구가 되었다.[46]

---

46   이상, 「황(獚)」, 『정본이상문학전집』 1, 소명출판, 2009, 184~185쪽.

4. 도시의 냄새, 가난의 냄새

그런데 악취를 풍기는 것은 "자연"만이 아니다. 평양에서는 "수전노 내, 돈 내, 물질 내, 허영 내"[47]가 풍기고, 서울에서는 "대감 내, 건달 내, 비단 내, 셋방 내, 무식 내"[48]가 난다고 김동인이 쓴 바 있지만, 이런 비유를 넘어 도시에서는 실제로 냄새가 난다. 예컨대 박태원은 경성의 다양한 악취를 "동대문 역에서부터 유원지까지의 궤도차" 속 냄새로 환기한 바 있다.

> 차 안에 가득 찬 가솔린 냄새와, 열어 재친 창으로 바람과 함께 풍겨드는 거름 냄새와 조그만 차실車室에 빽빽하게 들어선 사람들과, 또 그 사람들의 몸 냄새와, 입김과 늘어놓는 잔소리 (…중략…) 더구나 그들을 젊은 한 쌍의 남녀라 하여, 까닭 모를 모멸과 조롱을 가져 훑어보는 사람들의 눈, 눈, 눈, (…중략…) 그러한 모든 것들로 하여, 동대문역에서부터, 유원지까지의 궤도차軌道車 안에서의 시간은, 향훈이에게는 지극히 불쾌한 것뿐이었다.[49]

인용문에 등장하는 "거름 냄새"는 상하수도나 분뇨 처리 시설 등이 완비되지 않은 도시의 불충분하고 불균등한 개발 양상을 암시하는 듯하다. 물론 그것은 "중국에서는 거름을 금 같이 아낀다中國, 惜糞如金"고 하면서 조선시대의 서울을 비판한 박제가朴齊家의 사례도 상기시킨다. 즉 "성 안에서 나오는 분뇨를 다 수거하지 못하여서 더러운 냄새가 길에 가득城中之糞, 收之不

---

47 김동인, 「마음이 옅은 자여」, 『김동인전집』 1, 조선일보사, 1987, 115쪽.
48 위의 책, 116쪽.
49 박태원, 「청춘송」, 『조선중앙일보』, 1935.4.17.

盡, 臭穢滿路"[50]하고 "냇가 다리 옆 석축에는 사람의 똥이 더덕더덕하게 붙어서 큰 장마가 아니면 씻겨지지 않는川橋石築之邊, 人乾累累, 非大霖雨則不洗"[51] 문제를 지적한 박제가의 입장에서 평가한다면, "거름 냄새"는 식민지 경성에서 도시의 분뇨가 어느 정도 처리, 관리, 활용되고 있음을 추측케 한다. 그러나 다른 한편으로 이는 오키타 긴조沖田錦城가 서울에 대해 아래와 같이 경악했음에도 불구하고, 일본 제국의 통치 역시 서울을 한국의 수도가 아니게 했을 뿐, 경성이 세계의 "똥 수도糞の帝都"임을 완전히 면하게 하지는 못했음도 알려준다. "큰 비료 상점을 개업한다면 반드시 한 몫 잡을 수 있을 것一大肥料間屋を開業したら必ず一儲け出来る"[52]이라고 한 오키타의 말은 실현된 듯도 하지만 말이다.

그 오키타는 서울이 세계의 "똥 수도shit capital"였다고 말했다. 바라보는 곳마다 수도의 거리는 사람과 동물의 똥으로 더럽혀져 있었다. 악취가 코를 찌르고 눈을 찔렀다. 모든 집에서 배설물을 길거리에 버렸으며, 그것들은 도시를 흐르는 개천이나 작은 강들로 흘러들어가 그 색깔을 누렇게 만들고 오물들로 막히게 했다. 도시에 깨끗한 마실 물이 없었지만 한국인들은 신경 쓰지 않는 듯했다. 더 나아가 그들은 이 "똥 덩어리 강"에서 아무 주저도 없이 빨래까지 했다.[53]

사실 분뇨의 냄새는 도시와 잘 어울린다. 서울이 "똥 수도"였다면, 파리

---

50 박제가, 이익성 역, 『북학의』, 을유문화사, 1991, 159쪽.
51 위의 책, 160쪽.
52 沖田錦城, 『裏面の韓國』, 輝文館, 1905, 33쪽.
53 Peter Duus, *The Abacus and the Sword : The Japanese Penetration of Korea*, 1895~1910, Berkeley : University of California Press, 1995, p.403. 원문은 沖田錦城, 위의 책, 31~32쪽.

가 "'과학, 예술, 패션, 맛'의 중심"인 동시에, 가옥들의 벽이 "오줌으로 얼룩진" "악취의 중심"[54]이기도 했음은 잘 알려진 사실이다. 따라서 한국이 "세계 유일의 똥의 나라世界唯一の糞の國"[55]라고 한 오키타의 판단은 편견이거나 단견일 수 있다. 요컨대 이러한 도시의 상황을 배경으로 박태원은 "사람들의 몸 냄새"와 함께 차창으로 "가솔린 냄새"와 "거름 냄새"가 넘나드는 전차를 묘사함으로써 바삐 움직이며 다양한 인구를 유입, 집중시키고 있는 경성의 한 모습을 후각적으로 압축한 것이다. 물론 전차에는 악취만 가득한 것은 아니다. 아래 인용문의 서술자 옆자리에서라면 커피 향기도 맡을 수 있을 터이다.

> 백화점 아래층에서 커피의 낱을 찧어가지고는, 그대로 가방 속에 넣어 가지고, 전차 속에서 진한 향기를 맡으면서 집으로 돌아온다. 그러는 내 모양을 어린애답다고 생각하면서, 그 생각을 또 즐기면서 이것을 생활이라고 느끼는 것이다.[56]

하지만 도시가 풍기는 대표적인 악취는 "처절한 빈곤의 냄새l'odeur de toute cette misère"[57] 또는 "사회 주변부"[58]의 냄새다. "더러움을 계속해서 거부하지 않으면 인간 세계가 무너져버리고 말 것처럼 정리"[59]하면서 "자연

54 Alain Corbin, op.cit., p.27.
55 沖田錦城, 앞의 책, 34쪽.
56 이효석, 「낙엽을 태우면서」, 『이효석전집』 7, 창미사, 1990, 203쪽.
57 Emile Zola, 박명숙 역, 『제르미날』 2, 문학동네, 2018, 137쪽. Emile Zola, *Germinal*(TOME DEUXIEME), Bibliothèque-Charpentier, 1900, pp.95~96.
58 Constance Classen·David Howes·Anthony Synnott, 김진옥 역, 앞의 책, 213쪽. "사회의 중심에 있는 그룹— 정치가, 사업가— 은 상징적으로 냄새를 결여하고 있다고 특징지어지는 반면, 사회 주변부에 있는 그룹은 냄새가 있는 사람들이라고 분류된다."

의 거부"[60]를 실천했음에도 불구하고, 또는 "문명은 소독"[61]이라는 모토 하에 위생과 향기로써 사회적 안정성을 확보하려 했던[62] 노력에도 불구하고 도시화 및 여러 산업시설의 육체노동과 더불어 "가난의 악취the odors of poverty"[63]는 오히려 짙어졌다. 도시의 분뇨 냄새는 이 사회적 악취의 대표적인 사례이다. 에밀 졸라는 19세기 후반의 파리 빈민촌을 다음과 같이 묘사한다.

오! 그녀는 얼마든지 얘기할 수 있었다. 사방이 똥물로 가득 차 주위의 집들까지 독소를 뿜어내고 있다는 사실을! 그랬다, 그랬던 것이다. 지독한 가난 때문에 서로가 한데 뒤엉켜 살아가는 이 파리 한구석에서는 남자와 여자 모두에게서 지독한 악취가 풍겨 나왔다! 그러한 남녀를 맷돌에 간다면 아마도 생드니 들판에 있는 체리 나무들에 비료로 주고도 남을 터였다.[64]

조지 오웰은 이러한 상황을 "하층계급은 냄새가 난다The lower classes smell"[65]

59 Georges Bataille, 조한경 역, 앞의 책, 80쪽.
60 위의 책, 80~81쪽.
61 Constance Classen · David Howes · Anthony Synnott, 김진옥 역, 앞의 책, 235쪽.
62 Jonathan Reinarz, *Past Scents : Historical Perspectives on Smell*, University of Illinois Press, 2014, pp.2~3. 참조. "This now classic study demonstrated the profound influence of odors upon everyday life in France during a significant period of social, political, and cultural change. Although wide ranging in its themes, Corbin's work emphasized the way in which the accumulation of urban waste, for instance, appeared to threaten the social order of postrevolutionary France. A prioritization and subsequent victory of the hygienic and fragrant, on the other hand, promised to buttress the stability of society."
63 Alain Corbin, op.cit., p.142.
64 Emile Zola, 박명숙 역, 『목로주점(*L`Assommoir*)』 1, 문학동네, 2011, 77쪽.
65 이 문장은 "아랫것들은 냄새가 나"로 번역되기도 했지만 필자는 이를 사용하지 않겠다.(George Orwell, 이한중 역, 『위건 부두로 가는 길』, 한겨레출판사, 2010, 172쪽)

라는 말로 요약한 바 있거니와, 그렇다면 "하층계급"은 또 다른 "뚜뚜", 즉 도시와 산업사회의 "자연"인 셈이다. "오빠 몸에서 신문지 냄새"[66]가 나고, 누이에게선 "누에 똥내"[67]가 풍기는 노동자들 역시 그러하다. 아울러 "'덴뿌라' '시루꼬' '오뎅' '야끼도리' '우동' '소바' '이마가와야끼'……이러한 것들의 혼화된 냄새가 그의 텅 빈 창자 속으로 사정없이 스며든"[68]다는 점에서, 즉 굶주린 옥이처럼 "냄새는 잘두 맡는다"[69]는 점에서도 배고픈 "하층계급"은 수캐이거나 암캐다. 이들에게 음식 냄새는 백석이 유년 시절에 맡은 "인절미 송구떡 콩가루 차떡 냄새"[70]나 "시누이 동세들이 욱적하니 흥성거리는 부엌"에서 스며드는 "무이징게국을 끊이는 맛있는 냄새"[71]와 비교된다. 그들을 둘러싼 냄새들은 바슐라르가 말하는 "옛날의 냄새에 대한 추억"[72] 대신 현실의 육체적 고통을 생생히 구현한다. 비유컨대 "기름땀"[73]에 잠긴 그들에게는 "마들렌madeleine"의 향기와 함께 "미래에 대한 모든 불안과 모든 지적 의심이 사라질"[74] 순간은 없다. "지금 내 상 위에 있는 것은 향기 높은 한 잔의 홍차가 아니구 한 접시의 비계인 것이 슬퍼 못 견디겠다"[75]는 말은 이들에게 이해되지 않을 것이다. "퀴퀴한 냄새, 곰팡이냄새,

---

66 임화, 「우리 오빠와 화로」, 『조선지광』, 1929.2, 117쪽.
67 위의 글, 118쪽.
68 박태원, 「사흘 굶은 봄달」, 『소설가 구보 씨의 일일』, 문장사, 1938, 53~54쪽.
69 김유정, 「떡」, 『중앙』, 1935.6, 118쪽.
70 백석, 「여우난골족」, 고형진 편, 『정본 백석 시집』, 문학동네, 2007, 23쪽.
71 위의 글, 24쪽.
72 Gaston Bachelard, 김현 역, 『몽상의 시학』, 홍성사, 1981, 155쪽.
73 임화, 「나는 못 믿겠노라」, 『현해탄』, 동광당서점, 1939, 51쪽.
74 Marcel Proust, *Le Temps retrouvé*, Gallimard, 1990, p.173. "Comme au moment où je goûtais la madeleine, toute inquiétude sur l'avenir, tout doute intellectuel étaient dissipé."
75 이효석, 「화분」, 『이효석전집』 4, 창미사, 1990, 209쪽.

절은 내"[76]로 충만한 하숙집에 머물거나 아래와 같은 "골목"에 사는 그들에게는 "향기 높은 한 잔의 홍차"보다는 "한 접시의 비계"가 필요할 터이기 때문이다.

산업도시를 걸어 다니다 보면 그을음 뒤집어쓴 작은 벽돌집들의 미로 속에서 길을 잃곤 한다. 이런 집들은 진창 투성이 골목길과 석탄 재 깔린 좁은 뜰 가에 무질서하게 늘어선 채 쇠락해 가고 있다. 뜰에는 지린내 나는 쓰레기통과 거무튀튀한 빨래들이, 그리고 반쯤 쓰러진 화장실이 눈에 띈다.[77]

어려운 사람들이 모여 사는 곳이란 으레들 그러하듯이, 그 골목 안도 한 걸음 발을 들여놓기가 무섭게 홱 끼치는 냄새가 코에 아름답지 않았다. 썩은 널쪽으로나마 덮지 않은 시궁창에는 사철 똥오줌이 흐르고, 아홉 가구에 도무지 네 개밖에 없는 쓰레기통 속에서는 언제든지 구더기가 들끓었다.

제각기 집안에 뜰을 가지지 못한 이곳 주민들은 그들이 '넓은 마당 터'라고 부르는 이 골목 안에다 다투어 빨래들을 널었다. 이름은 넓은 마당 터라도 고작 여남은 평에 지나지 않는 터전이다. 기둥에서 기둥으로, 처마 끝에서 처마 끝으

---

76 Honore de Balzac, 임희근 역, 『고리오 영감』, 열린책들, 2012, 16쪽. 이 부분의 원문은 다음과 같다. "Cette première pièce exhale une odeur sans nom dans la langue, et qu'il faudrait appeler l'odeur de pension. Elle sent le renfermé, le moisi, le rance".

77 George Orwell, 이한중 역, 앞의 책, 69쪽. 원문은 다음과 같다. "As you walk through the industrial towns you lose yourself in labyrinths of little brick houses black-ened by smoke, festering in planless chaos round miry alleys and little cindered yards where there are stinking dust-bins and lines of grimy washing and half-ru-inous w.c.s."(George Orwell, *The Road to Wigan Pier*, Harcourt Brace Javanovich, 1958, p.51)

로, 가로, 세로, 건너 매어진 빨랫줄 위에, 빈틈없이 뻑뻑하게 널려진, 헤어지고 미어지고 이미 빛조차 바랜 빨래들은 쉽사리도 하늘을 가리고 볕에 바람에 그것들이 말라갈 때, 그곳에서도 이상한 냄새는 끊이지 않고 풍기어지는 것이다.[78]

한편 오웰은 서구의 "계급 차별 문제의 진짜 비밀", 즉 "자칭 공산주의자일지라도 몹시 애쓰지 않는 한 노동자를 동등한 사람으로 여길 수 없는 진짜 이유"[79]를 냄새와 관련시킨다. 그는 "어떤 호감도 혐오감도 '몸'으로 느끼는 것만큼 근본적일 수는 없"으며, 이 "신체적인 반감은 극복 불능"의 "넘을 수 없는 장벽"[80]이라고 논의한다. 게오르그 짐멜 역시 이와 비슷한 의견을 피력한다. 그는 후각을 "분리시키는 감각"[81]으로 규정하면서, 후각이 "직감적인 공감 혹은 반감"[82]을 일으키기 때문에 "사람들은 '노동의 신성한 땀'이 배어 있는 하층민들과 육체적으로 접촉하는 것보다는 수천번이라도 더 기꺼이 이 모든 포기와 희생을 받아들일 것"이라고 말한다. 예컨대 『제르미날Germinal』에 서술되듯이, "골수 공화주의자"임에도 불구하고 네그렐은 "평민"의 "땀 냄새"를 견딜 수 없다.

---

78 박태원, 「골목 안」, 『윤초시의 상경』, 깊은샘, 1991, 99쪽.
79 George Orwell, 이한중 역, 앞의 책, 172쪽. 원문은 다음과 같다. "Here you come to the real secret of class distinctions in the West-the real reason why a European of bourgeois upbringing, even when he calls himself a Communist, cannot without a hard effort think of a working man as his equal. It is summed up in four frightful words which people nowadays are chary of uttering, but which were bandied about quite freely in my childhood. The words were: The lower classes smell."(George Orwell, op.cit., p.127)
80 George Orwell, 이한중 역, 위의 책, 172쪽.
81 Georg Simmel, 김덕영·윤미애 역, 『짐멜의 모더니티 읽기』, 새물결, 2006, 173쪽.
82 위의 책, 170쪽.

얼른 향수병들을 준비하시죠. 저 사람들 땀 냄새가 엄청 지독하거든요! 네그렐은 골수 공화주의자이면서도 상류층 여성들 앞에서 평민을 조롱하기를 즐겼다.[83]

따라서 짐멜은 "사회 문제는 윤리적인 문제일 뿐만 아니라 코의-후각의-문제이기도 하다"[84]고 논하는데, 그렇게 보았을 때 발자크가 부르주아, 쁘띠 부르주아, 농부, 매춘부 등의 신분status을 그들이 발산하는 냄새들로 묘사한 것[85]은 핵심을 찌른 것이다. 다음은 "서민 대중의 퀴퀴한 냄새émanations populacières"를 언급하는 『나귀 가죽Le Peau de Chagrin』의 한 장면이다.

페도라는 우리가 몇 시간 동안이나 앉아 있어야 하는 극장에 배어 있는 서민 대중의 퀴퀴한 냄새에 생각이 미치자 방향제로 쓸 꽃다발을 준비하지 않았다고 후회했어. 나는 꽃을 구하러 나갔지. 그리고 내 생활비와 재산을 그녀에게 갖다 바쳤어. 나는 그녀에게 꽃다발을 전하면서 후회와 기쁨을 동시에 느꼈는데, 그 꽃다발 가격은 사교계에서 여자의 환심을 사는 데 의례적으로 얼마나 많은 비용이 드는지 내게 여실히 보여주었다네. 얼마 안 돼 그녀는 멕시코 산 재스민의 좀 진한 항내에 대해 불평을 털어놓고, 극장 내부에 대해 참을 수 없는 역겨움을 표출했으며, 딱딱한 좌석에 앉아 있어야 한다는 것을 트집 잡아 자기를 그런

---

83 Emile Zola, 박명숙 역, 『제르미날』 2, 93쪽. 원문은 다음과 같다. "Prenez vos flacons, la sueur du peuple qui passe! murmura Négrel, qui, malgré ses convictions républicaines, aimait à plaisanter la canaille avec les dames."(Emile Zola, op.cit., p.64)
84 Georg Simmel, 김덕영·윤미애 역, 앞의 책, 171쪽.
85 Alain Corbin, op.cit., p.143.

곳에 데려왔다고 나를 질타하더군.[86]

　물론 계층과 냄새를 연결시키는 것은 발자크에 한정된 일은 아니다. 예컨대 조일재가 "촉비觸鼻"하는 "화로수花露水의 향기로운 냄새"[87]와 더불어 김중배의 부를 묘사한 것은 잘 알려진 일이다. 현진건은 "떨어진 삿자리 밑에서 올라온 먼지 내, 빨지 않은 기저귀에서 나는 똥내와 오줌 내, 가지각색 때가 켜켜이 앉은 옷 내, 병인의 땀 섞인 내"[88]와 더불어 인력거꾼 김첨지의 사회적 위치를 표현했다. 이렇게 한국 근대문학에서도 냄새는 계층을 표시하고 계층 사이의 대립을 감각적으로 환기하는 장치로 종종 사용되었다. 공간적 경계를 넘어 널리 퍼질 수 있는 냄새는 오히려 계층적 배제의 선이 "넘을 수 없는 장벽"이 되어버린 사실을 드러내곤 했다. 임화는 다음과 같이 "수건으로 코를 막는" "점잔한 사람"을 묘사함으로써, 그 장벽이 "야행차夜行車"의 좁은 공간 속에도 예외 없이 존재함을 보였다.

　사투리는 매우 알아듣기 어렵다.

　하지만 젓가락으로 밥을 나러가는 어색한 모양은,

　그 까만 얼골과 더불어 몹시 낯닉다.

　너는 내 방법으로 내어버린 벤또를 먹는구나.

86　Honore de Balzac, 이철의 역, 『나귀 가죽』, 문학동네, 2012, 237~238쪽.
87　조일재, 「장한몽」, 『한국신소설전집』 9, 을유문화사, 1968, 51쪽.
88　현진건, 「운수 좋은 날」, 『개벽』, 1924.6, 149쪽.

"젓갈이나 걷어 가주올 게지……"

혀를 차는 네 늙은 아버지는

자리가 없어 일어선 채 부채질을 한다.

글세 옆에 앉은 점잔한 사람이 수건으로 코를 막는구나.[89]

그리고 사실 이와 비슷한 일은 앞서 인용된 궤도차 속의 풍경에서도 일어나고 있었다. 즉 「청춘송」의 향훈은 "젊은 한 쌍의 남녀라 하여, 까닭 모를 모멸과 조롱을 가져 훑어보는 사람들의 눈"에 "그 사람들의 몸 냄새"를 불쾌하게 감각하는 것으로 대항했다. 즉 그녀는 그들로부터 받은 시각적 "모멸과 조롱"을 "하층계급은 냄새가 난다"고 느끼는 후각적 경험으로써 되돌려주었다. 그들과 눈싸움을 하거나 수건으로 코를 막지는 않았지만 말이다.

그렇다면 냄새의 이러한 의미와 연관시켜 보았을 때, 「소낙비」의 이 주사가 "춘호 처"를 겁탈한 것은 흥미롭다. 그는 냄새 나는 하층민과 육체적으로 접촉했기 때문이다. 그는 이상이 관찰한 수캐처럼 "격렬한 탐욕"에 눈이 멀었(다기보다는 코가 막혔)던 것이다. 그러나 이보다 더욱 흥미로운 것은 그러했던 이 주사가 성교 후에는 결국 다음과 같은 태도를 보이게 된다는 사실이다.

그런데 웬 녀석의 냄새인지 무생채 썩는 듯한 시크므레한 악취가 불시로 코

89　임화, 「夜行車속」, 『현해탄』, 동광출판사, 1939, 136~137쪽.

청을 찌르니 눈살을 크게 잽흐리지 안을 수 업다. 처음에야 그런 줄을 몰랏드니 알고 보니까 비위가 조히 역하엿다. 그는 빨고 잇든 담배통으로 게집의 배꼽께를 똑똑이 가르키며

"애 이 살의 때꼽 좀 봐라. 그래 물이 흔한데 이것 좀 못 씻는단 말이냐?"[90]

이 주사는 "한여름 동안 머리도 감지 않은 촌 여편네들과 세수도 변변히 하지 않은 아이들 틈에 끼어 지내서, 시크무레한 땀내가 코에 밴"『상록수』의 영신과 달랐다. "동혁의 몸에서 풍기는 냄새가 고개를 돌리도록 불쾌하지는 않았"[91]던 영신과 달리, 이 주사는 "춘호 처"의 몸에서 나는 "무생채 썩는 듯한 시크므레한 악취"에 눈살을 찌푸리게 되는 것이다. 그러므로 위의 에피소드는 이 주사와 춘호 처의 육체적 결합이 계층 간의 장벽을 무너뜨린 것이 아니라 오히려 두 사람의 계층적 분리와 성적 불평등을 명확히 드러낸 하나의 사회적 사건이었음을 후각적으로 증명한다. 따라서 "지배를 허용함으로써 권력의 안전망 속으로 편입되려는 욕망"[92]은 쉽게 충족되지 않을 것이다.

또 한 가지 지적할 수 있는 것은 춘호 처에게 배꼽의 "때꼽"을 씻으라고 하는 이 주사야말로 "음문의 주위"에 "어지러이 늘어붙는" 수캐 같은 인간이었으며, 그 점에서 이 일은 "하층계급은 냄새가 난다"는 명제를 물구나무 세운다는 사실이다. 임화와 이상의 표현을 한꺼번에 빌려 말하면 "점잔한 사람"은 "생 비린내"를 풍기는 것이다. 이는 "높은 인간들 모두가 혹

---

90 김유정, 「소낙비」, 『신문연재소설전집』 5, 깊은샘, 1999(2쇄), 30쪽.
91 심훈, 『상록수』, 문학과지성사, 2005, 24쪽.
92 한기형, 『식민지 문역』, 성균관대 출판부, 2019, 351쪽.

시 좋지 않은 '냄새를' 풍기는 게 아닐까?"[93]라는 질문에 대한 해답을 주는 듯도 하다.

하지만 자기의 욕망을 위해 아내의 매춘을 부추긴다는 점에서, 춘호가 "날마다 기름도 바르고, 분도 바르"라고 아내에게 요구하는 일 역시 수캐의 냄새를 짙게 풍긴다. 아마도 김유정은 이 모든 악취를 맡고 있었을 것이다. 그가 "아내를 내놓고 그리고 먹는" 이러한 행위를 일러 "모든 가면허식을 벗어난 각성적 행동"[94]이라고 평가했음에도 불구하고 말이다.

5. 발 냄새와 마늘 냄새

그러나 후각이 "분리시키는 감각"으로 작용하는 것은 계급과 계층에만 한정되지 않는다. 미쓰코시 백화점에 들어간 김동인의 논개가 "색다른 옷을 입은 인종"[95]을 "역한 냄새"와 더불어 발견하는 것처럼, 후각은 인종적, 민족적 혐오감을 매개하고 표현하기도 한다. "냄새가 나는 것은 언제나 '다른 사람들'"[96]이다. 그리고 타인종이나 타민족이야말로 종종 "다른 사람들"로 상상되었다. 물론 먹는 음식이나 생활환경 등의 차이로 인해 이 "다른 사람들"은 실제로 "다른" 냄새를 풍기기도 할 것이다. 나쓰메 소세키夏目漱石는 다음과 같이 쓴 바 있다.

---

93 Friedrich W. Nietzsche, 최승자 역, 『짜라투스트라는 이렇게 말했다』, 청하, 1996, 339쪽.
94 김유정, 「조선의 집시-들병이 철학」 1, 『매일신보』, 1935.10.22.
95 김동인, 「논개의 환생」, 『김동인전집』 3, 조선일보사, 1987, 146쪽.
96 Constance Classen·David Howes·Anthony Synnott, 김진옥 역, 앞의 책, 219쪽.

방 안에서는 묘한 냄새가 코를 찌른다. 중국인들이 남기고 간 고질적인 냄새여서 아무리 깨끗한 [것을 좋아하는] 일본인이 청소를 했다 하여도 아직 냄새가 남아 있다. 여관은 가까운 시일 내에 정거장 인근에 새로운 건물을 신축하여 옮겨간다고 한다. 그렇게 한다면 이 냄새는 없앨 수 있으리라.[97]

아마 나쓰메 소세키는 조선인들로부터도 "묘한 냄새妙な臭"를 맡았을 터이다. 조선인은 조선 내부에서조차 "다른 사람들"이기 때문이다. 즉 조선인은 식민지인이며, 따라서 타민족일 뿐 아니라 제국의 타자이기도 하다. 이 사실에 맞서 김동인의 논개는 "색다른 옷을 입은 인종"의 냄새를 역겨워함으로써 식민지인들도 "다른 사람들"의 냄새를 맡을 수 있는 후각적 주체임을 주장했던 것이다. 요컨대 식민지인이라는 점에서 조선인은 "하층계급"에 속해 있지 않더라도 악취를 풍기며, 많은 경우 식민지인이자 "하층계급"으로서 더욱 지독한 냄새를 풍긴다. 아래의 텍스트들에서 보이듯이, "조선 노동자"들은 제국 행 연락선의 "삼등실"에서 "구역나는 냄새"를 풍기고 있으며, 부산 해변의 "조선 사람의 동리"에서는 "비릿하기도 하고 고릿하기도 한 냄새가 코를" 찌른다.

삼등실에서는 후끈하는 김이 올랐다. 구역나는 냄새가 올랐다. 벌써 들어와서 자리를 잡은 객들—그 중에 반수 이상은 조선 노동자였다—은 저마다 좋

---

97 夏目漱石, 노재명 역, 「만한(滿韓) 이곳저곳」, 『몽십야』, 하늘연못, 2004, 752쪽. 원문에 근거해 번역문의 "깨끗한 일본인"을 "깨끗한 것을 좋아하는 일본인"으로 수정함. "その上室の中か妙な臭を放つ支那人が執拗く置き去にして行った臭だから, いくら綺麗好きの日本人が掃除をしたって, 依然として臭い. 宿では近々停車場附近へ新築をして引移るつもりだと云っていた. そうしたら, この臭だけは落ちるだろう."

은 자리를 차지하려고 담요 조각을 깔고 드러누웠다.[98]

삼거리에 서서 한참 사면팔방을 돌아다보다 못하여 지나가는 지게꾼더러 조선 사람의 동리를 물었다. 지게꾼은 한참 머뭇거리며 생각을 하더니 남편으로 뚫린 해변으로 나가는 길을 가리키면서 그리 들어가면 몇 집 있다 한다. 나는 가리키는 대로 발길을 돌렸다. 비릿하기도 하고 고릿하기도 한 냄새가 코를 찌르는 해산물 창고가 드문드문 늘어선 샛골짜기를 빠져서, 이리저리 휘더듬어 들어가니까, 바닷가로 빠지는 지저분하고 좁다란 골목이 나타났다.[99]

이때 눈여겨 볼 것은, 일본인인 소세키가 "중국인들이 남기고 간 고질적인 냄새"와 "깨끗한 것을 좋아하는 일본인綺麗好きの日本人"을 대비하거나, 조선인 논개가 일본인들의 "역한 냄새"를 지적하는 것과 달리, 위와 같이 조선인들을 묘사한 것이 조선인 자신이라는 사실이다. 「목로주점」의 제르베즈가 "사방이 똥물로 가득"한 자기 동네의 더러움을 "얼마든지 얘기할 수" 있었던 것처럼, 또는 박제가가 서울의 더러움을 비판했던 것처럼, 염상섭의 주인공 이인화는 조선 사람의 삶과 환경이 "구더기가 우글우글하는 공동묘지"임을 인정한다. 그리고 조선 민족에게서 나는 "구더기 썩는 냄새"[100]를 조선인으로서 폭로한다. 그는 자기가 "장미 꽃송이에 파묻혀서 강렬한 향기에 취하는 벌레"[101]처럼 "질식"하는 대신 "대기와 절연한

98 이광수, 『흙』, 문학과지성사, 2005, 70쪽.
99 염상섭, 『만세전』, 문학과지성사, 2014, 74~75쪽.
100 위의 책, 125쪽.
101 이는 단눈치오[다눈치오]의 다음 서술을 상기시킨다. "꽃냄새가 너무 강해서, 흔히 그 꽃받침 속에 벌레가 취해 죽어 있는 것을 볼 수 있습니다."(Gabriele D'Annunzio, 문일영 역, 「죽음의 승리」, 『금성판 세계문학 대전집』, 금성출판사, 1992, 55쪽)

무덤 속에서 구더기가 화석化石"[102] 하듯이 "질식"할 것이라고 느끼지 않을 수 없기 때문이다. 즉 기생이 풍기는 "향긋한 기름내 분내"에서도 식민지의 악취를 맡아내는 그는 조선의 사회적, 역사적 현실을 후각적으로 발견한다. 그리고 그로써 소세키와 논개는 물론, 아래 인용에 등장하는 임장화의 환각적인 주인공들과도 구별되는 예민한 후각의 주체가 된다.

> 영희를 꼭 끌어안았다. 여성의 미 가운데 장려한 매력이 있다고 확신하는 나는 그때야말로 끝없는 향락을 경험했다. 그의 부드러운 살과 풋고추와 같은 몸 향기에 나는 전 정신을 다 앗긴 것 같이 생각이 되었다.[103]

> A한테는 알딸딸한 매운 냄새가 나는 것 같다. 그 냄새가 이상하게도 졸음을 재촉하는 수마睡魔와 같이 내 호흡으로 들어올 때는 아뜩해진다. 그리고 새카만 눈과 도라지 꽃 같이 파란 입술을 들여다볼 때는 왜 그런지 소름이 끼친다. 그리고 그 입에다가 키스를 하게 될 것 같으면 매운 독이 묻을 것 같다. 아— 이상도 한 여자다. 나는 언제든지 그 여자한테 죽을 것 같다.[104]

그런데 조선의 현실을 냄새 맡는 일은 식민지인인 이인화가 "하층계급은 냄새가 난다"는 명제를 자기의 것으로 내면화하고 있음을 표시하기도 한다. 그는 "다른 사람"의 악취를 깨닫기 시작한, 아니 "다른 사람"에게 악취를 부여하기 시작한 "다른 사람"이며, 그 점에서 "다른 사람"인 동시에

---

102 염상섭, 앞의 책, 159쪽.
103 임장화, 「악마의 사랑」, 『영대』 (2), 1924.9, 157쪽.
104 임장화, 「처염」, 『영대』 (4), 1924.12, 38쪽.

"다른 사람"이 아니며, "다른 사람"이 아닌 동시에 "다른 사람"이다. 그리고 이 복잡하고 모순적인 정체성은 "점잖은 사람이 수건으로 코를 막는" 것을 관찰했던 임화의 화자에게도 적용된다. 그는 "까만 얼굴"이 "몹시 낯익"기도 하지만, 그와 동시에 "사투리는 매우 알아듣기 어렵다"고 느끼기 때문이다. 이는 일견 우스꽝스러워 보이는 다음 장면의 의의를 알려준다.

진수는 그가 학교 다닐 적의 유일한 일본 친구를 찾았다. 그러나 '겡깡현관'에 나온 조그만 계집애는 그가 외출하고 없다고 말하였다. 그러나 아마 곧 돌아올 겁니다. 들어오셔서 좀 기다려 보시지요. 그러고 싶었다. 그러나 그는, 순간에, 자기의 구녕 뚫린 구두가 저 귀여운 소녀의 손으로 섬돌 위에 가지런히 놓일 것을 생각하고 주저하였다. 그리고 생각이 그의 땀과 때에 절은 양말의, 그 빛깔과 그 냄새에 미쳤을 때, 그는 그만 소녀의 충고를 좇기를 단념하지 않을 수 없었다.[105]

이틀을 굶은 진수는 도움을 청하기 위해 "유일한 일본 친구"를 찾아가지만, 자기의 발 냄새가 부끄러워 부재중인 친구의 방에 들어가 기다리기를 포기한다. 이인화가 조선의 "구더기 썩는 냄새"에 질식할 것 같았듯이, 진수 역시 자기의 냄새를 참을 수 없었으며, 이렇게 자기 몸에서 악취가 난다는 사실을 "일본 친구"에게 알릴 수 없었다. 자기의 악취에도 불구하고 그는 "하층계급은 냄새가 난다"고 생각하는 후각의 주체, 즉 "다른 사람"이 아닌 사람이기 때문이다. 또한 그는 자신이 풍기는 악취로 인해 더

---

105 박태원, 「딱한 사람들」, 『소설가 구보 씨의 일일』, 문장사, 1938, 96쪽.

욱 더 "다른 사람들"과 동일시되지 않기를 원했으며, 아래에 인용된 『상록수』의 동혁처럼 "두엄 썩는 냄새"를 구수하게 느끼려고 노력해야 할 만큼 "값비싼 향수나 장미꽃의 향기"에 익숙한 "지도자"의 위치에 있지도 않았다. 만일 진수가 친구의 방에 들어간다면, 이는 자신이 "다른 사람"임을 노출하는 동시에, 일본인 친구가 두 사람 사이의 "넘을 수 없는 장벽"을 넘어 진수의 발 냄새를 구수하게 생각하는 "지도자"의 태도를 취해 주기를 구걸하는 일이 될 수도 있다.

취미요? 시골 경치에 취미를 붙인다는 것과 농민들과 똑같은 생활을 해가면서 우리의 감각까지 그네들과 같아진다는 것과는 딴판이 아닐는지요? 값비싼 향수나 장미꽃의 향기를 맡아오던 후각嗅覺이, 거름 구덩이 속에서 두엄 썩는 냄새가 밥 잦히는 냄새처럼 구수하게 맡아지게 돼야만, 비로소 지도자로서의 자격이 생길 줄 알아요. 농촌 운동자라는 간판을 내걸은 사람의 말과 생활이, 이다지 동떨어져서야 되겠습니까?[106]

한편 진수의 발 냄새 에피소드와 더불어 고찰할 수 있는 것은, 이효석이 서술한 조선인 남편과 일본인 아내 사이의 "마늘 소동"이다. 식민지인의 아내로서 여러 고통을 감내하고 있음에도 불구하고, 아사미는 마늘 냄새를 풍기며 귀가한 현이 자기에게 가까이 오는 것만은 계속 거부한다. 그녀는 "지독한 깍두기를, 냄새조차 참아가며, 한 젓갈"[107] 먹는 채만식의 스미코와 다르다.

106 심훈, 앞의 책, 42~43쪽.
107 채만식, 「냉동어 2」, 『인문평론』, 1940.5, 155쪽.

"고약한 냄새. 저리 가요. 또 마늘을 먹었군요."

"용서해줘. 그게 나오면 나도 모르게 그만 손이 가거든. 어쩔 수 없어."

마늘 소동은 이게 처음이 아니었다. 현은 가끔 몸에 이상이 생기면 향토 요리가 먹고 싶었고, 그때마다 역한 냄새를 지니고 돌아왔다. 그것이 아사미에게 혐오감을 불러일으킨다는 것을 알고는 있었지만 좋아하는 것이라 어쩔 수 없었다. 몰래 살짝 먹고 와서 용케 아사미의 코를 속이는 경우도 더러 있었지만, 대개는 예민하게 냄새를 맡아서 아주 난처했다. 어쩔 도리가 없는 숙명과도 같은 것이었다.[108]

위의 인용에서 중요한 것은 아내가 남편에게서 나는 마늘 냄새를 "고약한 냄새嫌な句"로 느끼는 점 자체가 아니다. 남편 역시 마늘 냄새를 "역한 냄새はげしい句"로 인정하고 있는 데에서도 알 수 있듯이, 마늘 냄새가 불쾌감을 주는 것은 화학적으로 설명될 수 있는 객관적인 사실이다. 예컨대 "한 여성 고객이 판매원이 마늘을 먹고 자신을 응대한 탓에 현기증이 났다고 소란"을 피운 탓에 그 판매원이 "즉시 해고"[109]되었던 에밀 졸라의 에피소드는 충분한 소설적 개연성을 지니고 있다.

따라서 중요한 것은 이 "고약한 냄새"가 단지 마늘의 냄새가 아니라 "향토 요리"에서 나는 냄새이며, 그것으로 인한 갈등이 "어쩔 수 없는 숙명과도 같은 것どうにもならない、宿命にも似たもの"으로 생각된다는 점이다. 다시 말해 아사미가 조선인 남편에게 "저리 가요. 또 마늘을 먹었군요"라고 말하는 것

---

108 이효석, 송태욱 역, 「엉경퀴의 장」, 『은빛 송어』, 해토, 2005, 110쪽. 원문은 『국민문학』, 1941.11, 120쪽.

109 Emile Zola, 박명숙 역, 『여인들의 행복 백화점』 1, 시공사, 2012, 261쪽.

은, 명순이가 "낼 또 깍두기면 벤또 안 가주 갈 테야", "냄새 난다구, 애들이 으떻게 놀리는지"[110]라고 어머니에게 항변하는 것과는 다른 의미를 지닌다. 명순이나 현과 달리 아사미는 "우리의 입"과 더불어 다음과 같이 탄생한 "깍두기의 딸"이 아니기 때문이다.

그 궂은 새우젓에 맵디매운 고춧가루를 버무려 이 손으로 주물럭주물럭해서 네게 갖다가 준 나나, 또 그 고린내가 풀풀 나는 보기만 해도 눈물이 빠질 그렇게 빨간 깍두기를 먹으며 "참 맛도 좋소" 하는 너나 생각해 보면 우습다. 달콤하고 냄새도 좋은 오므라이스나 가기프라이굴튀김의 맛보다도 그 짜디짜고 맵디매운 깍두기 맛이 그다지 좋단 말이지? (…중략…) 그러면 너는 그 깍두기 맛으로 회생한 너로구나. 오냐. 너는 죽기 전에는 그 깍두기가 네 정신을 반짝하게 해주던 인상을 잊으려야 잊을 수가 없게 되었구나. 왜? 참 남들이 맛있다는 스프나 빵보다도 우리의 입에는 깍두기만치 맛있는 것을 못 보았다. 그리고 라이스카레나 미소시루를 먹어도 깍두기를 마저 먹어야 속이 든든해진다. (…중략…) 오냐. 할멈은 안심한다. 너는 할 수 없이 깍두기의 딸이다.[111]

그러므로 이효석이 묘사한 "마늘 소동"은 "김치는 음식 중에 내셔널 스피릿민족정신"[112]이라는 이광수의 명제를 마주보고 있다. 즉 이 사건은 마늘 냄새 풍부한 식민지인의 김치가 '내셔널 스피릿'이 아니라 '내셔널 스팅크민족 악취, national stink'로 작용할 수 있다는 점, 또는 전자인 동시에 후자

110 박태원, 「사계와 남매」, 『신시대』, 1941.2, 284쪽.
111 나혜석, 「회생한 손녀에게」, 『나혜석전집』, 푸른사상, 2001, 175~176쪽. 표기는 인용자가 수정함.
112 이광수, 『흙』, 문학과지성사, 2005, 42쪽.

이며 전자일수록 후자로 느껴질 수 있음을 암시한다. 적어도 아사미에게 조선인 남편의 마늘 냄새는 소세키를 괴롭힌 중국인들의 "고질적인 냄새"와 다르지 않다. 그것은 음식의 냄새가 아니라 민족의 냄새다. 이를테면 아사미는 아래 인용문에서 서술되는바, "그리스 부랑자들"의 "마늘 냄새"에 "불쾌"해 하는 로마인이다.

> 너도 아마 네로가 네아폴리스에서 무대에 섰다는 소문은 들었겠지? 네 아폴리스와 인근 도시에서 그리스의 부랑자들을 모조리 끌어 모았기 때문에 불쾌한 마늘 냄새와 땀 냄새가 검투장에 가득 찼었지. (…중략…) 카르타고의 원숭이 떼들도 거기 모인 야만스러운 무리처럼 그렇게 요란하게 소리를 지르지는 않을 테니까. 마늘 냄새가 무대까지 풍겨왔다는 것도 말해야겠구나.[113]

즉 "마늘 소동"은 현과 아사미의 결혼, 그리고 이들의 일상생활이 제국과 식민지의 권력관계를 기초로 한다는 사실을 드러낸다. 술집의 여급女給 출신임에도 불구하고 아사미는 제국의 국민인 것이다. 따라서 남편이 조선 음식을 아내 "몰래 살짝" 먹은 것, 그리고 이에 대해 "저리 가요"라고 하며 징벌을 내리는 아내에게 "용서"를 구하는 것은 상징적이다. 현은 "아사미의 코"라는 일종의 후각적 감시 속에 살고 있으며, 따라서 진수가 자기의 발 냄새 때문에 "일본 친구"의 방에 들어가지 못했던 것처럼, 현 역시 "예민하게" 냄새를 맡는 아내 곁에 가까이 갈 수 없다. 더 나아가 "아사미의 코"를 그녀의 남편으로서 긍정하고 내면화한 그는 "몰래 살짝 담근

---

113 Henryk Sienkiewicz, 최성은 역, 『쿠오바디스』 1, 민음사, 2005, 291쪽.

김치"를 "그 심한 냄새" 때문에 "몰래 버려"[114] 버리는 일도 하게 될 터이다. 블로흐가 말하듯이 "싫어하는 냄새가 파경의 원인"[115]이 될 수 있기 때문이다.

그러므로 아사미가 현을 떠나 구마모토로 가버린 것은 '여희麗姬'와 현의 혼담 때문만은 아니다. 아래의 텍스트가 논의하듯이 현은 "냄새로 정체를 드러낸" 존재다. 아무리 아사미와 같이 살지언정, 그리고 조선 명문가의 딸과 결혼할 자격을 가졌을지언정, "향토 요리"의 "악취"로 "불쾌감을 조장하는" 현의 정체는 식민지인이다. 진수와 마찬가지로 현은 자기에게조차 "낯선 사람"이며, 따라서 "집안사람"이 아닌 그는 아사미와 "키스"하는 "평화"를 계속 누리지는 못했던 것이다.

> 집안사람이 아닌 낯선 사람은 냄새로 정체를 드러낸다. 그에게서는 "악취가 난다." 그의 냄새는 (키스에서의) 접촉에로 초대받지 못하고 충돌을 야기시킨다. 실상 "악취를 풍기다stinken"라는 말은 원래 코를 "찌르다", "쾅 치다"라는 의미이다. "악취 나는 자", 즉 "구린내를 풍기는 자"는 "불쾌감"을 조장하는 반면에, "키스하는 자", 그리고 키스하는 "가운데" 키스 "자체"를 맛보는 자는 바로 "평화"의 신호를 보내는 것이다.[116]

---

114 이효석, 송태욱 역, 「가을」, 『은빛 송어』, 해토, 2005, 82쪽. "한번은 아파트에서 사람들 몰래 살짝 김치를 담근 적이 있습니다. 이삼 일 지나 마침 맛이 들었을 때쯤 뚜껑을 열자 예의 그 심한 냄새가 났습니다. 이웃들에게 송구스러워 할 수 없이 항아리 째 그대로 몰래 버려버렸습니다."
115 Stephen Kern, 이성동 역, 『육체의 문화사』, 의암출판, 1996, 75쪽.
116 Otto F. Best, Wolfgang M. Schleidt, 차경아 역, 『키스의 역사』, 까치, 2001, 124쪽.

6. 냄새의 도덕화

한편 냄새는 종종 도덕이나 선악과 연결되기도 했다. 예컨대『대학』은 "악을 싫어함은 악취를 싫어함과 같다"[117]고 했으며,『명심보감』은 "선인善人"에게서 "지란芝蘭"의 향기가 난다면, "불선인不善人"으로부터는 생선 가게의 "나쁜 냄새"[118]가 난다고 비유했다. 라블레는 "방귀"의 "고약한 냄새"를 "백 마리 악마들"[119]과 연결시켰으며,『숙종실록』은「한산시寒山詩」에도 언급되는 "훈유薰蕕"를 논하며, "군자와 소인은 마치 향기 있는 풀과 냄새 나는 풀 같고 얼음과 숯불 같아서 한 그릇에 같이 담을 수 없다"[120]고 기록하기도 했다. 앞서 말한바, 북곽 선생의 행실을 구린 내에 빗대어 질타하는「호질」의 예 역시 이에 속한다.

그런데 '냄새의 도덕화'라고나 할 만한 이러한 일을 시도한 대표적인 한국 근대소설은 이광수의「사랑」이다. 그리고 그 일은 K박사의 연구를 떠오르게 하는 과학적 탐구를 통해 수행된다. 이 소설의 주인공 안빈 박사는 공포, 분노, 슬픔 등이 동물에 일으키는 생리적 반응을 실험한 결과, 이상이 교미하는 개들에게서 맡았던 "생 비린내"와도 비슷한, "비린내에 가까운 냄새"를 "실험용 동물들이 암내를 냈을 때에 채취한 혈액"에서 포착한다. 더 나아가 그는 이 "비릿비릿한 유황과 암모니아의 냄새"가 "광포

---

117 성백효 역주,『현토완역 대학, 중용 집주』, 전통문화연구회, 1991, 33쪽. "惡惡則如惡惡臭"
118 『명심보감』, '교유편' : "子曰與善人居如入芝蘭之室久而不聞其香卽與之化矣與不善人居如入鮑魚之肆久而不聞其臭亦與之化矣丹之所藏者赤漆之所藏者黑是以君子必愼其所與處者焉"
119 François Rabelais, 유석호 역,『가르강튀아와 팡타그뤼엘』, 문학과지성사, 2004, 370쪽.
120 『숙종실록』, 숙종 1년 4월 25일. http://sillok.history.go.kr 참조. "而君子小人, 比猶薰蕕, 氷炭, 不可同器"

성"을 촉발시키는 "아모로겐Amorogen"이라는 물질에서 비롯된다는 사실을 깨닫는 한편, "성적인 애정"의 "광포성을 제거한" "어미 개"의 사랑에서는 "맑고 그윽한 향기"가 나는 "아우라몬Auramon"을 발견한다. 그는 다음과 같이 고찰한다.

성적인 애정을 경험한 동물의 혈액에서 검출되는 아모로겐에서는 다량의 유황과 암모니아를 본다. 이것이 그 혈액에 자극성이면서 약간 불쾌감을 주는, 비린내에 가까운 냄새를 발하게 하는 원인인 듯하다. 새끼에게 젖을 먹이고 그 몸을 핥아주고 있는 어미 개의 혈액에서 검출되는 아모로겐에서 극히 소량의, 겨우 형적이나 있다고 할 만한 유황 질과 암모니아 질이 있을 뿐이요, 금 이온이 현저히 증가함을 본다. 그리고 그 혈액에서는 비린내와 같은 자극적인 악취가 없고 심히 부드러운 방향을 발할 뿐이다.[121]

이때 「사랑」이 강조하는 것은 "아모로겐"의 사랑을 극복해 "아우라몬"의 사랑으로 나아가야 한다는 점이다. 따라서 안빈 박사를 사랑할 뿐 아니라 그를 닮고자 하는 순옥은 "내가 안 선생을 대할 때의 내 혈액에 생기는 것이 아모로겐일까, 아우라몬일까. 그것은 아모로겐일 리는 없다"라고 자문자답하면서, "부정한 욕심"이 없이 "자비심만을 가진 성인聖人의 혈액"으로 충만하기를 희망한다. 즉 그녀는 "사랑과 욕심을 가를 수 없음은 술에서 향취를 가릴 수 없음과 같으며 꽃에서 향기를 없앨 수 없음과 일반"[122]이라는 생각과 정반대의 입장을 취한다. 그녀는 "부드러운 촉감"과 함께

121 이광수, 「사랑」, 『이광수전집』 10, 삼중당, 1962, 43쪽.
122 이효석, 「천사와 산문시」, 『이효석전집』 2, 창미사, 1990(2쇄), 34쪽.

"피의 향기가 나의 전신을 후끈하게"[123] 함을 느끼는 이효석의 화자들과는 다르게, 또는 "당신의 사상보다도 저는 강해요", "저의 살 냄새는 당신의 내부에서 하나의 세계를 무너뜨릴 수도 있는 힘을 가지고 있어요!"[124] 라고 하는 "음욕의 화신" 이폴리타와는 정반대로, "피를 영원히 아우라몬의 상태로 유지"하기 위해 "피 흐르는 싸움"[125]을 계속한다. 그녀는 "타락은 하였든 말든 간에 아담 때부터 좋아하던 능금"의 "그리운 옛 향기"[126]에 취하는 대신, "아우라몬"의 "맑고 그윽한 향기"를 따라 "진화의 한량없는 계단"[127]을 밟아 올라가는 일에 몰두한다. 그리고 "고아를 위하여서 일생"을 바친 에른스트 수녀와 "간호부의 생활로 일생"을 바친 에카르트 수녀가 향수를 뿌리지 않아도 "저절로 하늘의 향기"[128]를 뿜는다는 것을 깨닫는다. 따라서 이렇게 "탐욕을 끊은 몸에서 빛과 향기를 발한다는 것"에 집착하는 그녀에게 인원이의 아래와 같은 농담은 농담에 그치지 않는다.

"됐어 인제, 인제 정말 여왕이신데. 형, 허영 씨가 웬 복이야, 조런 것을 옮아가게. 자, 인젠 향수나 좀 뿌려."

"향수가 어디 있수?"

"향수두 없어? 그럼 아우라몬이나 좀 피우라구. 오늘은 안피노톡신 넘버 스리 냄새는 아니 피우는 거야. 알아 있어?"[129]

---

123 이효석, 「오리온과 임금」, 『이효석전집』 1, 창미사, 1990(2쇄), 267쪽.
124 Gabriele D'Annunzio, 문일영 역, 앞의 책, 313쪽.
125 이광수, 「사랑」, 앞의 책, 181쪽.
126 이효석, 「북국점경」, 『이효석전집』 1, 창미사, 1990(2쇄), 243쪽.
127 이광수, 「사랑」, 앞의 책, 41쪽.
128 위의 책, 444쪽.
129 위의 책, 266쪽.

요컨대 "관세음보살님의 화신"[130]이라고 평가되는 순옥에게는 향수가 필요치 않다. 그녀의 향수는 "아우라몬"이기 때문이다. 그리고 이러한 순옥의 성취는 안빈이 "예전 안빈 병원의 그것보다도 더욱 밝고 더욱 맑고 더욱 따뜻하고 더욱 향기로운"[131] 요양원을 완성하는 일과 짝을 이룬다. 그 요양원에 사는 사람들은 "모두 부드러운 금빛과 향기로운 연꽃 바람 속에 있는 것"[132] 같이 느껴지거니와, 이는 어린 시절의 이광수에게 풍기기 시작한 "인생의 향기"[133]가 도달한 소설적 결론인 듯도 하다. 요양원의 사람들은 "깨끗한 향내"를 풍기는 "영혼의 동무"들인 것이다.

하지만 문제는 순옥의 남편인 허영에게서 이 "인생의 향기"와는 다른 냄새, 즉 "아모로겐"의 냄새가 풍긴다는 것이다. 허영은 "젊은 살 냄새"[134]를 쫓아다닌다. 그는 에밀 졸라의 나나가 도취되었던 "불경한 밤의 냄새"[135]에서 벗어나지 못한다. 더 나아가 그는 "순옥의 입에다가 술 냄새나는 입"[136]을 비비거나, 이부자리에 "누렇고 고약한 냄새가 나는 것"을 토해 놓고는, "끊임없이 악취"[137]를 내뿜으며 코를 골기도 한다. 채만식의

130 위의 책, 422쪽.
131 위의 책, 459쪽.
132 위의 책, 459쪽.
133 이광수, 「인생의 향기 4」, 『영대』 (4), 1924.12, 57쪽. "달 아래서 분홍 치맛자락을 나풀나풀하던 인상이 일종의 옛날 옛날 기억 모양으로 희미한 향기를 가지고 피어오를 뿐이외다. 그러나 그는 결코 나와 아무 상관이 없는 사람이 아니외다. 전생의 전생부터 무슨 연분을 가진 사람인 것이 분명합니다. 비록 삼사 시간밖에 만나본 일이 없건마는 그는 나에게 기쁨을 주었고, 내 어린 영혼을 흔들어 주었고 삼사 년 동안 내 외로운 영혼의 동무가 되어 주었고 일생에 나의 가슴속에 깨끗한 향내가 되어 두고두고 나의 일생을 향기롭게 하는 사람이 되었습니다."
134 이광수, 「사랑」, 앞의 책, 266쪽.
135 Emile Zola, 박명숙 역, 『목로주점』 2, 문학동네, 2011, 208쪽.
136 이광수, 「사랑」, 앞의 책, 272쪽.
137 위의 책, 274쪽.

표현을 빌려 말하면, "사람의 혈관을 다녀나온 알콜 냄새만 그득히" 피워 놓는 허영으로 인해 순옥이라는 "한 포기의 난"이 "꽃을 지니고 고요한 향기를 풍겨도 아무 생색이 나지 않는"[138] 것이다. 허영은 홀로 있는 정선의 방에 "담배 냄새"[139]를 남기고 간 「흙」의 갑진과 한패인 셈이다.

이때 흥미로운 것은 똥 냄새의 근원인 스캇톨 반응을 화학적 작용으로만 생각하는 K박사와는 다르게, 안빈 박사가 "아우라몬"과 "아모로겐"이 풍기는 냄새에 각각 선과 악의 도덕적 의미를 부여한다는 점이다. K박사의 똥이 윤리나 도덕의 냄새를 풍기지 않는 것이었다면, 안빈의 "아우라몬"과 "아모로겐"은 둘 다 도덕적 가치판단의 냄새에 찌들어 있다. 안빈에게 "구리다거나 고리다는 말로는 도저히 그 백분지 일도 형언할 수 없는 지독히 흉악한" "취소"의 냄새는 화학 물질의 냄새이기보다는 인간의 "욕심 썩어지는 냄새"다. 안빈은 그것을 "더러운" 것으로 규정한다.

순옥은 저도 모르게 손으로 코를 막았다. 구리다거나 고리다는 말로는 도저히 그 백분지 일도 형언할 수 없는 지독히 흉악한 냄새다.

"취소臭素다!" (…중략…)

"이 취소는 모든 원소 중에 제일 냄새가 고약한 원소다. 그러므로 우주 안에 가장 냄새 고약한 물건인데, 이를테면 악한 사람의 욕심 썩어지는 냄새라고나 할까. 너희들의 마음에서 일생 취소가 발생하지 않도록 주의해." 하던 것도 기억되고, 또 오늘 월미도에서 허영이가 이 취소를 발생하느라고 애쓰던 모양을 생각할 때에 순옥은 쓰디쓴 웃음을 금할 수 없었다. (…중략…)

---

138 채만식, 「금의 정열」, 『채만식전집』 3, 창작사, 1987, 195쪽.
139 이광수, 『흙』, 문학과지성사, 2005, 420쪽.

"순옥이, 고맙소. A1에서 내가 기다리던 것을 찾았소. 애욕의 번민 속에 반드시 있으리라고 상상하였던 취소를 찾았소. 역시 애욕에서 오는 번민이라는 건 더러운 게야. 냄새 고약한 게구. 순옥이 고맙소."[140]

그렇다면 안빈의 아내 옥남은 허영과 잘 비교된다. 폐병에 걸린 그녀는 "남편이나 자식들에게 향내 나는 몸은 못 보이더라도 숭헌 냄새 나는 몸은 어떻게 보여?"[141]라고 말한다. 그녀는 병실의 문을 모두 열고 "방바닥이며 교의며 문손잡이며, 무릇 사람의 손이 닿을 만한 곳" 모두에 "리솔 걸레질"[142]을 해 줄 것을 순옥에게 부탁한다. 그리고 "순옥이, 인제 냄새 좀 맡아 보아요"라고 하며 냄새가 사라진 것을 확인하고자 한다. 그녀는 죽기 직전까지도, 자기 몸에서 냄새가 날까봐 걱정하는 자취증自臭症, bromidrosiphobia 환자의 태도를 보인다.

"나 타구 갈 것이 밖에 왔나 봐," (…중략…)

"그리구— 이 머리— 머리두 좀 빗겨 주구. 몸에서 온통 냄새가 나서"하고 쿵쿵 냄새를 맡아 본다. (…중략…)

"내 몸에서 냄새 안 나?"

"안 납니다."

"내 얼굴이 무섭지?"

"왜 무서웁니까?"

---

140 이광수, 「사랑」, 앞의 책, 64~65쪽.
141 위의 책, 215쪽.
142 위의 책, 216쪽.

"뚱뚱 부어서."

"그렇게 대단히 부으시지 않았어요."

"분명 내 얼굴이 무섭지 않어?"

"아무렇지두 않으십니다."

"냄새두 안 나구?"[143]

그런데 중요한 것은 옥남이 "공기 속에 균두 다 나갔을까? 그것이 어린 것들헌테 묻으면 어떻게 해?"라고 걱정하면서 냄새를 질병의 전염과 연관시킬 뿐 아니라, "죄 없는 사람은 죽어서 송장에서도 냄새가 안 난다"고 말하며 냄새와 죄를 동일시하기도 한다는 점이다. 그리고 후자야말로 옥남이 마지막까지 자기 몸에서 악취가 날 것을 두려워한 진짜 이유다. 그녀에게 "리솔 걸레질"은 세균과 함께 죄도 닦아내는 행위이다. 이효석의 표현을 빌리면, 그녀는 "갖은 비밀을 다 가진 몸 냄새"[144]를 제거하고 싶었던 것인지도 모른다. 옥남은 "영세 의식은 기독교도가 단 한 번만 목욕을 해야 한다는 것을 의미"[145]하며, "몸의 때는 하나의 덕목"이라고 생각했던 서양 중세의 수도승들과 달리 위생적으로 종교적이었다.

이렇게 「사랑」은 냄새를 도덕과 결부시키는 데에서 한 걸음 더 나아가 냄새에 종교적인 의의조차 부여한다. 안빈 박사가 "아우라몬"을 "자비의 표상"으로 부른 것은 그 때문이다. 따라서 "리솔 걸레질"을 통해 옥남은 자기가 안빈 의학박사의 영원한 아내임을 선언한 셈이다. 아니, 그녀는 아

143 위의 책, 228~229쪽.
144 이효석, 「화분」, 『이효석전집』 4, 창미사, 1990(2쇄), 74쪽.
145 Jacques Le Goff, 유희수 역, 『서양중세문명』, 문학과지성사, 1992, 423쪽.

사미와 "마늘 소동"을 벌인 현처럼 냄새 때문에 배우자와 싸우고 싶지 않았는지도 모른다. 안빈이야말로 병감病監의 죄수들을 아래와 같이 묘사하는 「무명無明」의 화자만큼이나 대단히 종교적인 동시에 지극히 냄새에 예민한 사람이었기 때문이다.

> 정은 윤의 입김이 싫다 하여 꼭 내편으로 고개를 향하고 자고, 나는 반듯이 밖에는 누울 수 없는 병자이기 때문에 정은 내 왼편 귀에다가 코를 골아 넣었다. 위확장 병으로 위 속에서 음식이 썩는 정의 입김은 실로 참을 수 없으리만큼 냄새가 고약한데, 이 입김을 후끈후끈 밤새도록 내 왼편 뺨에 불어 붙였다. 나는 속으로 정이 반듯이 누워 주었으면 하였으나 차마 그 말을 못 하였다. 나는 이것을 향기로운 냄새로 생각해 보리라, 이렇게 힘도 써 보았다. 만일 그 입김이 아름다운 젊은 여자의 입김이라면 내가 불쾌하게 여기지 아니할 것이 아닌가? 아름다운 젊은 여자의 뱃속엔 들 똥은 없으며 썩은 음식은 없으랴?[146]

화자가 관찰하는 윤, 민, 정 등의 잡범들은 사기, 방화, 공갈 등을 저지른 죄수들일 뿐 아니라, "위 속에서 음식이 썩는" "고약한" 냄새를 풍기는 환자들이기도 하다. 화자의 표현을 빌리면, 그들은 "입으로 똥 싸는 더러운 병자"[147]들이다. 이때 소설이 말하고자 하는 것은 그들이 풍기는 악취가 육체적인 질병뿐 아니라 그들이 저지른 죄악에서도 유래하며, 궁극적으로는 "탐진치貪瞋癡"의 삼독三毒에서 기원한다는 점이다. 그들은 법률상의 범죄자인 동시에 불교적인 "무명無明"에서 벗어나지 못한 채 서로 미워하

---

146 이광수, 「무명」, 『이광수전집』 6, 삼중당, 1962, 468쪽.
147 위의 책, 483쪽.

고 욕심내고 싸운다는 점에서도 죄수이자 환자이며, 불쾌한 냄새는 그 사실에서 비롯된다. 그렇기 때문에 그들과 똑같이 뱃속에 "똥"과 "썩은 음식"을 가지고 있음에도 불구하고 "아름다운 젊은 여자"는 그들과 전혀 다른 냄새를 풍길 것이라고 상상되는 것이다.

따라서 어리석은 중생衆生에 불과한 그들은 "하층계급은 냄새가 난다"는 말로 문제시되는 사회학적 고찰의 대상이 아니다. 또한 그들은 "다른 사람들", 즉 식민지인으로서 파악되지도 않는다. 이들에 대한 「무명」의 시각은 차라리 "거짓 신을 섬기는 자들 모두가, 한결같이 내겐 좋지 않은 냄새를 풍긴다"[148]고 말하는 짜라투스트라를 상기시킨다. 요컨대 이광수가 말하는 "향기로운 냄새"와 "고약한" 냄새는 모두 감각보다 관념에 가깝다는 점에서, 그리고 "하층계급"과 "다른 사람들"의 문제를 종교적으로 "초극"하려 한다는 점에서 동일한 냄새를 풍긴다.

그러므로 「무명」이 묘사하는 감옥의 악취는 김동인이 서술한바, 3·1운동으로 인해 투옥된 사람들로부터 발산되는 감방 안의 온갖 "역한 내음"과는 다르다. 「태형」에서 풍기는 냄새들은 범죄나 도덕적 악과 무관할 뿐만 아니라 오히려 민족을 위한 일에 참여한 사람들로부터 나는 것이기 때문이다. 즉 일종의 선善을 실천한 사람들에게서 안빈이나 순옥이 기대하는 "하늘의 향기"는커녕 "똥오줌 무르녹은 냄새"밖에 풍기지 않는다는 점에서, 그 "똥오줌 무르녹은 냄새"는 철저히 후각과 후각적 고통 자체만을 환기하는 것이다. 다시 말해 아래의 묘사는 "지금 그들의 머리에는 독립도 없고, 자결도 없고, 자유도 없고" 단지 "냉수 한 모금밖에 없었다"[149]는

---

148 Friedrich W. Nietzsche, 최승자 역, 앞의 책, 90쪽.
149 김동인, 「태형」, 『김동인전집』 1, 조선일보사, 1987, 212쪽.

판단과 잘 어울린다.

똥오줌 무르녹은 냄새와, 살 썩은 냄새와 옴 약 내에, 매일 수 없이 흐르는 땀 썩은 냄새를 합하여, 일종의 독 와사를 이룬 무거운 기체는 방에 가라앉아서 환기도 되지 않는다. 우리의 피곤하여 둔하게 된 감각으로까지 깨달을 수 있는 역한 내음이었다. 간수들이 가까이 와서 들여다보지 않는 것도 당연한 일이다.[150]

즉 위의 장면이 묘사하는 후각은 허영이 "벌떡 일어나서" "순옥의 옷들"을 끌어내린 후 "그것을 두 손으로 뭉쳐서 가슴에 안았다가는 코에 대고 쿵쿵" 냄새 맡은 일과 상통한다. 그 무엇보다도 감각 자체가 작용한다는 점에서 김동인이 묘사한 "똥오줌 무르녹은 냄새"나 "살 썩은 냄새" 등은 허영의 코로 "물씬물씬 들어온" 순옥의 "비누 냄새 섞인 살 냄새"[151]와 가깝기 때문이다. 이렇게 허영은 순옥의 육체적 남편으로서 "냉수 한모금"을 마시고자 했다. 하지만 그러했기 때문에, 그는 아래와 같이 "정선의 향기"에 탐닉했던 허숭과는 달리 순옥과 이혼할 수밖에 없었다. 정선이 갑진의 아이를 낳았다면, 순옥은 안빈의 "아우라몬"에 취해 있었기 때문이다.

숭은 미친 듯이 일어나서 정선의 베개를 내려 그 약간 때 묻은 데에 코를 대고 정선의 향기를 맡았다. 그러고는 벽에 걸린 정선의 옷을 벗겨서 향기를 맡고 또 가슴에 안았다.[152]

---

150 위의 책, 218쪽.
151 이광수, 「사랑」, 앞의 책, 386쪽.
152 이광수, 『흙』, 앞의 책, 2005, 432쪽.

7. 지문 냄새와 지폐 냄새

그런데 허숭과 허영이 옷이나 베개에서 부재중인 정선과 순옥의 냄새를 맡는 에피소드는 다야마 가타이田山花袋의 「이불蒲団」1907을 떠오르게 한다. 이 소설의 화자인 도키오는 요시코를 제자로 받아들인 후 "고독한 생활"에서 벗어날 뿐 아니라, "사랑에 사제의 구별이 있다니 말이 되는가"[153]라는 생각도 하게 된다. 그러나 요시코는 다나카라는 남학생과 사귀게 되며, 이를 질투한 도키오는 "그들의 사랑에 대한 '온정어린 보호자'"[154]가 되는 대신 요시코를 귀향시킴으로써 그녀를 "경쟁자의 손에서 아버지의 손으로 옮겨"[155] 놓는다. 그리고 그녀의 방에 들어가 "요시코가 늘 사용하던 이불"이나 "리본" 등에 남은 요시코의 냄새를 맡으며 우는 것이다.

도키오는 책상 서랍을 열어 보았다. 머릿기름이 밴 오래된 리본이 그 안에 버려져 있었다. 도키오는 그것을 집어 냄새를 맡았다. 잠시 후 일어나서 장지문을 열어 보았다. 커다란 버들고리짝 세 개가 가는 삼노끈으로 곧 보낼 짐처럼 묶여 있고, 그 맞은편에, 요시코가 늘 사용하던 이불-연두 빛 당초무늬의 요와 솜이 두툼하게 들어간 같은 무늬의 요기夜着가 포개져 있었다. 도키오는 그것을 꺼내었다. 여자의 그리운 머릿기름 냄새와 땀 냄새가 말할 수 없이 도키오의 가슴을 설레게 했다. 요기의 비로드 동정이 눈에 띄게 더러운 곳에 얼굴을 갖다 대고, 마음껏 그리운 여자의 냄새를 맡았다.

153 田山花袋, 오경 역, 『이불』, 소화, 1998, 44쪽.
154 위의 책, 81쪽.
155 위의 책, 116쪽.

성욕과 비애와 절망이 홀연히 도키오의 마음을 엄습했다. 도키오는 그 요를 깔고, 요기를 덮고, 차갑고 때 묻은 비로드 동정에 얼굴을 묻고 울었다.[156]

위의 장면에서도 알 수 있는 것처럼 후각은 이 소설의 결정적 감각이며 냄새 맡기는 이 소설의 핵심적 행동이다. 실로 도키오는 요시코가 떠나기 전부터도 그녀의 침구에서 나는 "여자의 잔향殘香으로" 인해 "야릇한 기분"[157]을 느꼈으며, 그녀에게 투르게네프의 「파우스트」를 가르칠 때는 "형용할 수 없는 향수 냄새, 몸 냄새, 여자의 향기"[158]로 인해 목소리가 심하게 떨리기도 했던 것이다.

또 한 가지 지적할 것은 옷이나 이불 같이 만질 수 있는 사물들과 달리, 거기에 밴 냄새는 그 붙잡을 수 없음으로 인해 여성들의 부재를 더욱 절실히 느끼게 할 것이라는 점이다. 냄새는 후각적으로 작용할 뿐 아니라 존재에 대한 기억과 그리움을 일깨운다. 그것은 흔적을 감각적으로 성립시키며, 부재로서의 존재를 증언한다. 따라서 그러한 현상은 노자영이 서술한 바 "자기의 팔 위에 아직도 혜자의 살 냄새가 남아 있는 듯하였고, 자기의 뺨 위에 아직도 혜자가 주던 '키-스'의 향기가 떠도는 듯"[159]한 경지를 넘어, 아래와 같이 아내에게서조차 기생 춘심이의 "야릇한 향기"를 맡는 사태를 초래하기도 한다.

그 고소한 머리 기름 냄새를, 아내의 머리에서 맡기도 하였다. 그 야릇한 향

---

156 위의 책, 126쪽.
157 위의 책, 58쪽.
158 위의 책, 13쪽.
159 노자영, 「반항」, 『사랑의 불꽃 반항(외)』, 범우사, 2009, 26쪽.

기를, 나의 소매에서 느끼기도 하였다. 그의 소리, 살, 냄새는, 벌써 그의 전유물이 아니고, 낱낱이 나의 속 깊이 잠겨 있는 듯하였다.[160]

따라서 위와 같은 착각은 위 소설의 주인공이 "비슷비슷한 기생"들이 모여 있는 극장의 대기실에서 "그야말로 계집 냄새가 날 지경"이라고 생각하는 일, 즉 "향기는 그만두고 썩어가는 몸과 마음의 송장 냄새"로 인해 "일종의 공포, 구역"[161]을 느끼는 일과 대비된다. 그리고 이는 여러 기생들로부터 엄청나게 냄새가 난다는 양적인 문제나 화류계에 대한 도덕적 판단에만 연관되는 것은 아니다. 그보다 중요한 것은 주인공이 기생 일반이 아니라 춘심이라는 특정한 인물을 사랑한다는 점이다. 즉 "고소한 머리 기름 냄새"는 후각 자체보다는 춘심에 대한 기억과 관련된다. 주인공은 그녀를 그리워하는 것이다. 이상이 말하는 "묘한 머릿기름 내" 역시 이 그리움과 무관하지 않다.

이 베개는 이인용이다. 싫대도 자꾸 떠맡기고 간 이 베개를 나는 두 주일 동안 혼자 비어 보았다. 너무 깊어서 안 됐다. 안 됐을 뿐 아니라 내 머리에서는 나지 않는 묘한 머릿기름 내 때문에 안면安眠이 적이 방해된다.

나는 하루 금홍이에게 엽서를 띄웠다.

"중병에 걸려 누웠으니 얼른 오라"고.[162]

---

160 현진건, 「타락자 4」, 『개벽』, 1922.4, 25쪽.
161 현진건, 「타락자 3」, 『개벽』, 1922.3, 46쪽.
162 이상, 「봉별기」, 『여성』, 1936.12, 46쪽.

그렇다면 춘심과 금홍의 머릿기름 냄새는 이효석으로 하여금 "문득 아내의 생각이 나면서 목이 막혀" 흐느끼게 했던 "커피 냄새"[163]와도 일맥상통한다. 즉 특정 인물에 대한 기억과 그리움을 매개한다는 점에서 이 냄새들은 바슐라르가 말하는 "옛날의 냄새에 대한 추억"에 가까운 반면, 모르는 남자를 따라온 「천변풍경」의 금순이가 여인숙의 "못에 걸린 남자 속옷"에서 맡은 "야릇한 냄새"와 구별된다. "머리가 어찔하여지는" 그 냄새는 단지 "사내"의 냄새이기 때문이다.

> 망연히 밖의 어둠을 바라보고 있었을 때, 문득 뜻하지 않고 불어드는 천변 바람에, 강렬하게도 풍겨지는 바로 들창 옆, 못에 걸린 남자 속옷의 '냄새'가 그의 코를 놀래었다. '사내'의 때와 땀과 기름이 한데 뒤범벅이 되어 풍기는 냄새—, 그것만으로도 금순이는 거의 머리가 어찔하여지는 것을 느끼며, 어느 틈엔가 호흡은 급하고 가슴은 뛰는 것에 스스로 놀라, 그는 순간에 얼굴을 붉혔다. 거의 기계적으로 주위를 둘러보고, 황급하게 들창을 꼭 닫고, 그리고 잠깐 어찌할 바를 모르다가, 다음에 얼빠진 사람같이 그 헌 와이셔츠에다 얼굴을 갖다 대고, 그 야릇한 냄새를 좀 더 즐겼다······[164]

금순이가 낯선 사내의 와이셔츠에 얼굴을 대고 거기서 풍기는 냄새를 즐기는 것은 허영이 순옥의 옷에서 "비누 냄새 섞인 살 냄새"를 맡는 것보다 훨씬 더 육체적 욕망 자체에서 비롯된 행위다. 처음 만난 이 남자는 금순에게 기억이나 그리움의 대상이 될 수 없는 것이다. 물론 결혼에 실패한

---

163 이효석, 「일요일」, 『이효석전집』 3, 창미사, 1990, 204쪽.
164 박태원, 『천변풍경』, 박문서관, 1938, 181쪽.

젊은 그녀로서는 "사내"의 냄새 자체가 그리울 수는 있다. 그리고 그 냄새는 아래 인용이 말하는바 암내, 지린내, 비린내, 기름내, 마늘 내, 입내, 겨드랑 내, 불결한 정조 내 등이 제거된 "순수한" 냄새가 아니라, "사내의 때와 땀과 기름이 한데 뒤범벅이 되어 풍기는 냄새"다.

　　〈ROBIN〉 양복 가게에 걸린 어린이 양복에서는 어린 아이 냄새가 났었고 여자 옷에서는 여자 냄새가 났었다.
　　암내 지린내 비린내 젖내 기저귀 내 부스럼딱지 내 시퍼런 코 내 흙내가 아주 섞이지 아니한 순수한 어린 아이 냄새가 있을 수 있고 기름내 분내 크림 내 마늘 내 입내 퀴퀴한 내 노르끼한 내 심하면 겨드랑 내 향수 내 앞치마 내 부뚜막 내 세숫대야 내 자리옷 내 배게 내 여우목도리 내 불건강한 내 혈행병血行病 내 혹은 불결한 정조 내 그러그러한 냄새가 통히 아닌 고귀한 여자 냄새가 있을 수 있는 것이니 그것이 얼마나 신선하고 거룩한 것일까.
　　적어도 연잎 파릇한 냄새에 비길 것이로다. 〈ROBIN〉 양복 가게가 흥성스럽던 것은 이러한 귀한 냄새를 풍길 수 있는 옷을 지어 걸고 팔고 하는 데 있었던 것일지도 모른다.
　　그러나 어린이나 여자의 알맹이가 아직 들이끼우기 전의 다만 옷감에서 오는 냄새란 실상 우스운 것이 아닌가.[165]

　아내가 입었던 옷에서 아내의 냄새를 맡는 허숭과 허영 또는 알지 못하는 사내의 옷에서 "야릇한 냄새"를 맡는 금순과 달리, 정지용은 "양복 가

165　정지용, 「다방 〈ROBIN〉 안에 연지 찍은 색시들」, 『정지용전집』 2, 민음사, 1991, 163~164쪽.

게"에 걸려 있는 "어린이 양복"과 "여자 옷"에서 "어린아이 냄새"와 "여자 냄새"를 감각한다. 그는 생활에서 오는 온갖 냄새가 제거된 "순수한 어린 아이 냄새"와 "고귀한 여자 냄새"의 가능성을 아무도 입지 않은 옷을 통해 상상하면서, 그 추상된 냄새를 "어린이나 여자의 알맹이가 아직 들이끼우기 전의 다만 옷감에서 오는 냄새"라고 정의한다. 따라서 위와 같은 관찰은 이효석이 "살 냄새 나는 비단 양말"[166]을 묘사하는 것과 비교된다. 비단 양말의 살 냄새는 비단 양말을 신은 다리가 주는 감각, 즉 "알맹이"가 들어간 후의 감각에서 비롯된 것이기 때문이다.

그러나 정지용이 말하는 "옷감에서 오는 냄새"는 옷감이라는 물질 자체의 냄새도 아니다. 그것은 이상이 「날개」에서 열거한 "비웃 굽는 내 탕고도-란[167] 내 뜨물 내 비누 내"[168] 등과 같은 사물의 냄새가 아니라 아직 팔리지 않은 신상품의 냄새이며, 그런 의미에서 화폐 교환으로써 "여자 옷"과 "여자"를 관계 맺게 하는 시장 시스템을 환기한다. 더 나아가 그 누구의 체취도 풍기지 않는 "순수한 어린 아이 냄새"와 "고귀한 여자 냄새"는 공장의 대량 생산과 사회적 분업 체계가 만들어낸 생산물과 인간 사이의 근본적 소외, 그리고 아동복과 숙녀복의 아이템을 고안하고 디자인하여 쇼윈도 너머에 전시함으로써 "아이"와 "여자"의 이미지나 패션을 창출하고 유행시키는 판매 전략을 암시한다.

그러므로 화자가 "신선하고 거룩한" 냄새를 말하는 것은 이 "ROBIN" 브랜드 옷들의 비싼 가격을 말하는 듯도 하며, 그 옷들의 냄새를 "연잎 파

---

166 이효석, 「북국점경」, 『이효석전집』 1, 창미사, 1990, 253쪽.
167 당대의 화장품 이름.
168 이상, 「날개」, 『조광』, 1936.9, 197~198쪽.

룻한 냄새"에 비유하는 것은 그것들을 구매할 수 없는 대신 그 세련된 패션을 자연의 사물이나 현상으로 치환함으로써 상상적으로 소비소유하고자 하는 것으로 읽힌다. 정지용이 "어린이나 여자의 알맹이가 아직 들이끼우기 전의 다만 옷감에서 오는 냄새란 실상 우스운 것"이라고 말하는 것은 그 때문이다. "양복 가게"에서 그는 시장의 냄새를 맡았으며, 그것을 평가하지 않을 수 없었던 것이다.

그렇다면 위의 논의와 관련해 이상의 다음 서술은 주목된다. 결론부터 말하면, 이는 아내의 옷에서 아내의 냄새를 맡도록 하는 그리움의 감정과 "여자 옷"으로 "여자 냄새"를 상상하게 하는 소외의 양상을 파국적으로 매개하고 있다.

눈을 감고 아내의 살에서 허다한 지문 냄새를 맡았다.[169]

허영, 허숭, 도키오가 현존하지 않는 정선, 순옥, 요시코의 옷에서 이들의 냄새를 맡는 것과 달리 「지주회시」의 주인공은 곁에 있는 "아내의 살"에서 다른 남자들의 "허다한 지문 냄새"를 느낀다. 물론 이는 「타락자」의 주인공이 아내에게서 춘심의 향기를 맡았던 일과도 다르다. 「타락자」의 주인공이 춘심에 대한 그리움으로 인해 주관적인 착각을 일으킨다면, 「지주회시」의 주인공은 "아내의 살"이 다른 남자들이 벗어놓은 일종의 옷이었음을 깨우쳐주는 "허다한 지문 냄새"로 인해 자기가 처한 객관적인 상황을 철저히 인식하지 않을 수 없게 된다. 주인공은 이러한 양상을 "담벼

---

169 이상, 「지주회시」, 『중앙』, 1936.6, 235쪽.

락을 뚫고 스며드는" "잔인한 관계"[170]라고 부르거니와, 거기에는 아내로 하여금 가출을 하거나 카페에서 손님을 받도록 한 돈의 문제가 작용한다. 비유컨대 "허다한 지문 냄새"는 "새큼한 지폐 냄새"의 단골손님이다.

거미내음새는— 그러나 十원을 요모조모 주무르던 그 새큼한 지폐 내음새가차 그윽할 뿐이었다. 요 새큼한 내음새— 요것 때문에 세상은 가만 있지 못하고생사람을 더러 잡는다— 더러가 뭐냐. 얼마나 많이 축을 내나.[171]

요컨대 아내는 자기 몸으로써 "지문 냄새"와 "지폐 냄새"를 교환한 일종의 상품이 되었다. 이 소설의 주인공이 카페의 여급들을 "아내들"이라고 총칭하면서, "이 왔다 갔다 하는 똑같이 생긴 화장품— 사실 화장품의 고하가 그들을 구별시키는 외에는 표 난 데라고는 영 없었다"[172]라고 생각하는 것은 그 때문이다. 화장품의 향기에도 불구하고 그들은 모두 "생사람을 더러 잡는" "거미 냄새"를 풍기고 있으며, 주인공의 아내 역시 그러하다. 이 지문과 지폐와 거미의 냄새에 맞서기라도 하려는 듯이, 아니 적어도 그 냄새들을 잠시나마 잊기라도 하려는 듯이, 남편은 외출한 아내의 방에서 그녀의 화장품 냄새를 맡는다. 카페의 여급들을 "똑같이 생긴 화장품"들이라고 한 「지주회시」의 남편처럼, 「날개」의 남편 역시 아내와 아내의 화장품을 동일시하는 듯하다. 하지만 「소낙비」의 춘호와도 비슷하게 그들은 모두 아내의 매춘을 조장하거나 모르는 척하고 있다는 점에서,

---

170 위의 책, 241쪽.
171 위의 책, 242쪽.
172 위의 책, 236쪽.

아내를 떠올리며 화장품 냄새를 맡는 일은 자기기만에 지나지 않는다. 사실 화장품 냄새야말로 "거미 냄새"이기 때문이다.

나는 거울을 내던지고 안해의 화장대 앞으로 가까이 가서 나란히 늘어 놓인 고 가지각색의 화장품 병들을 들여다본다. 고것들은 세상의 무엇보다도 매력적이다. 나는 그 중의 하나만을 골라서 가만히 마개를 빼고 병구녕을 내 코에 갖어다 대이고 숨죽이듯이 가벼운 호흡을 하여 본다. 이국적인 센슈얼한 향기가 폐로 스며들면 나는 저절로 스르르 감기는 내 눈을 느낀다. 확실히 안해의 체취의 파편이다. 나는 도로 병마개를 막고 생각해 본다. 안해의 어느 부분에서 요 냄새가 났던가를……. 그러나 그것은 분명치 않다. 왜? 안해의 체취는 요기 늘어 섰는 가지각색 향기의 합계일 것이니까.[173]

그러므로 주인공은 아내의 화장품에서 "아내의 체취" 대신 "아내의 체취의 파편"만을 느낄 뿐 아니라 "아내의 체취는 요기 늘어 섰는 가지각색 향기의 합계"라고도 생각한다. 아내를 화장품이라는 상품과 동일시했던 남편의 입장에서 볼 때 이는 당연한 일이다. 그는 "은화를 지폐로 바꾼 change"[174] "거리"에서보다는 오 원을 지불exchange하고서야 아내와 동침할 수 있었던 아내의 방 내부에서야말로 비로소 바깥으로ex 외출했던 것이다. 사실 아내의 몸에 묻은 "허다한 지문"들 역시 아내의 피부가 아니라 "비누 드레스"[175] 같은 아내의 화장품 위에 찍혔을 뿐이며, 화장품은 그

---

173 이상, 「날개」, 앞의 책, 199쪽.
174 위의 책, 204쪽.
175 이상, 「동해」, 『조광』, 1937.2, 233쪽. "윤! 들어 보게, 자네가 모조리 핥았다는 임이의 나체는 그건 임이가 목욕할 때 입는 비누 드레스나 마찬가질세! 지금 아니! 전무후무하게

"허다한 지문"들이 준 돈으로 구매된 것이다. 따라서 아내의 체취를 완성하는 "가지각색 향기의 합계"는 아내 몸에 묻은 "허다한 지문 냄새"의 총량과 다르지 않다. 그리고 이 양적量的 환원이야말로 근대 사회의 파편화된 관계를 주도한다. "허다한 지문 냄새"는 사회의 냄새다. "새큼한 지폐 냄새"를 "합계"하면 할수록 "아내의 체취"는 "하층계급"의 지독한 악취를 풍기며 "다른 사람들"이나 "낯선 사람"으로 조각날 것이며, 이런 식으로 "아내가 아니라도 그만 아내이고 마는"[176] 그 아내는 "아모로겐"의 냄새와는 또 다른 "양복 가게"의 "알맹이" 없는 "여자 냄새"를 풍기게 될 것이다. 아니, 그녀의 몸에서는 수많은 "알맹이"가 들이끼웠던 "여자 냄새"가 더욱더 나게 될 터이다.

이렇게 이상 소설의 남편들은 "어디서부터 어디까지가 부부"인지 자문하면서 화장품 냄새를 맡았으며, 그로써 "아내"와 자기 자신을 모욕했다. 그들은 "생 비린내" 풍기는 "자연을 부끄러워"하면서도 돼지처럼 "즐거운 오예 속에 흐느적"거린 것과도 비슷하게, 화장품 향기에 "스르르 감기는 내 눈"을 느꼈다. 눈 감은 채 그들은 "마르세이유의 봄을 해람解纜한 코티의 향수" 냄새 속에서 "잔인한 관계"의 "체취"를 "폐로 스며들"게 했다. 이로써 그들은 "비누가 통과하는 혈관의 비눗내를 투시하는 사람"「AU MAGASIN DE NOUVEAUTES」이 되었다.

임이 벌거숭이는 내게 독점된 걸세."
176 이상, 「지주회시」, 앞의 책, 231쪽.

참고문헌

1. 자료

김동인, 「태형」, 『김동인전집』 1, 조선일보사, 1987.

_____, 「K박사의 연구」, 『김동인전집』 2, 조선일보사, 1987.

_____, 「논개의 환생」, 『김동인전집』 3, 조선일보사, 1987.

_____, 「눈을 겨우 뜰 때」, 『개벽』, 1923.8.

_____, 「마음이 옅은 자여」, 『김동인전집』 1, 조선일보사, 1987.

김유정, 「떡」, 『중앙』, 1935.6.

_____, 「조선의 집시 – 들병이 철학」 1, 『매일신보』, 1935.10.22.

_____, 「소낙비」, 『신문연재소설전집』 5, 깊은샘, 1999(2쇄).

나혜석, 「회생한 손녀에게」, 『나혜석전집』, 푸른사상, 2001.

노자영, 『사랑의 불꽃 반항(외)』, 범우사, 2009.

리가원, 허경진 역, 『연암 박지원 소설집』, 한양출판, 1999.

박태원, 『천변풍경』, 박문서관, 1938.

_____, 「골목 안」, 『윤초시의 상경』, 깊은샘, 1991.

_____, 「딱한 사람들」, 『소설가 구보 씨의 일일』, 문장사, 1938.

_____, 「사계와 남매」, 『신시대』, 1941.2.

_____, 「사흘 굶은 봄달」, 『소설가 구보 씨의 일일』, 문장사, 1938.

박태원, 「청춘송」, 『조선중앙일보』, 1935.4.17.

백 석, 『정본 백석 시집』, 문학동네, 2007.

심 훈, 『상록수』, 문학과지성사, 2005.

염상섭, 「해바라기」, 『염상섭전집』 1, 민음사, 1987.

_____, 『만세전』, 문학과지성사, 2014.

이광수, 「그 여자의 일생」, 『이광수전집』 7, 삼중당, 1962.

_____, 「무명」, 『이광수전집』 6, 삼중당, 1962.

_____, 「사랑」, 『이광수전집』 10, 삼중당, 1962.

_____, 「인생의 향기」 4, 『영대』 (4), 1924.12.

_____, 『흙』, 문학과지성사, 2005.

이 상, 「권태 1」, 『조선일보』, 1937.5.4.

_____, 「권태 2」, 『조선일보』, 1937.5.5.

_____, 「권태 4」, 『조선일보』, 1937.5.8.

_____, 「날개」, 『조광』, 1936.9.

_____, 「동해」, 『조광』, 1937.2.

_____, 「봉별기」, 『여성』, 1936.12.

_____, 「산촌여정」, 『정본이상문학전집』 3, 소명출판, 2009.

_____, 「어리석은 석반」, 『이상문학전집』 3, 문학사상사, 1993.

_____, 「異常ナ可逆反應」, 『朝鮮と建築』, 1931.7.

_____, 「지주회시」, 『중앙』, 1936.6.

_____, 「황(獚)」, 『정본이상문학전집』 1, 소명출판, 2009.

이태준, 「가마귀」, 『돌다리』, 깊은샘, 1995.

이효석, 「겨울 숲」, 『이효석전집』 6, 창미사, 1990.

_____, 「낙엽을 태우면서」, 『이효석전집』 7, 창미사, 1990.

_____, 「녹음(綠蔭)의 향기」, 『이효석전집』 7, 창미사, 1990.

_____, 「벽공무한」, 『이효석전집』 5, 창미사, 1990.

_____, 「북국점경」, 『이효석전집』 1, 창미사, 1990(2쇄).

_____, 「산」, 『이효석전집』 1, 창미사, 1990.

_____, 「성화」, 『이효석전집』 3, 창미사, 1990.

_____, 「영라」, 『이효석전집』 2, 창미사, 1990(2쇄).

_____, 「오리온과 임금」, 『이효석전집』 1, 창미사, 1990(2쇄).

_____, 「일요일」, 『이효석전집』 3, 창미사, 1990.

_____, 「천사와 산문시」, 『이효석전집』 2, 창미사, 1990(2쇄).

_____, 「화분」, 『이효석전집』 4, 창미사, 1990(2쇄).

_____, 송태욱 역, 「가을」, 『은빛 송어』, 해토, 2005.

_____, 송태욱 역, 「엉경퀴의 장」, 『은빛 송어』, 해토, 2005.

임장화, 「악마의 사랑」, 『영대』 (2), 1924.9.

_____, 「처염」, 『영대』 (4), 1924.12.

임 화, 「나는 못 믿겠노라」, 『현해탄』, 동광당서점, 1939.

_____, 「夜行車속」, 『현해탄』, 동광출판사, 1939.

_____, 「우리 오빠와 화로」, 『조선지광』, 1929.2.

田山花袋, 오경 역, 『이불』, 소화, 1998.

정지용, 「다방〈ROBIN〉 안에 연지 찍은 색시들」, 『정지용전집』 2, 민음사, 1991.

조일재, 「장한몽」, 『한국신소설전집』 9, 을유문화사, 1968.

채만식, 「금의 정열」, 『채만식전집』 3, 창작사, 1987.

_____, 「냉동어 2」, 『인문평론』, 1940.5.

한설야, 「이녕」, 『문장』, 1939.5.

현진건, 「운수 좋은 날」, 『개벽』, 1924.6.

_____, 「타락자 3」, 『개벽』, 1922.3.

_____, 「타락자 4」, 『개벽』, 1922.4.

홍사용, 「저승길」, 『백조』, 1923.9.

2. 국내 논문 및 단행본

박제가, 이익성 역, 『북학의』, 을유문화사, 1991.

성백효 역주, 『현토완역 대학, 중용 집주』, 전통문화연구회, 1991.

한기형, 『식민지 문역』, 성균관대 출판부, 2019.

3. 국외 논문 및 단행본

Bachelard, Gaston, 김현 역, 『몽상의 시학』, 홍성사, 1981.

Balzac, Honore de, 이철의 역, 『나귀 가죽』, 문학동네, 2012.

_____, 임희근 역, 『고리오 영감』, 열린책들, 2012.

Bataille, Georges, 조한경 역, 『에로티즘의 역사』, 민음사, 1998.

Baudelaire, Charles, 윤영애 역, 『파리의 우울』, 민음사, 1993.

_____, 이환 역, 『나심(*Mon Coeur Mis à Nu*)』, 서문문고, 1977(3쇄).

Best, Otto F., Schleidt, Wolfgang, 차경아 역, 『키스의 역사』, 까치, 2001.

Classen Constance · Howes David · Synnott Anthony, 김진옥 역, 『아로마-냄새의 문화사』, 현실
　　　문화연구, 2002.

Corbin, Alain, *The Foul and the Fragrant*, Harvard University Press, 1986.

D'Annunzio, Gabriele, 문일영 역, 「죽음의 승리」, 『금성판 세계문학 대전집』, 금성출판사, 1992.

Duus, Peter, *The Abacus and the Sword : The Japanese Penetration of Korea, 1895-1910*, Berkeley :
　　　University of California Press, 1995.

Kern, Stephen, 이성동 역, 『육체의 문화사』, 의암출판, 1996.

Le Goff, Jacques, 유희수 역, 『서양중세문명』, 문학과지성사, 1992.

Martin, Alexander M., "Sewage and the City : Filth, Smell, and Representations of Urban Life
　　　in Moscow, 1770-1880," *The Russian Review*, April 2008.

Nietzsche, Friedrich Wilhelm, 최승자 역, 『짜라투스트라는 이렇게 말했다』, 청하, 1996.

Orwell, George, *The Road to Wigan Pier*, Harcourt Brace Javanovich, 1958.

Proust, Marcel, *Le Temps retrouvé*, Gallimard, 1990.

Rabelais, Francois, 유석호 역, 『가르강튀아와 팡타그뤼엘』, 문학과지성사, 2004.

Reinarz, Jonathan, Past Scents : *Historical Perspectives on Smell*, University of Illinois Press, 2014.

Sienkiewicz, Henryk, 최성은 역, 『쿠오바디스』 1, 민음사, 2005.

Simmel, Georg, 김덕영 · 윤미애 역, 『짐멜의 모더니니 읽기』, 새물결, 2006.

ile, 박명숙 역, 『목로주점』 1-2, 문학동네, 2011.

Zola, Emile, 박명숙 역, 『여인들의 행복 백화점 1』, 시공사, 2012.

_____, 박명숙 역, 『제르미날』 1-2, 문학동네, 2018.

沖田錦城, 『裏面の韓國』, 輝文館, 1905.

夏目漱石, 노재명 역, 『몽십야』, 하늘연못, 2004.

변비와 설사, 전향의 생정치生政治

『무명無明』의 이광수, 식민지감옥의 구멍들

황호덕

이광수의 「무명」1939은 그가 '신체제' 긍정의 방향으로 전향하기 직전 혹은 직후에 쓰인 일종의 전향소설이다. 이 소설은 감옥 안에서의 인간 행태를 자연주의적인 스타일, 참여적 관찰자participant-observer의 시점에서 묘사하고 있다. 필자는 소설의 한 가지 신비, 즉 모든 동료 수형자들이 먹고 배설하는 인간으로 묘사됨에도 불구하고 화자는 결코 "싸지 않는다"는 내용상의 특이성으로부터 이 소설에 혹 조선 민중과 지식인 화자를 분할하는 메커니즘이 배설이라는 문제와 관련해 암유暗喩된 것이 아닌가 하는 가설을 증명해보려 했다. 소설에서 제국 부르주아지라는 공공심civility은 "싸지 않는 작가"— 즉 변비의 형태로 증상화되었으며, 반면 조선 민중의 형상은 말하는 동시에 먹고 또 싸는 인간으로서 설사라는 증상으로 외화alienation되어 나타났다. 이광수의 전향은 그런 의미에서 (먹는) '입 = 항문 = 조선어'에서 (말하는) '입 = 법 = 명령 = 위생 = 국어'로의 전향으로도 설명될 수 있다.

언어라는 바로 그 이름으로 한 사람에게서 그의 언어를 **빼앗는 것**,
모든 합법적인 살인은 거기에서 시작한다.

롤랑 바르트

저 변비증환자便秘症患者는 부자富者집으로 식염食鹽을 얻으려 들어가고자 희망希
望하고 있는 것이다.

이상(李箱)

1. 죄수, 창부, 인부─『속수국어독본速修國語讀本』의 독자들

언어제국주의에서부터 보편언어의 꿈을 간직해온 에스페란토어와 컴
퓨터 언어에 이르기까지, 인간의 언어를 하나로 통일하려 해온 경향과 사
고를 '단일언어주의monolingualism'라 통칭할 수 있다면, 언어의 다양성이
가진 의의를 인정하고, 이를 서로가 배우는 일을 통해 의사소통을 도모하
려 해 온 사고를 우리는 '다언어주의multiligualism' 혹은 '이중언어주의bilin-
gualism'로 범주화해 볼 수 있다. 특히 사회언어학에서 말하는 멀티링규얼
리즘 혹은 바이링규얼리즘이란 복수의 언어를 병용하는 개인의 능력 혹
은 한 사회의 다언어 병용상태를 일컬으며, 언어정책이나 언어계획에 있
어서의 그것은 언어 병용에 적극적인 가치를 인정하고, 이를 보장하고 추
진하려는 입장을 뜻한다.

물론 다언어주의라고 하더라도, 현실적으로는 언어와 언어의 사이에는
언제나 서열이나 권력의 관계가 존재할 수밖에 없다. 따라서 우리는 다언어

주의를 흔히 어떤 이상이라기보다는, '국어'라는 단일언어주의에 의한 타자의 배제나 제국주의적 언어포식을 비판하기 위한 현실적 태도로서 언급하곤 한다. 대동아공영권 구상 속의 '국어'론이 글에서 모든 '국어'는 '대일본제국'의 고쿠고[國語]를 의미한다이나 지구화 속의 영어 공용화론에 맞서 있는 조선어론·한글론은 언제나 민족신화·제국주의 비판에 의지하기보다는, (그러한 무의식을 배면에 깐 채) 다언어주의, 문화다양성론에 호소하곤 한다.

어쨌든 현실적인 의미에 있어서 '이중언어 상황'이란 어떠한 '지향'이라기보다는 실재하는 불편이나 불가피한 괴로움, 차별을 회피하기 위한 '학습'의 강박으로 경험되는 것이라 해야 옳을 것이다. 다언어주의 혹은 이중언어주의라는 '주의主義'와 다언어 혹은 이중언어의 '상황'의 사이에는 커다란 낙차가 존재한다. 여기서 논하려는 것은 바로 이 '이중언어 상황'을 둘러싼 신체의 처지, 생정치biopolitics의 문제들이고, 나는 식민지의 감옥을 그러한 언어의 생정치가 가장 극적으로 드러나는 장소들로서 언급하게 될 것이다.

한국에 있어서의 이중언어라는 개념을 떠올릴 때, 우리는 흔히 식민지 엘리트들이나 유학생 출신 문학자들, 식민정부의 '협력자'들을 떠올리기 쉽다. 그러나, 따지고 보면 이중언어의 '상황'이나 '강박'은 하층계급 속에서 더욱 강력하게 자리잡고 있는지도 모른다. 국제도시의 창부, 국제항港의 부두노동자, 만주국의 부랑자들, 하와이나 신대륙으로 팔려간 (半)노예 노동자들은 국제회의의 외교관이나 유학을 경험한 인텔리 문학가들, 식민국의 관리나 국제상사의 비지니스맨들 이상으로 다언어 상황에 노출되어 있다고 해야할 것이다. 그들에게 이러한 다언어적 상황은 상승 욕구의 계기라기보다는 무엇보다 '생화'[벌이]의 문제가 된다. 엉터리 일본어와 단어와 문장 개념이 사라진 러시아어, 성조가 사라진 중국어와 브로큰 잉글리쉬로 말하는 부랑자와 창부들의 이중언어 혹은 다언어 상황은 김동인의 「붉은 산」과 같은 정전들이나 허다한 만주 체험의 서사화들, 파란만장한 이산의 삶을 다룬 영화들 속에 드물지 않게 등장하는, 그러나 쉽사리 간과되어온 하위자들의 '말하기' 방식임에 틀림없다. 먹는 입, 그것은 그렇게 갈라진 혀로 말하지 않으면 안되었다.

예컨대 제국의 조선인 부두노동자들을 깨우는 조선인 아편중독 부랑자의 목소리. "회-잇 오키로 오키로 지칸다!어이, 일어나! 일어나, 시간 됐어" 다음 장면에서 마치 감옥의 창살과도 같은 부두노동자의 숙소가 보인다. 마침내 남자. "영창에 창살이 쭉 늘어서는 시간에 발광하는" 이 사상범 출신 학생의 비명은 '조선어'이다. "나를 왜 가두었느냐고 같이 아파서 누워 있는 사람들을 죽인다고 덤비며 날뛰는"[1] 그 신체, 그 언어.

---

1 김사량, 「지기미」, 『삼천리』, 1941.1, 『한국소설문학대계 17·강경애/김사량』, 동아출판사, 1995, 520쪽·524쪽. 1941년 당시, 약 140만 명의 조선인들이 내지에 있었으며, 그들 중 77만명이 노동자였다. 여기에 더하여 패전까지 적어도 50만 명 이상이 추가로 '내지'로 취업하거나 징용당해왔고, 그 결과 전쟁이 끝날 무렵 한국인들은 일본 산업노동력의 1/3을 점하고 있었다. 또한 비슷한 숫자의 조선인이 만주와 아메리카에 있었다. 전 인구의 2할 이상이 자기가 태어난 고장이 아닌 장소에서 해방을 맞았고, 이는 세계사적으로도 유래가 없는 이산의 삶이었다. Bruce Cumings, *Korea's place in the sun : a modern history*, Noton Pub., 1997, p.177. 조선 총인구의 11.6%에 달하는 이 국어-조선어, 국어-중국어-러시아어-조선어의 이중·다중 언어상황이 과연 특수한 현상인가.

2. 입=항문, 어떤 '그것'의 정체-"예, 하이", 그리고 "아이고"

1) '국어' 세계의 오물들 – 정치적 삶과 벌거벗은 삶, 형무소의 입들

예컨대, 만주와 상해를 다룬 적잖은 소설들에는 종종 이렇게 말하는 사람이 등장한다. "문을 들어서자마자 과연 붉은 옷을 입은 여자가 내 앞에 나타나서 방글방글 웃으며 서슴지 않고 말을 건넸다. 「곤방와」 그는 양복을 입은 나와 박군을 일본 사람으로 본 것이다. 「체! 조선놈은 예 와서도 행세 못한 담」 하며 중얼중얼 하노라니 박군은 「부요부요」 하고 손짓을 하며 앞으로 걸어갔다. 여자는 달려들어 나의 소매를 잡아 다니며 「니혼진 스케베이!」하고 붉게 칠한 야드르한 입술을 쏙 내밀었다"유진오, 「상해의 기억」[2]. 이와 같은 '대륙'의 다언어 상황은 사회계약의 이완, 식민, 전쟁상태를 표시하며, 거기서 성기를 빼는 야드리한 입술은 더 많은 '생화'를 벌기 위해, 더 많은 종류의 말을 하지 않으면 안 된다. 그런 의미에서 이 입술은 정치적 입술을 빼앗긴 결과로서의 벌거벗은 그 삶, 그것일지 모른다.

이러한 이중언어의 상황은 전장戰場 혹은 이완된 법의 장소 뿐 아니라, 사회계약법과 단일언어주의가 가장 강력하게 적용enforce되는 장소 속에도 있다. 식민지의 감옥이 바로 그곳이다. "기쇼起床", "텡켕"點檢, "나나햐꾸 나나쥬 용고"칠백칠십사호 "예, 하이", "나니 유에 하야꾸 헨지오 시나이왜 빨리 대답을 아니해? 이리 와",[3] "짝" 이러한 소리들은 특별히 번호화된 신체들과 강

---

2 玄民, 「上海의 記憶」, 『文藝月刊』, 1931, 文藝月刊社, 63~64쪽. 띄어쓰기와 표기법은 현대식으로 고쳤다. 이하 (상해:면수)로 표시. 「니혼진 스케베이!」(日本人, すけべ!)는 "일본인 호색한!"의 뜻.
3 김동인, 「태형」, 『동명』, 1922.12.17~1923.4.22; 임형택 외편, 『한국현대대표소설선』 1, 창작과비평사, 1996, 197쪽에서 인용.

력한 명령의 체계를 보여주는 예외적인 장면인 듯하면서도, 실제로는 학교나 공장의 기숙사, 군대, 감옥 어느 쪽에서 들려와도 하나도 이상할 게 없는 소리들이다.

이를테면 식민지의 감옥을 본격적으로 다룬 거의 최초의 소설이라 할 수 있는 김동인의 「태형」1922이나 김남천의 「물」1933, 이광수의 「무명」1939 등의 감옥 배경의 소설들에는 거의 언제나 노골적이고 폭력적인 '고쿠고國語'가 하나의 명령어로서 등장한다. 일본어를 음차한 이 한글— 혼종적 에크리튀르는 식민지적 이중언어 상황을 표시하는 한편, 이 상황을 폭력적으로 단일화하는 힘을 재현하고 있는 것이다. 사회계약으로부터 추방당한 자들이 사회계약의 언어인 '국어'일본어로 내몰리는 풍경은 이들 소설의 중요한 모티브들 중 하나일 것이다. 그들은 뒤틀린 국어로 물과 밥과 약을 조른다. (사실 그것이 이 소설들의 서사 전부이다) 그리고 보다 온전한 '국어'로 말하는 작가는 이 동물화된 삶을 빠져 나오기 위해 발버둥친다.

"그 옆에 바로 똥통과 타구가 놓여 있는 앞에 앉아 있는 간도 친구는 『속수국어독본』을 엎어놓고 불알과 생채기에 다무시백선약을 바르"며 조선어로 잡담하다가, "나니 하나시데 이루카뭐라고 떠드는 거야"[4]라는 공포의 소리에 놀라 혼비백산한다. 그들에게도, 아니 그들에게야말로 고쿠고國語는 '속히 수修하지' 않으면 몸이 괴로울 무엇인 것이다. 먹으면서 싸고, 싸면서 말하는 이 입-감옥 안의 이 번호화된 신체는 부름에 답하고, 그럼으로써 '교도'된다. 그 부름에 답하는 것을 통해서, 정확히는 신체적 복종과 규율을 소리로 표시하는 일을 통해서만이, 일본어는 '국어'가 된다.

---

4   김남천, 「물」, 『대중』, 1933년 6월호. 『한국소설문학대계13 · 김남천』, 1995, 295쪽.

"그것ça은 작동하고 있다. 때로는 흐르며, 때로는 멈추면서, 도처에서 그것은 작동하고 있다. 그것은 호흡을 하고, 그것은 열을 내고, 그것은 먹는다. 그것은 똥을 싸고, 그것은 섹스를 한다. 그럼에도 '한데 싸잡아서 그것le ça'이라 불렀으니 얼마나 잘못된 일인가. 도처에서 이것은 여러 기계들이다. 게다가 결코 은유가 아니다. 이것들은 서로 연결하고, 접속하여 기계의 기계가 되는 것이다."『앙띠 오이디푸스』한 사상적 비평의 시험자는 이 '그것'le ça을 입이라고 말했다. 폴리스의 탄생과 함께 서구 정치학에 있어서의 입은 두 개로 분할되었는데, '말하는 입'과 '먹는 입'이 그것이다. 따라서 폴리스의 정치성이란 '먹는 입'벌거벗은 삶과 '말하는 입'법적 주체 사이의 경계를 끊임없이 결정하려는 반복에 다름 아니었다는 것이다. '먹는 입'을 정치적으로 배제하는 일을 통해, 폴리스는 '말하는 입'의 정치를 구상하게 된다. 그러니까 이러한 분할을 비판하고 있는 들뢰즈와 가타리가 말한 내재성으로 충만한 기계란, 자아도 초월자도 없는 순수한 기계, 분할도 경계도 모르는 무엇으로 새로운 정치를 의미하는 것이라고 해야 할 것이다.[5] 왜냐하면 법적 인간이란 늘 운명에 주박된 벌거벗은 삶에 대한 공포를 상상하는 한에서만, 합법적이고 정치적인 삶의 내부에 머물 수 있는 까닭이다.[6] 이러한 분할은 정치성 밖으로 내몰린 인간 뿐 아니라, 실제로는

---

5 G.Deleuze et F.Guattari(1972) *L'Anti-Œdipe* Editions de Minuit, p.1 말하는 입과 먹는 입의 분할이라는 서구 정치학의 전제, 법과 폭력, 언어의 문제 대한 주목할 만한 비판문으로 김항, 「말하는 입과 먹는 입 — 법-권리에서 몸 — 생명의 정치로?」, 『세계의 문학』 여름호, 2005 참조.
6 벌거벗은 삶과 정치적 삶의 구분과 그 불가능성에 대해서, Agamben, Giogio. *Homo Sacer : Sovereign Power and Bare Life*, trans. by Daniel Heller-Rozen, Stanford Univ. Press, 1998. 인간과 비인간을 분할하는 주권, 또 생정치와 문학 언어에 대해서, 졸고, 「벌거벗은 삶과 숭고」, 『오늘의 문예비평』 2005년 겨울호.

그 안에 있는 인간 역시 규율하고 있는 것이다.

하지만 생각하기에 따라서는, '그것'이란 또한 항문까지를 아우르는 무엇이기도 하다. 들뢰즈와 가타리가 말한 '그것'이 다름 아니라 '구멍'들 그 전체를 의미하는 대명사라는 점에서, 그것이란 입 자체라기보다는 '구멍' 전체라고 좋을 것이다. 내가 주목하는 것이 바로 그것*le ça* ─ 구멍의 복합성이다. "그것은 똥을 싸고, 그것은 섹스를 한다" 할 때의 그것은 그러니까, '성기'와 '항문'을 아우른다. 단적으로 말해, 앞서 말한 '먹는 입'이란 어떤 의미에서, 동물적인 운명만을 부여받은 자가 놓인 신체적 상태, 즉 '입＝항문'[7]의 존재성을 의미하는 것이 아닐까. 갑작스럽겠지만, 바로 그런 입과 항문을 압착시키고 말을 빼앗는 생정치 기획은 내가 보기에 이미 실현된 적이 있다. 식민지(의 감옥)가 바로 그곳이다. 고쿠고國語 패권 하의 조선어적 신체 ─ 입도 있고, 말도 있으나, '말하는 입'은 아닌 이 상태. 그리고 그 상태를 벗어나기 위해, '입'의 분할을 받아들이고, 고쿠고國語적 삶으로 전향하는 어떤 죄수들.

식민지의 생정치적 상황에서 주목해야할 것은, 분명 인간 기계의 분할을 수행하면서도, '말하는 입'과 '먹는 입'을 압착시키는 어떤 정치성이다. 예컨대 배급을 얻기 위해서는 고쿠고로 말해야하고, 고쿠고로 말하는 한에서 국체명징과 일본정신에 도달해야해야 마땅한 그 신체적 규범의 사고를 우리는 떠올려 본다. 「황국신민의 서사誓詞」와 「황국신민체조」1937로 인고 단련된 기계는 분명 폴리스의 언어인 고쿠고로 말하지만, 그는 사회

---

7 나는 여기서 '입＝항문'의 '＝'을 등호를 의미하는 상징계의 기호이자, 유기적 기계 organic machine의 분절되지 않은 '그것'과 기관[臟器]의 생리를 의미하는 기표로서 언급한다.

계약의 경계에 놓여있다. 통치역 안에 놓여 있으면서, 헌법역 밖에 놓여 있는 조선인들에게 고쿠고國語의 위치는 애매하다. 고쿠고로 말하지 않는 한 배급을 주지 않는 곳, 고쿠고로 말하는 데도 시민권을 얻을 수 없는 곳, 실은 조선어의 공간인데도 고쿠고의 통치역 안에 놓여 있는 곳. 그곳에서 어떤 인간동물들은 '그것'으로 말하고, 그것으로 빨고, 그것으로 싸고, 그것으로 호흡한다. 아주 역설적으로 말해서, 이곳의 인간동물들은 구멍을 통해 주린 배를 채우고, 소화시키고 배설하기 위해, 고쿠고를 익힌다. '그것'le ça은 정말로 여기서는 전혀 분할되어 있지 않다. 분할된 언어를 단일화하고, 입이 가진 다중기능의 분할을 '극복'하게 하는 그 중심에 고쿠고라는 언어 기계가 있다. 이를 통해 그들은 말하는 입으로의 분화 이전에 이미 국가적 신체로서 속히 명징해지고國體明徵, 제국으로 접속된 기계內鮮一體가 되며, 경계를 너머 연결된다滿鮮一如. 말할 줄 아는 입은 항문을 외면하려 하지만, 그는 사회계약의 한계 장소인 감옥에서 또한 그것을 본다. 아니, '말하는 입political subject'과 '먹는 입biological subject'은 식민지 안에서 어떤 압착을 경험하게 된다.

그 속에서 작가의 분신들은 두 언어 사이를 왕복하는 이중언어사용자이자 계급적 우위자로서 하나의 권력을 갖고 있는 듯이도 보이고, 두 언어의 권력적 낙차를 곤두박질 치며 텅 빈 입을 차입差し入れ와 사식私食으로 달래고 있는 것으로도 보인다. 감금의 장소에서 어쨌든 이 지식계급들은 돈과 언어國語를 통해 외부와의 연결을 어렵사리 유지한다.

흥미로운 것은 성적 본능과 성기의 향유가 완전히 금지된 이 감옥 소재의 소설에서, "먹고, 못 견딜게 굴고, 똥질하고, 자고, 이 네 가지만을 위해 살아가는 사람"[8]들의 사이에는 늘 '쓰고 생각하는 사람'이 있고, 그들은 하나같이 이 '똥'들을 넘어 어떤 변심變心의 통로에 이르고 있다는 사실이다. 법적 폭력을 회피하기 위해, 법droit/loi을 구성하는 논리들에 복종하기로 결심하는 일—'전향'의 문법.

이광수의 단편 「무명」1939의 잡범들—특히 인상깊은 윤이라는 캐릭터와 대조해보면 이는 무언가 수상쩍은 깔끔함, 인색함, 완고함으로 생각된다. "윤의 입은 잠시도 다물고 있을 새는 없었고, 쨍쨍하는 그 목소리는 가끔 간수의 꾸지람을 받으면서도 간수가 돌아간 되에는 곧 쨍쨍거리는 목소리로 간수에게 욕설을 퍼부었다." 윤은 먹지 않으면 말하고, 말하면서 똥통에 올라가고, 똥통 밑에 있을 땐 똥통 위에 앉은 사람을 괴롭힌다. 작가는 이에 대한 혐오로 하나의 소설을 구성하기에 이른다.

'민족작가' 이광수의 전향의 기점 혹은 전향 전야의 마지막 문학적 불길로 말해지는 이광수의 「무명」은 말하자면 청결한 소설은 아니다. 염상섭의 『만세전』이 '구더기 들끓는 조선'의 이미지로 1920년대를 장식했다면, 「무명」은 '갇혀서 똥질 밖에 할 수 없는 장소로서의 조선'의 이미지로 한 시대의 대표 소설이 된다. '윤똥질'이라는 택호를 가진 인상적 캐릭터부터, 민노인, 정흥태 등 할 것 없이 소설 안의 잡범들을 대개 "똥통에 올라가는" 인간으로 묘사되고 있기 때문이다.

그렇다면 작가는? 요컨대, 이 작가는 누추한 장소에서, 홀로 '깨끗하다'. 이광수는 이 똥 혹은 똥 같은 말로 가득한 지옥의 이미지를 통해, 자기연민의 극에 이르고 그럼으로써 어떤 전향의 근거들을 설득하고 있었던 게 아닐까. 앞으로 살피겠지만 그 전향이란 언어적으로는 '고쿠고'로

---

8   이광수, 「無明」, 『문장』 제1집, 1939년, 문장사, 7쪽. 이하 (「무명」:7)의 방식으로 인용.

의 전향이며, 계급적으로는 조선 부르주아지에서 제국 부르주아지로의 전향이다. 제국 일본에 있어서의 전향이란, 대개 문학 내재적인 개념으로서가 아니라, 정치적·사상적 입장과 관련된 태도 혹은 활동에 있어서의 강제적 변화를 의미한다. 특히 사회와 국가가 개인에게 강제하는 폭력에 의해 지식계급이 양심에 반해 맑스주의적 입장 혹은 여타의 주장을 철회하고 입장 변화를 선언하는 것을 우리는 전향이라고 부른다.[9] 전향이 제국 일본의 헌법역 안內地에서는, 마르크스주의와 자유주의를 포함한 합리적 사상으로부터 일본정신으로의 이행, 즉 봉건성에 대한 굴복으로 나타났다고 할 때,[10] 문제는 조선에게는 돌아갈 조국이 없었다는 사실이다. 돌아갈 수 있는 곳이라야 새로 발견해야할 '일본'정신 말고는 없었다. 그런 까닭에 외적 폭력이 그대로 동일화하기 힘든 외재성제국 일본을 의미하는 조선에 있어서, 전향은 "민족의 배반"이라는 보다 복잡한 뉘앙스를 띄게 된다. 그러나 전향론에 관한 패전 후 일본의 적잖은 평문들이 지적하는대로, 전향에는 거의 언제나 하나의 '논리'가 서고, 그 자기서술이 존재하며, 또한 그 논리는 갑작스러운 것이라기보다는, 이미 스스로의 내부에 잠재해 있던 것일 때가 많다요시모토 다카아키. 문학적 전향을 문학 내적으로 설명하는 일은, 그러니까 어렵지만 가능하고 또 해야할 일이다.

필자로서는 결국 "똥질"에 대한 기록으로 일관된 이 전향 문학에 있어서, "똥질"에 대한 어떤 태도야말로 전향의 비밀이 아닐까 하는 다소 난폭한 가설에 도달할 수밖에 없었고, 지금 그걸 증명해볼 참이다. 만약 전향의 8할이 감옥을 통과해 일어났고 전향 논리의 저변에 '벤끼便器'의 서사들

9   本多秋五, 『轉向文學論』, 未來社, 1964, p.185.
10   여기에 대해서, 吉本陸明, 「轉向論」, 『藝術的抵抗と挫折』, 未來社, 1985를 참조.

이 놓여있다면, 이 똥으로 가득한 감옥을 이야기하지 않고 어떻게 전향을 해명할 수 있단 말인가. 나는 여기서 "똥질"하는 신체 — '입=항문'의 반대편에 존재하는 어떤 전향의 전환점으로서 '고쿠고'로 된 법에 대한 어떤 심적 변화에 주목하게 되었고, 이것이 '전향'과 모종의 관련이 있음을 지금 여기서 밝히려 한다.

2) 이광수, 싸지 않는 남자 – 승화와 협력, 구멍이란 무엇인가

「무명」은 작가 이광수가 수양동우회 사건으로 투옥된 후 몸소 경험하게 된 실제의 감옥 체험을 기반으로 쓰여진 소설이다. 그는 출옥 후 병상에서 소설 「무명」을 문하생 박정호에게 구술하였고, 이 소설은 김사량에 의해 '국어화'되었다. 이광수는 김사량이 번역한 「무명無明」으로 키쿠치 칸의 기금제공으로 시상된 제1회 조선예술상을 수상하기도 했다.[11]

이 상은 "우리나라일본:인용자 문화를 위해 조선 내에서 행해지는 각방면의 예술활동을 표창하는 것으로서 그 목적을 삼는" 취지에서 시상된 것으로, 이 상의 수상과 함께, 이광수의 『가실』嘉實, 『유정』有情, 『사랑』愛이 일시에 '국어화'되어 본토의 서점가를 장식하게 된다.[12] 이 소설로 말하자면 소화 15년 전후의 조선붐 속에서 '조선'의 문학수준과 사정을 대표하고 있었던 셈이 된다. 이광수는 이 소설을 계기로 조선민족 최대의 작가에서 (조선이라는) '지방문학'의 대표자로서 거듭나게 된다. (실제로 '국어화'된 무명의 삽화들은 내용과는 전혀 무관한 한복 입은 조선 기생들, 조선 여인들, 조선의 건축물들로 매 장을 장식한다.) 그의 소설은 쇼와 15년 전후의 '조선' 붐의 연장선

11　李光洙, 金史良 譯, 「無明」, 『モダン日本』 10-12, モダン日本社, 1939.11.
12　渡邊一民, 『〈他者〉としての朝鮮』, 岩波書店, 2003, p.81.

상에서 읽혔으며, 병참기지론이 문학담론을 장악한 시점에서 '조선성'의 환유로서 기능했다.

화자인 '나'-'긴상'으로 불리는 작가의 분신은 같은 병감病鑑에서 지내게 된 민, 윤, 정, 강의 감옥 안에서의 행태를 관찰하고 있으며, 그에 의해 그들의 삶은 '빛이 없는' 것無明으로서 묘사된다. 중심적으로 그려지는 두 인물인 민과 윤의 갈등이 바로 그렇다. 본디 대지주의 마름이었던 민노인은 관리하던 마름을 일방적으로 떼이자 새로 온 마름의 집에 불을 질러 잡혀온 늙은 방화범이다. 윤은 위조인감 사기범으로, 욕 없이는 하나의 문장을 구성할 수 없을 정도로 매우 '천박한' 인간으로 그려지고 있다. 이들은 소설 내내 '똥'으로 인해 다툰다. 먹으면서 말하고, 말하면서 싸는 일 ― 욕과 변과 말을 둘러싼 갈등은 이 소설의 얼개, 아니 내용 전체이다.

그들은 소설 내내 설사를 하고 그런 까닭에 작가에 의해 입과 항문이 곧장 연결된 '입＝항문'적인 신체로서 묘사되고 있다. 그러니까 우리는 해명의 열쇠 역시 이 입과 항문의 언저리에서 찾지 않으면 안 되고, 바로 그러한 견지에서 읽어 나갈 때, 우리는 이 소설에는 매우 불가사의한 생략이 존재함을 알게 된다. 그러니까, "작가는 싸지 않는다". 아니, "화자는 싸지 않는다".

모두가 많이 먹고 많이 누고 싶어 하는데, 화자는 싸지 않는다. 다들 싸면서 말하고, 말하면서 먹는다고 한탄하는 이 입은, 전혀 쌌다고는 쓰지 않는다. 놀랍지 않은가. 사식을 다투는 민과 윤의 동물적 충돌을 그려내는 장면에서 작가는 분명 먹기도 하고 말하기도 했다. 그러나 어찌된 일인지, 어디에도 쌌다는 문장은 나오지 않는다. 여기에 바로 해명의 지점이 있는데, 왜냐하면 이 '싸는' 구멍의 인간을 부정함으로써 '나'는 겨우 '인간'으로 도착되기 때문이다.

혼히 비극의 원리로 말해지는 카타르시스가 배설이라는 말에서 시작되었었음을 상기할 때, 이 비극은 뭔가 이상하다. 만약 우리가 문학을 통해 은밀한 배설의 기쁨을 누리기도 하고, 우리 안의 오물들과 악취를 바라보며 존재와 삶의 이면을 들여다보기도 한다면, 그래서 거기서 가장 일차적이고도 근원적인 몸의 욕망을 확인하게 된다면,[13] 이 소설은 과연 바로 그 '뒤'로 밀려나 버린 뒷간적인 것을 부단히 앞으로 끌어내려는 작업―즉, '문학'처럼 보인다.

다소 과감하게 말해 본다면, 근대의 문학적 쓰기, 특히 어떤 모더니즘 문학은 늘 이 배설을 의식하는 가운데 삶의 한계들을 넘나들고 사색해왔다. 예컨대 제임스 조이스의 『율리시스』1922년는 그런 의미에서 의식의 흐름과 장의 흐름 사이에 있는 글쓰기와 글읽기에 대한 중요한 비유를 제공한다. 소설의 주인공 블룸은 변기 위에 앉아 신문의 현상 공모소설을 읽고 있는데, 배설과 독서를 함께 하는 블룸의 용변＝독서는 대개 이렇게 진행된다. "조용히 그는 읽었다. 억제하면서, 첫째 단을, 그리고 압력에 굴복하면서, 그러나 억제하면서, 다시 둘째 단을 읽었다. 반쯤까지 와서, 그의 최후의 저항에 억눌리면서, 그는 계속 읽었다. 그리고 그의 창자가 조용히 개운해지도록 사라지도록. 어제 있었던 약간의 변비constipation가 완전히 가시도록, 끈기 있게 계속 읽으면서, 지나치게 커서 치질이 재발하지 않아야 할텐데." 이 정치적 눈·말하는 입과, 날 것의 삶― '먹고 싸는 구멍'을 오가는 문학은 '읽기'란 '싸기'의 일종이라고 말하고, 실제로 이 두 가지

---

13   황도경, 「뒷간의 상상력」, 『욕망의 그늘』, 하늘연못, 1999, 96쪽.

행위는 문장 안에서 동시에 진행된다. 변소 안에서 사색하고 책 읽고, 또 '싸는' 이 사람. 더욱 흥미를 더하는 것은 주인공 블룸이 바로 이 변소에서 아내와 같이 소설을 하나 써볼까 결심하게 되고, 그러한 블룸의 의식을 따라가는 과정에서 바로 이 배설의 의식이 배치되고 있다는 사실이다. 실제로 조이스의 빚쟁이였던 로버트와 그의 다른 소설의 「죽은 사람들」The Dead의 주인공인 그레타 콘로이가 등장하고, 블룸은 갑자기 아내와 그의 친구 보일란의 관계가 불안해진다. 문학적 언어와 배설, 성과 경제, 실제 삶과 소설이 바로 이 똥누는 일=독서를 둘러싸고 펼쳐진다. 그리고 블룸은 일독서와 용변이 끝나자 "현상 소설의 중간을 날카롭게 찢어서 그걸로 자기의 항문를 훔친다".[14] 조이스는 이 장면을 통해, 소설과 삶, 배설, 성, 돈, 욕망을 분리불가능한 전체로서 그려간다. 그러니까, 어떤 의미에서 모더니즘 이후의 작가란 누구나 싼다고 고백하는 사람일지 모르고, 문학이란 정치적 삶과 벌거벗은 삶의 분절불가능성을 증언하는 '그것ça'에 대한 증언일 수 있다.

그런데, 정작 이 배설형形 사소설 「무명」의 주인공은 싸지 않는다. 모두가 잘 먹고 잘 싸야한다는 강박에 시달리는 이 장소에서조차 '변기 위에 올라 앉은 작가'의 모습은 발견되지 않는다. 작가는 갇혀 버린 모든 것이 보여주는 그 더러움이 스스로에게서 비롯되었으며, 스스로의 안에 있다는 사실을 인정하고 싶지 않은 것으로 보인다. 더구나 작가는 이 싸는 일을 통해 '有明'enlightment의 '나'와 無明의 '저들'의 분절을 만들어내고 있

---

14 Joyce, James. *Ulysses*, Vintage, 1990, pp.68~69. 배설과 탈리얼리즘, 똥과 조이스 소설의 형식에 관한 분석으로 Stanten Henry. "The Decomposing Form of Joyce's Ulysses", *PMLA*, Volume112, Number3, Publications of Moden Language Association of America, 1997.3.

기까지 하다.

이 작가임에 틀림없을 '나'는 못 견딜게 굴지 않으며―즉 시정의 말 따위는 하지 않으며, 심지어 잠도 자지 않는다(무명의 주인공은 내내 불면을 호소한다). 왜 깔끔하고 인색하고 완고한가 하면, 이 '나'는 안 싸고, 차입을 끊고, 또 법과 양심차입의 공여 금지을 지키기 때문이다. 그의 과묵함은 오직 승화된 형태로서의 관찰과 쓰기를 통해서만 해소되는 듯 보이며, 언제나처럼 꽉 다문 입은, 규칙적으로 먹는 한에서 싸지 않는다. 그는 쓰는 일을 싸는 일의 정반대편에 위치시킨다. 그는 말하는 순간에조차, 거의 '머릿속'으로 발화한다.

혹자는 아마 물을 것이다. 남 '싼' 이야기만 하고 '나'의 그 일을 적지 않는 일이 그렇게 중요한 일이냐고. 필자는 지금 바로 그렇다고, 왜 아니겠냐고 말하고 있다. 왜냐하면 무엇보다도 서사 자체에 있어서 먹고 싼 이야기를 빼고 나면 이 감옥의 소설은 거의 한 글자도 남지 않기 때문이고, '싸는 일'에 대한 입장은 '쓰는' 우리들에게 매우 중요하기 때문이다. 이 싸는 일을 둘러싼 파란을 통해, 이 소설 이후 본격화되는 이광수의 전향과 협력에 관한 몇 가지 단서들이 찾아낼 수는 없을까.

조르쥬 바타이유는 「입」이라는 짧은 에세이에서 이렇게 말한 적이 있다. 어떤 동물이 뭔가에 취하려 할 때 입은 그 시작이며, 동물들에게 그것은 뱃머리에 근사하다. 한편으로 이들 동물적 삶의 특별한 경우들에 있어서, 입은 또한 주위의 동물들을 겁주기 위해 사용된다. 그러나 인간은 야수들처럼 그렇게 간단한 구조를 가지고 있지는 않으며, 어디서부터 인간이 시작되는지를 말하기란 거의 불가능한 일이다. 인간은 아마 두개골의 꼭대기에서 시작하는 것 같지만, 두개골의 정수리는 다른 누군가의 주의를 끄는 것이 불가능한 거의 대수롭지 않은 부분이라고 바타이유는 비꼬듯 말한다. 인간에게 있어서, 다른 동물의 턱이 하는 유의미한 역할을 수행하는 것으로 알려진 기관은 눈이나 이마이다. 그러나 바타이유는 이 지점에서 과연 실제로 그런가, 인간은 실제로 '인간'이되 '동물'은 아닌 것인가라고 묻고 있다.

확실히 문명화된 사람들 사이에서, 입은 원시인들 사이에서는 여전히 존재했을 상대적으로 두드러진 성격을 잃어버렸다. 어쨌든 입의 폭력적인 의미는 숨겨진 상태를 유지하고 있다. 문명 속의 '입'은 정치에 의해 근본적으로 장악되어 있다. 물론 그것은 종종 문학적으로는, 사람들이 서로를 죽일 때 쓰이는 "불같이 벌건 입"과 같은 카니발적인 표현과 함께 갑작스레 그 우세를 탈환하기도 하는데, 바타이유는 바로 거기서 인간 삶의 어떤 숨겨진 차원을 발견하고 있는 듯 하다. 그는 인간 삶의 중요한 순간은 여전히 이 입을 통해 야수적인 집중을 보여준다고 말한다. 분노는 인간으로 하여금 스스로의 이를 갈게 하고, 공포와 극악한 고통의 순간은 입을 통해 찢어지는 비명scream으로 음성화된다. 고통·폭력 따위에 압도된 개인은 미친 듯이 그의 목을 늘이며 그의 머리를 뒤로 젖힌다. 그리고 이러한 위치에 있어서 인간의 입은 평균적인 동물의 구조를 점유하게 된다.

파열음의 충격은 비명이라는 형식 속에서, 마치 입을 통해 몸 밖으로 직집적으로 분출되는 것처럼 보인다. 이 사실은 동물생리학 아니 생리학 자체에 있어서의 입의 중요성을 알려준다. 신체의 선후관계나 상위성을 따지는 데 있어서 중요한 것은 입이 심층심리적 충격과 관련된 구멍orifice이라는 사실이다. 이 구멍은 인간이 어떤 충격을 두뇌 혹은 입이라는 적어도 두 가지 방법으로 해방할 수 있다는 사실을 보여준다. 이러한 충격이 폭력적으로 되는 한에 있어서 그는 어쩔 수 없이 엄습한 충격을 해방시키는 동물적인bestial 방식에 의지할 수밖에 없다. 반면 완고하고 엄격한규칙을 잘 지킨다는 뜻에서의 strictly 인간적 태도는 그런 의미에서 지독한 변비con-stipation — 고압적 행정장관magisterial의 금고金庫처럼 모양 좋은, 굳게 다문 입을 한 얼굴로서 나타난다.[15] 바타이유의 이러한 생각을 우리는 인간과 동물 사이에서 비명을 지르는 '입=항문'과 완고하고 엄격하게 굳게 다문 정치적 입입≠항문, 막혀 있는 기관이라는 두 개의 입으로 도식화해 볼 수 있을 것이다.

고통에 대응하는 싸거나 안 싸는 태도는 바로 이 입의 역할에 의해서도 이해가능한데, 그런 의미에서 '악악대는' 입과 '꽉 다문' 입은 인간이 고통을 견디는 두 가지 태도임에 틀림없을 것이다. 문제는 이 굳게 닫힌 구멍이 다른 구멍들, 특히 '입=항문'이 보여주는 고통에 대한 어떤 반응을, 동물의 흔적이자 빛을 잃은 어둠無明으로 분절함으로써 어떤 인간됨 — 고압성·주인됨·공평함·행정적 통치성 따위로 이월해간다는 데에 있다. 『무명』의 승화된 언어는 고통의 근원을 묻지도 저주할 수도 없기에, 차리리 고통에 반응하는 타자들의 모습을 저주하고 외면하려 하는 것처럼도 보인다. 이 입은 내재적으로 막혀 버린 흐름을, 상징계의 작업을 통해 연결하고 있는 것은 아닐까. 요컨대 법과 명령과 위생과 국어 쪽으로의 연결 말이다.

모두가 수인으로 평등해야할 장소는 차입을 통해 어쨌든 권력의 장소

---

15 Georges Bataille, *Visons of Excess : Selected Writings, 1927~1939*, translated by Allan Stoekl·Carl R. Lovitt·Donald M. Leslie, Jr, Minesota University Press, 1985, pp.59~60.

가 되는데, '나'는 차입이 권력의 원천임에도 불구하고 결국 저들의 싸움과 저들의 똥을 회피하기 위해 사식을 중단한다. '나'는 그 순간 처음으로 '콩밥'을 먹는다.[16] 그럼으로써 엄격함과 공평함, 준법을 시현해 보이는 것이다. 이 결코 쌌다고는 말할 수 없는 앙다문 입술은 이렇게 쓴다. "첫째로는 법을 어기는 것이 내 뜻에 맞지 아니 하고 둘째로는 의사가 죽을 먹으라고 명령한 환자에 밥을 먹이는 것이 죄스러워 양심에 법을 어긴다는 가책을 받게"「무명」;8.11된다. 하지만 이 말의 전후에는 먹자마자 싸고 싸면서 말하는 남자들, 그러니까 지나치게 싸는 사람들인 윤과 민·정 등에 대한 강렬한 혐오의 문장들이 배치되어 있음을 볼 수 있다. 소설 속 화자의 "준법" 의욕의 이면에는, '나'의 차입을 나눠먹은 윤과 민의 더 많이 싸면서 더 많이 말하는 '입=항문'에 대한 저항감이 잠재하고 있는 것이다. 화자는 감옥에서의 권력과 계몽에의 의지을 희생하고, 법과 인간을 택한다. 물론 이는 화자가 '법'을 매우 언어적·정치적인 차원에서 경험하고 있기 때문일 것이다.

작가의 분신이라고 할 밖에 없는 이 '범법자'는 고쿠고로 발화되는 법과 명령, 깨끗함, 규율과 같은 것을 온 몸으로 받아들인다. '입=항문'이 고쿠고國語라는 상징 체계 저편의 벌거벗은 삶을 의미했다면, 그 반대편에 위치한 '법=명령=위생=입=국어'의 도식에서의 '='은 언어적 연결에 의해 상징화·담론화된 세계를 정치성을 의미한다. 그러니까, 생물학적

---

16 식민지 감옥의 식생활을 짐작할 수 있는 한 간수의 증언을 인용해 두려 한다. "콩이 6분, 조가 2분, 쌀이 2분쯤 되는 것인데 반찬은 아침에는 된장국을 먹이고 점심에는 김치와 장국을 주고 저녁은 삶은 나물을 주고 열흘에 한번씩 생선을 사서 먹입니다". 「만 2개녕의 春을 迎하는 독립선언사건 囚人의 생활」, 『동아일보』, 1921.3.1; 정진석 편, 『日帝시대 民族紙 押收기사모음』 I, LG상암언론재단, 1998, 127쪽.

신체와 법적·정치적 신체를 구분하는 계기로서 '고쿠고'가 존재하고 있었던 것은 아닐까.

작가의 분신인 '나'는 '입＝항문'의 세계로부터 도망 중이고, 필자는 이런 일을 일단 '전향'이라고 불러 보려 한다. 그도 그럴 것이 '입＝항문'의 반대쪽에 '법＝명령＝위생＝입＝국어'가 있는 까닭이다. 정치적·문화적으로 분할된 입은 '그것'의 분절을 통해서 항문을 결단코 은폐하고, '법'으로 승화된다. '나'는 의사의 진단과 감옥의 규율과 간수의 명령과 제국의 법을 하나로 분류한다.

유일하게 '나'의 혐오를 피해가는 강^{전 신문기자이자 협박범}은 윤에게 이렇게 말한다. "댁이 의학은 무슨 의학을 아노라고 걸핏하면 남에게 약을 처방을 하오? (…중략…) 욕심은 많아서 한 끼에 두 사람 세 사람 먹을 것 처먹고는 약을 처 먹어, 물을 처 먹어, 그리고는 방귀질, 또 똥질, 트림질, 게다가 자꾸 토하기까지 하니 그 놈의 냄새에 곁에 사람이 살 수가 있나? (…중략…) 그 알콜 솜도 나랏 돈이오."「무명」:36쪽 그리고 나는 이렇게 말한다. "나로 인해서 곁에 사람이 법을 범하고, 병이 덧치게 하는 것은 차마 못 할 일이었다."「무명」:11쪽

그렇다면, 이들 준법의 인간이 상정하는 법은 어떤 법인 것일까. 일단, 그들에게 법은 제국의 '명령'制令, 勅令, 依用이다. 따라서 '먹는 입'의 운명을 회피하기 위해서는, 법을 인지하고 명령에 대답하는 '말하는 입'으로 승화sublimation가 요청된다. 이 승화는 '이미' 제국의 체제를 구성하는 언어를 전제하며, '고쿠고의 상달上達'은 그 필요조건을 이룬다. 그들에게 시민됨civility, 위생, 제국 법, 고등 교육, 고쿠고는 '법'으로서 동일한 무엇이 아니었을까. 민과 윤은 항상 불복不服하고 억울해하지만, '나'와 '강'은 공소

를 순순히 받는다. 정이 강에게 공소를 권하자 강은 "나는 공소 안할라오. 고등교육까지 받은 녀석이 공갈취재를 해 먹었으니 이년 중역도 싸지"라고 말하며, 간수의 공소여부 확인에 "후꾸자이 시마스 후꾸자이 시마스"무명:53쪽[17]라고 답한다. 이 고등교육 받은 자의 반성하는 능력은 불륜 공갈의 파렴치범인 강이 가장 긍정적으로 묘사되는 이유이기도 하다. 법을 말하는 입승화된 입과 먹는 입벌거벗은 삶은 각각 제국에 속한 입과 그것으로부터 소외된 입으로 나뉘어진다. '먹는 입'은 이러한 분절의 과정을 통해서, 제국의 법 통치 속에 있으면서, 제국적 시빌리티 밖에 있는 허다한 조선인을 상징하게 되는 것이다.

이광수의 「선행장」善行章은 그런 의미에서 이러한 반성적 지식인상의 전형적 사례라 할 수 있다. '고쿠고' 시험에 낙제해 선행장을 박탈당한 아들을 두고 나누는 부부의 대화를 보라. "「그래도 당신 모양으로 저 잘못한 것을 반성하는 힘은 있습니다. 그거 하나 만은 면아들 이름 : 인용자한테서 취할 점이죠. 나는 안해가 어미로서 제 자식의 결점을 바로 보는 눈에 탄복하였다. 그리고 내 성질을 닮은 것을 새삼스레 인식하였다."[18] 이 개조론자, 반성론자의 법 관념, '국어'관은 전향론과 관련해 부기해 둘 필요가 있다. 어떤 의미에서, 전향자란 선善한 '국어'＝고쿠고로서 전향서를 쓸 수 있는 사람, 그렇게 함으로써 제국적 '선행'善行에 가까이 가는 사람일 것이다.

'국어'를 통해 법으로 승화된 자들에게, 입은 오직 '말'이고, 먹는 입과 비명과 항문은 타인들의 저주스러운 동물적 움직임을 통해서만 그 흔적

---

17 "伏罪します,伏罪します". 복죄(伏罪), 즉 형벌에 복종한다는 뜻.
18 이광수, 「善行章」, 『家庭の友』, 1939.12에 실린 한글 소설. 이경훈 편, 『진정 마음이 만나서야말로－이광수친일소설 발굴집』, 평민사, 1995, 335쪽으로부터 인용.

을 남기고 있다. 과연 나와 신문지국의 기자였던 강 등 국어를 배운 이들은 별반 싸지도 않는다. 싸면서 먹고 말하는 '그들'은, '인간'으로 도착되기인간으로 '남는' 것이 아니다를 원하는 앙다문 정치적 입에 의해 완전히 '낯선 것'이 된다. 쌀 수 없는 그의 얼굴은 그렇게 점점 더 굳어간다.

프로이트는 다음과 같은 언급은 우리의 의문에 답하는 한편 그 의문을 더욱 밀고 나아가게 해준다. "성적 자극을 일으키는 주요 요소는 신체 부위생식기·입·항문·요도의 말초적 자극이다. 그런 까닭에 그런 신체 부위는 '성감대'라고 불린다. (…중략…) 일반적으로 이 성감대들 중에서 오직 한 부분만이 성생활에 이용되며, 그 밖의 나머지 부분들은 성적인 목적에서 벗어나 다른 목적으로 나아가게 된다. 그리고 이 과정을 '승화sublime'라 부른다."[19]

내내 똥과 성性과 밥을 함께 말하는 '입=항문'은, 이러한 논리대로라면 승화되지 못한 삶의 표식에 다름 아닐 것이다. 프로이트는 우리들의 '구멍'에 대해 다음과 같이 말한다. "(항문이란) 문명이 요구하는 교육에 의해서 성적 목적에 기여할 수 없게 되어 버린 우리 성적 본능의 한 구성 요소"로서 이해된다. 그러니까, 승화되지 못한 신체, 분절되기 이전의 신체로서의 '입=항문'적 인간은 부르주아 (성)윤리의 적극적 극복대상이 되고 있는 것이다. 따라서 여전히 '입=항문'인 '인간동물'들이란 이 싸지 않는 (척 하는) '인간'들에 의해 무명無明의 존재들—문명의 저편에 있는 타자들로 외화되어 버린다. 그리고 그 외화를 통해 지배의 대상이 된다. (김사량

---

19 Sigmund Freud, "Character and Anal Erotism", *The Standard Edition of the Complete Psychological Works. Vol. 9.*, Trans. and Ed. James Strachey·Anna Freud, Assisted Alix Strachey and Alan Tyson. London : Hogarth, 1959, pp.169~175. 참조.

의 「天馬」에 등장하는 말처럼 유치장이 내내 豚箱ぶたばこ로 불렸다는 사실을 기억하자) 작가의 눈에 비친 잡범들의 세계는 그러하다. 이광수가 싸지 않는 남자를 그려내고 있을 때, 또 프로이트가 항문성애를 발달의 최하위 단계 쪽에 배치할 때, 프로이트와 이광수는 동일하게 이 항문의 기피를 통해 20세기 초중반을 산 세계 부르주아지들의 제국적 '시빌리티'를 공유하고 있었던 것이 아닐까?

병든 윤은 차입에의 기대, 즉 선물과 돈에 대한 타령과 자기연민과 공범·동료·간수에 대한 저주 속에 죽어간다. 프로이트에 따르면 "항문성애가 자기애적으로 적용될 때 반항심이 표출된다. 반항은 다른 사람들의 요구에 대항하여 자아가 내보이는 중요한 반응이다. 처음에는 대변에 대한 관심이 선물에 대한 관심으로 바뀌고, 그 다음에는 돈에 대한 관심으로 바뀐다."[20] 이것이야말로 "입=항문", 그러니까 이광수가 그려낸 윤의 초상이다.

인감 위조 사기꾼인 윤의 '그것'은 과연 먹는 동시에 싸고, 싸는 동시에 말하며, 그는 민이 싸려 할 때마다, 스스로의 말욕을 섹스와 돈에까지 추급해 간다. "돈은 다 두었다가 무엇하자는 게여. 흥흥, 옳지 열아홉살 먹은 기집이 젊은 서방 얻어서 재미 있게 살라고?"「무명」:6 대변에 대한 관심에서 오촌 당숙의 돈선물에 대한 갈구로 이전해가는 이 '거세된' 수형자의 항문성애적혹은 구강성애적 '퇴행'은 감옥에서 압축적으로 반복된다. 내내 인간 미달로 그려지는 윤에게 결여된 것이란 말할 것도 없이 '문명'—즉 빛이다. 그는 거의 '동물'이다. 그러니 누가 고쿠고를, 법을, 위생을, (정치적 언

---

20 Sigmund Freud, "Transformation of Instincts with Special Reference to Anal Erotism", *SE Vol. 18.*, 1955.

어로 분절된) 입을 거절하겠는가. 이광수 전향문학의 비윤리성은 바로 여기에 있다. '입=항문'을 가진 것으로 묘사된 '동물'적 삶 혹은 계급적 타자로부터 스스로를 구별해냄으로써 '국어'의 세계, 아니 '법=명령=위생=입'이 분절된 '인간'의 영역으로 투항해 가는 이 한 줌의 문명. "지독한 변비constipation — 고압적 행정장관의 금고金庫처럼 아름다운, 굳게 다문 입" (그는 과연 그들과 상대하기를 거부하고 변비와 불면 속에 머문다). 우리는 거기서 이광수라는 '인간'의 초상을 본다.

3) 고쿠고國語, 인간과 동물을 분절하는 이 기계

입=항문이 과연 어떤 결여나 미발달의 산물이든 아니든, 어쨌든 이 작가의 분신은 지배 부르주아지 세계의 법=윤리에 의지해 하나의 해방을 꿈꾼다. 단적으로 말해, 그 해방은 작게는 감옥으로부터의 해방이고, 크게는 계급과 민족적 울타리로부터의 해방이다. 그의 배반은 민족적인 것인 동시에, 계급적·문명적인 것이 아니었을까. '입=항문'을 분절하는 과정에 법이 있고 제국의 고쿠고가 있고 또한 폭력이 있었다고 말해 보면 어떨까. 충격적인 폭력을 입과 항문을 통해 해방시키는 인간동물의 상황을, '인간'으로 분절하여 승화시키는 과정 — 감옥의 인간동물들 전체조선어와 조선인됨을 포함한 그것를 스스로의 외부로 소외시키는 방식을 통해 이광수는 그들을 그리로 보낸 행정장관-총독의 권위적으로 닫혀진 입을 모방하고, 감옥의 타자들은 그 순간 비문명-무명無明의 존재들로 소외된다. 서서히 배급-국어-국체명징의 세계로 빨려 들어가는 과정, 아니, 승화되어 해방되어 가는 이러한 신체들을 우리는 전향자라 부른다.

그렇다면 식민지감옥의 상황은 이중언어 상황이라고 해야 옳을까 아니면, 언어 분할, 언어 지배, 언어 폭력의 상황이라고 해야 옳을까. 쉽지 않은 대로, 그들이 그들의 모어와는 별도로, '국어'와 연관된 폭력과 공포=계약을 통해 명령어로서의 일본어를 콩밥 먹듯 신체의 질료로 소화시키고 있다고 말해 좋을 것이다. 그 '소화'는 용이치 않으며, 그런 까닭에 매번 소화불량과 식체를 동반하는 것일 수밖에 없다. 필자가 보기에 조선어 화자의 이러한 언어적 어려움은 이 소설 속에서 '설사'라는 질병과 비유적으로 연동되고 있는 듯이 생각된다.

이광수가 「무명」에서 그려낸 깨어진 '국어'와 감옥 속의 물똥은 그런 의미에서 놀랍게 수미쌍관한 비유의 일종이라 해야 할 것이다. 말이 깨어진 자들에게는 사식私食이 없으며, 콩밥과 죽을 먹은 이들은 여지없이 "피똥" 혹은 "물똥"을 싸고 만다. 그들은 그렇게 죽어가거나, 이중언어의 기억을 가진 국어 기계—국체가 되기를 강요받는다. 늘 구타와 먹이의 금지는 (제)국어와 함께 온다.

이중언어로 작업하는 인텔리들은 이중언어 상황—정확히는 '비언어'조선어를 '언어'국어로 매개하는 일을 통해 제국의 엘리트 혹은 상류사회로 '연결'된다. 이 연결은 '입=항문'이라는 원초적 조건을 분절시켜, '정치적 입' 즉 고쿠고로 승화시킨 결과일 수 있다. 그리고 벌거벗은 삶들은 경제적·사회적 소외의 결과로 먹고 말하는 구멍과 싸고 섹스하는 구멍이 한데 뭉개진—실제로 그들은 먹자마자 싼다—이중언어 상황으로 '추방'되는 것이다. 이것이 문제적인 이유는 '분절' 자체의 구조가 작동하는 한에서 그들의 '말'이 배설과 압착된 것으로 간주되는 까닭이다. 들뢰즈·가타리의 새로운 정치기획이 발견한 분절을 모르는 입이라면, '국어'의 외부에서 이미 실현된 적이 있다고, 아주 아이러니컬하게 말해 볼 수 있으리

라. 벌거벗은 삶, 분절을 모르는 '그것'들. 분절하는 구조 안에 있으면서, 그 말이 배설처럼 규정되는 이 신체들의 상황은 인간적인가 동물적인가. 쉽지 않은 대로, 언어를 매개하지 않는—아니, 신체화되지 않은 언어와 폭력을 통해 규율되는 식민지적 신체의 속성을 우리는 여기서 짐작해 볼 수 있을 것이다.

이중언어 상황 속의 지배어는 언어라기보다는 폭력이고, 홉스의 언명처럼 폭력과 명령은 언제나 언어＝사회계약의 성립을 동반하여 찾아온다. 이 '고쿠고' 세계에서 정치적 언어를 잃은 조선인들의 언어는 그렇다면 어떤 것이었을까. '말하는 입'을 '먹는 입' 위에 뭉개버리는 힘에 의해, 이 조선인 화자의 음성은 오직 구호와 비명, 저주와 뒤틀린 소리로 고쿠고 안에 그 존재의 흔적을 남기고 있다.

"아이고……아무 것도 묻지 말아주세요"[21]アイゴ, 何も訊かないで下さい. 혹은 "아이고－아이고－, 나를 치는 거야. 그래, 쳐, 쳐라! 나 한 사람 쯤의 목숨이 뭐냐. 죽여 다오. 순교자라는 것은 죽임을 당하는 것이도다".[22] '아이고, 아이고アイゴ－アイゴ－'와 같은 비명이야말로 식민지 일본어 문학에 짙게 배인 정치가 박탈된 벌거벗은 입의 그림자가 아닐까. 두 언어 사이에서 뭉개진 입들의 흔적이 바로 이 "아이고"라는 비명 안에 남아있는 것이 아닐까. 일본에서 출간된 한 조선문화 사전[23]의 첫 표제어인 이 "아이고"라는 가타

---

21 金史良, 『光の中に』, 講談社, 1999, p.42.
22 발광한 조선 청년은 이렇게 말한다. "아이고－아이고－, 나를 치는 거야. 그래, 쳐, 쳐라! 나 한 사람 쯤의 목숨이 뭐냐. 죽여 다오. 순교자라는 것은 죽임을 당하는 것이도다". 金史良, 「蟲」, 『金史良全集』 II, 河書房新社, p.18. 이 작품은 반도의 조선어로 먼저 발표(「지기미」, 『삼천리』 1941.1)되고, 작가 자신에 의해, '국어화'되었다.(「新潮」 1941년 7월호)
23 梶井陟, 「アイゴ」, 伊藤亞人 監修, 『朝鮮を知る事典』, 平凡社, 2000는 이렇게 적고 있다.

가나 글자들을 들여다본다. 이 비명은 현해탄 뿐 아니라, 심지어 태평양을 건너 영어 속에서도 살아남는다. "Aigo……please leave me alone."[24] 이것은 언어인가. 이 분절을 모르는 입. 이중언어적 분할을 찢으며, 국어권을 빠져나가는 동물화된 삶의 비명들. 말하는 입과 먹는 입 사이에서 그 분절의 수상함을 맹목적으로 묻고 있는 이 '비명'들.

"히도쯔하나, 후다쯔둘" 간수의 세어 가는 소리와 함께, "아이구 죽겠다, 아이구, 아이구!"[25] 조선어와 일본어는 각각 수인과 감시자, 피지배자와 지배자, 맞는 자와 때리는 자, 먹고 싸고 주절대는 입과 말하는 입으로 명백한 분할을 가지고 재현되고 있다. 그 분절 사이에서, 혹은 그 이중언어 상황의 사이에서 터져 나오는 '비명'悲鳴이야 말로, 입=항문 속에 남아 있는 '말하는 입'의 유일한 흔적이라고 할 수는 없을까. 먹는 입의 유일한 정

"조선어의 감동사. 감정을 순간적으로 표현할 때 쓴다. 슬플 때, 기쁠 때, 화가 날 때, 질렸을 때, 사람과 오랜만에 만났을 때, 힘을 쓸 때 등등 그 표현 범위는 매우 넓다. 아이구, 오이쿠, 에-구, 여자 말로서 '아이구머니'와 같이 소리와 형태를 변화시키면서 그 때 그때의 감동·감탄을, 뉘앙스나 정도, 남녀어의 다름 등을 미묘하고 풍부하게 표현해낼 수 있다. 또한 장례식에서의 곡성을 가리키는 명사 '애호(哀號)'는 전혀 다른 말로서, '애호(哀號)'의 조선음은 에-호이다. 애호(哀號)는 본래 중국 고대의 풍습이었는데, 형식화된 장례식의 중요한 의례이며, 그것을 업으로 하는 곡인을 시켜 애호(哀號)를 시키기도 했다. 이 의례는 조선, 일본에도 전해져, 한국에서는 지금도 볼 수 있다." 재일한국인 소설가 유미리 역시 많은 소설에서 이 '아이고'(アイゴ)를 교체 불가능한 언어로서 쓰고 있다.

24 SA-RYANG, KIM., "Into the Light(1939)", translated by Christopher D. Scott, Into the Light : An Anthology of Literature by Koreans in Japan, edited by MELISSA L. WENDER, University of Hawai'i Press, 2011, p.31.

25 김동인, 「태형」, 위 책, 213쪽. 이 작품의 일본어본은 이 부분을 다음과 같이 번역하고 있다. 「ひと一つ,ふたつ」看守の數えあげる聲とともに,「ああ,あああ……」悲鳴がわれわれの暑さに麻痺した耳を突く裂く。」長 章吉 譯, 「笞刑」, 『朝鮮短篇小說選』上, 大村益夫·長章吉·三枝壽勝 編譯, 岩波書店, 1984, p.38. 조선에서 태형은 민도(民度)를 이유로 3·1운동 직후년까지도 남아 있었고, 그 이후에도 경찰범처벌규칙에 의해 법적 구타는 감옥 밖에서 행해졌다. 鈴木敬夫, 『朝鮮植民地統治法の硏究』, 北海島大學圖書刊行會, 1989, pp.82~85.

치적 호소 방식이라고 말한다면 과연 지나친 것일까.

법은 계약이 아닌 공포의 명령으로 존재하기 마련인데, 더구나 식민지에서의 그것은 언어적 결락을 동반하는 것이기에, 언어와 함께 보다 강력한 신체적 규율을 개입시킨다. 만약 이 벌거벗은 사람들에게 조선어가 신체의 언어라고 한다면, 일본어는 '신체의 동작'과 함께 하는 언어라고 해야 할 것이다. '하이'ㅑい와 '예'를 섞어 말할 때, 구타가 돌아 오는 이 장소의 소리와 정치성. '아이고'ァイゴ는 식민자의 언어에 하나의 이질적인 비명으로 남은 피식민어의 흔적을 보여주고 있다. 이때의 일본어란 시빌리티와 폴리스의 언어라기보다는, 동력기, 전달장치, 작업기와 같은 것인지도 모르겠다. 이를 움직이는 동력·원천은 근원적으로는 자본이지만, 그 기계 자체는 힘과 공포를 동반하는 말―'고쿠고'인 것이다.

"예, 하이"라는 갈라진 혀를 조정하며 '힘=공포=계약'은 '그것'le ça을 '그것'le ça인 채로 단일화해 보인다. 아니 뭉게 놓는다. 내재성으로 쫓겨난 이 기계는 기계organic-machine라기보다는 기계instrument였으리라. 그들에게 '고쿠고'란 폴리스의 언어라기보다는 동력기였다. 벌거벗은 삶-생명을 움직이게 하는 이 이중언어 사회의 분절 기계. 가장 법적인 공간이자 가장 사회계약으로부터 멀리 있는 역설의 장소―감옥에 이중언어의 상황이 있고, 가장 공공적인 미디어문학 혹은 신문들에 또한 그것이 있으며, 가장 벌거벗은 거친 삶 속에 또한 이중언어의 상황이 있다. 동물이자 맹목적 기계인 신체―아니 구멍들이 있다. 가장 차려입은 장소와 가장 벌거벗은 장소에 그 입은 그렇게 갈라진 채, 또한 뭉개진 채 있다. 전자가 후자의 배제 위에 존재하려 들 때, 우리는 그걸 '전향'이라 불러도 좋으리라.

4) 감옥과 '국어', 전향의 모먼트

미셸 푸코에 앞서, 정신병자와 수형자들의 사회적 상황을 연구했던 얼빙 고프만은 감옥 혹은 정신병원과 같은 소위 '완전시설'total institution에서는, 먼저 해당 수용자의 소지품을 몰수하고, 고유한 이름의 사용을 중지시키는 일에 의해, 외적 세계의 아이덴티티를 부정한다고 말한다. 즉, 개인성의 상징에 해당하는 소지품 대신, 입감자 전원에게 균일한 지급품을 쓰게 하고, 이로써 개인의 아이덴티티를 말살함으로써 하나의 '정상'적 삶-평균적 삶의 의미를 각인하게 된다는 것이다.[26] 따라서 지급품 이외의 소유물을 갖고, 배급 이외의 음식물을 섭취한다는 것은 단순히 경제적·사회적 우위를 표시하는 것일 뿐만 아니라, 잃어버렸던 개인성을 제한적으로나마 회복하는 계기로 작용한다고 할 수 있다. 차입은 위생면이나 영양, 물질적 우위, 계급성 등을 표시할 뿐 아니라, 최소한의 아이덴티티의 확보라는 점에서 「무명」의 화자가 여타의 수형자들과 스스로를 구별짓는 정신적 가치를 표상한다고 할 수 있다.

다시 말해 화자인 '나'-이광수의 분신은 여타의 사람들과 같은 수형자이기는 하나, 주위의 아이덴티티를 상실한 자들과 달리 그 개인성 혹은 자아를 보전하고 있다. 윤은 당숙의 차입으로 '나'와 같은 '수건'과 '비누'를 쓰게 되자 '나'와 동등해졌다고 느끼고, 말투 역시 서로를 존중하자는 뜻에서 '하오'체의 문명한 말로 바꾼다. 윤의 그러한 행동을 '나'는 한심해하지만, 실은 윤의 행동이란 감옥의 생리를 몸소 체험한 자 특유의 매우 수미일관한 반응일 것이기 때문이다. 모든 반복이 그렇듯이, 윤의 행동은

---

26 Goffman, Erving, Aylums : Essays on the Social Situation of Mental Patients and Other Inmates, New York : Doubleday, 1959, p.18.

단지 '나'의 행동의 반복이기에 희극적으로 보이는 것뿐일지도 모른다.

등장인물들의 배설 행위에 있어서, 화자인 '나'님는 내내 관찰자의 입장에 있으며, 그 자신의 배설에 대해서는 전혀 쓰지 않는다. 그러면서 화자는 바로 이 배설 행위의 외부의 '말하는 개인' – 공적 주체로서 스스로를 위치시키고 있다. '나'는 분명 감옥 안에 있는데, 그는 또한 홀로 '인간'인 채로 항문의 외부에 있는 듯 말한다. 쓰고 있다. 동물과 항문의 비유로 가득 찬 윤, 민, 정의 행위들에 대해 화자는, 이를테면 '참여적 관찰자'participant-observer의 입장을 견지하고 있다고 말할 수 있을 것이다. 같은 장소에 몸을 두면서도, 어디까지나 화자는 '문명' – 말하는 입을 가진 '다른' 자로서 여타의 수형자들과 접촉한다. 이 참여적 관찰자는 차이를 발견하는 듯 쓰고 있다. 하지만, 실제로 참여적 관찰자란 언제나 차이를 만들고, 그 차이 속에서 스스로를 어디에 기입해야할지를 생각하는 사람에 가깝다.[27] 그 사람은 '인물'이 아니라, 어떤 세계의 '구조'를 쓰고 있으며, 그 자신이 그 구조의 일부다.

인류학의 필드 웍이 그러하듯이, '나'는 이 수형자들 위에서 작용하고 실제로 그들 삶을 움직이고 그들의 신념체계에 관여한다. 사식도 그러하거니와, 윤은 죽음을 앞두고 화자에게 영혼의 구제를 위한 방법을 구한다. "긴상! 나무아미타불을 부르면 죽어서 분명히 지옥으로 안 가고 극락세계로 가능기요?"「무명」:55. '나'는 답한다. "정성으로 염불을 하세요. 부처님의 말씀이 거짓말 될 리가 있겠습니까?" 이 사투리와 표준어의 선명한 대립을 가로지르던 '빛'이, 이제 막 방언조선어과 국어일본어 사이를 빠르게 절단

---

27 Clifford, James, *Routes : Travel and Translation in the Late Twentieth Century*, Harvard Univ. Press, 1997, p.20.

하고 있던 시간의 이 대화.

이 참여적 관찰자의 시선은 분명 20세기 초두의 문명이 발달한 서양으로부터 미개지 혹은 동물의 세계로 들어간 자들의 인류학적 시점 혹은 곧 돌아올 자들의 여행기를 연상시킨다. 인류학적 인간들이 종종 문명-야만의 경계를 획정하는 '객관적인 관찰'을 통해, 스스로를 문명으로 재확인하고 야만 쪽에 문명화에의 희구를 새겨 넣는 것처럼, 이 감금된 주체는 이야기의 초점을 수형자들에게 돌리는 '관찰'의 기록을 통해 감옥 밖으로 도착된다. "병감이라는 극한상황 속에서의 인간성을 윤이라는 인물을 통해 유례없는 통찰로 그려낸 것이 단편 「무명」이었다"[28]고 할 때, 이 '통찰'은 틀림없이 '참여적 관찰'에 다름 아닌 것이다. 그는 이 '돼지우리'豚箱 속에서 안간힘으로 인간임을 주장하기 위해, 육체와 그것에 묶인 조선의 생정치 전체를 스스로로부터 외화시켜버린다(그리고 실제로 '나'만이 병보석을 통해 그 '돼지우리'를 빠져 나온다).

그 자신 병감의 수형자이기에, '나'의 병 역시 위중할 것이나, '나'는 스스로의 몸에 대해서는 좀처럼 말하지 않는다. 왜냐하면, 그 분비물을 토해내는 병감의 '몸'이야말로 그가 혐오해마지 않는 부정적 조선성의 표상들이기 때문이다. 민의 지쳐 말라버린 몸, 그 말라버린 몸에서 나오는 배설물, 정의 지독한 구취, 윤의 설사에 대한 놀랍도록 상세한 묘사는 관찰자의 신체를 놀랄만치 피해간다. 이 참여적 관찰자는 배설하는 인간동물에 대해 때로는 연민을, 때로는 혐오를, 드물게는 계도를 극히 자연주의적으

---

28 김윤식, 『이광수와 그의 시대』 3, 한길사, 1986, 951쪽. 김윤식은 이 소설의 가치하락을 마지막 장면의 '설교'에서 찾고 있지만, 실은 이 소설은 그의 어느 작품보다 '설교'가 없는 작품이고, 또한 어느 작품보다 대상인물들을 외적인 채로 남겨두고 있는—적극적 소외(alienation)의 산물이다.

로 배치해 나아간다.

이광수가 『무정』과 같은 소설들을 통해 보여준 여성의 신체, 남성의 정신이라는 이분법은 유명한 것이었다. 그러나 이 생산하지도 못하는 불모의 몸들-병감 안의 수형자들의 몸은 그러한 이분법보다도 하위의 범주에 위치지워져 있는 것으로 보인다. '나'는 병감의 수형자들과 함께 어쩌면 연애보다도 훨씬 강렬한 육체적 접촉들을 하고 있지만, 그의 육체성은 좀처럼 서술되지 않는다(이광수에게 있어서 연애의 강렬함은 그것이 한편으로 육체성을 끊임없이 상기시킴에도 불구하고 그로부터 계속 멀어지고자하고 있는 데에서 비롯된다는 것을 염두에 두자). 이 '나'에게는 입과 눈만 있고, 항문과 몸뚱이는 없기 때문이다. 그는 이 남자만의 장소에서 서구 근대의 에피스테메-신체로부터 분리된 사고를 객관적인 것으로 중시하고, 신체를 물질적인 것에 주박된 것으로 하위에 배치하는 바로 그 사고를 거의 무의식적인 수준에까지 펼쳐 보인다. 그렇게 함으로써, 스스로의 문명화된 위치를 간신히 확보하고 있는 것이다. 오랜동안 이광수 문학에 있어서 '계몽'의 대상이었던 이들은, 바로 이런 식으로 '무망한 무명'의 존재들로 결정적인 소외를 맞이한다. 이광수는 감옥―반도의 행위자이기를 그치고, 관찰의 주체―제국으로 귀순하며, 바로 그러한 전향을 통해서 (제국의) 행위자로서 도착된다.

흔히 리얼리스트들은 그들이 혹은 "우리가 왜 똥이냐"고, "왜 돼지우리 豚箱 안에 빠졌느냐"고 강렬하게 질문한다. 모더니스트들은 "우리는 똥이고 소설이란 대개 똥통 위에서 읽혀진다"고 어렵사리 인정한다. 물론 여기서 배설물이라는 메타포의 의미는 서로 다르다. 문제는 이 전향자는 "그들은 똥"이라고 쓰고 있다는 사실이다. 이광수의 전향이란 바로 이와 같은 것이다.

3. 전향의 아이러니 - 근대의 초극과 전근대의 복수

「무명」은 사법적인 전향과 문학적·사상적 전향 사이에 위치한 이광수 나름의 전향 소설이었다. 수양동우회가 악명높은 치안유지법의 적용대상이 됨으로써, "동우회 회원들의 운명은 이제 춘원 이광수의 거취에 달려 있"었다. "이광수가 당국에 대하여 전향을 표명하면 혹은 용서가 될 수도 있겠거니와 이광수가 버티면 동우회 4,50명의 생명은 형무소에서 결말을 지울밖에 없"[29]는 상황에서 그는 전향을 택했다. 이광수는 곧 예심 보석을 받아 회원들과 함께 '사상전향회의'를 개최, 조선신궁을 참배하고 「사상전향 신술서申述書」를 작성해 재판장에게 제출했다.[30] 이광수는 공산주의자는 아니었지만, "조선독립을 달성하자는 것은 우리 제국의 영토의 일부를 참절僭竊하여 그 통치권의 내용을 실질적으로 축소하고 이를 침해하는 것과 다름없으므로, 치안유지법상 소위 국체변혁을 기도한 것으로 해석하는 것이 타당하다"[31]는 논리 구조에 따라서 국체변혁을 기도한 치안유지

---

29 김동인, 『김동인전집』 6, 조선일보사출판국, 1988, 72쪽; 김윤식, 위의 책, 952쪽에서 재인용.

30 전향은 판결문에서 무죄의 한 근거로서 언급된다. 범죄 행위가 아니라 범죄적 사상에 가해진 법이기에 전향은 무죄의 근거가 될 수 있었다. 수양동우회 사건의 전말에 대해서 김윤식, 『이광수와 그의 시대』 3, 한길사, 1986.

31 치안유지법과 식민지법에 대해서 미즈노 나오키(水野直樹), 「植民地獨立運動に對する治安維持法の適用」, 浅野豊美·松田利彦, 『植民地帝國日本の法的構造』, 信山社, 2004, p.436. 식민지의 독립기도는 1931년 이후 일관되게 치안유지법에 의해 단죄되었다. 그 논리는 "조선독립=제국영토의 참절=통치권의 내용 축소=국체변혁"이라는 도식에 의해, 정당화되었다. 물론 국체와 통치권을 규정한 「대일본제국헌법」(1889)이 식민지와 무관하게 성립된 것이기에, 식민지의 영유는 국체에 필수적인 것은 아니지만, 천황의 통치권역인 제국은 확대될 수는 있어도 축소될 수 없다는 논리에 의해 정당화되었다. 수양동우회 사건에 치안유지법의 적용되었다는 것은, 이 법이 규정하는 국체 변혁의 시도를 부인하기 위해 법적·선언적으로 '전향'하지 않을 수 없음을 뜻한다. 이광수의 문학적 변전을 전향의 문제와 곧바로 연결지을 수밖에 없는 이유이기도 하다.

법 사범이 되었고, 치안유지법 사범이 된 이상 전향과 국체에의 헌신을 증명하는 것밖에 달리 방법이 없었는지 모른다. 다만 우리가 여기서 문제삼는 것은 그 논리와 심리이다.

신체제로의 전향론자의 대표격이자, 관헌들에 의해 전향자의 '모범'으로 이야기되곤 했던 하야시 후사오林房雄는 조선 작가의 전향을 논하는 자리에서 여전히 미심쩍다는 듯이 다음과 같이 말한 적이 있다. "조선의 작가는 전향을 한다하더라도 돌아갈 조국이 없다."[32] 자유민권에서 제국주의로의 전향이 그러했듯이, 일본에서 전향이란 늘 외래사상에서 일본정신으로 귀착되는 어떤 사상적·정치적·폭력적 움직임을 의미했다는 의미[33]에서 이 말은 틀림없이 스스로의 경험에서 우러나온 일본적 전향의 핵심을 말하고 있다. 사회주의 계열의 작가가 아니라, 언제나 '민족'을 앞세웠던 이광수와 같은 작가에게는, '조국'의 발견과 헌신과 같은 더 한층 강한 전향에의 포즈가 요구되었던 것도 이 때문일 것이다.

그러나 나는 이 말이 정곡을 찔렀다기보다는, 조선에서의 전향 문제를 단순화하는 원형적 사고로서 이해한다. 전향 이후의 이광수의 고전에의 집착과 일본신화에 대한 관심을 보면, 분명 그는 일본낭만파나 하야시 후사오가 갔던 그 길을 걸은 것처럼 보인다. 물론 이는 고쿠고=일본정신=고전이라는 신체재의 관례화된 사고 문법에 대한 이광수 나름의 대응이었을 것이다. 그러나 그 동기에는 시빌리티의 문제가 깊게 각인되어 있음을 간과해서는 안 될 것이다. 친일 비판 속에서 불려 나오곤 하는 소위 '민족반역'의 대규모적인 현상인 '전향'을 정치적·도덕적 문제로 환원해 버

32   崔載瑞, 「朝鮮文學の現段階」, 『國民文學』, 1942年8月, 對談.
33   本多秋五, 『轉向文學論』, 未來社, 1964, p.219.

릴 수는 없다. 그의 전향은 첫째는 계급적인 것이고, 둘째는 시빌리티의 산물이다. 그의 전향 후 문학의 중요한 계열들 중 하나로 자리하고 있는, 변소를 치고, 거리를 청소하고 파리를 잡는 소설들을 이광수는 무엇보다 중요한 '보국'으로 이야기한다.

이광수 협력문학의 이율배반은 민족을 위해 민족을 배반했다는 데에도 있지만 이는 사후적인 판결이고 회고일 뿐이다. '국어'를 배워 우수한 일본정신을 아는 일을 '문명화의 길'로 삼아 스스로를 '합리화'하면서도, 동시에 반서양, 반이성, 반합리주의를 실천해야했던 이 사람의 걸음은 수미일관한 한편 모순된 갈 지ʐ자의 걸음이다.

그는 말하는 입으로 귀순하는 과정 속에서 '법=명령=위생=입=국어'의 계열체를 '온몸'으로 받아들인다. 그리고 그는 그 밖의 모든 몸들이 내뿜는 언어와 분비물과 비명들에 눈감기로 한다. 조선어는 언어가 아니라 배설이 된다. 항문은 '말하는 입'에 의해 분할되어, 비인非人의 기관으로 간주된다. 이 비인의 언어 역시, 배설과 같은 것으로 분류되어 버리는 것이다. 조선어는 '국어'의 전前역사 혹은 방언이 된다. '분비하는 신체'로부터 '배우고 가르치는 정신'으로의 민족개조를 꿈꾸었던 이 사람은, 이제 바로 그 계몽=문명화에의 열망의 극한지점에서 또 다시 '입=항문'적 신체들 전체를 문명의 외부로 필드 웍 해버림으로써 새로운 국가적 신체의 '행동'에 이르고, 이로써 오랫동안 그를 괴롭힌 신체와 정신의 이원론을 '극복'하고 있다.

"지원병훈련소를 보는 것은 두 번째인데 볼 때마다 가장 많이 느껴지는 것은 신체와 정신의 개조입니다. 소화기의 개조, 근육의 개조, 피부의 개조, 이것은 지원병들이 공통으로 감사하는 바여니와 습관의 개조를 통해

서 되는 정신의 개조는 그 이상인가 합니다."「천황께 바쳐 쓸데 있는 사람」[34] '입＝
항문'의 벌거벗은 삶은 말하는 입—정치적 주체에 의해 동물화혹은 인간
화되어야 할 대상으로 분류되고, 일본정신은 고쿠고와 얽힌 가치들에 의
해 황국적 신체를 유일한 '인간'의 모습으로 선언한다. 고쿠고 병영은 그
렇게 제국적 인간을 대표하게 되는 것이다. 고쿠고라는 기계의 검증을 통
해, 조선인도 "병사가 될 수 있"게 된 것이다.

　알다시피, 미셸 푸코는 감금을 주체와 영혼이 생산되는 본질적 테크놀
로지로서 언급하며 이를 주체화・신민화・복종화subjection라고 불렀다.[35]
그러나 실제로 법이란 그 정당화의 도식에 있어서 자유로운 개인-주체를
이미 '전제'한다. 주체의 '생산'을 말하기 이전에, 이미 그 주체를 생산하
는 것으로 알려진 법은 이를 이해하고 실천하는 '사법적 주체' ＝법의 신민를
설정하기 때문이다. 모든 국가의 헌법이 말해주듯이, 규율이 만들어낸다
는 주체 이전에 법적 주체가 이미 있다. 그런 한편 법을 적용하는enforce
폭력 없이 법적 주체의 준법을 기대하기란 난망한 일이다. 법의 기원과 주
권의 성립을 이야기하는 폭력 모델과 언어의 모델사회계약 모델은 실제로는
법의 서로 다른 기원이자, 쌍생아에 가깝다.

　푸코가 알려주는 것은 법＝국어을 모르는 법적 주체라 하더라도, 주체는
처벌을 통해 그것이 '있다'는 걸 알게 되고, 이를 통해 '주체화'된다는
사실이다. 모두가 감옥에 가서 주체가 되는 것은 아니지만, 법이 이미 '있
고' 이를 유지하기 위해 국가가 폭력을 행사할 수 있음을 알기에, 법적 주

34　이광수, 「문사부대와 지원병」, 『삼천리』, 1940.12.
35　Michel Foucault, *Discipline and Punishment*, translated by Alan Sheridan, Vintage, 1995, p.31.

체들은 '주체'이기를 멈추지 않는다. 신민화란 그러한 의미일 것이다.

그렇다고 할 때, 폭력과 말은 늘 같이 오되, 언어와 함께 온다. 따라서 언어의 개입 없는 규율은 최소한의 사회계약조차 부재하는 단순 폭력에 다름 아니다. 왜냐하면 복종을 반복 가능한 테크놀로지로 만드는 것은 언어라는 동력 장치 혹은 명령이기 때문이다. 언어 없는 폭력은 맹목이다.

그러나 식민지의 주체들은 법이 있다는 것은 알지만, 이 법이 무엇인지는 결코 알지 못했고, 그런 의미에서 여전히 식민지의 언어는 우리로 하여금 법과 규율의 모순과 근본적 허약성을 문제삼도록 한다. 사회계약의 '언어'가 존재하지 않거나 순전히 '타자'의 언어인 곳. 대부분의 식민지인들은 분명 이중언어적 상황을 살면서도, 국어를 공포로서 두려워할지언정 명령 혹은 언어로서 이해할 수는 없었던 것이 아닐까. 이 언어의 개입이 미약한 가운데 강요된 규율은 근본적으로 완전하지 못한 것이었고, 일본의 패전 이후 구식민지의 주체들은 식민지 법뿐만 아니라 준법과 질서 자체로부터 많이 해방되어 버렸다. 언어를 매개하지 않는 '폭력'으로서의 법은, 폭력의 봉인이 풀리자 내전 혹은 방임적 상태를 불러 들였다. 물론 카프카의 「법 앞에서」라는 유명한 단편이 말해주는 것처럼, 크게 보아 법은 거의 언제나 그것이 무엇인지 알 수 없는 상태에서, '이미 존재하는 것' 인지도 모른다. 그러나 식민지에는 법을 지키는 문지기와 말이 통하지 않는 아주 많은 시골사람들이 있었고, 이 이중언어적 상황에서 양자를 매개하던 '개명한' 시골사람들은, 「무명」이 씌어진 1939년의 시점에서 각자의 첫 번째 문지기를 통과해 이 알 수 없는 법의 두 번째 문지기 앞으로 향해 가고 있었던 것 같다.

야만에서 문명으로 빠져나온 이광수. 그는 어렵사리 로컬리티조선'지방'의 대표자가 됨으로써 제도帝都에 이르렀지만, 아이러니컬하게도 결국 시골사람이기는 마찬가지였다. '입=항문'의 장소를 빠져 나오기 위한 안간힘으로 가득한 이 소설을 통해 이광수는 '법=명령=위생=(말하는) 입'의 장소로 전향했지만, 실제로 이광수라는 환유가 대표하게 된 것은 '입=항문'이라는 장소로서의 조선이의 이미지였던 것으로 보인다.

그는 오직 '입=항문'을 분절함으로써만 제국에 말을 걸 수 있었다. 이 시빌리티를 간절히 희구했던 수형자는 귀순한 장소에서 그가 빠져 나왔다고 믿은 시골성의 대표자인 자신을 발견한다(제국의 문학잡지 속에서 조선문학은 흔히 오키나와 토호쿠, 규슈문학과 함께 지방문학의 일부로서 분류되었다). 비슷한 시점에서 최재서와 같은 사람은 "파리 함락은 소위 근대의 종언을 의미하는 것으로 최근까지도 구라파 문학의 유행을 쫓아왔던 조선문학은 처음으로 이러한 사태에 즈음해 눈이 떠졌다고 해도 좋을 것이다"「朝鮮文學の 現段階」,『國民文學』,1942年8月라고 말했지만, 소위 "근대의 종언" 이후 조선문학을 기다린 것은 시골성 — 지방문학의 운명에 지나지 않았다.

'고쿠고'國語로 작업해야 했던 작가들은 내내 이 시골성 혹은 로컬리티의 재현을 요청 받았고, 실제로 그것에 응답했다. 조선은 더욱 봉건적이고 잔혹한 장소로 표상될 수밖에 없었다. 제국문학의 보편성에 접근하기 위해서는, 조선의 경우 더욱 더 협력과 전쟁 문학이 아니면 안 되었다. 막 넘어 온 근대의 다음에는, 조선이 이미 넘어왔다고 믿은 그 온갖 전근대의 신화들이 기다리고 있었다. 그러한 봉건성의 압력을 그리는 신화적 사건·토속 따위나 국책문학이 아니라면, 이 전향문학은 쓸 수 있는 것이 거의 없었다. 「무명」의 조선예술상 수상은 정확히 조선의 지방화와 연동된 것이었고, 주지하다시피 제국의 지방문화란 근대의 초극을 꿈꾸는 반서양, 반(서양)문명,

반개인주의, 반자유주의의 장소였다. 이 문명화된 개인이 되고 싶었던 '규율된' 영혼은 제국의 한 복판에서 영미귀축英美鬼畜에 대해 반근대와 반문명을 말하는 수많은 제국의 신체들과 마주한 채, 서양과 싸우는 로컬하고 엑조틱한 '시골' 사람들로 분류된다. 전향의 아이러니라는 게 있었다면 아마도 거기에 있었을 것이다. 감옥 안에서 문명으로 전향했던 이 사람은, 출옥과 함께 (서구)문명에 맞서 또 한번 반근대를 향해 전향하지 않을 수 없었다. 이 변비로 굳어진 얼굴은 이제 강박적으로 언어들을 쏟아내기 시작한다. 한줌의 전향자와 식민본국의 고쿠고 화자들을 향해. 입과 항문이 왜 똑같이 빨간 색인지를 알지 못한 채, "저 변비증환자便秘症患者는 부자富者집으로 식염食鹽을 얻으려 들어가고자 희망希望하고 있는 것이다"李箱.

똥 같은 괴물,
괴물 같은 똥

「분지」, 「똥바다」를 중심으로

김철

이 글은 '적敵/아我'의 멜로드라마적 이분법이 한국문학에서 어떻게 나타나는지를 탐구한다. 똥과 오물 및 여성 신체의 역겨운 대상화를 통해 미제국주의에 대한 일차원적 적개심을 표현하는 「분지」는 식민자에 대한 증오와 선망으로 뒤엉킨 피식민자의 정신적 분열을 드러낸다. 「똥바다」는 바흐찐의 그로테스크 리얼리즘의 해방적 기능을 부분적으로 구현하지만, 동시에 또 다른 폭력과 억압의 질서를 강화한다. '만들어낸 적'을 통해 집단적 주체를 형성함으로써 허구적 사회통합을 시도하는 현대 한국의 자화상으로 「분지」와 「똥바다」를 독해하는 이 글의 궁극적 목적은 푸코가 말한 "인간의 종말"을 사유하는 것이다.

1. 머리말

먹고 싸는 일이 동물적 존재로서의 인간의 피할 수 없는 조건이라면, 그 역겨움을 외면하거나 은폐함으로써 비非-축생畜生으로서의 인간 고유의 본성을 확인하고자 하는 몸부림 역시 근대 휴머니즘의 한 경향일 것이다. 따라서 인문학적 고찰의 대상으로 '똥'을 비롯한 배설물이나 오물에 주목하는 것은 낯선 일도, 기이한 일도 아니다. 인문학의 역사, 특히 문학의 역사는 인간 자신의 더럽고, 역겹고, 공포스런 모습을 들춰내고, 파헤치고, 내보임으로써 인간의 자기인식을 확대해 온, 또는 축소해 온 역사라고 말할 수도 있겠다.

예컨대, 주제 사라마구José Saramago의 『눈먼 자들의 도시』1995만큼 "누는 자의 실존을 정면으로"[1] 그린 작품은 달리 없을 것이다. 이 환상적 리얼리즘의 세계에서 인간은 눈이 멀었다는 사실이 아니라 눈이 멂으로써 비로소 보게 되는 사실, 즉 똥을 처리할 길 없이 똥 속에 갇힌 채 똥과 함께 뒹굴어야 하는 자신의 모습에 절망하고 공포를 느낀다. "눈이 보일 땐 보지 않고 보려 하지 않은 똥"이 눈이 멀자 "보이기 시작"[2]하는 이 역설적 상황은 근대 이래 인간이 쌓아 올린 오만의 탑을 일거에 깨부순다.

이 글은 똥을 인문학적 관점에서 고찰하고자 하는 기획의 일부로서, 한국문학에서의 똥의 재현 양상을 남정현의 「분지糞地」1965와 김지하의 「똥바다」1974. 원제 「糞氏物語」를 통해 살핀다 (방영웅의 『분례기』(1967)는 2부에서 다룬다). 이들은 한국 현대문학 가운데 똥을 직접적 소재나 모티브로 삼은

---

1   한만수, 「똥의 인문학으로의 초대」, 『똥의 인문학』, 역사비평사, 2021, 10쪽.
2   위의 책.

작품들 가운데 일부이면서, 똥을 혐오와 적개심의 대상으로서의 '적敵' 혹은 멸시와 천대의 대상으로서의 비천한 존재, 즉 이른바 비체abject의 상징으로 재현하고 있다는 공통점을 지닌다. 이 표상 방식은 똥과 배설물 등의 오물 그리고 그런 존재들을 더럽고 역겨운 오염원, 더 나아가 부도덕한 것으로 인식하고 그것들의 은폐와 차단, 격리와 배제를 통해 인간을 합리성과 질서의 세계 안으로 끌어들이려는 근대적 시스템에 정확히 부합하는 사유이며 표현이다. 푸코가 말했듯이, 그것은 "인간에 고유한 속성을 고립시키는 인식론적 지식" 즉, 칸트 이래의 '인간학'이라는 "조물주가 겨우 200년 전에 창조해낸 극히 최근의 피조물"인 "인간"의 흔적이다. 그리고 그 인간은 "모래사장에 그려진 얼굴"처럼 "파도에 씻겨 곧 사라져버릴" "종말"에 다가서고 있다.[3] 나는 위 작품들의 분석을 통해 그 "종말"을 묻고자 한다.

2. 한국문학과 적 – "총알을 찰칵 넣고 방아쇠에 살짝 손가락을 건다"

현대 유럽 문학의 전개에 관한 한 흥미로운 분석에서 폴 퍼셀Paul Fussell 은 "현대적 글쓰기의 바탕을 이루는 제일의 필수불가결한 관념은 바로 '적' 관념"[4]이라고 말한다. 그에 따르면, 제1차 세계대전 중 끝없이 지속되는 참호 전투 속에서 병사들이 겪어야 했던 집단적 격리, 방어적 수동성, "저쪽 편"이 뭘 하고 있는지에 대한 신경증적 강박 등은 현대의 정치

3　미셸 푸코, 이광래 역, 『말과 사물』, 민음사, 1987, 355·440쪽.
4　Paul Fussell, *The Great War and Modern Memory*, Oxford University Press, 1975, p.76.

적, 사회적, 예술적, 심리적 양극화의 모델을 성립시켰고, 현대적 글쓰기의 기본 양식인 "편집증적 멜로드라마"를 발전시켰다. "우리"는 여기에 있고 "적"은 저기에 있다. "우리"는 개별적 이름과 개성을 지닌 존재이고 "적"은 그냥 이름 없는 "무리"일 뿐이다. "우리"는 보이고 "적"은 보이지 않는다. "우리"는 정상이고 "적"은 괴물이다. "우리 것"은 자연스럽지만 "적의 것"은 괴상망측하다. 그럼에도 불구하고, 적은 우리를 위협한다. 따라서 반드시 쳐부수어야 하고, 쳐부술 수 없다면 억누르고 무력하게 만들어야 한다. 아니면 최소한 말을 잘 듣도록 가르쳐야 한다.

퍼셀은 현대 세계의 문학과 예술을 포함한 모든 부면에서 지속되는 이러한 관습적 상상을 "역겨운 이분법"gross dichotomizing으로 명명하면서, 예컨대, 공산주의자의 '자본가', 자본가의 '공산주의자', 히틀러의 '유태인' 뿐 아니라, 에즈라 파운드, T.S. 엘리엇, 윌리암 포크너, D.H. 로렌스 등 영미 문학 작가들의 작품에 나타나는 이분법적 적개심을 거론한다. 20세기의 두 번에 걸친 세계대전은 모든 것을, 심지어는 시간과 공간마저도 '우리 것'과 '저들의 것'으로 양분하는 '대비對比의 관습'the versus habit을 낳았다. 단순명료한 양극화만이 지배하는 이 세계에서 사라진 것은 모호성이나 뉘앙스다. 세계대전의 주요 사상자는 바로 그들이었다.[5]

'친밀한 적', '적대적 공존' 등의 개념마저 진부해진 오늘날의 관점에서 보면, 20세기 정신문화의 기저를 단순히 '역겨운 이분법'으로 파악하는 이런 방식이야말로 어쩌면 또 다른 단순화의 오류라는 비판에서 자유롭지 못할지도 모른다. 그렇다 해도, 현대적 글쓰기의 기본 형태를 '적/아'

---

5 Ibid., pp.75~81.

의 양극화에서 비롯된 "편집증적 멜로드라마"로 이해하는 1970년대 미국 비평가의 이러한 관점을 같은 시기의 한국문학 작품들, 예컨대 이제 다루고자 하는 남정현의 「분지」나 김지하의 「똥바다」, 혹은 근현대 한국문학 전체의 해석에 참고하는 것은 우리의 경험에 비추어 크게 틀린 일은 아닐 것이다.

한국문학에서 '정의로운 우리'와 대립되는 '사악한 그들', 즉 '적'의 존재가 명료하게 등장한 것은 언제 어디서부터였을까? 그리고 그 '적'은 어떤 식으로 표상되었던가? '나'의 삶을 위태롭게 하는 정체불명의 괴물이자 악마로서의 '적', 그럼으로써 동시에 '우리'를 단결시키고 강력한 존재로 재탄생케 하는 사악한 '적'은 한국인에게 언제 어떻게 형성되고 어떻게 그려졌는가? 내가 아는 한, 이런 질문은 한국문학의 연구에서 제기된 적이 거의 없는 듯하다.[6]

식민지 시대 조선인에게 '적'은 누구이며 어떻게 표상되었나? "일본 제국주의와 일본인이 가장 사악한 적"이라는 모범 답안을 누구나 예상할 수 있다. 그런데 과연 그럴까? 식민지 시기 문학을 중심으로 간단한 스케치를 시도해 보자.

두루 알다시피, 이인직의 신소설 이래 1920년대의 이른바 계몽주의 문학에 이르기까지 식민지 작가들의 주요한 적대적 대상은 구舊조선 사회의 봉건적 인습과 낡은 사회체제였다. 그것은 증오스런 '적'이라기보다는 지향해야 할 문명 세계를 위해 청산해야 할 자기 안의 질병 같은 것이었다.

---

6   신형기의 『이야기된 역사 – 남북한 민족 이야기가 그려낸 역사상 비판』(삼인, 2005)은 한국 근현대의 역사 서술과 문학을 지배한 "신경병적 이분법"의 '억압'을 파헤치면서, 그 "희생자들의 시신 위에 덮인 갖가지 깃발과 만장들을 걷어내는" 드문 비평적 성과다.

그런 점에서, 1920년대 사회주의 문학의 도입은 한국문학에서 '적 관념'을 처음으로 확립하기 시작한 사건으로 읽을 수 있겠다. 새로운 작가들은 '악독한 부르주아 / 정의로운 프로레타리아'라는 계급론적 적대관에서 식민지 현실의 묘사를 위한 신영역을 발견했다. '적/아'의 이분법과 그에 따른 "편집증적 멜로드라마"가 20세기 문학의 기본적 양식이 되었다는 앞의 논의를 고려하면, 한국문학은 20년대 카프 문학을 통해 비로소 세계문학의 당대성에 접속했다고 말할 수도 있겠다.

물론 퍼셀이 말하는 '적 관념'이 세계대전이라는 인류 초유의 끔찍한 경험을 통해 생겨난 것임을 감안할 때, 식민지 조선 사회주의 작가들의 계급 적대감은 그에 비할 수 없이 관념적일 것임이 분명하다. 실제로, 식민지기 사회주의 문학 작품에 적대적 대상인 '자본가'나 '부르주아'는 구체적 실체로 드러나는 법이 거의 없다. 한설야, 송영, 이북명 등의 노동소설에 등장하는 착취자로서의 '적'은 대개 조선인 중간 관리자이다. 카프 문학 최고의 성과로 꼽히는 이기영의 『고향』에서도 빈농 계급의 억압자로서 소설 무대에 등장하는 것은 일본인 지주가 아니라 조선인 마름이다.

카프 시기의 작품이나 이론이 리얼리티나 현실 정합성의 관점에서 '골방 속의 지루한 독백'을 벗어나지 못하는 이유의 상당 부분은 이 적대성이 작가 자신의 구체적인 체험이라기보다는 학습을 통해 심어진 것이라는 데에 있을 것이다. 최서해나 이북명 같은 극소수를 제외한 대부분의 카프 작가들은 당대 최고의 교육을 받은 엘리트 지식인이라는 점을 염두에 둘 필요가 있다. 더욱이 카프 해산 이후의 이른바 '전향문학'이 이룩한 깊이 있는 사유와 수준 높은 예술적 형상화의 성과에 비추어 보면, 카프 시기의 추상적 관념성이 어디에서 기인한 것인지는 한층 분명해진다. '전향'

이야말로 그들이 실제로 몸과 마음으로 겪은 생생한 체험이었던 것이다.

식민지 조선문학이 보다 분명하게 구체적으로 적을 묘사하고 적에 대한 증오심으로 충만한 작품들을 대량으로 생산해내는 것은 1937년 중일전쟁으로부터 태평양 전쟁으로 이르는 전시 총동원 체제하에서의 이른바 '친일문학'/'국민문학'의 실천을 통해서일 것이다. 여기에 이르러 식민지 작가들은 비로소 적의 정체를 뚜렷이 하고 카프 시대에 형성된 관념적 적대성을 구체적으로 언어화할 하나의 길을 발견했다고 해도 좋다. 예컨대, 사회주의 문학의 동반자 작가로 이름 높던 한 작가의 다음과 같은 발언은 식민지 조선문학이, '적/아'의 이분법에 관한 한, 그들이 적으로 삼은 자들과 완전히 동일한 문법을 사용하게 되었음을, 그리고 그럼으로써 20세기 문학의 이른바 '보편성'에 다가서고 있음을 보여준다.

전쟁의 귀추는 벌써 뚜렷해졌습니다. 침략자와 자기 방위자, 부정자不正者와 정의자, 세계제패의 야망을 쫓는 자와 인류상애人類相愛의 이상에 불타는 자의, 한마디로 말하면 악마와 신의 싸움인 것입니다. 정의는 태양처럼, 사악邪惡은 먹구름처럼, 구름은 마침내 태양의 적수가 될 수 없습니다. 우리는 정의로와 정의자가 일어설 때는 그 승리는 저절로 명백한 것입니다.[7]

한편 「전全 일본 무산자 예술동맹NAPF」의 맹원으로 촉망받던 일급의 좌파 시인은 '적'의 이름을 하나하나 부르면서 그들을 "쏘아 죽인다"고 외친다.

---

7 유진오, 「우리는 반드시 승리한다」, 『新時代』, 1944.9.(감병걸·김규동 편, 『친일문학작품선집』 2, 실천문학, 1986, 71쪽)

총알을 찰칵 넣고

방아쇠에 살짝 손가락을 건다

눈을 반쯤 뜨고 응시하며 깜짝 않고

정확히 삼백 미터를 겨냥한다

저 사람 머리 표적 속에

좋다,

귀축鬼畜의 얼굴이 나타난다

루즈벨트의 오만이

처어칠의 노회老獪가

장개석의 고충苦蟲이

그들 손에 놀아난 가련한 적병이

그 녀석들을 이 실탄으로 쏘아 죽인다[8]

식민지 조선인의 '적'은 비로소 육체성을 얻는다. 귀축미영鬼畜米英, 루즈벨트, 처칠, 장개석, 그리고 "그 녀석들". 식민지 조선의 작가들은 전쟁의 전선前線에 서서 마침내 적 귀축미영의 "얼굴"을 본다. "정의/사악", "신/악마", "태양/구름", "우리/그 녀석들" …… "역겨운 이분법"과 "편집증적 멜로드라마"는 이렇게 피식민자의 가슴에 뿌리내리고 이후 한국문학과 한국인의 상상력을 지배하는 핵심적인 양식이 된다.

그러나 '국민문학'의 단계에 와서 이렇게 양식화된 '적 관념'도 카프 문

---

8   김용제, 「射的」, 위의 책, 143쪽.

학의 경우처럼 작가 자신의 구체적 체험으로부터 멀리 떨어진 것이기는 마찬가지다. 만주사변으로부터 태평양 전쟁에 이르는 이른바 '15년 전쟁'의 전시기에 걸쳐 한반도는 직접적 전투의 현장이 아니라 후방의 '병참기지'로 기능했다는 사실을 특별히 기억해야 한다. 물론 가혹한 총동원 시스템과 '내선일체' 정책으로 식민지 조선의 주민들 역시 극심한 물질적-정신적 착취에 시달리고 있었다는 사실 또한 잊어서는 안 된다. 그렇기는 해도 전쟁의 현장으로부터 발생하는 극도의 적대감, 후방 도시의 민간인에 대한 무차별 살상과 폭격 등 현대 총력전 시스템으로부터 오는 육체적-정신적 공포와 절망, 분노 같은 것들에서 식민지 조선은 한발 물러나 있었다. 예컨대, 식민지 조선인에게 전쟁은 주로 선전영화, 극장에서의 전쟁뉴스, 또는 가끔씩 하늘을 가로지르는 비행기나 전선으로 떠나는 군인들을 가득 실은 군용열차 같은 것으로 감각되었다.[9]

요컨대, "귀축미영"이라는 적의 형상을 실제의 삶에서 직접 감각할 수 있는 조선인은 중국이나 남방의 전장에 직접 동원된 일부 외에는 없었을 것이다. 조선인에게 이 전쟁은 "남의 전쟁"이었다.[10] 그러나 "귀축미영"의 슬로건을 통해 구성된 세계―'사악한 적/정의로운 우리'의 사생결단적 대립으로 이루어진―의 형상은 후방의 조선인에게도 공기처럼 흡입되었다. 그리고 알다시피, 그 '남의 전쟁'이 '나의 전쟁'으로 바뀌는 데에는 오랜 시간이 걸리지 않았다. 양극화된 이분법과 편집증적 멜로드라마가 한반도의 모든 시간과 공간, 모든 개인과 집단을 확실하게 지배하는 시대는

---

9   이 주제에 관한 보다 자세한 논의는 김철, 「우울한 형/명랑한 동생」, 『식민지를 안고서』, 도서출판 역락, 2009; 차승기, 「추상과 과잉」, 『상허학보』, 21집, 2007 참조.
10 차승기, 위의 글, 참조.

그 '남의 전쟁'이 끝나는 순간, 즉 1945년 8월 15일에 시작되었다(그리고 지금까지도 진행 중이다.)

그렇다면 식민지 조선인에게 일본 제국주의와 일본인은 무엇이었나? 그들은 과연 '적'으로 표상되었는가 하는 앞서 제기한 물음으로 돌아가 보자.[11]

일본의 식민 지배 기간에 많은 일본인들이 조선에 건너와 살았다. 『조선 총독부 통계연보』, 『조선 국세國勢조사 보고』 등의 공식 통계에 따르면, 1910년 현재 조선 내 총인구 1,300만여 명 가운데 일본인은 1.28%, 즉 15만여 명에 이른다. 이들 중 대부분은 관리나 교원, 경찰, 군인이었다. 한편 노동자, 농민, 유흥업 종사자 등의 하층 계급도 새로운 기회를 찾아 조선으로 건너왔다. 1944년 현재 조선 내 총인구는 조선인 25,133,352명, 일본인 712,583명, 기타 외국인 71,573명, 합계 25,917,508명이었다. 그런데, 식민 지배자와 피지배자로 위치가 정해진 일본인과 조선인은 조선 내에서 어떻게 살아갔을까? 일본인들의 거류지가 조선인 마을이나 거주지와 분리되어 서로 '소 닭 보듯이' 살았을까? 아니면, 수많은 영화나 드라마, 역사기록들이 말하듯, 무력을 앞세운 소수의 외래 침입자가 다수의 '원주민'을 짓누르고 수탈하는 형태의 폭력이 이들의 사이를 시종일관 했을까?

수탈과 억압을 규탄하는 흥분된 기록들은 넘쳐흘러도 식민지에서의 일상생활을 구체적으로 증언하는 사실적 기록들은 만나기 어렵다. 그 기록의 공백을 메우는 것이 바로 문학, 특히 소설이다. 그런데 식민지 시기 소

---

11 이하의 서술은 김철, 『복화술사들』, 문학과지성사, 2008, 89~100쪽 이곳저곳에서 인용 및 수정.

설에는 일본인과의 교류는 물론 일본인이 등장하는 경우가 거의 없고, 있어도 극히 미미한 존재로 나타나기 일쑤다. 식민지 제도 아래서 신교육을 받고 일본 유학까지 한 작가들, 일상생활의 도처에서 일본인을 접했을 작가들의 작품에 일본인이 보이지 않는 것은 매우 이해하기 힘든 현상이다.

유일한 예외는 염상섭이다. 그는 초기부터 일본/인의 존재를 소설 무대에 끌어들였다. 두루 알다시피, 『만세전』1924에는 주인공과 일본인 여급女給과의 로맨스가 작품의 주요한 모티브로 되어 있다. 시모노세키下關 항구에서 주인공을 취체하는 일본인 순사나 관부연락선 욕탕 안의 일본인 브로커들의 형상도 한국 소설사에서 잊을 수 없는 장면들이다. 이밖에도 조선인 아버지와 일본인 어머니 사이에서 태어난 주인공의 고뇌를 다룬 「남충서南忠緒」1927를 비롯해 여주인공을 불행에 빠뜨리는 일본인 악당이 등장하는 『이심』1929 같은 소설도 당대 문학에서 찾아보기 힘든 사례다. 『삼대』1931에 이르면 조선인 사회주의 활동가가 일본 고등경찰에게 고문당하는 장면이 삽화와 함께 조선일보 지면에 등장한다. (검열을 어떻게 피했는지는 미스터리다). 이 소설들에서 일본인을 그리는 염상섭의 붓끝은 상대방을 '악마'로 그리는 방향으로 움직이지 않는다. 염상섭을 한국문학 최고의 리얼리스트로 평가할 수 있는 근거는 이것만으로도 충분하다.

일본/인이 등장하는 소설이 급증하는 것은 '내선일체' 정책이 본격적으로 시행되는 1940년 이후다. 작가 자신의 의도에서가 아니라 식민 통치자의 정책에 따른 것이었고 주로 조선인과 일본인의 결혼이나 연애 문제를 다룬 것들이 많았다.[12] 일본/인에 대한 적개심이 드러나지 않는 것은

---

12   이 주제에 관한 논의는 김철, 위의 책 참조.

말할 것도 없다.

　결론적으로, 식민지 조선문학은 일본 제국주의와 일본인을 '적'으로 표상했는가 하는 질문에 대한 대답은 "그렇지 않았다"는 것이다. 보다 정확히 말하면, (염상섭의 경우를 제외하면) 적대적이든 우호적이든 거의 표현되지 않았다. 식민 지배자에 대한 적대감과 피식민자로서의 분노가 없었을 리는 없다. 그럼에도 불구하고, 카프 작가들의 작품에서마저도 억압자로서의 일본 제국주의나 일본인이 출현하는 경우는 보기 힘들다. (단지 검열의 문제만으로 이유를 돌리기는 어렵다). "귀축미영"에 대한 실감없는 적대감이 극단적 수사와 함께 표출되는 '국민문학'의 경우는 말할 것도 없다. 지금-여기의 현실을 규정하는 데에 가장 강력한 힘을 지닌 적대자인 식민 지배자의 "얼굴"이 은폐/차단/소거/망각되는 식민지 조선문학 —이것은 한국문학사가 풀어야 할 하나의 수수께끼다. 어쨌든 분명한 것은, 적을 누구로 삼았든 그 적개심이 아무리 관념적이었든, '정의로운 우리/사악한 적'의 "역겨운 이분법"에 바탕을 둔 "편집증적 멜로드라마"라는 현대적 글쓰기의 양식은 한국 신문학의 장場 안에 일찌감치 자리 잡았다는 사실이다. 남은 일은 이 장 안에 새로운 적의 "얼굴"을 그려 넣는 것뿐이었다.

　앞서 말했듯, 일본 제국주의 지배자가 한반도에서 철수하는 것과 동시에 한국인들은 '나의 전쟁'을 시작했다. 이제 "총알을 찰칵 넣고 방아쇠에 살짝 손가락을" 걸면 "저 사람 머리 표적 속에" 나타나는 "적"의 "얼굴"은 (한번도 본 적 없는) "루즈벨트"나 "처어칠"이나 "장개석"이 아니라 (매일같이 함께 부대끼던) 나의 형제, 가족, 친구들이었다. 1945년 8월 15일부터 1950년 6월 25일까지의 이른바 '해방공간'은 명실상부한 내전內戰의 시기였고, 한국인들은 새로운 적을 "실탄으로 쏘아 죽"이는 데에 일찍이 식민

지배자의 선동에 의해 한껏 충전된 바 있는 적개심과 증오심을 최대의 동력으로 삼았다.

'적/아'의 대립이 뚜렷해질수록, 적에 대한 증오가 깊어질수록 적을 형용하는 언어 또한 유례없는 변태의 과정을 겪는다. 분단과 전쟁을 지나는 동안 현대 한국어와 한국문학은 증오와 저주, 독기와 원한을 뿜어내는 강렬한 파토스적 어휘 및 표현 용례들의 전에 없이 새로운 목록을 갖추었다고 해도 좋겠다. 한국전쟁기 남북 양쪽의 프로파갠더 문학 및 전후 냉전기 남쪽의 반공문학과 북쪽의 반미문학에서 섬멸, 절멸해야 할 철천지 원수이자 악마, 나의 신체와 정신을 오염시키는 괴물이자 병균, 따라서 빈틈없이 감시, 격리, 차단하고 마침내 깨끗이 청산해야 할 오물로서의 적의 존재는 쉴 새 없이 강박적으로 묘사되고 주입되었다. 묘사되는 '적'의 얼굴은 달랐지만 그 묘사의 문법과 어휘는 남북 양쪽에서 동일하고 그 편집증의 강도強度 또한 같았다는 데에 이 '적 관념'의 20세기적 보편성과 한반도적 특성이 있다. 남정현의 소설 「분지」와 김지하의 담시 「똥바다」는 한국인과 한국문학에 새겨진 "역겨운 이분법"과 "편집증적 멜로드라마"의 충실한 계승자이다.

3. 「분지糞地」 – 피식민자의 신경증에 관한 임상기록

소설 내에 명백하게 지시되어 있지는 않지만, 소설의 제목 '분지'가 '똥으로 뒤덮인 한반도'를 가리키는 조어造語임은 분명하다.[13] 한국문학사에서 똥이나 오물이 적대적 대상을 의미하는 노골적인 기호로 사용된 사례는 아마도 이 소설이 최초일 것이다.

　두루 알다시피, 이 소설은 "이방인들이 흘린 오줌과 똥물만을 주식으로 하여" "오물처럼 살아온", "홍길동의 제10대손이며 단군의 후손인" 주인공 홍만수가 미군 상사의 부인을 강간하고 향미산向美山이란 산중에 숨어 "무려 일만여를 헤아리는 각종 포문과 미사일" "그리고 미 엑스 사단"에 포위된 채 죽음을 앞두고 토하는 장광설의 연설을 내용으로 한다. 그의 어머니는 해방과 함께 남한에 주둔한 미군에게 강간을 당해 실성하여 죽었고, 누이동생은 미군의 "첩"이 되었으며 그는 그 누이동생의 덕으로 살아간다. 누이를 학대하는 미군 상사에 대한 복수로 그는 그 상사의 부인을 강간한다. "신이 잘못하여 이 세상에 흘린 오물", "악마가 토해낸 오물"로 호명된 홍만수는 향미산 일대 주민들이 "지층 깊은 곳에 몸을 처박고는 부들부들 떨고 있"는 가운데 미군에 포위된 채, "민중을 위해서 투쟁한 별다른 경험이나 경륜이 없어도 '반공'과 '친미'만을 열심히 부르짖다 보면 쉽사리 애국자며 위정자가 될 수 있는" "이런 세상"을 한탄하면서 다음과 같은 최후의 말을 남긴다.

　앞으로 단 십초. 그렇군요. 이제 곧 저는 태극의 무늬로 아롱진 이 러닝셔츠를 찢어 한 폭의 찬란한 새 깃발을 만들 것입니다. 그리고 구름을 잡아타고 바다를 건너야지요. 그리하여 제가 맛본 그 위대한 대륙에 누워있는 우윳빛 피부의 그 윤이 자르르 흐르는 여인들의 배꼽 위에 제가 만든 이 한 폭의 황홀한 깃발을 성심껏 꽂아놓을 결심인 것입니다. 믿어 주십시오, 어머니, 거짓말이 아닙니다.218쪽

13　「분지」의 텍스트는 『남정현 대표소설선집』, 실천문학, 2004, 187~218쪽을 사용한다. 작품을 따로 인용할 때만 페이지를 표기한다. 이하 다른 작품들의 경우에도 마찬가지다.

작가가 반공법으로 기소되고 법정에 선 핵심적인 이유는 이 소설이 분출하는 강렬한 반미反美 의식 때문이었지만, 실상 이 우화적 판타지가 숱한 반공선전극의 양극화된 이분법과 진부한 멜로드라마적 플롯을 반복하고 있다는 점에서 보면, '분지 사건'은 이미 그 자체로 하나의 우화이기도 하다. 특히 작가에게 유죄를 선고한 법원의 판결문이 "이 작품은 민족주체성을 확립하려는 작가의 진지한 열망의 표현"[14]이라고 선언하는 장면에 이르면, 소설 「분지」를 둘러싸고 벌어진 1960년대 반공 국가 권력과 민족 담론 및 문학장場 안에서의 이념적 착종과 자기분열은 결코 간단치 않은 것임을 짐작할 수 있다.

그런 점에서, 「분지」의 내용이 아니라 「분지」를 읽는 독법을 분석함으로써 60년대 한국 지식사회의 이데올로기적 지형도를 재구성한 김건우의 글은 그러한 착종 상태를 이해하는 데에 유용한 실마리를 제공한다.[15] 이 메타비평적 방법을 통해 그는 소설 「분지」를 "반공 국가 권력에 대항하는 논리 구도가 어떻게 펼쳐지고 있었는가를 단적으로 보여주는 바로미터와 같은 텍스트"로 규정한다. 그의 분석에 따르면, 「분지」를 해석하는 태도를 기준으로 1960년대 중반 한국 사회의 이데올로기는 첫째, 안수길, 이어령 등 법정에서 남정현을 옹호했던 지식인들을 중심으로 한 "소박한 민족주의", 둘째, 백낙청 및 『청맥』, 『한양』지를 중심으로 한 '제3세계 민족해방운동'에 공명하는 '신민족주의', 그리고 셋째, 이들과는 다소 다른 각도에서 「분지」 사건을 바라보았던, 김수영 같은 시인으로 대표되는 '비판

---

14 「필화, 분지 사건 자료 모음」, 『분지』, 한겨레, 1987, 386쪽.
15 김건우, 「「분지」를 읽는 몇 가지 독법 – 남정현의 소설 「분지」와 1960년대 중반의 이데올로기들에 대하여」, 『상허학보』, 31집, 2011.

적 자유주의'이데올로기로 대별된다.

　김건우가 이 글에서 가장 공들여 논증하는 것은 두 번째 이데올로기, 즉 "1960년대에 접어들면서 세계적인 탈식민주의 운동으로 본격화되고 있었던 제3세계 신민족주의"의 입장이다. 소설 「분지」는 이 두 번째 이데올로기의 담지자인 『청맥』 및 『한양』의 필진들에 의해 "반제·반미 민족주의"의 전범으로 수용되었는데, "당대 진보 민족주의 진영이 남정현 소설에 주목하는 것은 자연스러운 결과"였다. 그러므로 "주인공이 태극기를 아메리카 대륙 여인들의 배꼽에 꽂겠다고 다짐하는 결말은 가장 날것 그대로의 '미제국주의'에 대한 적개심의 표현"으로서 "당시 미국을 신식민주의로 보았던 반제민족주의 담론의 배경에서만 이해될 수 있다"는 것이다.

　김건우의 분석은 「분지」의 내용을 현실재현적 층위에서만 논하는 기존의 상투적 비평담론으로부터 시야를 당대의 정치사상사적 맥락으로 이동시켰다는 점에서 의미가 있다. 다만 이런 분류에 불가피하게 따르는 도식화는 그렇다치더라도, '소박한 민족주의/진보적 민족주의/반제민족주의/신민족주의/비판적 자유주의' 등등의 단호한 (그러나 실은 매우 모호한) 구분을 바탕으로, 이 소설이 "반제민족주의 담론의 배경에서만 이해될 수 있다"고 결론짓는 것은 일방적으로 독법의 획일화를 조장하는 것은 아닌가 하는 느낌을 지울 수 없다. 어떤 작품이 특정 담론에 의해 전유되었다고 말하는 것과 그러므로 그 작품의 의미는 그 담론의 배경에서'만' 이해될 수 있다고 주장하는 것은 전혀 차원이 다른 문제다.[16] 그는 「분지」를 가리

16　김건우는 『청맥』, 『한양』의 필진을 중심으로 한 한국의 '진보적 민족 담론'이 "1955년 반둥회의로 시작하여 1960년대에 접어들면서 세계적인 탈식민주의 운동으로 본격화되고 있었던 제3세계 신민족주의 사조에 연결"되었다고 말한다. 이런 결론은 부분적이고 일시적인 현상을 다소 일반화한 것으로 보이는데, 「분지」가 "반제민족주의 담론의 배경에

켜 "반공 국가 권력에 대한 대항 논리가 어떻게 펼쳐졌는지를 보여주는 텍스트"라고 했지만, '외세 배격'과 '민족자주'의 관점에서 「분지」를 극찬하는 '반제민족주의 담론'과 이 작품을 "민족주체성을 확립하려는 작가의 열망의 표현"으로 읽는 '반공 국가 권력'은 정말 서로 대립했던 것일까? 오히려 '반공 국가 권력과 그에 대한 대항 논리가 서로 긴밀히 협력하고 담합했음을 보여주는 텍스트'로 이 소설을 읽을 가능성은 없는 것인가? 이제 그것을 살펴보자.

이진경은 「분지」를 읽을 때 느끼는 딜레마는 "한편으로 미제국주의와 한반도 군사주의를 격렬하게 비판하는 정치적 알레고리의 성공과, 다른 한편으로 여성 섹슈얼리티에 대한 똑같이 잔인한 알레고리화 — 한국인과 미국 백인 여성 모두에 대해 가해진 상징적 폭력 —, 그 양자 사이의 극단적인 갈등과 모순"에 있다고 지적한다.[17] 그녀는 김건우가 "날것 그대로의

서만 이해될 수 있다"는 단호한 주장도 거기에서 기인한 듯하다. 반둥회의로부터 시작된 비동맹운동 자체는 이 글의 논점이 아니다. 다만 칸트의 '영구평화론'에 기반한 도덕적 이상주의를 기본 이념으로 에이메 세제르, 프란츠 파농 등의 탈식민주의 이론을 동력으로 하는 비동맹주의의 정치적 이상 — 비록 실패로 끝났지만 — 과 「분지」의 서사가 정면으로 어긋난다는 점은 분명히 할 필요가 있다. 미소 냉전의 세계질서에 도전하는 비동맹주의의 정치적 이상을 기준으로 1960년대의 한국문학을 읽는다면, 거기에 가장 가까이 간 작가는 최인훈과 (남정현의 형사 기소를 안타까워하면서 그러나 「분지」의 이데올로기에는 동의하지 않았던) 김수영이라고 나는 생각한다. 알다시피, 그들 모두 가장 비(非)-민족주의적, 혹은 반(反)-반공주의적인 작가들이었다. (비동맹운동에 대한 한국문학계의 반응을 "탈식민주의 레토릭과 반공주의의 위태로운 공동스텝"으로 묘사하는 장세진의 저술은 이 문제에 관한 폭넓고도 섬세한 지도를 제공한다. 장세진, 『슬픈 아시아』, 푸른역사, 2012. 특히 제4장 「중립은 없다」, 참조. 한편 반둥체제 이후 냉전 종식까지 탈식민주의와 비동맹주의의 상호 중첩 및 일종의 상상공동체로서의 제3세계론의 형성에 관한 정교한 국제정치적 분석은 김태균·이일청, 「반둥 이후 – 제3세계론의 쇠퇴와 남남협력의 정치세력화」, 『국제정치논총』, 58(3), 국제정치학회, 2018, 49~99 참조).

17 Lee, Jin-kyung, *Service economies : militarism, sex work, and migrant labor in South Korea*, University of Minnesota Press, 2010. (나병철 역, 『서비스 이코노미 – 한국의 군사주의·성 노동·이주노동』, 소명출판, 2015, 245쪽. 한국어 번역판을 사용한다. 번역문은

미제국주의에 대한 적개심의 표현"으로 읽었던 여성에 대한 성폭력을 "어떤 정교한 플롯이나 심리묘사, 역사적 디테일의 제시도 없는 문학적 의장意匠이 제거된 날것의 소설"[18]이 지닌 "잔인한 알레고리화"로 읽는다.

　미군의 원자폭탄 공격 앞에 선 주인공 홍만수가 "저의 육체는 먼지가 되어 바람 속에 흩날릴 테지요. 하지만 겁나지 않는다"면서 장렬한 죽음을 예비하는 장면에서, 이진경은 태평양 전쟁 말기 미군의 공격으로 목숨을 잃는 것을 "보석처럼 흩어지는 아름답고 성스러운 죽음", 즉 '옥쇄玉碎'라는 식으로 세뇌 당했던 제국 신민臣民의 모습을 본다.[19] 나는 이 해석에 동의하면서 동시에, 어머니를 강간하고 누이동생을 학대하는 미군에 대한 "복수"로 미국 여성을 강간하는 주인공의 "날것 그대로의 적개심"에서 "귀축미영"을 부르짖던 전시기 일본 제국 프로파갠더의 광기서린 목소리를 듣는다. (남정현은 일제 식민지기 국민학교를 졸업한 세대에 속한다).

　「분지」의 서사에서 식민지 말기 초국가주의의 반복을 읽는 것은 이진경만이 아니다. 랑시에르의 '감성의 분할' 및 푸코와 아감벤의 '생체권력' 이론을 바탕으로 한국 근현대문학과 영화의 내부에 작동하는 시각적 정치학을 분석한 테오도르 휴즈T. Hughes에 따르면, 남정현 소설은 박정희 정권의 진화론적 개발주의에 끼여 뒤틀리고 무력화한 남성 신체들을 보여줌으로써 "근대화에 부합하는 건강한 민족 신체"를 요구하는 국가주의적 담론에 저항을 시도한다.[20] 그러나 동시에 그의 소설은 (국가와 분리된/

　　　필자가 일부 수정. 이하도 모두 같다).

18　위의 책.

19　위의 책, 248쪽.

20　Theodore Hughes, *Literature and film in Cold War South Korea: freedom's frontier*, Columbia University Press, 2012. 나병철 역, 『냉전 시대 한국의 문학과 영화·자유의 경계』, 소명출판, 2013, 263쪽.

국가에 대항하는) '민족 신체'에 대한 집요한 알레고리화와 (거세된 남성의) 남성중심적 주체 회복에의 열망을 통해 실제로는 그가 반대하는 국가주의적 개발기획의 충실한 동반자가 된다. 미군 상사의 부인을 강간하는 「분지」 결말의 판타지는, 남성의 시선에서 여성들이 어떻게 "남자들의 싸움이 벌어지는 상징적인 공간"으로 화하는지를 보여준다. 즉, "미국과 남한 정부에 대항하는 이 소설의 남성주의적 태도, 바로 그것이 '민족의 이름'으로 진행되는 냉전기 '개발'을 강화하는 버팀목으로서의 폭력을 수행"한다는 것이다.[21]

위의 두 논자들이 공통으로 가리키고 있는 것은 「분지」의 표면에 드러난 이른바 "진보적 민족주의"의 저변에 깔린 '남성주의/국가주의/식민주의/인종주의'이다. 당연히 그것은 남정현만의 혹은 「분지」만의 문제가 아니다. 그것은 1945년 이전의 모방이며 반복이다.[22] 해방 이후의 분단과 전쟁, 그리고 이어진 전후 냉전의 신식민지적 현실은 한국어와 한국문학 속에서 흔히 '찢기고 갈라진 민족의 몸'으로 비유되었다. 강력한 호소력을 지닌 이 비유와 더불어 본래의 통합된 몸을 회복하고자 하는 열망에 기반한 새로운 "민족 이야기"가 출현하는 것 역시 자연스런 일이었고 그것은 분단 시대 남북한 문학의 주류를 이루었다.[23]

주목할 것은 끝없이 고통 받고 침탈당하는 민족 이야기, 즉 '민족 수난사'의 전형적인 플롯이 자주 '여성 수난사', 즉 '찢기고 갈라진 여성 신체의 이야기'로 환원된다는 것이다. '훼손된 여성'은 '훼손된 민족'을 상징

---

21 위의 책, 270쪽.
22 위의 책, 262쪽.
23 신형기, 앞의 책, 참조.

하며 그 역도 마찬가지다.[24] 요컨대, 여성의 신체는 민족 수난의 증거 보관소이며, "민족 / 남성들의 싸움이 벌어지는 공간"이 된다. 이때의 여성은 말 그대로 남성의 "영토"다. 「분지」가 보여주는 것은 영토를 빼앗긴, 즉 거세된 남성의 왜곡된 보상 심리와 억압된 복수심이 낳은 착란의 기록이다.[25]

이진경이 "여성 섹슈얼리티에 대한 잔인한 알레고리화"로 지칭했던 「분지」의 강간 모티브는 그 묘사의 그로테스크함에서도 유례가 없다. 미군에게 강간을 당하고 실성 상태로 집에 돌아온 주인공의 어머니는 옷을 벗어 던진 채 알몸으로 "가랑이 사이의 그것을 마구 쥐어뜯으시더니, 고만 벽이 흔들리게 고함을" 지른다.

---

24 예컨대, 일본군 종군 위안부를 "민족의 딸", "참된 민족사의 주인공"으로 호명하던 초기 위안부 운동의 인식은 가장 대표적인 사례라 할 것이다. 종군 위안부 여성은 왜 '또다시' 민족 혹은 국가의 이름으로 소환되어야 하는가? 30여 년에 걸친 위안부 (연구가 아닌) 대중 운동의 역사 속에서 이 질문은 위안부 여성을 '민족과 국가의 이름'으로 전유하는 단성적(單聲的) 담론에 의해 줄곧 억압되었다. 오늘날 위안부 운동이 처한 딜레마의 근원은 여기에 있는 것일지도 모른다.

25 잘 알려진 바와 같이, 제국주의자에게 식민지는 흔히 '여성'으로 표상된다. 다시 말해, 식민지 획득은 강한 남성에 의한 여성의 정복으로 은유된다. 동시에 피식민자 남성에게도 그것은 자신의 여자 즉, 아내나 딸, 누이 등을 빼앗긴 것으로 감각된다. 그는 더 이상 '남성'일 수 없고 '아비'일 수 없고 '오빠'일 수 없다. 피식민자 남성에게 주어지는 이 '거세'의 감각이야말로 식민주의 모방의 결과이며 계속해서 그를 식민주의의 모방자로 만드는 심리적 동력이다. 피식민자 남성이 '정복자의 여자'를 '정복'하고 싶은 욕망을 품을 때 그는 비로소 식민주의를 충실하게 학습한 영원한 노예가 된다. 외부로부터의 침략을 여성 신체에 대한 훼손으로 표상하고, 그렇게 훼손된 여성을 처단하거나 축출하는 방식으로 상처의 회복을 기도하는 난폭한 가부장적 민족주의 역시 제국주의의 식민지 정복 서사를 내면화한 결과이다. (상세한 서술은 김철, 「민족-멜로드라마의 악역들 -『토지』의 일본(인)」, 『우리를 지키는 더러운 것들』, 뿌리와 이파리, 2018 참조).

아이고, 이 천하에 때려죽일 놈들앗, 내가 뭐 너희들을 위해서 밑구멍을 지
킨 줄 아냐! (…중략…) 우리 남편만 불쌍하지. 아 글쎄, 나도 사위스러워서 제
대로 만져보지 않은 밑구멍을, 아 어떤 놈이 맘대로 찔러! 이 더러운 놈들앗, 아
이고, 더럽다, 더러웟."203쪽

이 소설가의 인식 속에서 강간당한 여자의 고통은 남편의 '소유물'인
"밑구멍"을 남한테 "찔렸다"는 데에 있다. 이것보다 더 분명하게 남성 / 남
근 중심적 민족 담론의 정체를 보여주는 것은 없다. 실성한 어머니는 주인
공의 머리를 낚아채어 자기의 "음부"에 갖다 댄다

자, 보란 말이다. 이놈의 새끼야. 아, 내 밑구멍을 좀 똑똑히 보란 말이야. 아
이고 분해, 이놈의 새끼야. 좀 얼마나 더러워졌나를 눈을 비비고 좀 자세히 보
란 말이엿.203쪽

이 장면에서 그는 (구식민지 지배하에서 거세된 민족 주체로서) 부재하는 아버
지와 '몸을 더럽힌' 어머니의 트라우마를 이어받은 "신식민지적 주체로
재탄생한다."[26] 이 트라우마와 함께 어머니의 "커다랗게 확대된 음부"에
서 "황홀함"을 느끼는 주인공은 '더럽혀진 여자'의 "섹슈얼리티를 움켜쥐
고 그녀의 신체를 재영토화하려 시도하는"[27] 남성주의적 민족 주체의 전
형을 보여준다. 발광하여 숨을 거두는 어머니는 '더럽혀진 여자'를 규율
하고 처단하는 오래된 가부장제의 폭력을 연상시킨다.[28]

---

26   이진경, 앞의 책, 246쪽.
27   위의 책.

이제 그의 "복수"를 살펴볼 차례다. 여성 강간을 '남편의 소유물인 여성의 성기가 다른 남자에게 탈취당한 것'으로 인식하는 작가가 어떤 방식의 '복수'를 상상할 것인지 추측하기는 어렵지 않다. 그는 강간자의 여자의 성기를 탈취한다. 미군 스피드 상사가 주인공의 누이동생 '분이'를 학대하는 이유는 그녀의 "하반신"이 "본국에 있는 제 마누라의 것"보다 못하다는 것 때문이다. "심지어는 국부의 면적이 좁으니 넓으니 하며" 그녀를 구타하는 날도 있다. 어머니의 경우와 마찬가지로 그의 누이동생 역시 '성기'를 침탈당하고 있다. 향미산 안내의 구실로 스피드 부인을 꼬여낸 주인공은 "여사의 하반신 때문에 밤마다 곤욕을 당하는 분이의 딱한 형편을 밝히고" "여사의 지닌 국부의 비밀스러운 구조를 확인"하겠노라고 말하며 그녀를 강간한다.

남정현 소설에서 신식민지적 상황의 알레고리화는 주로 여성의 성기, 둔부, 유방 등의 묘사로 집중된다.[29] 그리고 이는, 위에서 보았듯, 누가 그것을 '소유'했는가의 문제로 직결된다. 즉, 그의 소설에는 "민족적 신체 자체의 존재에 관한 논쟁이 없으며 그 신체를 소유할 주체의 위치와 진정성에 관한 논의만 있다. 그것은 소유권의 문제다. 이 소유적인 민족주의의 방식은 남정현의 반국가주의가 자신이 반대하는 국가주의와 겹쳐지는 곳

---

28 앞의 각주 25 참조.

29 소설 내적 필연성을 전혀 지니지 않은 여성 성기의 길고도 그로테스크한 묘사가 자주 반복되는 것은 남정현 개인의 특성이며 동시에 그의 작가적 기본능력의 한계로 보아야 할 것이다. 「분지」와 함께 그의 대표작으로 말해지는 「부주전상서」(1964) 역시 극도의 폭력적인 여성 혐오와 남근중심주의를 드러낸다. 부패와 비리로 얼룩진 사회현상에 대한 개탄과 분노를 중심으로 하는 이 소설에서는 주인공이 피임기구를 설치한 아내의 성기 속에 손을 넣어 그것을 끄집어내는 역겨운 장면이 길고 잔인하게 묘사된다. 여성 혐오에 관한 한 남정현의 소설은 첫손에 꼽을 만하다.

을 드러내는 지점이다."[30]

이제 이 소유적 민족주의가 어떻게 제국주의의 폭력을 모방하고 반복하는지를 살펴보자. 주인공은 "분이가 지시하는 대로", "향기를 자아내는 우유와 버터와 초콜릿과 껌 등의" "양키 물건 장사에 종사"하고 있다. 분이뿐 아니라 "옥이도 순이도" "이방인들의 호적에 파고 들어갈 기회를 찾지 못하여" 안달이고, "대학을 둘씩이나 나왔다는 어떤 친구도 양키를 매부로 삼은" 주인공을 "볼 때마다 사뭇 비굴한 웃음을 지으며 미국으로 통하는 길을 좀 열어달라고 호소하는 형편"이다. 이런 "어이없는" 현실에 대해 주인공은 "무엇인가 통쾌한 그러면서도 형언할 수 없는 울분"을 느끼며, 무능하고 부패한 국회와 정부를 성토하는 열변을 토한다. 비굴한 동족의 모습을 바라보는 그의 감정은 양가적이다; '통쾌함'과 '울분'.

따라서, 여동생에 대한 복수로 스피드 부인을 강간하는 주인공이 한껏 자기도취에 들떠 다음과 같이 말할 때, 그는 자신의 '울분'이 실은 '통쾌함'을 얻기 위한 것임을, 복수란 '이방인의 호적에 들어갈 기회를', '미국으로 통하는 길을' 애타게 찾아 헤매는 동족의 무리 가운데 자신이 가장 앞서고 있다는 사실을 과시하기 위한 것임을, 더 나아가, "부드러운 피부며 아기자기한 둔부의 곡선, 그리하여 보기만 해도 절로 황홀한 쾌감을 자아내는 분이의 아름다운 육체"를 찬탄하는 그의 근친상간적 욕망이 실은

---

30 테오도르 휴즈, 앞의 책, 261쪽. 손창섭 소설에 관한 것이지만 다음과 같은 지적도 기억해 둘 만하다. "남한/미국의 관계를 민족적 강간(신체의 알레고리적 민족화)으로 서사화하는 것은 남한 문화계의 경계 내부에 안전하게 안착하며 국내적인 "내부적" 긴장을 해소시킨다. 나아가, 그런 알레고리화는 어떤 개별 주체를 한꺼번에 반공주의자이며 국가주의자인 '동시에' 민족주의적인 존재로 불러냄으로써, 공동체적 삶의 대안적 가능성을 삭제해 버리는 사고방식을 낳는다. 이후 기지촌 문학에서 수십 년 동안 그 같은 레토릭이 반복되어 온 것은 사실상 그에 대한 국가의 승인을 나타낸다."(203쪽)

식민 지배자인 백인 여성의 육체에 대한 선망과 다르지 않은 것임을 고백하는 것이다. 주인공은 백인 여성을 강간하고 난 뒤의 황홀한 느낌을 이렇게 토로한다.

버터와 잼과 초콜릿 등이 풍기는 그 갖가지 방향芳香이 몽실몽실 피어오르는 여사의 유방에 얼굴을 묻고 한참이나 의식이 흐려지도록 취해 있었거든요.
"원더풀!"
얼마 만에야 무슨 위대한 결론이라도 내리듯 이마의 땀을 씻으며 겨우 한마디 하고 여사의 몸에서 내려온 저는 세상이 온통 제 것 같아서 견딜 수가 없더군요. 215쪽

남정현 소설의 전체를 지배하고 있는 '민족-신체'의 은유가 식민주의적 인종주의의 표현이며 그것은 빈번히 성적 환상과 관련되어 있다는 점은 강조되어야 한다.[31] 스피드 상사가 분이를 학대하는 장면에 주목하자.

국부의 면적이 좁으니 넓으니 하며 가증스럽게도 분일 마구 구타하는 (…중략…) 스피드 상사의 그 스피디한 발길질을 견디며 간간 '아야, 아야'하고 울기만 하는 분이의 ㄱ 가느다란 울음소리가 들려올 때마다 저는 (…중략…) 병신처럼 울어야만 했던 것입니다. 그리고 하나의 의문에 싸이어 안절부절 못했었지요. 그것은 스피드 상사가 항시 본국에 있다고 자랑하는 미세스 스피드의 하반신에 관한 의문 때문이었습니다. 도대체 그 여인의 육체는, 아니 밑구멍

---

31 '민족-신체'의 알레고리화를 통해 식민주의적 인종주의의 극단적 형태를 드러내는 또 다른 사례로는 천승세의 소설 「황구의 비명」(1974)을 들 수 있다.

의 구조며 그 형태는 어떨까, 좁을까 넓을까, 그리고 그 빛깔이며 위치는, 좌우 간 한번 속 시원하게 떠들어보고 의문을 풀어야만 미치지 않을 것 같은 심정 이었습니다.212~213쪽

주인공은 옆방에서 들리는 스피드 상사의 "발길질"과 누이의 "아야, 아 야" 하는 울음소리를 듣는다. (이것은 폭행의 소리라기보다는 다분히 남녀 간 성 행위 중의 소리를 연상시킨다.) 바로 다음 문장에서 주인공은 "미세스 스피드 의 하반신"에 대한 상상을 펼친다. 누이동생이 폭행당하는 소리를 들으며 괴로워하는 동시에 가해자의 여자에 대한 성적 환상에 빠지는 이 주인공 은, 동족의 여자들을 겁탈하는 침입자의 막강한 힘, 특히 그들의 거대한 성기에 대한 상상 및 공포와 함께 그 힘에 대한 무한한 선망과 환상을 품 는 피식민자의 전형이다.³² 말할 것도 없이 이것은 흑인의 무시무시한 정 력과 엄청난 성기를 상상하며 공포와 선망을 느끼는 백인 식민자들의 인 종주의를 거울에 비추듯 그대로 반복하는 것이다.³³ 백인 여성을 강간하

---

32 그 전형적인 사례를 일본에서 발견할 수 있다. 패전과 함께 미군이 일본에 진주하자 일본 사회는 공포에 휩싸였다. "적"(미군)이 상륙하자마자 일본 처녀들을 강간하고 폭행할 것이라는 루머가 순식간에 퍼져나갔고, 도시에서는 딸들을 시골로 피신시키거나 여자들 은 통바지 같은 '몸뻬'를 입도록 경고받았다. 전쟁 중 자신들의 부대가 한 행위를 잘 알고 있는 귀환 장병들로부터 루머는 들불처럼 번져나갔다. 경험에 비추어 보건대, "적"도 역 시 '성적 만족'을 요구할 것이 분명했다. 천황의 항복 방송으로부터 불과 3일 후인 8월 18일, 내무성은 미점령군을 위한 "위안소"의 설치를 서둘렀다. 8월 28일, "서양 야만인 들"로부터 "양가집 처녀들"의 "순결"을 보호하기 위해 1,360명의 직업적 매춘여성 및 일반여성들을 모집하여 구성한 '특수위안부시설협회'가 황거(皇居) 광장에서 발족식을 열고 "우리는 (…중략…) 거친 파도를 막는 방파제를 쌓아 민족의 순결을 지킨다"는 '선서 문'을 발표했다. 그런데 정부의 예상과는 달리, 여성들은 이 '위안부협회'의 모집에 응하 기를 꺼렸다. 그 이유는 "미국인은 성기가 거대하기 때문에 상처를 입을 수 있다"는 것이 었다. John Dower, *Embracing defeat: Japan in the wake of world war II*, W.W. Norton & Company, Inc. 1999, pp.124~127.

고 희열에 떠는, "홍길동의 피"가 몸속에 흐르는 "단군의 후손" 홍만수야 말로 사실상 서구 제국주의의 충실한 학도였던 것이다.

소원대로 백인 여성의 성기를 탈취함으로써 거세된 주인공의 남성성은 회복되는 듯하다. 천신만고 끝에 정상을 정복한 등산가의 감격에 겨운 절규라도 되는 양, "태극의 무늬로 아롱진 이 러닝셔츠를 찢어 한 폭의 찬란한 새 깃발을 만들 것"이며, "이 황홀한 깃발을" "그 위대한 대륙에 누워있는 우윳빛 피부의 그 윤이 자르르 흐르는 여인들의 배꼽 위에" "꽂아놓을 결심"이라고 외쳐대는 이 유아적幼兒的 쇼비니스트의 터무니없이 비장한 멜로드라마적 포즈에서 피식민자 한국 남성의 오랜 서구 및 제국 콤플렉스는 그 비루한 얼굴을 드러낸다.

서양 여자와 동침하는 것을 "양년의 배꼽 위에 태극기를 꽂는다"라는 식으로 표현하는 역겹고도 상스러운 한국어의 관용구는 (내 기억으로는) 적

---

33 "흑인과 관련된 것은 모두 생식기 층위에서 발생한다. 흑인이 공포의 대상이 되는 것은 그들이 지닌 엄청난 성적 능력 때문이다. 그들은 어디서나 교접하고 셀 수도 없을 만큼 많은 자식들을 낳는다. 강간이라면 누구나 검둥이를 떠올린다. 검둥이의 정력은 환상적이다. 공포와 매혹, 이 둘이 흑인을 둘러싼 백인의 감정이다. 백인 여성들은 자신의 성적 환상을 실현해 줄 대상으로 흑인을 떠올린다. 딸과 검둥이의 결혼을 반대하는 아버지는 그 검둥이가, 자신은 전혀 경험하지 못한 신비스런 성의 세계로 자기 딸을 인도할 것이라는 (근친상간적) 공포를 느낀다. 이 공포야말로 프로스페로(Prospero) 콤플렉스, 즉 무인도의 괴물(칼리반)이 자기 딸을 강간하지 않을까 두려움에 떠는 백인 식민자(프로스페로)의 가슴속 깊이 간직된 인종주의 그 자체다. 동시에 그는 원시화된 검둥이를 보면서 문명의 구속을 벗어던진, '생명본능'이 분출되는 세계를 동경한다." Frantz Fanon, *Peau Noire, Masques Blancs*, Paris, 1952. (나는 다음 여섯 권의 번역서에 의지했다. ① Charles L. Markmann, tr. *Black skin, white masks*, Grove Press, 1967 ② Richard Philcox, tr. Grove Press, 2008 ③ 김남주 역, 『자기의 땅에서 유배당한 者들』, 靑史, 1977 ④⑤ 이석호 역, 『검은 피부, 하얀 가면』, 인간사랑, 1998·아프리카, 2014 ⑥ 노서경 역, 『검은 피부, 하얀 가면』, 문학동네, 2014. 이 번역서들은 그 문체와 뉘앙스에서 저마다 상당한 편차를 보인다. 인용은 이 번역서들을 비교 대조하면서 적절히 다듬었다. 이하도 마찬가지다. 페이지의 표기는 편의상 ①을 따른다. 위의 인용은 ①의 pp.157~166의 이곳저곳에서 발췌한 것이다.)

어도 1970년대 말까지 한국인 남성들의 일상적인 담화에서 흔히 사용되었다. (남정현의 소설은 그런 점에서 당대 한국 남성의 콤플렉스 및 쇼비니즘의 일단을 재현하는 것이기도 하겠다). 이 짧은 어구 속에 축약된 신식민지 체제하 한국 남성의 뒤틀린 정신적 도착은, 앞서 말했듯, 「분지」만의 문제도 60년대만의 문제도 아니다.[34]

"우윳빛 윤이 자르르 흐르는 여인들의 배꼽 위에" "태극기를 꽂아 놓겠다"는 「분지」 주인공의 절규는, 자나깨나 백인 여성과 동침할 생각에만 사로잡혀 프랑스 땅에 도착하자마자 허겁지겁 사창가로 달려가 "식욕을 채우고 나서야" 파리행 기차에 올라타는 숱한 흑인들의[35] 아시아적 버전이다. 이른바 '반제민족주의'의 문학적 표현은 이런 방식으로 세계와 접속하고 있었다. 주인공은 스피드 부인의 "밑구멍의 구조며 그 형태는 어떨까, 좁을까 넓을까, 그리고 그 빛깔이며 위치는, 좌우간 한번 속 시원하게 떠들어보고 의문을 풀어야만 미치지 않을 것 같은 심정이었다"고 말한다. 이것을 단순히 이국 여성에 대한 호기심 섞인 성적 도착으로만 읽어서는 안 된다. 이 편집증이야말로 식민주의적 인종주의의 핵심적인 기제이기 때문이다.

19세기 이래 서구 제국의 과학은 인간의 신체적 특징을 기준으로 인종을 분류하고 인종들 사이의 우열을 판별하는 인종학=인류학/체질인류학의 전

---

34 '배꼽 위에 태극기를 꽂는다'는 따위의 관용구는 사라졌지만, 제국 여성의 강간이나 살해 같은 상상적 폭력을 통해 열등감과 '선망'을 해소하고자 하는 인종적 민족주의의 병리적 증상은 조금도 약화되지 않았다. 예컨대, 2012년 국회의원 선거에 출마한 한 남성은 "미국에 테러를" 하고 "유영철(연쇄살인범)을 풀어가지고 부시, 럼즈펠드"를 살해하고, "라이스(여성 국무장관)는 아예 강간해서 죽이는 거예요"라는 발언으로 큰 물의를 빚었다. 홍만수는 살아있다!

35 Fanon, op. cit., pp.69·72.

성기를 맞이했다. 체질인류학 안에서 인간의 몸은 낱낱의 요소로 분해되어 식물이나 광물의 표본처럼 실험과 관찰의 재료가 되었다. 해부학과 인류학은 인간 신체의 피부 조각, 장기臟器, 도려진 채 포르말린 액 속에 담긴 여성 성기, 두개골, 음모陰毛, 머리털, 뇌 등을 수집하고 그것들을 정교하게 측정하고 분류하기 위한 온갖 도구와 이론을 개발했다. 결과는 방대한 통계와 자료로 축적되어 특정한 인간 집단의 정신적·육체적 우열을 판별하는 과학적 근거로 제시되었다. 서구 및 일본 제국의 의학과 인류학은 이 학지學知의 완성을 위해 편집증적 열정을 쏟아부었다.[36]

제2차 세계대전 이후 체질인류학은 학계에서 퇴출당했지만, 인종차별의 근거를 신체적 특징에서 찾는 사이비 과학의 광기는 사라지지 않았다. (신체적 징표를 사회문화적 특징으로 대체하는 문화본질주의로부터 '한국인의 DNA' 따위를 찾겠다고 애쓰는 유전공학까지). 백인 여성의 "밑구멍의 구조며 형태, 빛깔, 위치"를 "한번 속시원하게 떠들어보아야만" "미치지 않을 것 같다"는 「분지」의 주인공은, 이미 식민 지배자가 던져놓은 담론과 과학의 프레임에 갇혀버린 미친 인간이다. 모든 광인이 그렇듯, 그는 자신의 광기가 어디에서 왔는지 모르는, 자신이 이미 미친 줄도 모르면서 미칠 것 같은 심정에 사로잡힌 인간이다.

이 광기야말로 식민 지배자에 대한 증오와 선망이 뒤엉킨 피식민자의 찢긴 내면의 표현이다. 그것은 "백인이 되고 싶어하는 흑인과 백인을 증오하도록 가르치는 흑인" 모두를 "가련하게" 여긴 의사 파농이 전력을 다해 치료하고자 했던 신경증의 전형적인 사례다. 요컨대, 소설 「분지」는 피

---

36 이 주제에 대한 상세한 서술은 김철, 「비천한 육체들은 어떻게 응수하는가─산란(散亂)하는 제국의 인종학」, 앞의 책, 참조.

식민자의 신경증에 관한 하나의 임상 기록인 것이다.

소설 「분지」에 열광했던 자들과 작가를 법정에 세웠던 자들 모두가 앓고 있었던 이 신경증은 21세기의 시점에서도 완화되지 않은 듯하다.[37] 피식민자로서의 고통을 온몸으로 감내하면서 탈식민주의적 이론과 실천의 씨앗을 심었던 파농의 다음과 같은 빛나는 문장도 설 자리가 없어 보인다.

> 진실로 의식이 초월의 과정이라면 이 초월성은 사랑과 이해의 문제에 전념하는 것임도 알아야 한다. (…중략…) 검둥이를 좋아하는 사람이나 혐오하는 사람이나 "역겹기"는 마찬가지다. 반대로 백인이 되고 싶어하는 흑인이나 백인을 증오하도록 가르치는 흑인 모두 가련하다. (…중략…) 진실은 사람 얼굴에 냅다 팽개치듯 하지 않고도 말해질 수 있다. 열광을 불러일으키려 하지 않아도 된다. 나는 열광을 믿지 않는다. 열광은 어디선가 늘 불타올랐고, 그때마다 그것은 전쟁과 기아와 빈곤을 초래했다. 그리고 무엇보다 인간 멸시를……. 열광은 무능한 자들의 탁월한 무기다.[38]

---

37 김건우는 "「분지」를 가장 '정확하게' 읽은 쪽은 역설적으로 말해 반공 국가 권력의 장치였던 검찰과 그리고 '북'이었다"고 말한다. 나는 이 말에 기대어, 「분지」에 열광하는 『청맥』 및 『한양』지의 '반제민족주의자'들, 「분지」를 노동당 기관지 『조국통일』에 전재(轉載)함으로써 작가를 구속-기소할 빌미를 제공한 북한 국가 권력, 그에 따라 작가를 기소한 남한 검찰, 그리고 "이 작품은 민족주체성을 확립하려는 열망의 표현"이라고 선언하는 동시에 작가에게 유죄를 선고한 남한 법원 모두가, "역설적으로 말해", 「분지」를 가운데 놓고 서로 은밀하게 손을 잡고 있었다고 생각한다. 혹은 라캉(J. Lacan)을 따라 말하면, 그들 모두 동일한 환상의 구조 속에 놓여 있다고 하겠다.

38 Fanon, op. cit., pp.8~9.

4. 「똥바다」 – 그로테스크 민족위생학

1) 「똥바다」와 그로테스크 리얼리즘

'똥으로 뒤덮인 한반도'의 이미지로 민족–신체를 형상화하면서 그 신체를 유린하고 오염시킨 근원으로서의 적, 즉 미국에 대한 "날것 그대로의" 적개심과 증오를 거침없이 드러낸 「분지」 이후 10년, 동일한 정치적 상상력에 기반하고 있으나 묘사의 기법이나 수사학에서 「분지」와는 비교할 수 없는 문제적 작품인 김지하의 담시譚詩 「분씨물어糞氏物語」가 출현한다. (그것을 '출현'이라고 부르는 것은 이 작품의 내용과 형식뿐만 아니라 그 출판에 얽힌 다소 복잡한 사정 때문이기도 하다.)[39]

「분지」의 '똥'이 일종의 표지임에 비해 「똥바다」의 '똥'은 글자 그대로

---

39 「김지하 연보」(『김지하 전집』, 실천문학사, 2002)에 따르면, 「분씨물어(糞氏物語)」는 1973년 9월에 쓰여졌다. 김지하는 1974년 4월 25일 이른바 '민청학련' 사건으로 투옥되어 이듬해 2월 15일 형집행정지로 출옥했다가 3월에 재수감된다. (솔 출판사가 1993년에 간행한『결정본 김지하 시전집』3의 '편집자 일러두기'는 "김지하가 감옥 속에서 벽지를 찢어 그 뒷면에 「분씨물어」를 창작"하고 "어느 교도관에 의해 밖으로 전달되어 마침내 햇빛을 보게 되었다"라고 서술하는데, 이것은 전혀 개연성이 없는 만들어낸 이야기일 뿐이다.) 이 작품은 국내에서 출판할 기회를 얻지 못하고 일본 이와나미서점(岩波書店)이 발행하는 월간지『世界』1974년 10월호에 일본어 번역(塚本勳 역)을 통해 처음으로 활자화된다. 한국어로 처음 출판된 것 역시 도쿄에 주소를 둔 한양사(漢陽社)가 1975년 12월 25일에「金芝河全集刊行委員會」의 이름으로 펴낸『金芝河全集』을 통해서다. 그러나 이 책은 한국 내에서 합법적으로 유통되지 않았다. 국내에서 이 작품의 공식 출판은, 현재까지 내가 확인한 바로는, 1984년 동광출판사가 펴낸 김지하 시집『민족의 노래, 민중의 노래』에「糞氏物語」라는 제목으로 수록된 것이 처음이다. (이 책의 편집자 주석에서「분씨물어(糞氏物語)」가 "日本『世界』誌 1974년 8월호에 연재"되었다고 밝힌 것은 오류다. 8월호에는 김지하의 이름으로「民の叫び(민중의 소리)」라는 4·4조 민요풍의 시가 실렸는데, 이 시의 작자는 김지하가 아니라 당시 학생운동권의 리더였던 장기표로 밝혀졌다.) 이듬해인 1985년에「糞氏物語」는「똥바다」라는 제목으로 임진택에 의해 판소리로 공연되었고 이후 대중에게 널리 알려졌다. 이 글에서도「똥바다」로 표기하고 텍스트는 동광출판사에서 1991년 출간한『말뚝이 이빨은 팔만사천개』, 112~152쪽에 실린 것을 사용한다.

의 '똥'이다. 한반도 남반부는 똥으로 뒤덮였고 모든 한국인은 똥 속에 빠져 허우적거린다. 똥은 공중에서 쏟아지고 사방에 흘러넘치고 대명천지 거리를 활보한다. 기나긴 세월 똥을 참고 배설의 쾌감을 억눌러온 주인공 분삼촌대糞三寸待가 마침내 이순신 동상의 머리를 밟고 서서 똥을 내갈기는 결말부의 다음 장면을 보자.

　　똥이로다! 똥, 또똥똥똥똥!
　　뿌지직! —
　　뿌지지지직! —
　　뿌지지지지지지지지직직직직지지지지직 —
　　홍똥, 청똥, 검은똥, 흰똥
　　단똥, 쓴똥, 신똥, 떫은 똥, 짠똥, 싱거운 똥
　　다된똥, 덜된똥, 반된똥, 반의반된똥, 너무 된똥, 너무 안된똥, 물똥, 술똥, 묽은 똥, 성긴똥, 구린똥
　　고린 똥, 설사 똥, 변비똥, 피똥, 똥 같지 않은 똥, 똥 같지 않지만 똥임이 분명한 똥
　　지렁이 섞인 똥, 회충 촌충 십이지장충 섞인 똥, 똑똑 끊어지는 똥, 줄줄 이어지는 똥, 꼬불꼬불 말리는 똥, 확확 퍼져나가는 똥137쪽

　　냄새나고 불결한 똥의 이미지는 갖가지 형태의 똥을 나열하는 판소리 자진모리 가락의 흥겨움을 타고 익살과 재치 가득한 웃음의 소재로 변형된다. 흥겨움이 차츰 가라앉으면서 서사의 어조는 점차 현실을 환기시키는 심각한 분위기로 바뀐다. "三島由紀夫 대가리 같이 똥글똥글하게 생긴

똥/ 三菱 마아크처럼 세 갈래 난 똥/ 게다짝 같이 두 다리 달린 똥" 등, 세 페이지에 걸친 온갖 똥의 형상은 청자/독자의 눈앞에 일제 말기의 처참한 현실을, 그리고 그것이 재현되고 있는 지금의 현실을 펼쳐 보인다.

여기저기서 와크르르르

똥이야!

이 거리 저 거리에서 우르르르르

똥이야! 똥 봐라 저 똥 봐라!

(…중략…)

이 똥 저 똥 왼갖 똥 모든 똥더미 속에서 짜악짝

동척東拓보다 몇 백배百倍 강强의

동척東拓이 입을 벌리고 공출보다 더한 공출이

마지막 풀뿌리마저 긁어가고 송장까지도 귀신鬼神까지도 모조리 징용가고

(…중략…)

한국말은 개들의 군호軍號로 되고, 모든 공장은 독毒을 뿜고 (…중략…) 모든 조선놈은 노예로 끌려다니고 모든 조선년은 매춘부로 떨어져가고

대포 주둥이가 똥에서 기어나오고

탱크가 똥에서 굴러 나오고

총알, 확성기, 깃발, 기관총, 비행기, (…중략…) 폭탄, 유도탄, 원자 수소 네 이팜탄들이 모조리 똥에서 불쑥불쑥 기어 나오고

나와 불을 뿜고 소리지르고 구르고 나르고 악쓰고 무너뜨리고 불지르고 연기를 날리고 산이 무너지고 집이 무너지고138~140쪽

분위기는 더욱 무겁게 가라앉고 마침내 창자唱者의 비통한 탄식을 동반한 긴 진양조의 엘레지elegy가 흐른다.

어디에 있나
우리의 고향
아아 어디에 있나
우리들의 육신은 어디에 있나
하늘은 회색비
비뿐이네
비뿐이네
겨울비뿐이네
울며 천년을 헤매어도
찾을 길 없네
반도여
아아 반도여
사랑하는 우리 조국아!140~141쪽

이 느린 가락의 비가悲歌는 일찍이 한국문학에서 보지 못한 다음과 같은 미증유의 묵시록적 묘사로 이어진다.

피가
고름이
유령들이

악몽과 부러진 칼날들이, 온갖 약품藥品들이, 신음소리들이

성병性病이, 정신병이, 빈 벌판, 어두운 골목에서 아우성치고, 남녀노소 모두

벌거벗고 어두운 굴속을 사슬소리 울리며 기어다니고

회초리에 채찍에 구둣발에 개머리판에 전기의자에

화학약품에 의해 찢기고 짤리고 걷어차이고 해부되어 토막난 고깃덩이로 굴

러다니고

(…중략…)

똥으로부터, 저 똥더미, 똥바다로부터

괴물怪物이

털과 시뻘건 살덩이와 비닐과 프라스틱과 (…중략…) 원자병과 아편중독이

더덕더덕 달라붙은 인간도 곤충도 아닌 거대巨大한 괴물怪物이 똥으로부터 태어

나고 기어나오고, 뭐라고 부르짖으며

거리를 천천히 배회하고141~142쪽

똥으로 뒤덮인 지옥도地獄圖의 끔찍한 형상은 아래와 같이, 달리Salvador
Dali를 연상시키는 초현실적 풍경으로 전환되면서, 바흐찐Mikhail Bakhtin이
말한 "비하와 전복을 통해 경계를 허무는 그로테스크 리얼리즘"의 현대적
재현을 펼쳐 보이는 듯하다.

강철의 산, 프라스틱 나무 위에

불붙는 얼음, 합성섬유의 풀잎 위에

비날론의 꽃, 알미늄의 반짝이는 나비들, 새들, 다람쥐들, 실뱀들

(…중략…)

죽은 당나귀 위에

저 혼자 소리내는 피아노, 벽에 달라붙어 혀를 내민 군화, 물방울 묻은 비닐製의 성기들 유방들

(…중략…) 고름 흐르는 모터

눈을 홉뜨고 뒤집혀 죽은 구축함의 흰 배때기, 파리떼에 덮인 정액이 부패하는 삘딩의 철근들, (…중략…) 하늘로 곧추선 피투성이 아스팔트, 노래 부르는 해골의 철교 (…중략…) 핀 뽑힌 수류탄으로 무장한 가와바다 야스나리 영감의 박제된 가슴 위에 (…중략…)

시체 시체 시체들을 연결하는 소음의 코일, 파리들의 침묵 142~143쪽

「오적五賊」1970, 「비어蜚語」1972, 「앵적기櫻賊歌」1972, 「오행五行」1974을 비롯해 「똥바다」에 이르기까지, 판소리 미학의 현대적 활용에서 김지하의 담시를 능가하는 작품은 없다고 해도 좋다. 작가 특유의 입담과 종횡무진의 잡학적 지식은 긴장과 이완, 상승과 하강, 추락과 비약, 고아古雅와 비속卑俗, 비애悲哀와 익살, 미美와 추醜가 뒤엉키고 넘나드는 판소리적 특질에 힘입어 그 내용과 형식에서 탈장르적·탈경계적 혼성모방의 유례없는 미적 성취를 이룬다.

한편으로, 김지하 담시의 이러한 예술적 특성은 앞서 말한 바흐찐의 '그로테스크 리얼리즘'을 상기시킨다.[40] 주지하듯이 그로테스크 리얼리즘

---

40 「똥바다」 집필 당시 김지하가 바흐찐을 읽었을 가능성은 전혀 없다고 보인다. (아래 각주 42, 43 참조.) 그가 학부 미학과 출신인 점을 감안하면, 이 당시 그로테스크 미학 이론에 관한 그의 견해는 칸트 이래의 관념론 철학 특히 헤르더(J. Herder)나 쉴레겔(F. Schlegel) 형제 등을 비롯한 독일 낭만주의 미학 및 민속학의 영향을 받았을 가능성이 크다. 최초의 담시 「오적」과 함께 1970년에 발표된 그의 에세이 「풍자냐 자살이냐」에서 그 점을 엿볼 수 있다. 이 글에서 김지하는 (내놓고 말하지는 않지만 아마도) 19세기

은 바흐쩐이 유럽 중세 및 르네상스 문화의 유산인 민중 축제와 카니발에서 두드러지게 드러났던 세계관적 특성을 르네상스 시대의 작가 프랑수아 라블레François Rabelais의 소설『팡타그뤼엘 연작』[41]의 해석에 적용하면서 제시한 미학적 원리이자 개념이다. 바흐쩐은 라블레 소설에 압도적으로 나타나는 육체 자체, 즉 먹고 마시고 배설하기, 성생활의 이미지 같은 "삶의 물질-육체적 원리"를 '그로테스크 리얼리즘'으로 명명하면서, 라블레를 그로테스크 리얼리즘의 "계승자이자 완성자"로 규정한다.[42]

「똥바다」의 미적 특성은 그로테스크 리얼리즘의 원리를 부분적으로 구현하는 동시에 그것과 본질적으로 상충하는 양상을 보인다. 시-공간적으로 보나 역사-문화적 배경으로 보나 현격한 이질성을 지녔음에도 불구하고, 이 작품을 라블레적 그로테스크 리얼리즘의 관점에서 읽어보고자 하는 이유는 거기에 있다. 이러한 비교를 통해, '일본 군국주의의 재등장에

독일 미학자 로젠크란츠(K. Rosenkranz)의『추(醜)의 미학』을 빌어, "비애와 풍자, 공포와 괴기의 결합"을 통한 시적 폭력과 우상파괴적 전복성에 관한 미학 이론을 개진한다. 이 시론은 그의 당시 전체를 일관하는 창작방법론으로 보아도 무방할 것이다. (김지하, 「풍자냐 자살이냐」,『詩人』, 1970, 6·7월호, 참조)

41 발표 연대순으로 하면『팡타그뤼엘(*Pantagruel*)』(1532),『가르강튀아(*Gargantua*)』(1534),『팡타그뤼엘 제3권』(1546),『팡타그뤼엘 제4권』(1552)이다. 이야기의 순서로 하면, 팡타그뤼엘은 가르강튀아의 아들이니까『가르강튀아』가 처음이다.

42 미하일 바흐쩐, 이덕형·최건영 역,『프랑수아 라블레의 작품과 중세 및 르네상스의 민중문화』, 아카넷, 2001. 444쪽. 1940년「리얼리즘의 역사 속에서의 라블레」라는 제목으로 고리키 세계문학 연구소에 박사학위 논문으로 제출되었으나, 세계 제2차대전으로 연기되었다가 1952년 후보박사 학위의 조건으로 심사를 통과했다. 이 논문은 그의 나이 70세인 1965년에『프랑수아 라블레의 작품과 중세 및 르네상스의 민중문화』라는 제목으로 모스크바에서 출간되었다. 1968년『라블레와 그의 세계(*Rabelais and his world*)』라는 제목으로 영역본이 출판되고 1970년에 불역본이 나왔으나, 서구 학계에서 그의 이름은 줄리앙 크리스테바나 츠베탕 토도로프에 의해 간간이 소개되었을 뿐이었다. 바흐쩐의 이론이 활발하게 논의되기 시작한 것은 그의 사후인 1980년대 들어서의 일이며, 국내에서도 80년대 후반에야 그의 저서가 번역·출판되기 시작했다.(김욱동,『대화적 상상력』, 문학과지성사, 1988 참조)

대한 비판'이라는 등의 「똥바다」에 대한 기존의 상투적인 비평을 넘어 작품의 미학적 원리를 새롭게 규명하고 동시에 그 한계를 짚어볼 수 있는 발판이 마련되기를 기대한다.[43]

바흐찐은 단테, 복카치오, 라블레, 세르반테스, 세익스피어 등의 작품에서 만개하는 르네상스 시대의 그로테스크 리얼리즘을 17~18세기의 계몽주의 및 낭만주의 그로테스크, 그리고 19세기 이래의 모더니즘 그로테스크와 철저하게 구분하면서 그 질적 차이를 설명하고 있는데, 여기서는 우선 라블레 소설에서 중요한 역할을 하는 똥, 오줌 등의 배설물을 비롯한 온갖 종류의 육체적 이미지들과 김지하의 「똥바다」에 나타나는 다양한 그로테스크적 모티브들을 비교·검토해 보는 것으로 시작하자.

라블레 소설에서 가장 중요한 사건들은 "먹기, 마시기, 배설, 코풀기, 재채기, 성교, 임신, 출산, 성장, 노화, 질환, 죽음, 찢기기, 조각조각 나뉘기" 같은, "그로테스크한 몸에서 일어나는 육체적 드라마의 행위들이다".[44] 똥, 오줌 등의 배설과 관련해서 가장 널리 알려진 장면은 다섯 살의 가르강튀아가 부왕炎王인 그랑구지에에게 '밑 닦는 방법'에 대해 설명하는, 「그랑구지에는 어떻게 밑 닦는 법의 발명에서 가르강튀아의 놀라운 지적 능력을 알게되었는가」라는 에피소드일 것이다. 모자, 목도리, 고양이 등 온갖 종류의

---

43 2002년에 쓰여진 김지하의 회고록에 따르면, 마당극 운동을 벌이던 1973년 가을 —「똥바다」를 쓴 시기와 일치한다— 그는 동료들과 함께 다큐멘터리 영화를 하나 제작했다. 그는 이 영화를 가리켜 "그야말로 바흐찐의 그로테스크 리얼리즘의 극치"라고 말한다. (김지하 회고록, 『흰 그늘의 길』 2, 학고재, 2003, 279쪽) 이 진술은 물론 회고록 집필 당시(2002년)의 인식을 과거의 작품(1973년)에 투사한 것이지만, 한편으로 그의 작품들을 그로테스크 리얼리즘의 개념으로 비추어보는 일이 충분히 타당할 수 있음을 말해주는 것이기도 하다.

44 바흐찐, 앞의 책, 493쪽.

기상천외한 밑닦개를 열거하면서 그 느낌을 상세하게 설명하는 가르강튀아의 장광설은 이렇게 끝난다.

결론적으로 말씀드리자면, 머리를 다리 사이에 붙들고 있기만 하면, 솜털이 많이 난 거위만한 밑닦개가 없다고 단언하고 주장하는 바입니다. 왜냐하면 솜털의 부드러움만큼이나 거위의 적당한 체온으로 엉덩이 구멍에 놀라운 쾌감을 느낄 수 있고, 그 쾌감은 직장과 다른 내장으로 전해져서 심장과 뇌가 있는 곳까지 이르게 되기 때문이지요. (…중략…) 제 의견으로는 천상의 행복은 거위로 밑을 닦는 데 있고, 이것이 스코틀랜드의 존 선생의 의견이기도 합니다.[45]

이것은 아주 작은 하나의 예에 지나지 않는다. 파리를 방문한 가르강튀아는 귀찮게 따라다니는 사람들을 피해 노트르담 사원의 탑 위에서 휴식을 취하다가 모여든 군중을 향해 "물건을 꺼내어 공중에 쳐들고 신나게 오줌을 싸서 여인네와 아이들을 빼고 26만 4백 18명을 익사시켰다".[46] 가르강튀아의 아들인 팡타그뤼엘 역시 "적의 진영에서 오줌을 누었는데 그 양이 얼마나 많았는지 적을 모두 익사시켰고 사방 1백리에 걸쳐서 홍수가 났다".[47] 심지어 가르강튀아의 암말이 눈 오줌이 대홍수를 일으켜 적을 전멸시키기도 한다.[48]

45　프랑수아 라블레, 유석호 역, 『가르강튀아/팡타그뤼엘』, 문학과지성사, 2004, 82쪽.
46　「가르강튀아는 어떻게 파리 시민들의 환영에 응대했는가, 그리고 노트르담 사원의 커다란 종을 어떻게 가져갔는가」, 위의 책, 92쪽.
47　「팡타그뤼엘은 어떻게 아주 기이한 방식으로 딥소디인들과 거인들에게서 승리를 거두었는가」, 위의 책, 442쪽.
48　「가르강튀아는 어떻게 베드 여울의 성을 무너뜨렸는가, 그리고 어떻게 여울을 건넜는가」, 위의 책, 175쪽.

바흐찐은 라블레 소설에 끝없이 흘러넘치는 이러한 방뇨放尿−방분放糞의 모티브를 특별히 '분변학적糞便學的, scatological 이미지'라고 명명하는데,[49] 이런 이미지를 라블레 못지않게 활용한 한국문학 작품은 「똥바다」 외에 달리 없을 것이다. 「똥바다」의 주인공 '분삼촌대'가 광화문 이순신 동상 위에 올라가 참고 참았던 똥을 쏟아내는 이 작품의 클라이맥스는 오줌으로 수십만 명을 익사시키고 대홍수를 일으키는 가르강튀아와 팡타그뤼엘의 거대한 배설을 방불케 한다. 한편, 방분放糞의 모티브는 전 4권에 걸친 『팡타그뤼엘 연작』의 대미를 장식하는데, 이 장면은 특별히 「똥바다」와의 높은 유사성을 보여준다. 팡타그뤼엘의 친구이자 심복인 파뉘르즈는 공포에 질려 바지에 똥을 싸고 동료들의 웃음을 산다. 결국 공포를 이겨낸 파뉘르즈는 유쾌한 기분으로 이렇게 말한다.

> 하, 하, 하! 어! 이것은 대체 뭐지? 이걸 뭐라고 부르죠? 설사똥, 동글동글한 말똥, 오줌, 배설물, 응가, 대변, 시뇨屎尿 오줌똥, 영瀯 분변, 르페르이리똥, 레스곰똥, 에뙤멧새똥, 퓌메사슴똥, 에트롱짜낸 똥, 스키발개똥, 혹은 스피라트산양똥라고 부르나요? 단언하지만, 이것은 에스파냐의 사프란이지요. 호, 호, 히! 이것은 에스파냐의 사프란이라고요! 셀라Selah! 자, 마십시다! 여러분![50]

---

49 분변학(糞便學, scatology)은 사람의 분뇨를 가지고 병을 진단하는 학문이다. 고대의 희극, 무언극, 중세의 익살문학 등에는 '똥을 게걸스럽게 먹는 의사'(분변 의사)가 나온다. "병자의 육체 속에서 일어나는 삶과 죽음의 투쟁에 관여하는 참가자이자 목격자인 의사는 특수한 방법으로 배설물, 특히 오줌과 연관을 맺는다. 옛날의 의술에서 오줌은 커다란 의미를 지니고 있었다. (…중략…) 의사는 오줌을 가지고 환자의 운명을 판단했으며, 오줌은 삶과 죽음의 문제를 결정했던 것이다."(바흐찐, 앞의 책, 280쪽.)

50 「파뉘르즈는 어떻게 극심한 공포 때문에 똥을 쌌고, 로딜라르뒤스라는 큰 고양이를 새끼 악마라고 생각했는가」, 바흐찐, 위의 책, 273쪽에서 재인용. (번역문은 유석호 역, 『팡타그뤼엘 제4서』, 한길사, 2006, 323쪽 및 M. Screech tr. *Gargantua and Pantagruel*, Penguin

보다시피 속어로부터 학술용어에 이르기까지 똥을 가리키는 용어 15개가 이 대서사의 대미를 장식한다. 이와 비슷하게, 아니 훨씬 심하게, 「똥바다」에는 분삼촌대가 갈겨대는 "홍똥, 청똥, 검은똥, 흰똥"부터 시작해, "미국놈 빠다기름이 도는 똥, 월남놈 까칠까칠한 살갗 쪼가리가 섞인 똥, 썹히면서 악쓰는 조선놈 목소리를 내며 삐죽삐죽 힘들게 빠져나오는 똥"을 거쳐, "체 게바라 초상화를 들고 있는 자본가의 똥, 모택동 어록을 들고 있는 자위대 간부의 똥"을 지나, "먼 도시로 떠나가는 이농민 밤 열차 변소 속의 꼬불꼬불한 똥, 달아난 에미를 부르며 우는 아이의 쌩똥, 피 팔아먹고 사는 놈 핏기없는 똥"에 이르기까지, 무려 세 페이지에 걸친 기나긴 똥의 행렬이 이어진다.

바흐찐은 라블레 작품의 몸과 음식 이미지에서 뚜렷하게 나타나는 "신랄한 과장법, 침소봉대, 과도함, 풍요로움"을 그로테스크 문학의 "가장 기본적인 특징"으로 든다. 한편, 바흐찐이 비판적으로 인용하는 독일 학자 슈네간스G. Schneegans에 따르면, "그로테스크는 항상 풍자적이다. 풍자적인 성향이 없는 것은 그로테스크가 아니다". 그로테스크에 대한 이러한 정의로부터 슈네간스는 라블레 작품의 이미지들이 지닌 희극성과 풍자성 및 그 언어 구사의 모든 특성을 "과장과 풍요, 모든 경계를 넘어서려는 성향, 끝없이 길게 이어지는 열거와 동의어 뭉치들" 같은 것들에서 찾아낸다.[51] 바흐찐은 슈네간스의 이해가 정확하고 일관성이 있긴 하지만, 동시에 그로테스크 리얼리즘을 설명하는 데에는 대단히 협소하고 제한적인

Classics, 2006. p.871을 함께 참고함.) '셀라'(Selah)는 단순한 간투사(이덕형/최건영), 또는 히브리어로 '확실히'라는 뜻을 지닌 말(유석호) 혹은 찬송가의 "끝"이라는 표기 (Screech) 등으로 뜻이 분명치 않다.

51 바흐찐, 앞의 책, 473~478쪽.

것임을 지적한다. (바흐쩐의 이러한 지적은 「똥바다」의 한계를 말해주는 것이기도 한데 이 문제는 후술한다.) 여기서는 우선 위의 정의에 입각해서 「똥바다」에 나타나는 그로테스크의 기본적 특성들을 좀 더 검토해 보기로 하자.

"길게 이어지는 열거"는 앞서 살펴본 갖가지 똥의 형상들에서 보듯 「똥바다」의 중요한 문체적 특성을 이룬다. 분삼촌대가 한국을 방문해서 금오아金烏也, 무오아武烏也, 권오아權烏也의 안내로 "배정자裵貞子네 집"에서 한바탕 질펀한 향응을 대접받는 장면은, 말할 것도 없이 당대 한국의 친일 권력, 즉 재벌과 군軍 그리고 정치권력의 매판적 성격과 부패를 비꼬고 조롱하는 의도임이 분명하지만, 그와는 별개로 '배정자네 집' 방안의 기물집기器物什器와 온갖 희귀한 음식들을 길게 열거하는 장면은 정치적 풍자의 차원을 넘어 그 자체로 무구無垢한 웃음을 유발하기도 하면서, "비하를 기본 원칙으로 삼는 그로테스크 리얼리즘"[52]의 성격에 부합하는 것이기도 하다.

호사스런 접대가 벌어지는 방은 그로테스크라는 말에 걸맞게 이종적異種的인 것들, 즉 일본과 한국의 '경계를 넘어서는' 결합이며 혼성이다.[53] 예컨대, 이곳은 "다다미 온돌"이라는 불가능한 결합이 벌어지는 장소다. "화류문갑에 정종正宗 일본도日本刀가 비스듬히 서 있고", 책상에는 "미공美空히바리와 배호裵湖가 합창合唱한 잘 있거라 동경東京 / 후랑크 영정永井과 이미지李美子가 합창合唱한 사요나라 경성京城"의 카세트가 놓여 있고, 서가에는 "대망大望, 대망大忘, 대욕大慾, 대심大心, 대멸大滅, 대치大恥, 대욕大辱, 대망大亡 (…중략…) 그 곁엔 '춘春의 설雪' 곁엔 썬데이서울"[54]이 꽂혀있는 가운데, "재등

---

52 위의 책, 572쪽.
53 그로테스크(grotesque)는 15세기 로마 지역의 '동굴(grotta)'에서 발견된 로마 시대의 기이한 장식물, 예컨대 인간과 동물 같은 서로 다른 종들이 결합한 그림을 가리키는 말이었다. 위의 책, 65쪽.

실齋藤實의 문화정치업적도文化政治業績圖를 아로새긴 알록달록 자개상에 음식이 들어오는" 장면을 보자.

구주九州에서 말린 남해南海 대구, 동경東京서 만든 제주齊州 돼지고기 통조림, 고려高麗 명산名産 딱지 붙은 고노와다, 신호神戶에서 양념한 속초束草 어란魚卵, 조선계자 원료原料의 청靑와사비 바른 제주齊州 명산名産 바닷가재 사시미, 잡자마자 냉동선冷凍船에 실어 대판냉동회사大阪冷凍會社에서 얼렸다가 비행기飛行機로 직접 오늘 가져온 충무산忠武産 붉은 도미 사시미, 똑 그런 영덕盈德 대게, 똑 그런 여수麗水 농어, (…중략…) 광주廣州 무 다꾸앙, 왕십리 나라스께

흑산도黑山島에서 잡아 대마도對馬島에서 검사한 뒤 한국 햇볕에 말려 동경東京에서 빻아 그 가루를 한국에서 동해東海물에 섞어 통에 넣은 뒤 일본日本에서 제품製品한 삼릉제三菱製 홍삼紅蔘젓을 곁들인 날배추에다 정종正宗을 따끈하게 걸쳐가며 아리랑 쪼이나 아라리요 도꼬샤131~132쪽

"삼미선三味線과 가야금伽倻琴", "낭화절浪花節과 판소리"가 어우러지는 "홍살문 지나 도리이", "중문中門 안문 지나 뺑끼칠한 조산造山"을 거쳐 "다다미 온돌방"으로 이르는 "배정자네 집"의 그로테스크한 '한일 합작'의 상상은 한국과 일본의 도시들과 음식들이 엉키고 뒤섞이는 자개상의 묘사를 넘

---

54 「똥바다」, 130~131쪽. 『大望』은 일본뿐 아니라 한국에서도 엄청난 판매부수를 올린 일본의 대중 역사소설이다. '大望'에 이어 大자로 시작되는 단어들이 무작위로 나열되다가 마지막으로 미시마 유키오(三島由紀夫)의 소설 '春의 雪'(春の雪), 그리고 "그 곁엔 썬데이서울"이 나온다. 이것은 '春의 雪'이라는 한국어 발음의 '설'과 '썬데이서울'의 '서울'이라는 발음의 유사성을 이용한 즉흥적인 말장난일 수도 있지만, 「썬데이서울」을 비롯한 통속 주간지에 대한 당대 지식인들의 부정적 사고가 반영된 것으로 볼 수도 있다. 당시 대학생들은 주간지를 불태우는 의식을 치르고 불매운동을 벌이기도 했다.

어, "아리랑 쪼이나 아라리요 도꼬샤"[55] 같은 기발하고 우스꽝스러운 말장난pun으로 이어진다.

또 한편으로, 권력자나 기존 질서에 대한 비하와 격하를 시도하는 말장난, 쌍소리, 욕설, 저주, 외설, 무례한 언사 등은 그로테스크 리얼리즘의 기본 요소인데, 그 점에서 「똥바다」는 나무랄 데 없이 풍부한 사례를 보여준다. 서사는 '분삼촌대'의 조상들이 어떻게 조선과 불구대천의 원수가 되었는지, 어떻게 국법으로 배설을 금지하는 상황에 이르게 되었는지를 설명하는 기상천외의 내력담來歷譚으로부터 시작되는데, 임진왜란 이래 한일간의 오랜 원한 관계를 패러디한 이 장면에서 분삼촌대는 그 이름 자체, 즉 '똥'으로 비하된다. '분=똥'을 그의 가문의 성姓으로 읽는다면, 그의 조부인 '분일촌대糞一村待'의 이름은 "똥, 잠깐 참아!ちょっと待って"라는 뜻이 되면서 동시에 '좆도맛데'라는, 한국어 발음으로는 매우 외설적인 뉘앙스의 비속어로 바뀌는 것이다. 그런가 하면, 분삼촌대의 어미의 이름인 "아까 뀌고 또 뀌고"는 그보다 더 익살스럽고 동시에 덜 현학적이다. 복수의 일념으로 마침내 친선방한단의 일원이 되어 한국에 건너온 분삼촌대를 굽신거리며 영접하는 금오야金烏也, 무오야武烏也, 권오야權烏也가 일본어 '오야붕'おやぶん, 두목을 이용한 말장난임은 분명하고, 이 모든 것들이 1970년대 한국의 신식민지적 상황을 희화화하고 풍자하는 데에 매우 효과적일 것임도 틀림없다.

---

55 "쪼이나(チョイナ)", "도꼬이쇼(ドッコイショ)"는 함께 일을 하거나 노래를 부를 때 흥을 돋구기 위한 일종의 추임새로서, "자, 나가자! 할 수 있어!"(쪼이나), "주여, 무사히 마치도록 도와주소서"(도꼬이쇼) 라는 뜻을 지닌 히브리어에서 유래했다는 설이 있다. (http://extraordinary.cloud) 식민지 시기 한국 유행가나 민요에 이 후렴구가 유입된 흔적이 있다. 한국학 중앙연구원이 펴낸 『한국구비문학대계』에는 "쪼이나 쪼이나 도가이쇼"라는 후렴구가 반복되는 경북 지방의 민요가 채록되어 있다. 채록자는 이 노래의 제목을 「쪼이나 쪼이나 도까이쇼」로 기록하고 있다.

2) "절멸 없는 삶의 기쁨"과 「똥바다」의 분노

이상에서 보듯, 「똥바다」가 한국문학사상 그로테스크적 모티브를 최대한 활용한 보기 드문 작품이라는 점에 대해서는 다른 사례를 더 거론하지 않더라도 이견이 없을 것이다. 문제는 여기서부터다. 「똥바다」는 과연 작가 자신이 (비록 「똥바다」를 가리킨 것은 아니었지만) 자부하듯, "바흐찐이 말하는 그로테스크 리얼리즘의 극치"[56]라고 할 만한 것인가?

바흐찐이 말하는 그로테스크 리얼리즘의 핵심적인 미적 자질은 '웃음'laughter과 '양면가치성'ambivalence이다. 바흐찐의 방대한 저서에서 이 둘은 끊임없이 강조되고 쉴 새 없이 반복된다. 앞서 보았듯, 웃음으로 말하면 「똥바다」에도 시종일관 웃음이 그치지 않는다. 부패하고 뻔뻔한 권력의 위선을 마음껏 풍자하고 비하함으로써 신식민지적 구조 아래 억눌린 민중의 울분을 통쾌하게 분출하는 「똥바다」와, 장터의 축제나 카니발을 통해 교회와 봉건국가의 억압을 벗어나 "제2의 삶"[57]을 구가했던 유럽 중세 그로테스크 리얼리즘의 세계는 일견 상통하는 듯이 보인다. 그러나 그것은 피상적인 관찰에 지나지 않는다.

앞서 언급한 슈네간스의 그로테스크론으로 잠시 돌아가 보자. 슈네간스에 따르면, 그로테스크는 "부정적인 현상, 즉 '있어서는 안 될 무엇'을 캐리커쳐와 같이 과장하는 것"이며 라블레의 작품이 여기에 해당하는 것이다. 그러나 바흐찐은 이러한 슈네간스의 관점은 "그로테스크를 오로지 협소한 풍자적 목적의 부정적인 과장"으로만 보는 옳지 않은 태도이며, "그로테스크의 가장 본질적인 면, 즉 양면가치성을 무시하는 것"[58]이라고 비판한다.

---

56 앞의 각주 43 참조.
57 바흐찐, 앞의 책, 69쪽.

바흐찐에 따르면, 그로테스크적 풍자의 목적은 (19세기 이래 근대문학이 그렇듯이), "사회적-문화적인 악덕에 대한 분개 혹은 악에 대한 분노"가 아니며 "독자를 분노하게 하려는 것"도 아니다.[59] 이것은 아무리 강조해도 지나치지 않다. 이 한마디로 바흐찐은 중세 및 르네상스의 그로테스크 리얼리즘과 낭만주의 및 모더니즘 그로테스크 사이의 넘을 수 없는 장벽을 가리킨 것이라고 해도 좋다. 바흐찐은 라블레 소설에서의 모든 과장되고 터무니없는 사건들은 "다만 웃으려는 *par rys* 의도에서"[60] 비롯된 것이라고 말한다. 라블레 소설에서의 풍자적 웃음은 개별적인 부정적 현상을 향한 것이 아니라 "존재 자체의 우스꽝스러움"을 가리키는 것이다.[61] 웃음이란 '삶 그 자체의 움직임', 즉 생성되고 교체되고 다시 존재하는 삶의 "유쾌한 상대성"으로부터 나오는 것이며, "일시적인 것의 덧없음을 이해할 수 있는 인간 본성의 심오하고 절멸 없는 삶의 기쁨 *joie de vivre*"의 표현이다. 라블레 소설과 그로테스크 리얼리즘의 세계를 집약해 보여주는, 지혜로 빛나는 이 구절은 특별히 기억해 둘 가치가 있다.

팡타그뤼엘리즘은 모든 일시적인incidental 것들의 헛됨powerless 앞에서 느끼는 정신적 즐거움[이다]. 라블레의 작품에서 우스꽝스러움의 원천은 삶의 움직임을 늦추지 못하는 일시적인 것들의 무력함impotence—'신성한 술병'Holly Bottle 신탁소에 쓰인 것처럼, '만물은 돌이킬 수 없이 종말을 향해 나아가기' 때

---

58 위의 책, 474~478쪽.
59 위의 책, 221쪽. 이 구절은 바흐찐이 소비에트 러시아에서의 라블레학의 현황을 설명하면서 핀스끼(L. E. Pinskii)의 논문을 인용한 부분이다. 그러나 바흐찐 자신의 주장으로 보아도 좋을 만큼 바흐찐은 핀스끼의 해석을 전적으로 지지하면서 논의를 전개하고 있다.
60 위의 책, 300쪽.
61 위의 책, 223쪽.

문에―에만 있는 것이 아니다. 또한 시간의 흐름, 사회적·역사적 움직임, 왕국이나 제국의 흥망성쇠의 법칙 따위에만 있는 것도 아니다. 그에 못지않게 중요한 원천은, 일시적인 것을 넘어 그것의 덧없음transient을 올바로 이해할 수 있는 인간 본성의 심오하고 절멸 없는indestructible 삶의 기쁨joie de vivre에 있다.[62]

라블레와 그의 동시대인들은 이러한 삶의 '유쾌한 상대성'이 웃음의 원천이며 인간 본성의 하나임을 이해하고 있었다. 예컨대 그들은 조로아스터Zoroaster가 신적인 지혜를 지닌 인물인 까닭은 그가 이 세상에서 유일하게 태어날 때부터 웃었기 때문이라고 생각했던 것이다.[63]

라블레의『팡타그뤼엘 연작』전 4권은 이 존재론적 웃음이 지배하는 세계의 전모를 그린 작품이다. 제1권『가르강튀아』는 "눈물보다는 웃음에 관해 쓰는 편이 훨씬 나은 법이라오 / 웃음이 인간의 본성일지니"라는 선언으로 끝맺는 짧막한 서시序詩로 문을 연다. 바로 이어서, "고명한 술꾼, 그리고 고귀한 매독 환자 여러분"으로 시작되는 '작가 서문'은 소크라테스, 히포크라테스, 호메로스 등을 들어 웃음에 관한 고대 그리스 철학을 논하면서 자신의 책을 "하찮은 농담이나 익살" 등으로 받아들이는 "경박한" 독자들을 향해, "너희들, 당나귀 좆같은 놈들아, 다리에 종양이 생겨 절름발이나 되어버려라! 그리고 기회가 있을 때 나를 위하여 건배하는 것을 잊지 말라. 나도 즉석에서 축배를 들어 답례하겠다"라는[64] 웃음 섞인 장쾌한 욕설로 끝난다. 이렇게 '웃음'과 '축배'로 문을 연 대서사는 제4권

---

62 위의 책, 224쪽. (번역문은 Hélène Iswolsky tr. *Rabelais and his world*, MIT, 1968 및 라블레,『팡타그뤼엘 제4서』의 해당 부분을 참고하여 일부 수정)
63 위의 책, 119쪽.
64 『가르강튀아/팡타그뤼엘』, 14~20쪽.

의 마지막 에피소드[65], 즉 바지에 똥을 싸고 능청스럽게 똥의 동의어들을 나열하는 파뉘르즈의 "자, 마십시다, 여러분!"이라는 유쾌한 건배사로 문을 닫는다. 이처럼 '웃음'과 '축배'를 고리로 기나긴 소설의 머리와 꼬리가 연결된다. '다만 웃으려는 의도', 그것이 전부인 것이다.

웃음과 향연으로 수미일관한 이 세계에서 존재하는 모든 것은 상대적이며, 유쾌하며, 양가적이다. 탄생/죽음, 젊음/노쇠, 선/악, 슬픔/기쁨, 공포/평안, 증오/사랑, 이성/광기, 영혼/육체, 인간/자연, 위/아래 등등, 모든 대립적인 것들은 중세 및 르네상스 그로테스크 리얼리즘의 세계 감각 속에서는 경계가 모호하고, 다의적多義的이고, 자유롭게 넘나들고, 뒤섞이고, 마침내 "유쾌한 시간 속으로 침잠한다."[66] 따라서, 예컨대 똥이나 오줌 같은 배설물들은 라블레적 그로테스크 리얼리즘에서는 앞서 보았듯 "유쾌한 물질"이 된다.

오줌은 똥과 마찬가지로 비하하면서 동시에 편안하게 하고, 공포를 웃음으로 바꾸는 유쾌한 물질임을 잊지 말자. 똥이 몸과 땅 사이에 있는 무엇이라면 (이는 땅과 몸을 연결하는 웃음의 고리이다.) 오줌은 몸과 바다 사이에 있는 무엇이다. (…중략…) 똥과 오줌은 물질과 세계, 우주의 자연력을 육화하며, 이들을 더 가깝고 친밀한 것, 즉 몸으로 이해되는 것으로 만든다(사실, 이러한 물질과 자연력은 몸이 낳고 배출한 것들이기 때문이다). 오줌과 똥은 우주의 공포를 유쾌한 카니발의 괴물로 변형시킨다.[67]

---

65 앞의 각주 50 참조.
66 바흐친, 앞의 책, 329쪽.
67 위의 책, 519쪽.

"공포를 웃음으로 바꾸는", "하나의 이미지 속에 긍정적 극점과 부정적 극점이 결합할 수 있는 가능성",[68] 이 양면가치성이 그로테스크 리얼리즘의 본질이다. (이 야누스적이고 키메라 같은 그로테스크 리얼리즘의 양가성을 18세기 이후의 계몽주의나 낭만주의는 이해할 수 없었다는 것이 바흐찐의 주장이다.) 라블레 소설에 흘러넘치는 똥과 오줌, 욕설, 쌍소리, 외설과 음탕함, 갈가리 찢기고 흩어진 몸들, 기괴한 괴물들, 이 모든 형상에 부정적인 것이나 "조야한 냉소"[69]는 전혀 없다. 혐오와 공포를 유발하는 똥이나 오줌은 가르강튀아의 밑닦개 자랑이나 오줌 홍수 장면에서 보듯 우주적 규모의 과장, 그 반면에 극히 구체적이고 세밀한 묘사를 통해 어느새 즐겁고 유쾌한 물질로 바뀌고 웃음을 낳는다.[70] 그것이 그로테스크의 진정한 힘이다.

악마나 괴물, 잔혹한 살육의 장면에 대해서도 똑같이 말할 수 있다. 지옥을 다녀온 인물이 "악마는 멋진 녀석들이었어. 훌륭한 술동무들이었다구"라고 말하는 장면에서처럼, 공포의 근원인 지옥과 악마는 라블레 소설에서 "유쾌한 괴물들"의 이미지로 바뀐다. 무섭고, 음울한 모습은 어디에도 없다.[71] 수도사 장이 수도원의 포도밭에서 "1만 3천 622명을 때려죽였다"는 유명한 에피소드의 그로테스크한 격전 장면을 보자.

---

68 위의 책, 480쪽.

69 위의 책, 272쪽.

70 피리 시민에 대한 방뇨의 에피소드는 "모여든 군중을 다섯 개의 빵으로 배불리 먹였다는 복음서의 기적에 대한 풍자적 개작이자 암시"이기도 하다. (위의 책, 299쪽.) 밑닦개에 대한 가르강튀아의 장광설은 "스코틀랜드의 존 선생의 의견"이라는 말로 끝나는데, 이것은 쓸데없는 문제들에만 집착하는 중세 신학자들을 조롱하는 의도를 담고 있다고 한다 (각주 45). 그러나 여기서 초점은 무엇을 풍자했느냐가 아니라, 똥과 오줌이 '유쾌한 물질'로 전환되는 그로테스크 리얼리즘의 본질에 있다.

71 위의 책, 78~79쪽.

어떤 놈들은 두개골을 박살내고, 어떤 놈들은 팔과 다리를 부러뜨리고, 또 다른 놈들은 목뼈를 탈구시키거나, 허리뼈를 꺾어놓고, 코를 주저앉히고, 눈을 멍들게 하고, 턱뼈를 쪼개고, 이를 아가리에 쳐박고, 견갑골을 부수고, 다리에 타박상을 입히고, 대퇴골이 빠지게 만들고, 사지의 뼈를 조각내버렸다. (…중략…) 어떤 놈이 나무 위는 안전할 것으로 믿고 나무에 기어오르면, 항문에 지팡이를 쑤셔박았다. (…중략…) 다른 놈들은 갈비뼈 사이를 공격해 위가 뒤집혀 즉사하도록 만들었다. 그리고 다른 놈들은 무자비하게 배꼽 있는 곳을 가격해 내장이 튀어나오도록 했다. 그리고 다른 놈들은 불알 사이로 직장을 꿰뚫어버렸다.[72]

이 장면에서 바흐찐은 "절단된 육체의 이미지 안에서 주방廚房과 전투가 서로 조우하고 교차하는"[73] 세계, 즉 광장적 카니발의 활기찬 생명력을 읽어낸다. 육체의 절단, 불태우기, 죽음, 구타, 몰매, 저주, 욕설 등 라블레 소설의 전형적 모티브인 "해부학적 묘사"[74]는 요리나 주방기구 등과 결합하면서 잔치나 카니발의 이미지로 전환된다. 적을 불태운 장작이 짐승고기를 굽는 화덕으로, 피가 포도주로, 잔혹한 격전이 유쾌한 축연으로 바뀌는 것은 라블레 소설에서 변함없는 원칙이다. "우리는 여기에서 진정한 육체적 수확收獲의 이미지를 본다. 이 피비린내 나는 에피소드 전체를 채우

---

72 라블레, 앞의 책, 143~144쪽. 작품 안에서 '피크로콜 전쟁'이라고 명명된 이 전투는 신성로마황제인 카를 5세와 프랑스의 왕인 프랑수아 1세 사이의 실제 전쟁을 희화화한 것이다. 라블레는 여기서 카를 5세를 '피크로콜'(쓸개즙이라는 뜻으로 성급하고 화를 잘내는 사람을 가리킨다)이라는 이름으로 조롱하면서 그의 어리석음과 무지를 풍자하는 한편, 프랑수아 1세의 어질고 평화주의적인 측면을 드러내고 있지만, 주목할 것은 이 전쟁 묘사 전반에 걸쳐있는 웃음과 카니발의 이미지이다.
73 바흐찐, 앞의 책, 308쪽.
74 위의 책, 303쪽.

고 있는 것은 유쾌할 뿐만 아니라 완전히 환호작약하는 어조"[75]라고 바흐찐이 말할 때, 그것은 라블레 소설에 충만한 그로테스크 리얼리즘의 세계 감각, 즉 생성되고 교체되고 다시 존재하는 '삶 그 자체의 움직임', 그리고 그로부터 일어나는 "절멸 없는 삶의 기쁨"을 가리키는 것이다. 바흐찐이 라블레의 소설을 가리켜 "세계문학에서 제일 무섭지 않은 작품"[76]이라고 말하는 것도 그 때문이다.

이제 「똥바다」로 돌아가자. 「똥바다」의 똥이 작품 내적 기능과 효과에서 라블레 소설과 본질적으로 다르다는 점은 이상의 논의에서 쉽사리 드러난다. 풍자적 웃음을 유발하기는 하지만, 「똥바다」의 웃음은 부정적 대상을 향한 조롱과 야유일 뿐, '절멸 없는 삶의 기쁨'을 통찰하는 웃음과는 거리가 멀다. 「똥바다」의 똥은 '유쾌한 물질'의 이미지가 아니며, 궁극적으로 '웃으려는 의도'를 지닌 것도 아니다. 똥은 오로지 혐오와 공포를 유발하는 물질이며, 똥으로 표상된 '왜놈' 분삼촌대 역시 '유쾌한 괴물'이기는커녕 끔찍한 재앙을 초래하는 '악마'다. 「똥바다」의 서사에 등장하는 모든 사물과 사건 및 인물은 야누스적 양면가치를 지닌 채 '유쾌한 상대성'의 세계에 존재하는 것이 아니라 오직 하나의 가치, 절대적 필연의 세계를 향해 움직인다. 음울하고, 무섭고, 종말론적인 암시로 가득 찬 세계를 향해.

무엇보다 「똥바다」의 세계는 축제나 카니발의 이미지와 연결될 수 없다. 한반도를 자신의 욕망을 배설할 "변소"로 여기고 온갖 난장판을 벌이는 괴물 분삼촌대 및 그와 영합하는 부패 군상들의 모습에서 '유쾌한 괴

---

75 위의 책, 325쪽.
76 위의 책, 75쪽.

물'이나 '민중 축제'의 이미지를 떠올릴 수는 없을 것이다. 특히 '배정자네 집'에서 벌어지는 향연 장면의 그로테스크한 외설과 음탕함이 독자를 웃을 수 없게 만드는 중요한 요인 중의 하나는 「똥바다」 전체에 일관된 "근원을 알 수 없는 광기 어린 여성 혐오"다.[77] 70년대 한국 사회에서 큰 사회적 이슈가 되었던 이른바 '기생관광'은 박정희 정권의 대일對日 종속을 풍자·비판하는 「똥바다」에서 서사의 핵심 모티브를 이룬다. 금오야, 무오야, 권오야가 분삼촌대를 접대할 요정을 찾아 헤매는 다음 장면을 보자.

> "아니야! 거긴 너무 더워. 요정 열해熱海로 몰아랏!"
> "아니야! 거긴 너무 추워. 빠 상근箱根으로 몰아랏!"
> "아니야! 거긴 너무 꼭 끼어 좁아서 안 좋아, 카바레 후락원後樂園으로 몰아랏!"
> "아니야! 거긴 너무 헐렁헐렁해 힘들어 안 좋아, 천초옥淺草屋으로 몰아랏!"
> "아니야!, 거긴 너무 풀이 많아 징그러워 틀렸어, 은좌정銀座亭으로 몰아랏!"
> "아니야! 거긴 너무 깊고 컴컴해서 길 못 찾아 틀렸어, (…중략…)
> "그러지 말고 우리 오늘 한일친선韓日親善 도모하는 뜻으로 배정자裵貞子네 집으로 가잣! 배정자裵貞子네 집으로 몰아랏!"129쪽

이 대목에서 작가의 의도는 매우 노골적이다. 열해熱海, 아타미, 상근箱根, 하코네, 후락원後樂園, 고라쿠엔, 천초淺草, 아사쿠사, 은좌銀座, 긴자는 일본의 유명한 유흥지인데, 여기서는 서울 곳곳에 있는 기생 관광을 위한 요정의 이름으로 차용되어 그 환락의 '한일합작적' 이미지를 강조하는 동시에, 누구나 짐

---

77 박은선, 「김지하 담시의 젠더 연구」, 『비평문학』 78, 한국비평문학회, 2020, 150쪽.

작할 수 있듯이, 여성 성기를 품평하는 외설적 표현의 일부를 이룬다. 이 대목을 남성 권력자들의 성적 타락에 대한 신랄한 풍자로 읽어서는 안 된다. 분삼촌대 일행을 "씻겨주고 닦아주고", "비벼주고 주물러주고 핥아주고 빨아주는" "계집들"을 "여대생 같은 기생년, 기생 같은 여대생년"이라고 부르는 것은 이 시의 화자 자신이기 때문이다.[78] 이런 표현을 통해 시의 화자는 70년대 기생관광 시스템의 가장 밑바닥에 있는 여성들을 가장 상층의 착취자와 동일시할 뿐 아니라, 이 사업을 주도하고 이익을 편취하는 "포주"로서의 남성-국가 권력의[79] 존재를 독자의 시야에서 사라지게 한다. 남는 것은 남성 화자와 독자의 관음증뿐이다.

게다가 억압적 질서의 가장 밑바닥에 놓인 창녀, 바보, 장애인, 여성 등을 위로 올리고 왕, 귀족, 사제 같은 최상층의 인물들을 밑바닥으로 끌어내리는 중세 카니발의 전복적 상상력이나 고귀함을 표상하는 육체의 상부인 머리를 천박함과 불결함의 상징인 하부, 즉 엉덩이, 성기로 덮어버리는 그로테스크 리얼리즘의 관점에서 보면, 김지하 시에 충만한 여성 혐오적 표현은[80] 권위의 탈관脫冠, uncrowning이 아니라 억압적 규범을 강화하고 그 질서를 재생산하는 것이다.

한편, 그로테스크 리얼리즘의 목표는 "사회-문화적인 악덕에 대한 분

---

78 분삼촌대가 갈겨대는 똥으로 재앙에 빠진 세상에서 "女大生 같은 妓生년"은 "어머나 정말 너무 너무 맛있어요, 오 花代나 좀 더 주셔요, 예!", "妓生 같은 女大生년"은 "어머머머나! 얼마나 멋진 黃金빛이에요? 저 日本 꼭 데려가 주셔요, 예!"하며 아첨을 떠는 것으로 묘사된다. (「똥바다」, 147쪽)

79 "한국의 남성 지배 세력은 언제나 포주였다." (박은선, 앞의 글에서 재인용.) 70년대 기생관광을 둘러싼 '애국 대 윤락' 담론의 모순에 대해서는 권창규, 「외화와 '윤락'」, 『현대문학의 연구』 65, 한국문학연구학회, 2018 참조.

80 「똥바다」뿐 아니라 「오적」, 「비어」 등 다른 담시들에서도 여성비하적 표현은 두드러지게 드러난다. (박은선, 위의 글, 참조)

노를 일으키는 것이 아니"라는 바흐찐의 언급[81]은 「똥바다」가 그로테스크 리얼리즘과는 정반대의 방향을 가리키고 있다는 점을 이해하는 데에 가장 긴요한 지적이다. 보다시피 「똥바다」의 풍자, 골계, 기괴, 공포, 웃음, 비애 등의 모든 개별적 미적 자질은 '분노의 극대화'를 향해 조직되고 통합된다. 서사의 진행에 따라 웃음과 비애, 공포와 슬픔이 적당한 간격으로 교체되면서 "왜놈"에 대한 분노의 정념도 서서히 증강된다. 분삼촌대가 똥을 쏟아내는 장소가 (일본의 원수이자 한국의 영웅인) 이순신 동상의 머리 위라는 설정이 독자의 분노를 끌어올리기 위한 의도임은 말할 것도 없거니와, 똥바다로부터 태어난 "괴물"이 "김구金九 동상, 안중근 동상" 위에 "펄럭이는 일장기 위에" "천천히 배회"하는 가운데, "한국 년놈은 모조리 똥바다에 묻혀 죽고, 휩쓸려 죽고, 파묻혀 죽고", "죽어 썩어가고, 썩어 문들어져 가고, 문들어져 없어져 가는" 장면에 이르러 독자의 분노와 비애는 절정에 이른다. 이 그로테스크한 아수라장의 길고 긴 묘사에서 간간이 돌출하는 우스꽝스러운 표현, 예컨대 "일본놈들 끌어들일 때부터 내 이리 될 줄 알고 매일 똥을 조금씩 먹어 면역을 길러 놓았지, 헤헤헤! 웃는 얌체"라든가, "이열치열以熱治熱이라고 피아노만 똥똥똥 디립다 두들겨대며 똥 없어지길 바라는 놈" 같은 장면들에서의 '협소한 풍자의 부정적 과장'은 최종적인 분노와 비애를 향해 치밀하게 구축된 서사 전략에 따라 분노의 파토스를 더욱 강화하는 기능을 할 뿐이다.

---

81 앞의 각주 59 참조.

3) '친일'의 발견 - 초자아의 탄생

이제 「똥바다」를 그로테스크 리얼리즘의 세계로부터 결정적으로 분리
시키는 마지막 장면에 대해 말하자. 공포, 음울함, 분노로 가득 찬 초현실
적이며 묵시록적인 「똥바다」의 세계는 결말에 이르러, 갑자기 아무 맥락
없이 (혹은 마치 몰래 준비라도 해놓은 것처럼) 엄숙한 도덕-계몽극으로 돌변한
다. 다음 장면에 주목하자.

> 한군데를 얼핏 내려다보니
>
> 웬 학생놈들이, 공돌이, 공순이, 농사꾼, 날품팔이 등과 함께 잔뜩 떼를 지어
> 소리 소리 질러 '청소분糞'을 웨치며 삼촌대ㅌㅋ待에게 돌을 던지면서 욕질을 해
> 쌌고 삽, 작대기, 책, 가래, 판장, 닥치는대로 들고 모두 함께 열심히 똥을 치우
> 고 있것다
>
> 삼촌대ㅌㅋ待놈이 물어 가로되
>
> "야 이놈들 거기서 뭣하냐?"
>
> 공순이 공돌이 답해 가로되
>
> "청소분淸掃糞!"
>
> 농사꾼 날품팔이 답해 가로되
>
> "청소분淸掃糞!"
>
> 학생놈들 답해 가로되
>
> "청소분淸掃糞!"147~148쪽

서사 무대에 전혀 등장하지 않던 "학생놈들, 공돌이, 공순이 농사꾼, 날
품팔이" 등이 "청소분淸掃糞!"을 외치며 나타나 똥을 치우는 이 장면은 매우

작위적인데 이 작위성은 꼼꼼히 분석할 필요가 있다. '공돌이' '공순이' '학생놈들' 등의 비하 표현을 사용하고 있지만, 이 재난을 극복할 주체로서의 '민중'이라는 긍정적 의미가 그들에게 부여되고 있음은 명백하다. 그런데 서사 내에서 그들은 분삼촌대, 금오야, 무오야, 권오야 등의 친일 권력자들과 무관한 것은 물론, 똥바다에 빠져 허우적대면서도 "일본놈한테" 아첨하기 바쁜 온갖 군상들, 예컨대 "기생 같은 여대생년" "여대생 같은 기생년"들과도 완전히 다른 존재들이다. 이들은 마치 이 서사의 바깥에서 갑자기 나타난 듯하다. 요컨대, 이들은 분삼촌대가 갈겨댄 똥이 묻지 않은, 똥과 전혀 무관한 세상에서 온 존재처럼 보인다. 이들은 누구인가?

순결한 '민중'을 표상하는 '공돌이' '공순이' 등의 돌발적인 출현도 그렇거니와, 특히 '청소분淸掃糞!'이라는 말은 「똥바다」 전체의 익살맞고 재기발랄한 구어체의 흐름을 가로막는 또 하나의 작위적인 기이한 표현이다. "똥 치우자"라는 말을 "청소분"이라고 말할 한국인은 없다. (실제로 임진택의 판소리 공연에서 이 부분은 "똥 치운닷!"으로 바뀌었다.) 그러나 한국어의 통사론적 파괴를 아랑곳하지 않고 작가는 '민중'으로 하여금 여러 차례 "청소분淸掃糞!"을 외치게 한다. 이것은 무엇일까?

열쇠는 '똥'이 아니라 '분糞'에 있다. 이 시의 독자에게 '분糞'은 그냥 '똥'이 아니라 '분삼촌대糞三寸待'이고 '왜놈'이다. 그러나 '분糞 → 분삼촌대糞三寸待 → 왜놈 → 똥'이라는 기표의 연쇄, '청소분淸掃糞 → 똥청소 → 왜놈 청소'라는 의미의 연결은 "똥 치우자"라는 구어체의 발성發聲으로는 전달되지 않고, 눈으로 문자를 따라가는 묵독默讀의 조건에서만 가능하다. 요컨대, 독자의 머릿속에서 "청소분淸掃糞!"이 "왜놈/친일파 청소!"라는 의미로 번역되게 하는 것, "청소분淸掃糞!"이라는 기이한 구호의 의도는 바로 그것이었다.

학생과 노동자, 그리고 이른바 '기층민중'이 힘을 합해 분삼촌대가 싸놓은 똥을 청소하는 이 결말의 모티브에 대해서는 1960~70년대 한국의 사회·정치적 배경과 관련해서 검토할 몇 가지 이슈가 더 남아있다. 「똥바다」가 어째서 그로테스크 리얼리즘의 세계와 크게 어긋나는 것인지는 이 문제의 해명을 통해 더욱 분명해질 것이다.

두 개의 키워드가 있다. 하나는 '계몽'이고, 다른 하나는 '친일청산'이라는 명제 혹은 이데올로기이다. 우선 첫 번째 키워드와 관련해서 김지하 회고록의 한 장면을 살펴보자.

> 나는 평생 그 어떤 조직에도 직접 가담한 적이 없지만, 분명 혁명의 한 날개였던 '새생활계몽대'에는 깊숙이 관여하기 시작했다. 새생활계몽대는 전국 각 대학생들로 조직되어 양담배와 양주를 비롯한 외제 상품을 쓰지 말자는 계몽운동으로, 경제·문화적인 민족 자주성을 드높이는 운동이었다. 학생들은 완장을 차고 술집이나 가게, 행인들에게서 양키 물건을 압수해 모아다 종로 네거리 한복판 같은 곳에 산더미처럼 쌓아놓고 행인들이 보는 앞에서 불태웠다. 이 운동은 큰 반향을 일으키며 정치 사상 및 문화와 예술에서의 민족주체·민족주의의 열풍을 불러오게 된다. 계몽운동은 선전연극을 기획했다. (…중략…) 양담배, 양주 등 외래 물품을 쓰지 말자는 각오를 새롭게 하는 부자지간의 갈등을 다룬 것이다. (…중략…) 나는 잠깐 무대에 들어오는 젊은 대학생 역이었다.[82]

---

82 김지하, 『흰 그늘의 길』 1, 366쪽. 회고록에 따르면 김지하는 4·19 시위에 참여하지 않았다. '새생활계몽대'는 그가 참여한 최초의 사회운동이었다. 이 최초의 경험에서 형성된 '계몽의 문법'은 이후 그가 '깊숙이 관여한' 반독재투쟁과 생명운동의 중요한 바탕이 된 것으로 보인다.

김지하가 "깊숙이 관여했다"고 회고하는 에피소드인 '새생활계몽대'에서의 연극 활동은 4·19 직후의 일이며, 이 회고가 이루어지는 시점은 40여 년이 지난 2002년이다. 그런데 40년 이상의 시차에도 불구하고 이 에피소드의 회고에는, 다른 경우들과는 달리, '회고하는 현재의 주체'와 '회고되는 과거의 주체' 사이의 간극이 전혀 없다. 다시 말해, '행인들에게서 양키 물건을 압수하다 종로 네거리에서 불태운' 대학생 계몽대의 활동을 "혁명의 한 날개"로 보는 시선, 그리고 그 계몽의 주체로서의 자기 정체성에 대한 1960년의 신념은 2002년에도 여전히 유지되고 있다는 뜻이다. '새생활계몽대'의 활동이 지닌 폭력성[83]이나 그 운동의 반복성[84]은 마땅히 지적되어야 할 문제이지만, 지금 이 글의 논점과 관련하여 보다 중요한 점은 김지하 자신의 그 변치 않는 계몽의 시선과 신념이다.

신형기는 4·19 당시에 쓰여진 수기, 르포르타쥬, 기사, 문학 작품들을 통해 4·19가 '청년학생들의 의거'로 수렴되는 과정에 초점을 맞춘다. 그는 "시위에 앞장 섰지만 자신들의 목소리를 내지 못한" 구두닦이, 거지, 똘마니 같은 "숨은 주인공들"의 존재에 주목하면서 4·19가 내포한 "계급

---

83 "학생들은 지나가는 고급차를 세우고 여성들이 입은 양단 치마에 먹물을 뿌렸다. 광화문 네거리에서 애국가를 부르며 양담배와 커피를 쌓아놓고 불을 지른 그들은 다방을 성토하고 카바레와 빠를 급습하기도 했다. 또 유원지 등을 찾아 '놀이'에 사용된 관용차의 번호를 적어 공개했다. 이런 활동은 4. 19의 연장으로 여겨졌다." 신형기, 『시대의 이야기, 이야기의 시대』, 삼인, 2015, 248쪽.
84 새생활운동은 '생활개선'과 '위생청결'을 중심으로 이승만 정권에서도 벌어졌고, 일제 식민지 치하나 북한의 천리마 운동, 중국의 대약진운동을 통해서도 진행되었으며, 무엇보다 5·16 군사정권의 '국민재건운동'을 통해 법적 토대를 갖춘 국가적 규모의 운동으로 발전하였다. (위의 책) 박정희 정권의 붕괴 이후 권력을 장악한 전두환의 신군부가 시행한 대대적인 '사회정화운동' 역시 이러한 '새생활운동'의 반복이다. 교통법규 위반 같은 일상생활에 대한 사소하면서도 깊숙한 통제로부터 '삼청교육대' 같은 참혹한 국가 폭력에 이르기까지 이 '운동'을 지배한 것은 사회 구성원의 육체와 정신을 청결하게 '개조'하고자 하는 근대국민국가의 집요한 편집증적 '계몽' 이데올로기였다.

적 균열의 깊이"[85]를 읽어낸다. 이것은 단지 사회적 약자들이 받아 마땅한 대접을 받지 못했다는 점을 말하기 위한 것이 아니다. 신형기에 따르면, 한 사회 집단에서 구성원의 정체성은 "세계상을 주조하는 심각한 이야기가 반복적으로 회자되어 그 내용에 대한 해석과 도덕적 설명이 부연, 확대"되는 과정에서 형성된다. 다시 말해, 이야기가 의미하는 관계 안에서 어떤 위치에 서느냐에 따라 개인의 정체성이 결정된다는 것이다. 시위 현장의 열기가 가라앉고 난 뒤 '그날'이 이야기되기 시작하면서, '이름 없는 시민, 거지, 슈샤인보이들은 상처를 안고 신음하고 있는데 영광은 학생들의 것이 되고 말았다'는 목소리는 차츰 희미해져 갔다. 대신에 4·19는 "지식인에 의한 혁명"으로 규정되고 혁명의 "완성"을 위해 "청년학생의 열정"과 "계몽적 역할"을 기대하는 목소리가 주류를 이루었다. 그에 따르면, 4·19 이야기의 해석과 설명이 부연, 확대됨에 따라 그 이야기 안에서의 '학생'과 '이름 없는 시민'의 위치가 분명하게 갈라진 것이다. 신형기가 인용한 권보드래의 보다 직접적인 표현에 따르면, "대학생이 4·19를 만들어냈다기보다 4·19가 대학생이라는 사회·문화적 주체를 탄생시켰다고도 할 수 있을 정도"였다.

"4·19의 주역으로 여겨진 '순수한' 청년학생이 곧 지식인은 아니었고 설령 그들의 일부분이 지식층으로 불릴 만하다 하더라도, 이 지식층이 어떻게 '위에' 설 수 있는지는 막연할 따름"이었다. 그러나 분명한 것은 다음과 같은 것이었다. 첫째, 4·19 이야기를 통해서 학생 집단은 '혁명 주체'로서의 정체성을 획득함과 함께 미완의 혁명을 지속하고 완성하기 위

---

85 위의 책, 217쪽.

한 대중 '계몽자'로서의 배타적인 역할을 위임받았다. 둘째, 지도 조직의 부재나 미숙함으로 인해 혼란에 빠진 4·19 이후의 상황에서 '혁명적 예외상태'가 지속되어야 한다는 믿음이 보편화 되었고 이것은 강력한 '지도자'를 고대하는 열망과 결합했다.[86]

김지하가 "깊숙이 관여"하고 있었다는 '새생활계몽대'는 4·19 이후 정착된 이러한 논리를 구체화한 것으로, 사치품의 압수나 외래 물품의 소비억제 같은 생활 혁신을 위해서는 "마땅한 강제"가 필요하고, 따라서 '혁명적 예외상태'의 지속이 요구된다는 주장 위에 서 있는 것이었다. 한편 계몽의 내용이 무엇이든 간에, 계몽의 문법은 계몽자와 피계몽자 사이의 엄격한 위계, 계몽의 모델로서의 '위인'이나 '지도자'에 대한 추앙, 피계몽자의 전면적 개조를 위한 규율과 훈육, 비非추종자나 이단자에 대한 도덕적 낙인찍기와 사회적 배제 같은 것들로 구성된다. '새생활계몽대'의 경우도 전혀 다르지 않았다.[87]

---

86 이런 관점에서 5·16을 4·19의 '단절'로 보는 기존의 시각과는 달리, 4·19와 5·16의 사회·문화적 연속성을 논증하는 괄목할 만한 연구들이 최근 10여 년간 축적되었다. 『상허학보』 30집의 특집으로 실린 오창은의 「4·19 공간 경험과 거리의 모더니티」, 오문석의 「전통이 된 혁명, 혁명이 된 전통」, 권보드래의 「4·19와 5·16, 자유와 빵의 토포스」, 서은주의 「소환되는 역사와 혁명의 기억」 등과 우찬제, 이광호 편, 『4·19와 모더니티』, 문학과지성사, 2010.(이상 목록은 신형기, 위의 책, 202쪽에서 재인용) 특히 "4·19는 5·16에 의해 억압된 것이 아니라, 5·16 이후의 체제를 변할 수 없는 삶의 조건으로 수락하고 4·19의 지속 가능성을 봉쇄하고 지워간 4·19세대의 삶/문학의 논리가 억압한 것"으로 분석하는 김영찬의 논문 「혁명, 언어, 젊음―4·19의 불가능성과 4·19세대 문학」(『한국학 논집』, 2013)은 4·19와 5·16의 연관에 관한 오래된 통념을 깨뜨리기에 충분하다.
87 1960년 7월 3일 '새생활계몽대'의 결성과 함께 서울대 학생 수백명이 프랭카드를 들고 거리를 행진하며 뿌린 삐라의 내용을 보자. "새나라 새터에 새살림 이룩하자! / 망국 사치품! 통일 국산품! / 한 가치 양담배에 불타는 우리 조국! / 커피 밀수액 5백30억 커피 한 잔 피 한잔! / 일본 노래 속에 일본 칼이 들어있다 / 푹 썩은 분들은 땐스홀 캬바레 요정으로 (일선은 피땀인데 후방은 이게 뭐냐!) / 휘발유 없는 나라 자전차 애용하자

"학생놈들, 공돌이, 공순이" 등이 분삼촌대가 갈겨놓은 똥으로 재앙에 빠진 거리를 청소하는 「똥바다」의 마지막 장면에서 10여 년 전 '새생활계몽대'의 대원 김지하의 모습을 보는 것은 조금도 무리가 아니다. 그리하여 당시 「똥바다」는 익살과 웃음, 기괴와 공포로 가득 찬 그로테스크의 세계로부터, 거리 청소에 나선 시민들의 활기찬 모습을 전하는 선전영화의 한 장면 같은 것으로 돌변한다. 놀랍게도 이 장면에서 김지하는 무대에 직접 등장하기까지 한다.

개중에 한 거지같이 초라한 녀석이 (…중략…)
"꺼져라 씨팔, 꺼져라 쪽발이는 씨팔 꺼져라!"
하도 흉측해서
"넌 또 뭐냐?"
삼촌대三寸待가 물어보니
녀석이 껄껄 웃으며
"임마, 지금 네 얘기를 한참 신나게 구라 풀고 있는 김金지하라는 놈이 바로 나다 임마!
빨리 좀 꺼져다오 임마
술꾼들이 기다린다 임마!
임마 임마 임마!"148~149쪽

'새생활계몽대'의 선전연극에 "잠깐 들어오는 젊은 대학생 역"으로 출

/ 호화로운 결혼식 빚지고 일생 산다!", 『새가정』, 1960.8, 15쪽.

연했었다는 회고록의 서술과 이 장면을 오버랩해보면, 「똥바다」의 마지막 장면에 '잠깐 들어오는' "거지같이 초라한" "김지하"라는 인물의 출현은 즉흥적인 것이 아니라 작가의 의도가 강하게 작용한 것임이 분명하다. 더구나 이 장소가 '민족의 위대한 지도자' '성웅 이순신'의 동상 아래라는 점을 염두에 두면 사태는 간단치 않다.

'이순신 장군'은 김지하의 정치·역사적 상상력에서, 적어도 초기에는 매우 중요한 모티브를 이룬다. 희곡 「구리 이순신」 1971이 그 점을 잘 보여준다.[88] 사회적 부패와 타락을 구리 갑옷 속에 갇힌 이순신 동상을 통해 우의적으로 표현하는, 매우 소박한 습작 수준의 이 계몽극의 결말에도 작가 자신을 연상시키는 술 취한 '거지 시인'이 등장한다. 시인은 민중의 고통을 외면하는 이순신 동상을 "가짜"라고 질타하면서 "진짜 이순신 장군"의 도래를 열망하고, 이순신 동상 역시 갑옷 속에 갇힌 자신의 처지를 벗어나려고 몸부림친다는 것이 이 희곡의 내용이다. (김지하는 이 연극에도 직접 출연했다고 한다)[89]

'분삼촌대'와 친일 부패분자들에 의해 오염된 '똥바다' 한가운데 "청소

---

88 이순신의 성웅화(聖雄化) 작업을 통해 군사독재의 정당성을 확보하고자 했던 박정희 정권의 지배 이데올로기 전략에 이 작품은 효과적으로 대응하지 못할 뿐 아니라, 역사적 인물의 '성인화'를 통해 집단적 일체감을 조성하고 대중을 동원하는 파시스트 권력의 기획에 무지하거나 혹은 공명하고 있다는 점에서 그 계몽적 한계를 드러낸다. 70년대 이후 김지하는 이러한 '지도자 대망론'의 허구나 위험을 깨달았을까? 불행히도 그렇지 않았다. 그는 "절대로 부패하지 않는" "초계급적 영성적 혁명가의 지배"를 향한 열망으로 이끌린다. (상세한 논의는 김철, 「민족-민중문학과 파시즘―김지하의 경우」, 『'국문학'을 넘어서』, 국학자료원, 2000 참조)

89 「김지하 연보」에 따르면 「구리 이순신」은 당국의 방해로 공연되지 못했다. 한편, 김지하 회고록에는 김지하가 직접 출연한 「구리 이순신」 연습 장면의 사진이 실려 있는데, 이 사진 설명대로라면 김지하는 단역인 '거지 시인'이 아니라 주연인 '엿장수' 역으로 출연한 것이다. (『흰 그늘의 길』 2, 209쪽)

分淸掃糞!"을 외치며 나타난 "학생놈들"은 10여 년 전 "광화문 네거리에서 애국가를 부르며 양담배와 커피를 쌓아놓고 불을 지"르며 "여성들이 입은 양단 치마에 먹물을 뿌"리던 '새생활계몽대'의 재탄생이다. 광화문 네거리 이순신 동상 위에서 새똥을 밟아 미끄러져 떨어져 죽는 분삼촌대를 향해 "쪽발이는 꺼져라!" 외치는 시인 김지하, 밤이면 이순신 동상 앞에 나타나 울분을 토하다 잠이 드는 '거지 시인' 김지하의 이미지는 계몽의 필연과 혁신의 가치를 가르치고 이끄는 민중의 향도向導이자 지도자의 형상 그 자체다. 게다가 '성웅 이순신'의 아우라를 배경으로 한.

  남정현의 「분지」가 '민족-신체'의 알레고리화를 통해 신식민지적 질서에 대한 저항을 시도했다면, 김지하의 「똥바다」는 '민족-정신'의 알레고리화를 통해 대중계몽의 선두에 선다. 사회·문화적 악덕에 대한 분노의 극대화와 그 도덕적·계몽적 결말에서 분명해지듯이, 「똥바다」의 세계는 라블레적 그로테스크 리얼리즘에 정면으로 반하는 작품이다. 「똥바다」의 똥은 인간의 육체와 대지 사이에 놓인 '웃음의 고리'로서의 '유쾌한 물질'이 아니라, 타락과 부패로 물든 한국 사회를 상징하는 물질이자 재앙의 근원이며, 청소의 대상이자 '적'의 표상으로 작용한다. 그런 점에서 김지하의 「똥바다」야말로 남정현의 「분지」가 첫발을 뗀, "적=똥"이라는 한국적 표상 방법의 계승이자 완성이다.

  민족-신체와 정신의 보존을 위해서는 무엇보다 먼저 불결한 오염원, 특히 외국/인 타자와의 접촉에서 생긴 감염과 타락을 제거하고 예방해야 한다는, 앤 스톨러가 "문화적·민족적 위생학"[90]이라고 부른 신식민지하 남성-민족주의의 관념은 앞서 살펴본 '새생활계몽대'의 활동, 그리고 그것의 문학적 재현인 「분지」와 「똥바다」에서 이렇듯 분명하게 드러난다. '계몽+민족적 위생학'의 상상력을 바탕으로 한 두 작품에서의 차이는 전자가 감염의 근원을 '미국/인'으로 보았다면 후자는 그것을 '일본/인'으로 보았다는 점인데, 이 차이의 근저에는 무시할 수 없는 역사적 맥락이 놓여 있다. 이것이 두 번째 키워드인 '친일'을 통해 풀어볼 문제이다.

권보드래에 따르면, "친일"은 1970년대를 기점으로 "재발견"되었다.[91] 해방 직후 반민특위의 활동이 유야무야되고 난 뒤 1960년대 중후반까지 '친일 문제'는 한국 사회에서 표면화되지 않았다. 친일 논란을 "요동妖童 부녀浮女의 억설"이라고 질타하면서 "인재를 자기 눈동자같이 아끼"는 자세로 대일협력 논란을 종결할 것을 설득하는 1950년대 후반 『사상계』의 논설이나, 1963년 대통령 선거 당시 박정희의 '친일' 전력이 아니라 '공산주의자'라는 혐의가 시비거리였던 사실, 또는 1967년 8.15해방 기념 좌담회에 참석한 젊은이들 사이에서도 친일파 청산에 대한 문제제기를 찾아보기 어렵다는 사실, 그 외 여러 사례를 통해 권보드래는 "이미-아직 친일이 오점이 아닌" 1960년대 후반까지 "친일은 용납할 수 있으나 공산주의는 결코 용납할 수 없다는 것이 한국 사회의 지배적 인식"이었음을 밝힌다.

60년대 후반까지 '친일'은 중요한 정치·사회적 이슈가 되지 못했음을 논증하기 위해 그녀가 집중적으로 분석하는 것은 이른바 '해방세대' 작가

---

90 Ann Stoler, "Carnal knowledge and imperial power: race and the intimate in colonial rule", Roger N. Lancaster, ed., *The Gender/Sexttality Reader*, Routledge, 1997, p.15. (이진경, 앞의 책, 243쪽. 재인용)

91 권보드래, 「내 안의 일본–해방세대 작가의 식민지 기억과 '친일' 문제」, 『상허학보』 60, 2020. 424쪽.

들의 작품이다. 해방 당시 10대 중후반의 나이로 충실한 '황국소년/소녀'의 정체성을 지녔던 이들이 해방의 충격 앞에서 느꼈을 당혹감과 혼란, 그리고 그 기억을 재현하면서 부딪치는 분열적 자의식과 애증병존에 대해서는 이미 다각도로 깊이 있는 분석들이 제출된 바 있다. 권보드래의 논의의 중요성은, 식민지 시기에 대한 문학적 재현이 시작되는 60년대 중반 이들의 작품 속에 혼란스럽게 뒤섞여 있던 '노스탤지어와 민족주의'가 70년대 이후 점차 분리되면서 민족주의적 서사로 편향되어 가는 현상―나르시즘적 추억으로 감싸인 식민지 기억이 '민족수난사'라는 역사적/사후적hindsight 의미화의 갑옷을 입게 되는―을 섬세하게 포착한 데에 있다. 더 나아가, 그녀는 이 현상을 70년대 '친일' 담론의 전면적 등장이라는 맥락과 연결지음으로써 한국 현대의 정치사상사 및 사회운동사의 이해에 의미깊은 디딤돌을 놓았다.

그녀가 특히 주목하는 사건은 1973년 12월 26일 서울 명동에서 개최된 '항일문학의 밤'이라는 행사다. 이미 2년여 전인 1971년에 출간된 『항일민족시집』의 출판 기념회라는 명분으로 개최된 이 행사에는 1천 명을 헤아리는 청중이 집결했다. 1972년 10월 유신 선포 이후 그에 저항하는 시민세력이 '개헌청원 운동본부'를 결성한 지 이틀 만에 열린 이 행사에서는 김지하를 비롯한 17명의 문인들이 시를 낭송하고, (해방세대를 대표하는 인물 중 하나인) 백기완이 '우리에게 일본이란 무엇인가'라는 주제로, 그리고 (4·19 세대를 대표하는 문인 중 하나인) 염무웅이 '근대문학과 항일문학'이라는 주제로 강연을 했다.[92]

---

92 이 행사가 열리는 날 국무총리 명의의 경고 담화가 발표되고, 행사가 끝난 뒤 열흘 만에 유신헌법의 무효를 주장하는 '개헌청원 운동'에 30만 명이 서명하고, 이어서 나흘 뒤인

권보드래가 이 강연회를 특별히 조명하는 이유는, 이 행사를 통해서 "식민지 시대=유신 시대 / 일제=박정희 정권이라는 유비의 상상력"이 확산되고 "항일과 반독재투쟁이 중첩돼 호명되는 양상이 선명"해졌기 때문이다. 1966년 발간된 임종국의 『친일문학론』의 수요가 급증한 것은 1975년이라는 사실에서 보듯, 1950~60년대 내내 '반일'에 집중되어 있던 식민지 기억이 70년대 들어 "방향전환"을 하면서 '친일'이 "재발견"되었다는 것이다. 다음 서술을 보자.

유신체제의 폭압을 식민지기 통치성의 폭력성에 유비시키고, 박정희 독재에 맞서려는 결의를 항일정신과의 동형성 속에서 의식하기 시작한 것도 명백해 보인다. (…중략…) 식민말기는 이로써 재발견의 대상이 되었다. (…중략…) 이때 재발견된 '친일'은 단순한 반민족의 문제가 아니다. '친일'은 반민족−반민주−반민중이라는 부정적 가치의 연쇄 중 하나의 사슬로서, 대타적 긍정항인 민족−민주−민중과의 대립과 투쟁의 구조를 형성한다. 유신 직후 그 기초적 인식틀을 마련한 친일청산론은 1970년대 말이면 이론적 집대성의 단계에 이른 것으로 보인다. 유명한 『해방전후사의 인식』1979이 그 결과라고 할 수 있겠다.433쪽

위의 서술에서 보듯, '항일문학의 밤'은 유신 정권의 취약한 고리를 타격하는 효과적인 수단으로서 '친일'을 부각하는 한 계기, 그람씨A. Gramsci 식으로 말하면, '반反정부=빨갱이'라는 지배 이데올로기에 맞선 헤게모

1974년 1월 8일 또다시 초헌법적인 '대통령 긴급조치' 1·2호가 연달아 선포되고, 장준하·백기완 등이 체포되었다. (위의 글, 430쪽) 김지하는 급히 피신했으나 3개월 뒤 체포되어 이후 6년 가까운 투옥 생활을 치른다.

니 투쟁의 일환으로서 '친일＝유신＝반민족＝반민주＝반민중 / 항일＝반유신＝민족＝민주＝민중'이라는 도식을 정초하고 공표하는 사건이었다고 하겠다.

김지하의 「똥바다」가 놓여있는 역사–정치적 맥락은 바로 이 지점이었다. 다시 말해, 「똥바다」는 한국 현대사의 해묵은 숙제, 즉 '친일청산'이라는 명제를 유신정권에 대한 저항과 등치시킴으로써 대중의 폭넓은 동의를 확보하려던 70년대 초 민주화 운동의 전략적·문학적 성과로 읽을 수 있다. 정치적 억압과 부패를 풍자·고발하는 「오적」, 「비어」, 「앵적가」 등 「똥바다」 이전에 쓰여진 담시들에는 일본이나 친일파 문제에 대한 언급을 찾아볼 수 없다는 점, 「똥바다」의 창작 시기가 '개헌청원 운동본부'의 발족 및 '항일문학의 밤' 개최 시기와 겹친다는 점, '항일문학의 밤'의 개최 명분이었던 『항일민족시집』은 백기완이 설립한 「민족학교」가 출간한 것이었고 김지하는 그 「민족학교」의 구성원이었다는 점 등을 고려할 때, '친일청산'을 반유신투쟁의 지렛대로 삼은 70년대 민주화 운동의 '방향전환'이 「똥바다」 창작의 역사–정치적 배경이 되었음을 짐작하기는 어렵지 않다.[93]

---

[93] 권보드래는 김용섭, 강만길, 백기완 같은 해방세대 지식인들을 자기 세대의 보편적인 식민지 기억과는 다른 성장 배경을 지닌 '예외적' 인물들로 설명한다. 여기에 기대어, 나는 70년대 '친일의 재발견'은 이 '예외적' 해방세대와 한글세대의 연대의 결과라고 생각한다. 식민지 세대의 '식민사관/타율사관'과 단절하고 새로운 '민족 주체의 역사'를 요구하는 신세대(한글세대)의 갈망이 (구세대의 예외적 지식인인) 김용섭의 '자본주의 맹아론', 강만길의 독립운동 연구, 백기완의 '민족정신'과 서로 호응하여 이른바 '식민지 수탈론'으로 불리는 한국 현대사에 관한 새로운 에피스테메 혹은 실천강령을 낳았다고 보인다. ('항일문학의 밤'의 강연자가 백기완과 염무웅인 것은 그런 점에서 매우 상징적이다) '수탈론'에 대립하는 이른바 '식민지 근대화론'과 더불어 이들의 사고는 모두 앞서 말한 '소유적 민족주의'(앞의 각주 30)의 한 전형을 보여준다.

'친일청산'을 유신정권 타도의 주요한 타격 고리로 삼았던 당대 민주화 운동의 진정성을 의심할 수는 없다. 4·19의 영광을 업고 사회의 중추로 갓 진입한 '한글세대'가 혁신의 주요 과제로 '친일' 문제의 해결을 요구하게 된 것도 필연적이었다고 할 수 있다. 문제는 '친일청산'이라는 대항 이데올로기가 이후 민주화의 진전에 따라 신성불가침의 도그마, 즉 모든 "정치적 사안을 친일이라는 소실점 속에서 조망하는"[94] 지배 이데올로기로 변모했다는 것이다. 요컨대 '친일청산'이라는 율법은 현대 한국인의 집단적 자아를 지배하는 초자아가 되었다. 「똥바다」는 그 새로운 초자아의 탄생을 알리는 신호탄이었다.

5. "우리는 아직 왕의 목을 베지 못했다"

지젝의 설명에 따르면,[95] 이데올로기는 사물의 실상을 은폐하는 환영, 즉 허위의식의 차원으로만 이해되어서는 안 된다. 우리는 사물의 실상을 잘 알고 있다. 하지만 우리는 여전히 그것을 모르는 척 행동한다.[96] 그러

94　위의 글. 434쪽.
95　이하의 논의는 따로 표시하지 않는 한, 슬라보예 지젝, 이수련 역, 『이데올로기의 숭고한 대상』의 제1장 「마르크스는 어떻게 증상을 고안했는가」, 새물결, 2013; 김소연, 유재희 역, 『삐딱하게 보기』의 제9장 「형식적 민주주의와 그에 대한 불복」, 시각과 언어, 1995; 박정수, 『How to read 라캉』의 제3장 「진짜와 가짜」, 웅진 지식하우스, 2007의 내용을 바탕으로 필자가 첨삭·재구성한 것이다.
96　'잘 알지만 그래도……'라는 물신적 부인(否認)의 예들은 이런 것이다. "엄마가 남근을 갖고 있지 않다는 걸 잘 알지만…… 그래도 (나는 엄마가 그걸 갖고 있다고 믿어)", "나는 유대인이 우리 같은 사람들이라는 걸 알지만…… 그래도 (그들에겐 무엇인가가 있지)", "돈도 다른 것과 마찬가지로 물질적인 것이라는 사실을 잘 알지만…… 그래도 그것은 (시간이 아무런 힘을 발휘하지 못하는 어떤 특수한 실체로 이루어진 것처럼 보이지)".

므로 중요한 것은, 내가 '하고 있다고 생각하는 것'과 내가 '실제로 하고 있는 것' 사이의 불일치에 대한 무지나 망각, 즉 이데올로기적 환상이다. 예컨대, 나는 내가 투표하는 정치가가 나를 대표한다고 믿지 않는다. 나는 그것을 '잘 알지만 그래도' 그가 나를 대표하는 게 가능한 것처럼 행동한다. 나는 시장에서의 이른바 '등가교환'이라는 형식의 진짜 내용은 '착취'라는 것을 알고 있다. 나는 그것을 '잘 알지만 그래도' 교환의 순간에는 언제나 순수한 등가교환이 이루어진 것처럼 행동한다. 내가 모르는 것은 '민주주의'나 '등가교환'이 이데올로기적 허구라는 사실이 아니라, 그것을 알면서도 실제 현실에서는 모르는 척 (또는 가능한 듯이) 행동하게끔 하는 구조적 환영인 것이다.

문제는 이러한 이데올로기적 환상 없이 '현실'은 유지되지 않는다는 사실이다. 바꾸어 말하면, 우리가 '현실'이라고 부르는 것은 이데올로기적 환상이 펼쳐지는 무대이며, 이 무대는 참여자들의 무지나 능동적 망각을 통해 지탱된다는 것이다. 만일 우리가 상품의 교환형식 속에 숨겨진 가치의 추상화 과정이나 잉여가치의 전유, 또는 순수한 물질로서의 화폐의 실질적 가치 등을 항상 주시하고 있다면 '시장 질서라는 현실'은 붕괴할 것이다. 만일 우리가 민주주의는 근원적 불평등이나 부자유 및 억압 등의 오점으로 얼룩진 형식일 뿐이며 민주주의의 '주체' 역시 '폭력적 추상화'의 산물이라는 사실을 투표장에 갈 때마다 되새긴다면 민주주의 역시 작동될 수 없을 것이다. 그러나 이것은 "민주주의의 운명적 결함을 가리키는 것이 아니라 오히려 민주주의의 힘의 원천이다".[97] 민주주의는 민주주의가 지닌 이러한 추상성,

지젝(2013), 46쪽.
97 지젝(1995), 331쪽.

비일관성, 내적 적대성을 '잘 알지만 모르는 척 행동하는' 이데올로기적 환상에 의해 유지된다. 그러므로 민주주의를 구하는 것은 민주주의의 불가능성이다. 다시 말해, "'순수한' 민주주의는 불가능하다. 오히려 민주주의는 그 고유한 불가능성을 기초로 해서만 가능하다".[98]

이데올로기적 환상은 (푸코가 "은밀한 폭력"[99]이라고 불렀던) 정신분석학적 의미에서의 '전이轉移', 즉 '이미 알고 있다고 생각되는 타자'를 상정하는 것과 같다. 정치적 이데올로기든 종교적 신앙이든, 그것은 주체의 '믿음'을 요건으로 하지 않는다. 그것은 주체 대신 다른 사물 혹은 타자가 그를 '대신해서' 믿음으로써 유지된다. 이것은 예외적인 현상이 아니며 우리의 일상과 문화를 이루는 기본적 구조다. 나의 욕망은 '타자의 욕망을 욕망'하는 것이듯, 나의 믿음은 '그것을 믿는/아는 타자'를 가정하는 것으로 충분하다. 나는 그 타자에게로 나의 믿음을 전가한다. 그때의 타자는 실제로 존재하기보다는 흔히 신화적이거나 ("사람들이 ~라고 믿는다"는 식의) 비인칭적인 형태를 띤다.[100] 이것이 우리가 말하는 '문화'의 모습이다. 즉, "문화란 실제로 믿지 않고, 진정으로 받아들이지 않으면서도 행하는 모든 것들에 붙인 이름"이다.[101] 이데올로기적 환상 없이 사회현실이 유지될 수 없듯이, 전이 없이는 문화나 관습도 유지되지 않는다.

법도 마찬가지다. 나는 법이 '진리'나 '정의'의 속성을 본래 지니고 있

---

98 위의 책, 327쪽.
99 푸코, 앞의 책, 429쪽.
100 한 예로 물리학자 닐스 보어의 일화를 보자: 보어의 연구실 문 위에 행운을 가져온다는 말편자가 걸려 있는 것을 본 방문자가 "나는 그런 미신을 믿지 않는다"고 하자 보어는 "나도 믿지 않는다. 그래도 그게 행운을 가져온다고들 한다"고 답했다. 『How to read 라캉』, 50쪽.
101 위의 책, 51쪽.

다고 믿지 않는다. (만일 그렇다면 법의 판단이 바뀌는 일은 없어야 한다) 나는 법의 진리성을 믿지 않지만, 나 대신에 '잘 안다고 생각되는' 타자나 다른 사물, 예컨대 법 전문가, 경찰, 판사, 법복, 법원 등에 나의 믿음을 전이시킨다. "사람들로 하여금 법 속에서 진리를 발견할 수 있다고 믿도록 하는 필연적이고 구조적인 환영은 정확히 전이의 메커니즘을 나타낸다."[102] 즉, 법이 정의를 실현한다는 믿음, 나를 대신해서 악을 응징한다는 믿음은 법이 지닌 어떤 내재적 속성에서가 아니라 나를 대신한 타자나 사물에 믿음을 전가함으로써 가능해진다. '법질서'는 그렇게 유지된다. 그러므로 그것은 전적으로 우연적이며 전적으로 '몰상식한' 초자아적 명령이다. 주체는 법의 금지를 통해 사적 쾌락을 박탈당하고 공적 영역의 법은 바로 그 쾌락으로부터 억압의 에너지를 얻는다. 초자아는 "외설적인 법"의 다른 이름이다.[103]

전체주의, 근본주의, 유토피아니즘 등은 믿음의 이러한 불안정한 위치를 받아들이지 못하는 데에서 비롯된다. 그들은 '진심으로' '문자 그대로' '직접적으로' 믿는 자들이다. 근본주의자가 모르는 것은, '앎'과 '믿음' 사이에는 건널 수 없는 단절이 있다는 사실, 전이는 이 단절을 메우는 유일한 통로라는 사실이다. 근본주의자는 이것을 참지 못한다. 그들은 믿지 않으면서 믿는 척하는 믿음을 용납하지 않는, 직접 알기 전에는 결코 믿지 않는 '불신자'들이다. 이 불신의 결과, 그들은 ("잘 알지만 그래도……"라는 식의) 일반적인 물신숭배를 거부하는 동시에 더욱 강력한 물신화로 나아간

---

102 지젝(2013), 76~77쪽. 또 다른 설명을 덧붙이자면, "전이는 어떤 요소의 의미가 처음부터 내재적인 본질로 그 요소 안에 현존한다는 환영에서 비롯된다." 172쪽.
103 지젝(1995), 316쪽.

다. 예컨대, 기독교의 오랜 종교적 상징물을 물신숭배로 낙인찍고 파괴하는 밴달리즘vandalism, 죽은 예수의 몸을 덮었다는 튜린Turin의 수의에 묻은 핏자국의 DNA 검사를 통해 예수의 가계도家系圖를 증명하겠다고 나서는 기독교 근본주의자들, 평양의 한 무덤에서 발굴한 인골을 최신 과학의 방법으로 분석한 결과 오천년 전에 실존한 단군의 뼈임이 입증되었다고 선전하는 북한 주체주의자들은 언제나 호환 가능한 근본주의-전체주의-기계들이다.

근대 역사를 민주주의의 역사라고 말하려면 동시에 전체주의의 역사라고도 말해야 한다. 전체주의의 특징 중 하나는 사회 자체의 내적 부정성이나 분열의 기원을 특정한 '적'으로 환원함으로써 사회적 동질성과 통합을 꾀한다는 것이다. (이 글의 첫머리에서 거론한 퍼셀의 논의, 즉 '공산주의자', '자본가', '프로레타리아', '유대인' 등등의 '적/아'로 구성된 "역겨운 이분법"의 세계를 상기하자.) 20세기 한국 사회 역시 예외가 아니었음은 지금까지 이 글에서 살펴본 바와 같다. 거칠게 말하면, 그것은 민주주의라는 이데올로기적 환상과 전체주의라는 물신화가 교차, 반복, 그리고 공존하는 시간이었다.

만들어낸 '적'을 통해 사회적 주체를 형성하는 전체주의적 메커니즘 안에서 (법, 국가, 민족 등의) 초자아는 주체에게 금지하는 것을 스스로 행할 수 있는, 즉 '예외상태'를 결정할 수 있는 권력이다. 주체는 초자아의 명령 앞에서 자신의 순결을 끊임없이 증명해야 한다. 주체가 순결하면 순결할수록, 복종하면 복종할수록 초자아의 쾌락은 커지고 억압은 더욱 강화된다. 거대한 관료-기계 또는 신성불가침의 율법 아래 주체는 끝없이 죄의식에 시달리는 순치되고 규율화한 주체가 된다. '귀축미영' '빨갱이' '미제국주의' '왜놈' '친일파' '커피' '양담배' …… 기타 등등의 병균과 오물, 즉 '적'

을 쉴 새 없이 생산해내는 세계, 그 안에서 오염되지 않은 자신의 신체와 정신을 입증해야 하는 주체에게서 사회 자체의 근원적 분열과 내적 적대성, 이데올로기적 환상을 인식할 능력은 기대할 수 없다.

4·19는 의심의 여지없이 한국 민주주의의 일보 전진을 촉발한 사건이다. 동시에 전체주의로의 통로가 넓게 열린 순간이기도 하다. '친일' 문제가 사회적 부정성의 절대적 기원으로 정착되고, '~만 없으면' 당장이라도 이상 사회가 도래할 것만 같은 종말론적 환상이 뿌리박힌 사회 — 근본주의적 전체주의 말고 이런 사회를 달리 설명할 수는 없다. 2000년대 들어 친일 문제가 급격히 사법화하는 경향 역시 근본주의적 편집증의 전 사회적 보편화를 반영한다. 그것은 '친일'이라는 정의定義 불가능한, 부유하는 기표의 의미를 (정의와 진리가 그 안에 현존한다는 믿음의 전이인) 법의 폭력을 통해 '실물'로 고정固定시키고, 그에 따라 정의와 진리가 실제로 현현함을 입증하고자 하는 법 물신주의자들의 광기를 드러낸다. 1970년대 유신독재의 전체주의에 맞선 이른바 민주주의가 만들어낸 '민족 주체'는 한편으로 이것이었다.

40년 가까이 진행된 식민 통치와 그 속에서의 온갖 경험들이 '친일 / 항일' 즉 '적 / 아'로 선명하게 구분될 수 있다 / 있어야 한다는 '외설적 율법'의 지배 아래, "해방의 소식을 듣고 '니혼가 마켓타요'하고 울음을 터뜨"렸던 해방 세대의 곤혹과 혼란이 반추反芻될 공간은 없었다. 굴종과 치욕으로 얼룩진 잡종의 흔적을 지우고 그 자리에 강인하고 순결한 집단 주체의 자화상 — 허구적일 수밖에 없는 — 을 그려 넣기를 요구하는 '도덕'의 명령 아래, "해방을 '빛'이 아니라 '어둠'으로 경험"[104]한 '황국소년/소녀'의 난민화難民化가 사유될 여지는 더욱 없었다. 4·19의 실패, 아니 지배는 예정된 것이었다. 푸코를 따라 말하면, "우리는 아직 왕의 목을 베지 못했다."[105] 그러는 동안 '우리'가 얻은 것은 거대한 나르시즘적 환상, 잃은 것은 실재the Real에 대한 감각이었다.

---

104 권보드래, 앞의 글, 405·406쪽.

105 M. Foucault, Robert Hurley, tr. *The History of Sexuality: An Introduction*, Penguin Books, 1978. p.89. 이 말은 절대왕정을 타도하고 권력을 장악한 서구 부르주아 사회의 기만성을 가리키는 것이다. 푸코에 따르면, 17세기 이래 근대 유럽 세계에서 성이 "억압"되었다는 가설 ― 따라서 '성 해방'이 정치적 혁명과 연결된다는 따위의 ― 은 하나의 픽션일 뿐이다. '성의 억압'이란 실제로는 모든 사람에게 자신의 성적 과오와 내밀한 욕망을 낱낱이 "고백"할 의무를 부과함으로써 성 담론의 폭발적인 증가 및 광범위한 성적 쾌락을 부추기는 것이었다. 또한 성과 과학의 결합을 통해 성적인 모든 것이 촘촘히 파악·관리되는 19세기 이래, 인간은 개인의 신체와 의식 속에 깊이 스며든 권력의 그물에 포획·순치된 계몽적 주체, 즉 '근대인'으로 재탄생한 것이다. 결국 왕의 목은 베어지지 않았다. 푸코에 이어 가라타니 고진(柄谷行人)은, "주체임을 포기하고 신에게 복종함으로써 주체성을 획득하는" 기독교적 근대 주체, 즉 "전도된 주체"의 '고백이라는 제도'가 근대소설의 형식 속에 이미 내재되어 있음을 밝힌다.(가라타니 고진, 박유하 역, 『일본근대문학의 기원』, 민음사, 1997) 나는 「분지」, 「똥바다」, 그리고 『분례기』의 주체들이 드러내는 '순결 강박'에도 역시 전체주의적·도덕적 규율권력을 향한 고백의 장치가 놓여있고, 그것은 근대 한국 국민국가의 주체 형성 과정에 가장 강력한 기제로 작용했다고 생각한다. 이 주제는 이 논문에서 다루지 못했다. 다른 기회를 기약한다.

참고문헌

1. 자료

김지하, 塚本勳 譯, 「糞氏物語」, 『世界』, 東京: 岩波書店, 1974.10.

_____, 金芝河全集刊行委員會, 『金芝河全集』, 東京: 漢陽社, 1975.

_____, 「풍자냐 자살이냐」, 『詩人』, 1970.6·7.

_____, 『민족의 노래, 민중의 노래』, 동광출판사, 1984.

_____, 『말뚝이 이빨은 팔만사천개』, 동광출판사, 1991.

_____, 『결정본 김지하 시전집』, 솔출판사, 1993.

_____, 『김지하 전집』, 실천문학사, 2002.

_____, 『김지하 회고록—흰 그늘의 길』, 학고재, 2003.

남정현, 『남정현 대표소설선집』, 실천문학사, 2004.

_____, 「필화, 분지 사건 자료 모음」, 『분지』, 한겨레, 1987.

2. 논문

권보드래, 「내 안의 일본—해방세대 작가의 식민지 기억과 '친일' 문제」, 『상허학보』 60, 상허학회,
      2020.

권창규, 「외화와 '윤락'」, 『현대문학의 연구』, 65, 한국문학연구학회, 2018.

김건우, 「분지를 읽는 몇 가지 독법—남정현의 소설 「분지」와 1960년대 중반의 이데올로기들에 대하
      여」, 『상허학보』 31, 상허학회, 2011.

김영찬, 「혁명, 언어, 젊음—4·19의 불가능성과 4·19세대 문학」, 『한국학 논집』 51, 계명대 한국학
      연구원, 2013.

김태균·이일청, 「반둥 이후—제3세계론의 쇠퇴와 남남협력의 정치세력화」, 『국제정치논총』 58(3),
      국제정치학회, 2018.

김 철, 「민족-민중문학과 파시즘—김지하의 경우」, 『'국문학'을 넘어서』, 국학자료원, 2000.

_____, 「우울한 형/명랑한 동생」, 『식민지를 안고서』, 도서출판 역락, 2009.

_____, 「민족—멜로드라마의 악역들—『토지』의 일본(인)」, 『우리를 지키는 더러운 것들』, 뿌리와
      이파리, 2018.

_____, 「비천한 육체들은 어떻게 응수하는가」, 위의 책.

박은선, 「김지하 담시의 젠더 연구」, 『비평문학』 78, 한국비평문학회, 2020.

차승기, 「추상과 과잉」, 『상허학보』 21, 상허학회, 2007.

한만수, 「똥의 인문학으로의 초대」, 『똥의 인문학』, 역사비평사, 2021.

3. 단행본

가라타니 고진, 박유하 역, 『일본근대문학의 기원』, 민음사, 1997.

김욱동, 『대화적 상상력』, 문학과지성사, 1988.

김 철, 『복화술사들』, 문학과지성사, 2008.

미셸 푸코, 이광래 역, 『말과 사물』, 민음사, 1987.

M. Foucault, Robert Hurley, tr. *The History of Sexuality: An Introduction*, Penguin Books, 1978.

미하일 바흐찐, 이덕형 · 최건영 역, 『프랑수아 라블레의 작품과 중세 및 르네상스의 민중문화』, 아카넷,
    2001; Hélène Iswolsky tr. *Rablelais and his world*, MIT, 1968.

슬라보예 지젝, 김소연, 유재희 역, 『삐딱하게 보기』, 시각과 언어, 1995.

_____, 박정수 역, 『How to read 라캉』, 웅진 지식하우스, 2007.

_____, 이수련 역, 『이데올로기의 숭고한 대상』, 새물결, 2013.

신형기, 『이야기된 역사―남북한 민족 이야기가 그려낸 역사상 비판』, 삼인, 2005.

_____, 『시대의 이야기, 이야기의 시대』, 삼인, 2015.

장세진, 『슬픈 아시아―한국지식인들의 아시아 기행(1945~1966)』, 푸른역사, 2012.

프랑수아 라블레, 유석호 역, 『가르강튀아/팡타그뤼엘』, 문학과지성사, 2004; M. Screech tr.
    Gargantua and Pantagruel, Penguin Classics, 2006.

Frantz Fanon, *Peau Noire, Masques Blancs*, Paris, 1952; Charles L. Markmann, tr. *Black skin, white
    masks*, Grove Press, 1967; Richard Philcox, tr. Grove Press, 2008; 김남주 역, 『자기의
    땅에서 유배당한 者들』, 靑史, 1977; 이석호 역, 『검은 피부, 하얀 가면』, 인간사랑, 1998, 아프
    리카, 2014; 노서경 역, 『검은 피부, 하얀 가면』, 문학동네, 2014.

John Dower, *Embracing Defeat: Japan in the wake of world war II*, W.W. Norton & Company, Inc. 1999.

Lee, Jin-kyung, *Service economies: militarism, sex work, and migrant labor in South Korea*, University of
    Minnesota Press, 2010; 나병철 역, 『서비스 이코노미―한국의 군사주의 · 성 노동 · 이주노
    동』, 소명출판, 2015.

Paul Fussell, *The Great War and Modern Memory*, Oxford University Press, 1975.

Theodore Hughes, *Literature and film in Cold War South Korea: freedom's frontier*, Columbia University
    Press, 2012; 나병철 역, 『냉전시대 한국의 문학과 영화―자유의 경계』, 소명출판, 2013.

4. 기타

『新時代』, (1944.9) 감병걸 · 김규동 편, 『친일문학작품선집』 2, 실천문학사, 1986.

『새가정』, 새가정사, 1960.8.

똥과 한국시의 상상력

정호승과 최승호의 시를 중심으로

오성호

이 글은 정호승과 최승호의 시를 중심으로 1980년대 이후 한국시에서 똥이 어떻게 형상화되고 의미화되고 있는지를 살폈다. 정호승의 시에서 똥에 대한 관심은 처음 갈매기 똥을 눈에 맞는 예외적인 사건으로부터 시작된다. 그는 똥을 있는 그대로가 아니라 어떤 도덕적 의미를 지닌 것, 즉 자신을 지금까지 알지 못했던 새로운 세계로 이끄는 개안의 계기로 받아들인다. 이후 그의 시에서 똥은 지속적으로 육체를 정화시키고 영혼의 비상을 가능케 하는 것으로 그려진다. 짐승, 특히 새똥을 언급한 시가 많은 것, 그리고 그것들에 인간의 똥보다 높은 도덕적 의미가 부여되는 것도 이와 무관하지 않다. 그러나 다소 모호하고 막연했던 똥의 정화 기능과 그 의미에 대한 성찰은 똥을 처리하는 공간인 해우소에 와서 좀 더 분명해진다. 그에게 해우소는 문명과 자연이 넘나드는 경계, 혹은 성과 속이 교차하는 지점, 똥이 낙엽과 함께 썩어서 거름으로 새롭게 태어나는 공간이다. 이와는 달리 최승호에게 똥은 인간의 탐욕이 농축된 것, 더럽고 혐오스러운 것으로 그려진다. 그리고 근대문명의 세련됨과 청결, 그리고 위생을 상징하는 하얀색 도기로 된 변기는 재래식 변소나 똥통과는 달리 문명의 매혹과 공포를 동시에 환기시키는 것으로 그려진다. 모든 것을 빨아들여 파괴시키는 블랙홀을 연상시키는 이 변기는 욕망과 허무, 소용돌이치는 물살 속에 산산이 해체되는 욕망을 보여주는 것으로 형상화된다. 똥은 구원의 가능성이 없는 더러움과 추함, 그리고 혐오스러움 그 자체인 셈이다. 이 점에서 정호승의 시와 상반되는 모습을 보여준다. 하지만, 민중시와 모더니즘 시라는 서로 다른 지점에서 출발한 두 시인의 상상력은 스스로를 드러냄 없이 가장 낮은 곳에서 가장 더러운 대상을 처리함으로써 세상을 정화하는 '똥막대기'의 형상으로 수렴된다.

1. 머리말

똥이 자연을 오염시키고 인간의 건강과 삶을 위협하게 된 것은 비단 어제오늘의 일이 아니다. 게다가 인구의 폭발적인 증가, 도시화의 급속한 진전, 인구의 밀집도의 증가 등이 맞물리면서 생태적 순환 과정에서 밀려나게 된 똥의 위협은 점점 증가하고 있다. 게다가 최근에는 육류 소비의 급격한 증가에 따라 가축 사육이 급격히 늘어나면서 가축들이 배출한 똥까지 이런 위협에 가담하고 있다. 자연의 자정 능력은 물론이고 최첨단의 기술과 시설로도 감당할 수 없을 정도로 넘쳐나는 똥이 우리의 목줄을 죄어오고 있는 것이다. 상황이 이러하니 똥 문제의 근본적인 해결을 위한 고민과 노력이 여러 분야에서 다양하게 전개되고 있는 것은 극히 자연스러운 일이라고 하지 않을 수 없다.

몇 해 전부터 UNIST 주관으로 시작된 '사이언스 월든' 기획도 당연히 여기에 포함된다. 하지만 똥을 생태적 순환 과정으로 되돌리려는 노력, 특히 생태 화장실을 이용해서 똥을 바이오매스로 전환하는 기술은, 똥을 부숙시켜서 거름으로 활용해온 과거의 경험과 지식을 재활성화하고 정교화한 것으로 완전히 새로운 것이라고 하기는 어렵다. 따라서 '사이언스 월든' 기획에서 정말로 새롭고 돋보이는 부분은, 똥을 바이오매스로 전환시키는 '비비BeeVi 화장실'의 개발 자체가 아니라 그것을 이용하는 사람들에게 그들이 눈 똥만큼의 대가, 이른바 '똥본위화폐feces Standard Money; fSM'를 지급한다[1]

---

1   '비비화장실'에서 비비(BeeVi)란 명칭은 꿀벌을 뜻하는 bee와 새로운 전망을 뜻하는 vision을 합성해서 만든 말이다. 똥본위화폐는 '나눔과 연결', '사라지는 돈', '기본소득', 이 세 가지를 작동원리로 하는 대안화폐로 '비비 화장실'에서 한번 똥을 눌 때마다 똥을 누는 사람에게 '10 꿀'('꿀'은 똥본위화폐의 단위)을 지급하는데 이것이 곧 기본소득인

는 발상이라고 해야 할 것이다. 그것은 인간 존재 자체, 그리고 신체의 항상성 유지를 위한 생리작용이 일정한 경제적 가치[2]를 가질 수 있다는 기발한 생각에 기초한 것이다. 이 가치는 고전경제학에서 말하는 노동가치나 정치경제학이 말하는 잉여가치와는 전혀 다른 것이다. 따라서 경제학의 관점에서 이를 어떻게 규정할 수 있을지, 그리고 이 가치를 기반으로 한 '똥본위화폐'의 구상을 어떻게 수용할 수 있을지는 아직 미지수이다. 하지만 똥을 누는 생리작용과 똥이 가치를 지니며, 따라서 똥을 누는 사람에게 그에 해당하는 만큼의 경제적 보상기본소득이 주어져야 한다는 생각의 참신성만큼은 부정하기 어렵다. 이런 생각 속에는 인간 존재의 근원적 평등성과 권리에 대한 인식이 내포되어 있기 때문이다. 똥본위화폐가 장차 사회적 통제가 거의 불가능할 정도로 거대해진 자본의 독주와 횡포를 견제할 수 있는 '착한 자본', 혹은 '제 2의 보이지 않는 손2nd Invisible Hands'[3]으로 전화될 수도 있으리라는 기대를 갖는 것도 이런 이유에서라고 할 수 있다. 자연스러운 생리작용과 그 결과물에 대한 보상으로 제공되는 똥본위화폐가 자본으로 전화될 수 있다면 그것은 모든 사람이 동등한 지분을 가진, 따라서 누구도 독점

셈이다. 이에 대해서는 sciencewalden.org/fsm을 참고할 것.

2   김민정, 「똥의 사회가치 평가를 위한 시론적 연구」, 『횡단인문학』 4호, 숙명인문학연구소, 2019, 96~99쪽을 참고할 것. 이 논문은 똥의 사회가치를 평가하는 잣대로 '탈상품화, 사회 계층화, 환경 불평등' 등을 제시했다(102~105쪽). 여기서 말하는 '사회가치'는 토지의 생산성을 높이는 거름으로서의 가치, 즉 경제적 가치 이외에도 환경오염을 완화시키는 등 계량화하기 힘든 가치를 가리키는 것으로 생각된다.

3   이는 원화로 약 3,000원 정도에 해당하는 것으로 모든 한국인이 이 화장실에서 똥을 누고 '꿀'을 지급받는다는 가정 아래 계산해 보면 그 총액은 무려 수십 조 원에 달한다고 한다. 이렇게 보면 '똥본위화폐'를 기반으로 한 '착한 자본' 조성의 구상이 마냥 허황된 것이라고 할 수만은 없다. 미래의 변기가 "분뇨를 분출하는 장치가 아니라 (퇴비공장으로 보내기 위해서) 수집하는 장치가 될 것"이라는 서양학자의 예측도 이 '똥본위화폐'의 가능성을 이해하는 데 도움이 될 것이다. 죠셉 젠킨스, 이재성 역, 『인분 핸드북, 똥 살리기 땅 살리기』, 녹색평론, 2004, 117~130쪽.

할 수 없는 '착한 자본'으로 기능하게 되리라는 것이다. 이처럼 '비비 화장실'의 구상은 그 참신성과 유쾌함, 그리고 그에 뒤따르는 경제적 보상과 앞으로의 가능성 때문에 적지 않은 사람들의 관심을 끌 수 있으리라 생각된다.

하지만 이런 화장실의 대중적 보급, 생활 속의 정착을 위해서는 넘어야 할 산이 수없이 많이 있다. 그중에서 특히 문제가 되는 것은 전체 국민의 3분의 2 이상이 도시에 살고 있으며 도시와 농촌을 불문하고 아파트가 지배적인 주거 형태가 되어 버린 현실일 것이다. 또 우리의 주거 환경만이 아니라 매일 매일의 생활과 일상의 감각 등도 모두 똥을 순식간에 눈앞에서 제거해 버리는 수세식 화장실 이외의 똥 처리 방법에 대해서 호의적이지 않다고 생각된다. 따라서 '비비 화장실' 같은 생태적인 똥 처리 방법의 개발하고 보급하는 것도 중요하지만, 그 이전에 오랫동안 우리의 의식과 무의식을 지배해온 똥에 대한 부정적인 관념과 태도, 그리고 그런 관념들을 재생산하고 확산시키는 모든 것—경직된 위생 관념, 그에 기초해서 규율화된 삶의 방식, 주거 환경 등을 변화시킬 수 있는 방법을 모색하는 것이 더 중요하다고 할 수 있다. 이런 변화가 전제되거나 최소한 이를 위한 노력이 병행되어야 '똥본위화폐' 구상을 현실화할 수 있는 가능성을 기대할 수 있기 때문이다.

'사이언스 월든' 기획에 인문학이나 예술 분야의 전문가들이 참여할 수 있게 된 것은 바로 이런 이유 때문이 아닐까 생각된다. 과학적 인식과 그에 기반한 기술이 우리의 선택과 행동을 결정하는 데 영향을 미치고 생활 속에 수용, 정착될 수 있게 하려면 무엇보다 똥에 대한 감성과 태도의 변화가 전제되지 않으면 안 될 터인데, 이 부분과 관련해서라면 자연과학보다는 아무래도 인문학과 예술 쪽에 더 할 말이 많을 수밖에 없기 때문이다. 특히 그동안 은폐되거나 부정되거나 의식적으로 묵살되어 왔던 똥을 우리 삶과 의식 안으로 끌어들여서 문제화하고 똥에 대한 우리의 감성과 태도에 대해 근원적인 성찰과 반성을 하도록 만드는 데는 아무래도 인문학과 예술이 더 많은 도움이 될 것으로 생각된다.

사실 똥은 신체의 항상성 유지를 위해 필수적인 대사 작용동화와 이화작용의 결과로 체외로 배출된 것이다. 음식이 아직 '내가 아닌 것'이라면 똥은 '더 이상 내가 아닌 것'이다. '나'는 말할 것도 없이 그 사이에 존재한다. 그런데 음식의 섭취가 그런 것처럼 똥 또한 복잡한 사회경제적인 관계에 의해서 규정되고 역사, 문화적인 요인들의 영향을 받는다. 우선 똥의 상태와 냄새는 무엇을 먹느냐 하는 문제와 관련된다는 점에서 경제적, 계급적인 관점에서 이해할 수 있다. 그리고 배설의 권리를 행사하는 문제 역시 자본주의 생산체제와 일정하게 관련을 맺고 있으며 배출된 똥을 처리하는 공간과 기구, 즉 화장실과 변기 등에 대해서도 비슷하게 말할 수 있다. 따라서 똥과 관련된 여러 문제를 제대로 이해하기 위해서는 학제간의 협업이 필수적이다. 그리고 똥을 생태적으로 처리하는 방법을 생활 속에 정착시키기 위해서도 다양한 분야의 동시적인 협력 체제를 구축할 필요가 있다.

이 글에서 한국문학, 특히 최근 한국시에서 똥이 어떤 식으로 형상화되고 있는가를 문제 삼고 있는 것도 이런 맥락에서이다. 동양에서든 서양에서든, 똥은 특히 그 더러움과 냄새 때문에 어떤 대상의 부정적인 속성을 야유, 풍자하는 풍자의 도구로 자주 활용되었다. 또 최근의 문학이나 예술에서도 똥에 대한 관심은 적지 않게 확인된다. 특히 아동문학에서 똥은 가장 인기 있는 소재로 활용되어 왔다. 그리고 최근 들어서는 성인문학에서도 똥을 단순한 풍자의 도구로 활용하는 데서 더 나아가 똥 그 자체를 진지한 탐구의 대상으로 삼고 똥의 긍정적 가치를 부각시키는 작품들이 다수 발표되고 있다. 그 결과 똥을 형상화하는 방식에서도 주목할 만한 변화가 나타나고 있다. 이 변화는 한마디로 삶으로부터 추방되었던 똥을 다시금 삶 속으로 끌어들이려는 노력, 그리고 똥의 긍정적 가치와 의미에 대한 성찰이라는 말로 요약할 수 있을 것이다. 이런 새로운 흐름은 1990년대 이후에 나타난 변화, 즉 거대서사의 후퇴와 일상의 복원, 그리고 근대적 이성에 의해 억압되거나 배제되었던 몸의 발견이라는 시대적 변화와 무관하지 않다고 생각된다. 다시 말해서 이런 변화가 문학, 특히 시적 상상력과 만나면서 똥이라는 '익숙하면서도 낯선 소재'에 대한 새로운 관심을 불러온 것이다.

이런 맥락에서 이 글에서는 몇몇 시인의 시를 중심으로 똥과 관련된 한국시의 상상력이 어떤 식으로 펼쳐지고 있는지, 다시 말해서 이들의 시에서 똥이 어떻게 수용되고, 해석되고 의미를 부여받고 있는지를 살펴보고자 한다. 하지만 이 글은 출발부터 일정한 제약을 안고 있음을 고백하지 않을 수 없다. 우선 1990년대 이후 똥에 대한 새롭고 적극적인 관심을 담은 작품이 대단히 많이 발표되었지만, 이 글에서 다룰 수 있는 것은 단지 몇몇 시인과 그들이 시뿐이라는 점이다. 특히 이 글에서 주로 살피고자 하는 것은 정호승과 최승호의 작품이다. 지면의 제약과 필자 자신의 한계로 인해 그 이상으로 논의의 범위를 넓히는 것이 사실상 불가능하기 때문이다. 그러나 다른 한편으로 이 두 시인의 시가 각각 똥에 대해 우리가 가져왔던 양가적인 감정과 태도의 한 면을 누구보다 잘 보여주었다는 점에서 보면 이 제한된 작업을 통해서도 한국시에서 똥을 이해하고 수용하는 방식에서 나타나는 어떤 변화의 흐름을 이해하는 데 작게나마 도움이 되지 않을까 생각된다.

2. 근대화와 똥의 의미 변화

대개의 경우 똥이라면 우선 코부터 막고 고개를 돌리기 십상이지만, 전문적인 영역에서는 보통 사람의 상식이나 태도와는 전혀 다른 모습을 어렵지 않게 찾아볼 수 있다. 의학에서는 이른바 똥의 의약적 효과를 탐구하는 연구 분야가 엄연하게 존재하고 있고 효과적이고 생태적인 똥 처리 기술을 개발하기 위해 노력하는 과학자나 기술자도 적지 않다. 똥에 대한 이와 같은 관심과 그것을 표현한 것 전체를 통틀어 스카톨로지scatology : 분변학라고 부른다.[4] 이를 통해서 새삼스럽게 확인할 수 있는 것은 똥이 단순히 부정적인 것으로 인식되어 온 것만은 아니라는 사실이다. 실제로 똥에 대한 근대 과학의 관심이 대두되기 전에도 똥은 우리 삶에서 여러 가지로 활용되어왔다. 똥을 부숙시켜 거름으로 사용해서 토지의 생산력을 극대화한 것이 그 대표적인 예이지만, 이런 전통적인 경험과 지식을 바탕으로 똥의 부정성을 배제, 억압하고 그 잠재적인 가치를 현재화하기 위한 방법을 개발하기 위한 노력은 지금도 다양하게 이루어지고 있다. 똥 처리와 관련된 기술의 진

---

4   분변학이 의학의 한 분야가 된 것은 19세기 이후였다고 한다. 캐롤라인 홉즈, 『똥』, 황금나침반, 2007, 14쪽. 위키피디아(https://ko.wikipedia.org/wiki/%EB%B6%84%EB%B3%80%ED%95%99)에 따르면 '스카톨로지'란 말은 이 두 가지 흐름과 똥오줌에 대한 유별난 애완 취미를 통칭하는 말이라고 한다. 이를 굳이 구분한다면 분변(의)학, 분변취미(분변음욕증), 분변문학 정도로 이름을 붙일 수 있을 것이다.

보가 비록 느리지만 꾸준히 진전된 것, 그리고 심지어 똥의 의학적, 약리학적 가치가 새롭게 밝혀지고 있는 것 등은 그 결과라고 할 수 있다.

똥의 양가성은 대사 능력의 한계에서 비롯된다. 대개의 동물이 소화, 흡수하는 것은 자기가 먹은 것의 절반도 정도밖에 되지 않는다. 바로 이 때문에 똥은 소똥구리나 돼지의 예에서 보듯 다른 곤충이나 동물의 먹이가 되기도 하고 결과적으로는 땅을 비옥하게 만드는 거름의 역할을 했다. 말하자면 똥이 생태적 순환의 중심적인 연결 고리 역할을 했던 것이다. 음식을 불로 익혀 먹는 인간의 경우는 다른 동물에 비해 소화, 흡수율이 높기는 하지만 모든 영양분을 남김없이 흡수하지 못하는 점에서는 다른 동물과 다를 바 없다. 그래서 인간의 똥 역시 오랫동안 다른 곤충이나 동물의 먹이가 되고, 흙을 기름지게 만드는 거름으로 활용되었다. 그뿐 아니라 19세기 말까지만 해도 조선에서는 사람의 똥이 심각한 타박상, 혹은 장독杖毒을 치료하는 약으로 사용되기도 했다.[5]

하지만 똥 속에 포함된 영양분과 똥에 섞여 배출되는 각종 신체 분비물로 인해 똥은 심한 악취를 풍기고[6] 주변 환경을 오염시킬 뿐 아니라 갖가

---

[5] 이런 치료 효과에 대한 지식은 주로 구전(口傳)을 통해서 전해졌다. 그러나 최근 현대 의학에서도 똥, 혹은 똥 추출물의 치료 효과가 확인되고 있다는 사실을 보면 이런 '경험방(方)'을 단순히 비과학적인 것으로 치부할 수만은 없다고 보인다. 똥, 혹은 똥 추출물의 약리작용과 치료 효과에 대해서는 로즈 조지, 하인혜 역, 『똥에 대해 이야기해 봅시다, 진지하게(The Big Necessity; The unmentioned world of human waste and why it matters)』, 카라칼, 2019, 23~24쪽을 참고할 것.

[6] 똥의 악취는 주로 인돌(indol)과 스카톨(skatole), 그리고 황화수소 때문이라고 알려져 있는데, 이 중 인돌은 최고급 향수에도 포함되어 있다고 한다. 이는 똥 냄새에 대한 부정적인 태도가 후천적인 학습의 결과라고 주장할 수 있는 근거가 된다. 이와 관련하여 코르뱅은 배설물 냄새가 일종의 사회문화적 신호의 역할을 하며, 이에 대한 편견은 주로 근대 부르주아의 감각에 기초해서 만들어진 것이라고 보았다. 알랭 코르뱅, 주나미 역, 『악취와 향기』, 2019, 331~336쪽. 한편 육류를 많이 섭취한 사람의 똥은 양이 적고 단백질 분해로 인해 지독한 악취를 풍기는 반면 섬유질이 많은 음식은 똥의 양을 증가시키지만

지 질병을 전파하는 매개물의 역할을 하기도 한다. 특히 똥이 물속에 투여되면 똥 속의 유기물이 부영양화면서 물속의 용존산소를 고갈시켜 물은 물론이고 물속에 사는 생물까지 모조리 죽게 만든다. 따라서 똥을 더럽고 불쾌한 것으로 보는 부정적인 태도와 혐오의 감정이 근거가 없는 것이라고 할 수는 없다. 요컨대 똥의 긍정적인 가치가 발현되려면 상당한 시간과 노력이 요구되지만, 그 부정적인 측면은 감각을 통해서 아주 즉각적으로 파악되는 것이다. 똥에 대한 혐오의 감정이 쉽게 긍정적인 가치에 대한 인식을 억압하는 것은 이런 이유 때문이다. 물론 똥에 대한 반응은 다양한 변수들에 의해서 차이가 생겨난다. 가령 상대적으로 인구가 적고 인구 밀집도 낮아서 똥을 거름화할 수 있는 유리한 조건을 갖추고 있는 농촌 지역과 인구가 많고 밀집도 또한 높아서 똥을 처리할 마땅한 방법을 찾기 어려운 대도시에서는 똥으로 인한 불편과 고통의 정도가 각기 다를 수밖에 없고 똥에 대한 혐오감의 크기와 강도 역시 다르게 나타날 수밖에 없다. 그러나 분명한 것은 산업화와 도시화가 이루어지기 전까지만 해도 단지 더럽고 냄새난다는 이유 때문에 똥이 제공하는 여러 가지 이익과 그 가치가 망각되는 일은 없었다는 것이다.[7]

냄새는 상대적으로 덜하다. 이처럼 무엇을 먹는가에 따라 똥의 상태와 냄새에도 차이가 난다는 점에서 보면 똥에는 계급적 차이가 반영되어 있다고 할 수 있다. 조의현, 『세상의 모든 변화는 화장실에서 시작된다』, 이담, 2018, 14~16쪽. "도시 사람의 똥은 거름으로도 못 쓴다"는 말이 나오는 것도 비슷한 맥락에서 이해할 수 있다. 안철환, 『시골똥 서울똥 ─순환의 농사, 순환하는 삶』, 들녘, 2009, 201쪽.

7 이에 대해서는 김용선, 「분뇨서사에 굴절된 대도시 한양의 팽창」, 『온지논총』 제40집, 온지학회, 2017, 210~218쪽. '분변서사'를 중심으로 한양의 변화를 살핀 이 논문의 필자는 서거정의 문집을 근거로 이미 세종조부터도 똥을 냇가에 내다 버리는 일이 다반사로 일어났고 이에 대한 양반 지식인의 비판이 자주 제기되었다고 지적했다. 이런 일은 한양 인구의 증가에 따라 계속 일어났고 그에 대한 비판 또한 마찬가지였다.

똥에 대한 이런 양가적인 태도와 인식은 문학을 통해서도 어느 정도 확인할 수 있다. 연암 박지원의 한문소설 「예덕선생전穢德先生傳」과 「호질虎叱」은 똥에 대한 태도의 양극단을 잘 보여주는 예라고 할 수 있다. 「예덕선생전」은 한양 인근의 채마 밭에 똥거름을 공급하는 '엄행수'라는 인물이 주변 사람들에게 존경을 받으며 '예덕선생'으로까지 불리게 된 연유를 설명하는 형식으로 된 작품이다. 여기서 엄행수의 존재와 활동[8]은, 똥을 돈으로 팔고 살 정도로 똥의 비료적 가치에 대한 인식이 일반화되어 가고 있던 시대상을 반영한 것으로 이해할 수 있다. 이에 비해 「호질」은 동리자라는 과부와 은밀하게 정을 통해오던 북곽 선생이 먹이를 찾아 마을에 내려온 호랑이와 마주쳐 이를 피해 달아나다가 거름으로 쓰기 위해 똥을 모아둔 똥구덩이에 빠지는 모습을 그린 작품이다. 똥구덩이에 빠져서 한낱 미물인 호랑이에게조차 외면당하고 야유를 받을 정도로 고약한 냄새를 풍기게 된 북곽선생을 통해서 유자儒者들의 위선과 도덕적 타락을 야유하고 풍자한 것이다. 이 경우 똥의 더러움과 냄새는 위선에 빠진 유학자들의 정신적, 도덕적 타락을 물질화한 상징이 된다. 이처럼 연암은 똥의 양가성을 잘 이해하고 있었을 뿐 아니라 이를 적절히 활용해서 당대 현실을 예리하

---

8 정규식, 「분뇨서사로 읽는 연암 박지원의 개혁사상」, 『국어국문학』 191호, 국어국문학회, 2020, 278~285쪽. 이 장의 필자는 엄행수가 '가상의 존재'이며 똥 장수 집단도 '상상의 세계'라고 보았다. 상단을 형성할 만큼 똥이 활발하게 거론되었음을 입증할 문헌자료가 부재한다는 점, 박지원보다 좀 뒤에 연행을 경험한 박제가가 중국의 똥 거래 현장을 보면서 조선의 현실이 그렇지 못한 것에 대해 개탄했다는 점 등이 이런 판단의 근거였다. 또 그는 설사 똥의 거래가 이루어졌다고 하더라도 어떤 조직의 우두머리를 뜻하는 행수(行首)를 두어야 할 만큼의 상인 집단이 형성되었다고 보기는 어렵다고 보았다. 하지만 이 작품에서 엄행수가 똥거름을 제공하는 한양 인근 농촌의 지명, 엄행수가 거두는 일년 수익 등을 구체적으로 제시한 것, 구전되는 분뇨서사에서 똥이 상업적으로 거래되는 양상에 대한 언급이 다양하게 나온다는 점을 들어 이 시기에 이미 똥의 상업적 거래가 이루어지고 있음을 강조하는 견해도 있다. 이에 대해서는 김용선, 앞의 글을 참고할 것.

게 묘파한 작품을 쓸 수 있었다.[9]

하지만 19세기 말 급진적인 개혁을 추구했던 김옥균 같은 엘리트 개화파 지식인들에게 이르게 되면 똥의 양가성에 대한 인식은 급격히 한쪽으로 기울어지게 된다. 그것은 한양 인구의 급속한 증가로 인해 감당할 수 없을 정도로 많은 똥이 배출되고 미처 거름화되지 못한 똥이 아무 대책 없이 여기저기 방치되면서 많은 문제를 야기했기 때문이다. 물론 똥으로 인해 발생하는 여러 가지 문제에 대한 지적과 비판은 개화파 인사들이 처음 제기한 것이 아니라 조선시대 내내 꾸준히 이어져왔다. 후대 학자들이 아예 '분변서사' 혹은 '분뇨서사'라는 개념을 만들어낼 정도로 똥을 다룬 이야기서사물들이 많이 만들어져 온 것이 이런 사정을 말해 준다. 그러나 이처럼 똥으로 인한 폐해를 지적하고 비판하는 경우에도 똥의 긍정적 가치가 전면 부정되거나 외면당한 적은 없었다. 이런 점을 고려하면, 똥의 긍정적 가치를 외면한 채 똥을 부정적인 대상으로 규정할 뿐 아니라, 외국인의 시선을 의식해 똥을 함부로 버리는 악습을 야만적인 것으로 개탄하고 이를 시급히 혁파해야 할 과제로 설정한 개화 사상가들의 입장은 문명/야만의 이분법을 무비판적으로 수용하고 내면화한 결과라고 하지 않을 수 없다.

자주 인용되는 김옥균의 「치도약론治道略論」[10]은 이처럼 자신도 모르는 사이에 문명/야만의 이분법을 수용한 개화파 지식인의 조급주의를 잘 보여준다. 김옥균이 한양 도성 안 여기저기 방치된 채 악취를 풍기는 똥에 대한 불쾌감을 노골적으로 드러낸 것은 그 이전 유생들의 비판적인 인식

---

9   이에 대해서는 앞의 글, 212~218쪽. 박수일, 「차등과 숭고미의 전복－연암 박지원의 '똥'을 중심으로」, 『기호학연구』 제51집, 기호학회, 2017, 71~72쪽.
10   김옥균, 「치도약론」, 『한성순보』, 1984.7.3.

과 크게 다르지 않다. 하지만 김옥균의 논의에서 두드러진 것은 거리 도처에서 악취를 풍기는 똥이 외국인들에게 조선에 대한 부정적인 인상과 감정을 심어줄 것이라는 불안감이다. 그것은 똥에 대한 그의 시각이 서구에서 전래된 근대 위생 담론에 압도되고 있음을 시사한다. 서구로부터 전해진 근대적인 의학지식과 위생 관념, 그리고 그에 기초한 삶의 규율화가 똥의 부정성에 대한 인식을 강화하는 한편 긍정적 가치에 대한 인식을 빠르게 지워간 것이다.[11] 특히 서구의 의학 지식은, 똥에 대한 본능적인 혐오감에 세균, 전염병 같은 객관적이고 과학적인 근거를 더해 줌으로써 함부로 길거리에 똥을 누고 방치하는 조선과 조선인을 타자화하도록 만드는 한편, 똥을 생활 밖으로 밀어내야 한다는 주장을 정당화했다.[12] 이와 함께 교육을 포함한 근대적 제도를 통해 위생 관념이 널리 확산되고 이에 따른 삶의 규율화가 추진되면서 똥은 점차 생활 밖으로 밀려날 운명에 처하게 된다.

하지만 농업이 주산업인데다가 인구의 집중도 역시 아직 낮은 수준에 머물렀던 시절에는 똥을 생활 밖으로 완전히 밀어내는 것이 불가능했다. 아무리 화학비료 공장을 건설해서 화학비료의 생산을 늘리고 농민들에게 화학비료의 사용을 장려, 또는 강제해도[13] 똥거름을 완전히 밀어낼 수는

---

11 서구에서 똥을 포함한 인체의 부산물에 대한 인식과 태도가 부정적인 것으로 전환하게 되는 것은 청교도가 주도적인 위치로 급부상하면서부터였다고 한다. 로즈 조지, 앞의 책, 2019, 23~27쪽. 세균의 발견 등 근대과학과 의학의 발달이 여기에 가세하면서 이런 부정적인 인식과 태도를 더욱 강화했다.

12 특히 노상에 방치된 똥은 다섯 가지 'F', 즉 액체(fluid), 밭(field), 손가락(finger), 파리 (fly), 음식(food)를 통해서 입으로 들어가서 병을 일으킬 수 있다. 특히 이 똥은 오줌이나 빗물 등과 함께 지하로 스며들어 수인성 질병(분변성 질병)의 원인이 되기도 한다. 로즈 조지, 앞의 책, 318쪽.

13 일본의 공업화에 필요한 쌀의 증산을 위해서 건립된 흥남질소비료공장(1927)이 그 효

없었던 것이다. 우선 비료의 생산량이 극히 한정되어 있었으므로 그 가격 또한 농민들이 구입하기에는 너무 비쌌기 때문이다. 그뿐 아니라 똥거름의 시비 효과에 대한 농민들의 굳건하고 오래된 믿음과 전통적인 농법도 화학비료 보급을 방해했다.[14] 그럼에도 불구하고 일제 강점기부터 시작된 화학비료 생산은 식량 증산의 필요 때문에 해방 후에도 계속되었다. 1950년대부터 1980년대 초에 이르기까지 화학비료 공장 증설 노력은 꾸준히 진행되었으나 그 속도는 대단히 느렸고 따라서 생산량은 기대에 미치지 못했다. 따라서 화학비료의 가격은 여전히 비쌌고 이 때문에 가능한 모든 수단을 동원해서 똥거름의 사용을 막으려는 관官의 억압에도 불구하고 똥은 1970년대 후반까지 전국에서 거름으로 사용되었다.[15] 화학비료 증산의 지체, 화학비료의 경제적 부담, 똥거름의 시비 효과에 대한

시였다. 지주들은 장려, 혹은 강제를 통해 이 화학비료의 보급에 앞장섰다. 해방 후에는 충주비료공장(1957년 이래 1973년 제6비료공장 설립까지 줄곧 확대됨)과 남해화학 (제7비료공장; 1974년 설립, 1980년 요소공장 준공) 등이 설립되고 여러 차례에 걸쳐 증설, 확장되었다. 특히 5.16 이후에는 당장의 배고픔을 해결함으로써 집권의 정통성 문제를 해결하려는 권력자의 의도에 따라 '녹색혁명'의 환상이 유포되면서 화학비료 공장의 증설이 꾸준히 이루어졌고 금비 사용 역시 꾸준히 증가했다. 이는 "화학비료 사용 증가=식량 생산의 증가"라는 등식을 통해 '조국근대화'를 실증하려고 했던 정권의 의도를 반영한 것이다. 그러나 똥거름은 1970년대 말까지도 계속 사용되었다.

14 일제 강점기 소설에서는 똥-화학비료에 대한 똥의 가치에 대한 착종된 시각을 보여주는 작품들이 다수 발견된다. 이에 대해서는 한만수, 「밥-똥」 순환의 차단과 두엄-화학비료의 숨바꼭질」, 『상허학보』, 상허학회, 2020.10, 323~339쪽을 참고할 것. 이런 상황은 해방 후에도 오랫동안 지속되었다. 그리고 관이 주도한 새마을 운동이 전국을 휩쓸었던 시기는 이 '숨바꼭질'의 절정기였다고 해도 과언이 아니다.

15 소진철에 따르면 1968년 "기생충 박멸의 해"를 맞아 공식적으로 전국 28개 도시를 인분 사용금지 지역으로 지정하고 모든 농작물에 인분비료 사용을 금지했다고 한다. 그러나 인분 비료는 그 후로도 오랫동안 사용되었고 서울을 비롯한 도시 지역에서는 똥으로 인해 온갖 문제와 갈등이 빈발했다. 이에 대해서는 소진철, 「서울의 똥오줌 수거체계의 재형성과 행위자의 변화」, 사이언스 월든 학술대회 '한국문화 속의 배설과 순환의 상상력' 발표요지(2021.2.17) 참고.

뿌리깊은 믿음 때문에 똥에 대한 혐오감을 조장하는 위생교육과 행정 권력의 대대적인 공세에도 불구하고 똥을 완전히 생활 밖으로 밀쳐낼 수는 없었던 것이다.

　하지만 도시의 급속한 확대, 인구 밀집도의 증가와 함께 똥에 대한 대중들의 공포심과 혐오감은 점점 강화되었다. 여기에 정당성을 부여한 것은 일차적으로 서구의학 지식과 교육 및 매스미디어를 통해 퍼져나간 서구적 위생 관념이다. 하지만 이 공포심과 혐오감이 대중적으로 확산되고 내면화되는 데 결정적으로 기여한 것은 근대 도시의 발전, 특히 산업화 이후의 급속한 도시 팽창과 인구 밀집으로 인해 똥의 처리가 어렵게 된 상황이라고 해야 할 것이다. 고약한 똥 냄새에 대한 불쾌감과 거부감 이외에도 1970년대 이후의 급속한 도시화, 도시로 몰려든 빈민들 사이에서 변소의 사용 문제를 둘러싸고 빈발했던 갈등, 주거 환경과 생활 방식의 급속한 변화, 무분별하고 무책임한 똥 처리로 인한 식수 오염 등이 모두 똥에 대한 혐오의 감정을 확산, 심화시킨 원인들이다. 요컨대 도시 인구의 급증, 똥과 관련된 다양한 갈등의 증가, 똥으로 인한 환경오염의 위협 등이 똥의 양가성에 대한 인식의 균형을 깨뜨린 주요인 셈이다. 1980년대 이후 주거공간이 아파트로 빠르게 바뀌어 가면서 이런 현상은 더욱 가속화되었다.

　1960~70년대 도시 빈민의 삶을 그린 소설에서 똥을 부정적으로 그린 작품이 많이 발견되는 것은 이런 변화와 무관하지 않다. 하지만 시에서 똥을 직접적으로 다룬 사례를 찾는 것은 쉽지 않다. 이는 아마도 시 장르의 특성, 그리고 근대시 형성기에 고착된 시에 대한 고정관념 때문에 똥처럼 '지저분하고 혐오스러운' 소재를 다루기는 쉽지 않았기 때문일 것이다. 필자의 무능과 과문 탓이기도 하겠지만 일제 강점기의 시들 가운데서는

오장환의 「정문旌門」『시인부락』, 1936같은 풍자적인 작품에서 겨우, 그것도 극히 단편적으로 똥이 언급된 자취를 찾을 수 있었을 뿐이다.[16] 그런 점에서 권정생의 『강아지똥』1969은 똥이 본격적인 문학의 소재로, 그리고 긍정적인 의미를 지닌 것으로 다루어질 수 있는 가능성을 보여준 선구적인 예라고 할 수 있다. 이와는 반대로 김지하의 담시 「분씨물어糞氏物語」1974[17] 는 똥의 부정적 속성—그 냄새와 더러움—을 통해서 대상의 부정적 속성을 폭로하고 야유하는 전통적인 방식을 이어받으면서 발전시킨 예라고 할 수 있다.[18] 이 담시의 주인공은, 한반도에 진출했다가 번번이 똥 때문에 죽음을 당한 왜구, 혹은 왜군을 조상으로 둔 분삼촌대糞三寸待라는 왜인이다. '친선방한단'의 일원으로 한국에 온 이 분삼촌대는 그 조상들의 원한을 갚기 위해 평생 참아왔던 똥을 한반도 여기저기 싸 갈긴다. 그리고 마지막으로 광화문에 서 있는 이순신 장군의 동상 위에서 줄기차게 똥을 싸대던 분삼촌대는 그 위에서 미끄러져 결국 자신이 싼 똥에 빠져 죽는다. 여기서 분삼촌대가 싸 갈기는 똥은 경제협력을 명분으로 한 일본의 재침략 책동, 즉 기생관광 공해산업 수출, 산업폐기물 투기 등을 상징하는 것

---

16 이 시는, 열녀문(烈女門)으로도 일컬어지는 정문(旌門)의 영광 뒤에 감추어진 양반들의
    추악한 욕망과 위선, 즉 가문의 영광과 기득권을 지키기 위해 얼마든지 진실을 은폐하고
    호도하는 행태를 풍자한 작품이다. 이 시의 제목으로 사용되기도 한 '정문'은 젊은 며느
    리의 죽음과 관련된 진실을 은폐하고 호도함으로써 하사받은 것이다. 즉 자신의 '음행'과
    관련된 집안의 소문을 잠재우기 위해 "병든 시에미의 똥맛을 핥"은 며느리의 행동은 지극
    한 효행으로, 그리고 그녀의 자살은 어린 남편을 구하려다 대신 뱀에게 물린 것, 지극한
    부도(婦道)를 실천한 것으로 미화된 것이다. 오장환은 정문이 바로 그런 거짓과 위선의
    대가임을 까발렸다. 가문의 영광과 위세를 드높이는 한편, "아랫것"들에게 군림하기 위
    해서 어떤 거짓도 서슴지 않는 양반 계급의 위선이 시어미의 똥을 핥은 며느리의 거짓
    효행보다 더 더러운 것임을 야유하고 조롱한 것이다.
17 이 담시는 1985년 임진택에 의해 「똥바다」라는 제목의 판소리로 개작되었다.
18 김란희, 「카오스모스 시학과 김지하 담시의 구조 형성방식」, 『국제어문』 45집, 2009,
    155~156쪽.

으로 읽어도 무방하다. 따라서 분삼촌대가 똥에 빠져 죽는 것으로 그린 작품의 결말은 경제 협력을 명분으로 한반도에 다시 진출하려는 일본의 재침 야욕이 결국은 실패로 돌아가고 말리라는 시인의 비전, 혹은 기대를 표현한 것으로 이해할 수 있다. 이 풍자의 효과를 극대화하기 위해서 분삼촌대에게 덮씌워지는 똥의 양과 악취는, 훗날 임진택이 이를 창극으로 개작하면서 제목을 아예 "똥바다"로 바꾸게 만들 정도로 엄청나게 과장되고 왜곡되었다.[19]

김지하는 문학, 특히 시에서 금기시되다시피 한 똥을 작품의 중심 소재로 끌어들였을 뿐 아니라 똥의 부정적 측면을 한껏 과장함으로써 자신의 미학적 의도를 십분 달성할 수 있었다. 하지만 똥을 이용해서 대상을 공격하거나 모욕하는 식의 풍자 방법은 똥과 관련된 민중들의 경험에 기반을 둔 것이다. 따라서 김지하의 담시는 완전히 독창적인 것이라기보다 똥에 대한 거부감과 혐오감을 부정적인 대상에 투사하는 민중들의 경험과 언어를 미학적으로 전유한 것이라고 할 수 있다. 가령 "똥물에 튀길", "뱃속 혹은 머릿속에 똥만 가득 찬""똥만도 못한" 혹은 "벽에 똥칠할 때까지" 같은 말들, 그리고 이 이외에도 똥과 관련된 무수한 욕설들은 적절한 계기만 주어지면 다양한 방식으로 문학적 상상력을 자극할 수 있는 여지를 갖고 있었다. 이렇게 보면 김지하가 「분씨물어」의 마지막 부분에서 분삼촌대로 하여금 자신이 싸지른 똥에서 빠져 죽게 만든 것은 바로 "똥물에 튀길……" 같은 '저급하고 비속한' 표현을 상상적으로 전유한 결과라고 할 수 있다.

---

19 이처럼 똥의 부정성을 이용해서 미국의 제국주의적 본성을 풍자한 예로 한반도 전체가 '똥 천지'라는 뜻을 담은 남정현의 소설 『분지(糞地)』(1965)를 들 수 있다.

이처럼 부정적인 대상에 똥(물)을 뒤집어씌우는 상상은 그 대상을 모욕하는 데서 더 나아가 희화화, 또는 왜소화하는 효과를 발휘한다. 즉, 눈앞의 대상을 범접 불가능한 절대적인 존재, 즉 어떤 저항조차 불가능한 신성불가침의 존재로 보는 대신, 비록 상상의 수준에서일망정 나의 몸에서 빠져나간 가장 하찮은 것으로도 더럽힐 수 있는 것으로 평가절하하는 것이다. 이처럼 대상을 격하시키고 모욕함으로써 나와 대상 사이의 거리는 좁혀지거나 무화된다. 다시 말해서 나와 대상 사이의 차이는 상대화되고, 이로써 그 대상은 언제든 나에 의해서 부정되거나 극복될 수 있는 하찮은 존재로 전락하게 되는 것이다. 언뜻 보기에 지저분해 보일 뿐 아니라 유치해 보일 수도 있는 '대상에 똥칠하기'의 문학적 상상력을 가볍게 볼 수 없는 것은 바로 이런 이유에서이다. 이처럼 한국 근대시에서 드물게 등장하는 똥은 대체로 부정적인 현실이나 대상에 대한 상상적인 공격과 전복의 수단, 즉 풍자의 도구로 이용되었다. 그리고 그런 상상력은 대개 대상에게 최대한의 모욕을 주기 위해서 똥을 뒤집어씌우는 현실의 경험을 문학적으로 재생한 것이라고 할 수 있을 것이다.[20]

하지만 1980년대 이후부터 한국시에서는 똥과 관련된 시적 상상력에 두드러진 변화가 나타나고 있는 듯이 보인다. 원래 시와는 그다지 인연이 없어 보이고, 실제로도 그랬던 똥을 시적 사유와 상상의 대상으로 삼은 시들이 다수 발표되고 있는 것이다. 그뿐 아니라 우리의 삶 속에서 똥의 궁

---

20 대상에 '똥칠하기'의 상상력은 현실의 경험과 무관하지 않다. 가령 삼성그룹의 '사카린 밀수' 사건과 관련하여 김두한이 국회에 똥을 뿌린 경우(1966), 여성노동자들의 파업을 분쇄하기 위해 이들에게 똥물을 끼얹은 '동일방직사건'(1978) 등은 상반되는 의미를 지닌 것이지만 대상에게 최대한의 모욕감과 굴욕감을 덮어씌우기 위해서 똥을 동원한 예에 해당된다. 그리고 이는 특히 현실에서는 극복하기 어려운 강자들을 욕보이는 약자들의 공격수단으로 이용되는 경우가 많았다.

정적 가치가 발현되는 양상에 대한 진지한 관심을 보여주는 시들도 적지 않게 찾아볼 수 있다. 이런 변화는 단순히 개별 시인의 관심사나 세계관이 변했기 때문이라기보다는 좀 더 복잡하고 심층적인 사회문화적 변화의 결과라고 하는 것이 옳을 것이다. 그 가운데서 특히 중요한 의미를 지니는 것은 근대화의 과정에서 애써 무시, 또는 묵살되었던 환경 문제에 대한 인식의 변화, 그리고 한국 사회가 오랫동안 한국인의 의식과 무의식을 지배해온 거시담론의 억압에서 벗어나 점차 삶의 미세한 결, 그리고 몸에 주목하게 되었다는 사실일 것이다.

똥에 대한 다양한 형태의 담론이 공론장에 나오게 된 것도 실은 이런 변화의 결과라고 할 수 있다. 몸에 대한 긍정이, 똥 누기를 감추거나 부끄러워해야 할 일이 아니라 신체의 항상성을 유지하기 위한 필수적인 생리작용으로 긍정하는 태도가 만들어졌고 이를 바탕으로 똥을 우리 시야 밖으로 추방하고 은폐하려고 하는 다양한 사회적, 문화적 억압으로부터 점차 벗어나게 똥을 있는 그대로 바라볼 수 있는 시야를 확보하게 된 것이다. 그 결과 사적 공간에서 은밀하게 행해져야 했던 '똥 누기'가 공공연하게 상상의 장으로 불려나왔고 급기야 '고상한' 장르로 간주되던 시에서 '똥'을 자연스럽게 소재로 택할 수 있게 되었다.[21] 단순히 똥의 부정적인

---

21 좀 뒤의 일이지만 안도현이 "똥을 똥으로 부르지 않는 것은 시가 될 수 없다"고 강조한 것은 이런 맥락에서 이해할 수 있다. 안도현(「똥」, 『작고 나직한 기억되지 못하는 것들의 아름다움에 대하여』, 한겨레출판사, 2014, 95쪽). 이런 생각은 다음과 같은 시로 이어졌다. "봄똥, 생각하면 / 전라도에 눌러앉아 살고 싶어진다 // 봄이 당도하기 전에 봄똥, 발음하다가 보면 / 입술도 동그랗게 만들어주는 / 봄똥, 텃밭에 나가 잔설 헤치고 / 마른 비늘 같은 겨울 툭툭 털어내고 / 솎아먹는 / 봄똥, 찬물에 흔들어 씻어서는 된장에 쌈 싸서 먹는 / 봄똥, 입안에 달싸하게 단물 고이는 / 봄똥, 봄똥으로 점심 푸지게 먹고 나서는 // 텃밭가에 쭈그리고 앉아 / 정말로 거시기를 덜렁덜렁거리며 / 한무더기 똥을 누고 싶어진다."(안도현, 「봄똥」, 『아무 것도 아닌 것에 대하여』, 문학동네, 2011) 이 시에서

측면을 과장, 왜곡함으로써 풍자의 도구로 활용하는 데 그쳤던 시적 상상력의 다양화가 이루어진 것은 이런 맥락에서였다. 다음에 살펴보게 될 정호승과 최승호의 시는 이 점을 잘 보여준다.

3. 정호승과 해우소의 상상력

정호승은 비교적 일찍부터 똥에 대해 남다른 관심을 보여준 시인이다. 그리고 이 관심은 단발로 그친 것이 아니라 오랜 시간에 걸쳐 지속되면서 똥에 대한 진지한 성찰과 다양한 시적 형상화로 귀결되었다. 물론 똥과 관련된 그의 시적 형상화의 작업이 모두 성공적이었다고 할 수만은 없다. 때로는 동어반복에 그친 경우도 있고 때로는 뚜렷한 성찰의 깊이를 확보하지 못한 채 단순히 소재 차원에서 똥이나 똥과 관련된 시인의 생각을 피상적으로 언급하는 데 그친 경우도 없지 않았다. 정호승의 시적 상상력이, 똥 자체에 대한 깊은 성찰과 반성, 즉 똥이 인간과 세계 사이의 물질대사의 결과물이며 똥을 누는 것은 신체의 항상성 유지를 위한 불가결의 생리작용이라는 사실에 대한 진지한 성찰로부터 출발하는 대신, 똥과의 예기치 않은 마주침, 그리고 뚜렷한 설명 없이 그것에 어떤 초월적이고 도덕적인 의미를 부여하는 데서 시작하는 것도 이와 무관하지 않다고 보인다.

정호승에게서 똥과의 마주침은 단순히 생리적인 차원의 문제가 아니라

"봄똥"이란 말을 되풀이해서 사용한 것은 똥을 다른 이름으로 부르도록 만든 사회적 금기(교양, 문화 등으로 일컬어지는)를 전복하고 조롱하려는 의도 때문일 것이다. 다른 글에서 그가 '똥에 대한 예의'를 강조한 것도 비슷한 맥락에서 이해할 수 있다.

모종의 의미를 발생시키는 '하나의 사건'으로 이해된다.[22] "느닷없이 내 얼굴에 똥을 갈기고/피식 웃으면서 낙조 속으로 날아간 차귀도의 갈매기" 와 마주치는 드문 경험이 그 자신의 삶에 대한 모종의 깨우침으로 이어지는 것이다. 하지만 작품 자체 속에서 이 '불쾌한' 경험이 그런 깨우침으로 전환되는 계기가 무엇인지, 그리고 그 깨달음의 내용을 분명하게 보여주지 않는다. 이처럼 갈매기똥을 얼굴에 맞는 불쾌한 경험으로부터 곧바로 똥 자체의 속성과 무관한 도덕적 의미를 끌어내고 있다는 점에서 이 시는 다소 작위적인 느낌을 준다. 하지만 시인이, '불쾌하고 재수 없는' 봉변 정도로 받아들이기 십상인 이 뜻하지 않은 경험을 삶에 대한 인식론적 전환, 혹은 자기 삶의 전면적인 변화를 가져온 하나의 '사건'으로 받아들이고 있는 것만큼은 분명하다. 그리고 그것은 급기야 "나도 한번 하늘에서 똥을 누게 해다오/해지는 수평선 위를 홀로 걷게 해다오"「내 얼굴에 똥을 싼 갈매기」, 『포옹』, 창비, 2007 식의 존재 전환에 대한 열망으로까지 발전된다.

똥과의 마주침을 '하나의 사건'으로 받아들이는 시인의 태도가 무엇을 의미하는지는 최근에 발표된 시들을 통해서 좀 더 분명하게 확인할 수 있다. 어쩌다 눈에 들어간 새똥과 관련해서 "평생 처음/내 눈을 새똥으로 맑게 씻었다"「새똥」, 『당신을 찾아서』, 창비, 2020고 말하는 데서 짐작할 수 있듯이 시의 화자는 눈에 새똥이 들어간 이 희귀한 경험을, 그 자신의 영혼을 정화하는 계기로, 혹은 지금껏 알지 못했던 새로운 세계에 대해 개안開眼을 하는 계기로 받아들이고 있음을 고백한다. 내 눈에 들어간 갈매기의 똥은 나

---

22 최미정, 「정호승 시에 나타난 똥의 의미」, 『리터러시 연구』 10호, 리터러시학회, 2019, 196~208쪽. 이 '사건'은 이중적인 의미, 즉 새똥이 눈에 들어가는 것과 같은 희귀한 경험이라는 의미와 함께 이 경험이 자기와 세계에 대한 새로운 개안으로 이어졌다는 의미에서 '사건'이라고 부를 수 있다는 것이다.

의 눈을 맑게 하고 결국 "이제야 보고 싶었으나 / 보지 않아도 되는 / 인간의 풍경을 보지 않게 되"도록 만든다. 다시 말해서 내 눈에 들어간 새똥이 보지 않아도 될 인간의 풍경에 대해 눈을 감는 동시에 또 다른 세계, 즉 마땅히 보아야 할 세계를 향해 눈을 뜨게 만들었다는 것이다. 그것은 "개똥이 길바닥에 / 가부좌를 튼 채 / 고요히 앉아 있다 / 바람도 고요하다 / 나도 개똥 옆에 / 가부좌를 틀고 앉아 / 먼 산을 바라본다"(『당신을 찾아서』, 창비, 2020)라는 구절에서도 확인된다. 여기서 가부좌를 틀고 있는 개똥은 '나'를 가부좌로 이끈다. 그리고 화자는 이 가부좌(혹은 명상)를 통해 "산이 내게로 오지 않으면 / 내가 산으로 가면 된다"는, 마호메트를 연상케 하는 깨달음, 혹은 진리를 향한 용맹정진勇猛精進의 각오에 도달하게 되었음을 토로한다.

정호승은 이처럼 일상 속에서 마주치는 다양한 동물들의 똥(새똥, 개똥, 소똥)을 통해 삶과 세계에 대해 새롭게 눈을 뜨게 된다. 따라서 똥에 관해 쓴 그의 시들은 바로 그런 새로운 개안의 경험을 토로한 것, 혹은 그에 대한 성찰의 결과물이라고 할 수 있다. 특히 앞에서 언급한 '갈매기 똥'에서 볼 수 있는 것처럼 새와 새똥은 그의 시적 상상력을 활성화시키는 중요한 소재이다. 그래서 심지어 뚜렷한 시상의 변화나 인식의 발전을 보여주는 것이 아님에도 불구하고 한 시집에 같은 '새똥'을 제목으로 내세운 비슷비슷한 시들을 세 편이나 싣기도 했다. 그는 "길바닥에 새똥이 떨어져 있는 것을 보면 / 그래도 마음이 놓인다"고 말한다. 새똥이 "인간의 길"을 아름답게 한다는(「새똥」) 믿음 때문이다. 그래서 "그 길을 걸어감으로써 / 나는 오늘도 인간으로서 아름답다"(「새똥」, 『당신을 찾아서』)고 말할 수 있게 된다. 그에게 새똥은 새를 정화시켜서 천상의 존재로 만들어주는 것일 뿐 아니라 나와 나를 둘러싼 세계까지 정화시키는 것으로 파악된다.

이런 생각은 "천사의 가슴에도 / 똥이 들어 있다 / 하하하 / 새똥이 들어 있다"「새똥」, 『밥값』, 창비, 2010고 한 데서도 확인된다. 새가 자주 똥을 싸는 것, 심지어 날아가면서도 똥을 싸는 것은, 스스로의 몸을 정화시키는 한편 중력을 이겨낼 수 있는 몸의 가벼움을 얻기 위해서이다. 정호승이 새를 천사와 동일시하는 것은, 새들이 이처럼 똥을 몸 밖으로 배출함으로써 스스로를 정화하고 가볍게 해서 자유롭게 하늘을 날 수 있게 되었다는 생각 때문일 것이다. 정호승이 동물의 똥과 사람의 똥을 위계화하면서 날짐승들의 똥을 최상위에 놓는 것도 이와 무관하지 않다. 정호승에 따르면 인간의 똥은 수많은 생물들이 배설한 똥 가운데서도 최악인 데 비해 "개똥은 깨끗하다 / 사람똥은 새들이 날아와 / 쪼아먹지 않아도 / 개똥은 새들이 날아와 / 맛있게 / 몇날 며칠 / 쪼아먹는다"「개똥에 대하여」, 『눈물이 나면 기차를 타라』, 창작과비평사, 1999는 것이다. 그리고 그 가운데서도 새똥은 새를 천사와 동렬에 놓게 만들 정도로 깨끗한 것, 그리고 인간을 정화시키는 힘을 지닌 것으로 간주된다.

그가 인간이 아닌 짐승, 그 중에서도 새로의 존재 전환을 꿈꾸는 것도 이런 이유에서이다. 이 존재 전환은 우선 '인간의 밥을 먹고 짐승의 똥을 싸는 것'으로 상징화된다. 그것은 스스로를 동물보다 윗자리에 놓는 인간의 오만을 털어버리고 인간과 개동물 사이를 경계를 넘나들 수 있는 정신의 자유를 얻을 때 가능하다. 그럴 때 '나'는 인간이 아닌 짐승의 똥을 쌀 수 있게 되며 내가 싸는 이 짐승의 똥은 나를 정화하고 자연과 융화될 수 있게 해 주는 것이 된다. 그가 인간의 밥을 먹고 '개똥을 누었다'고 한 데 이어서 "소똥을 누리라"거나 혹은 "하늘을 날며 새똥을 누리라"「똥」, 『이 짧은 시간 동안』, 창비, 2004[23]는 결의를 다지는 것도 그런 이유에서일 것이다. 이보다 훨씬 앞서 발표한 시에서 나오는 "나는 사람이 먹는 쌀밥을 먹고도/새 똥을 누었다"「새똥」, 『외로우니까 사람이다』, 창비, 1998는 진술이 이런 식으로 확대 재생산되고 있는 것이다. "그동안 사람 똥을 눌 때는 그렇지 않았으나 / 강가에 개똥을 눈 이후로는 / 내가 눈 똥 위에도 / 바람이 불고 눈이 내린 다"고 말하기도 한다.[24]

그가 어린아이의 똥을 짐승의 똥처럼 깨끗한 것으로 받아들이는 것도 비슷한 맥락에서 이해할 수 있다. "누구나 어린아이의 마음이 되지 않고 서는 / 천국에 들어갈 수 없다는 / 성경 말씀이 깨알같이 인쇄된 부분에 / 빛바랜 똥이 묻어 있"는 성경책 조각을 마주친 것이 실제의 경험인지는 불확실하다. 하지만 똥을 닦은 더러운 성경책 조각에서 이 구절을 읽어낸 그는 '어린이의 마음'이야말로 천국에 가장 가까운 것임을 새삼 깨닫는 다「겨울 산길을 걸으며」, 『이 짧은 시간 동안』, 창비, 2004. 그가 이처럼 짐승이나 어린아이 의 똥에서 더럽혀지지 않은 순결하고 정화된 모습을 읽어내는 것은 그들 이 아직 문명이나 성년成年의 욕망, 다시 말해서 지배의 욕망과 탐욕에서 자유로운 존재이기 때문일 것이다. 짐승이 다른 짐승의 똥을 먹을 수 있고 남겨진 똥은 저절로 자연으로 돌아가는 것도 마찬가지다. 그에 비해 사람 의 똥은 새들조차 외면한다. 그것은 인간이 구축한 문명이 인간을 더럽혔

---

23 최미정, 앞의 글, 198~200쪽. 이 시는 다소의 수정을 거쳐 「근황」(2017)이라는 제목으 로 발표되었다. 이를 최미정은 '연작'이라고 보았지만 필자의 생각으로는 그다지 성공적 이지 않은 개작이라고 하는 것이 옳다고 보인다. 여기서 중요한 부분은 "강가에 앉아 칼과 혀를 버리고 난 뒤"에 개똥을 누게 되었다고 진술하고 있다는 점이다. 여기서 칼을 누군가를 해치는 무기, 그리고 혀를 달콤한 사탕발림과 거짓(혹은 중상과 비방, 욕설 등 영혼에 상처를 주는 말)을 의미하는 것으로 이해할 수 있다면 이것들을 버림으로써, 즉 정화시킴으로써 비로소 '개똥'을 누는 일이 가능해졌다는 뜻으로 이해할 수 있다.
24 '개똥'에 대한 이런 인식과 태도는 권정생의 『강아지 똥』(1969)으로부터 받은 영향이라 고 해도 좋을 것이다.

기 때문이다. 그렇다면 인간은 마땅히 정화되어야 한다.

　　슬프다 구주 오셨네
　　새벽에 똥이나 누고 나와 맞으라
　　슬프다 구주 오셨네
　　배추밭에 똥거름이나 뿌리고 나와 맞으라

　　슬프다 구주 오셨네
　　개 밥그릇에 밥이나 퍼 주고 나와 맞으라
　　슬프다 구주 오셨네
　　푸른 시냇물에 성기나 씻고 나와 맞으라

　　엉덩이보다 배꼽을 흔들며
　　장미꽃보다 작약을 흔들며
　　죽은 애인의 손을 잡고 나와 맞으라
　　똥 친 막대기나 되어 잠이 들어라

　　　　　　　　정호승, 「슬프다, 구주 오셨네」 (『사랑하다가 죽어 버려라』, 창작과비평사, 1997)

　이 시는 널리 알려진 찬송가 '기쁘다 구주 오셨네'를 패러디한 것이다. 하지만 이 시를 명확한 산문의 언어로 풀어서 설명하기는 쉽지 않다. "슬프다 구주 오셨네"의 반복과 '구주'를 맞이하기 전에 마땅히 수행해야 할 행위를 지시하는 것 사이의 논리적, 인과적 관계가 명확히 드러나지 않기 때문이다. 그러나 시인이 지시하는 행위가 모두 모두 정화, 또는 정죄의 의미를 함축하고 있다는 점 — 육신의 정화똥 누기, 생명 북돋기배추밭에 거름주기, 성적 타락의 정화성기 씻기 — 생명의 활성화개에게 밥 주기 — 환영의 몸짓, 혹은 춤배꼽 흔들기와 작약 흔들기 — 재생, 혹은 부활에의 소망죽은 애인 손잡기 — 을 감안하면 "구주"가 오신 것을 "슬프다"고 말하는 의도를 어렴풋하게나마 짐작할 수 있다.

이 시가 말하는 슬픔은 구주의 강림을 맞이할 준비, 즉 그가 발 디딜 대지와 그를 맞이할 인간 자신에 대한 정화, 정죄가 되어 있지 않다는 판단에서 비롯되는 것으로 보인다. 화자가 이 슬픔에 대처하는 방법은 구주의 재림을 맞이하기 위한 정죄淨罪의 실천을 촉구하는 것이라고 보인다. 이 점에서 이 시의 화자는 선지자, 혹은 예언자에 가깝다. 하지만 마지막의 "똥 친 막대기나 되어 잠이 들어라"라는 다분히 선禪적인 냄새를 풍기는 구절은 앞부분에서 말한 모든 행위가 아상我相에 대한 집착을 버린 상태에서 이루어져야 할 것임을 암시한다. 다시 말해서 구원을 위한, 혹은 자기 존재를 드러내기 위한 의식적이고 의도적인 행위가 아니라 "똥친 막대기"처럼 스스로를 가장 비루하고 미천한 상태까지 낮추는 실천이어야 함을 시사하고 있는 것이다.

다 알다시피 생리적 현상으로서의 똥 누기는 음식을 매개로 해서 이루어지는 세계와 나 사이의 물질대사metabolism 과정이다. 내가 먹은 음식이 내게로 들어와 나를 이루고동화 밖으로 배출되는 것이화이다. 그러므로 음식이 '아직 내가 되지 않은 것'이라면 똥은 '더 이상 내가 아닌 것'이라고 말할 수 있다. 이렇게 보면 '나'는 '아직 내가 아닌 것'음식과 '더 이상 내가 아닌 것'똥 사이에 존재하는혹은 양자를 매개하는 통로인 셈이다. 이 통로는 비움으로써만 통로로서의 기능을 유지할 수 있다. 다시 말해서 신체의 항상성을 유지하기 위해서 이 통로는 계속해서 채워지고 또 비워져야 하는 것이다. 몸대장이 이 통로로서의 기능을 제대로 수행하는 한 똥이 인체를 공격하는 일은 없다. 그러나 몸 밖으로 빠져나간 순간부터 똥은 몸에 대해서 적대적인 것이 된다. 우리 몸의 일부였던 것이 거꾸로 몸을 공격하고 더럽히고 아프게 하는 것이다. 똥을 누는 공간의 선택과 그것의 처리 방식이 중요한 것은 바로 그 때문이다.

정호승이 똥 누는 공간에 대해 각별한 관심을 보이는 것도 이 때문이라고 보인다. 정호승이 때때로 짐승들처럼 아무것도 거칠 것 없는 야생에서의 똥 누기를 꿈꾼다,[25] 심지어는 새처럼 하늘을 날면서 똥을 누는 상상을

---

25 이런 야생에서의 똥 누기에 대한 열망은 곽재구의 다음과 같은 시에서도 발견된다. "풋고추 열무쌈 불땀나게 먹고 / 누런 똥 싼다 / 돌각담 틈새 비집고 들어온 바람 / 애호박꽃망울 흔드는데 / 이쁘구나 힘주어 누런 똥 싸다보면 / 해지는 섬진강 보인다 / 사는 일 바라거니 이만 같거라 / 땀나게 꽃피고 새 거름 되거라"(곽재구, 「누런 똥—평사리에서」, 『사평역에서』, 문학과지성사, 1983), 또 안도현도 비슷한 시를 썼다. "뒷산에 들어가 삽으로 구덩이를 팠다 // 쭈그리고 앉아 한 뼘 안에 똥을 누고 비밀의 문을 마개로 잠그듯 흙 한 삽을 덮었다 말 많이 하는 것보다 입 다물고 사는 게 좋겠다 // 그리하여 감쪽같이 똥은 사라졌다 나는 휘파람을 불며 산을 내려왔다 // —똥은 무엇하고 지내나? // 하루 내내 똥이 궁금해 / 생각을 한 뼘 늘였다가 줄였다가 나는 사라진 똥이 궁금해 생각의 구덩이를 한 뼘 팠다가 덮었다가 했다(안도현, 「사라진 똥」, 『간절하게 참 철없이』, 창비, 2008). 이 두 시인이 보여주는 '야생의 똥 누기'는 똥과 관련된 사회, 문화적 금기에 대한 의도적인 저항의 몸짓인 동시에 대지와 하나가 되어 그 생명력을 보충하는 일로 이해할 수 있다. 전자의 측면은 똥을 누고 그것을 사회적으로 공인된 방식으로 처리하는 것이 인간다움, 혹은 인간적 품위의 유지라는 문제와 직결된다는 점과 관련해서 이해할 수 있다. 괄약근을 뜻대로 통제할 수 없게 되면 더 이상의 사회생활이 불가능해지는 것은 물론, 인간으로서의 품위와 존엄도 인정받을 수 없게 된다. "벽에 똥칠할 때까지"라는 말이 한 인간이 처할 수 있는 최악의 상황을 가리키는 악담이자 저주일 수 있는 것은 이 때문이다. 그러나 현대사회에서 괄약근에 대한 통제의 문제는 단순히 개인적인 차원의 문제로 끝나지 않는다. 특히 모든 공정이 자동화된 콘베이어 벨트에 의해서 연결되어 있는 테일러 시스템(Taylor System) 아래서는 더더욱 그러하다. 개별노동자가 제멋대로 생산라인에서 벗어남으로써 불시에 라인 전체가 중지되는 사태를 막기 위해서 노동자의 신체, 특히 괄약근에 대한 관리와 통제를 피할 수 없었던 것이다. 이처럼 괄약근에 대한 통제의 문제는 개인적인 문제의 차원을 넘어선 사회적, 정치적인 의미를 지닌다.

하기도 한다. 하지만 그가 최종적으로 도달한 똥 누기 장소는 야생도 아니고 자연과 단절된 곳도 아닌 문명과 자연의 경계, 즉 인간이 눈 똥이 은폐되거나 폐기되는 대신 자연의 유기적 협동 속에서 새롭게 태어나서 곧바로 자연으로 되돌아가는 그런 곳이다. 이런 공간의 원형은 재와 똥을 섞어서 거름으로 만드는 뒷간잿간이라고 해야 할 테지만, 정호승이 주목한 곳은 개별 농가의 뒷간이 아니라 더 큰 규모의 잿간, 즉 절간의 '해우소'[26]였다. 자연과 차단되어 있는 듯이 보이면서도 사실은 이어져 있는 이 해우소에서 똥은 낙엽과 함께 부숙되면서 그 부정적인 속성을 떨쳐내고 대지를 풍요롭게 할 자양분을 지닌 거름으로 자연으로 되돌려지기 때문이다. 더욱이 해우소는 문명과 자연이 교차하는 자리이자 성과 속의 접점, 그리고 수행자와 절에 출입하는 사부대중四部大衆 모두가 차별 없이 사용하는 공간, 즉 너나없이 몸을 비우고 마음까지 비우는 대승적인 정화의 공간이기도 하다.

이 해우소 가운데서도 정호승은 한때 가장 아름다운 한국의 변소로 손

이를 즐거움과 해방감 속에서 이루어지는 곽재구, 안도현의 '야생의 똥누기'와 비교해 보라. 하지만 이런 야생의 똥 누기와 관련된 시적 상상력에서 똥을 누는 당사자가 누리는 해방감과 그가 눈 똥으로 인한 환경오염(혹은 사회, 문화적 관습) 가능성 사이의 긴장에 대한 고민의 흔적이 보이지 않는 것은 대단히 아쉬운 일이라고 하지 않을 수 없다.

26 똥을 처리하는 공간의 명칭에 대해서는 조의현, 앞의 책, 51~60쪽을 참고할 것. 절에서 변소를 가리키기 위해 주로 사용되는 말은 정랑(淨廊)이다. 해우소란 말은 통념과는 달리 한국전쟁 이후부터 사용되었다고 하는데 이 말을 처음 사용한 절로는 다솔사, 동학사, 통도사 등이 거론된다. 한낱 똥을 처리하는 공간에 몸과 마음의 근심을 푸는 곳이라는 다분히 철학적인 의미를 부여할 수 있었던 것은 측간을 출입할 때 '입측오주(入厠五呪)'를 외도록 하는 절집의 풍습과도 무관하지 않다고 보인다. 입측오주는 '입측진언(入厠眞言)''세정진언(洗淨眞言)''세수진언(洗手眞言)''거예진언(去穢眞言)''정신진언(淨身眞言)'의 다섯 가지로 구성된다. 그 자세한 내용에 대해서는 김광언, 『뒷간』, 기파랑, 103~154쪽을 참고할 것. 한편 해우소 대신 해의소(解衣所)라는 말을 쓰는 절도 있는데, 이 말은 생리 현상을 해결하기 위해서 누구든 옷을 벗지 않으면 안 된다는 간단한 사실을 통해서 인간 존재의 평등에 대해 생각해 보라는 뜻을 담은 것으로 이해할 수 있다.

꼽히기도 했던 선암사 해우소에 특별한 애착을 보여준다. "선암사의 낙엽은 모두 해우소로 간다"「선암사의 낙엽은 모두 해우소로 간다」고 한 낙엽의 행장行狀은 거름으로 거듭나기 위한 낙엽의 순례 과정을 이야기한 것으로 운수납자雲水衲子의 탁발행과 동일한 의미를 지닌다. 한여름을 지내고 난 나무의 찌꺼기, 그래서 그냥 불태워지거나 떨어진 그 자리에서 썩어버리기 일쑤인 '낙엽'은 해우소에서 똥과 만나서 부숙됨으로써 똥의 독성과 고약한 냄새를 정화하고 땅에서 자라는 모든 것에 영양을 공급하는 거름으로 전환된다. 그뿐 아니라 해우소는 그곳을 찾는 대중에게 "모든 망상과 번뇌의 똥까지" 받아들이는 "낙엽의 집"「해우소」, 2013이자, 슬픔을 위로해 주는 치유와 위안의 공간이 되기도 한다. "해우소에 쭈그리고 앉아울고 있으면 / 죽은 소나무 뿌리가 기어다니고 / 목어가 푸른 하늘을 날아다닌다"「눈물이 나면 기차를 타라」, 창작과비평사, 1998고 말할 수 있는 것은 이 때문이다. 이처럼 정호승의 해우소는 똥과 낙엽의 변증법적 승화가 이루어지는 공간이자, 육체와 정신의 정화, 그리고 치유가 동시에 이루어지는 곳이기도 하다. 이런 인식은 다음에 볼 수 있는 것처럼 스스로 해우소가 되고자 하는 열망으로 이어진다.

나는 당신의 해우소
비가 오는 날이든
눈이 오는 날이든
눈물이 나고
낙엽이 지는 날이든
언제든지

내 가슴에 똥을 누고

편히 가시라

「해우소」, 『당신을 찾아서』(창비, 2020)

얼핏 만해의 「나룻배와 행인」을 연상시키는 이 시에서 '나'를 곧바로 시인과 동일시할 수는 없을 것이다. 어떤 경우든 시에 등장하는 '나'는 허구화된 존재fictionalized 'I', 다시 말해 시인의 심미적 의도와 기획에 의해서 창조된 형상이기 때문이다. 하지만 그렇다고 해서 이 '나'가 시인과 전혀 무관한 존재라고 할 수는 없다. 따라서 자신이 '당신', 즉 뭇 중생의 똥을 받아들이는 해우소임을 선언한 이 시의 내용은 정신적으로 비상하게 고양된 시인의 내적 소망을 말한 것으로 보아도 큰 무리가 없다. 여기서 해우소나는 자연과 구획되어 있는 특정한 공간이지만, 닫힌 것이 아니라 타자를 향해 무한히 열려 있을 뿐 아니라 그 모든 것을 차별 없이 받아들이고 정화하는 공간이기도 하다. 다시 말하면 어떤 차별도 없이 모든 사람의 똥, 혹은 그들이 거쳐 온 모든 삶의 흔적-고통과 슬픔을 너그러이 수용하고 그것을 정화시켜서 새로운 생명을 불어넣는 장소인 것이다. 정호승의 해우소를 출출세간出出世間의 보살행이 이루어지는 공간, 죄의 고백고해와 정죄가 이루어지는 고해소告解所로 이해할 수 있는 것은 이런 이유에서이다.

여기서 다시 한번 이 시의 화자가 '나'로 설정되어 있음을 상기할 필요가 있다. 이를 통해 이 시가 스스로 이와 같은 보살행의 삶을 살고 싶다는 시인의 소망, 혹은 의지를 피력한 것으로 읽을 수 있기 때문이다. 그는 해우소의 상징을 통해서 자신과 더불어 한 시대를 살아가는 뭇 사람들의 슬픔과 고통과 부끄러움과 모든 것을 끌어안는, 그리고 그것을 삭여서 장차 대지를 기름지게 할 거름으로 만들어내는 삶과 시를 꿈꾸고 있는 것이다. 따라서 더러운 것과 쓸모를 다해 버려진 온갖 것들을 끌어 모아 정화시키고 새롭게 태어나게 만드는 해우소의 상징이야말로 정호승이 똥에 대한 성찰을 통해 도달한 최종적인 지점이라고 할 수 있다.

4. 변소, 혹은 변기의 상상력

뒷간이 똥을 퇴비로 만들기 위해 만든 생산적인 공간이었다면 생활공간으로부터 떨어져 있고 외부와 단절되고 폐쇄된 변소는 오로지 똥을 모으기만 하는, 더럽고 간단없이 악취를 풍길 뿐 아니라 때로 위험하기까지 한 공간이었다. 이 변소는 처음에는 대개 구덩이를 파고 그 위에 발판을 올려놓는 방식으로 만들어졌다. 하지만 곧 똥물이 땅속으로 스며들어 지하수를 오염시키는 것을 막기 위해서 구덩이에 드럼통을 묻거나 아예 콘크리트로 구덩이를 만드는 방식으로 바뀌었다. 그리고 이 구덩이에 똥이 가득 차면 인부들이 그것을 퍼내서 사람들의 눈길이 미치지 않는 곳, 즉 벌판이나 강바다에 투기하는 것이 일반적이었다. 이 최종적인 처리가 이루어지는 순간까지 변소에 쌓인 똥은 꿈틀거리는 구더기와 함께 사람들의 시선에 송두리째 노출되고 후각에 맹공을 가했다. 또 최종적인 처리가 끝난 뒤에도, 들판에 파놓은 똥구덩이에 쏟아 부은 똥, 혹은 밭작물 위에 거름으로 뿌려진 똥이 후각을 괴롭혔다. 그뿐 아니라 강물이나 바다에 투기된 똥으로 인한 오염 또한 만만치 않았다. 똥에 대한 부정적인 관념이 우리의 의식과 무의식에 깊숙이 자리 잡게 된 것은 근대적인 위생 관념 이외에도 실제의 삶에서 겪은 이런 씁쓸한 경험 때문이기도 하다.

　오랫동안 우리 삶 속에 자리 잡았던 뒷간이 '푸세식'이라는 얄궂은 이름으로 불리는 변소를 거쳐 수세식 화장실로 바뀐 것은 사실 그다지 오래된 일이 아니다.[27] 하지만 수세식 화장실이 생활 속에 안착하게 되면서 똥과 관련된 우리의 경험은 완전히 변화된다. 똥을 누고 뒤처리를 하는 짧은 순간을 제외하고는 똥은 물에 쓸려나가서 우리의 시야에서 완전히 모습을 감추게 되는 것이다. 이후 병원을 연상시키는 수돗물의 소독약 냄새가 남아 있던 똥 냄새까지 밀어내고 나면 '맑은 물'이 고인 흰색의 변기도기로 만들어진만 시야에 들어오게 된다. 수세식 화장실이 별다른 저항을 받지 않은 채 실내로 파고 들 수 있게 된 것은 바로 이처럼 똥을 시야 밖으로 완전히 추방함으로써 똥을 처리하는 공간에 청결과 위생의 이미지를 부여했기 때문이다. 하지만 이 '위생적이고 문명화된' 똥 처리 방법은 실상 똥의 거름화를 불가능하게 만드는 한편 똥을 식수원을 오염시키는 주범으로 만들었다. 물론 시간이 지나면서 변기에서 흘러나온 똥과 정화조에서 퍼낸 오니汚泥가 직접 강으로 흘러드는 것을 막기 위해서 공공 오수처리장을 만들어서 정화를 시도하기도 했지만, 그런 시설들이 만들어지고 수질 정화를 위해 제대로 활용하게 된 것은 그리 오래되지 않았다. 게다가 정화조와 오수처리장에서 거두어들인 엄청난 똥과 오니는 공공연하게, 또는 아

27　수세식 변기가 처음 대중에게 모습을 드러낸 것은 1851년 런던에서 열린 제1회 만국박람회에서였다. 조의현, 앞의 책, 131쪽. 우리나라의 경우는 20세기 초에 건립된 서양식 호텔이나 중앙 관공서 같은 곳에 수세식 화장실이 설치되었지만 일반인의 가정에 수세식 화장실이 보급되기 시작한 것은 1960년대부터였다고 보인다. 하지만 그 보급 속도는 그렇게 빠르지 않았다. 1980년대 후반까지도 적지 않게 남아 있던 서울의 재래식 변소들이 수세식 화장실로 대체된 것은 1986년 아시안 게임, 1988년 올림픽 같은 대규모 국제 행사를 치르면서부터 였다.

주 은밀하게 강이나 바다에 투기되었으니 단지 시간이 좀 연장되고 그 과정이 대중의 시야에서 차단되었을 뿐 똥의 처리 방식에는 하등의 변화가 없었던 셈이다. 그런 면에서 보자면 수세식 화장실에 자리잡은 하얀색 도기 변기가 빚어내는 청결과 위생과 문명의 이미지는 이런 야만적인 환경오염을 은폐하는 허상에 지나지 않는다고 해야 할 것이다.

똥, 혹은 똥 싸는 일과 그 장소에 대한 관심과 성찰은 앞에서 이미 살펴본 정호승 이외에도 80년대와 90년대의 '민중시인'들의 시에서 자주 발견된다. 하지만 이 시기의 대표적인 모더니스트 시인으로 꼽히는 최승호는 일찍부터 똥과 똥 누는 공간, 그리고 변기와 변소에 대한 집중적인 관심을 보여준 대표적인 시인으로 꼽을 수 있다. 특히 최승호는 수세식 변기, 혹은 좌변기가 지니는 모순된 이미지, 그리고 몸에서 떨어져 나간 뒤 변기에서 흘러나오는 물에 의해 산산이 해체되고 자취를 감추는 똥을 통해 현대문명의 폭력성과 그 안에서 살아가는 인간의 운명에 주목했다. 그에게 변소와 변기는 현대문명의 부정적 속성을 집약적으로 보여주는 하나의 상징이다. 그리고 똥은 인간의 욕망이 도달하는 최종적 지점, 즉 "한꺼번에 내보낼 수밖에 없었던 먼지들의 이합집산離合集散 // 똥, 이합離合 속의 삶 / 똥, 집산集散 속의 죽음"「똥」, 『모래인간』, 세계사, 2000이다. 똥은 끝없이 이합집산하는 먼지들, 다시 말하자면 고정된 실체가 없는 것이다. 그리고 변기는 이 똥들이 시야 밖으로 추방되는, 다시 말해 현대문명이 낳은 온갖 욕망이 배출되고 분해되는 장소이다. 그런 점에서 그의 변기혹은 변소는 덧없는 욕망에 사로잡힌 채 살아가는 현대인의 삶에 대한 상징이라고 할 수 있다.

사실 똥을 모으고 처리하는 장소는 뒷간에서부터 최신식 수세식 화장실에 이르기까지, 근대화, 혹은 도시화의 정도에 따라 다른 모습으로 나타난다. 즉 똥 누는 장소에는 시간의 변화와 공간의 변화, 그리고 사회경제적, 문화적 변화가 반영되어 있는 것이다. 변기라고 부를 만한 기물器物이 등장하는 것은 이른바 도시화와 경제 발전의 결과로 인한 주거의 변화에 따라 수세식 화장실이 등장하면서였다. 처음에는 재래식 변소와 마찬가지로 실외에 설치되었던 수세식 화장실은 그 청결하고 위생적이고 세련된' 외관 때문에 쉽게 실내 공간으로 파고들었다. 그리고 그 과정에서 쪼그려 앉아서 볼일을 보아야 했던 화변기는 걸터앉는 방식의 이른바 양변기로 대체된다. 다음에 볼 「세 개의 변기」는 이런 똥 누는 공간의 모습을 병렬적으로 제시하고 있다.

1.
변기에서 검은 혓바닥이 소리친다

고통은 위에서 풍성하게
너털웃음 소리로 쏟아지는 똥이요
치욕은
변소 밑 돼지들의 울음이라고

2.
변기여
내가 타일가게에서
커다랗게 입 벌린 너를 만났을 때
너는 구멍으로써 충분히

네 존재를 주장했다

마치 하찮고 물렁한 나를

혀 없이도 충분히 삼키겠다는 듯이

네가 커다랗게 입을 벌렸을 때

나는 너보다 더 크게 입을 벌리고

내 존재를 주장해야 했을까

뭐라고 한마디 대꾸해야 좋았을까

말해봐야 너는 귀가 없고 벙어리이고

네 구멍 속은 밑 빠진 허虛구렁인데

3.

나는 황색의 개들이 목에 털을 곤두세우고

으르렁거리는 것을 보았다

똥을 혼자서 다 먹으려고

으르렁거리는 변기 같은 아가리들을

개들의 시절의 욕심쟁이 개들아

너희들은 똥을 먹어도 참 우스꽝스럽고 넉살좋게 먹는다

구토도 없이

구토도 없이

나는 개들의 시체 즐비한 보신탕 골목에서 삶은 개의 뒷다리를 보았건만,

최승호, 「세 개의 변기」, 『고슴도치의 마을』(문학과지성사, 1985)

"변소 밑 돼지들의 울음"이라는 구절을 고려하면 1은 돼지들이 직접 똥을 받아먹는 '통시'를, 그리고 "변기 같은 아가리를 가진 개들"에 대해 언급한 3은 똥이 함부로 방치되어 있는 뒷골목이나 길거리를 가리키는 것으로 보인다.[28] 특히 "나는 개들의 시체 즐비한 보신탕 골목서 삶은 개의 뒷다리를 보았건만" 같은 3의 구절은 사람이 눈 똥을 받아먹은 개와 숱하게 도살되어 사람에게 먹히는 개의 모습을 연상케 한다. 이 점은 1에 등장하는 돼지도 마찬가지이다. 따라서 제목과 온전하게 부합하는 것은 2인데, 이 변기는 아직 변기로서의 기능을 수행하기 전 타일 가게에 전시되어 있는 상품으로서의 변기이다. 이 변기는 통칭 수세식 변기로 불리지만 2에서 말하는 변기는 이른바 수세식 화장실이 실내로 진입하면서 등장하게 된, 그리고 가장 진보되고 문명화된 것으로 간주되는 양변기, 혹은 좌변기인 것으로 보인다.

돼지나 개가 똥을 먹는 모습은 결코 긍정적으로 그려지지 않는다. 1의 돼지는 "치욕" 속에서, 그리고 3의 개는 "참 우스꽝스럽고 넉살좋게", 그리고 "구토도 없이" 똥을 먹는다. 그리고 이 돼지와 개는 다시 인간에게 먹힌다. 문면에 직접 나타나지는 않지만 인간이 개나 돼지를 먹는 광경 역시 개와 돼지가 똥을 먹는 것이나 크게 다르지 않으리라는 것은 충분히 짐작이 가능하다. 이처럼 먹고 먹히는 이 과정은 치욕스럽고 우스꽝스러운 것이라고 언급되고 있지만 기실 그것은 육체를 가진 모든 것의 피할 수 없는 슬픈 숙명이 아닐 수 없다. 모든 살아 있는 것은 서로 먹고 먹히는 관계

---

28 김용선은 조선시대 양반 사대부들이 남긴 기록을 근거로 한양에서는 개가 똥을 먹어치우도록 하는 똥 처리 방식이 그리 드물지 않았을 것으로 추론했다. 김용선, 앞의 글. 208~210쪽. 실제로 얼마 전까지만 해도 개로 하여금 어린아이의 똥을 먹게 하는 일이 드물지 않았던 점을 고려하면 이런 판단은 충분히 타당성이 있다고 생각된다.

속에 있으며, 어떻게 해서든 먹고 싸야 하기 때문이다. 이렇게 보면 이 인간-똥-개, 돼지-인간-돼지로 이어지는 순환 과정, 혹은 먹을 것에 얽매어 있는, 그리고 그것을 다시 배설하지 않으면 안 되는 육신을 가진 존재의 슬픈 운명을 이야기한 것처럼 보일 수도 있다.

하지만 최승호의 관심은 2, 즉 한없이 똥을 삼키고 분쇄해서 보이지 않는 곳으로 밀쳐내는 변기, 그리고 그 앞에서 느끼는 화자의 절망과 공포에 집중된다. 따라서 제목과 일치하는 것은 2뿐이라고 해야 할 터인데 그럼에도 불구하고 '세 개의 변기'라는 제목을 붙일 수 있었던 것은 이 모두가 똥을 받아들이는, 혹은 빨아들이는 구멍혹은 아가리을 지닌 것이기 때문일 것이다. 무언가를 빨아들이는 '아가리'를 지녔다는 점에서 1, 3에서 돼지와 개, 그리고 그것을 먹는 사람의 '아가리'구멍도 변기일 수 있는 것이다. 입과 항문은 하나의 관으로 연결되어 있다는 점에서 근원적으로 서로 다르지 않다고 할 수 있다. 하지만 살아있는 것들이 먹을 것을 빨아들이는 '구멍'과 변기의 구멍은 근본적으로 다르다. 살아있는 것들의 '구멍'은 변기의 구멍처럼 게걸스럽게 똥먹이을 빨아들이지만, 그 똥은 그대로 사라지거나 무화되지 않는다. 이 구멍을 통과한 똥은 개와 돼지의 몸을 이루고 최종적으로는 인간이 그것을 먹게 된다는 점에서 순환의 통로라고 할 수 있다. 하지만 인간의 욕망, 그리고 그 최종적인 산물인 똥을 받아들이는 변기는 그런 순환의 통로 역할을 하지 않는다. 변기가 받아들인 똥은 다른 것의 먹이가 되는 대신 그저 분쇄되고 무화될 뿐이다. 이처럼 모든 것을 철저하게 무로 돌려버리는 변기는 어떤 재생의 가능성도 보여주지 않는 공포의 대상일 뿐이다.

이 변기는 부재, 즉 "밑 빠진 허구렁"을 통해서만 자기 존재를 드러낸다. 이 변기의 뻥 뚫린 구멍 앞에서는 똥을 매개로 하여 하나로 연결되는 개, 돼지와 인간—이 지점에서 개돼지와 인간, 그리고 먹을 것과 똥의 구별은 무화된다—의 삶, 즉 치욕스럽거나 우스꽝스러운 삶의 가능성조차 부정된다. 나의 눈앞에 뚫려 있는 구멍은 "마치 하찮고 물렁한 나를 / 혀 없이도 충분히 삼키겠다는 듯이" 나를 위협하고 있는 것이다. 그 앞에서 나는 이 위협에 대처할 방법을 생각하지만 어느 것도 적절치 않다. 부재의 구멍으로 자기 존재를 드러내는 변기에게는 "귀가 없고 입이 없"는 데다가 그 "구멍은 속은 밑빠진 허구렁"—깊이도 행방도 알 수 없는 미지의 어둠이기 때문이다. 그러나 내 존재를 위협하는 이 구멍으로부터 탈출할 가능성은 없는 것으로 보인다. 그의 다른 시에서 볼 수 있듯이 이 구멍, 즉 그의 변기는 모든 것을 빨아들이고 분쇄해버리는, 누구도 거기서 탈출할 수 없는 거대한 '구멍'이자 감옥, 달리 말하자면 천체물리학에서 말하는 블랙홀black hole에 가까운 것이기 때문이다.

따라서 그의 시는 이 허구렁 앞에서 느끼는 헤어날 수 없는 절망감을 표현한 것으로 읽을 수 있다. 최승호의 변기가 다른 시인들의 시에 나오는 변소와는 다른 독특한 문명 비판적인 의미를 지니게 되는 것은 이 지점에서이다. 그의 변기는 단순히 똥을 처리하는 도구에 지나지 않는 것이 아니라 바로 욕망의 무한 증식에 의해서 유지되는 자본주의 문명의 매혹과 폭력성을 가리키는 알레고리가 되는 것이다.[29] 그에게 변기는 거칠고 끝없는 욕망, 혹은 그 욕망의 분쇄되어 배출되는 장소로서 의미를 가진다. 더 나아가서 그에게 변기는 인간이 몸담고 있는 세계 그 자체와 동일한 의미를 지닌

---

29 정기석, 「최승호 시에 나타나는 분변성에 대한 저급유물론적 접근」, 『한국시학』 64호, 2020, 195~201쪽.

다고 할 수 있다. 따라서 그의 변기는 단순히 똥을 받아들여 해체하는 곳일 뿐 아니라, 아무리 몸부림쳐도 결코 탈출할 수 없는 거대한 함정이나 다를 바 없다. "거대한 변기의 감옥"「지루하게 해체 중인 인생」, "내 머리 속에 세워진 '변기의 우주관'"「거품좌의 별에서」 같은 구절에서 확인할 수 있듯이 변기는 "나"를 에워싼, 혹은 "나"의 삶을 규정하는 세계, 혹은 존재 조건 자체라고 할 수 있다. 그 속에서 "나"는 재생이나 순환과는 무관하게 완전히 무화된다. 그가 "나는 부서지며 흘러내리는 덩어리, / 찐득하게 뭉쳐져 흘러내리지만 / 중심은 없다…… 그 욕망에도 중심은 없다 / 나는 중심 없는 덩어리, / 모든 조각들이 우수수 흩어져버릴 / 그날을 향해 미끄러져 내려간다 / 더러운 흔적을 남기면서 / 보이지 않는 밑바닥을 향해 꿈틀대면서"「지루하게 해체 중인 인생」, 『세속도시의 즐거움』라고 진술할 수 있는 것은 이 때문이다. 이처럼 그의 변기는 "중심 없이 해체되는 욕망의 궤적"을 보여준다.[30]

변기의 매끄러운 표면과 세련된 디자인은 끊임없이 욕망을 자극하는 현대문명의 화려하고 매끄러운 외관을 상기시킨다. 반면에 그 가운데 뚫린 구멍은 욕망이 만들어내는 무수한 부산물들을 빨아들여 해체함으로써 완전한 무로 돌려버리는 거대한 분쇄기를 닮았다. 그런 의미에서 그의 변기는 생과 멸滅, 욕망과 허무가 맞붙어 있는 삶의 본질을 보여준다. 따라서 누구도 공포와 전율 없이는 그 '텅빈 허구렁' 앞에 설 수 없다. 그에게 인간의 삶은 변기에서 소용돌이치는 물살에 휩쓸려가는 똥 덩어리와 다르지 않은 것이기 때문이다.[31] 그래서 그는 "이렇게 강제로 떠밀려가는 / 변

30 이윤경, 「최승호 초기 시 연구─'감힘'의 인식과 이미지를 중심으로」, 제주대 석사논문, 2004, 37쪽.
31 이 소용돌이치는 물에 휩쓸려 내려가는 똥 덩어리 이미지의 원형은, 화자가 자신을 "거세어지는 욕망의 홍수에 휘말려", 혹은 "말의 홍수에 휘말려"……"하염없는 무지 속에 허우

기의 생, 이제 나는 / 내가 아니다 내가 아니다"라고 되뇌게 된다.「꽁한 인간, 혹은 변기의 생」, 『진흙소를 타고』, 민음사, 1987[32] 하지만 이런 독백으로 사태를 되돌릴 수 있는 것은 아니다. 아무리 빠져나오려 해도 이런 '떠밀려 감', 그리고 해체의 운명에서 벗어날 수 없기 때문이다.

이런 절망과 자조는 화자가 자신을 변기에 빠져 허우적거리는 귀뚜라미와 동일시하고 있는「변기」『세속도시의 즐거움』, 1990에서 절정에 달한다. 화자는 이 귀뚜라미를 보고서도 짐짓 모르는 체 변기의 뚜껑을 덮어버린다. "변기의 뚜껑을 덮으면 / 귀뚜라미의 절망은 완성된다. / 둥근 벽을 덮치는 둥근 뚜껑, / 나는 귀뚜라미를 건지지 않았다."「변기」, 『세속도시의 즐거움』, 세계사, 1990는 것이다. 흰색 도기로 된 변기는 어떤 곤충도 기어오를 수 없을 만큼 매끄러운 벽으로 되어 있으므로 귀뚜라미는 아무리 용을 써도 이 벽을 기어오를 수 없다. 어디 한군데 붙잡을 수 있는 여지를 주지 않는 이 매끄러움은 현대문명의 차갑고 메마른 세련성, 혹은 냉혹한 합리성에 의해 지배되는 인간관계를 상징하는 것으로 읽힌다. 그런데 화자는 귀뚜라미를 건지는 대신 뚜껑마저 닫아버림으로써 실낱같은 구원의 가능성조차 부정해 버린다.

한편 이 귀뚜라미는 다른 시에서는 계속 미끄러져 떨어지면서도 쉼 없이 똥통을 기어오르는 구더기로 변모되기도 한다. "팔 없는 몸을 뒤틀면서, 그들도 여전히 꿈을 꿉니다 '난 파리가 될 거야' 거품구덩이에서 꿈꾸며 두 구멍뿐인 존재는 먹고 싸는 세월 속에 脫獄의 날을 기다립니다 몸을

적거리며 / 떠내려가는 사람"이라고 규정한「떠내려가는 사람」(『고슴도치의 마을』)이라고 힐 수 있을 것이다.

32 정기석, 앞의 글, 198쪽.

뒤틀며 뒤얽히며 어서 불만의 민중에 총알 까는 헬리콥터 같은 존재가 되자고 똥통 벽을 열심히 오릅니다 남을 껴안을 팔도 없이, 찐득한 온몸으로, 미끄러져 떨어져도 다시 삘삘 실룩대면서."「똥구덩이 속에서」 전문, 『세속도시의 즐거움』에서 볼 수 있는 것처럼 변기를 타고 올라가는 구더기의 형상은 구원의 가능성이 없는 현실 안에 갇혀 살면서도 구원을 꿈꾸는 현대인의 모습과 다르지 않다. 여기서 붙잡을 수 있는 여지를 주지 않는 변기의 매끄러움과 다른 것을 붙잡을 수 있는 팔도 없고 있는 것이라고는 먹는 입과 싸는 똥구멍밖에 없이 꿈틀거리는 이 구더기는 일종의 공범 관계에 놓여 있다. 세계변기는 인간에게 손을 내밀지 않고 인간귀뚜라미, 혹은 구더기에게는 무엇을 잡거나 누구를 안을 수 있는 팔이 없다. 따라서 구더기에게는 애초부터 구원의 가능성은 존재하지 않는다. 그럼에도 변기에서의 탈출을 위한 몸부림을 멈출 수 없는 이 구더기의 움직임은 시지프스의 모습을 닮아 있다. 하지만 귀뚜라미에게 남은 것이 소용돌이치는 물과 함께 쓸려나가서 해체되는 것이었다면, 파리가 되기 위해 끝없이 구멍 밖을 향해 기어오르던 구더기에게 남은 것은 자신이 출발한 똥더미 속으로의 추락하는 것뿐이다. 최승호는 이처럼 탈출할 수 없는 변기 속에 갇힌 채 속절없이 무화되어 가는 귀뚜라미, 혹은 구더기를 통해 끝없는 욕망 속에 시달리다 무화되어가는 현대인의 운명을 암시하고 있다.[33]

---

33 이에 비해 함민복은 깔끔하고 세련된 수세식 변기와 똥 무더기가 쌓여 있고 구더기가
꿈틀거리는 재래식 변소를 대비시켰다. "똥 똥 노크를 하면 / 똥 똥 노크를 받아주며 /
수세식 변기에 쭈글트려 앉아 똥을 누면 / 내 똥이 불쌍하다 / 내가 뼈대 있는 것을 먹지
못해 / 나오자마자 주저앉는 무척추 / 푸른 채소를 먹어보아도 / 매번 단벌만 입히는 무
능력 / 더욱 미안한 것은 내 똥에게 주는 외로움 / 수세식 변기는 내 똥의 연애를 질투한
다 / 매번 똥들이 태어난 냄새나는 곳으로 / 헹가래로 들어 올려졌다 떨어지듯 / 척 소리
내며 떨어졌으면 얼마나 좋을까 / 추락의 전율에 똥이 똥을 쌌을 수도 있을 텐데 / 인연이

그러나 앞의 시에서 변기에 빠져 허우적거리는 귀뚜라미를 건져내는 대신 뚜껑을 덮는 냉정한 행동, 그리고 냉소적인 태도는 허무와 절망을 이겨내기 위한 그 나름의 포즈일 수 있다고 생각된다. 이 점은 최승호의 시로는 다소 예외적이라고 할 수 있는 「희귀한 성자」『고슴도치의 마을』를 통해서 다시 한 번 확인할 수 있다. 이 시에서 말하는 '희귀한 성자'는 다름 아닌 "육척六尺 똥막대기", 즉 막힌 변기를 뚫어주는 노동자를 가리킨다. 그가 "희귀한 성자"로 불릴 수 있는 것은 다른 사람들의 수난과 고통을 "덜어주기 위해서 / 자신은 아무리 똥칠이 되어도 / 아무것도 원하지 않고 / 아무것도 두려워하지 않는", 현실에서는 좀체 찾아보기 어려운 그런 존재이기 때문이다. 이 시에서 똥 막대기는 가장 더럽고 비천한 곳을 청소하는 도구

란 묘해 그 여자 똥이었니 / 그 여자와 만나는 그 남자 똥이었어 / 이런 식으로 얘기도 하고 또 / 똥끼리 올라타고 옆 똥과 바람도 피워 / 스물스물거리는 구데기를 낳아 / 사람 목숨 같은 파리를 날려야 파리약 장사도 먹고 살고 / 장사 안 되는 구멍가게 아저씨도 심심치 않을 건데 / 떨어져 보지도 못하고 구겨지는 / 똥으로서 살아갈 똥의 일생에 대해 / 물어볼 똥도 없는 내 생활의 대변자 / 쏴아 물에 쓸쓸히 쓸려 내려간다", 함민복, 「똥」(『당신의 생각을 켜 놓은 채 잠이 듭니다』, 시인생각, 2013). 이 시에서 그려진 것은 불과 4~50년 전만 해도 도시 변두리 지역, 즉 빈민들이 밀집해서 살던 다가구 주택에서 흔히 볼 수 있었던 변소이다. 그것은 농사의 경험도, 기억도 없을 뿐 아니라 근대적인 위생 관념 속에서 성장한 도시인들로서는 생각조차 하기 싫을 정도로 더럽고 비위생적인 것이지만, 대부분 농촌에서 도시 변두리 빈민가로 흘러들어온 사람들에게는 고향의 기억과 연결되는 장소이기도 했다. 이런 맥락에서 함민복은 똥통 속에 쌓여 있는 똥더미 속에서 남다른 의미, 즉 치열하게 자기 삶을 살아낸 수많은 사람들의 흔적을 읽어낸다. 이 시에서 변소에 쌓인 똥들이 서로 이야기를 주고받으며 그것을 배출한 사람들의 삶을 드러내는 것으로 그린 것은 이런 맥락에서 이해할 수 있다. 이처럼 도시 변두리 다가구주택의 변소는 수많은 삶이 뒤얽히는 장소이자, 전혀 면식도 없는 사람들의 삶이 연결되는(똥무더기-구더기-파리약장사-구멍가게 아저씨) 연결 고리 역할을 했다. 이 변소는, 깔끔하고 매끄럽고 위생적이지만 기껏해야 내 똥에 '외로움'만 줄 뿐인, 그리고 사람 냄새 대신 염소로 소독한 수돗물의 냄새만 풍기는 수세식 화장실과 대비되면서 시적 의미를 획득한다. 위생적으로 관리되는 수세식 화장실에서의 '외로운 똥 누기'가 가족을 포함한 친밀한 사회적 관계부터 떨어져 나온 사람들의 삶을 암시하는 것일 수 있다는 점을 고려하면 더더욱 그러하다.

이자 이 노동자의 생계수단이다. 동시에 똥 막대기는, 그것을 사용해서 막힌 변기를 뚫는 노동자의 환유이기도 하다. 그가 '희귀한 성자'로 불릴 수 있는 것은 자기 노동의 가치를 강조하지도, 그에 대한 보상을 요구하지도 않으면서 묵묵히 가장 낮은 실천의 삶을 살기 때문이다. 최승호는 이런 '희귀한 성자'에게서 어떤 구원의 가능성을 발견하고 있는 듯이 보인다.

　냉소적이고 허무적인 태도로 똥을 분해하고 배출하는 변기를 통해서 곳곳에서 균열되고 허물어지고 있는 세계와 인간의 모습을 그로테스크하게 그려낸 최승호의 시적 상상력은 똥 누기에서 해방, 혹은 영혼과 육신의 정화 가능성을 읽어내려고 했던 정호승의 시적 상상력과 대척적인 위치에 있다고 할 수 있다. 이 차이는 두 시인의 입각지, 민중시와 모더니즘 시의 차이, 즉 시인 각자의 세계관의 차이에서 비롯된 것이라고 할 수 있을 것이다. 하지만 공교롭게도 이 민중적 상상력과 모더니즘적 상상력은 "똥 친 막대기"정호승와 "육척 똥막대기"최승호에서 교차된다. 이 시인들이 각각 말하고 있는 똥 막대기는 모두 아상我相에 대한 집착에서 벗어난 무한한 희생과 헌신의 삶을 뜻하는 것으로 이해할 수 있기 때문이다. 이 시인들은 각기 다른 입각지에서 출발했고 그 상상력 또한 완전히 다른 방식으로 전개되어 왔지만, 공교롭게도 같은 곳에서 만나고 있는 것이다.

　어떻게 이런 일이 가능했는지를 설명하는 것은 쉬운 일이 아닐 테지만 일단 똥 그 자체에 대한 깊고 진지한 성찰 속에 그런 가능성이 내재되어 있다고 말할 수 있을 듯싶다. 똥은 가장 더럽고 비천한 것이지만, 그 더러움은 기꺼이 스스로를 부정하고 다른 존재를 먹여 살린 결과라고 할 수 있기 때문이다. 그런 의미에서 보자면 안도현의 말처럼 '똥에 대한 예의'가 필요하다고 말할 수 있을지도 모르겠다. 안도현은 이 예의가 어떤 것인지 분명하게 말하지 않았지만, 그 예의의 출발점이 '똥을 똥이라고 부르는 것'이라고 보인다. 그렇다면 그 예의의 마지막은 '똥 함부로 더럽다고 하지 마라 / 너는 한번이라도 누구에게 따신 밥인 적 있었느냐'라는 물음으로 수렴된다고 해도 좋을 것이다. 똥은 안도현의 '연탄재'「너에게 묻는다」 이상의 도덕적 위엄을 지닌 것, 즉 스스로를 부정함으로써 다른 사람을 살리는, 문자 그대로 온몸으로 이루어낸 '살림살이살림+살이'의 결과물일 수 있기 때문이다. 이런 질문을 통해서 똥이, 뭇 인간으로 하여금 삶을 지탱하고 이어가도록 만든 '따스한 밥'의 다른 얼굴이라는 점을 받아들일 수 있다면 똥친 막대기에서 '희귀한 성자'의 모습을 발견하는 것도 불가능하지만은 않을 것이다.

5. 글을 마치며

이상에서 살펴본 것처럼 1980년대 이후 한국 시에서는 정호승이나 최승호를 비롯하여 적지 않은 시인들이 똥과 관련하여 각기 그 나름의 시적 상상력을 펼쳐왔다. 이들의 시에서 똥은 흔히 그랬던 것처럼 부정적인 대상을 욕보이기 위한 풍자의 도구로만 이용되지 않는다. 오히려 이들은 똥에 대한 유형, 무형의 문화적 억압과 금기를 해체하고 똥, 혹은 똥 누기를 적극적인 시적 형상화의 대상으로 삼고 있다. 아울러 똥의 양가성을 인간과 인간의 존재 방식에 대한 새로운 성찰의 계기로 삼으려는 노력도 나타난다. 그것은 한편으로 똥을 무작정 더럽고 불쾌한, 따라서 폐기해야 할 것으로 보는 고정관념에서 벗어나 똥을 하나의 자원으로 적극 활용하려는 과학, 기술계의 노력과도 무관하지 않다. 요컨대 똥에 대한 고정관념과 편견에서 벗어나서 인간과 자연의 물질대사 과정에서 똥의 가지는 의미와 가치를 새롭게 밝혀내려는 다양한 분야의 노력과 함께 똥과 관련된 한국 시의 상상력이 또한 과거보다 훨씬 자유롭고 풍성하게 전개되고 있는 것이다.

그러나 다른 한편으로 이 시들이 여전히 똥 그 자체에 대한 소재주의적 관심에 머물러 있는 것은 아닌가 하는 의구심을 완전히 떨쳐 버릴 수 없다. 즉 여전히 똥을 삶의 다른 국면과 분리시켜 그 자체로만 바라보는 데 머물러 있지 않은가 하는 것이다. 하지만 이처럼 똥을 삶의 방식, 그리고 먹을거리의 생산, 유통, 소비와 분리해서 생각할 경우 똥을 유용한 자원으로 변화시키려는 어떤 노력도 허사가 될 수밖에 없다고 생각된다. 가령 더 맛있는 것을 탐하는 우리의 식욕은 건강한 똥의 생산을 가로막는 중요한 요인이다. 이 입맛 때문에 소의 근내 지방마블링을 많이 만들어내기 위해 대량의 곡물 사료옥수수를 투여하게 되고, 이로 인해 소는 섬유질은 별로 없고 물기가 많은 똥을 배출하게 된다. 그리고 그 결과 소똥을 분해하는 소똥구리는 거의 멸종 상태에 이르렀고, 외국산 소똥구리를 수입, 정착시키려는 노력도 번번이 좌절되었다. 이밖에 집단 사육하는 가축의 돌림병 예방을 위해서 대량으로 항생제로 인해 똥을 발효시키는 미생물이 살 수 없게 된 탓에 가축의 똥으로 바이오 매스를 생산하려는 노력도 종종 실패로 돌아가고 만다. 이런 상황이니 단작(모노 컬쳐) 경영과 밀식 농법으로 인해 화학비료나 농약에 의존하지 않을 수 없게 된 농업 생산 과정에서 산출된 곡식과 채소를 소비하는 사람들의 똥은 과연 아무 문제없이 바이오 매스나 퇴비로 전환될 수 있을 것인가.

이런 사실들은 똥의 문제가 먹는 문제, 더 정확히 말하자면 우리의 욕망과 그것을 충족시키는 시스템(자본주의적 생산 양식과 그에 기반한 생활 방식)과 직결되어 있다는 상식을 다시금 일깨워 준다. 무엇을 어떻게 먹느냐가 배출된 똥의 운명(?), 혹은 똥의 생태적 순환 가능성을 결정짓는 것이다. 따라서 배출된 똥을 위생적이고 생태적인 방식으로 처리할 수 있는 기술을 개발하고 보급하는 것보다 더 중요한 것은 미생물에 의한 자연스러운 분해와 발효가 가능한 건강한 똥을 배출할 수 있도록 우리의 욕망과 식생활, 그리고 식자재를 생산하는 방식을 변화시키는 것이라고 할 수 있다. 이런 변화는 다양한 분야의 협업, 그리고 삶에 대한 우리의 근본적인 태도의 변화를 통해서만 가능할 터이지만, 다양한 인스턴트식품과 결코 건강하다고 할 수 없는 환경에서 건전하지 않은 방식으로 생산된 고기의 유혹이 밥-똥의 순환을 가능케 했던 전통적인 식생활을 뒷전으로 밀어내는 현재의 상황을 극복하는 일은 결코 쉬운 일이 아니다.

이런 상황에서 시가 감당할 수 있는 몫은 아주 제한적일 수밖에 없을 것이다. 하지만 그럼에도 불구하고 시가 무엇인가 할 수 있다면 그것은 사람들로 하여금 더 많이 먹고, 더 기름진 음식을 탐하게 만드는 한편, 소비자의 입맛에 맞는 식자재의 생산을 명분으로 자연에 대한 무한한 착취를 정당화하는 욕망의 정치와 맞서 싸우는 것이 아닐까. 후기 자본주의 시스템을 작동시키는 이 욕망의 정치야말로 화학비료, 농약, 항생제 들을 무차별적으로 농산물에 투여하게 만들고 건강한 밥과 똥의 생산, 그리고 밥-똥의 순환을 가로막는 주범이기 때문이다. 그런 의미에서 시적 상상력이 똥 그 자체에 머물지 않고 먹고 싸는 일, 그리고 먹을거리의 생산, 유통, 소비 전체를 아우르는 것으로 확장, 심화될 필요가 있다고 생각된다. 이는 물론 개별 시인이나 시편을 통해서 단기간에 성취될 수 있는 것은 아닐 것이다.

하지만 이런 문제들에 대해 관심을 갖고 이 전체 과정을 지배하고 있는 상품 논리의 허구성을 묘파, 또는 전복할 수 있는 시적 형상을 빚어내려는 시인들의 노력이 꾸준히 이어진다면 우리의 삶을 지배하는 욕망의 정치에 작은 균열이라도 낼 수 있지 않을까 생각된다. 그리고 이 미세한 균열이 축적되면 어느 순간 틈이 벌어지고 그 틈에서 새로운 세계의 지평이 열릴 수도 있지 않을까. 이를 위하여 무엇보다 중요한 것은 이미 싸놓은 똥을 처리하는 것 이전에, 똥을 덜 싸도록 하는 것이 훨씬 더 중요하다는 평범한 상식을 재삼재사 확인할 필요가 있다는 것이다. 온갖 수단을 동원해서 모든 사람에게 더 많이 먹을 것을 강요하고 결과적으로 더 많은 똥을 배출하지 않을 수 없게 만드는 후기 자본주의 문화의 줄기찬 공세 속에서 이 당연한 상식은 흔히 망각되고 있기 때문이다. 따라서 시를 통해서건, 그 밖의 다른 예술 장르를 통해서건 밥과 똥이 '이이불이 불이이이'而二不二 不二而二의 관계에 있음을 다시금 확인하는 한편, 그 깨달음을 일상의 삶과 감각 속에 깊이 스며들도록 하는 것이야말로 진정한 변화를 향한 첫 걸음이 될 수 있을 것이다. 시를 포함한 문학예술이 감당할 수 있고 감당해야 할 몫은 바로 이런 부분이 아닐까 생각된다. 똥과 관련된 시적 상상력의 새로운 지평은 그 바탕 위에서 조금씩 열리게 될 것이다.

참고문헌

김광언, 『뒷간』, 기파랑, 2009.

김란희, 「카오코스모스 시학과 김지하 담시의 구조 형성방식」, 국제어문 45집. 국제어문학회, 2009.

김민정, 「똥의 사회가치 평가를 위한 시론적 연구」, 『횡단인문학』 4호, 숙명인문학연구소, 2019.

김옥균, 「치도약론」, 『한성순보』, 1984.7.3.

김용선, 「분뇨서사에 굴절된 대도시 한양의 팽창」, 『온지논총』 제40집, 온지학회, 2017.

로즈 조지, 하인해 역, 『똥에 대해 이야기해 봅시다, 진지하게(The Big Necessity: The unmentioned world of human waste and why it matters)』, 카라칼, 2019.

박수일, 「차등과 숭고미의 전복−연암 박지원의 '똥'을 중심으로」, 기호학회, 『기호학연구』 제51집, 2017.

소진철, 「서울의 똥오줌 수거체계의 재형성과 행위자의 변화」, 사이언스 월든 학술대회 '한국문화 속의 배설과 순환의 상상력' 발표요지(2021.2.17).

안도현, 『사람』, 이레, 2002.

＿＿＿, 『작고 나직한 기억되지 못하는 것들의 아름다움에 대하여』, 한겨레출판사, 2014.

안철환, 『시골똥 서울똥−순환의 농사, 순환하는 삶』, 들녘, 2009.

알랭 코르뱅, 주나미 역, 『악취와 향기』, 도서출판오롯, 2019.

이윤경, 「최승호 초기 시 연구−'갇힘'의 인식과 이미지를 중심으로」, 제주대 석사논문, 2004.

정기석, 「최승호 시에 나타나는 분변성에 대한 저급유물론적 접근」, 『한국시학』 64호, 한국시학회, 2020.

정규식, 「분뇨서사로 읽는 연암 박지원의 개혁사상」, 『국어국문학』 191호, 국어국문학회, 2020.

조의현, 『세상의 모든 변화는 화장실에서 시작된다』, 이담북스, 2018.

죠셉 젠킨스, 이재성 역, 『인분 핸드북, 똥살리기 땅살리기』, 녹색평론, 2004.

최미정, 「정호승 시에 나타난 똥의 의미」, 『리터러시 연구』 10호, 리터러시학회, 2019.

캐롤라인 홉즈, 『똥』, 황금나침반, 2007.

한만수, 「'밥−똥' 순환의 차단과 두엄−화학비료의 숨바꼭질」, 『상허학보』, 상허학회, 2020.

위키피디아(https://ko.wikipedia.org/wiki/%EB%B6%84%EB%B3%80%ED%95%99)

나무위키(https://namu.wiki/w/%EB%98%A5)

최승호 시에 나타나는 분변성에 대한 저급유물론적 접근

1980년대 최승호 시를 중심으로

정기석

이 글은 최승호의 1980년대 시에 반복해서 나타나는 배설물, 오물, 사체 등에 주목함으로써, 그것들이 '근대적 인간'을 형성하는 과정에서 폐기되고 억압된 것들이라는 관점으로 접근한다. 최승호 시에서 배설물 등의 아브젝트abject는 '근대적 인간'과 문명화에 대한 이데올로기적 환상, 인간/비인간, 생명/죽음의 이분법적 위계, 상품 생산과 동시에 쓰레기를 양산하는 자본주의 구조 등을 해체한다. '인간'에 대한 정의와 위계 설정이 배제해 온 저변에 대한 최승호의 시적 사유는 인간 및 생명에 대한 개념을 새롭게 설정하게 한다.

1. 최승호 시의 이중적 사유 고찰

최승호의 80년대 시[1]에는 배설물, 오물, 사체시체, 송장, 버려진 태아 등의 키워드들이 반복적으로 나타난다. 그리고 이는 폭력적 문명에 의해 버려지고 희생된 것으로 80년대 한국사회의 문명화, 자본주의화에 따른 인간 소외 현상에 대한 비판적 알레고리로 독해되어 왔다. 본장은 삶·생명을 억압하는 문명, 그 문명사회의 억압적 구조 안에 간힌 삶의 형상들이라는 큰 테제 아래 이루어진 최승호의 시적 성취가 문명의 억압에 대한 비판적 발화임과 동시에 근대 인간과 문명의 관습적 사유를 해체하는 작업임을 살펴보고자 한다. 즉 최승호의 시는 근대 인간적 관점에서 문명 비판을 하고 있으나, 동시에 '인간'에 대한 전혀 다른 접근 역시 시도하고 있음을 바타유Georges Bataille의 저급유물론Base materialism을 통해 논의하고자 한다.

바타유는 어떤 대상이든 그것을 "둘로 나누고 각각을 고급한 부분과 저급한 부분을 가진 것으로 구분"하는 '이중 사용double use'을 강조한다. 어떤 것이든 "합리적인 휴머니즘에 바쳐진 승격화된 사용elevated use"과 "하락한 사용low use"의 두 측면이 있다는 것이다. 바타유는 '하락한 사용', "하락the low의 배설적인 것"의 사용에 보다 초점을 맞추며, 이러한 방식의 접근을 저급유물론이라 한다. 바타유의 저급유물론은 모든 것을 탈위계화의 대상으로 삼아 기존의 질서와 분류에서 이탈시키고, 동시에 가장 낮은 물질성의 단계로 하락시킨다. 이에 대한 가장 뚜렷한 예시인 배설물,

---

1   본장에서 대상으로 삼는 텍스트는 『대설주의보』(민음사, 1983), 『고슴도치의 마을』(문학과지성사, 1985), 『진흙소를 타고』(민음사, 1987), 『세속도시의 즐거움』(세계사, 1990)이다. 이하 본문 인용시 각각 『대설』, 『고슴도치』, 『진흙소』, 『세속도시』 등으로 옮긴다.

오물 등이 가진 비정형formlessness적 성질을 강조하며, 이것이 '저급함과 분류학적 무질서'를 작동시키며, "이성 자체를 공격하는 저급한 일침"[2]을 위한 수단이 된다고 주장한다.

바타유적 논의에서 근대적 이데올로기가 정의하는 고고한 인간성의 가치가 '인간'에 대한 '승격화된 사용'의 관점이라면, 분변성으로의 접근은 '인간'에 대한 '하락한 사용'으로 볼 수 있다. 이러한 관점에서 오물 및 배설물의 부정성, 즉 그것이 가진 혐오스럽고 더러운 성질을 강조하며, 문명이 부정적인 것들을 양산해왔다는 식의 접근은 이데올로기로써의 '근대적 인간'이 가진 동일성으로 회귀하는 관점이 내재해 있는 것이다. 그리고 80년대 최승호 시에 대한 기존의 분석들은 거의 대부분 이러한 승격화된 인간의 관점에서 문명 비판에 초점을 맞춘 논의였다.[3]

---

2   이브 알랭 부아·로잘린드 E. 크라우스, 정연심 외역, 『비정형-사용자 안내서』, 미진사, 2013, 81쪽·55쪽·25쪽·80쪽 참조.

3   이광호는 "비슷한 화법과 비슷한 알레고리의 동어반복"을 행하는 최승호의 많은 시들이 "거대한 물질문명의 구조적 폭력", "문명의 악마적 깊이"에 갇혀서 부패하며 죽어가고 있는 인간적 삶에 대한 비판이라고 해석한다(이광호, 「부패의 생태학」, 『현대시세계』 3권 2호, 청하, 1990, 60쪽·57쪽·49쪽). 또한 류근조는 최승호의 80년대 시편들이 대부분 "정신적 불감증과 부패로 이어지는 과정의 부정적이고 어두운 현 사회 환경과 연계된 것들"이라고 지적한다. 반경환은 최승호의 시적 공간이 소외의 공간이라고 하며 이 공간에서 "몰개성적이며 비인간적인 무인칭"과 "인간성이 상실되고 인간성이 해체된 모습들"이 드러난다고 쓴다(류근조, 「최승호 시의 사유구조와 상생적 의미」, 『한국시학연구』 12호, 한국시학회, 2005.4, 253쪽). 김준오는 최승호 시 속에서 삶을 "끊임없이 비인간적으로 왜곡되고 해체되어 가는 것", "쓰레기나 배설물로 끊임없이 소비되고 소모되어 가는 것", "고통과 절망의 끊임없는 연속과 사태의 계속적 악화"로 읽고(김준오, 「종말론과 문명비판시」, 『세속도시의 즐거움』 해설, 세계사, 1990, 127쪽), 정유화는 "기계적 코드가 인간적인 삶을 배제하고 추방"하는 공간을 읽는다(오유화, 「1980-90년대 도시공간의 구조와 의미-최승호 시를 중심으로」, 『한국학논집』 제69집, 계명대 한국학연구소, 2017, 319쪽). 기존 대다수의 연구들은 인간소외, 주체성 상실 등에 대한 문명 비판적 관점으로 최승호 시에 대하여 접근하고 있으며 그 논의의 세부적 차이에도 불구하고 그것이 함의하고 있는 것은 '인간' 및 '인간성'의 관점에서 그것의 상실을 논의하고 있는 것이다.

하지만 80년대 최승호 시를 문명 비판적 관점으로만 접근하는 것은 단선적이며, 이는 인간 중심, 주체 중심 이데올로기의 한계를 드러내는 측면이 있다. 이러한 접근은 근대가 구성했던 이데올로기로서의 '인간'의 한계이며, 그 과정에서 빚어진 인간/문명, 주체/대상, 생명/죽음 등의 이분법적 갈등의 변주이자, 결국 이분법의 상위 위계를 재구축하는 일환이 된다. 최승호 시는 일차적으로 생명성을 억압·소외시키는 문명을 비판하면서, 인간 및 주체 중심적으로 구성된 근대의 인식 체계 자체를 문제시하며 이를 해체하는 방향으로 나아간다. 인간의 분변적인 측면, '하락한 인간'에 대한 접근을 통해 근대적 '인간'에 대한 이상을 해체한다.

'근대적 인간'을 구성하는 과정, 즉 인간/오물, 생명/죽음과 같은 이분법 구성에서 폐기된 하위의 것들은, 이분법 인식론의 제거 대상이지만 완전한 삭제는 불가능하다. 이때 버려진 배설물, 오물, 사체 등은 바타유와 크리스테바Julia Kristeva가 중점적으로 다룬 바 있는 아브젝트[4]의 실제적

그것의 결론이 '인간' 및 '인간성' 상실로 귀결되긴 하나 그 시발점을 문명 비판적 관점과 더불어 정치적 맥락에서 접근하는 일부 연구들에 대해선 지적해야 할 필요가 있다. 오수연은 산업화·도시화에 따른 폐해와 더불어 최승호의 알레고리가 정치적 문맥에서 신군부 독재의 억압을 우회적으로 폭로하고 있다고 지적한다(오수연, 「최승호 초기시의 알레고리 양상과 기능」, 『어문연구』 86권, 어문연구학회, 2015). 또한 연남경은 「세속공간의 비극성을 통한 현실 인식-최승호 시의 은유 분석」(『이화어문논집』 20권, 이화여대 이화어문학회, 2002)에서 '계엄령' 시어 분석을 통해 정치적 억압에 대해 다루고 있다. 최승호 시에서 군부 독재의 정치적 억압은 문명화와 더불어 인간 생명을 불활성화시키는 원인 중 하나임을 지적할 필요가 있다. 80년대의 엄혹한 시대 상황에서 최승호의 시체·송장 등으로 무력하게 소외된 존재 형상의 또 다른 시발점이 정치적 억압의 상황인 것이다. 한편, 최승호 시에 대한 생태학적 접근, 노장 및 불교사상에 대한 연구는 최승호 시에서 그러한 관점이 본격적으로 드러난 90년대 이후의 시에 대한 연구들이다.
이처럼 최승호의 80년대 시에 대한 논의의 대다수는 문명의 폭압적 구조라는 측면에 대한 강조와 그 속에 갇힌 채 부패할 따름인 인간 생명이라는 구획 내에서 시도되었다.
4   크리스테바에 따르면 아브젝트(abject)는 주체(subject)도 대상(object)도 아니며, 정의하거나 명명 혹은 상상할 수 있는 어떤 것도 아니다. 아브젝트는 주체의 것으로 포획되지

대상이다. 바타유는 아브젝트를 문명의 암점暗點으로 구조화시키는 방식으로 다루는 것을 비판하며 구조화되지 않는 아브젝트의 비정형적 물질성을 강조한다.[5] 이에 바타유의 저급유물론은 어떤 대상을 바닥으로 끌어내리며 기존의 분류로부터 탈피를 꾀하는 데, 그것의 가장 하락한 예시가 아브젝트인 것이다. 아브젝트는 그 자체로 경계border이며 모호한 것[6]으로써 기존의 인간 및 사회, 문명 등에 기초한 인식체계와 그에 따른 관습적 사유방식의 분류를 적용할 수 없다. 이러한 구분 불가능성, 사유 불가능성에 기대 아브젝트는 생명/죽음, 인간/오물, 주체/타자 등의 이분법을 흩트린다. 또한 아브젝트로 인해 경계가 지워지는 지대는 이분법적 구분의 가장 낮은 지점인 물질적 토대인 것이다. 최승호 시에 나타나는 분변과 사체 등의 아브젝트는 인간 중심성 및 이분법적 구획의 해체로써 생명과 물질의 공통적 토대를 드러낸다.

이에 본장은 80년대 최승호 시에 대한 저급유물론적 접근을 통해 당대 문명화의 문제적 지점인 인간 및 생명 소외의 문제를 살펴보고, 이때 보다 주목할 것은 생명이나 죽음, 문명, 자연 등의 개념적 동질성이 아니라 각각의 맥락에서 그것들을 불활성不活性화시키는 인식론의 문제임을 살피고자 한다. 즉 최승호 시가 근대적 '인간'과 '문명'을 구축하기 위해 암점화

도, 안전히 대상/타자가 되지도 않는다. 이는 주체의 인식체계 속에서 어떤 개념이나 명명으로 안착되지 않는 것으로써, 그것이 가진 알 수 없고, 정리되지 않는, 즉 인식적 미해결성·사유 불가능성으로 '나'를 압박하는 것이다. 이러한 미해결성과 불가능성으로 아브젝트는 '주체'의 동일성을 뒤흔들고, 인식적 틀의 경계를 교란시킨다. 주체의 사유에 특정한 대상으로 규정되지 않는 불가능성의 성질을 갖는 한에서 배설물, 오물, 시체 등은 아브젝트의 주요한 예가 된다. 이와 관련해서는 Julia Kristeva, *Powers of Horror : An Essay on Abjection*, trans. Leon S. Roudiez, New York: Columbia UP, 1982, pp.1~3 참조.
5   이브 알랭 부아·로잘린드 E. 크라우스, 앞의 책, 54쪽.
6   Julia Kristeva, op.cit., p.9.

시킨 아브젝트들을 드러내고 있으며, 이 과정에서 비판 대상에 대한 지극한 환멸과 혐오가 오히려 가장 큰 연민과 연대로 이어지는 방식과 '인간' 이전의 존재로서 생명, 신체 이전의 존재로서 유무기물 덩어리에 대한 상이한 접근이 가능함을 고찰하고자 한다.

2. 인간에 대한 하락한 사용

최승호의 80년대 시편에는 죽음과 부패를 형상화한 시체, 사체, 송장 등의 이미지가 주요하게 반복된다. 이러한 아브젝트들은 최승호의 시편 안에서 배설물, 오물, 벌레, 버려진 태아 등을 포함한 아브젝트들과 교집합을 이루며 변주된다. 첫 시집 『대설주의보』에 실린 시 「물 위에 물 아래」에는 80년대 최승호 시에서 반복되는 시어들이 거의 모두 제시되어 있다.

수부水夫는 시체를 건지려

호수 밑바닥으로 내려가

호수 밑바닥에 소리 없이 점점 불어나는

배때기가 뚱뚱해진 쓰레기들의 엄청난 무덤을,

버려진 태아와 애벌레와

더러는 고양이도 개도 반죽된

개흙투성이 흙탕물 속에

신발짝, 깨진 플라스틱통, 비닐조각 따위를 먹고 배때기가

뚱뚱해진 쓰레기들의 엄청난 무덤을,

갈수록 시체처럼 몸집이 불어나는 무덤을

본다 폐수의 독毒에 중독된 채

창자가 곪아가는 우울한 쇠우렁이를

물 가에 발상했던 문명文明이

처리되지 않은 뒷구멍의 온갖 배설물과 함께

곪아가는 증거를

-「물 위에 물 아래」 부분, 『대설주의보』

　인용 시는 문명의 밝은 부분인 호숫가 호텔 및 유원지의 장면과 물 아래 아브젝트들이 뒤섞여 버려진 채 곪아가고 있는 모습을 대조적으로 묘사하고 있다. 시의 맥락에서 쓰레기들, 버려진 태아, 애벌레, 고양이와 개와 흙이 뒤범벅된 사체들은 모두 인간과 문명의 배설물이자 인간과 문명이 버리고 은폐한 암점이다. 이것들은 근대적 인간과 문명이 스스로에 대한 관념을 구축하고 그에 맞추어 질서와 체계를 구성할 때 부적절한 요소로 거부된 부산물[7]이다. 이러한 오물·배설물들은 은폐시킬 수 있을지라도 완전히 사라지지는 않는다. 하지만 기존 관념에 따른 사회 질서는 그것들을 끊임없이 은폐하려 시도한다.

　니콜라 부리오Nicolas Bourriaud에 따르면 "모든 쓰레기를 어두운 지하세계로 밀어내어 영원히 보이지 않는 부차적 대상으로 만들어버리는 세계,

---

7　메리 더글라스(Mary Douglas)에 따르면 오물은 "질서화(ordering)"에 의해 "부적절한 요소"로 거부된 것이다(Douglas, Mary, *Purity and Danger : an Analysis of the Concepts of Pollution and Taboo*, Routledge, 1966, p.36).

이것이 바로 이 시대의 판타즈마고리아의 기저에 깔린 억압"이며, 이런 억압은 모든 것이 청소되어 "잔여물이 없는 세계"[8]임을 가장한다. 쓰레기·오물은 끊임없이 은폐될 테지만, 그 은폐는 변기와 정화조의 관계처럼 다만 위치에 의해 가려질 뿐 온전히 소거되는 것이 아니다. 그러므로 이미 세계 자체가 "문명의 배설물로 지은 거대한 둥지"[9]인 바 모든 억압된 것들은 언제든 귀환할 대상인 것이다.

위 시는 문명화와 그것에 의한 오물·배설물의 부정성을 혐오적인 것으로 드러내면서 문명화의 폐해를 고발한다. 오물·사체 등은 관습적 측면, 즉 승격화된 인간의 관점에서 부정적인 것이다. 이 관점의 기저에는 '이상적 인간'에 대한 관념적이고 동질적인 반복이 깔려있다. 인간 중심적 논리는 인간을 특권화하면서 인간 주체와 그 외의 대상/타자를 위계적으로 나누어 왔다. 근대적 인간과 문명은 적대적 타자를 구축하며, 그것에 반ᅜ하는 이상적 거울상으로 스스로를 구성해 왔고, 인간 주체의 동일성/부정성에 기대어 인간/문명, 생명/죽음 등의 이분법적 변주를 만들어 온 것이다. 이는 최승호의 시에서 수면 위의 깨끗한 것과 수면 아래 배설물의 구분으로 재현된다. 하지만 근대적 인간의 이상에 부합하기 위한 일련의 추구는 또 다시 오물들을 생산하고 은폐하는 일을 반복케 한다. 또한 이분법이 상정하고 있는 각 항의 동질성은 일종의 이중 구속에 빠진다. 예컨대, 문명과 그것에 의해 소외된 인간이라는 항이 '(인간에 의해 구성된) 문명 / (문명에 의해 희생된 자연적인 것으로서) 인간'이라면, 그것은 가해자-인간 / 피해자-

---

8   니콜라 부리오, 정은영·김일지 역, 『엑스폼-미술, 이데올로기, 쓰레기』, 현실문화A, 2022, 156~157쪽.
9   브라이언 딜, 『쓰레기』, 한유주 역, 플레이타임, 2017, 14쪽.

인간이라는 문제의 순환논리[10]에서 벗어나지 못하는 것이다. '물 위에' 펼쳐진 깨끗한 인간의 문명화는 인간과 문명에 대한 '승격화된 사용'의 결과만을 예비한 시선이다. 최승호의 수면 아래 버려진 오물들을 드러내는 시적 발화를 문명에 의해 희생되었지만 더럽고 불편한 잔해라는 관점, 그러므로 오물의 제거에 실패한 문명을 비판하고 '혐오적인 오물'을 완전히 제거할 수 있는 문명의 장치를 재구성해야 한다고 보는 독해는 단선적이다. 이러한 접근 역시 승격화된 근대적 '인간'으로 되돌아가야 한다는 관점에서 기인한 시선이다.

최승호의 시는 대상에 대한 부정성의 이분법[11]을 경유한 후, 이를 절단하여 그것의 해체로 나아간다. 오물, 배설물, 죽음 등은 최초에 가장 멀리 버려진 적대적인 타자, 그래서 이분법적 타자의 관계항에도 끼지 못하는 무엇이었다. 하지만 오물은 '인간'과 '문명'의 구성물 자체이다. 최승호

---

10 문명-인간/인간-자연의 항에서 '인간'은 양자 모두에 속한다. 이때 인간의 이성·지성·합리성을 강조한다면, 그것의 변주인 '(인간에 의한) 문명'/'(비인간적) 자연'의 경우 문명은 인간의 사회적·지적 능력이 발현된 진보적 가치이고, 자연은 야만적이고 비이성적이면서 탈피해야할 무엇이 된다. 동시에 이 분류에서 문명은 인위적인 사회체계로써 인간을 억압하고 소외시키는 것이고 자연은 생물학적 인간 생명 토대라는 근원적 성격을 지닌 무엇이 되기도 한다. 즉 인간의 가해자적이거나 피해자적인 두 속성에 따른 이분법은 상황 맥락에 따라 가변적·편의적으로 적용되고, 이때 기저에 깔린 함의는 다분히 근대적 이데올로기로서의 '인간 중심적' 인간이다. 이러한 대립 갈등의 이분법은 서로 항을 바꿔가며 맴돌 뿐 어떤 다른 사유를 만들어내지 못한다. 이러한 이분법적 대립항의 모순 속에서 '인간'의 정의 및 가치 지향은 불가능해지거나 혹은 아주 협소해진다. 그러므로 오히려 지향해야 할 것은 극히 협소해진 상위 카테고리로서의 인간에 대한 동질성 추구가 아니라, 이러한 동질성 및 이분법의 해체인 것이다.

11 바타유 논지의 '이중 사용'을 이분법과 구분할 필요가 있다. 이분법은 구분과 분리를 통해 항(項) 각각의 동질성을 강조하며, 시스템 및 질서를 공고히 하는데 기여한다. 반면 이중 사용은 어떤 질서 속 대상을 절단/분열시킴으로써 작동한다. 절단은 한 번에 그치지 않고 상황과 맥락에 의해 지속된다. 이 지속은 결국에 기존의 동질성과 시스템의 해체를 만들며, 각 항을 이분법적 구속에서 벗어나게끔 하는 다른 사용을 촉구한다. '이중 사용'의 위반은 이분법을 만드는 경계선을 절단하는 것이다.

시의 문명 비판은 문명의 결과로 나타나는 것에 대한 단편적 비판이 아니라, 인간과 문명을 구성하는 조건이 은폐한 것들에 대한 고발과 인간 문명을 구성하는 그것의 하락한 측면에 대한 노출로 이뤄진다. 오물은 "질서를 위반하는 것"이며 "본질적으로 무질서"이다.[12] 문명의 질서화에 의해 부정적인 것으로 여겨져 소거된 오물이지만, 최승호 시에서 오물의 분변성은 이러한 배제에 의문을 제기한다. 즉 최승호 시의 아브젝트들은 이분법의 지배하에 부정성의 담지자로 머무르기 위해 노출되는 것이 아니라 분류의 경계 자체를 위반하고 교란하기 위한 것이다.

최승호의 변기의 세계관[13]은 문명화의 생산 체계에 의해 세계가 배설물·오물·쓰레기로 가득 차 있다는 인식이다. 문명이 스스로 양산한 쓰레기를 은폐하는 것은 당장의 가시성의 측면에서만 가능할 뿐이다. 자본주의의 전체적 흐름에 있어서는 새로운 상품 생산은 필연적으로 부차적인 쓰레기 생산을 동반한다. 이것이 생산 시스템에 있어 즉시적인 것이라면, 동시에 자본주의에 있어 최신의 것은 약간의 시차 속에서 쓰레기로 변이된다. 벤야민은 "상품이 대량생산되면 상품은 태어나자마자 쓰레기가 될 운명을 이미 껴안고 나온다"고 하며 자본주의 사회를 '사산의 사회'라고 불렀다.[14]

---

12 Mary Douglas, op.cit., p2.
13 "변기통에 울다가 / 거기에 잠들었다"(「무인칭의 죽음」, 『진흙소를 타고』), "거대한 변기의 감옥"(「지루하게 해체중인 인생」), "내 머리 속에" 세워진 "변기의 우주관"(「거품화의 별에서」, 이상 『세속도시의 즐거움』) 등의 예에서 보듯 최승호 시에서 세계는 거듭 변기로 인식된다.
14 김진영, 『상처로 숨쉬는 법』, 한겨레출판, 2021, 356~357쪽. 자본주의는 최신의 것, 즉 상품과 동시에 쓰레기를 양산한다는 것은, 새로움은 항상 갱신되므로 당장의 '최신'도 즉각적으로 쓰레기, 잔해(가 될 운명) 그 자체라는 것이다. 즉 자본주의 근대의 시간성은 "'새 것'을 '언제나 똑같은 것'으로 끊임없이 반복하는 것"이다(수전 벅모스, 김정아 역, 『발터 벤야민과 아케이드 프로젝트』, 문학동네, 2004, 82쪽).

새로운 상품은 다음의 것을 위해 자리를 내주는 사이 임의의 것이고, 다음의 것이 새로운 것이 되는 순간 쓰레기가 되는 것이다. 이러한 체제에서 '새로움'the new은 최대한 빨리 다른 새로움으로 대체되어 할 대상으로서의 자극제a stimulus로만 기능할 뿐이다.[15]

변기의 세계관은 변기의 모양, 즉 위상학적으로 위와 아래가 구멍 뚫린 도형의 형상을 가진 존재를 가리키는 것으로 변주된다. 이는 입력과 동시에 출력이 이뤄지는 '자동판매기'의 체제이며, '밑 빠진 독', '구멍 뚫린 자루[負袋]'의 도상icon이다. 새로운 것의 생산이 그대로 쓰레기의 동시 생산인 것처럼, 변기에는 분변이 입력되자 가시적으로 보이지 않지만 어느 곳에 오물이 탄생한다. 생산과 소비의 관계는, 자본주의 잉여의 축적의 과잉이 가리키듯, 소비의 쓰레기화와 직결된다. 동전을 입력하면 바로 상품이 출력되는 자동판매기가 자본주의 표층이라면, 상품이 즉시 배설물로 바뀌는 것이 자본주의의 하반부를 가득 채운 토대 자체다.

> 자루의 밑이 터지면서 쓰레기들이 흩어진다, 시원하다.
> 홀가분한 자루, 퀴퀴하게 쌓여서 썩던 것들이
> 묵은 것들이 저렇게 잡다하게 많았다니 믿기 어렵다.
> 위에도 큰 구멍, 밑에도 큰 구멍, 허공이 내 안에
> 있었구나. 껍데기를 던지면 바로 내가 큰 허공이지.

-「세 번째 자루」전문, 『진흙소를 타고』

---

15 니콜라 부리오, 정연심·손부경 역, 『포스트프로덕션』, 그레파이트온핑크, 2016, 60쪽.

변기의 위아래가 구멍 뚫린 자루 구조는 그대로 인간에게로 변주된다. 인간 역시 변기처럼 무언가 먹고 위장-통로를 지나 분변을 생산한다. 최승호가 인식하는 비인간 형상은 변기에 다름 아니다. 즉 무언가 들어가자마자 나오는 것이 최승호가 본 당대의 구조와, 그러한 구조를 완전히 체화한 '인간'의 형상이다. 새로운 상품과 쓰레기로 곧바로 축적되는 자본주의의 인간형 변주는 새로운 것을 소비하자마자넣자마자 쓰레기·오물·배설물을 만들어내는 변기-인간[16]인 것이다. 변기의 구조는 "머리와 꼬리가 똑같"다「꿈속의 변기선」, 『진흙』. 입구와 출구의 구분이, 입과 항문의 구분이 무의미하다. 통로는 무언가를 소화할 시간을 갖지 않는다. 입구에 들어간 것은 그대로 배출된다. 새로운 상품이 곧 쓰레기라는 것은 물론, 쓰레기가 새로운 상품이라는 의미다.

모든 만들어지는 상품이 곧 쓰레기임에도, 그것을 작동시키는 것은 자본주의적 탐욕이다. 새로움이 나타나는 즉시 낡아버리는 것은 허기의 충족을 불가능하게 한다. 밑 빠진 항아리 독에 물을 부어도 채워지지 않는 무한한 결핍과 허기의 상태이다.

---

16 위아래가 뚫린 변기 인간이란 곧 '밑 빠진 독'의 형상과 같다. 최승호 시에 여러 번 변주되어 나오는 '항아리'의 표상도 이 같은 위상학적 구조를 가진다. "밑 빠진 왕의 항아리는 밑 빠진 채 얼마나 널찍한지 / 모든 게 왕의 항아리의 아가리 속으로 들어간다"(「왕의 항아리」, 『대설』). 위상학적 구조는 동일하지만, 항아리 표상은 변기처럼 모든 것을 집어삼키기는 하지만 역할은 다르다. 변기가 삼킨 것들의 즉시적 오물화(化)라면, 항아리는 우선적으로 검은 밤에 '유령'처럼 존재하며, 모든 것을 삼키며 스스로 보이지 않는 공허의 뉘앙스가 있다. 최승호가 당대를 읽는 대설주의보가, 백색의 계엄령 하에서 모든 것이 흰색으로 채색되어 유령화 되는 것이라면, 항아리는 어둠 속에서 옹기종기 유령처럼 당대의 허무를 집어삼키(고 배출 하)는 것이다.

변기여,

내가 타일 가게에서

커다랗게 입 벌린 너를 만났을 때

너는 구멍으로써 충분히

네 존재를 주장했다

마치 하찮고 물렁한 나를

혀 없이도 충분히 삼키겠다는 듯이

네가 커다랗게 입을 벌렸을 때

나는 너보다 더 크게 입을 벌리고

내 존재를 주장해야 했을까

(…중략…)

똥을 혼자서 다 먹으려고

으르렁거리는 변기 같은 아가리들을

개들의 시절의 욕심장이 개들아

너희들은 똥을 먹어도 참 우스꽝스럽고 넉살좋게 먹는다

－「세 개의 변기」 부분, 『고슴도치의 마을』

에리히 프롬은 현대인에 대해 세계를 커다란 식욕의 대상으로 가지고 "모든 것을 소비하고 몽땅 삼켜버"리는 "영원한 소비자"라고 하며, "사람들은 영원히 기대하고 영원히 실망하는 젖먹이가 되어버렸다"고 진단한 다.[17] 젖먹이-인간, 혹은 식욕적 인간은 채워지지 않는 허기 속에서 '먹고 싸는' 것만을 반복하는, 입과 항문만 가진 존재이다. 식욕적 인간은 허기 속에서 모든 것을 삼키고 소비하지만, 삼킨 것을 소화하지 못하기 때문에 영원한 결핍을 반복한다. 식욕적 인간에게 소비란 결국 받아들인 것을 구 멍-통로로 배설하는 과정이다. 먹은 것을 경험으로 체화할 소화 시간과 소화기관이 부재하기 때문이다. 무수히 제시되는 새로운 상품들은 금세 과잉이 되고 소화 시간을 갖지 못한 채 즉시 쓰레기가 된다. 단순히 교환 가치의 무한 대체로만 소비될 뿐, 소화기관의 우회로를 거치는 경험화의 상태에 이르지 못한다. 식욕적 인간은 먹는 것에 탐닉하고 배설하는 것밖 에 하지 못하는 영구적 유아 상태, 항구적 불능의 존재이다. 이런 관점에 서 식욕적 인간 역시 좀비 형상의 또 다른 변주이다.

식욕적 인간은 변기-인간과 구조적으로 동일한 형상의 변이체이다. 변 기-인간이 배설에 방점을 둔 표현이라면 식욕적 인간은 소비에 방점을 둔 표현일 따름이다. '먹고 싸기만' 하는 인간은 껍데기뿐인 빈 자루만 가지 고 있고, 여기에 알맹이라는 게 있다면 껍데기 자체이거나 껍데기-자루를 지나가는 중인 오물·배설물일 뿐이다. 이들의 존재론적 형상은 구멍-통 로이고, 양쪽이 뚫려 있는 만큼 구멍 안팎의 구별은 사실상 무의미하다. 확장하면 세계 자체도 하나의 커다란 구멍과 통로일 따름이고, 이것이 자 본주의 세계인 것이다.

세계를 변기로 인식하는 최승호의 변기의 세계관은 당대 사회에 대한

---

17 에리히 프롬, 문국주 역,『불복종에 관하여』, 범우사, 1996, 174~175쪽.

부정적 인식에 기반함과 동시에 세계에 대한 인식이다. 한편으로는 문명 비판에 대한 알레고리로써 오물이 세계에 만연해 있고, 자본주의 생산이 즉시적으로 쓰레기를 양산하는 체제라는 비판적 인식이면서, 다른 한편, 오물·배설물이 인간 삶의 조건이라는 인식도 함께한다. 전자의 근대적 인간관 및 이분법을 경유하면서, 최승호 시는 '인간'의 물질적 분변성을 조망하는 가운데 근대 문명을 양산한 앙상한 '인간' 개념의 해체를 꾀하는 것이다.

최승호 시에 나타나는 '인간'에 대한 하락한 사용, 즉 저급유물론적 인간은 인간중심적 위계질서의 수직성을 탈피한다. '인간'을 규정하는 물리적·개념적 경계선은 배설물의 더러움[18]과 그 모호한 위치에 의해 파열되고 해체된다. 분변성의 해체의 대상은 비단 인간뿐만이 아니다. 인간 중심성은 대상이 아닌 '나'를 구성하는 주체 중심성과 긴밀하게 결착해 있다. 그러한 인간은 스스로를 대상과 분리하여 인식하므로 어떤 '주체'든 인간으로 상정하며 사유를 시작하는 것이다. '인간'의 분변화는 주체의 분변화 다름 아니다.

> 나에게서 인간이란 이름이
> 떨어져나간 지 이미 오래
> 이제 나는 아무것도 아니다
>
> (…중략…)

---

18 주디스 버틀러, 조현준 역, 『젠더 트러블』, 문학동네, 2008, 337쪽.

왜 날 이렇게 똥덩이같이

만들어놨어, 그러고도 넌 모자라

자꾸 내 몸을 휘젓고 있지

조금씩 떠밀려가는 이 느낌

이제 나는 하찮고 더럽다

흩어지는 내 조각들 보면서

끈적하게 붙어 있으려해도

이렇게 강제로 떠밀려가는

便器의 生, 이제 나는

내가 아니다 내가 아니다

－「꽁한 인간 혹은 변기의 생」 부분, 『진흙소를 타고』

　승격화된 인간 동질성의 층위에서 "똥덩이같이" "하찮고 더럽다"라는 인식은 이상적 인간에 대한 관습적인 정의에 반(反)하는 자기혐오 내지는 비하의 표현이 된다. 하지만 승격화된 '인간'에 대한 관점에서 벗어나면, 인간 분변성의 강조는 부정성을 떠나 삶의 조건에 대한 인식이 된다. 즉 오물과 배설물들은 생명이 힘겹게 지탱해가는 죽음의 일부이며 생명을 유지해 나가도록 하는 조건[19]이기도 하다. '더럽고 하찮음'은 인간을 어떤 '고상함'의 기준으로 삼을 때만 인식되는 것이다. 이러한 측면에서 위 시는 문명 비판에 대한 시이면서, 그와 동시에 나와 세계가 이미 그러한 더

러움과 하찮음에 둘러싸여 구별되지 않은 채 뒤섞이는 것이 삶의 조건이라는 도저한 존재론적 탐구가 동시적으로 작동한다.

'나'는 '밑 빠진 자루'와 같은 형상의 '변기-인간'이다. '나'에게서 버려진배설된 것 역시 '나'라는 인식은 '나'의 분변성에 대한 강조이다. '나'는 변기이면서 동시에 '분변-인간'이다. 배설물은 한때 '나'였으나 더는 '내'가 아닌 것들이다. 하지만 이 차이 어딘가에서 배설물은 '나'의 정체성의 물질적 규준인 몸의 경계 안팎 어디에도 속하지 않는 시점을 지난다. "배설은 몸 안의 사건이면서 동시에 몸 밖의 사건"이고 또 "몸 안의 순환과 몸 밖의 세계를 향한 자기 운동이 뒤섞인 육체의 양상"[20]이다. 배설의 위치는 몸의 안팎 중 어느 한 곳으로 범주화되기를 거부하며 또한 신체와 사물 중 무엇에 속하는지 역시 확연히 규정되지 않는다. 이러한 규정 불가능성은 관습적 사고의 무질서로 작용하며 경계를 교란한다. 무질서와 교란으로 아브젝트의 분변성은 '나'의 경계를 지운다. 한때 '나'를 구성했던 것들의 배출 과정은 "나 자신을 몰아내고, 나 자신을 토해내며, 나 자신을 버리는abject"[21] 것이다. 버려진 오물 역시 '나'라는 '분변-나'의 인식은 인간에 대한 하락한 접근이면서, 주체 상실의 극단적 경험이다. 또한 비주체로서의 '나'의 우연성·편재성에 대한 인식이다.

'나'로부터 배설된 것이 또 하나의 '나'라고 하는 주체 상실의 극단적 경험은 주체의 동일성으로의 회귀를 막는다. '나'의 주체성, 혹은 '나'라는 인칭을 획득할 근거가 없이는 주체 중심적 경험으로 재귀할 수 없다. '나'를 구성했던 것들이 해체되어 나타난 것이 배설물이므로 '나'는 다만

---

20   이광호, 「몸살의 시, 배설의 생태학」, 『환멸의 신화』, 민음사, 1995, 116쪽.
21   Julia Kristeva, op.cit.

아직 배설물들이 뭉쳐져 있는 상태일 뿐이다. 이러한 시적 사유는 최승호의 시편에서 계속 이어진다. 시인은 눈사람을 보며 "나도 뭉쳐진 사람" "나는 뭉쳐졌기 때문에 언젠가는 뭉개질 사람"이라고 한다.「설경雪景」,『고슴도치』 또한 중기 시편에서는 "사람은 일 년에 자신의 몸무게 정도의 죽은 세포와 세균을 배설한다고" 하며 "그 허옇게 죽은 것들을 뭉쳐서 눈사람을 만들면" "자신의 분신分身인 회색 눈사람"[22]을 보게 될 것이라고 쓴다. 즉 '나'는 잠시 뭉쳐져 있는 것일 뿐이고, 꾸준히 뭉개지고 해체되는 존재이다. 이러한 관점에서 '나'의 동일성·자아정체성이라는 굳건한 개념에 근원적 균열이 발생하고, 이는 인간 전체로 확장하더라도 마찬가지이다.

저급유물론적 관점은 일인칭 주체인 '나' 혹은 근대적 '인간'에 대한 규정과 규준을 흐트러뜨리고 그것들의 가치를 재고하게 한다. 예컨대 흔히 순수함과 깨끗함의 상징이었던 '눈[雪]'과 배설물을 등치시키는 것 역시 오래 이어져 온 습관적 사유와 배치되는 것이다. '나'의 분변성은 곧 비정형적이고 저급한 무엇이고, 이는 유동하는 경계를 통해 스스로의 견고성을 의문에 부치며 '나'가 새로운 무엇으로 시작하도록 종용한다.[23] 즉 '나'에 대한 동어반복에서 벗어나서, '나'는 "내가 아니다"라는 인식은 '인간' 및 '주체'의 진부한 관념에서 탈피하여 전혀 다른 무엇을 생성시키기 위한 '거름fertilizer'으로서의 희박한 가능성을 타진하는 것이다.

22 최승호, 「마흔네 개의 눈사람」, 『여백』, 솔, 1997.
23 Julia Kristeva, op.cit., p.8.

3. 부패와 죽음에 대한 이중적 접근

최승호 시에는 반복적으로 부패화, 시체화의 문제가 나타난다. 마른/말라가는 생선의 사체들인 북어와 쥐치, 죽은 상태로 보관되는 통조림 속 송장덩어리「桶조림」, "절여진 해마"「죽은 해마」, 이상 『대설』 등이 그것이다. 이러한 존재들은 사후에도 부패되지 못한 죽음 유예 상태의 것들이다. 크리스테바는 시체를 오물들 중 가장 역겨운 것으로, 아브젝트의 경계가 완전히 잠식한 장소라고 하였다. 즉 "시체는 아브젝트의 절정"이며, "삶을 감염시키는 죽음"이라는 것이다.[24] 시체는 삶 가운데 죽음이 절정이 된 상태, 죽음의 과잉이다.

최승호 시에서, 분변성은 먼저 '인간'을 규정하는 질서와 규준을 해체시키는 것으로 작동하였다. '인간'에 대한 이러한 분변적 인식이 '인간'을 구성하는 저급한 물질성에 대한 접근을 가능하게 했다면, 죽음의 과잉으로써의 분변성은 삶의 불활성화라는 층위의 접근을 가능하게 한다. 여기서 생물학적 죽음과는 다른 의미장fields of sense[25]에 속하는 죽음의 두 가지 양태를 나누어서 볼 필요가 있다. 하나는 동일한 주체가 고정된 삶을 반복하는 것으로써 생물학적으로 살아있지만 삶에 대한 능동적인 활성活性

---

24 Ibid., pp.3~4.
25 마르쿠스 가브리엘(Markus Gabriel)은 '의미장(fields of sense)'을 "특정한 대상이 특정한 양식으로 나타나는 영역"이라고 정의한다. 예컨대 하나의 손은 신체라는 의미장에서 신체의 한 부분이지만, 예술적 소묘의 대상일 때는 작품의 모델이며 물리적 의미장에서는 원자들이 뒤죽박죽으로 뒤섞여 있는 어떤 것이다. 즉 의미장이란 특정 대상이 그것의 상황과 맥락에서 의미의 대상이 되게 하는 영역인 것이다. 생물학적 대상으로 현미경을 통해 바라보는 손과 밥을 먹는 손은 다른 의미장에서 존재하는 전혀 다른 대상인 것이다. 이에 관해선, 마르쿠스 가브리엘, 김희상 역, 『왜 세계는 존재하지 않는가』, 열린책들, 2017, 112~113쪽 참조.

이 없으므로 죽음과 다름없는 상태의 죽음이다. 다른 하나는 생성 속에서 살기 때문에 이전의 삶의 방식으로부터 탈피하며 죽음을 그치지 않는 양상, 끊임없이 다른 존재가 되어가는 삶의 양식이 그것이다.[26] 최승호 시에 나타나는 죽음들은 대개 전자의 것에 대한 비판에 속하는데, 이때 문제가 되는 것은 죽음 그 자체가 아니라 불활성의 은유로서의 죽음이다. 최승호 시적 세계에서는 죽음의 과잉이 삶을 오물화·시체화시키고, 문명 속 죽음의 과잉이 오물과 배설물 등의 쓰레기를 축적되게 한다.[27]

> 부엌에 나타나 뻘뻘거리는
>
> 쥐며느리, 바퀴벌레, 그리마
>
> 축축한 벽지를 들고 일어나는 곰팡이와
>
> 그녀의 싸움은 결국 곰팡이들의 승리로 끝날 것이다
>
> 밤이면 관 속에 누워 있는 여자,
>
> 천장 위에 이사온 사람들이 못질하는 소리,
>
> 그녀는 조금씩 시체를 닮아가는 모양이다
>
> 발가락들은 헐어 진물을 흘리고
>
> 화장품은 더 이상 그녀의 주름살을
>
> 덮어주지 않는다 때때로 그녀도 책을 읽는다
>
> 늙은 학자의 흰 수염처럼 하얀 벌레들이 기어나오는 책을
>
> 그러나 정말

---

26 Deleuze, Gilles and Guattari, Félix, *Anti-Oedipus: Capitalism and Schizophrenia*. trans. Robert Hurley. Minneapolis : University of Minnesota Press, 1983, p.330.

27 전자의 존재론적 접근과 후자의 접근은 시적 맥락 안에서 동시에 작동하는 이중적 층위로써 서로 모순되지 않는다.

어떻게 살아야 할지를 모르겠다고 중얼대다 잠든다

−「썩는 여자」 부분, 『고슴도치의 마을』

"지하생활자"가 되어가는 여자는 혐오적인 것으로 여겨지는 "바퀴벌레, 그리마" 등의 벌레에 둘러싸여 있다. "발가락들은 헐어 진물을 흘리"는 '여자'는 벌레들과 곰팡이의 환경에서 그것들과 점차 구분되지 않는 모양새로 "시체를 닮아"간다. 벌레가 달라붙고 곰팡이 피는 '썩는 여자'의 신체성은 "어떻게 살아야 할지를 모르"는 방향상실의 무기력과 맞물려 "컴컴한 문명 속"에서 '지하'에 은폐된 채 소외되는 인간의 형상이다. 위 시에서 부패화·시체화의 형상이 지하이자 무덤인 곳에서 암점화 되어 가는 인간 실존에 대한 것이라는 점에서 이는 앞선 시 「물 위에 물 아래」에서 '물 아래'의 상황과 비근하다. '썩는 여자', 즉 부패−인간은 생물학적으로 삶과 죽음의 경계에 있는 생물학적 아브젝트이면서, 동시에 '무덤'이자 죽음의 공간인 지하에서 아브젝트에 의해 점령당한 사회적 아브젝트이기도 하다.

'썩는 여자'의 아브젝트화는 이중적 의미의 죽음에 속한다. 먼저 '썩는 여자'는 보이지 않는 곳에 내쳐진 존재로서 사회적 죽음에 속한 존재이다. 또 생물학적으로 살아있지만 죽음에 점령당한 생명의 죽음 상태이다. 아브젝트화 된 '여자'는 삶 속 죽음의 과잉 혹은 삶 속 삶의 결여의 상태에 있다. 사회적 암점과 생물학적 시체화라는 이중적 죽음을 관통하는 것은 능동적 삶을 영위하지 못하는 것으로써 부패화의 양상이다. 삶의 의미, 방향, 가치를 얻지 못하는, 삶의 불활성으로써의 죽음인 것이다.

비근하게 「지루하게 해체중인 인생」『세속도시』에서 '나'의 분변성에 대한 인식은 "지루한 늙음의 길을 지나 / 진흙구덩이로 내려가는 / 묵직한 관"

을 통해 "부서지며 흘러내리는 덩어리"라고 표현된다. 이때 '나'의 삶의
환경 역시 "정화조"이면서 "무덤"이다. 이 삶-죽음은 지루하고 무력한 삶
에 대한 인식, 삶의 무의미성에 대한 인식에 의한 것이다. 즉 삶의 불활성
은 삶을 죽음과 같은 상태로 만든다. 또한 타의에 의해 "사육되면서 도살
의 날을 향해 다가"가는 삶의 불활성 역시 "무력감으로 우울이 뚱뚱해져"
가는 상태로서 삶의 불활성인 죽음인 것이다「터벅터벅 걸어갔던 길」, 『고슴도치』.

불활성으로서의 죽음은 생물학적 죽음의 문제가 아니라 존재로서 역량
이 거의 소실된 것에 따른 문제이다. 불활성은 삶과 죽음 각각에서 나타난
다. 먼저 삶 속 죽음불활성의 과잉으로 나타나는 것이 습속화된 삶, 비판 없
는 삶, 무기력한 방향상실의 삶이다. 앞서 보았듯 주체가 정해진 삶을 반
복하는 것으로 죽음과 다를 바 없는 삶인 것이다. 최승호는 「무인칭 대 무
인칭」『진흙소』에서 당대의 관점에서 일반적으로 보이는 가정의 장면을 묘사
하면서도 "발효하는 시체의 냄새 속에 이렇게 / 모범 가정이 무덤 속에 여
러 개의 관처럼 많을 줄이야"라고 쓴다. 일상적 삶의 행태를 영위하지만
반성적 고찰 없는 모범가족의 삶 역시 최승호의 관점에서는 불활성된 삶,
화석화된 삶, 즉 살아 있으되 죽은 것과 다름없는 삶이다. 이것이 살아 있
는 존재의 생동성·능동성 소실의 문제라면, 죽은 존재의 부패자연적 활성를
막는 것은 죽음의 불활성의 문제이다. 이러한 해석에서 시인의 "나는 결
코 미이라가 되지는 않을 것이다"「오징어·5」, 『고슴도치』라는 진술은 삶과 죽음
의 영역 모두에서 불활성 상태로 정지된 '삶/죽음' 속에 안주하지 않겠다
는 다짐이다. 비판적 의식이 부재한 삶의 은유인 미이라는 삶의 불활성이
면서, 사후 부패가 정지된 상태라는 의미에서 죽음의 불활성 상태이다.

나는 죽어서는 기꺼이 썩어지겠다.

대지는 거름이 필요할 테니까.

(…중략…)

파리똥과 쥐오줌과 거미줄로

얼룩진 천장이 내 넋을 음울하게 한다.

상표가 화려한 桶조림,

국물에 잠겨 있는 桶 속의 송장덩어리,

웬만한 양념으로는 이미

이 맛은 변치 않는 삶은 송장맛이 아닐는지.

― 「통(桶)조림」 부분, 『대설주의보』

　최승호 시에서 부패의 양상은 여러 방식으로 변주되는데, 앞서 '썩는 여자'의 부패는 살아있는 존재의 부패로서 삶이 정지된 불활성의 양태라면, 생물학적 부패는 죽음의 활성으로 자연 순환계의 일이다. '썩는다'는 것은 시체가 가진 '활력dynamism'인 것[28]이다. 즉 유기물의 부패·해체는 대지의

28　후지타 나오야, 선정우 역, 『좀비 사회학』, 요다, 2018, 101쪽. 최승호의 시는 부패와 관련하여 미생물의 범주까지 소재로 다루지 않는다. 하지만 시체, 송장과 같은 인간의 죽음은 비록 비극적 정조 속에서도 다른 비인간적인 존재인 벌레 등의 활동을 가리키기도 한다. 근대적 인간 생명의 비극임과 동시에, 비인간적 생명의 흐름에서는 순환일 따름이다. 일반적인 예에서 죽음이 생명력의 불활성 자체이지만, 다른 의미장에서 죽음은 활동성 자체를 예기하기도 한다. 시체의 부패는 그 자체로 왕성한 미생물의 활동성을 나타낸다. 즉 물리적 죽음에 대해서, 인간 및 생명에 대한 근대적 관점을 버리면 시체는 비인간적 행위자들의 활력의 장이 되는 것이다(예컨대, 브뤼노 라투르가 이러한 부분을 다양하게 논의하고 있다. 구체적으로는 김예령 역, 『나는 어디에 있는가』, 이음, 2021,

거름으로 거듭나는 과정이다. 생물학적 죽음이 개체 인간으로서는 비극이지만, 종種으로서의 인간에게는 자연 순환계에 입각한 흐름이다. 생명 순환의 자연이라는 의미장에서 죽음과 부패는 다른 생명을 탄생하게 하는 토대가 된다. 이 부패는 자연적인 것이며, 사체 속 활성화된 죽음인 것이다.

「통桶조림」 속 송장덩어리나 북어, 쥐치 등은 죽어 있으나 부패가 유예된, 죽었지만 죽음이 활성화되지 못한 채 지속적 죽음만이 과부화된 상태이다. 통조림 속 송장은 "방부제를 잔뜩 발라놓"은 쥐치「쥐치」나 말라가는 북어「北魚」, 이상『대설』 등과 같이, 죽음이 죽어있는 상태, 죽음 속에서 죽음이 연장되는 불활성의 상태이다. 이런 삶의 죽음 상태 때문에 "변치 않는 삶"으로서 "송장맛"이 나는 것이다, 생물학적으로 죽어 있지만 자연적 죽음의 상태에 들어가지 못하는 이러한 유예된 죽음들과, 살아 있으나 죽음과 동일하게 반복된 삶 중인 '모범 가정'이나 '썩는 여자'는 죽음 안에서 등치된다. 부패를 막는 '통조림'은 죽음의 유예이다. 죽어서 부패되어야 하는, 즉 죽음이 활성화되는 생물학적 의미장과 살아있지만 죽음과 다르지 않은 사회학적 부패의 양상이 교차한다. 최승호는 의도적으로 생물학적 의미장과 사회적 의미장을 교란시킨다.

이처럼 부패와 죽음의 양상은 다양하지만, 최승호의 시에서 이러한 형상들은 일관적으로 불활성인 채 비가시적인 것으로 은폐되었다는 공통점이 있다. 자본주의 하에서 자동 반복의 삶에 대한 은유로 나타난 '자동판매기'나 '유령'에 대한 시편의 예들[29] 역시 이러한 양태이다. 그것은 '수면

136~139쪽 참조). 최승호의 시는 관점에 따라 인간/비인간, 생명/죽음에 대한 근대적 문법 바깥에 대한 시적 사유를 이중적으로 볼 수 있다.

29 '자동판매기'는 「機械」(『대설』), 「자동판매기」(『고슴도치』), 「무인칭시대」(『진흙소』)에서, '유령'은 「발걸음」, 「유령들」 「지질학적 시간」(이상『대설』)에서 반복적으로 등장

아래'나 '지하'에서처럼 보이지 않게 은폐되어 있거나, 혹은 '모범 가정'
이나 '자동판매기'처럼 보이는 곳에서 은폐되어 있다. 이것은 생물학적
죽음이거나 무비판적 삶이거나 불활성적 존재로서 「썩는 여자」를 포함한
최승호의 여러 시에서 나타나는 형상들과 교차된다. 이들은 삶의 불활성
으로 인해 부패화·시체화 중인 존재들이다.

        북어들의 일 개 분대가
        나란히 꼬챙이에 꿰어져 있었다.
        나는 죽음이 꿰뚫은 대가리를 말한 셈이다. 북어
        한 쾌의 혀가
        자갈처럼 죄다 딱딱했다.
        나는 말의 변비증을 앓는 사람들과
        무덤 속의 벙어리를 말한 셈이다.
        말라붙고 짜부라진 눈,
        북어들의 빳빳한 지느러미.
        막대기 같은 생각

        (…중략…)

        북어들이 커다랗게 입을 벌리고

한다. '자동판매기'가 무비판적 반복의 삶에 대한 알레고리라면, '유령'은 소외된 인간들
의 형상인데, 둘 모두 실제의 가시성과 별개로 일상에서 익숙하게 받아들여짐으로써 비
가시적인 것들이다.

거봐, 너도 북어지 너도 북어지 너도 북어지

귀가 먹먹하도록 부르짖고 있었다.

―「북어」부분, 『대설주의보』

좀비가 "거대한 기계 속에서 육체가 분쇄되어 갈려 나가도 아무런 불만이 없는, 냉혹한 전 지구적 자본주의 체제를 깊숙이 내면화한 노예", "가용한 자원을 최후의 최후까지 모조리 써버리고, 신체와 감정마저 마모되어 껍데기만 남겨진 '소진된 인간'"[30]이라는 의미에서, "죽음이 꿰뚫은" 메마른 존재인 '북어'는 좀비 다름 아니다. 그리고 이 북어-좀비는 '나'의 북어-됨을 고발한다. 동시에 '나'에게 내재한 죽음의 만연, 삶의 태도에 대한 불활성화를 드러내며, 죽음이 넘쳐나는 시대에서 '나'의 능동적 삶을 촉구한다. 이러한 비인간 형상은 비정상적 특이성이 만연해진 당대의 인간 형상을 드러내며, 비정상의 범람으로 정상성을 획득하는 것이 실제 북어처럼 삶의 활력이 극도로 말소된 형태임을 보이는 것이다.

"나는 결코 미이라가 되지는 않을 것이다"「오징어·5」, 『고슴도치』라는 다짐처럼, "죽어서 기꺼이 썩어지겠다"라는 진술은 생물학적 부패의 과정에 접어드는 것으로, 자연 순환계의 흐름에 따른 죽음의 활성이다. 안락을 바라는 이들에게 "새로움이 두려움"「수족관」, 『세속도시』인 것처럼, 새로움을 막는 두려움이 삶 / 죽음의 불활성을 만든다. 하지만 "내가 아니라 다른 것들이 / 숨쉬기 시작하는 죽음 / 우리는 죽어 새로운 흐름 속으로 흘러든다"와 같은 진술은 단순히 생물학적 죽음이 아닌 죽음에 대한 다른 측면의 사유

---

30   김형식, 『좀비학』, 갈무리, 2020, 32쪽.

가능성을 내비친다. 이는 죽음의 활성화를 통해 다른 삶의 가능성을 타진하는 활성의 영역이다. 이 죽음은 다른 무엇으로의 탄생에 대한 알레고리를 예증한다. 그러므로 시인은 이전의 삶의 양태로부터 벗어나는 활성화된 죽음에 대해서 "힘찬 죽음만이 새파랗게 젊었다"「지팡이를 짚은 늙은 고독」, 『세속도시』라고 쓰는 것이다. 삶의 비활성화나 죽음의 유예 상태가 아니라 삶의 하나의 방식으로써 '힘찬 죽음'은 생물학적인 죽음이라면 '기꺼이 썩어' 거름이나 다른 무엇이 되는 것이며, 존재론적으로는 죽기를 그치지 않으면서 끊임없이 다른 존재로 거듭나는 것[31]이다.

4. 생명 이전과 죽음 이후의 존재 양상

최승호 시에서 분변화·시체화는 일차적으로 인간에 대한 '승격화된 사용' 관점에서 혐오의 대상이면서 인간 소외를 야기하는 문명과 습속화된 삶, 불활성화된 삶에 대한 비판을 위한 알레고리이다. 한편 분변은 '인간'과 '주체'의 동일성을 해체하는 인간에 대한 '하락한 사용'으로서, 인간을 가리키는 많은 층위 중 저급에서의 물질성이기도 하다. 즉 분변은 근대적 '인간'의 타락이면서 동시에 '인간' 삶의 물질적 조건이다. 양자의 층위 사이에서 생명과 죽음에 관한 생물학적 의미장과 사회적 존재론적 의미장의 교란이 나타난다. '나'의 '분변'화는 주체가 사물화되는 것, 생명이 죽음화시체화 되어 가는 것의 극단이면서, 이 극단성이 주체/대상사물, 생명/

---

31 Deleuze, Gilles and Guattari, Félix, Ibid., p.330.

죽음의 이분법적 경계를 해체한다.

　이러한 경계 해체를 가능하게 하는 것은 이분법적 구분에 의해 나뉘지 않는 아브젝트의 분리 불가능성, 기존의 인식론적 도식에 포함되지 않는 이질성의 발견이다. 앞서 언급한 바와 같이 아브젝트는 주체나 대상 어디에도 속하지 않으며, 또한 신체의 안과 밖 어디에도 위치 지을 수 없는 것이다. 예컨대 시체는 사물도 생물도 아닌 무엇으로, 그 자체로 미해결적인 것이다. 또한 '썩는 여자'나 '미이라'의 삶, 즉 생물학적으로 살아 있는 존재를 '시체', '송장'으로 인식하는 것은 그 삶 속에 깊이 침윤되어 있는 죽음불활성의 과잉으로 인해 삶과 죽음 사이에서 그 위치를 특정할 수 없는 것들이다. 살아 있는 상태에서 죽음이 침투한, 즉 썩는 여자나, 살아 움직이는 시체, 미이라 등의 역설이 그것이다. 그리고 최승호의 시에서 이러한 구분 불가능성이 생명/죽음의 물질성의 표상으로 나타나는 것이 버려진 태아와 고깃덩어리[32]이다.

　시체/송장이 죽음의 과잉의 표상이라면, 태아와 핏덩어리, 고깃덩어리는 삶 자체로 활성화되지 못한 생명 '이전/이후'의 존재에 대한 표상이다. 태아는 탄생하지 못했고, 인간의 형상화를 갖추기 이전이며, 또한 삶을 영위하지 못했다는 의미에서 생명 이전에 속한다. 하지만 최승호 시에서 태아는 탄생 이전에 버려짐abjected으로써 생명 이후에 속하게 된다. 한편 핏덩어리, 고깃덩어리는 존재론적으로 인간이나 동물로 형상화되기 이전이라는 의미에서 생명 이전의 존재이며, 사후의 사체가 형체를 잃고서 도달한다

32　이러한 예들은 「물 위에 물 아래」(『대설』), 「붉은 고깃덩어리」(『고슴도치』), 「무인칭의 죽음」(『진흙소』), 「赤身」(『세속도시』) 등 최승호의 80년대 시편 중 다수에서 죽음과 부패의 형상들 못지않게 반복적으로 나타난다.

는 의미에서 생명 이후의 존재인 것이다. 이러한 측면에서 태아와 살덩어리는 모두 '비정형'으로 "시작과 성장, 실제 시작과 쇠퇴의 상징"[33]이다.

> 그 죽은 핏덩어리를
> 뭐라고 불러야 서기書記가 받아쓰겠는지
> 나오자마자 몸 나온 줄 모르고 죽었으니
> 생일生日이 바로 기일忌日이다
> 변기통에 붉은
> 울음뿐인 생애,
> 혹 살았더라면 큰 도적이나 대시인이 되었을지
> 그 누구도 점칠 수 없는
>
> ―「무인칭의 죽음」 부분, 『진흙소를 타고』

태아는 생사를 알 수 없는 모호한 영역에 속해 있다.[34] 태아라는 살덩어리, 즉 비정형의 존재는 생물학적으로 인간 형태를 갖추기 이전, 인간 생명 이전의 존재로서 비인간이고, 그러므로 죽음과 생명 사이에서 구분 불가능한 존재다. 이러한 의미에서 태아는 '무인칭'[35]이지만 이 경계선상의

---

33 Mary Douglas, Ibid., p.162.
34 Mary Douglas, Ibid., p.96.
35 『진흙소를 타고』에서 최승호는 반복적으로 '무인칭'에 대하여 서술한다. 최승호의 '무인칭'은 바타유, 크리스테바의 아브젝트와 동일한 특성을 지닌다. 「?」에서 최승호는 '무인칭'에 대해 "태아胎兒 같은 것 / 海馬 같기도 하고 / 궁둥이에 똥 한 조각 달린 사람 같기도" 한, "뭐라고 말하기 뭣"한 것이라고 서술한다. 이러한 무인칭은 명명, 형상, 규정 등이 불가능한 존재이다. '태아' 같이 모호한 것이고 또 배설물 같이 분변적인 것이기도 하다. 이러한 측면에서 무인칭은 그것을 규정하는 어떤 인식이나 질서 체계에서도 벗어나 있는 아브젝트적인 것이다.

존재가 '버려진'다면, 태아의 삶/생명이 활성화되기 전에 죽음으로 내쳐지는 것이다. 버려진 태아는 삶/생명 '이전의' 존재이자, 사체처럼 삶/생명 '이후의' 존재로서, 이전과 이후의 죽음이 양방향에서 과잉되어 삶의 가능성이 말소된 (존재 아닌) 존재이다. 즉 '무인칭'이 인칭·정체성·개별적 특수성 없는 존재로서 잠재성을 담보하고 있었다면, 버려진 태아는 생명/삶/존재/인칭을 획득하지 못한 상태로 버려짐으로써 죽음이 이중 부과된 것이다. 이러한 이중적 죽음이 '무인칭'의 죽음이다. 변기에 버려진 태아는 다른 창조적·존재자적 삶을 살 가능성이 말소된 상태인 것이다. 즉 태아의 잠재성을 막는 불활성은 보다 비극적이다.

최승호 시에 나타나는 이러한 표상은 당대의 삶의 양태가 삶의 능동적 활성화를 막는 불활성의 시대였음에 대한 비판적 자각이다. 즉 삶을 영위하기도 전에 이미 기능적/도구적 삶의 방식이 강제되는 현실, 그래서 다른 삶의 가능성 없이 도구적/대체가능적/익명적 삶을 살다가 죽게 예정된 삶이라는 것이다. 이에 '무인칭'은 삶-죽음의 경계가 없는 상태에서 변기통 같은 통로를 지나는 삶/죽음에 내쳐지는 것이다. 이 기능적/도구적 삶 자체를 죽음으로 보는 것이 태어나기 전에 버려진 변기 세계에 대한 인식, 즉 태어나기 전부터 죽음의 불활성으로 만연한 삶에 대한 인식이다. "부패가 심한 나체의 변시체, / 부상하는 잠수함 속의 군인들, / 한때도 저들도 태아였다니"「무인칭시대」,『진흙소』라는 진술에는 태아가 영위할 수도 있었을 과정으로서의 생애가 말소되어 있다. 이 인식에서 태아와 변시체는 동일선상에 놓여 있고, 생명으로서의 삶은 극단적으로 축소되어 있다. 이러한 생명성의 말소가 죽음 과잉 다름 아니며, 실제적 삶 없음으로 버려진 생명이다. 또한 "신神도 이제는 무인칭 / 이름 부르지 않는 편이 훨씬 神에 가깝다"[?], 『진흙소』는 진술에서 보듯, "무인칭시대"에는 '신'도 수직적 위계의 최상위에 자리하지 못한다. '무인칭시대'는 '신'과 '인간'을 필두로 한 여타의 승격화된 가치가 모두 하락하였으므로 지향해야 할 가치가 상실된 시대이다.

다른 한편, 최승호가 「무인칭시대」에서 '무인칭'은 산업사회에서 기계화·기능화에 의해 대체 가능한 부품으로 전락한 존재, "노동자를 기억하지 않"으므로 "모든 상품들"에 의해 소외된 자를 가리킨다. 이러한 양태의 '무인칭'은 익명성과 대체가능성의 존재들[36]로서, 개별적 정체성을 갖지 못하여 능동적 존재가 되지 못한 삶 전반을 가리킨다. 그러므로 무인칭은 생물학적으로 태어나지 못했으므로 인칭을 가지지 못한 생 이전의 존재, 삶을 영위하지 못하는 삶의 양태를 포함하여, 생물학적 탄생과 무관하게 능동적 삶을 영위하지 못하는 존재를 포괄한다. 즉 '무인칭'은 활성화된 삶을 영위하지 못하는 존재들에 대한 지칭 다름 아니다. 이러한 '무인칭' 화의 물질성이 강조된 표상이 '고깃덩어리'이다.

> 고깃덩어리가 피를 흘린다
> 칼로 친 핏줄들의 구멍을 다 열어놓고
> 도마 위에 남은 피를 내뿜는다
> 수술대 위에서

---

36 '무인칭'의 이러한 특성에 대해서는 블랑쇼가 "비인칭적 총체 속에 사라"지는 존재로 묘사한 로베르트 무질의 '특색 없는 남자'를 참조할 만하다. 블랑쇼는 『특색 없는 남자』를 인용하며 "현대가 만들어낸 종족"으로 몇 백만이나 있는 "아무 것도 아닌" 존재로서, "대도시에 사는 누구라도 좋을 인간이며 누구와 대체되어도 상관없는, 누구도 아니며 누구라고도 보이지 않는 인간"이라고 설명한다. 이에 대해선 모리스 블랑쇼, 심세광 역, 『도래할 책』, 그린비, 2011, 267~270쪽 참조.

제왕절개 수술로 꺼낸 붉은 핏덩이

화사한 봄날 각혈하고 죽은 시인

누구나 피를 흘리면서 살아가는 것이다.

칼이 심장을 베지 않아도

조용히 마취의 피를 쏟으면서

살아가는 것이다 붉은 고깃덩어리여

그렇게 그렇게 죽어가는 것이다 발이 묶인 채

꽥꽥거리다 조용해지는 도살용 돼지들과

시퍼런 낙인이 찍힌 채 도살장에서 굴러나오는 살덩어리들,

ㅡ「붉은 고깃덩어리」 부분, 『고슴도치의 마을』

화장한 문둥이 얼굴을 들고

미소 짓는 자본주의의 밤에

붉은 등 싱싱한 정육점에 걸려 있는

늙은 창녀의 고깃덩어리

피를 흘린다

(…중략…)

붉은 등 싱싱한 정육점에 걸려 있는

애기 창녀의 고깃덩어리

ㅡ「적신(赤身)」 부분, 『세속도시의 즐거움』

태아가 삶에 대한 잠재성의 지대 그 자체이면서 삶에 있어 무능비활성의 존재라면, 죽은 고깃덩어리는 판매라는 단일 용도에 의해 잠재성이 소거되어 죽음에 있어 무능비활성해진 존재이다. 또한 태아가 죽음과 생명의 경계에 있는 존재라면, 최승호 시에서 '고깃덩어리'는 생명과 사물시체의 경계선상에 있다. 이들은 삶과 죽음의 자연스러운 순환계에 속하지 못한 불활성적 죽음의 과잉으로 인해 나타난 존재들이다. 태아가 삶 '이전의' 존재라면, '고깃덩어리'는 삶이 절단된 '이후의' 존재로서 공통적으로 죽음의 과잉에 속해 있다. 더불어 버려진 태아는 "죽은 핏덩어리"「무인칭의 죽음」로서 물질성의 차원에서 '고깃덩어리'와 공통된다.

"누구나 피를 흘리면서 살아"간다는 것은 몸−물질 덩어리를 가진 생명 일반의 공통성에 대한 인식이며, 또한 상처로 인해 아픔을 느끼는 존재 일반의 보편성에 대한 인식이다. "도마 위"의 "고깃덩어리"나 수술대 위에 제왕절개 수술로 꺼낸 "붉은 핏덩이", 그리고 피 흘리며 죽는 이의 형상 모두 생명/사체의 구분 불가능성에 속해 있지만 고통 받는 존재라는 공통성에 속한다. 들뢰즈는 "고기는 죽은 살flesh이 아니라, 살아 있는 살의 모든 고통과 색깔을 지니고 있다"고 하며, "고통 받는 모든 인간은 고기"라고 했다. 즉 "고기는 인간과 동물의 공통 영역이고 그들 사이의 구분 불가능의 영역"이라는 것이다.[37] 고통 받는 것들은 고통의 공통성 안에서 형상적 외피 및 상승화된 가치를 소실한 채 육체의 하락한 측면이자 물질인 '고깃덩어리'로 존재하는 것이다. 또한 고통의 극한으로써 죽음 역시 이러한 생명들의 공통적 지대이다.

---

37 Gilles Deleuze, *Francis Bacon: The Logic of Sensation*, trans. Daniel W. Smith, Minneapolis : University of Minnesota Press, 2003, p.21 참조.

냉장고 안 고기에서 떨어지는 피[血]의 은유인 '비'는 "비정형非定形의 당나귀들", "비정형非定形의 이무기들", "비정형非定形의 캄보디아 난민들"을 안고 "아스팔트에" 떨어진다. '당나귀', '이무기', '캄보디아 난민'은 각각 외면적 형상과 고통의 경험이 다른 존재들이지만 모두 고통과 죽음의 영역이자 하락한 물질성의 영역인 고기와 피의 뒤섞임 속에서 동일해진다. 즉 구분 불가능하게 뒤섞인 아브젝트의 비정형과 죽음 안에서 공통의 지대를 이룬다. 하지만 이러한 죽음은 '승격화된 인간'의 측면에서 고통스러운 쇠락을 통해 비극적으로 도달하는 지대다.

한편, 시 「적신赤身」은 '인간' 존재를 '고깃덩어리'로 만드는 시스템의 구조적 폭력을 구체적으로 '자본주의의 밤'이라고 명시한다. 폭력에 의해 고통 받는 육체들은 실존적 의미를 상실한 '고깃덩어리'라는 공통의 영역에 속한다. 무엇보다, 자본주의 사회에서 고통 받는 육체라는 의미로 접근하면 정육점의 도살된 '고깃덩어리'와 '창녀'의 신체가 다르지 않다. 더불어 '인간' 신체와 '고깃덩어리'의 공통성은 가장 실제적인 죽음, 즉 삶의 불활성에 의해 발생한다. 고통 받는 육체가 결국 '판매용'이라는 것은 육체에 최초로 덧대어진 승격화된 인간으로서 기대되는 인간성이나 생명의 고귀함과의 괴리를 만든다. 이러한 발화에서, '인간성', '생명성'에 대해 기대될 수 있는 고귀한 측면은 모두 물질성의 단계로 하향 조정된다.

하지만 이러한 비극 속에서도 인간과 생명의 하락한 측면인 고깃덩어리에 대한 사유와 감각은 고통과 죽음의 공통성을 통해 '인간'과 다른 생명들의 고통이 다르지 않음을 환기시킨다. 저급유물론적 하락의 사용 효과는 '인간', '나'의 고통을 죽음에 속하는 다른 존재들, 즉 '당나귀', '이무기', '캄보디아 난민', '창녀'와 도살장에서 죽은 가축의 고통까지 확장시켜 경험하게 하는 것이다. 즉 유사한 상황과 환경 속에서 어떤 인간이든 다만 '판매용'으로 전시된 죽음과 같은 불활성으로 대체될 수 있음을 환기케 하는 것이다. 더불어 어떤 불활성의 삶 역시 아스팔트에 떨어진 죽음, 정육점에 걸린 고깃덩어리와 다르지 않는 모습으로 나타날 수 있음을 반증하는 것이기도 하다. 고통과 죽음의 공통성 안에서 '나'는 다양한 '타자'를 경험할 수 있게 되는 것이다.

문제는 이러한 폭력과 고통의 물질성이 바타유가 '도살장'에 관해 논의했던 것과 마찬가지로 "세균에 오염된 선박처럼 저주가 내려진 채 격리"되어 있다는 사실이다. 즉 오물·배설물은 그것의 명백한 현존에도 불구하고 인식 구조 및 시선의 '수면 아래' 격리/은폐되어 있다는 것이다. 최승호의 시는 세상이 오물과 분변 등과 더불어 갖가지 고통으로 가득 차 있음을 드러낸다. 동시에 최승호의 시는 '도살장'이라는 폭력적 공간과 그로 인해 유발된 고통으로 그득한 세계를 고깃덩어리를 통해 여과없이 보여준다. 승격화된 인간의 관점에서의 문명 비판과 더불어, 그것이 만들어낸 폭력과 고통의 만연을 인간의 저급물질적인 측면을 통해 언표한 것이다.

최승호 시적 존재들의 비정형적 외양은 다분히 여러 사회적 억압에 짓눌린 폭력의 결과물로 나타나지만 그럼에도 불구하고 일종의, 물질, 생명, 고통 등 생명의 가장 낮은 층위에서의 공통성을 보인다. 분해된 외양, 대상에 대한 해체, 정형 이하의 것들은 정체성, 형체 이하의 공통성으로 침잠하는 것에 대한 표기이며, 이는, 사회적 존재로서 이름 이전의 것들 무명씨보다 더 공통된 범주를 아우르는 것이다. 생명 존재의 가장 낮은 층위에 있는 것에 대한 일종의 "배설물적 동일화"[38]인 것이다. 즉 사회 범주의 어떤 인간형이건, 살과 피의 육신으로 이루어져 있고 먹고 싸고 고통 받는 존재라는 생명의 가장 본래적인 공통성이다. 저변성의 접근에서, 생명에 속한 모든 것들이 동일시될 수 있다. 저변의 공통영역은 타자, 다른 존재들을 사유 및 감각할 가능성의 지대이다.

5. 전적으로 다른 것을 위한 지대

80년대 한국사회는 정치적으로 엄혹한 상황하에서 미국식 자본주의의 정착과 문명사회의 폐해가 본격화되며 인간·생명에 대한 억압과 소외가 만연하는 등 다방면의 시대적 내홍을 겪었다. 최승호 시는 사회의 다양한 문제들을 오물, 분변 등의 소재 사용으로 문명화를 비판적으로 다루면서, 문제의식의 본질적 층위에서 근대적 '인간'과 '문명'이 스스로의 구성을 위해 내세운 인식론 자체를 재고한다. 80년대 엄중한 시대 상황에서 세상이 부정성의 환유로서의 오물로 가득 차 있음에 대한 비판적 인식이 일차적인 시적 발화

---

38 지젝은 기독교의 신학적 체계가 "배설물적 동일화"에 의존하고 있다고 하며, "고통당하면서 죽어가는 수난자 예수의 가엾은 형상과의 동일화", 즉 "부자와 가난한 자, 정직한 사람과 죄인, 주인과 노예, 남자와 여자, 이웃과 이방인인 우리 모두는 그리스도 안에서 하나가 된다"라는 층위의 사유구조를 작동시킨다고 주장한다. 지젝은 이를 비판적으로 바라보는데, 이것이 '수난자 예수'라는 가정된 보편적 인간상을 담보로 하여 기존의 권력관계에 대한 대항을 용납하지 않고, 오히려 기존의 체제 질서를 유지시키는 방식을 작동시켰다는 것이다. 즉 예수라는 고상한 인간상 안에서, 모두가 각자의 면죄부를 얻으며 기존의 체계를 유지시키는 '거짓된 은유적 보편화'로 이용된다는 것이 비판의 요지이다 (슬라보예 지젝, 이성민 역, 『까다로운 주체』, 도서출판b, 2005, 375~376쪽).
지젝의 비판이 가진 통찰을 숙고하면서도, 기독교적 고상한 가치의 보편화, 즉 인간의 신적 고양 속에서의 통일이 아니라, 그러한 고양된 통일성을 깨뜨리는 낮은 층위의 공통성은 특정의 정체성 바깥의 타자에 대한 사유의 시발점으로써 유효한 의미를 지닌다. 즉 모든 생명 존재 일반의 실질적 공통성, 가장 날 것이며 저층(底層)의 기본적 생명 물질의 공통성이 그것이다.

의 토대이지만, 이와 더불어 80년대라는 제한적 시기를 넘어서 근대적으로 형성된 '인간', '생명' 일반에 대한 인식 자체에서 발로한 문제제기가 저변에 깔려 있는 것이다. 시에서 오물과 배설물, 그리고 죽음 등은 '인간', '생명', '존재' 일반이 스스로의 고양을 위해 폐기해 온 것들이다. 최승호에 시에 나타나는 저급유물론적 분변성은 이전의 관습적인 규준과 이분법적 분류에서 벗어나 인간 및 물질의 가장 저급한 측면을 드러내는 것이다. 문제는 다양한 의미장에서 다른 의미를 띠는 생명과 죽음 자체보다, 사회의 분변들을 격리·은폐시키는 불활성된 감각과 습속화된 인식 구조의 경계이고, 최승호의 시는 아브젝트에 내재된 인식 불가능성·구분 불가능성의 불편함으로 사유와 감각의 불활성을 흐트러뜨리는 것이다.

분변 및 시체 등 저급유물론적 접근은 최승호 시의 절망적 시대 묘사에도 불구하고, 그에 반하는 몇 가지 다른 시각의 독해를 허용한다. 최승호 시에 나타나는 '무인칭'이 태어나지 못하고 가치화되지 못한, 활성화되지 못한 삶과 삶의 불능에 대한 냉철한 진단이면서, 동시에 그럼에도 불구하고 '아직' 아무 것도 아님이 가진 잠재성의 지대를 여전히 남겨두고 있기 때문이다. 앞서 보았듯 변기의 세계는 잠재성마저 말소시키는 불우한 시대에 대한 묘사이지만, 그것의 극단적 비극성은 다른 가치들로 구성된 질서의 재편을 보다 강력하게 촉구한다. 또한 비극적 시대인식에 따른 분변성은 '나'와 '인간'이 낮은 지대의 다른 것들과 이미 뒤섞여 있다는 인식을 통해 '나', '인간'에게서 벗어나 다른 존재의 고통과 죽음에 대한 감각과 경험으로 나아간다.

오물, 사체, 버려진 태아 등 심리적 불편과 생리적 혐오를 일으키는 소재들은, 그것을 야기하게 한 제반 문명까지 부정적으로 환기하게 한다. 시적 주체의 극단적 사물화로서 주체의 분변성은 주체와 오물을 양극단에서 만나게 하며 양자 간의 경계를 와해시킨다. 이는 생명/죽음 사이에서 구분 불가능한 태아, 신체/사물 사이 분리 불가능한 배설물과 같은 모순적인 것들의 아브젝트성을 부각함으로써 달성된다. 주체와 주체의 극단으로써 배설물은 공통의 저지대에서 존재론적으로 전혀 반대의 것과 만난다. 승격화된 인간과 인간의 가장 하락한 사용으로써 오물·사체·송장은 '인간' 및 생명체라는 범주 안에서, 동일하지 않지만 결코 구분되지 않는 공통성을 보여준다.

최승호 시의 전면에 배치된 정동은 혐오와 환멸이다. 그런데 공통성 속에서 환멸을 일으키는 대상이 자신과 다르지 않음에 대한 인식, 부정적 대상이 세상에 만연함으로 거부할 수 없다는 인식은 역설적으로 환멸 대상에 대한 지극한 연민과 연대의식을 일으킨다. 가장 먼저 버려지는 배설물, 희생되는 태아, 고통 받는 고깃덩어리가 '나'와 다르지 않다는 인식으로부터 '나'는 어떤 타자성과 구분되지 않은 채 뒤섞여 감각과 경험의 공유지를 구성한다. 이로써 환멸의 시는 생명과 죽음 일반에 대한 도저한 연민과 연대의 시가 되는 것[39]이다.

최승호 시에 대한 이러한 접근은, 인간중심적 인식론과 인간 중심적으로 형성된 생명/죽음 및 주체/대상의 이분법 등을 파기한다. 최승호 시는 생명/죽음, 주체/대상 등의 분리가 아니라, 생명의 극한으로서의 죽음, 주

---

[39] 이러한 측면에서 90년대 최승호 시의 생태적·동양사상적 전회에 대한 기존의 독해, 즉, 최승호의 시가 5시집 『회저의 밤』(세계사, 1993)에 와서 "부정과 긍정의 이분법적 사유"를 극복하고 "절대긍정의 세계"에 이르면서 "생태학적 상상력을 통한 모태지향적 생명 사상과 상생의식"을 보여주는 '일대 전환'(류근조, 앞의 글, 257쪽)을 이루었다는 관점보다, 그 변화를 80년대 시에 내재된 생명/죽음 및 환멸/연민의 공통성에서 대한 인식에서 나온 자연스러운 발화로 보는 것이 보다 충실한 독해가 될 것이다.

체의 극한으로서 대상이 있음을 드러낸다. 이때 극한은 이분법을 가르는 경계처럼 분리를 위한 것이 아니라, 생명-죽음, 생명체-사물이 온전히 분리될 수 없는 영역 속에서 이어져 있음을 보이는 것이다.

마지막으로 80년대 최승호 시에 대한 이러한 접근은 2010년대 이후의 도나 해러웨이Donna Haraway, 애나 칭Ana Tsing 등이 보여주는 새로운 철학적 흐름의 선행적 시적 실천의 측면에서도 참조점을 가질 것이다. 해러웨이는 인류세 시대 이후 비인간적 존재들과 함께 하는 삶의 방식을 전위적으로 설파하는데, 그녀는 '인간성humanities'이 아닌 '부식토성humusities'을 강조하며 인간/비인간이 구별되지 않은 채 "뜨거운 퇴비 속에서 오로지 서로 함께-될 뿐인" 삶의 모습을 그려낸다.[40] 이처럼 '인간'의 죽음에 대한 비극적 논의에서 벗어나서 다른 것들과 공존하는 삶에 대한 가능성은 "말뚝은 썩으면서 버섯이라도 보여주지"「유령들」, 『대설』라거나 "그날 나는 나아가고 있었다 배 밑에 숨은 씨앗들이/내 오장육부를 뚫고/솟아오르는 푸른 대나무숲을 상상하면서"「땅에 배를 깔고」, 『고슴도치』라는 표현들에서 나타나고 있다. 인간의 생명과 죽음에 대한 기존의 태도들과 전혀 다른 이러한 접근은 최승호의 아브젝트들처럼 심리적·인식론적 불편함을 야기하지만, 이러한 불편함에도 불구하고 "'전적으로 다른 것의 학문'인 이질성"[41]에 기반한 시적 사유는 여전히 요청된다.

---

40 Donna Haraway, *Staying with the Trouble: Making Kin in the Chthulucene*, Durham: Duke University Press, 2016, p.97·p.4.
41 이브 알랭 부아·로잘린드 E. 크라우스, 앞의 책, 80쪽.

참고문헌

가브리엘 마르쿠스, 김희상 역, 『왜 세계는 존재하지 않는가』, 열린책들, 2017.

니콜라 부리오, 정연심·손부경 역, 『포스트프로덕션』, 그레파이트온핑크, 2016.

_____, 정은영·김일지 역, 『엑스폼─미술, 이데올로기, 쓰레기』, 현실문화A, 2022.

김준오, 「종말론과 문명비판시」, 『세속도시의 즐거움』 해설, 세계사, 1990.

김진영, 『상처로 숨쉬는 법』, 한겨레출판, 2021.

김형식, 『좀비학』, 갈무리, 2020.

류근조, 「최승호 시의 사유구조와 상생적 의미」, 『한국시학연구』 12호, 한국시학회, 2005.4.

모리스 블랑쇼, 심세광 역, 『도래할 책』, 그린비, 2011.

반경환, 「무인칭들의 삶─최승호의 시세계」, 『문학과사회』 3권 3호, 문학과지성사, 1990.8.

브라이언 딜, 한유주 역, 『쓰레기』, 플레이타임, 2017.

슬라보예 지젝, 이성민 역, 『까다로운 주체』, 도서출판b, 2005.

오수연, 「최승호 초기시의 알레고리 양상과 기능」, 『어문연구』 86권, 어문연구학회, 2015.

에리히 프롬, 문국주 역, 『불복종에 관하여』, 범우사, 1996.

이광호, 「부패의 생태학」, 『현대시세계』 3권 2호, 청하, 1990.6.

_____, 「몸살의 시, 배설의 생태학」, 『환멸의 신화』, 민음사, 1995.

수전 벅모스, 김정아 역, 『발터 벤야민과 아케이드 프로젝트』, 문학동네, 2004.

이브 알랭 부아·로잘린드 E. 크라우스, 정연심 외역, 『비정형─사용자 안내서』, 미진사, 2013.

정유화, 「1980-90년대 도시공간의 구조와 의미─최승호 시를 중심으로」, 『한국학논집』 제69집, 계명대 한국학연구소, 2017.

주디스 버틀러, 조현준 역, 『젠더 트러블』, 문학동네, 2008.

최승호, 『대설주의보』, 민음사, 1983.

_____, 『고슴도치의 마을』, 문학과지성사, 1985.

_____, 『진흙소를 타고』, 민음사, 1987.

_____, 『세속도시의 즐거움』, 세계사, 1990.

_____, 『여백』, 솔, 1997.

홍용희, 「미궁과 허공의 만다라─최승호론」, 『작가세계』 14(2), 2002.5.

후지타 나오야, 선정우 역, 『좀비 사회학』, 요다, 2018.

Deleuze, Gilles and Guattari, Félix, *Anti-Oedipus: Capitalism and Schizophrenia*. trans. Robert Hurley. Minneapolis : University of Minnesota Press, 1983.

Deleuze, Gilles. *Francis Bacon: The Logic of Sensation,* trans. by Daniel W. Smith, Minneapolis : University of Minnesota Press, 2003.

Douglas, Mary, *Purity and Danger: an Analysis of the Concepts of Pollution and Taboo*, Routledge, 1966.

Haraway, Donna, *Staying with the Trouble: Making Kin in the Chthulucene*, Durham: Duke University

Press, 2016.

Kristeva, Julia, *Powers of Horror : An Essay on Abjection*, trans. by Leon S. Roudiez, New York: Columbia UP, 1982.

역사의 천사는
똥구멍 사원에서 온다

김현론

김건형

이 글은 김현의 시에 반복적으로 등장하는 항문과 항문섹스 및 똥의 이미지를 중심으로, 이성애 정상 가족 이데올로기 속 가부장을 위해 형성되어 왔던 기존의 문학사와 역사철학을 비판적으로 해체하는 양상을 독해한다. 김현 특유의 '항문의 서정'은 기존 한국 서정시 및 문학의 정치성을 심문하고, 서구적 퀴어 문화사를 변용해 한국적 퀴어 인식론을 재구성하는 아카이빙으로 나아간다. 이는 혐오 발화와 재생산 미래주의를 극복하는 퀴어 서정시를 제안한다는 점에서 한국 문학의 새로운 지평으로 평가할 수 있다.

• 이 글은 김현의 다음 시집을 주로 읽는다. 『글로리홀』, 문학과지성사, 2014; 『입술을 열면』, 창비, 2018; 『호시절』, 창비, 2020; 『낮의 해변에서 혼자』, 현대문학, 2021; 『다 먹을 때쯤 영원의 머리가 든 매운탕이 나온다』, 문학동네, 2021. 이하 본문에서 시 인용 시 시집 제목은 첫 글자로 약칭한다.

1. 혁명과 수치심

그 혁명은 끝났다. 이제 조선은 지독한 수치의 시간을 감당해야 한다. 혁명 끝에 시민이 단죄한 전직 대통령을 일방적으로 사면한 일은 단적인 예시일 뿐이다. (그나마 온정적 가부장인) 페미니스트 대통령이 되겠지만 퀴어는 '나중에'라던 대통령에서, 구조적 차별은 없으니 이기적인 페미니즘을 버려야 한다는 대통령으로 바뀔 정도로 제도권 정치는 퇴행했다. 특히 서로를 한없이 미워하는 시민들의 모습은 그간 무엇을 위해서 다 함께 광장에 모였고 혁명을 운운했던 것인지 되묻게 했다. "이태원 클럽과 유흥업소 등에서 코로나19 집단 감염이 일어난 후 악의적인 보도로, / (됐고) 국민 망해라 / 이명박근혜 사면하면 전두환 꼴 난다"「큰 시」, 『낮』. 지금 여기는 망했다는 시인의 자조 혹은 자학은 미래로도 이어진다. "털보 며느리인 너는 구슬픈 목소리로 / 내게 미래를 발설한다 // 먼저 가 조선은 이미 틀렸어"「미래 서비스」, 『호』. 도대체 조선은 언제부터 이미 틀려먹은 것일까. "박근혜가 대통령 되었다"「불온서적」는 시대적 조건을 첫 페이지에 배치했던 시집 『입술을 열면』은 혁명과 인간을 면밀하게 탐색하는 작업이었다. "광장에서 물대포가 쏟아질 때 패배의 무기는 무기력하고 인간은 젖은 채로 서서 방패가 된다. 무기를 막지 않는다. 무기를 넘보지 않는다"「인간」. 폭력을 막는 방패가 되기 위해서, 적과 같은 무기를 손에 쥐는 대신 맨몸으로 촛불을 들었다. 광장 도처에서 인간을 발견하고 승리까지 거머쥐었던 그 시점에, 시인은 개선가가 아니라 그 반대의 것을 말한다.

조선은 오래전에 망한 나라
우리는 자학한다

너는 우리 앞에 시간이 있다고 생각하겠지만
우리 앞에 놓인 것은 시간이 아니다

시간은 끝났다
이제 시간은 시간이다

(…중략…)

초는 사라지고
밧줄은 불타버리는데

마음에
딱딱한 촛농이 쌓인다

조상님들을 떠올린다

「조선마음 11」

촛불을 들고 광장으로 나섰던 인간의 마음은 혁명의 성취 이후에도 녹지 않고 촛농으로 떨어져 굳어 있다. 그때의 수치와 절망이 여전히 누군가의 몫임을 보기 위해 혁명 이전의 마음을 잊지 않으려 한다. 마음에 촛농이 쌓인 인간은 혁명의 시간을 멈춰 세운다. 그리고 지금의 조선을 만든 조상님들을 떠올린다. "조선의 시간은 어디로 갔을까? // (…중략…) // 오늘은 반드시 / 얼굴이 빨개지고 싶다"「조선마음 8」는 자문은 자학하지 않고서는 말할 수 없는 수치심에 관해 묻기 위함이다. 조선의 시간을 되돌리기 위해서는 부끄러움과 수치가 필요하다.

사랑과 혁명을 노래하던 수많은 시에 따르면 혁명은 사랑을 회복하는 것이어야 하는데, 사랑은 여전히 회복되지 않았다. 혁명에 참여했던 퇴역 군인 출 씨가 소년 이반에게 들려주는 이야기 역시 개선가가 아니다「박물」. "이반 / 나는 혁명이 아니라 사랑을 들려주마". "어느 늦은 밤에 죽어가는 이반은 내게 자신이 쓴 「이반의 어린 시절」을 들려주었"고 출 씨는 이를 다시 소년 이반에게 들려준다. 하지만 이 이야기가 불길하다며 손가락질을 하는 "사람들은 이반을 장미와 가시 유리관에 가두고" 만다. 한국어로 '이반'이 퀴어들이 자칭하는 이름으로 사용되어온 문화사를 상기한다면,[1] 이반의 사랑에 대한 이야기를 다른 이반에게 전승하고 "끝내 이반에 관하여 쓴다"는 시적 상황은 단지 거대 서사에 맞서 사랑을 들이미는 낭만으로 읽히지 않는다. 혁명의 공간이었던 바로 그 광장에서 여전히 너희의 이름을 지우고 감추라는 말을 들을 때, 혁명이 누락했던 인간의 이름을 다시 묻지 않을 수 없다.

그래서 시인은 승리한 자들의 역사를 다시 본다. 「어떤 이름이 다른 이

---

[1] 다양한 성소수자를 포괄하는 영어식 표현 '퀴어'가 활발하게 사용되기 전부터 한국 성소수자 공동체에서는 '일반(인)'과 다르다는 함의를 담은 '이반'이라는 고유한 단어가 쓰여왔다.

름을」은 제2차 세계대전 승전 후 연합군이 "독일 소녀를 겁탈하고 / 독일 노인을 깨끗하게 처리"한 하룻밤을 다룬다. 그런데 김현 특유의 각주를 통한 서브 텍스트 배치는 이 지워진 이름에 어떤 패턴을 부여한다. 시의 제목 앞에 달린 각주에는 "4·3사건의 피해자로서 그 아픔을 상징적으로 대변해온 사람"의 "이름"이, 시의 끝에 달린 각주에는 "이름. 우리는 언제 지워지지 않을 수 있나요?"라는 질문과 함께 세월호 유가족을 향해 박근혜 대통령이 했던 모호하고 불확실한 위로의 말이 적혀 있다. 역사의 승자들이 누군가를 죽여도 되는 자로, 혹은 필연적인 희생으로 규정하고 이름을 지워버렸던 일을 연쇄적으로 배치한 것이다. 그리고 그 누락된 이름에, 어떤 책임도 지지 않는 역사와 정치의 언어를 충돌시키는 것이다. 이 혁명을 부끄럽다고 생각할 줄 모르고 승리를 자부하는 사람들이 있기에 조선의 미래는 더없이 수치스러워진다. "나이를 먹고서도 / 죽지 못하는 것들은 얼마나 가련한가"「빛의 교회」.

2. 형들의 혁명을 혁명하는

역사에 대한 수치심은 혁명의 언어를 해부한다. 「조국 미래 자유 학번」「회」은 "조국을 생각하는 인간"이고 "자유를 원하는 학번"인 선배들이 "조국의 미래를 쓰느라 수고가 많"았다고 회상한다. "먹고사는 게 중요해 투표하고 민족을 생각하"였으며 "한때는 서정적 자아를 자주 생각하던" 선배들은 이제 "걸레"라는 말을 운운한다. 다시 만난 선배들은 너희들이 사소하고 작은 정치를 추구하며 "조국도 미래도 없는 자유 오직 내 자유에 투신"했기에 "오늘날 나라 꼴이 이 모양이 되었다고" 야단을 친다. 조국의 미래를 논하기 위해 "어쩔 수 없이 모든 학번이 / 독재자의 딸 / 말을 화두로 삼기도 했다". 그런데 그들 중 "누구도 이름을 제대로 입에 담지 않았다"는 점에 화자는 냉소를 짓는다. 정치적 대의와 역사적 비판의 언어 역시 부권끼리 대결하는 언어만 남기고 나머지는 지워버리는 것이다. 권력을 향한 적의에 노골적으로 여성 혐오적 레토릭이 활용된다면, 문학의 언어에는 조금 더 서정적으로 여성 혐오적 미학이 담기곤 했다. "조국과 미래와 자유와 학번과 크고 진실된 슴가 / 이런 식으로 시는 끝납니다". 여기서 민족 공동체나 민주주의적 이상향이 모성적 신체와 순수한 '처녀'의 이름으로 표현되었던 수많은 사례를 그리 어렵지 않게 떠올릴 수 있다. 정치적 진정성이 이성애적 욕망 회로와 젠더적 미학을 경유해서 문학적 진정성으로 변환되는 과정이 대개 그러했다. "오늘 쓰는 시는 진정성을 폭발시켜보겠습니다"라는 시적 화자의 너스레 섞인 각주는 이 언어적 회로의 진정성이 강렬할수록 역설적으로 우스꽝스러워지는 시차를 확보하게 한다. "남자 인간의 중년이란 얼마나 똥배인가 / 나 같으면 자살"할 것 같지만, 여전히 정신 차리지 못한 사람들을 위해 화자는 역사의 언어가 바뀌었다는 소식을 친절하게 전한다. "고객님! 오늘 역사의 심판을 배달할 예정입니다".

이처럼 『입술을 열면』 이후의 작업에는 혁명에 대한 수치심이 관통하고 있다. 이는 혁명의 최대 수혜자로 평가되는 특정 세대의 대학 문화와 지식인 집단의 허위에 대한 사후적 풍자로 국한되지 않는다. 특히 『다 먹을 때쯤 영원의 머리가 든 매운탕이 나온다』를 경유하며 '선배'를 바라보는 시선은 문학성과 남성성의 형식에 대한 관찰로 이어진다. 바뀐 역사의 심판을 아는 화자는 무엇이 자신에게 수치를 강요하는지 알고 그 감정 정치를 바꿀 수 있다. 「실존이 똥칠하고서」의 화자는 "형이랑 집회 대오에서 빠져 단둘이 대한문 앞에 남겨졌을 때" 커밍아웃했다. "형, 저는 물고기예요". 그러자 "나는 물고기 차별에 반대하지만 이해할 수는 없다"는 대답을 받았다. 표면적으로는 차별에 반대하는 대의명분을 따르지만 실은 너의 삶은 수치스러운 것이므로 이해하지 않겠다는 낙인이다. 세월이 흘러 중년이 된 화자는 "가령, 실존적으로 말해"라는 말을 자주 하던 형의 일생을 생각한다. 실존과 조국과 민족이라는 관념을 말하던 사람은 물고기인 '나'의 구체적인 삶을 이해하려 하지 않았다. 대신 "조국과 민족의 무궁한 영광을 위하여 / 자식은 둘 / 사십오 평 아파트와 포르쉐"를 얻고 "동남아 가서 마사지" 받는 법을 배웠다. 그리고 '나'에게 "아직도 그렇게 사느냐"고 묻곤 했다. 조국의 기초 단위를 재생산하는 가부장도 아니고 '남성적' 실존을 확보하지도 않는 삶이 수치스럽지 않냐는 질문이다. 화자는 형의 부고를 받고 되묻는다. "형은 그 나이를 먹어도 아직 똥칠이 그립던가요". "저는 형이 차별받지 않길 바라지만 / 이해하지는 않습니다". 그 수치심의 방향이 이상하지 않냐고, 형처럼 조국과 민족의 영광과 자신의 성공을 동일시하는 지식인 가부장의 과잉된 자아와, 여성을 거래하고 퀴어를 혐오하는 방식으로 구축된 젠더적 실존을 부끄러워해야 하지 않냐고 되묻는 것이다. 물론 사후死後·事後에 뒤늦게 수치심을 반송하는 일관된 패턴은 그간 (세대적 친연성 때문에라도) 형들의 진정성에 감응했던 자신을 분리하고 극복하는 뼈아픈 노력을 상상하게 한다. 그렇게 손쉽게 전유할 수 있는 것은 아니지만, 그때의 형들에 대한 모종의 연민이 남아 있긴 하지만, 그럼에도 수치심의 방향을 남성적 인식론으로 바꿀 때 조선의 혁명이 더는 부끄럽지 않을 방법을 만들어낼 수 있다.

「춘양」의 화자는 "대추리에서 만났던 형"이 평택 미군기지의 "미 군무원 렌탈하우스 분양 소식을 알려왔"던 일을 생각한다. 형과 시를 배우던 시절에는 이런 미래를 생각할 수 있었을까. "인문관 잔디밭에 신입생들을 앉혀놓고" 막걸리 사발을 돌리면서 "시란 말이야" 운운하며 "그때 우리 / 진정성 타령 좀 했는데". 이루어질 수 없는 진실한 사랑에 대한 시를 쓰던 스무 살의 형은 이제 "계급이니 노동이니 투쟁이니 / 시 쓴답시고" "가사와 육아는 나 몰라라 하는 새끼가" 되었다. 형들은 그간 늘 "각성하라"는 구호를 외치면서도 자신의 일상에서 반복되는 폭력과 억압에 대해 각성하지는 못했다. 화자는 형들 앞에서 애널 자위를 하며 각성하라고 외치고 싶어진다. "개의 맑은 눈동자를 보면 / 침을 뱉고 싶습니다 / 형들에게". 화자 역시 민중과 사랑을 향한 문학적 진정성이 자신의 문화적 기원이자 자산임을 인정하고 있다. 그러나 그런 진정성이 지금의 "형이 꿈꾸던 형 같은 삶"이란 미래를 만들었다면, 그런 "권충의 미래"와 자신은 어떻게 다를 수 있을까를 고민하는 것이다.

「토종닭 먹으러 가서 토종닭은 먹지 않고」도 서정시에는 진정성을 다하면서도 자신의 생활은 돌아보지 않는 한국적 남성성의 형성 과정을 주목하고 있다. 오라버니는 "바위처럼 살자 해놓고 / 삭발과 점거를 일삼아 놓"고서는 "술에 취하면 때렸죠 여자를". 진보당원으로서 평화운동을 하면서 여성 후배들에게 "여길 어디라고 들어와 씨발년아"라고 외치던 그는 스스로 "옛일을 그윽하게 회고"한다. 하지만 화자를 비롯한 여성 후배들은 "오라버니를 때때로 역겹게 생각"한다. 그는 "지금도 민족의 울분으로 젖을 찾"는 시를 쓰는 교수가 되었다. "대지, 어머니, 뽀오얀 생명의 줄기 타령이나 하시"는 그에게 화자는 "저한테 한 짓을 / 쓰세요 오라버니"라고

말한다. 진보적 민족주의 이념에 대한 지향을 재현하기 위해 여성을 대상
화하고 국토와 동일시하던 낭만적 문학 전통에 기대어 권력을 얻은 남성
문인이 여성 후배들에게 자행한 짓을, 이를 드러낸 '조직 내 성폭력 말하
기 운동'을 적극적으로 환기하는 것이다.

　바로 이어서 배치된 「오월의 장미」는 그간의 문학성이 지금까지도 폭
력적인 남성 생애 모델을 재생산하는 체계에 주목한다. 화자는 "그 옛날
민주화운동권으로서 노조와 물밑대화를 시도하"며 "직원들 사기 진작을
위해 경영컨설팅을 의뢰"하는 이들을 보며 격세지감을 느끼지만, 더 놀라
운 일은 그들의 아들에게서 일어난다.

> 학교 나오면 꼬리표 달리고 그런 거 아무것도 없어
>
> 어차피 졸업하면 안 볼 년들임
>
> 나는 페미니스트다
>
> 겉모습이 중3인 초등학교 오학년 여자애가 욕을 하는데 예뻐서 말을 잘 못
> 하겠다
>
> 그런 애들은 앞에서 혼내면 싫어한다
>
> 따로 보듬어주는 척하면서
>
> 예쁜 애는 따로 챙겨먹는다
>
> 2019년 교대에 재학중인 남학생들은 졸업한 남학생들과 대화를 나누었다
>
> 박제각
>
> 금희야 시는 구호가 아니고 구호는 시가 될 수 없다고 말했던
>
> 강선배 기억나니?

「오월의 장미」

남성 동성 사회에서 여성에 대한 미학적 대상화는 남성 조직 내 선후배 간의 유대감과 밀접하다. 선배로부터 계승받은 조직적인 대상화가 일상의 미시적 권력과 만나 물리적인 폭력이 되곤 한다. 흥미로운 점은, 화자가 대학가를 비롯해 남성 동성 사회의 일상적 문화가 된 단톡방 성폭력을 드러내는 선후배 사이의 대화를 채록하고, 이를 아버지 세대 선후배의 대화 사이에 배치한다는 점이다. 여성을 '거래'하고 '관리'하는 법을 계승하는 단톡방의 대화를 "박제"한 직후 갑자기 화자는 강선배를 기억하냐고 묻는다. "냈다 하면 팔리"고 "썼다 하면 우리 시대의 서정시라"는 고평을 받는 동시에 후배에게 "뒷짐지고 소주 뚜껑에 이마를 박게 했던 그 선배"를. 이 연결은 군사주의 문화와 남성적 폭력을 계승하는 것이 우리 시대의 서정시를 쓰는 법을 가르치는 것과 별다른 충돌이 없는 상호 보충적인 관계임을 잘 보여준다. 임금을 동결하기 위해 '운동권' 인맥으로 노동운동을 무력화하려는 선배들, 아름다운 시를 쓰는 선배들이 그러하듯이. 지금의 남학생들은 그 아버지들의 언어를 열심히 습득하며 자랐다. 그간의 서정이 가려온/가꿔온 폭력적인 남성 문화가 계승되는 과정이, 혁명을 혁명하지 않고 문학을 혁명하지 않아서 이어지는 그 계보가 이렇게 드러난다. 그 계보를 찢고서 화자는 "서정이 물씬 / 갔다"고, 그런 서정의 시대가 끝났다고 선언한다.

새로운 서정을 쓰기 위해선 형들이 시키는 대로 '빤쓰'를 내리던 서정을 멈춰야 한다. "빤쓰를 챙겨 입는 일로 / 산다는 것은 호락호락해진다"「빛의 교회」,『입』. 챙겨 입으려면 "두 손을 모으고 / 기도하는 일 따위는 잊"어야 한다. 구원과 진보의 필연적 순서를 예언하기보다는, 자신이 행하는 폭력을 돌아보는 일을 통해 '산다는 것'을 제대로 다룰 수 있다. 새로운 "서정으로

/ 신서정으로 // 오는 것 중에 / 내가 있"으므로. 신서정은 도래할 어떤 시간이 아니라, 오늘의 '빤쓰'를 제대로 챙겨 입는 '나'로부터 온다.

3. 신의 시점을 무너뜨리는 똥구멍 사원의 역사가

이제 시인은 무엇으로 역사를 써야 하는가. 세계를 아예 다른 시점으로 보고 시간을 다른 시선으로 쓰는 방법이 있다. 「마음과 인생」『회』은 과거의 개강 총회와 현재 시점 사이의 시간적 거리를 좁혀 "선배들은 미래에도 / 다 그렇게 고만고만하게 살다 죽어버"린다는 소식을 과거에 전해 준다. 미래에서 온 '희'는 선배들의 현재와 미래를 겹쳐 본다. 지도교수들의 추태에 "상명하복으로 / 빤쓰를 내리"면서도 애먼 신입생들에게는 권위를 행사하는 선배들의 모습에 "동창들과 동남아로 가서 어린애들과 쓰리썸 할 생각"을 하는 그들의 미래가 겹쳐지는 것이다. 권위 앞에서 서둘러 "빤쓰를 내리"는 선배들의 미래는 세월의 무상함이나 빛바랜 청운의 꿈 같은 것으로 낭만화되지 않고, 오늘의 권위와 미래의 폭력이 연결되어 있음을 보여준다. 이러한 시간적 압축을 통해 시선의 위치가 급전하기도 한다. 화자의 시선은 개별적인 인간의 생애 단위를 넘어 인류 전체에 대한 거시적 전망으로 비약한다. "어머니 / 인류를 거두실 때도 되지 않았습니까". 이런 "망해가는 꼴"이 수없이 축적되며 인류사를 형성해왔음을 짚는 것이다.

시간을 압축하고 시점을 급전하는 시선은 문명의 멸망과 정화에 대한 막연한 기대에 그치지 않고 역사의 기술記述을 갱신한다. 가령 「자두나무 아래 잠든 사람」『회』은 나무 밑에서 잠든 한 사람에게 눈이 쌓이듯 인류의 모든 역사와 사랑이 겹쳐지는 모습을 보여준다. "옛날 사람들의 발자국 위에 현대인들의 발자국 위에" "청소노동자들의 발자국 위에 고공농성 중인 이들의 발자국 위에 용역 깡패들의 발자국 위에 낭독회에 가는 이들의 발자국 위에 불이 켜"진다. 그 불빛 속에서 "조국과 민족의 무궁한 영광을 위하여, 구호들이 유령처럼 떠돌고 먹고살던 이들이 하나 둘 사라"지고, "서랍에서 민주주의를 꺼내는 사람이" 나타난다. 시적 화자는 역사를 '시간적 인과'가 아니라, 같은 공간 안에서 다양한 사람들이 동시에 존재하고 겹쳐지는 '관계의 흐름'으로 쓰고 있다. 하나의 시대 의식을 위해 소용되던 순서가 아니라 모두가 동시에 존재하는 공간이 중요해지는 것이다. 단일한 공동체의 영광을 위한 구호가 사라지자 비로소 민주주의를 꺼낼 수 있게 된다. 이러한 다중 시점의 흐름을 압축하여 쓰는 "속기사는 말하는 자의 입술을 놓치지 않고 현대사를 기록하"고, "잠들었던 남자가 자두나무에 끝없는 대화를 기록해두"며, 사람들은 나무 밑에 묻은 기록을 발굴한다. 공간의 다중성으로 역사를 다시 쓰는 시인-역사가 덕분에 나무에 빨간 자두가 열린다. 그로부터 열리는 새로운 역사는 사랑을 구획하지 않는다. "한 사내가 그 자두를 따 한 사내에게 건네주며 고백하고" "기억을 잃은 아내의 손을 열고 자두 한알을 꼭 넣어주는 아내가" 나타나고 "자두나무 아래 은박 돗자리를 까는 조합원들이" 온다. 그러자 "수레를 벗어난 나귀 두 마리가 죽은 새끼를 입에 물고 인간이라는 축사를 부수"며 누가 인간인지, 누가 국민인지, 누가 역사의 주인인지 정하던 위치가 사라진다.

어제 이강생의 얼굴을 발굴했다. 이강생은 얼굴을 가지고 있었는데, 이강생은 그 얼굴을 가지고 아시아인의 얼굴을 하고 있었다. 아, 저게 바로 세계인의 얼굴이구나, 동성애자의 얼굴을 한 이강생의 얼굴을 보며 수많은 얼굴을 생각했다.

「애정만세」, 『입』

역사를 대표하는 보편적 주체의 얼굴은 언제나 백인 이성애자였지만, 김현이 발굴한 역사에서 세계사의 얼굴은 아시아인 동성애자의 얼굴을 하고 있다. 그것은 보편의 예시 중의 하나로서의 퀴어가 아니라, 세계인의 얼굴을 읽는 시점으로서의 퀴어이다.

한 공간을 매개로 사연에서 사연을 타고 흐르는 서술 방식은 김현이 서사를 구성하는 특유의 방법론이기도 하다. 소설 「가상 투어」『문학3』 2021년 1호의 화자는 가상현실을 통해 홍콩으로 여행을 떠나 죽은 게이 연인과 재회한다. 소설은 가상현실 기술이 빚어내는 혼선을 통해 홍콩과 90년대 퀴어 감수성의 근간이었던 영화 〈해피 투게더〉의 배경과 연인이 끝내 헤어진 부에노스아이레스를 겹쳐놓으며, 홍콩의 우산혁명에 광주민주화항쟁과 광주퀴어문화축제를 "교차 삽입"164쪽하기도 한다. 이러한 공간의 중첩을 통한 서사는 퀴어의 얼굴과 여성의 얼굴로 혁명의 역사를 재구성하고 역사의 단계가 아닌 살아 있는 인간을 위해 소용 있는 사건을 연결한다. 「세상에 사연 없는 사람도 있나」『문학동네』 2020년 봄호에서 사연을 채집하는 임무를 맡은 외계인 '우르술라'처럼. 우르술라는 한 칼국숫집을 중심으로 사람들의 마음을 꿰뚫어 연속된 에피소드로 이어지는 그들의 사연을 읽고 수집한다. 사랑하고 헤어지고 욕망하고 원망하는 사람들의 욕망은 복직 투쟁과 노조 결성 같은 혁명적 순간과 구분 없이 이어진다. 여성 혐오 범죄와 이에 맞선 시민들의 노력, 황혼이혼을 결심하는 부부, '털보 며느리'를 맞이하는 아버지, 촛불집회의 깃발과 태극기 집회를 모두 넘나들면서, 한 인물과 사건에 집중하지 않고 사람들의 생애사가 서로 연결되면서 역사가 발생한다. "사연이란 역시 사실"231쪽이고, 세계의 서사는 다양한 사연의 연결망이다. 그 사연을 만드는 이들은 선험적인 대의명분이 아니라 자신의 사랑과 욕망으로 움직인다. 그렇게 사연을 수집하는 외계의 시선으로 볼 때, 퀴어도 여성도 이주노동자도 모두 고유한 사연으로 연결되어 있고 각자가 세계사의 중심이다. 시대의 목표가 아니라 관계의 연결로서 서사를 구축하는 시선은 특정한 누군가가 사건의 주인공 자리를 차지하지 않게 한다.

김현의 시에는 인간을 내려다보는 신혹은 우주적 이데올로기을 거꾸로 쳐다보는 시적 화자가 자주 등장한다. 인간을 돌보지 않는 신의 신비로운 의도가 궁금한 것이 아니라, 모든 것을 내려다볼 수 있으면서 이 땅에 현현하지 않는 신의 시점이 무슨 소용인지 묻는 것이다. 이 시선은 이 땅에 이렇게 많은 이들이 다양한 고통과 다양한 사랑을 나누고 있다는 사실을, 모든 사태를 단박에 해결할 수 있는 신의 섭리 혹은 진보란 존재하지 않는다는 인식을 드러낸다. 사랑을 숭배하던 바로 그 해변에서 난민 아이가 익사하는 사태를 본 화자는 무력한 "금발 머리 백인인 신"「신께서는 아이들을」, 『호』을 올려다본다. 제국에만 은혜를 베풀 뿐 아무런 대답을 하지 않는 신을 대신해 "모든 것을 알고 있"는 "아이들의 눈은 / 신을 주시"한다. 세계를 내려다보는 신의 무력한 시선을 대신하여 화자가 이 땅에 존재하는 모든 이들을 겹쳐 보는 것이다. "하느님을 무릎 꿇리고 / 눈물 흘리게 하고 / 보게 하"「릴케가 본 것」, 『낮』기 위함이다.

세계를 조망하는 시선이 아닌 죽은 아이와 겹쳐지는 시선은 고통 자체를 물신화하는 구원의 담론을 간파한다. 「대성당」『글』에서 휠더를린 사제는 성호를 긋는 신도들에게 자신의 몸을 채찍질하게 한다. "살찐 신도들도 자리에서 일어나 이 청교도 수도사들의 뒤를 따"라서 성수를 뿌리며 사제에게 채찍을 갈긴다. 사제가 자비를 베풀라는 기도문을 암송하며 피를 흘리면 "의자에 앉은 신도들은 손가락에 묻은 피를 성스럽게 빨아 먹었다". 사제는 "구원은 고통입니다"라고 외치며 제단 위에서 죽은 소년의 고통을 그 증거로 내민다. 도래할 미래를 향한 선한 약속은 고통을 구원의 시간을 예언하는 증례로 사용할 뿐, 고통받는 눈앞의 사람을 살리지는 않는다. 이는 신학적 구원의 형식일 뿐만 아니라 진보적 역사관의 형식이기도 하다. 벤야민의 역사의 천사는 신의 섭리가 있는 하늘로 돌아가는 대신 폐허가 된 근대의 조각들을 모아 다시 결합해보려 하지만 진보를 재촉하는 시간의 거센 폭풍 속에서 날개조차 제대로 움직이지 못한다.[2] 유토피아를 향한 구원의 바람은 눈앞의 파편을 제대로 줍지 못하고 파국을 계속 쌓아갈 뿐이다. 미래를 향한 움직임은 그 과정에서도 도달하고자 하는 미래를 체현해야 하지만, 혁명이 만든 거센 바람은 나중으로 밀려나는 존재들만 쌓아간다.

하지만 김현의 시에서 역사의 천사는 파국과 시간의 거센 폭풍 앞에서 경악하며 멈춰 있지만은 않다. 김현의 시에서 인간을 보는 천사혹은 우주의 무한한 공간과 시간을 가로질러온 안드로이드들은 폐허에서 멈추지 않고, 밀려난 존재들을 기록하고 그들의 목소리를 보전하는 일을 한다. "지난밤 인간들은 무엇을 할까"「고요하고 거룩한 밤 천사들은 무엇을 할까」, 『글』 내려다보는 "천사들은 대화

---

2   발터 벤야민, 최성만 역, 「역사의 개념에 대하여」, 『역사의 개념에 대하여』, 길, 2008, 339쪽.

중에 생각"한다. "인간은 고깃덩어리야"라고. 그도 그럴 것이 지난밤 천사들이 본 인간들은 개처럼 짖고 서로를 때리며 SM적 실천을 하는 게이 커플이었다. 그런데 이들의 이름은 천사들의 이름을 딴 '마이클'과 '가브리엘'이다. 서로의 가랑이 사이로 머리를 들이밀며 "메리 크리스마스, 붓다"라고 말하는 이들을 화자 역시 "신비롭게 응시"한다. 가장 육체적인 존재들이 가장 천대받는 행위를 하며 솔직한 사랑을 나눌 때, 도리어 천사들은 거기에서 가장 신성한 이름과 평화의 인사를 발견한다. "저 먼 겨울밤이 내린 러브호텔의 잔해 위로 포옹한 두 구의 인간이 폭삭 녹아내"「몽고메리 클리프트」, 「글」리듯, 인간의 이름은 굳이 언급하려 들지 않는 비루한 곳에서 발견된다.

제목처럼 『글로리홀』은 밤 늦게 공중화장실과 공원에서 몰래 만나던 게이들의 은밀한 욕망의 기록이고, 혐오와 폭력을 버티고 살아남은 저항의 기록이자, 바로 거기에 "사랑의 천사"[3]가 깃들어 있음을 발견하는 기록이다. 그런 점에서 『글로리홀』의 마지막 시 「지구」에서 최후의 천사 / 안드로이드가 보전하고자 하는 기록어쩌면 시집 자체도 마찬가지일 것이다. 역사의 거센 바람에 편승하다 끝내 자멸해버린 지구에서 "가로등 로봇"인 '푸른 눈'은 자신이 유일하게 남은 존재임을 깨닫는다. 그간 수많은 삶을 지켜봤을 로봇은 "별자리 경전이 새겨진 수도원 마당"에서 "우주거미의 거미줄을 향해 노래를 읊으며 최후의 눈빛을 밝"히고 "수억 개의 속눈썹 홀로그램들"을 퍼뜨린다. 구원을 향한 약속을 기다리는 장소인 수도원에 지구의 파국이 도착하고, 천사는 역사의 바람이 멈춘 잔해 위에서 살아남은

---

3   박상수, 「본격 퀴어 SF − 메타픽션 극장」, 『글로리홀』 해설, 233쪽.

인간성의 존재를 증명하는 기록을 줍는다. 우주거미가 "거미줄에 붙은 속눈썹들을 똥구멍에 가득 싣고 사라진 행성 기록 보관소를 향해" 가자 "트렌실휜나비배추벌레 떼가 몰려와 소등된 행성을 야금야금갉"고 "번데기"라는 잠재태가 생긴다. 김현의 역사의 천사는 똥구멍으로 인간의 기록을 보낸다. 재생산과 무관하므로 버려야 마땅한, 퀴어한 욕망과 이상한 사랑으로 가득한 똥구멍으로. 역사의 천사가 노래하는 똥구멍으로부터 낡은 지구를 갱신할 가능성이 열린다.

4. 조선의 퀴어 조상을 만드는 서정의 혁명

김현이 똥구멍 사원으로 보내던 역사의 기록은 『글로리홀』이후 (적어도 퀴어 재현의 측면에서) 크게 변한다. 『글로리홀』이 서구의 게이 문화 코드와 SF를 중심으로 게이의 자기혐오가 내재화되는 원리를 살폈다면, 『입술을 열면』은 동아시아-조선의 게이 문화 코드를 중심으로 조선의 퀴어 조상과 지금 한국사회의 퀴어적 생애를 연결하는 가교를 만든다.

『글로리홀』은 게이의 생애사적 원체험을 그리기 위해 과거 미국의 게이 하위문화 이미지와 퀴어 예술가를 콜라주한다. 이는 미국의 퀴어 담론이 여러 나라의 퀴어 공동체와 개인들에게 주요한 참조물이 되어왔던 역사를 상기시킨다. 언어나 국가의 장벽과 퀴어/비퀴어의 문화적 장벽은 도리어 유용한 시적 기술의 도구로서 콜라주와 인용, 특히 각주를 활발하게 사용할 공간을 만들어준다. 「블로우잡Blow job」과 「밤의 정비공」은 공원과 공중 화장실에서의 게이 섹스 장면과 혐오 폭력을 병치하면서 앤디 워홀,

뒤샹, 피에르 앤 쥘의 퀴어 예술을 끌어들인다. 「블로우잡」은 작중에서 혐오 폭력으로 죽은 '앤디 할아버지'를 발견하는 소년 앤디 워홀'퀵보이'이,자신은 나중에 앤디 할아버지가 되어 죽을 것이라고 예언하는 순환적 구성을 취하면서, "작가 주"를 통해 앤디 워홀이 실제로 제작한 영화 〈블로우잡〉1963에 대한 정보를 제공한다. 이어 서구의 퀴어 은어를 소개하는 "옮긴이 주"가 이어지고, "작가 선생님 대신에 이런 걸 적어도 되는지 모르겠지만, 나, 퀵보이의 생각"은 이렇다며 등장인물이 "화자 주"를 쓴다. 그리고 그 모두가 실은 작가의 서술임을 밝히듯 "화자 주에 맞춰 쓴 작가주"가 퀵보이의 내면을 드러낸다. 이런 각주 게임은 다른 시편에서도 이어진다. 가령 「밤의 정비공」도 본문에 등장하는 피에르와 쥘의 실제 작품세계를 허구의 "옮긴이 주" 형식으로 소개한다. 이는 원작자, 번역자, 화자, 등장인물, 실제 작가 사이를 오가며 시인 김현과 실제 독자 사이에 서구 퀴어 문화사를 소개하거나 번역하는 '가상의 출판 과정'을 덧붙이는 서술 게임이다. 물론 일차적으로 이 각주는 독해를 위한 힌트다. 하지만 역사적 정보와 가공된 허구를 구별하지 않음을 노출한다는 점에서 이는 정보 자체보다는 번역 문학을 읽는 독서 모드를 유도하는 기능이 커 보인다. 즉, 원본 텍스트가 존재하고 이 시집은 사후 작업을 거친 2차 저작물이라는 (가상의) 전제를 만드는 것이다. "화자 주"와 "화자 주에 맞춰 쓴 작가 주" 역시 선재적 존재로서의 등장인물이 텍스트에 개입하게 함으로써 그가 시인의 산출물이라기보다는 시적 기술에 앞서 존재하는 객관적 대상임을 강조한다. 이는 시에 앞서 존재하는 퀴어의 삶과 문화를 '증언'하고 '기록'하는 겸손한 서술적 자의식을 드러내는 한편으로, 자신이 속한 퀴어 공동체의 역사를 탐문하기 위한 증언과 기록을 서구 퀴어 제국에서 '수용'하여 '재구성'할 수밖에 없는 비서구 퀴어 담론의 현황을 (은연중에) 반영한 것으로도 보인다.

하지만 두 번째 시집『입술을 열면』은 서구 퀴어 하위문화에서 퀴어의 기원을 찾는 대신 한국적 퀴어 일상사에 집중한다. 이 시집은 모든 시편에 각주가 있지만, 이를 통해 텍스트 생산 과정에 개입하거나 대상과 시적 언술 사이에 몇 겹의 인물을 설정하지는 않는다. 대신 "디졸브dissolve 기법"을 통해 영화처럼 "운동하는 시"[4]를 창안한다. 이 운동성은 이미지의 운동뿐만 아니라 같은 시적 상황을 다른 시선으로 응시할 수 있는 '시점'을 보충하여 해석을 전환하는 운동성이기도 하다. 「사람의 장기는 희한해」의 본문은 고궁에서 혼자 벚나무 아래를 거닐며 "작고 하얀 어지러운 것"과 달리 "돌계단은 언제까지나 그곳에 마음을 둘 것"을 생각하며 마음을 성찰하는 시처럼 보인다. 그런데 각주가 제공하는 이야기를 덧대면 해석의 맥락은 전혀 달라진다. 첫 번째 각주에서 "두 남자는 고궁을 걸었다. 손을 잡지 않고 손을 잡았다". 그리고 "두 남자는 종으로 들어갔"고 "그곳에서 입술이 맴돌았다." 두 번째 각주에서는 종 밖에서 누군가 접근하기에 "두 남자가 고개를 내"리고 "청동 외피에 귀를 가져다" 대면서 긴장했다가 "종소리를 짊어지고 고궁으로 나"온다. 표층적으로는 내적 성찰의 산책이지만 각주를 거치면 고궁에서 다른 사람들의 주목을 피해 손을 잡지 않은 채 은밀한 데이트를 하는 게이 연인의 존재론적 성찰이 된다. 두 층위를 겹치면 "심장이 하나인 사람"이 "하나뿐인 사람의 심장을 뛰게 했다"는 본문이 자기 자신의 마음을 가다듬는 내적 성장의 시가 아니라 게이 연인의 이야

---

4   양경언, 「궁지의 시」, 『입술을 열면』 해설, 202쪽.

기로 해석된다. 이러한 각주는 (비퀴어에게) 일상적인 것으로 보이는 사건과 정서에 퀴어 인물 / 화자의 시선을 필터처럼 덧대는 방식으로 정보 필터를 삽입하기 전후를 비교하게 하여 타인의 세계 인식 체계를 경험하게 만든다. 이는 퀴어를 비롯한 소수자들이 '보편'적 인식과 당사자의 인식을 이중적으로 겹쳐두(어야 하)는 양상을 언어적으로 재현하는 전략처럼 보인다.

「가슴에 손을 얹고」는 성별 전환과 관련하여 법정에 선 퀴어의 상황을 연상시킨다. "가슴은 참으로 / 불편"하여 가슴을 자르자 "가슴이 사라진 자리에서 여자는 여자로 태어"나고 "유일하게 행복"해진다. 반대로 "가슴을 얻은 남자는 / 그제야 아, 나는 조선의 남자구나" 하고 행복해진다. "이제부터 자기를 호명하기 위해 존재"하려는 두 사람은 그러나 한국 사회에서 법적, 사회적 투쟁을 겪지 않을 수 없다. 시는 각주를 통해 "가슴 없는 꽃은 세계의 기원을 가질 수 없다"고 지정 성별을 강요하는 재판장의 언어를 보여줌으로써 이 젠더적 호명에 맞서 "가슴을 거부합니다, 고로 나는 존재합니다"라고 고집스럽게 저항하는 주체를 전제하고 읽게 한다. 선험적 판결에 대한 거부로부터 퀴어한 존재가 시작된다. "내가 조선의 호모다"라고 자신을 드러내는 "조선 남녀들"은 존재만으로도 "자리마다 투쟁"이 된다. "투쟁은 사회적인 동물"인 '정치하는 인간'을 만들기에, "이때 역사는, 조선의 역사는 / 호모들을 호출"하여 역사가 시작된다. "이름 없는 것들이 이름 지어진 것들과 / 만연한 이름을 소환"하여 언어를 재구성한다.

이 언어적 재구성은 종족적 '전통'을 창출하기도 한다. 「조선마음 3」은 2010년대 동아시아 여러 게이 문화권의 아이돌이었던 마사키 고라는 게이 포르노 배우를 일종의 종족적 기원으로 설정한다. 이런 정보를 제공하지 않기에 시는 처음에는 일종의 신화나 설화처럼 보인다. "꿈이 아니라 죽은 사람들만이 와따루를 검은 빛이라고 불렀다. 검은 빛은 배우였고 죽었던 사람이라면 누구나 검은 빛 영화를 보았다. (…중략…) 검은 빛은 오랫동안 빛을 세우는 사람. 한번에 두번씩 빛을 발산하는 사람." 한국에서는 와타루라는 별명으로도 알려진 이 배우는 어두운 피부 톤에 뛰어난 성적 기교로 유명했다. '꿈'과 '죽은 사람'의 이중적 인식 필터를 장착하면 이 시는 음란한 유희를 숨긴 재미난 언어 게임으로 읽힌다. 그런데 시의 후반부는 "스물 몇 해의 생일을 맞"고 젊은 나이에 "맹장염"에 의한 복막염으로 사망한 그를 위한 국경을 넘은 애도에 주목한다. 그의 죽음이 "우리 모두 우리의 죽어 있는 빛을 꺼내"게 "토의"하고 "합의"했다는 점을, 동아시아 게이들이 나름의 고유한 게이 정동의 흐름과 국가적 경계를 넘는 종족적 연결감을 깨달은 순간을 강조한다. 그가 "자신의 곁에 앉은 조선 사람의 얼굴을 바라보다 눈을 감"고 "조선 냄새가 물씬 나는 조선 마음을 호위"하는 흰 호랑이 꿈을 꾸는 결말은 한국적 설화의 분위기로 그를 감싸 조선 퀴어 문화의 한 기원이 되게 한다.

여러 경계를 넘어 한국적 퀴어의 기원을 설정하는 김현의 역사철학에서 소설 「가상 투어」 역시 중요한 기점이다. 공간과 사연을 수평적으로 확장하는 김현의 서사 구성은 주인공의 연애가 곧 시대의 진보적 목표를 실현하는 과정이던 근대 연애소설의 문법을 정반대로 퀴어링한다. '나'는 지금은 헤어진 연인 '영수'와 떠났던 홍콩으로의 가상현실 여행을 반복하고 있다. 두 사람은 90년대 홍콩 영화를 보면 "왜인지 모르게 짙은 향수에 젖었"163쪽기 때문에 홍콩 여행을 선택했다. 〈중경삼림〉과 〈해피투게더〉 같은, 반환 직전의 불안한 홍콩의 분위기를 담은 영화에 대한 퀴어 연인의 애착은 의미심장하다. 국가도 지방도 아니어서 자신을 재생산할 수 없는 당대 홍콩의 특이한 공간성을 바탕으로, 미래가 없이 과거에 집착하면서 파괴되는 연인들의 죽음 충동을 그린 영화이기 때문이다. 그것은 기실 '나' 자신이 영수라는 과거에 집착하는 것과 다르지 않다. 과거를 반복해 되새기는 사랑은 진보적 시간관에서는 발전의 방해물에 불과하다. 가장 아름다운 과거에 멈추려는 나르시시즘이기 때문이다. 하지만 "광장이라는 혁명의 도구도, 광장이라는 축제의 장도 모두 사라졌"170쪽는데, 시간은 어디로 나아갈 수 있단 말인가. 시간이 끝났다고 생각하는 '나'는 영수의 말을 통해 과거를 반복하는 일이 전혀 다른 맥락일 수 있음을 깨닫게 된다.

한국, 홍콩, 아르헨티나의 젊은 작가들이 5·18 광주민주화운동을 재해석하여 만든 본인의 작품을 두고 이야기 나누는 자리였다. 영수의 관심을 끈 건 정유승이었다. 정유승은 5·18 당시 광장에 모였던 황금동 성매매 여성들을 기억하는 기념비를 붉은 네온으로 만들었는데, 영수는 5·18과 광주퀴어문화축제를 교차 삽입하는 자신의 연애극에 기념비라는 색채와 생생한 톤을 녹이면 좋겠다고 했다. 돈이 들더라도 말이다. 나는 우선 연애극에 그런 걸 왜 삽입해야 하는지부터가 의아했고, 기념비라는 색채가 무슨 말인지, 생생한 톤이란 게 굳이 꼭 실제로 보고 듣고 옮겨야만 하는 것인지 묻고 싶었으나 애써 참았다. '종족적 특성'의 말이겠거니 하고 대수롭지 않게 넘겼다.164쪽

극작가인 영수는 자신을 비롯한 퀴어 연인의 사랑에 전사前史를 부여하려 한다. 그래서 광장의 주체였음에도 역사 기술에서 누락된 성노동 여성

들과 퀴어문화축제의 광장을 잇고자 한다. "이 더러운 변태들아, 민주주의의 성지를 더럽히지 마라, 라는 소릴 듣고 저는 광장이 지평선이 아니라 하나의 벽이나 면처럼 느껴졌어요. 광장을 점유할 수 있는 권리가 누구에게 있는지 궁금했죠. 정유승은 말했다."166쪽5 '퀴어'라는 우산처럼 포괄적인 개념umbrella term에서 본다면, '성스러운 민주주의'의 성원권이 없는 '더러운 변태'로 규정되어 광장에서 추방되는 존재 모두가 같은 계보에 있다. 영수는 그 광장의 역사를 반복 체험함으로써 그것이 반복되지 않도록 하는 일을 하고자 하는 것이다. 이를 염두에 둔다면 과거의 반복은 발전의 정지가 아니라 과거에 다른 변인을 넣고 재관찰하고 재실험 하여 변화의 계기를 찾는 일이다. "미래는 과거에 의해 바뀌고 과거는 현재에 의해 바뀐다."170쪽 그래서 소설은 가상현실 여행 기술의 '혼선'을 빌려 현재에 의해 바뀐 과거의 혁명 장면을 이렇게 쓴다.

독재 타도, 더는 안 돼, 실종자들을 산 채로 돌려달라, 모두에게 평등한 사랑을, 이라고 적힌 피켓과 현수막을 든 가두시위 행렬이 호텔 앞에 도착했다. 선봉대로 보이는 예닐곱의 여장 남자들이 시신 한 구를 들것에 싣고 걷고 있었다. 가발이 벗겨지고, 화장은 얼룩지고, 옷은 터지고, 피로 물들고, 하이힐은 한

---

5   광주비엔날레 '메이광주' 프로젝트 웹사이트에 실린 작품 소개는 다음과 같다. "'황금동 여성들'은 황금동 콜박스 여성들과 5·18광주민주화운동에 참여했던 익명의 시위에 대해 다룬다. 그들은 시민군에게 물과 음식을 나르고 심지어 헌혈에 동참하는 등 주체적으로 민주화 운동에 참여했다. 그러나 성매매 여성이라는 이유로 그녀들은 여전히 목소리를 내지 못한 채 역사의 언저리에 머물러 있었다. 작가는 불의가 자행되었던 광주의 역사적 장소에서 음성, 사물, 기억과 같은 다양한 삶의 질감을 통해 지금까지 역사에서 배제되었던 시위대의 민주적 경험을 조명하고 기념한다."(http://www.maygwangju.kr/project/yooseung-jung/)

짝뿐인, 그들이 사랑했으나 죽음을 맞은 이의 얼굴 한쪽에는 최루탄이 박혀 있었다. 그 야만의 한복판에서 그들은 행진하며 노래했다. 망자가 나가니 산 자여 따르라, 라는 후렴이 반복되는 장송곡이었다.169쪽

　김현이 '형들의 혁명'을 반복하길 거부하고 갱신해내는 '사후적 기억'은 사실의 반복이 아니라 과거를 재해석하려는 현대인들의 감각에 대한 발견이다. 광장의 기본 요건으로서 '더러운 변태'들을 기록할 때 비로소 민주주의의 얼굴을 경험할 수 있으므로, 그 경험을 기꺼이 반복하는 사람으로부터 조선의 역사가 시작된다. "네가 조선의 빛이다"「조선마음 8」.

　이 시적인 장면은 성소수자 인권 운동의 기원으로 자주 이야기되는 1969년 뉴욕 스톤월 항쟁의 이미지를 환기한다. 당시 성소수자 공동체를 상시적으로 단속하고 검열하던 경찰에게 한 트랜스 여성이 하이힐 한 짝을 벗어 던지면서 시작되어, 오랜 억압에 지친 성소수자들이 얌전히 침묵하고 순응하길 거부하고 노래를 부르고 돌을 던지며 저항했던 스톤월은 성소수자 해방운동의 신화적 기점으로 널리 회자된다.[6] 그런데 김현은 관습적/자동적으로 전 세계 성소수자 운동의 선조로 여겨지는 대항문화 운동사를 한국 민주화 항쟁의 맥락 속에서 재구성한다. 역사적 사건에 다른

6　"미국과 한국의 국경을 거뜬히 횡단하는 이 초국가적인(trans-national) 기억의 퀴어 정치학은 미국이라는 특정한 지역적 맥락에서 발생한 사건을" 전 세계적 퀴어의 신화로 환원하는 "미국 중심주의 기획"과 맞물리기도 한다. "이렇게 구축된 퀴어 정치학은 전 세계적인 연대를 통해 퀴어의 힘 기르기(empowerment)에 헌신하고, 한국의 퀴어에게 잠시간의 '위안'을" 주지만, 원형-모방의 역사관을 반복하기 쉽다. "초국가적 기억의 퀴어 정치학을 구축하는 것이 아니라, '우리＝퀴어'가 몸 붙이고 살아가는 바로 이 특정한 지리적 맥락"에 대한 고려가 필요하다는 제언을 바탕으로 김현을 읽을 수 있을 것이다. 백종륜, 「한국, 퀴어 문학, 역사—'한국 퀴어 문학사'를 상상하기」, 『여/성이론』 41호, 2019, 151~155쪽.

인물의 존재 가능성을 병치하여, 당대의 혁명운동과의 연결성을 놓치지 않으면서 한국적 퀴어 운동의 기원을 만드는 이러한 전략은 조선 퀴어 종족의 (때때로 분리주의적인) 역사를 발굴하기보다는 역사의 해석 방향 자체를 퀴어링한다.[7] 이는 "항문섹스도 인권이냐"「순수문학」, 『입』는 말 앞에서, 인간이 되기 위해 항문을 가릴까 생각하는 "인권에 대하여 항문을 고려하는 밤"을 지나게 한다. 국가가 누락해온 후장들을 문제삼는, "슬픈 조국의 후장이라는 말을 또한 해"야 한다. 항문은 퀴어만의 무덤이 아니다.[8]

5. 항문섹스의 서정으로 짓는 방주

"땅 불 바람 물 마음의 서정 말고 항문 섹스의 서정과 동성애의 서정과 소수의 서정은 없는 걸까요? 그런 것들은 '히트다 히트' 문학적 이벤트가 될 수밖에 없을까요?"[9] 이에 답하기 위해 김현은 삶의 순환에서 퀴어의 견본을 찾으려 한다. 「릉, 묘, 총」『낮』에서 "남자 둘"은 의릉에 갔다가 "넋 나

7　수전 스트라이커는 스톤월 항쟁을 백인 게이 중심으로 구성하는 역사 인식에 맞서, 스톤월 이전에 있었던 비백인 트랜스젠더 퀴어 중심의 혁명적 사건들을 발굴한다. 수전 스트라이커는 특히 1966년 샌프란시스코의 컴튼스 카페테리아 항쟁에서 주요한 역할을 했던 성노동자 트랜스젠더 여성들에 주목하여, 역사로부터 배울 것은 '기원의 소급'이 아니라 당시 항쟁을 둘러싼 경제적, 사회적, 도시 행정적, 공간학적, 정치적 맥락들의 패턴임을 강조한다. 수잔 스트라이커, 제이·루인 역, 『트랜스젠더의 역사』, 이매진, 2016.
8　이성애 규범성은 항문 성교에서 '여성화'된 수동성을 환기하며, 수동적 섹슈얼리티를 수행하는 남성에게서 '자아의 죽음'이라는 혐오스러운 사태를 발견한다. 리오 버사니는 게이의 항문 성교에 대한 혐오는 여성적인 것으로 간주되는 섹슈얼리티에 대한 혐오임을 지적하면서도, 항문 성교를 자유와 돌봄의 실천으로 낭만화하지 말고 남성적 자아 동일시를 무너뜨리는 '긍정적인' 죽음의 장소로 해석하자고 제안한다. Leo Bersani, "Is the Rectum a Grave?", *Is the Rectum a Grave?: and Other Essays*, University of Chicago Press, 2009.
9　김현, 「견본 세대 2」, 『문학과사회 하이픈』 2016년 가을호, 32쪽.

가서" 꽃나무 한 그루를 보면서 생각한다. "나무엔 학명이 있을 테지만 / 서정은 그런 것으로 쓰이지 않는다 / 삶이라면 모를까". 특정 대상의 아름다움을 발견하고 그 아름다움에 적확한 이름을 붙이는 것보다는, 삶을 사는 것 자체로 아름다운 것이 되는 서정을 생각하는 것이다. 그래서 의릉에서 젊은 아빠가 어린 아들에게 "나무의 이름을 알려주는 풍경을 / 그렇게 많은 시에서 보고도 / 나는 쓴다". 어린 시절 자신도 아버지가 카메라를 들면 환하게 웃었던 것을 기억한다. 그런데 "나중에 보면 / 꼭 뒤에 묘가 하나씩 찍혀 있"다. 아버지가 아들에게 물려주는 사랑이 커갈수록, 결국 아버지의 죽음을 동반할 수밖에 없기 때문이다. 무덤을 동반하는 사랑의 숙명이 특별히 슬프거나 문제인 것은 아니다. "무덤에도 입장 시간이 있"듯이 그것은 삶 그 자체이므로 서정에 가깝기 때문이다. 다만 이미 익숙한 풍경임에도 "도무지 가질 수 없어서 / 아름답다 여긴다"는 질투는 남는다. 그것은 삶과 죽음을 순환하며 이어지는 사랑의 재생산에 대한 욕망이다. 그래서 봄날의 흥을 찾는 "사진 찍는 남자 둘"은 "아들이 좋을까? / 딸이 좋을까?"라는 "꿈꾸는 대화"를 나눈다. 퀴어의 가족 구성권과 재생산권을 사회운동에서 서정시의 영역으로 포섭하는 김현의 연인들은 한국사회의 전형적 가족의 언어를 자신의 것으로 삼곤 한다. "여보 / 아버님 댁에 보일러 놓아드려야겠어요"「손톱달」, 『호』. 기성 가족제도에 대한 동화를 지향하는 것이 아닌, 퀴어 가족 / 부부의 현존하는 생활 속에서 서정을 발견하기 위함이다.

　일반적으로 퀴어를 재현할 때 주로 청년기의 사랑을 다루고 그 이후의 삶을 상상하지 않는 것에 비해, 김현의 시에는 중년과 노년의 퀴어 연인들이 자주 등장한다. 이는 퀴어의 생애 '견본'으로서 삶의 한 순환 주기를 완성하는 자부심과 기쁨을 담고 있다. 「가장 큰 행복」『호』의 화자는 마트에서 커플 팬티와 반찬거리를 사면서 "남자들에게도/평범한 행복이란 이런 것이"라 여겼던 젊었던 시절을 회상한다. 지금은 "좋은 시절은 다 갔다고 말해도" 그때 그것이 가장 큰 행복이었다며 죽은 연인을 그리워하지만 분명 삶을 충만하게 보냈다는 자부심도 느껴진다. 「이 가을」『입』에서 "영광식당"의 늙은 남자들은 "늙으나 젊으나 / 거기에 영광이 있다는 듯이" 서로의 밥에 생선살을 발라 올려준다. "사람은 먹고 / 산다"는 가장 단순하고 근본적인 원리에서, 먹을 것을 나누는 소박하고 다정한 모습에서 화자는 삶의 영광을 찾아낸다. "늙은 남자가 늙어가는 남자의 굽은 등을 감쌀 때 / 자연의 파도란 평등하다"「노부부」,『입』. 퀴어 부부가 "한평생 지혜를 향해" 가는 것을 찾아낼 때, "단단하고 반짝"이는 아름다움이 보인다.

김현에게 순수문학은 퀴어의 삶의 일대기를 구술하는 장면으로부터 시작한다. "군인 둘이 휴가지에서 / 회 떠놓고 앉아 인생의 쌍두마차에 관하여 이야기 나누는" 장면에서 "시는 이렇게 시작된다"「터치 마이 보디」,『다』. 아버지가 아닌 연인이 서로의 삶의 경로를 카메라로 찍는다. 두 남자는 "내가 일병이고 형이 상병이었을 때의 흑역사를 확인"하면서 회를 먹는다. 그리고 비루한 삶을 나누면서 두 사람은 "안전하게 서로를 범"한다. "형과 내가 회를 다 먹어치울 때쯤 매운탕이 나왔다 / 대가리를 마주하고 / 우리 안의 상거지가 염불을 외웠다 / 나무석가모니불". 전통적으로 한국 서정시는 현재의 가난을 견디고 생애 주기를 '재생산'하는 사랑 노래에서 신성함을 발견했다. 하지만 김현은 퀴어 에로티즘을 매개로 고유한 삶을 '공유'하는 사람들에게서 신성함을 발견한다.

동성 간의 성행위특히 항문섹스를 욕망의 단순한 배설과 사회적 낭비로 낙인찍는 가장 큰 명분은 무엇인가를 (재)생산하지 못한다는 것이다. 하지만 「사랑을 맛보는 혀는 어찌나 붉은지」「회에서 "아이도 없이" 사는 게이 부부는 "생명을 만들지 못하면서도 생명력을 쓴다".

진실로 먹고살 만하면
거리의 동물을 돌보고
남의 아이에게 덕담과 지전을 건네주고
삼촌들은 같이 살아
부부는 정기적으로 동성 캉캉

「사랑을 맛보는 혀는 어찌나 붉은지」

굳이 제 유전자를 담은 생명을 만들지 않더라도 얼마든지 주변의 생명들과 생명력을 나누어 가질 수 있다. 그것은 주변의 생명력을 북돋는 행위다. "부부는 서로의 뱃살을 덥석 깨물어주고 / 등을 돌리고 기도한다". 신이 보기에도 사랑하는 행위는 어떤 것이든 아름답지 않냐고, "우리가 또한 이토록 저질이나니 이 저질 속에 복됨이 있음을 믿나이다". 부부의 음란한, 생명을 만들지 못하는 기도를 받고 "신께서 칠흑 같은 어둠 속에서" 현현한다.

「이 순정한 마음을 알 리 없으리」「다」 역시 비루하고 세속적인 삶의 단면들을 나누는 대화에서 순정한 서정을 찾아낸다. 먼저 죽은 '상훈이 형'을 애도하며 두 친구가 나누는 이야기 속에서 본명이 아닌 별명을 사용하는 대화, 게이 술집, 술자리 데이팅 같은 한국 게이 커뮤니티의 하위문화들이 구술사적 구체성을 띠고 드러난다. 시는 십 년 전의 낭만적이고 열정적이었던 섹스의 추억과 더불어, 자존심을 세우는 대신 성형을 하고, 명품 신발을 사며 "구차한 인생"을 넘고, "시대착오적인" 수치심으로 끝내 자살한 지인과 같은 이야기로 한국 게이의 생애사적 풍경을 조각조각 기워 만든 보자기를 펼쳐 보인다. 그런데 그 풍경에는 깊은 원한이 숨어 있다.

> 형 나는 가끔 이성애자들이 핍박받는 세상이 오길 바라
>
> 거리에서 손도 못 잡고 뽀뽀도 못하고 회사에선 전전긍긍하길
>
> 시대를 앞서가자, 우리
>
> (…중략…)
>
> 똥꼬충들이 설쳐대며 에이즈를 옮기려고 불나방처럼 달려든다
>
> 더러운 에이즈 캐리어
>
> 동성애는 정신병이다 정신 바짝 들도록 북한아오지 탄광으로 보내라
>
> 시절이 그런 시절이 아니었더라면
>
> 상훈이 형

화자는 2010년대 초반 차별금지법 제정을 막기 위해 처음 등장했던 '종북 게이'라는 우스꽝스러운 조어를 연상시키는 가정문으로 상훈이 형을 부른다. 상훈이 형 역시 "그런 시절" 때문에 세상을 뜬 것일지도 모른다. 형을 잃은 슬픔 때문에 화자는 이성애 중심적 세계가 역전되는 시대를 기다린다. "똥꼬충"이라 혐오하는 이성애자 가족들의 "거리낄 것 없는 단란한 식탁 위에 / 똥 무더기를 쌓아올린 접시를 내가고 싶"다고. 그런데 "그러기 위해 저는 하느님을 믿고" "관혼상제를 중히 여기"며 조용히 기다린다고 한다. 복수의 방법이란 별다를 것이 없다. 그러다보면 "말로에는

누구나 비참하여라 / 주님 메시지"가 도착하기 때문이다. "인간은 오물 주머니에 불과하니 / 뒤집어써라 중생이여 / 부처님 말씀"「부처님 오신 날」, 「흙」.

김현은 퀴어의 세속적인 일상에서 구원의 순간을 찾아낼 뿐만 아니라, 반대로 그 일상을 향해 밀려오는 혐오 발화 속에서 신의 메시지를 발견하기도 한다. 「생선과 살구」「흙」는 당시 페미니스트를 자처했으나, 퀴어 인권은 '나중에'로 미루던 문재인 전 대통령에게 "저는 여성이자 성소수자인데/제 인권을 반으로 가를 수 있습니까?"라고 물은 한 성소수자 활동가의 질문으로 시작한다. "반으로 갈라진 것을 보면" 언니는 "상하지 말고 살아"가라고 "소금을 뿌렸다". 그리고 "호시탐탐 언니와 나를 노리고 있"는 "흰 천을 뒤집어쓴 자들"에게 "총을 들고" 단호하게 외친다. "나중은 없다 / 지금 당장". 상처를 입더라도 스스로 상하지 않도록 빛과 소금이 되는 사람들은 "하느님의 사역에 동참하는 착한 종이 되기 위"한 삶을 살고 있다. 혐오 발화를 듣고 상처를 받은 김현의 화자들은 오히려 인간의 존재론을 생각하기 시작한다.

「항문외과 의사 이필잎을 저주합니다」「흙」의 화자는 항문외과에서 진찰을 받다가 "동성애 해요?"라는 질문을 받고 "동성애 안 하는 남자도 있나요?"라고 반문한다. 의연한 대처에도 불구하고 "나라는 사람은" 퀴어로서 "사계절 존재감을 염두에 두고" 있기에 "찢기는 가슴"이 된다. "그날 오물 범벅된 내 심사"를 들여다보면서 "존재의 기본"과 "인간의 오점을 헤아려" 본다. 화자의 사연을 들은 친구/연인은 "개독 박멸"을 위해 "같이 저주하자"고 말하지만, 그 저주의 내용인즉슨 "부디 그들이 교만과 무지함에서 벗어나 겸손히 주님이 행하신 일을 증거하고 성령의 역사를 기대하는 존재가 되게" 해달라는 기도다. 상대를 제대로 알려 하는 대신 자신의 기준에 끼워맞추어 판정하는 것, 그런 자신의 판단에 자족하면서 기쁨을 느끼는 것이 교만함이다. 의사와 마찬가지로 그를 저주하는 대신 겸손해질 때 "나라는 존재는 어떻게 응용 발전되는가?"에 대한 답을 찾을 수 있다. 혐오에 혐오를 되돌려주는 대신 김현의 화자들은 혐오에 사랑의 기도로 답한다. "오늘 밤 우리의 사랑은 / 열에 아홉 손가락질당할지라도"「생선과 살구」언니와 '나'는 "우리가 우리에게 잘못한 이들을 용서하듯이 / 우리의 잘못을 용서"해달라고 기도한다. 이는 혐오에 스스로 매몰되지 않고 사랑으로 응답하는 인간이 되려는 의지이자 자신을 사랑으로 이끄는 더 나은 존재론이다.

「개독 박멸」『다』도 "동성애는 자연을 파괴하는 행위"라는 혐오 발화에 맞서 "안 그런 사랑도 있나" 천연덕스럽게 되물으며 사랑에 대해서 생각한다. 사랑은 "하나를 그리고 나면 옆으로 하나씩 더 생겨나는 선한 사마리아인"같이 번지는 것이지만, "하트가 하트와 손을 잡는 해변에 / 꼭 한 명씩"은 "나뭇가지를 들고 다니며 남의 사랑전선을 지우는 / 미련한 사람"이 있다. 자신만이 사랑을 안다고 생각하는 그런 교만한 사람에겐, 지난 연인이 헤어지며 '나'에게 했던 말처럼 이렇게 말해줄밖에. "'이 개새끼야' / '너는 너만 불쌍하지?'" 사랑을 모르는 사람이야말로 미련하고 불쌍한 사람이라는 진실을 알게 되면 사랑을 위한 기도는 더 세속적이고 비루한 곳에서 더욱더 강렬해질 수 있다. "♡에 혀를 넣었다 뺐다 하다가 / 손가락을 깊숙이 넣어 / 살살 / 주여 기도를 들어주소서 / 사랑과 은혜와 성령이 이곳에". 그러니 "형들의 사랑을 사랑이 아니라고 말하지 말아요"「형들의 사랑」, 『호』. 똥구멍으로 하는 사랑은 욕망에 사로잡힌 가장 세속적인 사랑이고 비생산적인 낭비처럼 보이지만, 실은 신의 구원에 순서Ordo Salutis, order of salvation와 위계를 두는 서정序定 신학에서 가장 멀리 있다. 그러므로 어떤 사랑도 지우지 않는 서정抒情 신학을 열 수 있다.

미래를 재생산하지 않기에 퀴어한 (것으로 간주되는) 항문의 서정은 그렇기에 역설적으로 창세기가 된다. 「삼나무 숲에 석 삼 너구리」「다」는 동굴에서 다시 태어나는 토템 신화나 대지를 만드는 거인 설화를 빌려 게이 연인의 창세기를 쓴다. 태초에 '삼우'와 '두식이'는 큰 똥과 작은 똥을 누며 대지 위에 나타나 사냥을 시작하고 토기를 빚어 "신석기를 열었다". 그러나 정작 문명이 시작되자 두 사람은 자신들이 "껍데기"로 취급받기에 "용서받지 못함을 알"게 된다. 두 남자는 빛을 피해 바위굴로 숨어든다. 어느 날 굴에서 나온 두 사람은 자신들이 누었던 "인류애가 풍기는 똥" 위에서 "농사 짓고 양 치고 / 철도를 깔고 교회를 세우"는 후손들을 본다. 그때 두 남자 앞에 수난받는 예수의 형상이 나타난다. 인간들이 "인류의 대못"으로 "나무에 걸린 사람의 두 손바닥을 관통"하게 하지만, 그 "뜻하지 않은 변고에도 그는 태연히 변을 보았다". 그리고 그는 자신과 두 남자의 똥에 축복을 내린다. "빛나라!" 삼우와 두식이의 똥은 가장 천대받는 존재가 아니라 만나처럼 모두에게 축복을 전하는 "맛있는 것"이 된다. 둘은 그것에 "껍데기"를 씌워 마을 사람들과 나눈다. 그 나눔에 "삼라만상"이 들어 있음을 본 사람들은 그제야 "우리는 똥주머니"인 것을 알고 "두 손을 가지런히 모으고 / 인류는 인류사를 시작했다". 신의 이름으로 어떤 존재들을 숨게 만드는 사람들이 아니라, 숨어든 자를 위해 신이 나타난다. 이 축복을 축적하거나 독점하지 않는 진정한 사랑을 모두와 나누면서 새로운 시대를 시작하는 것이다. "구린내야말로 우리네 아름다운 속성"이므로, 세계의 기원에 퀴어의 존재와 항문의 사랑이 있었다.

「형들의 나라」『다』는 퀴어 신학을 구체적인 사건 속에서 재해석 해 동성 애자 군인 색출 사건이나 일상 속 혐오 폭력 같은 한국사회의 원죄를 살핀 뒤에 이를 집약하는 혐오 세력의 기도를 들려준다. 2018년 제1회 인천퀴 어문화축제를 방해하며 "소돔과 고모라 같은 재앙이 저들에게 일어나게" 해달라거나 "부모님이 널 낳은 걸 후회"한다거나 하는 저주들이다. 국가 와 가족으로부터 추방하면서도 "사랑하니까 반대"한다는 혐오다. 이 말들 에 둘러싸인 형들은 먹은 음식을 토하고 "일요일에는 교회에 가지 못"한 다. 하지만 저들의 저주 어린 기도와는 반대로 형들은 진정한 사랑을 나눌 기도의 방법을 찾아낸다. 새로운 세계를 창조하는 육 일의 시간이 지난 뒤 "토요일에는 차별금지법 제정을 위한 대행진에 참여"하고 서로의 "어머님 이 좋아하시는 밤양갱을 보"낸다. 더는 숨지 않고 "새롭게 태어"난 "형들 의 사랑"은 새로운 시대를 여는 신화가 된다. "만물의 축원 속에서 / 두 사 람은 신방에 들어가 표주박 술을 주고받"으며 "첫날밤"을 명명한다. 그로 써 모든 "이름에 담긴 의미를 알게 되고 / 혼령이 깃든 것들을 귀히 여기" 는 사람들의 시대가 열린다.

그런 새로운 시대의 창조를 예비하기 위해 김현의 자식들은 추상 같이 묻곤 한다. "엄마 보고 있지요 / (…중략…) / 거짓의 대가는 얼마나 혹독 한가 / 엄마 / 엄마도 죄인처럼 사셨나요?"「사망 추정」, 『다』 화자는 가족 내 성 폭력이 알려지자 도리어 "더러운 년을 딸로 둔 게 죽어서도 한"이라고 했 던 부모를 기억한다. 부모들은 누군가를 침묵시킴으로써 가족과 국가의 아름다움을 완성했다. "서해훼리호 침몰과 삼풍백화점 붕괴와 대구 지하 철 화재를 경험하며 / 역사적인 깨달음을 얻었습니다". 공동체의 획일적 인 성장에 대한 열망, 빠른 축적을 위한 재생산에 대한 명령. 그런 선대의 신앙이 거짓이라는 점을 간파한 아이들은 그래서 "우리 거짓의 결과물이" 남아 있다면 다음 세대를 이어갈 "사평이가 어른 되는 세상은 아름다울까요"라고 묻는다. "부모는 자식의 걸림돌이라는 사실을" 알고 어른들의 믿음을 따르지 않는 다음 세대의 아이들이 조선의 시간을 회복할 것이다. "저 아이도 커갈수록 / 부모 알기를 개똥으로 알겠죠 / 참 다행이에요".

「일요일 아침 태현이는」『일』에서 '태현이'는 신과 맞서는 존재다. "아이는 신에게 도전하지 않는다 / 신을 모를 뿐"이다. "그리하여 아이들은 언제나 신의 가장 강력한 적"이다. 신에게 관심이 없으므로 시간의 폭풍을 알지 못하고, 그러므로 두려울 것이 없다. 일요일 아침에 태현이는 교회에 가지 않는다. 내키는 그림을 그리고 블록 놀이를 하면서 새로운 지형을 만드는 "전지전능"한 존재다. 그렇지만 "아이는 새로운 세계를 저장하지 않는다". 아이들은 미래를 위해서 세계를 멈추거나 축적하지 않는다. 그저 언제나 지금 보이는 자신의 주변에 원하는 "새로운 세계를 / 한다". 자유로운 아이들은 "에너지가 꽉 차 있다". 일요일 아침에 아이들이 "짜장면과 탕수육을 먼저 먹는" 반면, 어른들은 언제나 나중의 정리를 위해 "신문을 깐다". 아이들은 시간을 축적하는 어른들의 신앙에 결단코 관심이 없다. 그저 지금 당장 새로운 세계를 '할' 뿐이다.

"아이를 곁에 두는 일에 관하여 // 나는 / 일찍이 알지 못한다"「미래가 온다」,『일』. 가족과 국가의 재생산을 위한 정상 규범에서 배제된다고 해도 "동성애자는 그런 걸로 슬퍼지지 않"는다. 그렇지만 "신흥시장을 지날 때", 서로에게 통닭을 발라주지 못하는 사람이 떠올라 "어떤 생은 슬퍼지는가" 묻게 된다.

우는 것과 울음을 멈추게 하는 것으로
동성애자는 슬퍼질 수 있다

점점 더 개구쟁이가 되어가는 은재야
우리에게도 사랑과 축복이 있으니까

(…중략…)

잘 자라주렴
너만은 아니지만 너로도 미래가 온단다

「미래가 온다」

　'은재'는 빛나는 미래를 상징하지도, 공동체를 재생산할 의무를 지지도
않는다. 그저 잘 자라면 된다. 은재가 슬픔을 알고 울음을 멈출 줄 아는 사
람이 된다면, 기다리지 않고 다른 세계를 '할' 것이기 때문이다. "삼촌이
아가이고 수아도 아가일 때 삼촌이 눈 코 입이 없어서 수아는 슬펐어 울었
어 삼촌도 슬펐어 울었어 그랬더니 눈 코 입이 생겼어 / 끝"「고스트 스토리」,
「낮」. 삼촌이 '인간'이 아닌 '고스트'였을 때 '수아'는 슬퍼서 삼촌과 같이
울었다. 그 울음은 나중의 언젠가를 예비하는 것이 아니라 지금 당장의 고
통을 향한다. 그 울음이 다시 만든 세계에서 삼촌은 다시 살기 시작했다.
그뿐이다. 그것이 새로운 세계를 여는 전부다.

참고문헌

1. 자료

김 현, 『글로리홀』, 문학과지성사, 2014.

_____, 『입술을 열면』, 창비, 2018.

_____, 『호시절』, 창비, 2020.

_____, 『낮의 해변에서 혼자』, 현대문학, 2021.

_____, 『다 먹을 때쯤 영원의 머리가 든 매운탕이 나온다』, 문학동네, 2021.

_____, 「견본 세대 2」, 『문학과사회 하이픈』 2016년 가을호.

_____, 「세상에 사연 없는 사람도 있나」, 『문학동네』 2020년 봄호.

_____, 「가상 투어」, 『문학3』 2021년 1호.

2. 국내 논저

박상수, 「본격 퀴어 SF − 메타픽션 극장」, 『글로리홀』, 문학과지성사, 2014.

백종륜, 「한국, 퀴어 문학, 역사 − '한국 퀴어 문학사'를 상상하기」, 『여/성이론』 41호, 2019.

양경언, 「궁지의 시」, 『입술을 열면』, 창비, 2018.

발터 벤야민, 「역사의 개념에 대하여」, 최성만 역, 『역사의 개념에 대하여』, 길, 2008.

수잔 스트라이커, 제이·루인 역, 『트랜스젠더의 역사』, 이매진, 2016.

3. 외국 논저

Leo Bersani, "Is the Rectum a Grave?", *Is the Rectum a Grave?: and Other Essays*, University of Chicago Press, 2009.

4. 기타자료

메이 광주 프로젝트 웹사이트 (http://www.maygwangju.kr/project/yooseung-jung/)

한국 SF에서
똥/쓰레기가 가지는 의미

이지용

이 글은 SF에서 나타나는 똥과 쓰레기의 문제를 인류세 시대에 대응하기 위한 자연문
화적 인식들로 재해석해 보고자 했다. 그 결과 똥과 쓰레기는 서구로부터 이식된 과
학이라는 개념 통해 인식하려고 했던 근대에 대한 은유 중 하나임을 김동인의 「K박사
의 연구」를 통해 확인할 수 있었다. 또한 과학기술 발달이 고도화된 미래에서의 똥과
쓰레기 문제에 대한 비판적 사고실험으로서의 의미를 이덕래의 소설 「아직은 너의 시
대가 아니다」와 영화 〈승리호〉를 통해 발견할 수 있었다. 마지막으로 자연문화적 인
식으로 상호의존적이고 관계적인 똥과 쓰레기 문제들은 김초엽의 소설 『지구 끝의 온
실』을 통해 확인할 수 있었다. 그 결과 한국 SF에서 똥과 쓰레기에 대한 인식들이 SF
장르의 장점을 드러내면서도 사회적인 이슈들에 민감하게 반응하고, 실질적인 삶의
모습들에도 관여하는 형태로 실천적이면서도 다양하게 나타나고 있다는 것을 알 수
있었다.

1. SF에서 똥/쓰레기에 대한 인식

SF는 "과학적 외삽extrapolation과 합리주의 논의"들을 위해 창작되어 오던 문화예술 장르이다.[1] 그러기 때문에 과학이라는 특정한 주제를 다루는 형식으로 정의된다. 하지만 근대 이후의 과학기술에 대한 발달과 함께 과학적 외삽이라는 언표 자체가 확장되면서 SF의 정의를 변화시켰다는 사실을 간과해선 안 된다.[2] 그 결과 현대의 SF는 형이상학적 의미에 머무르지 않고 인접한 다른 장르, 과학, 철학, 사회경제, 일상생활에서 온 주제와 사고방식, 패러다임에 대한 변증법적 삼투성을 띤 사회 미학의 개체로 규정되고 있다.[3] 결국 SF는 인간의 생활과 관련된 다양한 범위의 문제들을 소재화하거나 주제화하여 창작된다는 것이다. 이러한 과정에서 근대 과학을 기반으로 하는 합리주의적 논의들로 가상의 세계를 구축하는 것이 여타의 문화예술 장르들, 특히 사실주의 기반의 기존의 문학 형식들과 가장 큰 차이를 보이는 지점이라고 할 수 있다.

이러한 특징 때문에 SF는 인간의 생활과 관련된 영역들이 전과 전혀 다른 형태로 변화하는 지점에 대한 새로운 사유를 제시하기도 한다. 근대 이후 먹고, 마시며, 이동하고, 행동함에 따라 발생하는 다양한 의미들은 필연적으로 SF 내에서 사유할 수 있는 지점들이 존재한다. 그중에서도 똥/쓰레기의 문제는 근대 이후에 일종의 폐기물 혹은 잉여 생산물로 취급되

---

1   셰릴 빈트, 전행선 역, 『에스에프 에스프리 – SF를 읽을 때 우리가 생각할 것들』, arte, 2019, 10쪽.

2   셰릴 빈트, 송경아 역, 『SF연대기 – 시간 여행자를 위한 SF 랜드마크』, 허블, 2021, 23~24쪽 참조.

3   Darko Suvin, *Metamorphoses of Science Fiction: On the Poetics and History of a Literary Genre*, New Haven: Yale UP, 1979, p.10 참조.

었고, SF에서도 이것들을 얼마나 효과적으로 처리하여 인간중심적인 '위생' 상태를 만드는 것인가에 대한 이야기가 일반적이었다.

하지만 똥은 인간이 만들어내는 가장 원초적인 쓰레기이자 생존을 위한 필수적인 물질이다. 각종 쓰레기의 양을 물리적으로 줄이는 문제들에 골몰하는 근대 이후의 사회구조에서도 똥은 물리적인 양을 함부로 조정할 수 없는 것이라고 할 수 있다.[4] 이러한 성질 때문에 미래지향적 가치들을 구현하는 SF 내에서의 똥도 처리의 문제를 상상할 때 전적으로 '재사용'의 맥락에서 접근한 예들을 많이 발견할 수 있다. 가장 널리 알려진 예시는 조너던 스위프트Jonathan Swift의 『걸리버 여행기』에서 나오는 라퓨타 섬의 과학자들인데, 그들은 똥에서 음식을 재조합하여 식량문제를 해결할 수 있을 것이라고 선구적으로 생각했다.

이렇듯 똥/쓰레기를 새로운 물질 혹은 재생 차원에서 상상하던 것들은 20세기 이후 근대과학의 발달로 인해 오히려 은유의 영역들이 제한된다. 전통적으로 똥/쓰레기를 재활용해왔던 거름 혹은 에너지원으로서 사용하는 방식에서 20세기로 접어들면서 환경오염과 위생 문제와 직결되는 형태로 변모하게 되었기 때문이다. 이는 근대적 위생의 문제를 해결한 이상향을 서사 내에서 구현하는 SF의 전형적인 형태이기도 한데, 쥘 베른Jules Verne의 『인도왕비의 유산』1879에서 나타나는 두 형태의 이상사회인 '슈틸슈타트'와 '프랑스빌' 중에서 의학과 복지 및 위생이 해결된 이상적인 미래상으로 그려진 '프랑스빌'의 경우 똥/쓰레기로 인한 악취 등의 문제들이 완벽하게 해결된 사회로 그려지고 있는 것이 대표적이라고 할 수 있

---

4   조재원·장성익, 『이것은 변기가 아닙니다』, 개마고원, 2021, 22~23쪽 참조.

다. 이러한 형태는 20세기까지도 이어져서 사회주의적 이상향을 제시할 때 깨끗하고 냄새나지 않는 사회를 제시하는 형태가 자주 등장하는 것으로 확인되기도 했다.[5]

하지만 이러한 똥/쓰레기 처리문제의 새로운 가능성들을 확인할 수 있는 시대적 변화가 일어나는데, 바로 1950년대 소련에서 스푸트니크 1호СПУТНИК -1 발사에 성공하면서 접어든 이른바 우주경쟁 시대에서부터이다. 미국은 인간을 달에 보내는 목표를 가지게 되었고, 이러한 분위기 속에서 우주는 환상과 미지의 공간이 아니라 정복가능하고 개척 가능한 현실적인 공간으로 변화하기 시작한다. 그리고 이러한 변화의 시기에 똥/쓰레기의 문제는 인간들의 생명활동에 필수적인 요소들로 실질적인 고민의 영역이 된 것이다. 실제 우주선에서의 배변 문제와 그 처리 문제는 중요한 요소이고 그러한 문제 해결을 위한 상상력은 SF의 '스페이스 오페라space opera' 장르에서 반복적으로 사고실험 되어온 영역이기도 하다.

우주경쟁시대 이후 똥/쓰레기 문제는 자원의 순환과 효용성에 대한 사고실험이라는 맥락과 환경오염 등의 문제를 표상하는 형태로 나뉘어진다. 그리고 이러한 변화는 이후 환경오염 문제를 다루면서 나타나는 과학기술에 의한 발달의 비판적 사고실험과 자연과 기술의 공존을 모색하는 담론으로 다시 변모하는 양상을 보인다.[6] 특히 공존에 대한 모색은 똥/쓰레기를 단순히 폐기물로 인식하는 인간중심적 사고와 그로 인해 발생하는 기술과 인간, 자연과 인간을 이분법적으로 바라보는 세계관을 해체하고

---

5   Alexander M. Martin, "Sewage and the City: Filth, Smell, and Representations of Urban Life in Moscow, 1770-1880," *The Russian Review*, April 2008, p.274 참조.

6   장정희, 『SF 장르의 이해』, 동인, 2016, 133~136쪽·149쪽 참조.

전 지구적인 가능성을 새롭게 발견하기 위한 사고실험을 보여준다. 그러기 때문에 SF 서사 내에서 똥/쓰레기의 문제는 잉여생산물을 인식하는 부정적 함의로부터, 우주라는 새로운 공간에서 생존을 위해 반드시 해결해야 하는 실질적 문제, 그리고 환경과 관련된 인식의 발달 문제로 그 의미의 변용과 확장이 이루어졌다고 할 수 있다.

2. 한국 SF에서의 똥/쓰레기

그렇다면 이러한 똥/쓰레기의 문제들이 한국의 SF에서는 어떠한 모습들로 나타났을까? 한국 SF의 역사가 단절과 연속이 불규칙적으로 이어지는 맥락을 가지고 있기 때문에 이러한 양상들을 하나의 맥락으로 연결하는 것은 쉽지 않지만, 파편적으로 이어지고 있는 작품에서의 예시들을 통해 기존에 가지고 있었던 의미들이 한국에서도 공유되고 있었으며, 현재는 어디에 위치하고 있는지를 가늠해 볼 수 있다. 한국 SF에서의 똥/쓰레기 문제는 근대의 위생 담론과 과학적 사고실험을 통해 사회적 문제들을 해결하는 새로운 방식으로 처음 등장하였다. 하지만 한국의 SF에서는 똥/쓰레기를 전면적으로 다루거나 문제시하는 작품들이 반복적으로 등장하기 어려웠는데, 해당 시기의 SF가 교육적 정보 전달을 중심으로 하는 형태로 서사가 발전하면서 우주경쟁 시기에도 우주와 달, 우주선 등에 대한 묘사 등이 주를 이루었고 그 안에서의 '인간'에 대한 다각도의 형상화가 부족했기 때문이다.[7] 이후 1990년대가 되어서야 똥/쓰레기는 환경문제와 더불어 다시 발생하는데, 이 시기의 한국 SF에서는 안타깝게도 환경문제를 다루는 작품들의 흔적을 찾기 힘들다. 하지만 2000년대 이후에 한국 SF의 창작과 소비들이 조금씩 활발해지면서 다양한 작품들이 나타나기 시작해, 비로소 똥/쓰레기 문제에 대한 이야기가 작품에서 등장하게 된다.[8]

한국 SF에서의 똥/쓰레기 문제는 연속성이 아니라 단절된 상태에서의 산발적으로 장르적 특징이 발현되는 형태로 나타났다고 할 수 있는데, 그 사실을 확인하는 것으로도 일단 의미가 있다고 할 수 있다. 또한 2010년 대 이후에 나타난 한국 SF의 성장과 더불어 한국 SF에서의 똥/쓰레기 문제가 현대적인 사안에 대응하고 있는 것 역시 확인할 수 있다.

1) 근대적 문제해결 방식의 표상

한국의 SF에서 나타나는 똥 이야기는 한국 창작 SF의 시작이라고 불리는 김동인의 「K박사의 연구」1929에서 볼 수 있다. 잡지 『신소설』을 통해서 발표된 「K박사의 연구」는 식량 문제 등을 해결하기 위해서 인간의 똥에서 물질을 분리해 대체 식량인 '○○떡'으로 만든다는 이야기를 담고 있다. 이 작품이 발표된 배경에 대해 1920년대 당시에 불었던 과학기술에 의한 '인조' 혹은 '합성' 물질에 대한 관심 고조와 관련되었다는 주장들도 있고, 과학연구를 통해 당시의 사회적 문제였던 식량문제를 해결하려는 시도로 해석되기도 한다.[9] 이는 조너선 스위프트의 『걸리버 여행기』에서 나타났던 모습과 유사한 모습을 하고 있다는 것을 알수 있는데,

---

7   이지용, 『한국 SF 장르의 형성』, 커뮤니케이션북스, 2016, 31~40쪽 참조.
8   반교어문학회, 『위기와 성찰의 뉴노멀시대』, 보고사, 2022, 344~350쪽 참조.
9   최애순, 「1920년대 카렐 차페크의 수용과 국내 과학소설에 끼친 영향－김동인〈K 박사의 연구〉와의 영향 관계를 중심으로」, 『우리문학연구』 69, 우리문학회, 2021, 659쪽 참조; 이경훈, 「냄새 맡는 인간, 냄새 나는 텍스트－한국 근대문학과 냄새」, 『구보학보』 23, 구보학회, 2019, 175쪽 참조.

그것이 해당 시기의 SF에서 상상하던 미래의 양상들을 대표하는 장치였기 때문이다.

그러기 때문에 「K박사의 연구」에서 이러한 상상력이 발생한 것은 이전까지는 존재하지 않았던 과학적 사유와 그것을 통해 사회적인 문제들을 해결하는 상상력을 개진하는 것에 대한 의미가 크다. 그리고 그것은 한국에 SF 텍스트가 번안되어 소개된 이유들과도 맞닿아 있는데,[10] 작품 내에서 똥을 설명하고 있는 K박사의 설명을 보면 의미가 확연해진다.

> "먹은 것? 응 그것 말인가? 그것 때문에 토했나? 난 또 차멀미로 알았지. 그건 순전한 자양분일세, 하하하!" 박사는 웃어야 할 때 웃을 줄 모르고, 웃지 않아야 할 때 잘 웃는 사람이라네. "건락乾酪, 전분, 지방 등 순전한 양소화물良消化物로 만든 최신최량원식품最新最良原食品이지."[11]

위의 구절은 K박사가 만든 똥을 원료로 한 음식을 조수인 C군이 먹고 나서 구역질이 나 토해버린 뒤에 뒤늦게 음식의 정체에 대해 설명하고 있는 부분이다. 자칫 위험한 사고로 보일 수도 있지만 K박사는 자신이 하고 있는 일이 합리적이고 이치에 맞는 일이라고 믿고 있는데, 그것은 전적으로 서구에서부터 유입된 합리적이고 논리적인 과학적 이론에 의거해서 수행되었기 때문이다. 소설은 이후에도 똥의 성분을 설명하며, 그것을 재조합해 음식을 만들어낸다는 것이 과학적으로 얼마나 합리적일 수 있는가에 대해 설명하는데 지면의 상당부분을 할애하고 있다.

---

10 이지용, 앞의 책, 1~10쪽 참조.
11 김동인, 「K박사의 연구」, 김동인 외, 『천공의 용소년』, 아작, 2018, 42쪽.

박사의 말에 의지하건대 똥에는 음식의 불능소화물, 즉 섬유며 결체조직이며 각물질角物質이며 장관내腸管內 분비물의 불요분不要分, 즉 코라고산, 피스린 '담즙 점액소'들 외에 부패 산물인 스카톨이며 인돌이며 지방산들과 함께 아직 많은 건락과 전분과 지방이 남아 있는데, 그것은 사람에 따라 혹은 시간에 따라 각각 다르지만 그 양소화물이 3할에서 내지 7할까지는 그냥 남아서 항문으로 나온다네, 그리고 그 대변 가운데 그냥 남아 있는 자양분은 아무도 돌아보는 사람이 없이 헛되이 썩어버리는데 그것을 어떤 방식으로 추출할 수만 있다 하면 그야말로 식료품 문제에 위협받는 인류의 큰 복음이 아닌가. 그래서 연구해 그 방식을 발견했다나. 말하자면 석탄의 완전 연소와 마찬가지로 자양분의 완전 소화를 계획하여 성공한 셈이지. 즉 대변을 분석해서 그 가운데 아직 3할 혹은 7할이나 남아 있는 자양분을 자아내어 그것을 다시 먹자는 말일세.[12]

이는 이전까지 부정의 산물이라고 여겨졌던 똥이라는 은유들을 새로운 시대에 맞게 인식하고 그것을 극복해 사회적인 문제였던 식량문제까지 해결할 수 있을 것이라는 구한말의 시대적 필요를 보여주는 사례이기도 하다. 이렇게 과학적인 가능성들에 대해 길게 설명하고 있는 것은 과학기술 적용의 엄정함을 내세우는 '하드 SFhard SF'로서의 역할을 기대한 것이라기보다는 서구화로 표상되던 근대화를 위한 인식의 전환의 필요에 그러한 작업에 반드시 필요한 과학이라는 개념의 도입을 위해서였다고 볼 수 있다. 특히 이 당시의 과학적인 공식이나 정보들이 열거되는 것은 "과학이 전제하는 합리적 이성에서 기원한 것인 동시에 미신, 편견, 감정, 관

---

12 위의 글, 44~45쪽.

념, 습관 등과 거리를 둔 이성 자체를 상징"하는 것이라고 해석할 수 있다.[13] 이러한 측면에서 보았을 때 「K박사의 연구」에서 나타난 똥에 대한 관념들은 기존의 구시대적이고 청산해야 할 부정적인 관념들을 총칭하는 일종의 상징물로 표상되었다고도 볼 수 있다.

그리고 이러한 기존의 부정적 관념들은 구조적인 차원으로도 확장된다. 불쾌한 똥냄새를 제대로 해결하지 못한 사회구조 전체를 표상하게 되는 것이다. 그런데 그것에 대한 해결이 권력자의 호혜도 아니고, 신적인 존재의 능력에 의해서도 아닌 서양에서부터 유입된 자연과학적 접근으로 가능하다는 것이 소설에서 지향하는 이전과는 다른 지점인 것이다. 이는 해방 이후까지도 서울의 똥오줌 처리 문제를 역량의 문제로 제대로 처리하지 못하고 있었던 것으로 보았을 때, 해당 문제에 대한 급진적인 사고실험이었던 것이라고 할 수 있다.[14] 그러기 때문에 K-박사가 진행했던 연구는 단순히 똥을 식품으로서 재생산한다는 기발한 상상에서 그치는 것이 아니라, 구시대의 문제들을 근대 서구의 과학을 통해 해결할 수 있을 것이라는 구한말의 근대적 의식을 형상화한 것이라고 할 수 있다. 결국 근대 한국 SF에서의 똥은 하나의 거대한 은유이자 서구화로 대표되는 근대가 도래함으로 해결될 어떠한 표상으로 나타났음을 알 수 있다.

이후에 한국 SF는 거대담론의 영향이나 과학이라는 개념에 대한 정보의 전달에 대한 개념들로 치환되어 소비되었기 때문에 은유로서의 똥/쓰레기의 문제들을 다루는 작품들이 잘 나타나지 않았다. 미국을 비롯한 서

---

13 이정훈, 앞의 글, 178쪽.
14 소준철, 「1953~1973년, 서울의 똥」, 김성원 외, 『똥의 인문학—생태와 순환의 감각을 깨우다』, 역사비평사, 2021, 40~42쪽 참조.

양의 SF들이 1960년대를 전후하여 우주 시대의 서사들을 전개하면서 인간의 생리활동에 필요한 똥에 대한 담론의 전환을 보여줄 때도, 그 안에 있는 인간에 대한 이야기들보다는 우주에 사람을 보낼 수 있는 기술력에 대한 선망 등이 나타났을 뿐이다. 이 시기의 서양 SF에서의 대표적인 작품으로는 프랭크 허버트Frank Herbert의 소설 『듄』에서 등장하는 스틸슈트 Still Suit가 있었는데, 스틸슈트는 자원이 절대적으로 부족한 척박한 환경에서 사용자의 배설물을 정화하여 수분으로 전환하는 기능을 가지고 있다. 이는 생존에 절대적인 자원을 자체적으로 생성하여 사용하는 형태로, 『듄』의 세계관인 아라키스 행성이 물질순환의 제약을 극복하기 위한 극단적인 사고실험의 한 형태로 똥/쓰레기와 같은 잉여 생산물도 자원의 순환고리 내에 존재한다는 것을 표상한 것이다.[15]

하지만 한국에서는 이러한 형태의 작품들이 발견되지 않고 있다. 한국 SF는 아동·청소년을 중심으로 하는 텍스트가 주를 이루었기 때문에 똥과 쓰레기에 대한 문제는 과학기술에 대한 흥미보다는 원초적인 흥미 요소로 소비될 위험성 역시 있었기 때문에 지양되는 정보였다. 또한 냉전시대 우주경쟁의 표상으로서의 한반도의 사정이 SF 서사에도 그대로 투사되어 기술력을 경쟁하고 과신하거나 우주 혹은 달이라는 비현실적 공간에서의 통일 국가에 대한 현상들이 나타나는 우주의 활용에서 그치는 모습을 볼 수 있다. 또한 1980년대 이후에 환경오염 문제를 주제로 하는 에코토피아 담론이 형성되었을 때도 "식민지 시대 이후의 독재정권이 국가 정체성을 확립하기 위해" 필요한 주제들로 문화예술의 가능성들을 축소시켰던

---

15 오영진, 「행성적 차원에서 인간의 배설과 순환을 상상하기」, 위의 책, 222~225쪽 참조.

문제들 때문에 서사의 전면에 등장하는 경우는 적었다고 할 수 있다.[16]

2) 과학기술 발전에 대한 비판적 사고실험

하지만 이러한 분위기는 2010년대에 접어들면서 새로운 양상을 보인다. 사실 2000년대에 접어들면서 이미 1990년대부터 제시되었던 환경과 관련된 담론들이 몇몇 작품에서 나타나는 양상들을 보여왔는데, 김탁환과 정재승이 공동 집필한 『눈먼 시계공』2010에서는 환경적으로 이상적인 상태를 보여주는 도시들이 그려지고 있었다. 특히 이러한 도시에서 오염물질에 대한 관리 문제는 그 도시의 발달된 현황을 보여주는 척도로 등장하는데, 똥이라는 직접적인 표상들이 언급되지는 않지만 쓰레기를 비롯한 오염물질들을 얼마나 효율적으로 처리하고 재생산해 내는가의 문제가 현대 사회에서 중요한 화두로 부각되고 있음을 보여주고 있다. 또한 2010년대에 접어들면서 환경문제에 대한 문제의식들을 새롭게 공유하는 SF 작품들이 등장하면서 한국에서 이러한 문제들을 다양하게 풀어낼 수 있는 가능성들 역시 생겨나게 되었다고 할 수 있다.

이러한 분위기에서 2000년대의 한국 SF는 20세기 내내 발행했던 과학기술과 현실의 문제에 대한 인식의 지연과 불협의 문제를 해결하고 새로운 가능성들을 만들어내기 시작한다. 그 과정에서 똥과 쓰레기에 대한 문제들도 새롭게 소재로 부각되는데 그 중에서 이덕래의 「아직은 너의 시대가 아니다」가 주목해 볼 만한 텍스트라고 할 수 있다. 소설은 '스마트 변기'가 발명된 세상에 대한 이야기이다. 스마트 변기는 설치되어 이름인

16 이지용, 「한국 SF 서사와 문화사회학－근대를 위한 서사에서 탈근대의 서사로」, 『비교문화연구』 55, 경희대학교 비교문화연구소, 2019b, 12쪽.

'스티브'를 부여받고 집안을 돌아다니면서 똥과 방귀를 처리한다. 스마트 변기는 단순히 똥을 처리하는 데서 그치는 것이 아니라, 똥의 성분까지 감지하여 건강을 관리하는 기능까지 갖추고 있다. 그런데 주인공을 스마트 변기를 부정적으로 보고 사용하기를 거부한다. 이는 그가 변기를 파는 회사에서 마케팅을 담당하고 있으면서 스마트 변기의 유행을 읽지 못해 좌천당한 인물이라는 사적인 요인이 있지만, 표면적인 이유는 다음과 같다.

> 이 놈은 분명 똥의 성분까지 감지하고 있을 것이다. 외부에서 무엇을 먹었는지는 물론, 건강 상태를 꼼꼼히 체크하고 있을 것 같았다. 마치 옛날 조선의 왕들의 똥 맛을 보던 의관들처럼 주인의 건강 상태를 일일이 기억하고 있을 것임이 분명했다. 배설이라는 것은 사람들의 은밀한 비밀, 즉 어쩔 수 없이 생물학적인 존재임을 자각하게 하고 늘 겸손하게 살도록 일깨워주는 행위이며, 변기는 이런 행물학적인 욕구를 해결해 주는 최소한의 도구라고 생각했다.[17]

여기에서 주인공이 인식하는 똥은 인간이 생물학적 존재임을 자각하는 중요한 수단이고, 이것은 인간다움을 인식하는 과정이라고 설명하고 있다. 그러기 때문에 이러한 행위 자체는 순수하게 인간의 사적 영역으로 존중받아야 하는데, 그러한 영역에 스마트 변기가 침입한 것이 못마땅한 것이다. 여기서 똥은 인간성으로, 그리고 스마트 변기는 과학기술을 표상하는데 그것이 나뉘어져 있어야 하고, 그것을 나눔으로써 인간성을 지킬 수 있다는 근대적 사고방식이 그대로 나타나고 있음을 확인할 수 있다. 이는

---

17 이덕래, 「아직은 너의 시대가 아니다」, 리락 외, 『드림 플레이어』, 케포이북스, 2017, 369쪽.

과학기술로 인해서 발생하는 편리들이 인간성과 상충할 수 있다는 SF의 비판적 사고실험의 전형이 반영된 결과라고 할 수 있다.

하지만 이러한 형식들이 대개 사회구조에 대한 비판으로 전개되었던 20세기의 양식들과 다르게 21세기에 와서는 좀 더 사적이고 사변적인 형태로 사고실험되는 모습으로 변화하는데, 「아직은 너의 시대가 아니다」가 이러한 사적 영역에 대한 문제들을 배변의 문제로 치환하여 보여준 대표적인 예라고 할 수 있다.

그러기 때문에 이 작품은 배설행위로 대변되는 인간과, 이를 처리하기 위한 기술의 문제들이 어떻게 발전하게 될지를 흥미롭게 사고실험하고, 이후에 이를 인식하는 문제들에 대한 외삽extrapolation을 시도한다. 마지막에 스마트변기를 만들어낸 회사의 제품 프리젠테이션을 설명하면서 "터부시되던 인간의 배설 행위를 스마트하고 가감 없이 솔직하게 바라볼 필요"가 있다고 말하는 것이 그 지점이다. 그래서 점점 "기계화되고 냉정해지는 인간 세계에서 배설행위처럼 인간적이고 원초적인 일은 없다고 역설"하면서 '호모토일레쿠스'를 이야기하는 것을 보고 주인공은 인상을 찡그린다. 이러한 의미부여가 지나친 비약이라고 생각했기 때문이다.[18] 하지만 이와 같은 인식의 차이는 가속화되는 기술 발달의 시대에 나타나는 일반적인 현상중 하나이기도 하다. 주인공 역시 과거의 자신의 아버지의 모습을 통해 이러한 지점들을 인식하고 있다. 결국 기술이 지향하는 바와 역할에 대한 인식의 차이만 있을 뿐, 둘 다 배설의 문제를 가장 인간을 인간답게 하는 행위로 받아들이고 있는 것은 다르지 않다. 거기에 개입하고

---

18 위의 글, 316쪽.

공존하게 하는 기술의 문제에 대한 인식의 차이만 발생할 뿐이다.

이에 비해 조성희 감독의 영화 〈승리호〉에서 나타나는 쓰레기의 문제는 전통적으로 SF서사에서 과학기술의 폐해를 이야기하는 전형을 그대로 보여주고, 이를 21세기의 한국 사회로 삼투시키고 있다는 데서 의미를 갖는다. 자본주의의 심화와 이로 인해 발생하는 대량생산과 소비의 심화는 필연적으로 쓰레기 문제를 발생시킨다. 지그문트 바우만Zygmunt Bauman은 "과잉, 잉여, 쓰레기, 그리고 쓰레기 처리의 문명"이라는 개념을 통해 이러한 상태를 설명하였다.[19] 바우만은 특히 식민지와 제국주의에서 자국의 과잉된 물질들과 하층민들을 쓰레기 취급하여 생활권 밖으로 밀어냄으로써 주생활 영역의 청결함을 유지해왔다고 분석했다.[20] 이러한 구조들은 과학발전이 비약적으로 발전한 미래를 상상하면서 항상 그 이면에 존재하는 문제들로 사고실험되었는데, 영화 〈승리호〉에서 주인공 일당들이 '우주 쓰레기'를 처리하는 직업을 가지고 있다는 것을 이러한 형태로 해석이 가능하다.

제국주의 국가들이 그러했던 것처럼, 기술이 비약적으로 발달해 기술과 자본이 제국을 이룬 비판적 미래사회에서도 쓰레기의 문제는 사회에서 가시화되어서는 안되는 문제가 된다. 철저하게 은폐되고 감추어져서 "쓰레기를 보이지 않음으로써 보이지 않게, 생각하지 않음으로써 생각할 수 없도록" 만들어야 하는 것이다.[21] 그러기 때문에 여기에서의 쓰레기는 단순히 비생물적인 폐기물 등에 국한되지 않는다. 해당 사회에서 가시화

---

19 지그문트 바우만, 정일준 역, 『쓰레기가 되는 삶들—모더니티와 그 추방자들』, 새물결, 2008, 176쪽.
20 위의 책, 22~24쪽 참조.
21 위의 책, 58~59쪽.

되면 안 되고 은폐되어야 하는 존재들 모두가 쓰레기에 포함되고, 과학기술의 발달이 생물과 비생물, 인간과 비인간의 경계를 허무는 세계가 되었기 때문에 어쩌면 필연적으로 인간을 비롯한 생물종들 역시 쓰레기에 포함될 수 있는 것이다. 그러기 때문에 영화에서 주인공 일당의 멤버로 로봇인 '업동이'가 있고, 쓰레기로 부유하던 우주정 안에서 인간의 모습을 한 '꽃님이'를 발견하게 되는 것은 이 세계가 쓰레기를 규정하고 의미화하는 전형을 보여주는 것이다.

그러기 때문에 〈승리호〉에서 나타나는 쓰레기는 단순히 인간의 생산활동에서 발생하는 잉여 물질에 국한되지 않는다. 오히려 인간과 우주는 쓰레기를 만들어내고 그것과 함께 살아갈 수밖에 없다는 것을 강조한다. 지구에서 발생하는 쓰레기들을 우주로 밀어내는 방식으로 당장에 지구 환경에 대한 문제를 해결할 수 없는, 우주적인 존재라는 인식 또한 그 안에 자리잡고 있는 것을 확인할 수 있다. 그러기 때문에 "우주에서는 위도 없고 아래도 없대요. 우주의 마음으로 보면 버릴 것도 없고 귀한 것도 없고요. 자기 자리에서 다 소중하대요"라는 꽃님이의 대사가 〈승리호〉의 주제를 집약한다는 분석은 이러한 맥락에서 의미가 있다고 할 수 있다.[22] 쓰레기와 쓰레기가 아닌 것을 명확하게 나누고 배제할 만한 가치의 기준들이 더 이상 우리에게 존재하지 않고, 그러한 사고방식으로는 미래를 살아갈 수 없다는 것을 영화가 이야기하고 있기 때문이다. 이러한 서사들을 통해 똥과 쓰레기의 문제는 더 이상 터부시해야 할 소재들이 아니라 오히려 과학기술의 시대에 조금 더 명확하게 직면하고 인지해야 할 우리 세계의 문

22　신성환, 「SF 영화에 나타난 '쓰레기 문명'과 공존의 윤리에 대한 상상력」, 『현대영화연구』 43, 현대영화연구회, 2021, 31쪽.

제로 자리하게 된다. 그리고 SF 텍스트들은 그러한 똥과 쓰레기의 문제를
과학기술 발달에 대한 비판적 사고실험을 통해 가시화하고 다시 문제화
하고 있다.

3) 자연문화를 통한 고찰과 새로운 가능성

21세기에 접어들면서 똥/쓰레기에 대한 문제들 중 똥에 대한 문제는
SF 텍스트의 전면에 드러나지 않는다. 앞서 살펴본 이덕래의 소설들에서
보여준 것과 같이 배변시설에 대한 문제들로 귀결되거나 소품으로 잠깐
동안 등장하는 경우들이 대부분이다. 하지만 똥의 문제는 인간의 배변활
동을 포함해 쓰레기라는 거대한 카테고리에 포섭되어 새로운 가능성들에
대한 사고실험의 장으로 재의미화된다. 특히 포스트휴머니즘posthumanism
논의의 전개와 함께 근본적으로 현생 인류의 유기체적인 삶의 모습을 초
월하여 새롭게 형성된 종들 간의 관계성 등을 이야기하는 과정에서 현재
에 우리들이 직면해 있는 똥/쓰레기의 문제와 같은 것들을 발생시킬 수밖
에 없는 존재들이라는 사실을 망각한 것을 지적하기도 한다. 유기체적이
고 유한한 한계를 가진 몸body에 대한 혐오의 관념들은 이러한 문제들을
오히려 근대의 초기와 같이 터부시하고, 배제해야 할 미개한 것으로 여기
기도 하기 때문이다.

이러한 한계들을 극복하기 위해서는 현재의 우리들이 직면해 있는 환
경 문제에 접근하면서 인간들이 생명활동을 진행하는데 필요한 행위들의
의미와 그것과 상관없이 욕망의 과잉으로 인해 발생하는 오염의 문제들
을 구분할 필요가 있다. 이러한 관점에서 똥과 쓰레기의 문제는 처리를 고
심해야 하는 존재로서 치부되는 것이 아니라 그 의미들을 각각 나누어 살

퍼봐야 하는 것이다. 이 과정에서 해러웨이의 '자연문화mature culture'에 대한 담론은 새로운 시사점을 제시한다. 해러웨이는 인간중심주의를 완전히 벗어나지 못하는 포스트휴머니즘을 인간 예외주의와 추상적 미래주의라고 비판하고, "뜨거운 퇴비더미 속에서, 예기치 않게 협력하고 결합하면서 서로가 필요"하다는 것을 강조한다.[23] 여기에서 해러웨이가 이야기하는 퇴비compost가 포스트휴먼을 대신하는 탈인간주의의 형상이라는 것을 감안할 때, 이러한 인식들은 캐런 바라드Karen Barad가 말한것과 같은 새로운 "윤리-존재-인식-론ethico-onto-epistem-ology"과도 맞닿아 있다고 할 수 있다.[24]

이러한 인식들은 기술발달에 따라 발생하고 있는 기후위기와 같은 전 지구적 위기 상황과 함께 발생한 인류세Anthropocene 혹은 자본세Capitalocene 와 같은 담론에 의해 발생하는 냉소주의와 패배주의를 극복하고 트러블과 함께하는 새로운 관점을 제시한다는데 의의가 있다. 그리고 이러한 관점의 근간에 자연문화적 감각들이 존재하는데, 해러웨이는 이러한 감각들에 대한 사고실험을 SF를 통해 수행한다고 증언한다.[25] 그러기 때문에 SF 작품을 통해서 현대의 쓰레기 문제를 다루는 것은 단순히 인간이나 기술과의 대립문제나, 어떠한 현상으로서 해결해야 할 문제로만 치부하지 않고 새로운 가

---

23 도나 해러웨이, 최유미 역, 『트러블과 함께하기』, 마농지, 2021, 13쪽.
24 Karen Barad, *Meeting the Universe Halfway: Quantum Physics and the Entanglement of Matter and Meaning*, Durham: Duke UP, 2007, p.185.
25 물론 해러웨이가 언급한 SF는 단순히 문화예술 갈래로서의 'Science Fiction'만을 지칭한 것이 아니라, 사변적 페미니즘(speculative feminism), 사변적 우화(speculative fabulation), 과학판타지(science fantasy), 과학적 사실(science fact) 등을 아울러 지칭한 것이다.(도나 해러웨이, 앞의 책, 23쪽 참조) 하지만 현대의 SF의 개념과 콘텐츠들 역시 이러한 관념들을 수용한 상태에서 발달해왔기 때문에 SF 텍스트를 확인하는 것은 이러한 해러웨이의 사유들을 적용해 보는 방법이라고 할 수 있다.

능성을 제고할 수 있는 방법론이 될 수 있다. 이러한 관점에서 현대 한국의 SF 작품들을 살펴보면 해러웨이의 자연문화적 감각들로 설명 가능한 작품들을 발견할 수 있는데, 김초엽의『지구 끝의 온실』이나 최현주의『지구 아이』와 같은 소설들이 바로 그것이다.

위의 소설들은 쓰레기나 기술발달의 과잉 문제로 발생한 세계의 문제들을 다루고 있다. 20세기 말의 SF에서 환경을 다루는 문제는 포스트 아포칼립스에서 황폐화된 지구환경을 의미하고 그것을 추동한 것은 국제적인 분쟁과 전쟁의 결과라는 서사들이 주를 이루었지만, 2000년대 이후 한국 SF에서는 개개인의 인간들이 지구를 오염시킨 결과라는 설정들이 주를 이룬다. 이는 SF에서 인간의 생활에서 나타나는 오염물질의 처리 문제가 우리가 직면한 현실의 문제들과 연결되어 있음을 명확하게 드러내고 있는 것이다. 더욱이 이를 단순히 해결하고 처리해서 비가시화할 문제들로 여기는 것이 아니라, 다양하게 드러난 존재들과 어떻게 살아가야 하는지를 사고실험하는 특징들을 보여주는 것에 주목해 볼만하다. 특히 김초엽의『지구 끝의 온실』은 각각 그동안 모든 서사에서의 주동이자 중심이었던 동물 유기체가 아니라 식물을 서사의 중심으로 끌어들이면서 '서로 함께-되기becoming-with'의 한 형태를 보여주면서 이러한 문제를 개성적으로 다룬다.

『지구 끝의 온실』이 보여주는 식물에 대한 시각들은 인간의 삶의 배경적 존재이거나 과학기술과의 대립적인 형태로 존재하던 것과는 다르다. 서사에서 등장하는 문제시되는 식물인 '모스바나'는 다양한 실험들을 통해 인류의 멸절을 불러올 만큼 문제시되던 '더스트'를 해결할 수 있는 중요한 개체가 된다. 하지만 결국 모스바나로 인해서 더스트의 문제를 해결한 인류, 그 중에서도 모스바나에 대한 정보를 가장 많이 가지고 있던 아영은 모스바나가 단순히 인류의 구원을 위한 도구라고만 인식하지 않는다. 오히려 공진화해야 할 대상으로 결국 인식하고 있다는 것이다.

특히 모스바나를 두고 그것이 자연의 선물인지 인간이 만들어낸 도구인지에 대한 논쟁이 벌어졌다는 것이 흥미로웠습니다. 어떻게 생각하는지 제게도 물었으니 답해드리자면, 제 의견은 당신의 견해와 일치합니다. 모스바나가 자연인지 인공인지를 묻는 것은 무의미한 일이라고요. 모스바나는 자연인 동시에 인공적인 것이지요. 모스바나를 이루는 구성요소들은 모두 자연에서 왔고, 그것은 인위적인 개입에 의해 모스바나라는 총체가 되었으며, 다시 자연의 일부로 진입했습니다. 인간이 모스바나를 이용했다고 주장하는 사람들이 있지만, 반대로 모스바나가 인간을 이용했다고 볼 수도 있을 겁니다. 둘은 분리할 수 없고, 분리할 필요조차 없는 것입니다. 분명한 건 모스바나는 인간에게 적응하는 전략으로 그 종의 번영을 추구했고, 인간은 모스바나를 절실히 필요로 했다는 사실입니다. 모스바나와 인간은 일종의 공진화를 이룬 셈입니다.[26]

이러한 시각을 통해 환경이 철저하게 파괴된 인류가 어떠한 인식들로 문제들을 해결해 나가야 하는지에 대한 메시지들을 도출할 수 있다. 작품 내에서 쓰레기들과 시체가 나뒹구는 암단한 미래를 그리고, 그 안에서 감염에 적응한 우세종과 그들이 모여사는 땅을 구분하며, 희망이 될 수 있는 식물들을 기르는 온실로서의 구분들이 이루어지지만 결국 그러한 방법들

---

26 김초엽, 『지구 끝의 온실』, 자이언트북스, 2021, 371쪽.

은 인류를 구원할 수 없다는 것을 자각하게 된다. 그 과정에서 식물테러의 일환이라고 여겼던 모스바나의 가능성이 발견되고, 그것이 결국 인류 구원의 열쇠가 되었다는 서사의 흐름은 해러웨이가 이야기했던 쑬루세 Chthulucene의 한 형태라고 할 수 있다. 게다가 이 소설이 팬데믹을 지나면서 나오게 되었다는 것은 팬데믹이 바이러스 단위의 존재들과 우리의 공생관계들까지를 사고실험하게 했다는 것과 무관하지 않다고 할 수 있다. 파괴되고 쓰레기를 양산하여 문제시되는 삶에서 그치는 것이 아니라 그 모든 것들과 공생하여 발전해야 하는 인류의 방향성들이 SF 텍스트들을 통해 나타난다는 것에서 해러웨이의 사유들은 한국의 SF 텍스트에서도 유의미하게 적용될 수 있는 것이다.

3. 자연문화적 감각과 SF가 보여주는 가능성

이와 같이 SF에서 나타난 똥/쓰레기의 문제는 각각 시대의 담론 변화에 따라서 다른 모습을 취하면서 발전해 왔다. 특히 사회적으로 터부시되던 문제에서 벗어나 인간의 생체활동으로서의 똥의 문제와 쓰레기의 문제들을 이전과 달리 현대적인 인식으로 마주하는 형태로 점차 발전하고 있음을 확인할 수 있었다. 게다가 똥과 쓰레기의 문제들은 단순히 부정적인 산물을 표상하는 은유로 활용하는 데 그치지 않고, 현실의 환경 문제들에 영향을 미치는 직접적인 요인으로 인식하고 그것에 대한 대응방법들을 새롭게 고안하는 모습들로 변화하고 있다. 이는 SF라는 장르가 가지고 있는 특징들에도 부합하는 것인데, SF에서는 이미 1970년대 환경 의식들을 반영하여 새로운 세상을 사고하는 에코토피아 담론들이 생성된 바 있다. 하지만 현대의 환경 문제는 20세기 당시의 환경에 대한 인식만을 가지고서는 실질적인 의미를 획득하기 불가능하고, 새로운 방법론들을 획득해야 할 필요가 있는데 한국의 2000년대 이후 SF들이 이러한 문제에 대응하고 있는 모습을 보여준다. 왜냐하면 에코토피아는 본래 담론적으로 "고정불변이 아니라 각각의 사회에 적절하게 대응할 수 있도록 잠정적이며 또한 성찰적"인 성격을 지니고 있기 때문이다.[27] 현대 시대에 인간이 배출해 내는 똥과 쓰레기의 문제들을 단순히 부정적인 감각으로만 접근하는 것은 대안적이지도 않고, 성찰적일 수도 없다는 것을 장르적 감각으로도 인지하고 있는 것이다.

특히 20세기에 막역하게 상상했던 환경오염 등의 문제들이 현실적인 현안으로 닥친 작금의 현실들을 보면 이러한 인식의 전환이 형이상학적인 가치의 영역이거나 이상적인 이데올로기 등에 머무르지 않는다는 것을 알 수 있다. 그러기 때문에 환경오염과 관련된 문제들을 재인식하는 과정에서 인류세적 인식들이 나타나고 있는 것은 어쩌면 당연한 것이라고 할 수 있다.[28] 그리고 이러한 과정에서 똥/쓰레기에 대한 문제들은 단순히 은유로 구현하는 것이 아니라 인류세적 비전으로 재인식해야 하는 필요

---

27 박홍규, 「녹색 미래-에코토피아 탐색」, 『계간 사상』 102, 사회과학원, 2003, 186쪽.
28 2015년 이후로 나타난 환경위기 담론들은 이전까지의 환경위기 담론이 견지했던 것보다 훨씬 더 빠른 속도로 변화해가고 있는 기후위기를 기반으로 하고 있다. 이러한 위기 사항들은 단순히 삶의 방향이나 이데올로기적 관점이 아닌, 당장에 인류의 생존을 위협하는 형태로 나타나고 있다. 이를 바로 인식하고 변화를 만들어내기 위해서는 훨씬 더 구체적인 정보에 대한 인식과 넓은 범위의 지속가능한 발전 방안이이룩되어야 할 것이다. (건국대 인류세 인문학단, 『우리는 가장 빠르고 확실하게 죽어가고 있다』, 들녘, 2020, 50~76쪽 참조)

가 발생한다. 특히 인류가 지구 내에서 끊임없이 서로 관계를 맺는 상태로 거대한 네트워크의 일원이라는 것을 인식하고, 지구의 주인이거나 만물의 영장으로서의 가치 이전에 지구에 공존하고 있는 구성원 중 하나라는 사실을 인지하는 것을 중요한 시사점을 제시한다.

우리는 생존을 위해 끊임없이 똥을 비롯한 부산물들을 내어놓을 수 밖에 없다. 이는 인간들만이 그런 것이 아니라 지구상에 존재하는 거의 모든 유기체들이 동일하게 수행하고 있는 모습이다. 그리고 그러한 모습들이 지구에 문제로 떠오른 적은 없었다. 그런데 유독 인간이 내어놓는 똥/쓰레기가 부정적인 의미들로 은유되는 것은 그것이 무한대로 확장된 현생 인류의 욕망에 대응하기 위해 팽창하고 있기 때문이라고 할 수 있다. 여기에서는 인간의 똥의 문제 이전에 좀 더 직접적으로 발생하는 가축들의 똥 문제도 포함되어 있다는 것을 알 수 있다. 현대 사회에서 급속도로 팽창하고 있는 육식에 대한 수요들은 공장제로 대량의 가축들을 밀집하여 고정된 자리에서 자라게 하는데 초점이 맞춰져 있다. 이러한 상황에서 발생하는 동물들의 분뇨는 인간의 8배에서 많게는 10배에 이른다고 알려져 있다.[29] 그리고 이러한 분뇨에서 발생하는 물질들이 현재의 온실가스 배출량의 51%를 차지한다는 통계들이 존재한다.[30]

그러기 때문에 똥의 문제를 단순히 인간의 문제들로만 여길 수 없게 된다. 문제시되는, 혹은 부정적으로 은유되는 것들에 대한 문제해결은 이러한 인간의 욕망에 의해 헝클어 놓은 지구상의 생명체들과의 관계를 개선

---

[29] 공장제 축산을 기준으로 돼지 천만 마리가 배출하는 분뇨의 양은 1억 명의 인간이 배출하는 분뇨와 맞먹는다고 한다. (이지용, 「우리가 사랑하는 고기는 어디에서 오는 걸까?」, 몸문화연구소, 『인류세와 에코바디』, 필로소픽, 2019a, 141쪽 참조)

[30] 「축산업이 세계 온실가스의 51% 방출」, 『경향신문』 2019.11.10.

하지 않고서는 해결되지 않는 부분인 것이다. 문제는 똥/쓰레기가 아니라, 그것이 지구의 생태계를 파괴할 정도로 팽창하게 만든 인간의 욕망이라고 할 수 있다. 이를 해결하기 위해서는 인간이 결국 지구 안에서 생존해 가는 하나의 개체라는 사실을 인정하고 공생symbiosis 혹은 공진화co-evolution의 가능성들을 인식하는 것이 필요하다고 할 수 있다. 이러한 지점들을 전환할 수 있는 가능성 역시 도나 해러웨이의 주장들을 통해 확인해 볼 수도 있는데, 특히 반려종 선언 이후에 다양한 종들과의 관계맺기를 통해 쑬루세를 형성하면서 "놀라운 릴레이 속에서 함께 되기becoming-with"가 그것이다.[31] 해러웨이는 다양한 종들의 관계맺기가 현대 사회에서 무엇보다 중요한 가치이며 이를 통해 공진화의 가능성들이 확립된다고 보았다. 그중에서도 『트러블과 함께하기』에서 이자벨 스탕제르가 주관한 SF 글쓰기 콜로퀴움에서 만들어진 '카밀Camille 이야기'는 이러한 가능성들을 구체화할 수 있는 힘이 SF에 있다는 사실을 보여주는 좋은 예시라고 할 수 있다. 해러웨이는 카밀 이야기를 통해 이러한 공생의 관계 속에서 의미화되는 '퇴비의 아이들Children of Compost'을 언급한다. 취약한 종들이 상호 의존적인 관계를 형성하면서 환경과 그 안의 존재들이 생물적이거나 비생물적인 관계들을 떠나 순환하는 방향성 안에 있다는 것을 인식하는 것이다.[32] 퇴비, 즉 부식토 내에서 서로 함께 만들고, 서로 함께 되는 관계들을 인식하고 지향하는 것이 현대 사회의 기후위기와 관련된 전 지구적 문제 등을 해결할 수 있는 근본적인 방법이라는 것이다. 여기에서 퇴비는 똥/쓰레기와 같은 부산물들과 지구의 환경들이 만들어내는 화

---

31 도나 해러웨이, 앞의 책, 11쪽.
32 위의 책, 183~232쪽 참조.

학작용이기 때문에 인류세 시대에 똥/쓰레기 문제들에 대한 새로운 비전 역시 반드시 필요한 부분이라고 할 수 있다.

4. 한국 SF의 똥/쓰레기들의 지향하는 것

SF에서 똥/쓰레기를 다룬다는 것은 앞서 살펴본 것과 같이 인류세 시대, 해러웨이가 이야기 한 퇴비의 시대를 맞이하면서 이전과 다른 새로운 가능성들을 부여받고 있다. 그러기 때문에 한국 SF에서 똥/쓰레기가 어떠한 형태들로 나타났는지를 확인하고 의미화하는 것은 이후의 담론의 확장과 발전을 의미화하는 데 있어서 선결해야 할 작업들이라고 할 수 있다. 그리고 이를 위해 살펴 본 한국 SF에서의 똥/쓰레기는 다음과 같은 형태들로 나타났음을 확인할 수 있었다. 첫 번째로는 근대로 진입하기 위한 과학적 사고와 합리주의적 논의의 대상으로 등장한 똥/쓰레기였다. 이는 근대 이후에 부정적 은유들로 나타난 똥/쓰레기의 문제를 근대적이고 과학적인 사고방식으로 해결하기 위한 일종의 근대화에 대한 인식 변화를 대표하는 것이었다고 할 수 있다. 한국 창작 SF의 시작으로 불리는 김동인의 「K박사의 연구」에서 이러한 내용들을 다루고 있었다는 것은, 장르의 역사적인 맥락으로도 시사하는 바가 크다고 할 수 있을 것이다.

두 번째로는 과학발전에 의해 발생하는 다양한 부작용으로서의 똥/쓰레기를 대하는 시선이다. 이는 20세기 이후 SF가 장르적으로 발달하면서 나타난 과학기술 발전에 대한 비판적 사고실험의 전형을 보여주는 것이라고 할 수 있다. 물론 미국을 중심으로 하는 SF 장르에서 똥/쓰레기의 문제들이 우주경쟁 시대로 접어들면서 지구-인간-우주를 횡단 하는 의미로 정의되었던 것이 한국에서도 나타나지 못했던 것을 아쉬운 부분이지만, 1990년대 말엽부터 새롭게 발생한 창작의 확대 등으로 2000년대에 접어들면서 새로운 가능성들을 만들어 내면서 해당 내용들이 등장한 것은 의미있는 일이라고 할 수 있다. 특히 이덕래의 「아직 너의 시간이 아니다」의 경우 똥을 받아내고 처리하는 변기와 과학기술의 발달을 통해 똥/쓰레기를 인식하고 처리하는 문제가 과학기술의 발달에 따라 어떻게 변화할 수 있는지를 확인할 수 있는 작품이었다고 할 수 있다. 뿐만 아니라 영화 〈승리호〉에서는 우주 쓰레기를 처리하는 이들을 서사의 전면에 내세우고 해당 문제를 이슈화하면서 과학기술의 발달에 따라 서사 내에서 확장되고 있는 똥/쓰레기 문제들을 재의미화 했다고 할 수 있다.

마지막으로는 인류세적이고 자연문화적인 감각으로서의 변환을 보여주는 똥/쓰레기에 대한 인식의 변화였다. 김초엽의 『지구 끝의 온실』에서는 쓰레기 혹은 폐기물로 대표되는 인류의 잉여생산물들이 기술과 자연, 인간을 구분하지 않고 연결되면서 새로운 의미로 정의되는 지점들을 보여주고 있다. 이는 해러웨이가 이야기한 자연문화적 감각을 보여줌과 동시에 근대 이전부터 20세기까지 줄 곧 이어져 왔던 똥/쓰레기에 부여된 부정적 감각들을 새로운 방향으로 전환시키고, 그러한 가치판단에 개입되어 있던 인간중심적인 사고방식을 극복하고 해체하는 시도로 의미가 있다. 특히 해당 작품의 대중적 수용도도 높았을 뿐만 아니라, 에피고넨을 끊임없이 생산해내는 장르의 특징을 감안하면 단순히 한 작품만의 이슈로 끝나는 것이 아니라 비슷한 담론을 재생산하는 현상들을 기대해 볼 수 있을 것이다. 그리고 그것은 장르의 정착기에서부터 있었던 똥/쓰레기에 대한 감각들을 새로운 방향으로 전환하여 새로운 의미들을 만들어낼 수 있는 역량이 한국 SF 내에 현존하고 있음을 나타내는 것이라고 할 수 있다.

참고문헌

김동인, 「K박사의 연구」, 김동인 외, 『천공의 용소년』, 아작, 2018.
김초엽, 『지구 끝의 온실』, 자이언트북스, 2021.
리 락 외, 『드림 플레이어』, 케포이북스, 2017.
조재원·장성익, 『이것은 변기가 아닙니다』, 개마고원, 2021.

박홍규, 「녹색 미래–에코토피아 탐색」, 『계간 사상』 102, 사회과학원, 2003.
소준철, 「1953~1973년, 서울의 똥」, 김성원 외, 『똥의 인문학–생태와 순환의 감각을 깨우다』, 역사
　　비평사, 2021.
신성환, 「SF 영화에 나타난 '쓰레기 문명'과 공존의 윤리에 대한 상상력」, 『현대영화연구』 43, 현대영
　　화연구회, 2021.
오영진, 「행성적 차원에서 인간의 배설과 순환을 상상하기」, 김성원 외, 『똥의 인문학–생태와 순환의
　　감각을 깨우다』, 역사비평사, 2021.
이경훈, 「냄새 맡는 인간, 냄새 나는 텍스트—한국 근대문학과 냄새」, 『구보학보』 23, 구보학회, 2019.
이지용, 「우리가 사랑하는 고기는 어디에서 오는 걸까?」, 몸문화연구소, 『인류세와 에코바디』, 필로소
　　픽, 2019a.
＿＿＿, 「한국 SF 서사와 문화사회학–근대를 위한 서사에서 탈근대의 서사로」, 『비교문화연구』 55,
　　경희대학교 비교문화연구소, 2019b.
최애순, 「1920년대 카렐 차페크의 수용과 국내 과학소설에 끼친 영향–김동인 〈K박사의 연구〉와의
　　영향 관계를 중심으로」, 『우리문학연구』 69, 우리문학회, 2021.

건국대학교 인류세 인문학단, 『우리는 가장 빠르고 확실하게 죽어가고 있다』, 들녘, 2020.
반교어문학회, 『위기와 성찰의 뉴노멀 시대』, 보고사, 2022.
이지용, 『한국 SF 장르의 형성』, 커뮤니케이션북스, 2016.
도나 해러웨이, 최유미 역, 『트러블과 함께하기』, 마농지, 2021.
셰릴 빈트, 전행선 역, 『에스에프 에스프리–SF를 읽을 때 우리가 생각할 것들』, arte, 2019.

스테이시 앨러이모, 윤준·김종갑 역, 『말 살 흙–페미니즘과 환경정의』, 그린비, 2018.
지그문트 바우만, 정일준 역, 『쓰레기가 되는 삶들–모더니티와 그 추방자들』, 새물결, 2008.
Darko Suvin, *Metamorphoses of Science Fiction: On the Poetics and History of a Literary Genre*, New Haven:
　　Yale UP, 1979.
Karen Barad, *Meeting the Universe Halfway: Quantum Physics and the Entanglement of Matter and Meaning*,
　　Durham: Duke UP, 2007.

「축산업이 세계 온실가스의 51% 방출」, 『경향신문』, 2019.11.10.

초출표기

김용선
이 글은 『溫知論叢』 50집(2017)에 실렸던 필자의 「분뇨서사에 굴절된 대도시 한양의 팽창」을 수정 보완한 것이다.

박수밀
이 글은 『기호학 연구』 51집(2017)에 실렸던 필자의 논문 「차등과 숭고미의 전복 똥의 기호─연암 박지원의 똥을 중심으로」를 수정 보완한 것이다.

정규식
이 글은 『국어국문학』 191집(국어국문학회, 2020)에 실렸던 필자의 논문 「'분뇨(糞尿)서사로 읽는 연암(燕巖) 박지원(朴趾源)의 개혁사상」을 수정 보완한 것이다.

한만수
이 글은 『상허학보』 60집(2020)에 실렸던 필자의 논문 「'밥-똥 순환'의 차단과 '두엄-화학비료'의 숨바꼭질─1926~1939년 소설의 똥 재현 양상을 중심으로」을 수정 보완한 것이다.

이경훈
이 글은 구보학회에서 발행한 『구보학보』 제23호(2019)에 실렸던 필자의 논문이다.

황호덕
이 글은 황호덕, 「변비와 설사, 전향의 생정치(生政治)─『無明』의 이광수, 식민지(감옥)의 구멍들」, 『상허학보』, 16집(2006)을 재수록한 것이다.

김철
이 글은 『상허학보』 65집(2022)에 실렸던 필자의 논문 「한국문학이 그린 똥의 얼굴(1)─'분지'와 '똥바다'를 중심으로」를 수정·보완한 것이다.

오성호
이 글은 『한국문학연구』 66호(2021.8)에 실렸던 필자의 논문을 수정한 것이다.

정기석
이 글은 『한국시학연구』 64호(2020)에 실린 필자의 논문 「최승호 시에 나타나는 분변성에 대한 저급유물론적 접근」을 수정한 것으로, 이는 박사학위 논문 「1980년대 한국 시에 나타난 비인간 형상 연구」(동국대, 2022)에도 보완하여 게재하였다.

김건형
이 글은 필자의 「역사의 천사는 똥구멍 사원에서 온다─김현론」, 『문학동네』, 29(1), 2022, 24~59쪽을 수정 보완한 것이다.

이지용
이 글은 『상허학보』 65집(2022)에 실렸던 필자의 논문 「한국 SF에서의 똥/쓰레기들이 가지는 의미」를 수정 보완한 것이다.

필자 소개(수록순)

김용선 金容仙, Kim Yong-sun
선문대학교 교양학부 강사이며 디지털 서울문화예술대학교 교양과정 외래교수이다. 동아시아고대학회 사업이사로 한양대에서 한국고전문학을 전공하고 「임거정 설화의 전승 양상 연구」를 비롯 13편의 학술논문이 있다. 국악방송FM 〈연구의현장〉에 게스트 출연, 어문생활, 시산맥, 쿨투라, 기획회의 등에 인문칼럼을 실었다. 옛이야기와 지금의 서사 골목을 여행하는 민담학자이다. mazelduo@naver.com

박수밀 朴壽密, park Su-mil
한양대 연구교수이다. 현 온지학회 회장. 분과학문의 경계에서 벗어나 문학을 역사, 철학, 교육 등과 연계하는 통합의 학문을 추구한다. 『열하일기 첫걸음』, 『오우아(吾友我)』, 『청춘보다 푸르게 삶보다 짙게』, 『탐독가들』, 『고전필사』, 『연암 박지원의 글 짓는 법』 외 다수의 저·역서가 있다. davidmil@hanmail.net

정규식 鄭圭植, Chung, Ku-sik
동아대학교 인문과학대학 한국어문학과 부교수로 재직 중이다. 한국 고전문학을 전공하면서 설화와 소설을 통해 서사의 본질, 인간과 동물의 관계 등에 대해 연구하고 있다. 현재 동남어문학회 편집위원장, 한국문학회·한국어문학회 편집위원, 한국구비문학회 연구이사 등을 맡고 있으며 부산광역시 문화재위원회 위원으로도 활동하고 있다. 저서로 『고소설의 주인공론』(공저, 2014), 『증편 한국구비문학대계 8-20~22(부산광역시①~③)』(2015), 『증편 한국구비문학대계 8- 23~25(경상남도 남해군①~③)』(2016), 『종간공동체론』(2017), 『한국 고전문학과 동물성』(2017), 『한국고소설강의』(공저, 2019), 『증편 한국구비문학대계 8- 27~28(경상남도 산청군①~②)』(2020) 등이 있다. sanchung2@hanmail.net

한만수 韓萬洙, Han Man-soo
동국대 국어국문문예창작학부 교수로 재직 중이다. 인문학협동조합 이사장, 한국어문학연구학회 회장, 동국대 한국문학연구소장, 순천대 교수, 경향신문 기자 등을 역임했다. 한국현대문학을 전공했으며, 문학검열, 문학과 자본 등에 관심을 가져왔다. 『삶 속의 문학, 독자 속의 비평』(나남), 『태백산맥 문학기행』(해냄), 『잠시 검열이 있겠습니다』(개마고원), 『허용된 불온－식민지 시기 검열과 한국문학』(소명출판) 등 저서가 있다. hanms58@hanmail.net

이경훈 李京塤, Lee Kyung-hoon
연세대 국문학과 명예교수이다. 도쿄외국어대학 연구원을 역임했으며 주요 저서로『오빠의 탄생－한국 근대 문학의 풍속사』(문학과지성사), 평론집『대합실의 추억』(문학동네),『기억 망각 그리고 상상력』(연세대 대학출판문화원),『역사의 일요일, 역사 이후의 일요일』(소명출판) 등이 있다.

황호덕 黃鎬德, Hwang Ho-duk
성균관대 국어국문학과 교수로 재직 중이다. 성균관대학교 국어국문학과 및 동대학원과 도쿄대학 총합문화연구과에서 공부했고 조사이국제대학, 캘리포니아주립대학 어바인교, 프린스턴대학에서 가르치거나 연구했다. 지은 책으로『벌레와 제국』,『프랑켄 마르크스』,『근대 네이션과 그 표상들』,『개념과 역사, 근대 한국의 이중어사전』(전2권, 공저) 옮긴 책으로『근대어의 탄생과 한문－한문맥과 근대일본』,『미주의 인상』(이상, 공역) 등이 있다. 현대비평과 비교문학을 가르친다.

김철 金哲, Kim Chul
연세대 국어국문학과 명예교수. 한국 현대문학 전공. 식민지 시대 소설을 통해 근대민족주의와 식민주의에 관한 연구를 해 왔다. 저서로는『'국문학'을 넘어서』,『'국민'이라는 노예』,『복화술사들』,『바로잡은 '무정'』,『식민지를 안고서』,『우리를 지키는 더러운 것들』 등이 있고,『문학 속의 파시즘』,『해방 전후사의 재인식』 등을 공저했다.『언더우드 부인의 조선 견문록』,『조선인 강제연행』,『비구니 승가 설립의 역사』 등을 번역했다.
kcul@yonsei.ac.kr

오성호 吳聖鎬, Oh Seong-ho
순천대학교 사범대학 국어교육과 교수로 재직하다가 2022년 2월 퇴직했다. 한국 현대시를 전공했으며 북한 시 등에 대해 관심을 가져왔다.『낯익은 시 낯설게 읽기』(이학사),『북한 시의 사적 전개과정』(도서출판 경진),『백석 시 꼼꼼하게 읽기』(도서출판 경진) 등의 저서가 있음. osh57@hanmail.net

정기석 鄭基碩, Jeong Gi-seok
2018년 중앙신인문학상 수상으로 문학평론을 시작하였다. 동국대 국어국문학과에서「1980년 한국 시에 나타난 비인간 형상 연구」로 박사학위를 받았다.

김건형 金建亨, Kim Keon-hyung
서울대학교 국어국문학과(현대문학) 및 동 대학원 박사 수료. 2018년 문학동네신인상
을 수상하며 평론을 발표하기 시작했다. 현재 서울예술대학교, 한국공학대학교 등에 출
강하고 있으며, 계간『문학동네』편집위원으로 활동하고 있다. 한국 현대문학의 정치미
학, 퀴어 페미니즘 문학/문화, 대중문화 현상에 관심을 두고 공부하고 있다.
konovel@naver.com

이지용 李知容, Lee Ji-yong
중앙대학교 인문컨텐츠연구소 HK연구교수. SF연구자와 문화평론가로, SF를 비롯한 미
디어 콘텐츠의 평론활동을 하고 있다.『한국 SF 장르의 형성』(커뮤니케이션북스)를 저
술했고,『비주류선언』(요다),『인공지능이 사회를 만나면』(필로소픽),『블레이드러너
깊이 읽기』(프시케의 숲) 등의 저서들을 공저했다. lipsenjy@gmail.com